가교架橋

1980년대 일본인 유학생들의 한국 원로 문인 구술 탐방기

구술자

구상 · 김송 · 백철 · 유정 · 이병도 · 이은상 · 이희승 · 조용만

면담자

고노 에이지 鴻農映二
1952년생. 1982년 추천제도를 수료하여 외국인으로서 처음으로 한국문단에 데뷔했다. 이후 문학평론가로 활동하고 있다.

세리카와 데쓰요 芹川哲世
1945년생. 서울대학교 대학원(문학박사)을 졸업했다. 세종대학교와 인하대학교 교수를 거쳐, 니쇼가쿠샤대학 교수로 재직했으며, 현재 니쇼가쿠샤대학 명예교수이다.

시라카와 유타카 白川豊
1950년생. 한국에 유학하여 1991년 동국대 대학원(문학박사)을 졸업했다. 2020년까지 규슈산업대학 교수로 재직했으며 현재 규슈산업대학 명예교수이다.

기획위원

고자연 高嬿姸, Ko Jayeon
인하대 한국학연구소 HK연구교수. 저서로『해금을 넘어서 복원과 공존으로』(공저),『전후 북한 문학예술의 미적 토대와 문화적 재편』(공저)이 있다.

윤미란 尹美爛, Yun Miran
전 인하대 강사. 저역서로『민주적 공공성』(공역),『박치우전집 ─사상과 현실』(공편),『일제 강점기 일본 한국학의 형성과 양상』(공저) 등이 있다.

정종현 鄭鍾賢, Jeong Jonghyun
인하대 한국어문학과 교수. 저서로『제국대학의 조센징』,『대한민국 독서사』(공저),『특별한 형제들』,『카프를 넘어서』등이 있으며, 역서로『제국대학』이 있다.

조은애 曺恩愛, Cho Eunae
연세대 국어국문학과 조교수. 저서로『디아스포라의 위도─남북일 냉전 구조와 월경하는 재일조선인 문학』이 있으며, 역서로『재일코리안 스포츠 영웅 열전』(공역),『문학 '읽기'의 방법들』(공역) 등이 있다.

동아시아한국학 연구총서 36

가교(架橋)
1980년대 일본인 유학생들의 한국 원로 문인 구술 탐방기

초판발행 2026년 4월 20일

엮은이 인하대학교 한국학연구소

펴낸이 박성모
펴낸곳 소명출판
출판등록 제1998─000017호
　　주소 서울시 서초구 사임당로14길 15 서광빌딩 2층
　　전화 02─585─7840
　　팩스 02─585─7848
　이메일 somyungbooks@daum.net
홈페이지 www.somyong.co.kr

　　ISBN 979-11-7549-057-4 03810
　　정가 39,000원

이 저서는 2022년 대한민국 교육부와 한국연구재단의 지원을 받아 수행된 연구임(NRF─2022S1A 5C2A02092184).

동아시아한국학 연구총서 36

가고 架橋

1980년대 일본인 유학생들의 한국 원로 문인 구술 탐방기

The Bridge
: Korean Writers Interviewed by the Japanese Students in the 1980s

정종현 · 윤미란 · 고자연 · 조은애 기획
인하대학교 한국학연구소 엮음

1. 이 책은 한국의 대학에 유학하거나 재직중이던 일본인 연구자들이 1980년부터 1985년까지 인터뷰한 28명의 한국 문인 중 녹음 자료가 남아 있는 8명의 구술을 채록하고 이에 관한 채록자의 후기 및 면담자의 탐방기를 엮은 것이다.

2. 1부의 채록문은 녹음 자료 전체를 옮긴 것이며, 구술자의 언어 습관이나 녹음된 대화 상황을 최대한 그대로 전달하고자 하였다.

3. 채록문 작성시 녹음 자료에서 청취가 불가능한 부분은 ○○○ 부호로 표시하였고, 구술자의 발화 중간에 개입하는 면담자의 발화는 ( ) 안에 표시하였다. '웃음'이나 '사이' 등의 비언어적 상황을 나타낼 경우도 ( ) 안에 해당 상황을 표시하였다. 단, 구술 내용 자체와 큰 관련이 없는 시간의 경과나 상황에 대한 표시는 편의상 일부 생략하였다.

4. 일본어 발화를 채록할 경우 본문에는 해당 발화를 그대로 일본어(일본식 한자, 히라가나, 가타카나)로 표기하고, 문장 단위(또는 어구 단위)를 기준으로 그 번역문을 첨자 형식으로 제시하였다.

5. 일본어 표기는 국립국어원에서 정한 외래어 표기법의 일본어 표기 규정을 준수하였다. 단, 인명이나 지명이 통상적인 발음에서 벗어나거나 특정 발화자에 의해 변칙적으로 발음될 경우 해당 독음을 병기하였다. (예 : 鄭芝溶てい·しよう)

6. 통상적으로 알려져 있는 일본 인명이나 지명은 일본어 구절 안에서는 일본어로, 한국어 구절 안에서는 한국어로 표시하였다.

7. 이 책의 각주는 모두 채록 및 편자, 역자의 것이다.

인하대학교 한국학연구소는 2007년부터 10년간 '동아시아 상생과 소통의 한국학'을 주제로 인문한국HK 사업을 수행하였다. 상생과 소통을 위한 동아시아한국학이란, 우선 동아시아 각 지역과 국가의 연구자들이 자국의 고유한 환경 속에서 축적해 온 한국학을 각기 독자적인 한국학으로 재인식하게 하고, 다음으로 그렇게 재인식된 복수의 한국학이 서로 생산적으로 소통할 수 있는 방법을 구성해 내는 한국학으로 정의할 수 있다.

본 연구소에서는 한국학 연구에 뿌리 깊이 각인된 민족주의 이념과 서구중심적 방법론을 극복하고자 '동아시아한국학'이라는 연구방법론을 창안하고 세계 각지의 한국학 연구가 화성和聲을 창출하는 복수의 한국학 연구를 10년간의 인문한국 사업을 통해 수행하였다. 그러나 연구 대상의 시간적 범위가 전통 및 식민지시대에 한정되고 공간적 범위도 동아시아를 넘지 못하였으며, 담론 중심의 연구로 인한 추상성과 국외 학술 무대와의 소통 부족이라는 한계점이 발견되었다.

이러한 문제점을 해결하고 동아시아한국학을 심화 및 확산시키기 위해서 공간적으로는 동아시아 너머의 세계를 포함하고 시간적으로는 냉전시대 전후를 포괄할 필요가 있었다. 이에 본 연구소는 해외 각 지역의 한국학 자료와 연구자 정보를 수집하여 구체성을 확보하고, 나아가 해외 한국학 연구자들과 소통함으로써 동아시아한국학에 대한 학문적 관심을 국외 학술 무대로 확산시키는 일을 향후 과제로 삼았다.

한국학의 형성 무대와 주체는 한국과 한국인들만이 아니다. 중국과 일본을 포함하여 중앙아시아, 유럽과 미국에서도 다양한 방식으로 한국학 연구가 이루어졌다. 그럼에도 불구하고 해외 한국학은 지금까지 국내 한국학의 주변부로만 인식되어 연구의 의의와 가치가 평가절하되어 왔다. 해외 각 지역의 한국학은 그 지역의 일정한 문화적, 사상적 배경 아래 형성된 것인 만큼, 그 의의와 가치가 온전히 밝혀지고 그 결과가 각 지역의 한국학과 소통될 필요가 있다. 바로 여기에 상생과 소통을 통한 복수의 한국학을 표방하는 동아시아한국학 연구의 의의가 있다.

그동안 해외 한국학 연구에서는 각 지역 한국학이 지닌 해당 지역에서의 의의와 가치가 분명하게 드러났다고 보기 어렵다. 한국학의 일국주의를 지양하는 동아시아한국학 연구를 통해 각 지역 한국학과 소통하여 상생할 수 있는 복수의 한국학을 연구하고 이들과의 소통을 추구하는 연구가 필요하다. 본 연구소는 이러한 연구의 필요성을 인식하고 해외 한국학에 대하여 집단전기학적 분석을 통해 본격적으로 현지 한국학 연구를 수행하고자, 2019년부터 '동아시아한국학의 심화와 확산을 위한 해외 한국학의 집단전기학'을 의제로 한국연구재단의 지원을 받아 '인문사회연구소지원사업'을 수행해 오고 있다. 이 과제는 지난 10년간 수행해 온 인문한국 사업을 보다 발전시켜 계승한 것이다.

이러한 연구 사업의 일환으로 본 연구소에서는 1980년대 유학 중이던 일본인 대학원생들이 당시 생존해 있던 한국의 원로 문인들을 방문하여 남긴 구술 기록과 탐방기를 정리하고 해제하였다. 식민지인이었던 원로 문인들과 식민 지배자들의 2세인 유학생들은 사랑하는 한국문학이라는 공통의 관심사를 통해 서로를 이해하는 '가교'를 놓고 있다. 이토록 귀한 자료를 함께 만들고 수록을 승낙해 주신 한국의 원로문인들과 일본인 유학생들께 감사의 말씀을 드린다.

본 연구소에서는 해외 한국학의 집단전기학 연구를 통해 동아시아한국학의 심화를 이룸과 동시에 그 성과들을 시민들과 공유함으로써 연구

결과의 확산도 도모하고 있다. 본 연구총서의 발행은 이러한 목적하에서 이루어진 것이다. 모쪼록 이 총서가 동아시아한국학의 심화와 확산이라는 큰 목표를 이루는 데 일조할 수 있기를 기대한다.

인하대학교 한국학연구소

이 책은 1980년대 서울의 여러 대학원에서 한국 근대문학을 공부하고 있던 일본인 유학생들이 생존해 있던 원로 문인들을 방문하여 인터뷰한 구술 기록과 탐방기를 정리한 것이다. 당시 동국대학교 대학원에서 한국 근대문학을 공부하고 있던 시라카와 유타카白川豊, 규슈산업대 명예교수와 같은 대학원 고노 에이지鴻農映二, 문학평론가가 한국의 원로 문인들을 방문하여 가르침을 받을 필요를 느끼게 되면서 시작되었다.

의기투합한 두 유학생은 자신들의 지도교수인 비평가 조연현과, 동국대 교수로 재직하며 강의를 하고 있던 시인 서정주를 통해 원로 문인들을 소개 받았다. 이후 두 사람은 서울대 석사 과정을 마치고 세종대학교 조교수로 재직 중이던 세리카와 데쓰요芹川哲世, 현재 니쇼가쿠샤대 명예교수에게도 연락한다. 이들 세 사람이 주축이 되고 미즈노 겐水野健, 당시 서울대 유학, 세키네 하루코關根春子, 당시 연세대 유학 등 몇몇 일본인 유학생이 번갈아 합류하며 1980년부터 1985년까지 대략 5년여에 걸친 시간 동안 총 26명의 원로 문인을 인터뷰하였다.

문인 인터뷰를 기획하고 주도했던 시라카와 유타카 규슈산업대 명예교수가 방문 날짜의 순서와 인터뷰 장소 및 인터뷰 참가자 등을 중심으로 정리한 '문인 인터뷰 일람표'를 소개하면 다음과 같다.

〈문인 인터뷰 일람표〉

No.	문인명	방문연월일	인터뷰장소	참가자명
1	박종화	1980.7.24	문인자택	고노 에이지, 시라카와 유타카
2	백철	1980.7.31	문인자택	고노, 시라카와, 미즈노 겐
3	윤흥길	1980.8.3	문인자택	고노, 시라카와
4	모윤숙	1980.8.21	한국 펜클럽	고노, 시라카와
5	김소운	1980.8.23	문인자택	고노, 시라카와, 세리카와 데쓰요
6	박화성	1980.9.1	문인자택	고노, 시라카와, 세리카와
7	최정희	1980.9.7	문인자택	고노, 시라카와, 세리카와, 세키네 하루코
8	서정주	1980.9.21	문인자택	고노, 시라카와, 세리카와, 세키네, 나가토모 에이코
9	김기진	1980.9.28	문인자택	고노, 시라카와, 세리카와, 미즈노, 세키네
10	윤일주	1980.10.3	문인자택	고노, 시라카와, 송우혜
11	유진오	1980.10.5	문인자택	고노, 시라카와, 세리카와, 세키네, 나가토모
12	김광균	1980.10.18	문인자택	고노, 시라카와, 세리카와, 세키네
13	이헌구	1980.10.26	문인자택	고노, 시라카와, 세리카와, 미즈노, 세키네
14	황순원	1980.11.2	문인자택	고노, 시라카와, 세리카와, 미즈노, 세키네
15	김동리 손소희	1980.12.8	문인자택	고노, 시라카와, 세리카와, 미즈노
16	박두진	1981.1.14	문인자택	고노, 시라카와, 세리카와, 미즈노, 세키네
17	정비석	1981.5.7	문인자택	고노, 시라카와, 세리카와, 미즈노, 세키네
18*	박화성	1981.9.18	문인자택	시라카와, 마키세 아키코, 차영자(No. 6의 재방문)
19**	이은상	1981.10.28	문인자택	고노, 시라카와, 세리카와, 세키네
20	조용만	1981.11.25	문인자택	고노, 시라카와, 세리카와, 세키네
21	구상	1981.12.21	문인자택	시라카와, 세리카와, 고노, 세키네
22	백철	1985.1.24	문인자택	시라카와, 세리카와(No. 2의 재방문)
23	김송	1985.1.27	뉴서울호텔	시라카와, 세리카와
24	유정	1985.2.2	문인자택	시라카와, 세리카와
25	임헌영	1985.2.12	문인자택	시라카와, 세리카와
26	조용만	1985.2.21	문인자택	시라카와, 세리카와(No. 20의 재방문)
27	이병도	1985.3.2	문인자택	시라카와, 세리카와
28	이희승	1985.3.8	문인자택	시라카와, 세리카와

① 10월 7일 재방문(미즈노, 세키네, 야에가시 아이코)
② 11월 20일 재방문(시라카와, 세키네)
③ *은 재방문 횟수

대상이 되는 원로 문인들은 26명이지만, 조용만과 백철의 경우 각 2회 인터뷰가 이루어져 총 28회의 방문이 이루어졌다.

과거의 식민 본국에서 태어나 한국으로 유학을 와서 식민지인들의 문학을 배우고 있던 일본의 청년 연구자들이 식민지시대부터 활동해 온 생존 원로 문인들과 조우하여 남긴 이 자료들은 그 자체로 특별하고도 소중한 문학 유산이라고 할 수 있다. 식민자들의 2세를 만난다는 것은 원로 문인들에게도 여러 감회를 불러 일으켰던 것 같다. 인상기에 따르면, 어떤 문인은 한복을 정갈하게 갈아 입고 엄숙한 표정으로 이들을 맞이했다. 또한, 많은 문인들이 능숙한 일본어를 한국어와 뒤섞는 방식으로 일본인 청년들과 대화를 나누고 있다.

문인 방문의 초창기에는 녹음 없이 대화를 하며 메모하는 방식으로 인터뷰가 진행되었다. 메모만으로는 인터뷰의 내용이 망각될 수도 있어서 녹음을 고려하기도 했으나 그로 인해 문인들이 긴장하여 무난하고 형식적인 발언만을 할 지 모른다는 우려 때문에 18번 박화성에 대한 인터뷰까지는 녹음 없이 진행했다고 한다. 그러다가 19번째 이은상 이후부터 사전에 구술의 녹음과 그 활용에 대한 허락을 받고 인터뷰를 녹음하기 시작했다. 그 결과 이은상, 조용만, 구상, 백철, 김송, 유정, 이병도, 이희승 등 총 8명의 문인에 대해서는 구술 녹음이 이루어졌다.

녹음에 사용된 것은 녹음용 카세트 테이프가 아니라 기성품인 대중 가요 테이프와 이미 다른 내용이 녹음되어 있는 테이프를 재사용했던 것으로 보인다. 녹음된 인터뷰 중간에 음악이 남아 있기도 하고, 간헐적으로 인터뷰와 상관없는 다른 내용이 담겨 있는 경우도 있으며, 테이프가 다 되어서 인터뷰 녹음이 중간에 끝난 경우도 있다. 즉, 남아 있는 인터뷰의 녹음 자료마저도 완전하지 않은 것이다. 또한 유학생들이 구술 인터뷰에 대한 전문적인 훈련을 받은 것이 아니어서 자신들의 관심사에 국한한 피상적인 질문을 하거나, 대부분 구술을 하는 문인들이 임의로 하는 이야기를 수동적으로 듣는 방식이어서 현재의 관점에서 보자면 체계적인 구술 인터뷰 자료라고 말하기도 어렵다.

그렇지만 어쩌면 바로 이러한 불완전성과 미숙함들이 이 구술 자료의 진정한 가치를 만든 조건이었는지도 모르겠다. 인터뷰에 응했던 원로 문인들 대부분은 자신들의 문학적 이력과 문단사에 대해 저널리즘에서 반복적으로 회고해 왔고, 이미 단행본으로 출판한 사람들도 있었다. 능숙한 인터뷰어도 이런 자료를 미리 읽고 그것과 다른 새로운 기억을 끄집어내는 것은 무척 어려운 일이다. 회고에 익숙한 문인들은 자신들이 이미 했던 회고의 틀을 잘 벗어나지 않기 때문이다.

일본인 대학원생을 만난 문인들의 회고 또한 비슷한 측면이 있다. 문인들의 회고 상당 부분이 기존에 했던 회고와 흡사하다. 그렇지만 인터뷰어가 일본인 청년들이라는 사실 때문에 자신들이 문학 청년 시절에 읽었던 일본 작품이나 애호했던 일본 작가에 대해서, 또 기존의 구술에서 언급하지 않았던 여러 이야기들을 들려주는 경우들을 확인할 수 있다. 이 책에 실린 구술을 기존의 회고와 대조하여 읽다 보면 이 구술 자료에서만 확인할 수 있는 새로운 사실과 더불어 새롭게 생각해 볼 여러 논점들을 찾아낼 수 있을 것이다.

녹음으로 남아 있는 8명의 구술 자료뿐만 아니라 녹음이 남아 있지 않은 문인들과의 인터뷰도 그 개략적인 내용을 파악할 수 있다. 원로 문인 인터뷰의 주축이었던 고노 에이지, 시라카와 유타카, 세리카와 데쓰요가 인터뷰 당시의 메모를 토대로 여러 편의 탐방기를 작성했기 때문이다. 이들 탐방기에는 문인들의 인상과 분위기는 물론 문인들의 발언이 간접 인용의 방식으로 소개되어 있으며, 인터뷰어 자신들의 평가도 간략하게 정리되어 있다. 일본인 유학생들이 원로 문인들을 각각 다르게 평가하는 대목도 확인할 수 있다.

이상을 전제로 이 책의 본문 구성에 대해서 설명하면 다음과 같다. 본문의 제1부에서는 녹음이 남아 있는 총 8명의 원로 문인에 대한 구술 채록을 푼 녹취문이 실려 있다. 인터뷰 날짜에 따라 이은상, 조용만, 구상, 백철, 김송, 유정, 이병도, 이희승의 순으로 정리했다. 인터뷰 대상 문인의 간략한 약력을 소개하고, 이후 인터뷰 내용의 녹취를 그대로 풀어 수록하였다. 구술 자료 뒤에는 녹음 자료를 풀어 정리한 2차 구술자^{연구자}의 채록 후기를 실었다.

본문의 인터뷰 채록문 중 일본어 부분에 대해서는 간략한 설명을 할 필요가 있다. 원로 문인들 대부분은 일본 유학 경험을 가지고 있으며 일본인 유학생과의 대화에서 일본어와 한국어를 뒤섞으며 대화했다. 따라서 인터뷰의 현장감을 그대로 전달하기 위해서 원로 문인들이 사용한 일본어를 본문에 그대로 표기하고 번역은 첨자로 병기하였다. 또한 인명이나 지명의 일본어 독음이 발화자마다 다를 경우에는 필요에 따라 해당

독음을 병기했다. (예 : 鄭芝溶てい・しよう)

　본문의 제2부는 녹음이 남아 있지 않은 대부분의 문인들을 중심으로 한 탐방기로 구성되었다. 시라카와 유타카[4편], 고노 에이지[3편], 세리카와 데쓰요[1편] 등 총 8편의 탐방기로 구성하였다. 고노 에이지와 시라카와 유타카는 원로 문인 인터뷰를 발의하고 모든 인터뷰에 참여한 핵심 멤버로 활자화된 탐방기를 남겼으며, 세리카와 데쓰요도 당시의 메모를 토대로 인상기를 작성해 주었다. 시라카와 유타카의 경우 유학을 마치고 귀국한 후 다시 한국에 와서 김용제, 조용만에 대한 인터뷰를 수행했으며 이에 대한 인상기를 남겼기에 여기에 함께 수록했다.

　이 책은 많은 이들의 정성을 통해 만들어지고 세상에 나오게 되었다. 우선, 한국 근현대사의 격랑을 붓으로 뚫고 헤쳐온 원로 문인들이야말로 이 책에서 가장 중요한 역할을 한 분들이라고 할 수 있다. 그들은 바다를 건너온 젊은 연구자들을 반갑게 맞이했으며, 자신들이 겪어온 한국문학의 경험을 열정적으로 들려 주었다. 구술 곳곳에서 한국문학을 공부하는 일본인 청년들에 대한 존중과 한국문학에 대한 원로 문인들의 자긍을 느낄 수 있었다.

　다음으로, 자신의 선대들이 침략했던 과거의 식민지에 그들의 문학을 배우러 온 진지한 일본의 청년 연구자들의 열정과 정성을 꼽아야만 할 것이다. 그들은 자신들이 배우는 한국 근대문학의 산 증인인 원로 문인을 찾아다니며 배움을 청하기에 주저하지 않았다. 그들의 열정 덕분에 이러한 귀한 자료가 남을 수 있었다.

원로 문인과 일본인 청년 유학생들의 정성에도 불구하고, 이 자료들은 40여 년 동안 빛을 보지 못하고 있었다. 이 귀한 자료가 세상에 드러나 많은 이들과 만나게 된 것은 한국예술기록원의 관심과 지원 덕분이었다. 예술기록원의 지원을 받아 이 자료들의 구술을 풀고 인상기를 번역하는 등 원고를 마련할 수 있었다.

복잡하고 까다로운 형태의 구술 녹취를 풀고 출판을 진행하는 작업은 정종현, 윤미란, 고자연, 조은애 등 4인의 연구자가 함께 했으며, 대부분 일본어로 작성된 탐방기의 번역은 정창훈 연구자가 수고해 주었다. 인하대 한국학연구소는 이 책의 출판을 지원해 주었으며, 소명출판의 편집부에서 가독성이 좋은 훌륭한 단행본으로 편집해 주었다. 이 책이 나오기까지 애써 주신 모든 분들에게 감사드린다.

책임 편집자 정종현, 윤미란, 고자연, 조은애 씀

| 차례 |

부록

제1부

원로 문인 구술기록

이은상 李殷相, 1903~1982

대한민국의 시조시인이자 사학자. 경남 마산 출신, 연희전문학교 문과에서 수업 및 일본 와세다대학 사학부 청강. 이화여자전문학교, 서울대학교, 영남대학교 교수를 거쳐 한국시조작가협회장 등을 지냈으며 광복 전에는 국민문학파의 일원으로 활약, '조선어학회 사건'으로 투옥되었음.『조선문단』지 초기부터 꾸준히 작품 활동을 함. 그의 시조는 조국과 국토 산하에 대한 예찬, 전통적 동양 정서, 불교적 무상관 등이 바탕을 이루고 있으며 저서로는『노산 시조집』,『민족의 맥박』,『조국 강산』,『이 충무공 일대기』등이 있음.

◀ 세키네, 이은상, 고노, 야에가시 아이코
▼ 세키네, 이은상, 고노, 세리카와

1
일본 유학생에게 당부하는 말 (1)

일시 : 1981년 10월 28일

장소 : 이은상 자택

구술 : 이은상

면담 : 시라카와 유타카, 고노 에이지, 세리카와 데쓰요, 세키네 하루코, 야에가시 아이코

1. 일본 유학생이 한국에서 한국을 공부한다는 것의 의미

이은상   난 제일 묻고 싶은 것은 어째서 하필 한국어나 한국문학을 한
국에 와서, 한국문학을 좀 연구해 보겠다고 하는 동기가 어떻
게 그렇게 됐나?

시라카와   사람마다 다르죠, 허허.

이은상   단순히 이웃 나라라고 해서 호기심이 있었던 겐가? 아니면 인
연 관계가 있었던 겐가?

시라카와   저 같은 경우는 저희 아버지, 어머니가 팔일오8·15 전에 여기
살고 계셨거든요.

이은상   아버지, 어머니 여기서 났어?

시라카와   예, 어머니만 부산에서 났어요. 아버지는 아주 젊었을 때 여기
건너 왔었어요. 그때 철도원으로 계시다가 팔일오가 됐으니까
일본에 갔는데 결혼은 물론 그 다음에 가서 하셨는데, 그래가지
고 아버님, 어머님 다 여기 옛날에 계셨으니까 어렸을 때부터

그런 이야기를 많이 들었어요. 한국에 대한 이야기라든가. 그래
서 관심을 가지게 됐는데 한국문학을 하게 된 거야 뭐 큰 동기
같은 건 없습니다. 하다 보니까 어학, 언제까지나 어학만 하는
것도 좀 어색하니까 좀 문학이나 해볼까 그런 생각이에요.

이은상 여기 와서 한국말도 그만큼 잘 알고 또 한국의 현실, 풍속 좋은
점, 나쁜 점 눈으로 보고 또 과거에 한국의 역사나 한국의 문
학이나 그런 것을 알고 싶어 한다는 거, 한국 사람으로서는 환
영할 수 있는 일이거든. 좋은 일이죠. 동기화가 어떻게 돼서 왔
든지 난 늘 이런 생각을 해요. 일본 학생들이 와서 한국을 연구
하려고 하는 사람들은 있는데 한국 학생은 일본에 가서 일본
문학을 연구한다든지 일본풍속을 연구하려고 하는 사람은 없
거든요. 왜 그런가, 첫째는 일본 학생들은 그만큼 경제적 여유
가 있다고 하는 것이 하나 있고, 한국 학생들은 위선 당장 일
본에 가서 일본문학을 연구할 수 있을 만한, 남의 나라에 가가
지고서 돈도 없고 유학할 수 있을 만한 그런 힘이 없다는 것
이 첫째 하나 있을 거고, 그 다음에 정신적으로 봐서 아직도 일
본 학생들에게도 젊은이들에게도 전쟁 전과 전쟁 후에는 확실
히 그 인생관과 국제관과 모든 국가관이 다를 것은 확실한데
여러분의 선배들이 한국을 침략했을 때에 그때 있던 사람들의
사고방식과 오늘의 젊은이들의 일본사람과 커다란 차이가 있
었던 건 사실이에요. 오늘의 한국 청년들도 우리가 당했던, 일
본의 침략을 당했던 그 시대의 사람들하고 일본이 뭐 어떻게
했던 건지 전혀 알지 못하는 오늘의 한국 청년들하고 그 사고
방식이 전혀 다르다고 하는 것이 확실해요. 우리는 일본에 대

한 정책적으로는 증오감을 아직도 가지고 있는데 우리 청년들은 전혀 증오감을 느끼지 못하거든요. 체험해 보지 못했으니까. 체험한 사람하고 경험하지 못한 사람하고의 사이에 큰 차이가 있는 건 사실이에요. 사실인데 그러면서도 의연히 그 혈통을 타고났고 의연히 그 선배의 이야기를 듣고 있고 하기 때문에 역시 일본 청년들에게도 무엇인가 아직도 그 찌꺼기가 흘러 내려올 게고 한국 청년들에게도 무엇인지 일본이라 하면 경험하지 못해서 우리하고는 다르긴 다르면서도 저 그 찌꺼기가 아직도 흘러 내려오는 것은 그건 피할 수 없는 일이라고. 난 남의 나라 학문을 연구한다고 하는 사람에게 먼저 얘기하고 싶은 것은 일단 새 시대의 시대관과 국가관으로 봐서 먼저 그러한 감정적인 요인을 떠나라 하는 게예요. 일본의 『요미우리読売』요미우리신문사에선가 여러 해 전, 한 십여 년 전에 내게 인터뷰를 왔을 적에 내가 이런 말을 했어. "내가 잊어버리려고 하는데 나로 하여금 잊어버릴 수 있게 해달라. 아직도 당신네들이 의연히 한국 민족에게 대해서 핍박하는 어떤 그런 자세를 가진다면 내가 옛날 기억을 도로 가져온다. 그렇기 때문에 나로 하여금 忘れるように잊도록 나는 忘れたいから잊고 싶으니까 난 잊어버리고 싶다. 다 잊어버려야 할 시대는 왔다. 뭐든 과거다. 하는데 잊어버리지 않게시리 자꾸 해주면 내가 도로 내 기억이 되살아날 것 아니겠느냐?" 으선 여러분에게, 많은 한국의 문인들과 만나봤겠지마는 나라고 하는 사람의 입장은 핍박받던 사람의 하나야. 오랜 통치를 하는 동안에 여기 많은 문인, 현재 있는 한국의 문인, 예술가, 시인 이른바 친일적인, 일본에 친근해

가지고 일본에 굴복하고 日本語で일본어로 작품도 쓰고 한국말을 내버리고 日本語일본어를 쓰자고 하는 말에 찬동도 하고 일본의 정치에 부동하고 천황을 찬송하고 그런 사람이 있었다고 하는 것은 이미 잘 아는 얘기야. 이북에서는, 공산사회에서는 벌써 목 다 달아났어. 다 없애버렸어. 다 죽여버렸어. 그건 인간들 아니라는 거야. 그래서 민족의 지조를 잃어버린 사람들은 이미 저기서는 다 처단됐거든요. 남한에 있어서는 그야말로 玉色옥색, 옥인지, 돌인지 다 섞거든요. 어느 것이, 누가, 어떤 사람이 애국자인지 아닌지 잘 모르겠어. 세월이, 사십 년 세월이 갔기 때문에. 여기 기미년 三·一삼일(3·1)운동 있잖아요? 万歳運動만세운동. 六十歳といったら老人なんだよ. その老人が万歳運動を知らないの육십 살이면 노인이에요. 이 노인은 만세운동을 몰라요. その老人が이 노인이 나오기 전에 六十二年になるから62년이 되기 때문에, 그렇잖아? 한 살도 안 돼서 만세운동을 했는데, 만세운동을 알 리가 만무하거든요. 모른다고요. 六十歳の老人が万歳運動を知らない육십 살 노인이 만세운동을 몰라요. 해방 三十六年, 四十歳の삼십육 년, 사십 세의청년이 日本人일본인이 뭔가, 본 것도 같고, 안 본 것도 같고 日本人を知らない일본인을 모른다, 四十歳が사십 세가. 이북에서 공산당이 우리 전쟁을 할 적에 三十一年31년, 31년 됐죠, 벌써? 우리나라 전쟁한 지가? 三十歳の青年が共産党を知らない삼십 세의 청년이 공산당을 몰라요. 見たことないんだから본 적이 없으니까. 이만큼 세월은 빨리 간다고. 歴史が流れる역사는 흐른다. 그러나 그 역사는 흘러가는데 그 歴史が그 역사가 없어지지만 残るものは남는 것은, 그 残るものは교훈だと남는 것은 교훈이라고. 역사의 교훈이에요.

그 역사의 교훈을 잘 받으면 그 민족은 다시 고생하지 않는다. 일본 사람들에게 핍박을 받던 그 시대를, 그 교훈을 잘 받으면 바로 살 수 있다고. 공산당한테 큰 고생하던 것을, 그 교훈을 잘 받으면 산다고요. 그 교훈을 잘못 받으면 またも^또 또 어떤 고통이 와서 苦しめるか知らないね^{괴롭힐지 몰라요}. 그렇기 때문에 그 과거를 다 잊어버릴 수 있도록 돼야 되는데.

2. 남의 나라에서 연구하는 것, 역사

이은상　먼저, 거 이거 드세요. 먼저 난 여러분들에게 하고 싶은 얘기는 이 나라에 무슨 동기로 와서 연구하려고 했든지 남의 나라에 와서 남의 나라를 연구한다고 하는 것은 네 가지예요. 첫째는 歷史^{역사}, 이 나라의 역사가 어떻게 됐는가 그걸 알아야 되죠. 그래서 国語^{그래서 국어}, 달을 알아야 돼. 国文^{국문}, 글이 어떻게 되냐, 文字^{문자}요. 그 다음에 民族, 風俗ですね. その四つが国学 ^{민족, 풍속이에요. 그 네 가지가 국학}. 우리가 日本^{일본}의 勉強したといったら, 日本の歴史, 日本語, 日本の文学, 日本の民族, 風俗, 習慣^{공부} 했다고 하면 일본의 역사, 일본어, 일본의 문학, 일본의 민족, 풍속, 습관, 그것이 일본을 아는 학문이거든요. 우리가 인도를 연구한다고 할 적에는 印度の歴史, 印度語, 印度の文学, 印度の哲学, 印度の習慣^{인도의} 역사, 인도어, 인도의 문학, 인도의 철학, 인도의 습관 그걸 알려고 하는 것 아닌가, 그렇기 때문에 우리나라에 와서 우리나라를, 한국을 연구한다고 하는 사람은 그 네 가지에 관심을 해야 돼요. 그런데 우선 첫째 역사에 대한 문제를 볼 적에 여러분이 혹시 이 나라의 텔레비전^{TV}을 보잖아요. 何か^{뭔가} 그 歷史物の^{역사물의}연극을 본다고요. 내가 일본에 갈 것 같으면 다른 거 다 안 보고 侍の^{사무라이의} 연극, 그거 내가 좋아한다고. 거기에 일본을 찾아볼 수가 있기 때문에. 日本が^{일본이} 거기에 있어요. 그 속에 있다고. 日本の精神が^{일본의 정신이} 뭔가, 日本人の^{일본인의} 가는 방향이 어딘가, 무엇을 좋아하는가, 日本の匂いが^{일본의 체취가} 거기 있거든요. 하기 때문에 그걸 내가 보는데, 아무것을 보든지, 참으로 좋은 자료를 가지고 참으로 일본을 보여줄 만한 그러한 연극이 많더라는 거예요. 그만큼 발달한 거예요. 가령 아주 옛날 赤穗義士^{아코 의사[1]} 그런 것을 두고 새롭게 만드는 그러한 사무라이 극이라도 재미있게 만드는 것이 있는데, 여러분들이 우리나라에 와서 테레비를 틀어보면 그 뭐 얄궂은 독을 가지고서 음모하고 뭐 먹이고, 죽이고 뭐 하는데 그런 거 나오잖아요? あ, 韓国の歷史がこんなもんか^{아, 한국의 역사는 이런 것인가?}. 그렇게 오해할 정도로 발달되지 못했어요. 틀려먹었다고요. 난 그것을 항상 이 테레비 작자, 테레비에 대해서 내가 불만을 말하는 이유가 거기에 있어요. 歷史^{역사}는 어떤 대궐 안의, 궁중에 王様の^{왕의} 궁중에 있는 에피소드, それが歷史じゃないの^{이것이 역사가 아니에요}. 여기에서, 우리나라에서는, 한국에서는 까딱하면 역사를 편찬해 놓은 것이 마치 뭐 세종대왕 얘기 뭐 무슨 왕 얘기 누구 이 얘기, 궁중의 누구 얘기, 무슨 대신의 무슨 얘기 아니면 特権階級

---

1   赤穗義士 : 1702년, 자결을 당한 주군을 위해 복수한 아코 번(藩)의 의사들.

특권계급의の에피소드 이것이 韓国の歴史한국의 역사 모양으로 읽어 가지고 있거든요. 그것이 한국 역사가 아니라고, 내가 보기에 는. 그것을 만일 여러분들이 "한국의 역사로구나" 하고 오해하 지 말라 이거야. 그건 한국의 역사의 ある一部分だ어떤 한 부분이다. 어느 一部分のエピソードに過ぎない어떤 한 부분의 에피소드에 불과하다. 그러한 나쁜 점만 どうか, 恥辱とはあるでしょう있다면, 부끄러운 일 이죠. 그와 같은 것만이 한국의 역사였더라면 もう何百年前に 滅びた벌써 몇백 년 전에 망했다. 그런 나쁜 놈의 민족이 어떻게 여기 까지 왔노 말이야. 그것은 하나의 에피소드고 특권계급에만 있 는 거고, 田舎に行って시골에 가서 동인, 서인 있잖아요? 東の党派, 西人の派閥があるんでしょう?동쪽의 당파, 서인의 파벌이 있잖아요? 저 시 골에 가서 김 서방 동인이 없고, 뭐 최 서방 호박이 동인지 호 박이 있고, 서인지 호박이 있고. そんなことないの그런 것 없어요. 민중에게 있어서는 아무것도 없다고요. 오직 한국의 바른 정 신 그것만이 민중 속에 사랑과 서로 친절과, 봉사하고 서로 돕 고, 합동하고 그런 것만이 한국 민족의 본유의 역사지, 서로 죽 이고, 음해하고, 권력을 다툼하고 하는 것은 上流層の一部分の エピソードよ상류층 일부분의 에피소드에요. 그 一部分の歴史일부분의 역사 를 한국의 歴史역사로 오인하지 말아라 이거야. 참으로 한국 역 사는 민중을 今日まで오늘날까지 이렇게 이끌고 온 その要素が그 요소가 어디 있느냐고 하는 거, どこに어디에 이렇게 역사를 이끌 고 오는 요소가 있느냐고 하는 것을 다른 데 가서 찾지 않으면 안 된다. 그것부터, 역사에 대한 이해부터 먼저 알아야 된다는 거야. 하기 때문에 상류층의 이야기, 테레비에 나오는 그 따위

것이 한국의 역사로 오인해서는 그건 실패한다고. 그건 한국의 역사가 아니다는 거야. 한국의 역사는 아직도, 말하자면 편찬이 되지 않았다 이래 봐요. 한국의 역사를 완전히 새로 편찬하지 않으면 안 된다고 하는 것을 나는 늘 주장을 하거든요. 民衆の歴史, 国民の歴史, 国民史민중의 역사, 국민의 역사, 국민사. 徳富が日本国民史도쿠토미가 일본국민사를 썼는데 日本の일본의 무슨 천왕폐하 속에 있는 무슨 그런 역사를 쓴 것이 아니고 일본 국민이 어떻게 살아왔느냐고 하는 그것을 중심으로 하고 쓴 것이 徳富の国民史도쿠토미의 국민사인데 참으로 한국에 있어서도 국민사가 있어야 된다. 그것이 本当の진정한 한국사일 게다 이 말이야. 그런 점을 아직 まとめた歴史が編纂されていないんで한데 모은 역사가 편찬되지 않아서 그런 것을 断片的でも단편적이라도 해 볼 필요가 있다고 하는 것을 내가 권하고 싶고, 말하자면 테레비에서나 혹은 今の歴史の教科書なんかに현재 역사교과서 따위에 궁중에 있는 宮中のエピソード궁중의 에피소드 이것이 한국의 역사인 것처럼 얽어놓은 것은 실패한 거예요. 그건 틀렸어, 그거 아니다 이거예요. 그러니까 그 점을 느끼기 위해서 얘기해야 하고.

3. 남의 나라에서 연구하는 것 언어와 문자

이은상 말과 글의 문제, 言語と文字언어와 문자, 이것에 대한 것을 좀 더 그, 이 나라의 한국의 문자와 글이 어떠한 박해를 받아왔던가를 알아야 돼요. 첫째의 박해는 漢文が한문이, 한문이 한글을,

저 韓国の文字を, 韓国の言葉を 한국의 문자를, 한국의 말을 한문이 병을 들였다고요. 소위 時代, 思想というものが大国を崇拝する 시대, 사상이라는 것이 대국을 숭배하는 말하자면, 支那を崇拝する高麗時代までもそれが 중국을 숭배하는 고려시대까지도 이것이 그렇게 著しく 현저하게 나타나지 않았는데 李朝に来て, 佛教 이조(조선시대)에 와서 불교를 배척하고 유교를 国教として 국교로서 생기지 않았어요? 유교와 いったら漢文なんだ 라고 하면 한문이죠. それで文化というものは空気みたように密度が 문화라는 것은 공기처럼 밀도가 있는 데서, 密度 밀도가 희박한 데로 流れていくんでしょう, 空気は 흘러가죠, 공기는. 同じです 똑같습니다. 低い文化に高い文化が流れていくんですよ 낮은 문화로 높은 문화가 흘러가는 것입니다. 時代ごとに違ってくるんですけど, 古代においては韓国の文化が日本の文化より高かった 시대마다 다르지만 고대에서는 한국의 문화가 일본의 문화보다 높았습니다. だから韓国の文化が全部日本に流れて行く 따라서 한국의 문화가 전부 일본에 흘러갔다. 近代に来ては 근대에 와서는 서구의 文化 문화를 まず前持って 먼저 선취하여, 받아들인 것이 日本だから 일본이니까요. これ 이것, 말하자면 쇄국주의로 그냥 가둬놓고 있었기 때문에 これ低かったんだ 이것이 낮았어요. だから, 日本の文化がここに流れて来たんですよ 따라서 일본의 문화가 여기로 흘러온 것입니다. ヨーロッパの文化が日本に流れてきて, それがまた韓国に流れてくるんでしょう 유럽의 문화가 흘러왔고, 또 그것이 한국에 흘러온 것이죠. こういうふうに時代につれて 이런 식으로 시대에 따라 높은 문화가 낮은 문화로 흘러가는 거예요. 그래서 중국의 문화가, 支那の漢文の文化が 중국의 한문문화가 우리나라 文化 문화보다도 높기 때문에 그래서 흘러들어왔다고요. 거기에 요때 한글이라는 제 나라 글을 무시하게 된다고. 한문학자들은, 漢文の 学者たちが^{한문 학자들이} 한글 말하자면 朝鮮語^{조선어}, 그것은 무시하기 쉽게 됐어. 위선 몇백 년간 내려오면서 오백 년 전에 한글이라고 하는 것을, 우리 글자를 만들어 놓았는데 한문을 쓰지 아니하고 한글만을 朝鮮の文字それだけ持って^{조선의 문자 그것만 가지고} 문학을 제작을 했더라면 오백 년 동안에 굉장한 문학이 나왔을 것이에요. 근데 그것을 자꾸 押さえて^{억압하고} 한문을 자꾸 숭배했다고. 말하자면 문학을 쓰는 사람은 上流階級だから, 上流階級^{상류계급이니까, 상류계급(이)}라고 하는 것은 한문을 아는 사람이 上流階級^{상류계급(이)}요. 저급에 있는 普通の民衆たちは漢文が難しいんだから^{언문だけ持って書くんでしょう}^{보통의 민중들은 한문이 어려우니까 언문만 썼어요}. それから언문が婦人の, 女たちの文学で, 漢文は男あるいは上流階級の文学だからな^{그리고 언문이 부녀자들의 문자이고 한문은 남성 혹은 상류계급의 문자이기 때문이죠}. 첫째 迫害^{박해}를, 박해를 받기를 한문에서 朝鮮語^{조선어}가 박해를 받았다고요. 첫째 박해를 받았고. 좀 더 일어나리라고 생각을 했는데 まさにヨーロッパの新文明が^{바로 유럽의 신문명이} 들어오면서 自覚運命, 自分を^{자각운명, 자신을} 자기가 자기를 알려고 하는 게 일어서자 日本の侵略^{일본의 침략}. それで^{그래서} 일본의 정책이 여기서 침략을 하면서, 여러분은 모르지만은 여러분의 先輩の, 日本の政策が二つの国じゃない, 一つだよ^{선배들의 일본 정책이 두 개의 국가가 아니라 하나에요}. 一つの, 一つの日本国, 大日本国というその範囲内に朝鮮を含める式, 国語は一つだと, 朝鮮語を抹殺する, 朝鮮語必要ないんだと. 日本語でいいんじゃないか. 一つの国に二つの国語があるか. あ

るはずがないんだから 하-ㅏ의, 하나의 일본국, 대일본국이라는 그 범위 내에서 조선을 포함하는 식으로, 국어는 하나라고 조선어를 말살하고 조선어는 필요없다 라고 했어요. 일본어로 좋지 않은가? 하나의 국가에 두 개의 국어가 있는가? 있을 리가 없으니까. その 政策が 그 정책이 한글 말하자면 朝鮮語あるいは朝鮮の文字を抹殺する政策なんだ 조선어 혹은 조선의 문자를 말살하는 정책이에요. それから 그리고 성姓, 말하자면 이가, 김가 없애버리고 후지모토상, 야마모토상, 다나카상 그걸로 바꾸자, 그런 정책, 名字の抹殺政策, また, 結婚で 이름 말살정책(창씨개명), 그리고 결혼 전부 日本人と韓国人を混ぜて, 何がなにか, 境がないようにした結婚政策を, その三つが 일본인과 한국인을 섞어서 뭐가 뭔지, 경계가 없어지게 결혼정책을 (했어요). 이 세 가지가 거의 해방할 때 1940년, 1945년 해방 전 말하자면 1945年でしょう 1945년이죠?. 35年, 37年が, 1937年が滿洲戰争, 1938年が支那戰争, その時から 35년, 37년이, 1937년이 만주사변, 1938년이 지나사변인데 그 때부터 이 정책이 아주 高まる 강화 했다고요. 해가지고서 그렇게 박해를 받기 시작한 것 때문에 이 조선말, 한국말, 한국 글자가 두 번 박해를 받았다고 하는 것은 전일에는 몇 백 년 동안 한문의 박해를 받았고 支那の迫害を 중국의 박해를 받았고 近代においては日本の政策の迫害 근대에는 일본정책의 박해를 받았다. 그래서 이것이 발전하지 못했다고요. 그러면서도 역시 투쟁해가지고서 그걸 보존하고 있었던 거거든요. 아무리 일본말을 시키려고 해도 고구마 파는 농부들이 그렇게 어떻게 알 수가, 배울 수가 있느냐 말이야. 그럼 여기서 우리가 아무리 영어를 일본 사람에게 가르치려고 해도 日本人の, 田舎の日本人 일본인의, 시골의 일본인이 어떻게 이걸 할 거냐 말이야. 안 되는 거라고. 不可能な

もの，言語というものは^{불가능한 것, 말이라는 것은}. 아무리 정책이 와도 역시 그 정책이 何千万の韓国人が^{몇 천만의 한국인이} 전부 일본말을 할 수 있도록 되느냐 하면 不可能^{불가능}, 안 되는 거라고요. 안 되는 것임에도 불구하고 그와 같은 정책을 썼던 것 때문에 큰 박해를 받았다고요. 여러분이 먼저 다른 데서 듣지 못한, 내게서 첫 번 들었는지는 모르지마는 대표적으로 난 지금 과거의 이야기지, 지금은 여러분과는 난 아주 난 참 친한 감정을 가지고 내가 얘기를 하는 것이지만, 1942年から 2, 3, 4, 5四年間懲役だった^{1942년부터 2, 3, 4, 5, 사 년간 징역이었어요}. 이른바 오는 토요일 あさって^{모레} 토요일 午後十時, 三十一日の午後十時でしょう^{오후 10시, 31일 오후 10시죠?}. KBSの1で朝鮮語学会^{KBS1에서 조선어학회}, 지금 한글학회 朝鮮語学会の事件^{조선어학회사건}에 대한 사람이.

(중단)

2
일본유학생에게 당부하는 말(2)과 시조 연구

1. 남의 나라에서 연구하는 것 언어와 문자

이은상   朝鮮語学会事件조선어학회사건(1942~1943년), 역시 33人でわざと33명
에게 고의로 그런데 実際は二十八人ぐらい실제로는 28명 정도 체포돼
서 가 있었는데 그 사람들에게 어떠한 박해를 했는고 하니 아
까 말한 대로 한국의 역사, 한국의 말, 한국의 글, 한국풍속, 韓
国の魂とか韓国の精神とか한국의 혼이나 한국의 정신 그런 것을 지키
고 보호하던 사람들에게 박해를 가한 거예요. 그 고문하던 것
은 어느 나라에서도 찾기 어려운 참 비극적인, 참혹한 고문을
했다고요. 지금 다 죽고, 많은 사람이 죽고 해방 후에 다 죽고
세월이 1942년이니까 지금 벌써 40년 전 아니에요? 40, 四十
年前사십 년 전 아니에요. 이렇게 다 죽고 지금 네 사람 남아 있어
요. 그래서 이 네 사람, 남아 있는 사람들이 歴史の証言と言っ
て역사의 증언으로 토요일 날 열 시에 내가 여기서 방송을 해서 말
한 것이 있는데, 여러분이 첫 번 듣는 이야기로서 어느 정도 우
리가 매를 맞았는가, 어떻게 残酷な拷問잔혹한 고문을 했는가, 내
가 예를 하나 들어주죠. 수년 동안, 몇 해 동안 이렇게 살아있
다고 하는 것이 不思議, 零下二十五度, 咸鏡道기적, 영하 25도, 함경도
는 아주 저 멀리 거기다 갖다 우리를 잡아 가두고 했는데, 영하

25도 될 때 裸にさせるんですよ맨몸으로 만들어요. 벌써 凍えてしまうんでしょう얼어버리지요. 引っ張って行ってまたセメントの場に風呂場に끌고 가서 시멘트 바닥에 목욕탕에 데리고 가서 セメントの上に寝かせるんですよ시멘트 위에 눕히는 거죠. 하나는 발을 딛고 올라서고, 순사 하나는 배를 딛고, 하나는 머리를 딛고 그래서 아주 아주 汚い水を入れて, それを鼻に더러운 물을 넣어서 그것을 코로 먹이는 게요. 물에 빠진 사람은 まあ, 自分で忍んで一分か二分間かは아마 스스로 참아서 1분이나 2분간은 견딜 수 있겠지. 이건 그것도 아니고 그냥 바로 집어넣었기 때문에 まあ, 長くて二十秒十秒ぐらいで亡くなるんですよ아마 길어야 20초, 10초 정도면 죽어버리지요. 나도 깨어나 보면 발을 거꾸로 들고 逆様になってストーブの前で, それで柔道先生が来ていかしてくれるんですよ거꾸로 되어 난로 앞에서, 유도 선생이 와서 살려주는 거예요. それで그리고 이 배를 주물러가지고 血も吐くし, 腐ったものも吐くし, それで活かして, また叩くんですよ피도 토하게 하고, 썩은 것도 토하게 하고 그렇게 살려두고 또 때려요. 이 두 팔을 이렇게 해가지고 その이 이 겨드랑이에다가 棒を入れるんですよ몽둥이를 넣어요. 棒の両端にまた紐をかけて飛行機みたいなところに몽둥이의 양 끝에 또 끈을 걸어서 비행기 같은 곳에 잡아맨다고요. 해가지고서 말하자면 回すんですよ. そしたらこれがおりるんですよ. 一個で돌려요. 그러면 이게 접혀요. 하나로 이 두 팔만 하고 덜렁덜렁하고 몸만 빠져서 骨が折れて, それで叩くんですよ. それで, それは大体一分間かあるいは二分. それで止めるんですよ, 柔道先生が来て時計を見ながら, それじゃ死んでしまうから一分あるいは二分長くて, それで「やめ」, 言って降ろしてこれを

入れるんですよ. 柔道先生だから. それでまた叩くんでしょう 뼈를 꺾고 때려요. 이것은 보통 1분 또는 2분간. 그리고 멈춰요, 유도 선생이 와서 시계를 보면서 그러면 죽고 말 테니 1분 또는 2분, 길어도 "이제 그만" 하고 내리게 하고 그것을 넣는 거에요. 유도 선생이니까. 그리고 또 다시 때리죠. こういう風な何回も 이런 식으로 몇 번이고. それで 그리고 왜 너희가 한글을, 朝鮮語 조선어를 연구하느냐, 왜 조선말을 자꾸 쓰고 왜 글을 쓰느냐, 글 안 쓰겠다고 해라, 말 안 하겠다고 해라 그러한 최후에까지 몇 해를 그랬다고요. 그 이후에 그냥 거기서 죽은 사람이 死んでしまう人もあるし 죽어버린 사람도 있고, 얼마나 많은 사람들이 죽었는지 모르는 정도로 그러한 악행을 했던 것이 日本の抹殺政策だったよ 일본의 말살정책이었어요. 그것이 1945년 八月十五日 8월 15일 풀려나왔다고요. 그 과거를 생각해보면 사실 자기 개인의 체험한 사람으로는 忘れない 잊지 못해요. そうでしょう 그렇죠?. 그러나 시간이 이만큼 가고 좀 더 高い次元で 높은 차원에서 생각을 해볼 것 같으면 지금에 와서는 다 잊어버려도 좋다고.

2. 분계선의 의미

이은상   인간이, 난 철학적으로 생각해볼 적에, 요즘도 내가 그런 생각을 해요. 한국인의 제일 고통스러운 점이 어딘가? 分界線 분계선, 분계선 중 철조망, 가시 철망을 가지고 国土の腰を切ってる 허리를 잘랐다. 이것이 동족이 아니라고요. 日本人よりもっと悪い 일본인보다도 더 나쁜 정책을 쓰는 놈이 저 놈이라고, 共産堂 공산당이라고. 하기 때문에 이 分界線분계선이라는 걸 생각해볼 것 같으면 이 분계선이 한국 국토를 이렇게 橫切る 가로지르게 해놓고 40년이 지났는데 이 밑에서 살면서 온갖 죄악, 온갖 비겁 三百万人삼백만 명이 죽었다고요. 한국전쟁에. 이러한 비극적인 사실을 생각을 해볼 적에 이 分界線분계선이라는 이놈이 얼마나 고통스럽다고 하는 것을 우리가 알 수가 있는데 이걸 좀 더 차원이 높게 高い次元で높은 차원에서 다시 생각을 해볼 것 같으면 君と俺の分界線, 国と国, 民族と民族너와 나의 분계선, 나라와 나라, 민족과 민족, 참 그 橫切る 가로지르는 한 이 선 때문에 세계는 자유도 없고, 평화도 없고, 사랑도 없고. 세계가 人類인류가 세 가지를 잃어버렸다고요. 자유를 잃어버렸고, 평화를 잃어버렸고, 사랑을 잃어렸다. 愛사랑. 이 세 가지는 하필 국토에 있는 이 分界線분계선만이 아니고 여러분들끼리에서도, 君と俺の分界線, 国と国の分界線, 民族と民族の分界線, 善と悪の分界線, 理と解の分界線너와 나의 분계선, 나라와 나라의 분계선, 민족과 민족의 분계선, 선과 악의 분계선, 이(理)와 해(解)의 분계선, 전부 이 분계선 때문에 인류는 짓밟고 行くんですよ 가고 있어요. いくら平和を叫んでも아무리 평화를 외쳐도 미국도 平和평화, 소련도 平和평화, 평화를 말하지 아니하는 위대한 인물 한 사람도 없다고. みんなが平和の論者だ모두가 평화론자에요. 밖으로는 偽造品の平和위조품의 평화, 속에는 인류를 멸망시키는 武器を作っていくんですよ. いま ヨーロッパで全部デモが起こっているんでしょう. それがそれを証明するんです무기를 만들어 가고 있어요. 지금 유럽에서 전부 데모가 일어나고 있지요. 이것이 그것을 증명하고 있습니다. 인류는 민족만이 아니고 日本でも, 韓国でも, ヨーロッパでも일본에서도 한국에서도 유럽에서도 인류 전체가 予言者の言ったように別道を向かって走って行くんですよ예언자가 말했듯이 다른 길을 향해 가고 있어요. 이러한 처지에 있는데, 하기 때문에 그 모든 것을 과거고 현재고 다 超越초월해야 돼, 초월해야 돼요. 해서 지금 와서는 서로 隣の国, 遠い国でもお互いが理解をもって, お互いは愛をもって이웃나라, 먼 나라라도 서로 이해를 가지고 서로 사랑을 가지고 다시 한 번 더 재출발하는 再び出発する재출발하는 그러한 気持기분(으)로서 일을 해 나가지 않으면 안 된다고 하는 것이 오늘의 우리에게 주어진 命題명제다. 하기 때문에 난 먼저 과거에 있는 모든 것을 잊어버리고 현재 이때에 있어서는 서로가 자유와 평화와 사랑을 가지고서 서로가 연구하려고 하는 것, 동시에 민족과 민족 대의 문제만이 아니고 좀 더 차원이 높게 인류라고 하는 그러한 차원에서 볼 적에 좀 더 우리 갈 길이 따로 있지 않나. 그렇게 생각할 수가 있는 데서 연구를 하라고 하고 싶은데, 내가 말이 생각이 나요. 근데 이렇게 해서 우리 한국말, 한국문학이 이만한 邪魔를 받았기 때문에 그러면서 이제 해방이 돼서 自由の韓国になっても자유의 한국이 되어서도 또 갈라져 가지고서 또 전쟁을 저끼리 전쟁 또 한다고 하기 때문에 또 여기 문화는 발전되지 못하고 의연히 さ迷う헤매고하고 있다고. 그렇기 때문에 다른 나라에서 발전해 가는 그 도수하고 여기서 발전해 가는 것 하고가 その速度그속도가 저기서는 一時間に百里走ると言ったら韓国は一時間に十里밖에 走る한 시간에 백 리 정도 달린다고 한다면 한국은 한 시간에 십 리밖에 달리지 못하고 있거든요. 뭐든지 邪魔もの방해물가 있기 때문에. 그러한 고통을 겪고 있다고 하는 것을 알아야 돼요. 그럼으로써 일본은 滅びて망하고 지금 와서는 最高の文明国に최고의 문명국으로 돼 있다고 하는 것이 지금 英国とか米国とか並んで日本を数えるように영국이나 미국과 나란히 일본을 꼽는 것처럼 높은 문명을 가지고 있게 된 것이 어째서 그렇게 됐냐 이 말이야. 그것은 자기의 노력만이 아니고 어떤 다른 박해를 받지 않으니까 자유롭게 走ることができた달릴 수가 있었다. 여기는 왜 자유가 돼가지고서 왜 이렇게 되느냐는 것은 의연히 사방에 장애물이 있기 때문에 마음대로 안 나가진다고. 과거 韓国人人口二千万人と言って叫んだでしょう. 僕の若い時に二千万人の二千万民族とか言ったね. 今, いくら? 六千万한국인 인구 이천만 명이라고 소리치죠. 내가 젊었을 때 이천만 명, 이천만 민족이라고 했어요. 지금, 얼마? 육천만. 二千万を半分に分けたら이천만을 절반으로 나누면 남한에 一千万人ぐらいが生きるわけでしょう. 今三千八百万だ일천만 명 정도가 살고 있는 거죠. 지금 삼천팔백만이에요. 토지는 같은 토지에다가 一千万人が生きるその面積に三千八百万人が来て生きているんですよ일천만 명이 살아가던 그 면적에 삼천팔백만 명이 와서 살아가고 있어요. 여기서 罪悪죄악, 여기서 泥棒도둑, 여기서 殺人あらゆる罪悪が살인 모든 죄악이 있을 수밖에 없어. 조그마한, 狭いところに三千八百万人좁은 곳에 삼천팔백만 명이 이북에서 다 넘어와가지고 그렇게 많은 인구가 살기 때문에 여기가 그렇게 복잡하고 슬픈 나라가 되어 있다고 하는 이 사실을 우리가 보지 않으면 안 된다. 그래서 지금 새로운 정책은 移民政策을 해서, どこでも行けと이민정책을 해서, 어디든 가라고, 좀 덜어내는 거지 이제, 그와 같은 정책을 쓴다고 해도 얼른 가지는 것도 아니고 こいと言う国もないし오라고 하는 나라도 없고, 그렇기 때문에 이와 같은 고통이

있고 문화가 발달되지 못하는, 속도가 늦다고 하는 이 사실을
알아야 되고.

3. 한국현대문학의 발전이 늦은 이유와
일본에서 공부할 수밖에 없었던 이유

이은상   그러면서도 다만 현대문학은 그렇게 발전이 늦어요. 現代文學は현대문학은. 아무리 지금 소설을 쓰고 시를 쓰고 하는 사람이 있다손 치더라도 아직도 그 深い깊은 전통을 가지고서 발달되지 않았기 때문에 이것이 늦어요. 다만 고대문학을 연구하는 데 있어서만은 여러분이 지금 현대문학을 혹은 연구하려고 하는 건지 고대문학을 연구하려고 하는 건지 모르지만 고대문학에 있어서의 약간의 연구 자료는 그냥 그대로 있으니까. 근데 내가 경험한 걸로는 우리 고대문학을 いわゆる国文学と言ったでしょう소위 국문학이라고 말하지요. 그 고대문학을 어디 가서 배웠는고 하니, 어디 가서 연구했는고 하니, 일본에 가서 배웠다. 왜 일본의 統監府통감부, 통감부라고 있어요. 그 사람들이 와가지고서 文禄の役임진왜란에 있어서도 여기 있는 문헌을 많이 싣고 갔지만은 それで德富蘇峰그래서 도쿠토미 소호의 表現によれば, 贅沢な留学だと표현에 따르면 사치스런 유학이다. 일본 사람 목숨을 그만큼 바쳐가지고 유학을 했다고. 많은 서적과 학문을 가져갔으니까 그래서 贅沢な留学사치스런 유학 그런 표현을 한 것이 德富도쿠토미의 표현인데, 그때도 갔거니와 그 뒤에 일본 총독부가 와가지

고서 제일 먼저 거둬간 것이 전부 우리 문학, 재료, 서적 이거 빼다가 그것부터 먼저 가져갔거든요. 하기 때문에 여기서는 재료를 전부 남김없이 가져가 버렸지.

그래서 한국의 고대문학을 연구하려면 여기 재료가 없으니까 本がない, 材料もない 책이 없고, 재료도 없다. 그러니께 천상 동경東京, 도쿄이나 경도京都, 교토에 가서, 내가 거기 가서 오래 가 있은 것은 早稲田と東洋文庫に 와세다와 동양문고에 내가 삼 년간, 東洋文庫동양문고라는 것은 浅見麟太郎아사미 린타로라고 하는 이가 거기 있었고, 그리고 또 내가 배운 데는 소위 前間恭作마에마 교사쿠라고 있거든요. 그 사람이 우리나라 말을 연구했고, 우리나라에 와서 책을 수천 권을 실어갔고, 또 동양문학을, 동양사학을 연구한 사람이 와세다에서는 坪内逍遥쓰보우치 쇼요[1]는 영문학자이지만 津田左右吉쓰다 소키치[2]라고 쓰다라고 하는 그 사람이 동양학을 연구했고 하기 때문에 내가 선생님 津田先生と前間先生쓰다 선생님과 마에마 선생님(이)라고, 마에마한테 "내가 너희 나라에 가서 책을 가져온 것이 수십, 수만 권 가져왔다. 하기 때문에 君のために너를 위해서 내가 그 책을 뵈어주겠다." 그렇게 해서 내가 거기서 공부를 한 거거든요. 그리고 그 책이 마에마상의 책이 東洋文庫동양문고로 갔다고. 동양문고에 있었는데 이제 帝大の, 今の東大, 帝大の教授たちに制限されたんですよ제대의, 지금의 도쿄대, 제대 교수들로 제한됐어요. 아무도 못 들어가고 큰 학자들만 들어가는 데예요.

---

1 坪内逍遥(1859~1935) : 일본의 소설가, 평론가, 번역가, 극작가. 대표작으로 『소설신수(小説神髄)』가 있다.
2 津田左右吉(1873~1961) : 일본의 역사학자, 사상사가.

거기서 내가 공부를 했고. 지금 우리나라 고시조라고 하는 게 있잖아? 和歌みたような^{와카(和歌)와 같은} 그 시조 책을 내가 제일 많이 연구해서 발표했는데 그것도 여기엔 없다고. 일본에 가서 찾은 거라고. 동양문고에 있다고. 그래서 그 동양문고에서 그걸 발굴해가지고서 내가 소개도 하고 연구도 하고 그렇게 했던 것만큼 우리 문학을 한국문학을 일본에 가서 공부를 할 수밖에 없었다고. 사상적으로는 딴 문제고 문화적으로는 거기 가서 공부를 하게 됐던 거고. 그런데 아까 내가 일본은 정책적으로는 날 죽이려고, 죽여버리려고 하는 데까지 간 그러한 정책이었지마는 日本人^{일본인} 개인에게 있어서는 내가 정든 사람들이 많았다고, 거기서. 우리 학생들 가운데서도 그렇게 나를 돕고 그렇게 사랑해주고 하는 남자도 있었고 여자도 있었고 恋人^{애인} 이상으로 참 사랑했던, 지금 다 亡くなったでしょう. 모두 八十以上になるんだから, 亡くなったでしょう^{죽었지요. 벌써 80세 이상이 될 테니 죽었지요}. 高橋節子^{다카하시 세쓰코}라고 하는 그런 여자의 집에서는 거기서 내가 밥을 오래 먹기도 하고 이게 개인으로는 그만큼 親しい^{친한}한 사람들이 그렇게 많았다고. 하기 때문에 日本の政策^{일본의 정책}라고 하는 것하고 日本人の個人というもの^{일본인 개인이라는 것} 이거 전혀 다르다고요. 하나는 人間と人間の愛^{인간과 인간의 사랑}고, 하나는 政策と政策の関係^{정책과 정책의 관계}니까, 전혀 그건 달라지지. 그러한 경험을 내가 가지고 있는 건데 오늘 우리나라 현대문학은 현대문학대로 연구할 방향이 물론 많이 있죠. 방향이 있지마는, 고대문학은 고대문학대로 우리나라에서 이제 한국의 고대문학이라고 하는 것은 新羅時代の郷歌

という, 仏教の教と歌の歌というのが 신라시대의 향가라는, 불교의 교와 노래의 가라는 것이, 그것도 文獻 문헌, 다른 일본에서는 왜 문헌이 많았냐, 戦争がなかったんだから. 侵略を受けたことがないんだから, そのままどこでもあるんでしょう? 전쟁이 없었기 때문에. 침략을 받은 적이 없었기 때문에 그대로 어디나 있지요? 어디로 가든지 それ残っている 남아있어요, だから 그래서 문헌이나 모든 문화 자료가 일본에서는 そのまま 그대로 다 残っている 남아 있다. 여기는 전쟁 천지니까 자꾸 없어진다고. 불타버리고, 뺏기고, 없어지고 해서 문헌이고 유물이고 얼마나 많이 없어졌는지 모른다고요. 하기 때문에 漢文の迫害 한문의 박해 또 그뿐만이 아니라 戦争の迫害 전쟁의 박해. 그래서 文献も残り物が 문헌도 남은 것이 전부 없어질 만큼 그렇게 돼버렸거든요. 한데 향가라고 하는 것도 불과 몇 수 안 되는 거 연구할 필요가 있는 거고, 그리고 이제 시조가 있겠고, 그리고 소위 オペラみたような 오페라 같은 창극이라고 해서 판소리라고 해서 春香伝とかあるいはそんなもの 춘향전이라든가 혹은 그런 것 그런 문제가 있겠고, 이런 것이 한국의 고대문학이라고 할 수가 있겠죠.

4. 시조 연구의 동기

근데 그 한국의 고대문학 가운데서 가장 대표적이라고 할 수 있는 것은 시조겠죠. 혹은 가사문학이라고 하는 게 있지만 앞에 말한 대로 한문으로 한 것은 余裕階級の文人たちが 여유계급의 문인들이, 양반の文人たちが의 문인들이 쓰는 거고 文字を分からない문자를 모르는 부녀자, 女たちが作って여자들이 창작하고 하는데 그것이 소위 女の文学, 女の歌辭と言って여성문학, 여성가사라고 해서 가사라고 남아 있는 게 그런 것인데, 그걸 가지고서 그렇게 偉い文学とは言えないんだから위대한 문학이라고는 말할 수 없으니까요. 근데 그러한 것이 고문학에 있었다고 하는 것을 볼 따름이지, 그곳에 文学の匂いが, 高い匂いが出るんだとか, あるいは世界に誇るようなそんな文学があるんだとか, それは言えないんだからな거기에 문학의 향기가, 높은 향기가 난다거나 혹은 세계에 자랑할 만한 그런 문화가 있다든가 그런 말은 할 수 없기 때문에요. 다만 남아 있는 것은 시조 문학에서 찾을 수 있는 것이 있겠죠. 그래서 나는 시조 연구에 생각을 했던 것이었죠, 처음에. 잠깐 내가 실례해요.

5. 동경에서 교류했던 사람들

시라카와 선생님이 젊었을 때, 동경 시절에 말이죠. 동경에 계셨을 때 말이에요. 와세다 시절인가요?

이은상 어, 어떻게?

시라카와 와세다 시절 그때 양주동 박사라든가,

이은상 같이 한 집에 있었지. 허허허.

시라카와 염상섭 선생이라든가 같이 지내셨죠? 그 당시의 얘기를 좀 듣고 싶은데요.

이은상 그때 이제 와세다, 지금 뭐 다 지금 동경 가보면 뭐가 어디가 어딘지 우리가 알 수도 없고, 서울도 마찬가지지, 뭐. 서울도 어디 있던 사람이 미국 갔다 오면 이거 어떻게 됐는지 모를 정도로 발달해 가니까, 변해가니까. 내가 그때 가서 와세다에 있을 때는, 와세다 밑에 쓰루마키초鶴巻町라고 거기 가서 내가 있었지. 있었고.

시라카와 무애无涯[3] 선생님하고 같이 거기서 계셨어요?

이은상 에, 그리고 그땐 손진태라고, 孫晉泰, 歷史家손진태, 역사가, 손진태, 李相佰という, あるでしょう이상백이라고 있지요?. 이상백이라고. 그 사람이 있던 때고, 나하고 모두 같은 때죠. 같은 시대인데 한 집에서 있으면서 살고 했죠. 근데 이 양주동은 英文科영문과, 쓰보우치 밑에서 공부한 사람이고 그러면서 그 사람은 나중에 돌아와가지고서는 한국문학 연구로서 돌아서 버렸죠. 영문학과가 그냥 국문학과로, 자기 창작으로서 바꿔져 버렸죠.

시라카와 그 당시에 『금성金星』 잡지라든가 그런 걸 좀 발표했다는데요?

이은상 그때 손진태는 역사가고 그래서 동양문고에는 손진태하고 나하고가 동양문고에 있었고, 그런 때인데, 그 시대에 있던 학생들도 한국 학생들이 한쪽으로는 역시 抵抗運動저항 운동 저항 운동으로 박해를 받으니까 또 独立運動みたような독립운동 같은 그런 방향으로 가기도 하고, 한쪽으로는 문화를 연구하는 걸로 하고 이 두 가지 성격을 겸해 가지고 있었죠. 왜냐하면 사상적으로는 반항하면서 문화적으로는 배워야 되고, 그러한 것이 있었기 때문에 역시 정책에 대한 것은 반항을 하면서 개인 선생

---

3   无涯 : 양주동의 호.

님한테는 역시 先生だから 선생님이니까 선생님한테 가서 묻기도 하고 그 선생님이 우릴 찾아와서 뭐 사주기도 하고 또 下宿^{하숙} 할 것 같으면 거기서 어떤 下宿^{하숙}에서는 朝鮮人要らない, 朝鮮人 조선인 필요없다, 조선인 안 받는다고 그래서 朝鮮人 조선인 내쫓아 버리고 하숙을 하려고 하면 下宿受けてくれない 하숙을 받아주지 않죠. 하면 또 이제 荷物を持って彷徨うんですよ 짐을 가지고 방황하죠. 下宿^{하숙}하는 집을 찾아서 가면 「朝鮮人でもいい」と言ったら, そこに入るんですよ "조선인이어도 괜찮다"고 하면 거기에 들어가는 거죠. 그런 때도 있었고 그렇게 하면 거기서는 誕生日と言ったら, 盛んに 생일이라고 하면 성대하게 뭐 만들어서 주고 하고 自分の息子みたように 자기 자식처럼 그렇게 해준 그런 사람도 있었고, 그렇기 때문에 아까 내가 말한 대로 인간과 인간끼리에서는 그렇게 좋은 사이도 있었고, 다만 정책적으로는 반항할 수밖에 없었던 것이고 이제 그 뒤에, 여기 와서도 오랫동안 많은 박해를 받았지마는 마지막에 조선어학회사건 때는 거의 죽여버리려고 하는 데까지 참 박해를 했던 사실이 있었지만요.

6. 향가의 의미

이은상　근데 그런 걸 다 놔두고 이 시조라고 하는 문제. 첫째 여기 향가라고 하는 이게 뭐냐, 이게.

3

시조 연구의 동기와 내용 (1)

1. 향가의 의미

이은상　鄕すなわち国という意味なんでしょう 향(鄕) 곧 나라라는 의미에요. 향가라고 할 거 같으면 自分の国の歌だ 자기 나라의 노래다. その意味で 그런 의미에서 향가라고 했을 거거든요. 이 계통을 밟으면서 시조라고 하는 것이 나왔다 이 말이에요. 근데 이 시조라고 하는 것에 대해서 기록으로 보면 신조라고도 썼고 혹은 詩という詩歌の시조と言ったし 또 東の歌と言って東謠という, こういうとも 시(詩)라는 시가의 시조라고 했고, 또 동쪽에 있는 나라의 노래라고 해서 동요(東謠)라고 하는 이런 것도 있었고. 지금 시조집에 소위『청구영언』이라는 것이 있잖아요. 알아요? 책을?『청구영언青丘永言』혹은『해동가요海東歌謠』이런 의미가, 청구는 韓国, 青丘でしょう? 한국, 청구죠? 東が 동(東)이 역시 青い丘という 푸른 언덕이라는 청구라고 하는 것은 한국을 청구라고 했거든요. 해동은, 만일 이 동해를 가지고 日本海峽でしょう 일본해협이에요. 역시 해동은 黄海の東だという 황해의 동쪽이라는 중국을 標準として海の東と言ったんだから 표준으로서 바다의 동쪽을 일컬었으니까 한국을 해동이라고 했거든요. 중국, 支那のところで 중국에서 본다고 하면 중국에서 볼 적에 해동은 한국이거든요. 그러면 해동, 청구 또 동쪽 신, 신, 신 뭐 새죠. 새 신新

자 아까 같이 そうでしょう? これも 詩でしょう 그렇죠? 이것도 시(詩)에요. 우리나라 동쪽을 새. 시, 東の, 東という 동(쪽)의, 동(쪽)이라는 옛날 말이 새요, 날이 샌다, 明るい 밝은, 새벽, 새, 東が明るくなったという 동(쪽)이 밝아온다는, 새바람, 새벽. 東の風 동풍, 샛바람. 全部 전부 새 あるいは 혹은 시. それが 東という 意味なんだ 그것이 동(東)의 의미에요. 그렇기 때문에 시조라고 하는 말은 東の調子だという 동(쪽)의 가락이라는 말하자면 東の国のこの郷歌という意味と同じ意味だ 동쪽 나라의 향가라는 의미와 같은 의미다. 郷歌は新羅時代の 향가는 신라시대의 노래 형식이죠. 그것이 고려시대에 와서 시조라고 하는 것으로서 또 창작이 됐거든요. 하기 때문에 이 시조라고 하는 말의 해석은 時の 시(時)의[1] 시조라고 써져 온 이유가 この詩でなく 시(詩)가 아니라 분간하기 위해서 서로 혼동하지 않게 混同しないように 혼동하지 않도록 그래서 이 시時 자를 썼거든요. しかし本当の意味なんかは東の詩を漢字で翻訳なんですね 그러나 진정한 의미는 동(쪽)의 시를 한자로 번역한 거예요. 그래서 이 시조라고 하는 것은, 향가라는 말이나 시조라는 말이나 同じことだと 같은 것이라고, 나는 그렇게 해석을 하고 있는 건데, 이게 우리나라 문학, 동국의 문학이다. 그렇기 때문에 시조 책을 『청구영언』이라 永言というのは歌を永言と言うんだから 영언(永言)이라는 것은 노래를 영언이라고 말하니까. 言葉を長くやったら歌になるんでしょう. それ『詩経』にでる文字なんだから 말을 길게 하면 노래가 돼요. 그게 『시경』에 나오는 글이기 때문에. 그래서 말하자면 한국의 시다, 韓国の詩それで 한국의 시 그래서 『청구영언』이

---

1 한국의 시조는 한자어로 때 시(時)로 표기함을 설명하는 말.

라고 하거든요. 가요도, 가요, 『해동가요』라는 것도 韓国の歌だ 한국의 노래다. 이러한 점으로 봐가지고서 시조라고 하는 말은 韓国の歌だ. 韓国の短歌だ 한국의 노래다. 한국의 단카(短歌)다. 그래서 그런데 이 향가라고 하는 데서 流れ 흘러나와 그 전통이 흘러 내려온 것이라고 그렇게 볼 수가 있겠죠. 그런데 나는 이 시조문학이라고 하는 것을 우리 고대문학에서 향가 연구도 있겠고 또 아까 말한 판소리도 있겠고 혹은 소설도 있겠고 여러 가지 종류가 있겠는데, 다 한 번씩 봐보면 그렇게 높은 문학이라고 보고 싶은 것이 별로이 없기 때문에 지금 国文学と言って 국문학이라고 해서 하는 것이 이 나라의 역시 文学の古典と言うんだから 문학의 고전이라고 일컬어지므로 그걸 연구하려고 해서 한 것뿐이지 사실 거기에서 これこそ本当の文学 이것이야말로 진정한 문학(이)라고 이렇게 참 감탄할 수 있을 만한 偉い文学というのが 위대한 문학이라는 것이 있느냐 하면 없거든요.

2. 시조 연구의 동기

이은상　　하기 때문에 그 중에서 제일 오히려 연구해 볼 만한 가치는 역시 시조 문학의 한 이천 수 가량 있는 거 그것에서 연구할 필요가 있겠다는 생각에서, 내가 고문학을 연구하는 가운데서도 다른 것은 다 내버리고 시조 연구로 들어섰던 것이 내 경험이었다 이 말이야. 했는데, 그럼 내가 이 시조를 연구를 하다가 그럼 시조의 고시조 이천 수에서 과연 果たして 과연 영원한 文

学, 偉い文学문학, 위대한 문학, 세계에 내놓을 만한 참 文学문학(이)라고 이렇게 볼 만한 것이 果たして과연 몇 수나 있는가? 그렇게 따져볼 적에 중국의 시를 真似でやったもの, あれは芸者たちの모방해서 한 것, 그것은 기생들의 무슨 그런 노래가 있는 곳에서 재미있는 民謡を歌った?민요를 노래했다? 아니야. 그런 것도 없잖아. 있긴 있지마는, 오히려 내가 늘 즐겨하는 것이 石川啄木이시카와 다쿠보쿠[2] 같은 사람의 참 短い짧은 시들, 재미있게 읽었는데 그와 같이 深いところを探って깊은 데를 찾아서 그렇게 触れる닿는 한 그러한 재미있는 문학을 찾아볼 수 있느냐 할 거 같으면 그렇게 만족스러운 것이 없더라 이 말이야. 그것이 나의 本当の告白なんだ진정한 고백이다. 우리 옛 문학 가운데서는 가장 대표적인 문학이라고 할 수 있는 것이 시조다. 그렇기 때문에 시조를 연구해 봤다. 또 시조 연구하는 것이 내 専門の전공의 국문학 연구의 방향이었다. 그러나 그 중에서 과연 몇 백 수를 건져가지고서 이것을 후세에 전할 수 있을 만한 偉い文学위대한 문학(이)라고 이렇게 할 만한 것이 얼마나 있겠나, 거기에서 不満を感じる불만을 느낀다. 그래서 옛사람이 써 놓은 것은 今時代になっては古典になる. しかし, 今の創作は, 後の時代に古典になるんだ. 新古典오늘날이 되어서는 고전이 되었다. 그러나 지금의 창작은 후대에 고전이 된다. 신고전. 그래서 내 자신이 뒷날에, 우리 앞에 사람이 우리에게 시를 써서 고전을 만들어 주었듯이 나도 시를 써서 후일의 고전을 만들어 줘야겠다. 이 조상들이 만들어 준 시보담도 좀 더 아름다운 시

---

2   石川啄木(1886~1912) : 일본의 시인.

를 써서 후일에 전해줘야겠다. 그래서 이 문학의 역사를 자꾸 增やしていく 늘려가야 가야겠다는 생각에서 내가 한평생 지나면서는 이 시조 문제에 한쪽으로는 연구, 한쪽으로는 창작, 오히려 삼분 연구, 칠분 창작이라고 할까. 오히려 창작에다가 더 힘을 들였다 이 말이야. 그래서 우리 고전 시조가 한 이천 수 가량 二千首ぐらい 이천 수 가량 되는데 내 혼자서 이천 수가 넘는다고. 그렇게 해서 시조 창작 방면에 고대 시조에서 좀더 탈피해서 현대 감각을, 또 이것이면은 혹시 한국민족만이 아니고 다른 세계라도 내놔서 서양 사람도 これは面白い文学だと 이것은 재미있는 문학이라고 이렇게 볼 수 있을 만한 그런 문학이라도 만들어야겠다. 문학은 국경을 초월할 수 있으니깐. 그래서 그 새 문학을 창작하는 데 힘을 써본 것이 내가 해석을 한 것이죠. 그런데 재주가 부족하니까 거기까지 갔는지 안 갔는지 それは知らない 그것은 몰라요. 나는 이제 내 경험으로서는 그렇게 된 것이 내 경험담인데, 지금도 내가 그러한 것을 노력하고 있고 또 요즘은 내가 뭘 하나 조금 장편으로 뭘 하나 쓰는, 마지막으로 ラストヘビーというか 마지막으로 힘을 내는 것이라고 할까 좀 더 안의 重いものを書きたいと言ってね 묵직한 것을 쓰고 싶다고. 그런 생각을 가지고서 지금 뭘 하고 있긴 있어요. 있는데 그러면 이 시조에 대해서 내가 처음서부터 연구한 결과 和歌とか俳句とかというものは 五七, 五七と格式が決ってんですよ, ちゃんと. 六八とか 와카라든가 하이쿠라든가 하는 것은 57, 57이라고 격식이 확실히 정해져 있어요. 68이라든가. 그런 거 없거든요. 우리 시조에 있어서는 이러한 표를 작성을 할 수가 있어요. 원래 지금 우리나라 시 같은 데도 七五調があるん

でしょう. あれは日本の影響なんだ[7·5조가 있지요. 그것은 일본의 영향이에요]. 日本の調子は五七五七[일본의 운율은 57, 57] 하는 것이 일본의 伝統の調子なんだ[전통 운율이다]. 한국의 調子[운율]는 四四調[4·4조]라네. 달아 달아 / 밝은 달아 / 이태백이 / 놀던 달아 / 그러잖아요. 달아 달아, 四つでしょう[4글자이죠]. 밝은 달아, 四つでしょう[4글자이죠]. 이태백이, 四つでしょう[4글자이죠]. 놀던 달아, 四つでしょう[4글자이죠]. 뭐든지 우리나라 장구치면서 하는 것이 전부가 4·4조라고 하는 것이 한국의 기본 조이지요. 동요에도 무슨 동요든지 이 4·4조가 기본조다 라고 하는 것을 알아야 돼요.

3. 시조 연구의 내용 1 정형이면서 비정형

이은상 그런데 시조는 第[제]1구, 제2구, 제3구, 제4구로 돼가지고, 이것을 초, 중, 종 삼행으로서 네 계단으로 이렇게 조직이 돼있다고. 여러분이 혹은 우리나라 노래를, 시조 가운데 아는 것 있어요? 뭐 어느 거? "이 몸이 죽어가서 무엇이 될꼬하니" 그런 거 알아요?

시라카와 시조는 잘 못 배웠습니다.

이은상 자, "이 몸이 / 죽어가서 / 무엇이 / 될꼬 하니 // 봉래산 / 제일봉에 / 낙락장송 / 되었다가 // 백설이 / 만건곤 할 제 / 독야청청 / 하리라." 이러죠? 응? 알아요? 이거? 그럼 이게 왜, 석자죠? 3434, 3444, 3543 이래 돼 있죠? 돼있는데 이천 수를 전부 세 보면 "철령 높은 고개 쉬어 넘는 저 구름아", 그러면 "철령" 두

자가 나오고, "높은 고개 쉬어 넘는" 넉 자가 나오고, "저 구름 아" 이렇게 해서 여러 가지가 나온다 이 말이야. 그런데 이것을 따져보면 두 자에서 다섯 자까지, 석 자에서 여섯 자까지 또 두 자에서 다섯 자까지, 넉 자에서 여섯 자까지, 요건 또 두 자에서 꼭 같이 석 자에서 여섯 자, 두 자에서 다섯 자, 넉 자에서 여섯 자 이것은 석 자 하나 딱 고정해 있고 다섯 자로부터 여덟 자, 넉 자로부터 다섯 자, 석 자로부터 넉 자 이런 식의 자유가 있더라 이 말이야. 이를테면 그래서 내가 옛날 쓰면서 定形の詩でしょう. 定形면서 非定形なの^{정형시에요. 정형이면서 비정형이에요}. 五七五七⁵⁷⁵⁷ 해야 되지, 六八六⁶⁸⁶ 그런 거 없는데, 그러면 이걸 어떻게? 二三, 五六, 三四, 四五^{23, 56, 34, 45} 뭐 이게 다 다르지 않느냐 말이야. 아니 定形^{정형}면서 비정형이라 말이야. 내가 이런 말을 썼는데 그러면서 비정형이면서 実際に言ったら定形になってる^{실제로 말하면 정형이 되지요}. 이렇게 표현을 한 일이 있었는데, 왜 이렇게 되는가? 음악적으로 볼 적에 이거 하나는 이거지? (적으면서) 또 동시에 이렇게 될 수도 있지. 한 박자 칠 동안에 두 자를 부를 수도 있고 넉 자를 부를 수도 있을 것 아니겠느냐 이 말이지. 이러한 原理で^{원리로} 이와 같은 論理^{논리}가 생기는 것 아니겠냐. 이를테면 "이 몸이 죽어가서" 역시 一拍でしょう^{1박자에요}. "이 몸이 / 죽어가서 / 무엇이 / 될꼬 하니" 하는데 "철령 / 높은 고개 / 쉬어 넘는 / 저 구름아" 하는데 마음은 만날 조금 더 무く言ったら^{빨리 읽으면} "이 몸이", "철령" 三字あるいは二字^{3자 또는 2자} 이와 같이 되는 것이 시는 같은데 짧게 읽으면 넉 자를 읽을 수 있고 길게 읽으면 두 자를 읽을 수도 있을 테고 할 것 아니겠느냐 이 말이야. 그러니까 고시조 수천 수를 전부 검토를 해보면 이와 같은 一覧表^{일람표}가 나온다 이 말이야. 하기 때문에 단가나 하이쿠가 딱 일정해 있는 그것하고는 같으면서도, 그런데 그럼 넉 장, 다섯 장도 쓸 수 있냐면 그건 아니고 혹은 다섯 구절, 여섯 구절을 쓸 수 있냐 하면 그거는 없고 하면서, 요 형식대로 하면서 글자에 있어서는 이렇게 넘나드는 ゆとり^{융통성}가 있더라 이거예요. 그래서 좀 더 자유로운 시로서 쓸 수가 있다 하는 그러한 원리를 하나 발견할 수가 있겠더라 이거예요. 그러니까 고시조 연구에서 내용에 있어서 몇백 년을 내려오면서 문헌이라고 있는데 그렇게 훌륭한 문학이라고 내세울 것이 별로이 적어서 불만이다. 그 불만을 나 자신이 또 다른 새로운 시인들이, 재주있는 사람들이 새 문학을 만들어서 새 고전을 만들어가지고 뒷날에 전하자 그러한 생각으로써 창작을 하기 시작을 했던 거다 이 말이야. 창작을 하려고 하니까 이 형식을 먼저 하나 발견을 해야겠다. 고시조를 죄다 연구한 결과에 이와 같은 자수표를 하나 얻게 되더라 이 말이야. 그래서 여기에 의해서 새 시조를 쓰는 것이죠. 그러면 여기서 좀 더 말하면 여기를 이제 팔자까지 있다, 八字まであるでしょう^{8자까지 있지요}. 이것은 이천 수가 전부 三字しかないんだ. これ特色なんだ^{3자밖에 없다. 이것이 특색이다}. 시조하면 맨 마지막 석 줄 째는 석 자라고 하는 것이 固定^{고정}이다. 이것을 넘나들면서 이것은 많기도 하고 적기도 하면서 여기에 있어서만은 석 자를 꼭 정해야 된다고. 하기 때문에 이것이 시조의 특성이다. 이렇게 볼 수 있는데 이러한 원칙으로 볼 적에 여기 만일 일곱 글자가 된다면 안 되겠느냐? 안 될 이유가 없다 이 말이야. 고시조에는 여섯 자까지를 발견할 수가 있는데 이런 원칙에서 본다면 새로운 시는 얼마든지 自由に書くんだから 자유롭게 쓰니까요. 그런데 그 자유시적인 생각으로 볼 적에 꼭 일곱 자가 되어야 된다면 일곱 자가 더 좋지 않느냐 이거지. 그렇게 볼 수가 있을 거거든. 여기에서 여덟 자 있지만 혹은 열 자 가량 된다고 해서 안 될 거 뭐 있느냐 이 말이야. 그럴 수 있다. 자, 그렇게 또 発展 발전해 나가는 것이죠. 그런데 그 발전하는 이유는 뭐냐. 왜 과거에는 요만한 정도밖에 없었는고 하니 歌を歌ったんだから 노래로 불렀기 때문에. 이것은 시조하면 벌써 詩として成立 시로서 성립하는 것이 아니라 歌として成立 노래로서 성립한다. 그래서 장구에 올리고 歌を歌った 노래를 불렀다. 그런데 文学 문학라고 하는 것은 歌を歌うのではない 노래로 부르는 것이 아니다. 그러니까 이 노래로서의 歌としての詩を, 詩としての詩 노래로서의 시를, 시로서의 시를 발전시킨다 이 말이에요. 아시겠죠? 歌 노래가 되기 때문에 글자가 너무 많아 놓으면 歌가 안 되니까 その拍子では 그 박자로는 이걸 도대체 다 읽을 수가 없으니까. 하지만 이미 이 형식을 이용을 하면서 시로서, 노래는 안 부르고, 노래를 한다면 시조를 들어봤겠지만 아~~~ 아~ 이제 이렇게 읽잖아요. 역시 和歌も 와카도 역시 읽는 吟じる方式あるでしょう 읊는 방식이 있지요. 이제 그거도 있지만 시조도 역시 장구를 치면서 하나 없는 拍子 박자가 있단 말이죠. 근데 우리가 생각하는 것은 노래를 부르기 위해서 이 시를 쓰는 것이 아니고 詩としての歌 시로서의 노래는 내버리고 완전히 文学としての詩を書く 문학으로서의 시를 쓰자하자. 그렇게 본다고 하면은 글자 수가 좀더 ゆとり(융통성)가 있어도 될 수가 아니 있겠나 말이지. 그렇게까지 발전해 볼 수 있다. 처음에는 4·4조라고 하는 것이 기본 원칙이지. 이것에서 3도 되고 혹은 5도 되고 調子(운율)는 꼭 같은 調子(운율)인데, 역시 4·4조인데 4를 3으로, 4를 5로, 그렇게 좀 더 ゆとり(융통성, 여유)를, 여유를 본 것이죠. 그것은 이러한 原則で(원칙으로) 된 것이라고 볼 수 있다. 그런데 이런 표를 하나 얻었다. 이 안에서 줄 수 있는 대로 짓지. 하는데 노래 부르기 위한 시가 아니고 문학으로서 발전시킨다고 볼 적에는 글자 수가 좀 더 많아도 될 것 아니겠느냐. 그렇게 발전시킬 수가 있는 거거든요. 해서 내 시는 이 안에서 놀면서도 어느 경우에는 좀 더 많을 수도 있다 이 말이야. 근데 이제 마치 재즈, 가령 춤출 때도 좀더 댄스를 갖다가 이렇게 같이 4박자로서 하다가도 말이야 아주 속히 속히 돌아갈 수 있는 그런 박자도 있을 수 있는 게고, 그 잘하는 솜씨 여하에는 얼마든지 박자를 맞춰서 할 수 있단 말이죠. 그거 모양으로 같은 시를 부르면서도 역시 아무리 글자 수가 많아도 재미있게 읽어 놓을 것 같으면 그 솜씨 여하에서는 이 법칙에서 어긋나는 것 같으면서도 안 어긋나고 할 수가 있다 이 말이야. 서투른 사람은 잘 안 되지. 하지만 박자를 잘 치는 사람은 (찻잔을 치면서) 이거 한 번 칠 동안에 여러 번 칠 수도 있는 것 아니겠냐 말이야. 그것 모양으로 그래서 노래로서의 시조를 문학으로서의 시조로 발전시킨다. 그래서 외국에 전할 적에 언제 노래를 불러서 전하느냐 말이지. 문학으로서 전하는 것이지. 그래서 내가 생각하는 데서는 이렇게 몇 단계로 그렇게 발전해 온 것이죠. 쉽게 말하면 내가 지금까지 해온 일은 우리 고전에 있어서 여러 가지 고전이 있는데 그 고전 가운데서 검토를 해보니 제일 대표적인 것이 시조더라. 그래서 시조를 연구했다. 첫째 그래서 시조 연구가 제일착으로 했고 그 시조를 수천 수 연구하는 동안에 이와 같은 형식을, 일람표를 하나 발견을 해 보았다. 그런데 그 내용은 후세에 전할 만한 세익스피어와 같은 그런 위대한 문학이 있느냐 하면 그것이 불만스럽더라. 그러면 어떻게 할꼬? 고인이, 옛사람이 우리에게 준 고전은 불만이다. 하기 때문에 이대로 전할 수는 없으니까 내가 또 써가지고서 우리가 죽고 나면 우리 전부 먼 후일에 가서는 그것이 한국문학에 고전이 되는 것 아니겠느냐. 그러니까 새로운 창작을 해야겠다. 그래서 창작의 길로 들어선 것이, 연구는 한 3분쯤 하다가 창작으로 돌아선 것이 7분으로 돌아섰다. 창작을 하다가 보니, 고시조는 노래로서 시조를 지었는 건데 반드시 장구를 치고 노래를 불러야 되는 건데, 우리가 하는 것은 노래하기 위해서 짓는 시가 아니고 문학으로서 문자를 남기려고 하는 문학이 되기 때문에 좀 더 형식의 어떤 변동이 있어도 좋을 것 아니겠느냐. 그러한 생각으로써 말하자면 문학으로서의 시조를 쓴다는 데로 옮겨갔다. 그렇게 발전해 볼 수가 있는 거죠. 심지어 그런데다가 다른 사람은 아직도 주장을 아니하고 나는 오랜 주장을 해왔고 또 내 이론은 이미 노래를 떠났다 이 말이야. 歌노래는 벌써 지금 나다니거든요. 장구를 치거나 말거나 소리 하시잖아요. 여기서 옛사람이 우리에게 이것은 다른 일에 おいても同じ話になるでしょう에 있어서도 같은 이야기가 되지요. 여러분들에

게도 옛날 사람이 우리에게 어떤 전통을 주었다고 그것만 고
수하는 것이 아니라, 거기에서 내가 또 창안을 할 수도 있는 거
고, 그래서 우리나라에.

(중단)

4

시조 연구의 동기와 내용 (2)

1. 시조 연구의 내용 2 2행 시조

이은상   뭐가 무슨 법이 있느냐? 이 사람이 요렇게 하라고 그래서 나도 꼭 이렇게 해야겠냐 말이야. 난 이렇게 하면 어때, 왜? 그것이거든. 난초를 그리는 데는 법이 있는데 반드시 내가 그 법을 지켜야 될 것이 뭐 있느냐? 잘하라는 법이 없다. 내가 하고 싶은 대로 하면 또 되는 것 아니겠느냐. 이것이, 고인이 우리에게 준 전통이 있는데 반드시 그 전통을 꼭 지켜야 되는 건 아니다 이 말이야.

(구술자 배우자) 여보, 전화 잠깐만 좀 받아보세요. 저 민정당인데요. 무슨 뭐 공문 발음 따면 된다고.

(전화 통화하며)

이은상   아, 여보세요? 예, 예. 예. 예. 국어. 어? 기쁠 희 자? 박정희? 예 예예. 흐이, 흐 자에다가 반 이(ㅣ). 그냥 히가 아니고 박정희. 예, 흐이죠. 예. 예. 기쁠 희 자는, 기쁠 희 자는 바로 희고, 히비 야락이라고 하는 거, 그것은 그냥 바로 히고 박정으히 그것은 흐이야. 예. 예, 예.

(전화 끊는 소리)

이은상　그런데 이제 요거 하나를 보세요. 왜 내가 그 말을 하는고 하니, "이 몸이 죽어가서" 여기 있잖아요? 이거 보세요. "이 몸이 죽어가서 무엇이 될꼬 하니" 이게 필요가 있는 말이에요? "무엇이 될꼬 하니"라는 말. これ説明でしょう^{이건 설명이지요} "내가 도쿄에 行って何をしようかと言ったら^{가서 무엇을 할 것인가 하면}" 그거 의미가 없는 말이라 말이야. "東京に行って" それで大丈夫なんだ.^{"도쿄에 가서" 그걸로 충분하지} 그렇죠? "이 몸이 죽어가서" 벌써 答え^{대답} 나오면 돼요. "무엇이 될꼬 하니" 何だ、くだらないものなんだよ^{뭐, 쓸데없는 거야}. 그렇죠? (구술자 배우자 전화 통화하는 소리 계속 들림) "봉래산 제일봉에 낙락장송 되었다가", "봉래산 제일봉"이라고 하는 것은 이미 여기에 글자가 있기 때문에 할 수 없이 이런 말을 넣었지만 이거 없어도 "이 몸이 죽어가서 낙락장송 되었다가" 이것으로 大丈夫なんだ^{그걸로 충분하지}. 그렇죠? 이 말의, 이 시의 내용을 심사원이 심사를 해본다면 これ無用だよ^{이건 쓸모가 없다}. 그렇죠? 僕が東京へ行って何をしようかと言ったら、神田へ行って本を買って来ると.^{내가 도쿄에 가서 무엇을 할꺼냐 하면, 간다에 가서 책을 사 올 것이다} 그렇게 한답시다. 하면 "簡単に言って"も^{"간단하게 말해"도} 아무런 의미가 없고 "僕が東京に行って本を買って来る。"と. それで大丈夫なのよ.^{"내가 도쿄에 가서 책을 사 올 것이다." 이걸로 괜찮지요} 그와 마찬가지 잖아. "이 몸이 죽어가서 무엇이 될꼬 하니" 何をしようか、何になろうかと言ったら^{무엇을 할까, 무엇이 될꼬 하니} 이 외에는 説明なんでしょう^{설명인 거지요} 의미가 없는 거예요. これ意味ないでしょう. "神田へ行って"も何も意味がないんですよ. ただ目的は僕が東京に行って本を買って来ると^{이거}

의미 없어요. "간다에 가서"도 어떤 의미도 없어요. 단, 목적은 내가 도쿄에 가서 책을 살 것이라는 것. "이 몸이 죽어가서 낙락장송 되었다가" 그러면 여기에서 "これが^{이것이}" 빠진다 이 말이야. 빠져버리면 실상 이 시조의 내용은 三行^{삼행}이 아니라 二行で沢山だ^{이행으로 충분하다}, 그렇죠? "이 몸이 죽어가서 낙락장송 되었다가 // 백설이 만건곤할 제 독에 청청하리라" それで大丈夫なんだ^{이걸로 괜찮다}. 이렇다면 아까 내가 말한 대로 歌로서 시가 아니고 文学^{문학}로서의 시가 될 밖에야 고전이 반드시 법칙대로만 갈 것이 아니고 새로운 창작이 필요하다면 석 줄 시조가 아니고 二行^{이행} 시조도 있을 수 있지 않겠느냐. 내용이 두 줄로서 沢山だから^{충분하니까}. 그래서 지금까지 몇백 년 동안을 三行^{삼행} 시조가 돼 왔는데 이미 새로 한번 창작을 해 볼 밖에야 먼 후일에 전하기 위해서는 이행 시조도 있을 수 있지 않겠느냐, 내 생각은. 그래서 고전에서 창작으로 자꾸 발전해 갈 때에 삼행 시조를 이행 시조로라도 만들어야겠다. 그래서 내가 이행 시조를 주장한 것이 있고, 이렇게 많이 지어 봤다고. 그래서 많은 사람들이 날 따라왔다고. 따라오다가 의연히 시도하면 아직도 그 삼행이라고 하는 古い伝統が^{오래된 전통이} 그냥 그대로 자리를 잡고 있기 때문에 시조하면 삼행이 원칙이지, 원칙인데. 나로서는 특별하게 이행 소위 이행 시조라고 하는, 二行^{삼행} 시조라고 하는 이러한 것을 새롭게도 한번 만들어보기까지도 했느니라. 이것이 이제 내 경험에 대한 이야기죠.

2. 맺음말과 사진 촬영

시라카와　정말 좋은 말씀 많이 들었는데, 요 다음 기회에 다시 좀 찾아뵙

　　　　　고요.

이은상　아, 그래요.

시라카와　말씀 들을 수 있으면 합니다. 기념으로 사진을 좀 찍을까 하는

　　　　　데요.

고노　全体写らないよ, これ. やってみたら전부 안 나와요. 이거 해보면.

세리카와　최근에 나온

이은상　아, 그래요. 아, 이게 어디 고서점에서 샀구먼. 참 구하기가 힘

　　　　들어요.

세리카와　이거는 최근에 나온 거요.

이은상　이거는 요새 거고. 응. 이것은, 이건 조금 달리 뭐 더 바꿔놓은

　　　　것이 있는데, 이것을 하지 말고, 내가 새로 내온 책을 몇 분에

　　　　게 내 전해. 이번에 새로 낸 책인데, 고쳐서. 이것을 내가 전해

　　　　줄게. 이건 아직도 무슨 정본만 나왔는데, 이건 없애버리고. 차

　　　　라리 내가 이것을 하는 건데.

고노　話しておきます이야기해 두겠습니다.

이은상　위선 가지고 온 데는 에, 이거 봐. 나 사인펜. 시커먼 사인펜. 아

　　　　니 시커먼 사인펜.

구술자 배우자　큰 거요? 여기 있어요.

이은상　큰 거. 이거 아닌데.

구술자 배우자　여기 있어요. 갖다 드릴게요. 아침에 여기 하나 있었는데 아

　　　　까 그 조영식 씨가 쓰고…….

이은상　이건 너무 細いから가늘어. (한참 뒤에) 호철이 오라 그래.

(무명인)　아저씨 안 계시는데요.

이은상　응?

이은상　이건 너무 細いから가늘어. (한참 뒤에) 호철이 오라 그래.

(무명인)　아저씨 안 계시는데요.

이은상　응?

역경을 딛고 꽃피운 시조 연구의 동기와 열정

윤미란

본 채록은 1981년 10월 28일에 이루어진, 시조시인이자 사학자인 이은상과 시라카와 유타카, 고노 에이지, 세리카와 데쓰요, 세키네 하루코, 아에가시 아이코 5인의 한국현대문학을 전공하는 일본인 유학생과의 면담을 기록한 것이다. 시라카와 유타카의 질문에 이은상이 대답하고 있기는 하지만, 자신의 유학 체험을 상기하며 일본 유학생들에게 이해를 돕기 위해서 한국어로 발화한 후에 똑같이 일본어로 다시 발화하면서 설명하고 있으며 일본 유학생들을 위한 아정 어린 조언을 덧붙이고 있다는 점은 인상적이다. 또 조선어학회 사건과 그로 인한 옥살이와 고문에 대한 생생한 묘사가 매우 값지다. 1981년 10월 인터뷰 당시 이은상은 77세였으며 이듬해 9월에 별세하였다.

제1차 채록과 제2차 채록의 전반부는 한국문학을 공부하고자 한국에 온 외국 유학생에게 선생이 전하고자 했던 조언과 문제의식, 그리고 역사와 문화에 대한 깊은 통찰을 담고 있다. 제3차 채록은 시조연구의 동기와 내용, 제4차 채록은 이행시조의 창작과 의의에 관하여 언급하고 있다.

면담 초반부에서 이은상은, 일본 유학생이 한국문학을 공부하고자 하는 동기와 배경에 관심을 보이며, 한국에서 한국문화를 연구하는 것은 단순한 호기심이나 우연 이상의 의미를 지닌다고 강조한다. 일본은 과거 제국주의 시절 한국을 침략했던 나라로서, 그 역사의 무게를 인식하는 것이 외국인의 한국 연구에 필수적임을 역설했다. 그는 특히 일제강점기 당시 한국인이 겪은 고통과 일본의 침략적 태도에 대한 기억이 아직 선명하다고 밝히며, 이러한 역사적 맥락 위에서 연구가 진행되어야 한다고 주장했다. 이와 함께, 과거를 잊고 새 시대의 시각으로 상대 민족을 이해하는 태도의 중요성도 언급했다.

이어지는 대화에서는 남의 나라를 연구하기 위해 갖추어야 할 네 가지 기본 조건 — 역사, 언어, 문학, 민족^{문화} — 에 대해 이야기한다. 그는 한국의 역사를 바라볼 때 상류층 중심의 궁중 이야기나 텔레비전 드라마에서 묘사되는 에피소드만으로 전체를 판단해서는 안 되며, 진정한 한국사는 민중의 삶과 정신을 바탕으로 다시 쓰여야 한다고 강조한다. 역사란 일부 특권 계층의 이야기가 아니라 민중의 경험과 가치를 반영해야 하며, 이는 향후 한국사 연구의 중요한 과제로 제시된다.

또한 언어와 문자에 대한 논의에서는 한국어와 한글이 어떻게 중국 한문과 일본의 언어 정책에 의해 억압받아 왔는지를 설명했다. 한문이 오랫동안 상류층의 언어로 군림하면서 한글과 한국어는 무시되고 억눌리는 상황이 지속됐으며, 일제 강점기에는 일본어만을 국어로 인정하고 한국어를 말살하려는 정책이 시행되었다는 점을 지적했다. 이 부분에서 이은상은 1933년 '조선어학회 사건'으로 투옥되어 가혹한 고문을 받았던 상황을 생생하게 전하고 있다. 아울러 그는 이러한 언어 탄압의 역사를 아는 것이 곧 한국문학과 문화를 이해하는 출발점임을 강조했다.

전반적으로 이은상 선생의 발언은, 한국문학을 연구하고자 하는 외국인 연구자에게 단순한 학문적 관심을 넘어 역사적, 문화적 맥락에 대한 깊은 성찰과 존중이 필요함을 역설한 것으로 요약된다. 이는 한국문학 연구가 단순한 텍스트 해석이나 언어학적 분석이 아닌, 민족적 정체성과 역사적 아픔에 대한 공감과 이해를 바탕으로 이루어져야 함을 뜻한다.

제2차 채록 후반부에서부터 이은상은 자신의 창작과 연구에 대해서 구술하였다. 그는 우선 한국 현대문학의 발전이 상대적으로 늦어진 이유에 대해, 깊이 있는 문학적 전통이 단절되거나 약화된 역사적 상황을 지적한다. 문학을 향유하고 창작하는 사람이 아예 없었던 것은 아니었지만, 근대적 의미에서의 문학이 자리를 잡기에는 기반이 매우 취약했다. 전통문학의 연구나 계승조차 어려웠던 기유는 끊임없이 이어진 전쟁과 외세의 침입으로 인해 많은 문화재와 문헌이 소실되었기 때문이다. 조선 후기부터 일제강점기까지 이어진 격동의 시대 속에서, 한국은 자국의 고전문학 자료조차 온전히 보존하지 못한 채, 문학적 전통의 연속성이 약화되었다. 이러한 이유로, 한국의 문학은 시작은 했지만 깊이 있게 발전하는 데에는 시간이 더 걸릴 수밖에 없었다고 선생은 회고한다.

이런 상황에서 이은상이 일본 유학을 선택할 수밖에 없었던 배경 역시 자연스럽게 설명된다. 당시 조선에는 고대문학을 본격적으로 연구할 만한 자료와 기반이 거의 남아 있지 않았다. 조선시대 이전의 문학 자료들, 특히 시조나 향가처럼 고전문학으로 분류되는 자료들은 이미 일본으로 다수 유출된 상태였다. 임진왜란 당시에는 일본이 수많은 문화재와 고문서를 약탈해 갔고, 이후 일제강점기에는 보다 체계적으로 한국문화를 수집하고 연구해간 일본인 학자들이 등장했다. 예를 들어 마에마 교사쿠나 아사미 린타로와 같은 인물들은 조선 고문헌을 일본으로 가져가서 연구하고 정리했다. 결과적으로, 조선의 고전문학을 제대로 공부하려면 일본으로 갈 수밖에 없는 상황이었고, 선생 또한 와세다대학교와 동양문고에 들어가 본격적인 학문적 연구를 시작했다.

이 동양문고는 일본 내에서도 특별한 연구자들만 출입할 수 있는 수준 높은 기관이었고, 이은상은 이곳에서 쓰다 소키치나 마에마 교사쿠와 같은 저명한 일본인 학자들에게 직접 학문을 배울 기회를 얻게 된다. 일본에서의 연구 생활은 단순히 학문을 넘어서서, 사람과 사람 사이의 인연으로도 이어졌다. 선생은 당시 일본의 식민 정책이 한국문화를 억압하고 말살하는 것을 분명히 인식하고 있었지만, 그 안에서도 일본 개인들과 나눈 인간적인 정과 우정에 대해서는 구체적인 기억을 남긴다. 하숙을 도와주고 생일을 챙겨주던 이웃, 마음을 나눈 일본 여성 등, 제국주의의 억압 속에서도 선의를 베풀던 이들이 있었다. 선생은 특히 다카하시 세쓰코라는 여성과의 관계를 언급하면서, 정책과 개인은 다를 수 있다는 점을 강조한다.

따라서 이은상의 일본 유학은 단순한 외유가 아니라, 한국문학 연구를 위한 어쩔 수 없는 선택이었으며, 동시에 그것은 식민 지배라는 억압적인 구조 속에서도 인간적인 연대와 교감이 가능하다는 사실을 몸소 체험한 시간이기도 했다.

제3차 채록에서 이은상은 시조 연구의 동기와 내용을 구술하였다. 먼저 그는 '향가'의 의미를 설명한다. '향鄕'은 곧 나라를 뜻하며, 따라서 향가는 자기 나라의 노래라는 의미라고 말한다. 신라시대의 향가 계통이 고려시대에 내려오면서 시조라고 불리게 되었는데, 시조라는 말은 시대에 따라 '신조新調', '시詩의 시조', '동요東謠' 등 여러 명칭으로도 기록되었다고 한다. 『청구영언』, 『해동가요』 같은 시가집의 '청구', '해동' 역시 한국을 가리키는 표현이며, '동東'은 '새새벽·샛바람'와 연결된 옛말이라는 설명도 덧붙였다. 이런 맥락에서 그는 향가와 시조가 본질적으로 같은 계통의 한국 고유 문학이라고 해석하고 있었다.

이은상은 한국 고전문학 전체를 검토해 보아도 감탄할 만큼 훌륭한 문학이 많지는 않다고 말한다. 여러 고전문학 중에서 그나마 연구 가치가 있다고 판단한 것이 약 이천 수가량 전승된 시조였고, 그래서 고문학 연구 중 다른 분야는 제쳐두고 시조 연구로 방향을 잡았다고 설명한다. 그러나 이천 수의 고시조를 연구하면서도 세계에 내놓을 만한 위대한 문학으로 평가할 수 있는 작품이 얼마나 되느냐 하면 만족스럽지 않았다고 밝혔다. 중국 시의 모방이나 기녀들의 단순한 노래 등이 적지 않아 깊이 있는 작품은 많지 않았다는 것이 그의 솔직한 평가였다.

이러한 불만 속에서 그는 "앞사람이 못 한 것은 뒷사람이 해야 한다"는 생각을 갖게 되었고, 고전이 부족하다면 후대 사람이 새로운 시를 써서 훗날의 고전이 되게 해야 한다고 느꼈다고 한다. 그는 자신의 시조 창작이 이미 2천 수를 넘었다고 말하며 연구보다 창작에 더 많은 힘을 들였다고 설명한다. 한국 고전 시조가 약 이천 수인데, 자신도 이천 수 이상을 지었다고 말한다. 또한 그는 세계 독자도 흥미롭게 볼 수 있는 새로운 문학을 만들고 싶다는 욕심이 있었다고 덧붙인다. 최근에는 장편에 가까운 더 무거운 글도 쓰려 하고 있다고 언급한다.

시조 연구 과정에서 그는 한국 시가의 기본 리듬이 4·4조라고 보았다. 일본의 와카나 하이쿠는 5·7 형식이 엄격히 정해져 있으나, 한국의 시조는 겉으로는 정형처럼 보이지만 실제로는 상당히 유동적이라는 점을 확인했다고 한다. 그는 시조의 각 구를 음절 수로 분석해보면, 한 구 안에서 2~6자, 3~6자 등 폭넓은 변화가 있었다고 설명한다. 이는 노래로 불릴 때 한 박자 안에 두 글자 혹은 네 글자를 넣는 방식 등 음악적 운용 때문에 생기는 현상이라고 말했다. 따라서 시조는 정형적이면서 동시에 비정형적이라는 양쪽 성격을 갖는다고 정리했다.

또한 그는 수천 수를 조사한 결과, 특히 종장 첫 구는 '세 글자'가 고정되어 있다는 특징을 발견했다고 말한다. 그러나 이러한 원칙에도 불구하고, 현대문학으로서는 음절 수가 더 늘어나도 무방하다고 본다. 고시조는 노래를 전제로 했기 때문에 글자 수가 제한되었지만, 현대의 시조는 노래가 아닌 문학적 기록이므로 형식에 더 많은 여유를 둘 수 있다는 견해를 밝혔다. 일곱 자나 여덟 자, 더 나아가 열 자도 가능하다고 말하며, 이는 시조를 노래에서 문학으로 발전시키는 과정이라고 설명한다. 그는 자신의 시에서도 이러한 원칙에 따라 여유 있는 음절 사용을 하고 있다고 한다.

이은상은 이러한 이론적 변화 — 고시조의 전통 이해, 형식 분석을 통한 표^{일람표} 작성, 고전에 대한 불만, 새로운 시조 창작으로의 전환 — 을 자신의 연구와 창작의 궤적이라고 설명한다. 옛사람이 우리에게 남긴 형식을 그대로 고수하기보다는, 그 속에서 새로운 것을 창안해야 한다고 강조하며, 자신의 시조 이론은 이미 노래를 떠난 상태라고 말한다.

제4차 채록에서 이은상은 자신의 시조 창작론 중 하나인 '이행^{二行} 시조' 개념의 배경과 이유를 설명했다. 그는 먼저 전통을 절대적으로 따를 필요가 없다는 태도를 분명히 했다. 난초를 그리는 데 일정한 법도가 있지만, 그것을 반드시 그대로 따라야 할 이유가 없듯이, 고인이 남긴 전통 시조 형식 또한 그대로만 지켜야 하는 것은 아니라는 입장을 밝혔다. 창작자는 스스로 하고 싶은 방식으로 새롭게 시를 구성할 수 있으며, 이것이 창작의 자유라고 강조했다.

이은상은 이어 고시조의 대표 작품 중 하나인 '이 몸이 죽어가서' 시조의 구조적 문제를 예로 들었다. 그는 이 시조에서 "무엇이 될꼬 하니"와 같은 구절은 내용 전달에 필수적이지 않은 '설명적·군더더기 표현'이라고 지적했다. 즉, "이 몸이 죽어가서 낙락장송 되었다가"라고만 해도 의미는 충분하며, 그 사이에 있는 설명적 문장은 시의 본질적 내용에는 기여하지 않는다는 것이다. 같은 방식으로 "봉래산 제일봉"과 같은 표현도 글자 수를 맞추기 위해 삽입된 측면이 있다고 보았다.

이러한 분석을 통해 그는 전통 시조의 삼행三行 구조가 실제 의미 내용만 놓고 보면 꼭 필요한 것은 아니며, 본질적으로는 '두 줄로도 충분하다'고 보았다. 즉, "이 몸이 죽어가서 낙락장송 되었다가 / 백설이 만건곤할 제 독야청청하리라"와 같이 두 행만으로도 한 작품의 의미가 완결될 수 있다고 판단한 것이다.

이은상은 바로 이 지점에서 '이행 시조二行時調'라는 새로운 형식의 필요성을 제기했다. 그는 전통 시조가 수백 년 동안 삼행 형식을 유지해왔지만, 새로운 시대에 새로운 문학을 창작해야 한다면 형식 또한 확장되어야 한다고 주장했다. 즉, 시조를 단순히 옛 방식 그대로 답습하는 것이 아니라, 문학적 창작의 자유 속에서 현대적 형식으로 발전시킬 수 있어야 한다는 신념을 밝혔다.

그는 실제로 이행 시조를 여러 편 창작해 보았으며, 그 과정에서 따르는 시인들도 생겼다고 설명했다. 그러나 전통적으로 시조는 삼행이라는 인식이 워낙 깊게 자리 잡고 있기 때문에, 많은 이들이 다시 삼행 시조로 회귀하는 경향이 있다고 언급했다. 그럼에도 불구하고 그는 자신은 창작의 필요성에 따라 이행 시조라는 새로운 형식을 주장하고 실천해 왔다고 정리했다.

조용만 趙容萬, 1909~1995

영문학자, 기자, 문학가, 수필가. 서울 출생. 1918년 교동보통학교에 입학해 1922년에 졸업하고, 1927년 경성제국대학 예과에 입학하여 1932년에 동대학 영문과를 졸업하였다. 이후 『매일신보』 학예부 기자, 『코리아 타임스』 주필, 『서울신문』 논설위원을 거쳐 고려대학교 영문과 교수 등을 지냈다. 주요 작품으로 희곡 「가보세」[1931], 단편소설 「초종기初終記」[1940]와 「북경의 기억」[1941], 수필집 『밤의 숙명』[1962], 소설집 『고향에 돌아와도』[1974]가 있으며, 저서로는 『울밑에 핀 봉선화야』(범양사, 1985), 『30년대의 문화예술인들』(범양사, 1988) 등이 있다.

세키네, 조용만, 고노, 세리카와 ▲
세리카와, 조용만, 세키네, 시라카와 ▶

1
구인회와 1930년대 문단의 형성 및 균열

일시 : 1981년 11월 25일

장소 : 조용만 자택

구술 : 조용만

면담 : 시라카와 유타카, 세리카와 데쓰요, 고노 에이지, 세키네 하루코

1. 구인회의 창립과 내부 갈등

시라카와   처음이니까 일본유학을 간 것이 1914년 경이에요.

조용만   김동인이가? 그랬던가?

시라카와   네, 19년까지. 그렇게 일본에.

세리카와   『창조』가 19년이니까.

시라카와   네, 그때 『창조』 때.

조용만   이인직이라는 사람은.

시라카와   이인직은 1900년부터 1903년까지.

조용만   더 일찍 갔나 그 사람이?

시라카와   최남선, 그 육당 같은 분도 1904년 5년 그 정도.

조용만   4년1904이 아니에요. 전쟁 거치고 끝난 직후니까.

시라카와   러일전쟁 말씀이죠.

조용만   러일전쟁이에요? 일러 아니고? (웃음) (예, 일러전쟁) (웃음) あん
　　　　　たも ○○○ですか?당신도 ○○○입니까?

시라카와   기록을 보니까 1904년이라고 나와 있어요.

조용만   많이…… 열다섯살에 갔어요, 동경 간 게. 두 번 갔는데. 첫 번은 유학생으로 갔어요. 그 최린씨하고 같이 갔어요. 관비유학생. 관비유학생 갔어요. (최린) 네. 崔麟^{さい·りん(최린)}, あれは, えらい人っすよ^{그 사람, 대단한 사람이에요}. (웃음)…… 또 당신은 뭐 해요?

세리카와   정지용 주제로 정지용 논문 쓰니까…… 그래서. 선생님이……

조용만   아, 정지용? 鄭芝溶^{てい·しよう(정지용)}. あれはあの, 死んだ ○○○, すてっぱしいですよ^{그건 죽은 ○○○, 시원시원해요}, 김소운^{金素雲} さんが, あれが一番詳しいですよ^{김소운 씨가, 그이가 가장 잘 알아요}. 김소운. 그래도 저 소운은 저 시를 하지만, 나는 개인적으로 잘 알기는 정지용을 잘 알고 그래요. 또. あんたは?^{당신은?}

고노   저는 지금……

조용만   あんたも^{당신도} 박사학위 아니야? あんた^{당신}?

고노   네, 지금 뭐 준비를 하고 있습니다만.

조용만   아, 박사학위? えらい^{훌륭해}. 무슨, 뭐야?

세리카와   저는 저 농민문학을 해가지고요. 이때까지 이무영이나 뭐 그런 분……

조용만   이무영이? 그렇지.

세리카와   다른 작품도. 프로 그쪽에 관계해서 가지고 다……

조용만   프로? 프로? (네, 프로문학적인 것도 좀……) 프롤레타리아문학? 이기영이. 이기영씨가. 李箕永^{り·きよう(이기영)}, あの, 息子さんが今いますよ^{저, 아드님이 지금 있어요}. いま, 息子, 北韓^{ほっかん}の 英雄ですよ^{지금 아들은 북한의 영웅이에요}. (웃음) あんたは?^{당신은?}

세키네   이광수 하려고……

조용만 아, 선생. 그래 뭐 해?

세키네 『무정』부터 『사랑』까지.

조용만 『사랑』까지? 다 읽었어요?

세키네 아니, 지금 읽고 있는 중인데요.

고노 우선 좀 구인회에 대해서 좀 여러가지 여쭤볼 것이……

조용만 네, 먼저 물으세요. 나한티 물으세요.

고노 선생님 구인회에 대해서는 제가 알기에는 세 번이나 글을 쓰셨는데, 구인회 만들 무렵이라든가.

조용만 음, 그거 보셨어요? 거기 보면 자세히 다 나와요.

고노 거기 나타나지 않는 부분에 대해서 제가 좀 알고 싶습니다.

조용만 뭐 있나? 물어보실 게.

고노 구인회는 이종명李鍾鳴하고 김유영金幽影에 의해서.

조용만 이종명, 김유영. あれが그게, 제일 앞서 한 사람들.

고노 네, 그렇게 만들었는데. 두 사람이 먼저 그만두지 않습니까. 그 이유는 왜 그만뒀는지 먼저 그거.

조용만 理由はね이유는요. (세 사람 아니야? 두 사람이야?) 원래 말이야. 이효석은 나중에 들어왔고. 원래 발기인은 저 김유영하고 이종명이가 원 발기이사 아니에요? 나하고서 원래 했는데. 두 번째 만났어요. 그때 상허尚虛, 상허 알아요, 누군지? 그 상허 누구야. 이태준李泰俊. あれは尚虛といいます그는 상허라고 해요, 号ごう, 호. 그 사람하고 사이가 안 맞어 의견이. (아, 이태준하고.) 네. 그래서 쌍방이 다 말이에요. 이태준은 지가 "내가 헤게모니를, 내가 왕이다", 이렇게 생각했는데 말이에요. 이종명이 또한 내가 총지배거든. 그 헤게모니 싸움에 있어서 이종명허고 이태준이 대립했

어요. 그래서 인제 "에이, 안되겠다" 하고 나온 거죠. 이종명씨가. 그렇게 나온 거죠.

시라카와 문학자가 아니죠. 먼저 들어가신 분들이. 문학자가 아닐걸요.

조용만 이종명이는 학자죠. 그리고 김유영이란 사람은. (희곡 썼죠?) 知ってますか? あれは戲劇ぎげき, 一番初めのことですよ^{알고 있어요? 그가 희극(문맥상 '희곡'의 잘못으로 보임)으론 제일 처음이에요}. 김철이, 이름이 원래 김철인데. 이 사람이 그 최정희 씨의 첫 번 남편이 김철이에요. 김철이. 김철이에요. 金かね 김, 哲てつは 철학, 哲学てつがく(철학) 첫 철자. 그게 원명이고 유영은 후호인데. 그 사람이 그 시네마, 영화 감독을 했어요. 서울키노라고. 그 사람이 한 거예요. 좌익 영화 감독을 했거든. 轉向전향해가지고, 轉向して전향해서 그 종명이하고 ○○○했어요, 이종명이. 걔는 이제 한번 프로에 대한 반대를 하자 그래서 그……

고노 일본어로 질문하겠습니다.

조용만 괜찮아, 허세요.

고노 九人会を作る時は, そのカップKAPFに対抗しようとこの김유영と이종명が計画していたのに^{구인회를 만들 때는, 그 카프에 대항하려고 이 김유영과 이종명이 계획했는데}.

조용만 とくに김유영がね^{특히 김유영이 말이야}. 좌익이라면 반감을 갖고 저 좌익은 미워서 대항할라고 나온 거거든.

고노 最初はそうだったのに, いざ作ってみると, 정지용とか이태준が, そういう反対はしないで, ただ純粋に文学だけをやろうというふうに言い出したためにその二人が……^{처음에는 그랬는데, 만들어보니 그 정지용이나 이태준이 그러한 반대는 하지 않고 단지 순수하게 문학만을 하려는 식}

조용만 아니, 그런 것도 있지만, 원래 그 김유영이는 뭔고 허니 한번 좌익에 반대해서 한번 혼자 그런 생각을 할 때도 있었거든. 근데 그게 안 되거든. 그래 이제 화가 나고 그래서 열심히 밀믄요, 헤게모니서 정지용이가 쥐게 되지. 워낙 압도하거든. 그러니까 김유영이 화가 났지.

시라카와 정지용이라든지 이태준이 좀 미온적이었다는 그런 말씀이 되겠습니까.

고노 정지용と이태준が組んでそのヘゲモニーを…… 정지용과 이태준이 짝이 되어서 그 헤게모니를……

조용만 아주 한 그룹이야. 徽文きぶん 중학교 선배가 정지용이고 그 다음에 이태준이 선후배로 가까운 사이예요. 정지용허고 태준씨 둘이 가까운 사이예요. 그래서 저그가 이제 짝을 지어서, 여기는 김유영허고 이종명이 둘이 이제 판을 내고 그런 거죠.

고노 だから이태준と정지용が組んで, そのヘゲモニーを横取りした, というか, 握ったという…… 그래서 이태준과 정지용이 짝이 되어서 그 헤게모니를 쟁취했다거나, 쥐었다는……

조용만 そう, 握った 그렇지, 쥐었다. (それで 그래서) 그 때문에 모인 분위기도 역시 이태준허고 정지용이가 제일 우세했지. 이종명이허고 김유영이는 아주, 그건 아니야. (웃음)

세리카와 그 때 이효석은 어떤 입장이었는지.

조용만 이효석은요. 이효석 그 사람은 엮이긴 했는데, 원래 그 사람은 싫어해요, 그런 거. 当時あの 咸鏡道かんきょうど의 경성鏡城の 당시 그 함경도 경성에서, 학교 교원 했어. 방학 때 올라와서 하는데 그 사

람은 전부터 "난 하기 싫어", 살짝. 싫다고 해. 억지로 넣은 거지. 원래 그 사람이 보면 아무…… 없었어, 없었어요.

고노 その이종명と김유영がその脱会したのは……[그 이종명과 김유영이 탈퇴한 것은……]

조용만 두 번째 회 끝나고 안 나왔어. 2ヶ月ぐらい[두 달 정도] 나를 불러서 뭐라고 하는 고 하니, 난 그냥 있었거든. 나보고 나가자 그래, 나가자고. (出来て2ヶ月後に[결성해서 두 달 후에]) 두 번 만나가지고 하고 다음부터 안 나왔어. 난 8월 나오고 9월 나오고 그러고는 ○○○가 나를 불러서, "그만 두자." 난 "왜 나한테 그러니……" 허고, 난 그냥 있고 이제 나간 거란 말이야.

세리카와 뭐, 다 해서 두 달 만에 그만뒀네요.

조용만 그렇지. 그래 인제 두 번 나오고 8월에 해서 8, 9월에 나오고 그러고 그만 "난 안 한다", 그런 거지.

세리카와 이효석은 그럼 언제 그만둔 거죠?

고노 이효석はその後……[이효석은 그 후에……]

조용만 이효석은 그 뒤에 김유영이가 관두라고 해서 관둔 거지. (事実上何もやらなかったから……[사실상 아무것도 안 했으니까……]) 이효석은 원래 뭐 지방에 있었고, 별로 관심이 없었어. 그랬어요.

고노 先生, それから二回目に先生と유치진がやめた, この理由は, なんでやめたんですか?[선생님, 그리고 두 번째에 선생님과 유치진이 그만둔, 그 이유는 왜 그만둔 것입니까?]

조용만 あれはね[저건 말이야]. 나는 인제 뭐 義理[의리]가 있어 義理[의리]가. 이종명이에 대한 義理[의리]. 김유영에 대한 義理[의리]. 義理上[의리상] 나도 ○○○ 발기인…… 그래서 나는 그 以上[이상] 관둔 거지.

고노　　でも、かなり経ってから辞めるのだったんでしょう 하지만 꽤 지나고 나서 그만둔 거겠지요.

조용만　その그 원인이라는 것이 노골적으로 그냥…… 義理上의리상, 그건, 어떡하겠어.

세리카와　35년 전후라고 하는데, 그게. 정확한……?

조용만　아니야, 35년. 나는 그저 그때 나가지 않았어, 글쎄 뭐 회에 나가고 안 나가고 가끔 그래도 잘 안 나갔어, 회에도. 잘 안 나갔어.

고노　じゃ、이종명と김유영がやめて、そのあとあまり出なかった?그럼 이종명과 김유영이 그만둔 그 후에 별로 나가지 않았다?

조용만　うん、出なかった그래, 안 나왔어. 또 유치진이는 전부터 그 사람은 나가쟀어, 억지로. 유치진이는 전부터. 나는 참가하기 싫다고. 원래 말이에요, 熱心な人열심인 사람는 누구인고 허니 이태준이허고 정지용이 제일 열심히들 하고. 또 그 다음 말이예요. 박태원이하고 이상은 자원, 지가 하고 싶다 했어 그거는. 열심히 내가 하겠다고 그래서 한 거거든. 원래 아주 열성분자는 누군고 허니 이태준, 정지용, 박태원, 이상이야. 四人が네 사람이 아주 熱心열심, 열심분자거든. 이 사람들이 열심히…… (김기림은?) 김기림이는 그냥 새에서 왔다갔다 허지 그 사람은 별로 관심 없어. 그때 말예요, 직업이 박태원이하고 이상이는 없었고, 맨날 이상이 얘기만 하지. 만담은 리상 퀘 다른 사람 없어. 만담. 아주 잘해.

2. 구인회와 그 주변의 문인들, 강연 활동의 실체

세리카와　그때 그럼 이무영은 어떤, 어떻게……?

조용만　이무영은 그 사람은 별로 관계도 없었구, 그냥 따라댕겼지 뭐. 아무것도 아니었지. 좌우간 그때 그 두목은 이태준이구 그 다음이 정지용. 二人がもうあれ, ジャンジャン, そんなこと, ま, ジャンジャン두 사람이 그저 척척, 그런 것 뭐 척척 다 했으니까. (웃음).

시라카와　박팔양이라는 사람도……

조용만　박팔양은 나중에. 그 사람은 中央日報중앙일보의 記者기자를 했어요, 記者기자.[1] あれは그건 이태준이가 넣었지. 이태준이가 그때 문예부장이고. 이태준이가 좋아서 박팔양이를 넣은 거야. 자기가 신문사 동지를 넣은 거지. 그 사람은 맨 뒤에 최후, 그건 훨씬 뒤에. 박팔양이는 훨씬 뒤야. 真面目な詩人ですよ성실한 시인이에요. 알아요? 이름이? 호가 뭔지 알아요? 김여수라고 있어요. 적었어요? 김여수. 키 작고 아주 真面目ですよ성실해요. あれは法專그는 전문(학교), 졸업하고, 법전 졸업하고.

세리카와　맨 마지막에 김유정하고……

시라카와　김환태.

조용만　난 잘 모르고. 난 그땐 잘 모르겠어.

시라카와　구인회란 게 그 아홉 사람의 인원 수를 맞추기 위해서 다른 사

---

[1]　박팔양은 1924년 『동아일보』에 입사한 후 『조선일보』, 『중앙일보』, 『중외일보』, 『조선중앙일보』 등의 기자로 일했다. 1931년 11월 『중외일보』가 『중앙일보』로 속간될 때 박팔양이 사회부장을 맡았으며, 1933년 『조선중앙일보』로 개칭된 후에 이태준이 학예부장을 맡았다.

람을 인원수만큼……

조용만 응, 자꾸 채워갔지. 채워갔죠.

시라카와 자기들끼리 모여가지고 누구를 입회시키느냐 그런 식으로 의논한 건가요?

조용만 그것이 그때 주권이 이태준이야. 이태준이, 전부 다 "누굴 넣자", 누굴 넣으면 "이거 안돼" 해가지고…… 안되는 것도…… あれがもう 아주 えらい人だ 그게 참 아주 높으신 사람이야. 그게…… (웃음)

고노 じゃ、最初から終わりまで이태준がずっとあのヘゲモニーを握ってた 그럼 처음부터 끝까지 이태준이 계속 그 헤게모니를 쥐고 있었다.

조용만 그 사람이 말이야. あの解放後にね. 連盟って 그 해방 후에요, 연맹이라고 좌익연맹. 그것도 자기 정치적인 헤게모니 허거든. 전부 그 사람이 영웅주의 아주 좋아하거든. 영웅. (英雄主義 영웅주의) 자기가 우위에 서서 頭 우두머리가 되려고 마음먹거든.

시라카와 이태준이란 분이 그렇게 정치력이 있는 사람인 줄……

조용만 あれが、政治家、あれが 그이가 정치가, 그이가. 정치. 정치가 관심사거든. (임화는) 임화는 전부 뒤에서, 그게 다 임화거든. 뒤에서. 뒤에서가네 뒤에서 말이야. あれは 그이는 각반脚絆 도 안치고 댕겼어. 활보했어. 안하고 댕겼어. 軍とは親しい作家は林和 りん・わです 군과 가까운 작가가 임화예요. 군부하고 조선군허고. 가까운 작가가 임화야.

시라카와 임화가 정치에 대한 관심이 많았어요?

조용만 임화?

시라카와 네. 문단에 있어서 그 정치력이……

조용만 임화? あれはもう 그 사람은 뭐 정치가였어, 임화. あれは 그이는 박헌영의 꼬붕子分, 부하인데, 그 정치가……

시라카와　　원래 그랬을까요? 해방 후가 아니고.

조용만　　아니야, 그 사람이 원래부터 좌익운동을 해왔고. 박헌영이 꼬붕이었었고. 처음부터 그 좌익운동을 해갖고 정치가 주고 문학은 종. 主従関係です주종관계입니다. あれは本当は政치가です, あれは그는 사실은 정치가입니다, 그는. 知ってますか알아요?, 이강국이. 알아요? 이강국이라고. (들어본 적이 없는데) あれはね그 사람은 말이지, 저 좌익운동의 하여튼 거장이에요 거물. 그것의 동창이 임화예요, 임화.

시라카와　　이강국은 문인입니까?

조용만　　아니야. あれは政治家그는 정치가. あれは北へ行き死んだんです그는 북으로 가서 죽었어요. 그 저 『北きた의 시인』 봤어요? 소설. (네, 마쓰모토松本) 네, 마쓰모토. 거기 보시면 돼요. 전부 임화야. 그게 正しい올바른 임화의 기록이야.

시라카와　　선생님 읽으셨겠지요? 저 『北의 시인』을.

조용만　　그 전에 다 읽었는데 지금은 다 잊어버렸어. 그전에 한번 읽었었는데.

시라카와　　그것 임화에 대해 쓴 것인데 사실을 어느 정도 쓴 건가요?

조용만　　그게 반 사실, 반 픽션.

고노　　九人会は最後に解散というか, 自然消滅……구인회는 최후에 해산이라 할까요, 자연소멸……

조용만　　그럼. 自然消滅だよ자연소멸이지. (自然消滅.) どうぞ, これを드세요, 이것 좀.

세리카와　　거기서 모여서 뭐.

조용만　　모여서? 그냥 잡담, 만담, 잡담 해.

세리카와　살롱 같은 거구나, 하나의.

조용만　구인회가, なんか有名…… 뭔지 유명한…… 무슨 의의가 있어요? 난 암만 해도 뭘. 무슨 의의야 의의가. 그때 그냥 구락부 했지 무슨 그게 큰 운동이나 뭘 했어. 아무것도 없거든. 인자 뭘 해서 한번 떠들고 했지 아무것두 사실 그 업적이 없어요. 난 늘 그게…… 왜 그러나……

고노　선생님, 네 번에 걸쳐서 강연회도 열렸다고.

조용만　응, 강연회는 한 번 열었지. 그때 박태원이가 자꾸 허자 그래서 한 번 열었지. (선생님 그 당시에) 잡지 낸 거 알아요, 잡지? 저 그 『시와 소설』이라는 잡지. (『시와 소설』, 들었습니다.)

고노　그리고, 이게 신문에 나온 건데.

조용만　뭐예요?

고노　구인회 신문 광고.

조용만　예, 그럴 겝니다. 소설사? 이광수? 동인? 다 안 나왔어. 아무도 안 나왔어. (아 그렇습니까?) 다 うそ 거짓말. 내가 했던 건, 안 나오고, 저 이태준이가 나오고 박태원이 나오고 김기림이밖에 세 사람밖에 안 나왔어. 이거 다 うそですよ 거짓말이에요.

고노　정지용하고 이상도.

조용만　정지용? 안 나왔어. 그러니까 안 나왔어. 이거 다 안 나왔어. 나온 사람은 이 저 넷이야. 넷밖에 없어. 경보경성보육대강당? 아니라 YMCA에서 했는데. YMCA.

고노　이 광고에는 경보 강당이라고.

조용만　그랬어요? 나는 생각 안 나는데.

고노　경보가 아니라 YMCA인가?

조용만   응? YMCA에서 했어요. 확실히 YMCA야. 강당이. 이게 잘못 된 거야. 이게 전부 잘못됐어요. 이광수가 나왔나 모르겠네. (예정이라 아마 그런 게……)

세리카와 광고이니까, 광고이니까 뭐 그럴 수 있지요.

조용만   예정인데 모르지, 좌우간 안 나왔어.

고노   센세先生, 요거를 5일에 걸쳐서 했는데, 요거를 갖다가 네 번에 걸쳐서 강연회 했다.

조용만   네 번? 아니야, 한 번 했는데 한 번 했는데 그때 이광수씨 다 안 나온 거고 이상이 그때 안했고 정지용하고 박태원이하고 이태준이 있었어. 이 셋이허고 김기림 시인하고 그렇게밖에 안했어.

고노   김기림 시인.

조용만   아마 그랬어. 그러곤 딴 건 다 안 했어. 그때 뭐 허긴 뭘 했나? 안 했어.

고노   그리고 선생님, その九人会を作ったその年の冬に一度詩の朗読会をやったというのは本当ですか?그 구인회를 만든 그해 겨울에 한번 시 낭독회를 했다는 건 사실입니까?

조용만   아니야, 아니야.

고노   やらなかったですか?안 했습니까?

조용만   あれ, 一遍だけ그건, 한 번만. あれは, 朴泰遠ぼく・たいえん(박태원)이라는 사람이 계속 하자 그래서 한 거야 그 사람이. 앞장서가지고. 술 먹어서 취했어. 나와서 박태원이가. 술 먹어서 기분 난다고…… (웃음) 그 친구가 二十四歳です, 歳が. 僕は二十五歳でしょ24세예요, 나이가. 나는 25세이구요. 전부 25세고 이상도 24, 5세고, 많은 사람이 정지용이 나이 많아요. 정지용 한 三十越したし[30]

세리카와 모여서 무슨 독서회를 갖다가 열었다고. 그런 거는 없어요? 무슨 책을 읽거나.

조용만 독서회? 뭐 저 합평회 같은 거 했는데 뭐 허긴 뭘 해.

시라카와 한 달에 어느 정도 모였습니까?

조용만 한 달에?

시라카와 네, 보통 때.

조용만 한 번씩. 연락해서 모여서 저녁 때 모였죠. 잠깐 모이고.

고노 場所は 이상의 제비で? 장소는 이상의 제비에서?

조용만 いや, いや, 이상 제비 한 번 허고 못허고 저 무교 무슨 식당 그런 데서 허고. 제비는 얼마 안 했어요. 한 번인가 했어.

고노 その合評会の記録が 이무영先生の『朝鮮文学』に 그 합평회 기록이 이무영 선생의 『조선문학』에.

조용만 응, 거기 나왔지. 그때 그러구 나왔어.

고노 何回ぐらいずっと 몇 회 정도를 계속.

조용만 그게 아마 한 두 번 했나 세 번 했나 잘 기억 안 나요. 그 이무영이 잡지 가지고 있어요, 그거?

고노 아직 못 보고.

조용만 그 어떻게 알았어요, 그 이야기는?

고노 선생님 글을.

조용만 아, 내 글을, 거기 나왔어요. (웃음)

세리카와 그때는 『조광』 잡지가 막 지금 나와있는 중이죠.

시라카와 37년이니까.

조용만 『조광』? 그때 그 나왔었나? 생각 안 나요.

세리카와　나와 있었어요. 35년서부터 나와 있었어요.

조용만　아 그렇습니까. 저는 일본에서 나온 '新興'なんか知ってますか? '新興芸術'って知ってますか?^{'신흥' 이라는 것 알아요? '신흥예술'이라고 알아요?}

시라카와　芸術団体の^{예술단체의}.

조용만　龍胆寺雄, 久野豊彦, ああいう連中だった^{류탄지 유, 구노 도요히코, 그런 사람들이었어}. クラブ^{구락부(클럽)} 이름이 뭔지 알아요? 일본서 이름이 뭔지 알아요?

시라카와　모르겠는데요.

조용만　그걸 알아야지. 그래서 물어봤던 거예요. 일본어 이름…… 저 중촌 무라오^{中村武羅夫}라고, 그 왜 新潮社の編集長^{신초샤의 편집장}. 知ってますか^{알아요}? 중촌, 나카무라 무라오. (아, 나카무라 무라오.) あれが大将でね. あれが出したこういうクラブ, 十三人倶楽部^{그이가 대장이 되어서 낸 이 구락부, 13인 구락부}. 그네가 본뜬 것이 그거야. 나카무라 무라오 그사람이 大将^{대장}허고 あれが^{그가} 헌 걸 본뜨고서 헌 거거든. 真似てね^{본떠서, 따라서}.

3. 정지용의 일본유학 시절과 일본 문단

고노　선생님, 그 정지용이, 기타하라 하쿠슈^{北原白秋}의 『近代風景』に 詩が, 「鴨川」という詩が^{『근대풍경』에 시가, 「가모가와」라는 시가}.

조용만　あ, そうです. あれはね^{아 그렇지요. 그것은요}.

고노　その話をちょっと^{그 이야기를 조금}.

조용만   정지용이 말이에요. 휘믄고등학교를 나왔어. 휘문고등학교, 휘문고보. 근데 아주 집안이 가난해. 貧乏です 가난해요. 그런데 徽文がね 휘문(고보)이 말이야, 공부를 잘해가지고 학비를 다 휘문에서 다 돈 줬어. 휘문학교 그 교비로 보냈어, 일본을. 학교서 돈 줘가지고, 金やって 돈을 줘서. (学交が) うん, 学校で金やったんです 응, 학교에서 돈을 줬어요. (あ, 同志社に 아, 도시샤(대학)에.) 응, 동지사 공부 유학하라고. 오면 이제 교원 하라고. 帰れば教員する約束でね, 出たです 돌아오면 교원을 하기로 약속을 하고, 나간 거예요. 가모가와 가서 정지용도 동지사대학 댕기는데. 영문과 2학년 때. 그때 그 쉬었어. 그때. 北原白秋のあの『近代風景』に 기타하라 하쿠슈의 그 『근대풍경』에 독자로 투고했어. 투고. あれ立派だから, とびらに出たですよ 그게 훌륭하니까 속표지에 실렸어요. 出したです, 出してね 냈어요, 내서요. 아주 그 일류 대가를, 올라갔지, 윗단에. 그래가지고 그 사람 항상 정지용을 묻고, 잘한다구. 그래서 몇 번 그 시를 항상 제 일페이지에다 냈거든, 정지용이 시. 처음에 그 저 「고향」인가 그거. 「고향」, 「조약돌」, '小石, ゴロゴロ 조약돌 데굴데굴'.[2] 그게 「조약돌」. 그 유명한 거기 난 거야. 『近代風景』, 「조약돌」, '小石, ゴロゴロ'. (あ, そういうこと 아, 그런 거였군요.)

조용만   가모가와강, 그 시 '가모가와강', 맨 처음에 그거.

고노   「鴨川 가모가와」, 「故郷 고향」, 「조약돌」, その三回ぐらいですか? 그 세 번 정도인가요?

조용만   그 외에도 많이 났어요, 그 외에도.

---

2   정지용 「조약돌」의 원 표기는 '조약돌 도글도글'.

고노 それ以外に北村白秋と정지용の関係でご存知なこと……그 외에 기타하라 하쿠슈와 정지용의 관계에 대해 알고 계신 것……

조용만 그리고 인제 그 조선 나와서 휘문고등학교 교원 됐어요. 만날 사람들이 물어요, 鄭芝溶てい·しょう(정지용) 뭐 허냐고. 자꾸 묻더래, 뭐라 뭐라고. 할 수가 있나. 정지용이 해서 만날 물어요, 묻드래. 만나면 정지용이 어떻고 뭐 했냐, 뭐 자꾸 묻드라는 거야.

고노 先生その時『近代風景』の雑誌, 先生ご自身ちょっと……선생님, 그때『근대풍경』 잡지에는 선생님이 직접 좀……

조용만 いいえ, 持っていません아니요, 갖고 있지 않아요.

고노 いや, 見ました, その時?아니, 보셨나요, 그때?

조용만 김소운金素雲が持っているそうですし김소운이 갖고 있다고 하는데. 김소운이 그 전에…… 나는 모르겠어요. 난 본 일도 없어요.

고노 あ, そうですか. いまちょっと日本に行って調べてる最中なんですけど.連絡して아, 그렇습니까? 지금 좀 일본에 가서 찾아보는 중인데요, 연락해서.

조용만 『近代風景근대풍경』?

고노 ええ, 『近代風景』네,『근대풍경』.

조용만 そうですか. あれ, ありますか?그래요, 그거 있어요?

고노 日本なら大概残ってるでしょう. 北原白秋だから.일본이라면 대개 남아 있겠지요. 기타하라 하쿠슈이니까요

조용만 うん, そうですか아, 그렇습니까.

고노 それから, その九人会の当時に정지용は仕事は何をやってたんですか?그리고, 그 구인회 당시 정지용은 무슨 일을 하고 있었나요?

조용만 휘문고등학교. 徽文きぶん고등학교の英語先生휘문고등학교 엉어선생. 徽文きぶん, 知ってますか휘문, 알아요? 휘문고등학교 영어 선생. 그

の前が그 전이, 진 秦はた, 長ながい 燮しょう, あれの後任です그의 후임입니다. 진장섭이라고 하는 사람이 영어 선생이었어. 그 다음 후임이, あの後任が그 후임이 鄭芝溶てい・しよう. (진장섭.) '秦しん'はね, 'はた'の'秦しん''진'은 '하타'라고 훈독하는) '진'. (진장…… 아, 'はた'의 진 秦 자, 진 자.) 진장섭, これです이거예요. (진장섭.) 예. '長ながい(길다)', '燮しょう'はこの'燮'です'섭'은 이 '섭'자입니다. 진장섭. この人はね, 東京の高師の英文科出身です이 사람은요, 도쿄 고등사범의 영문과 출신입니다. これがまず来てやったと……이 사람이 먼저 와서 했다고…… あれが그가 관두고 나와서 인제 정지용이가 그 다음 후임으로 들어갔어요. 정지용이.

세리카와 정지용이 合計何年ぐらい英語の先生を?정지용이 합계 몇 년 정도 영어 선생을?

조용만 해방 전까지, 해방까지. (경향신문) 아아, 그건 해방 후에. 終戰後です종전 후입니다. ずっとあれ徽文高等学校で先生をやってたんです계속 그 사람 휘문고등학교에서 선생을 했어요. (해방때까지?) 해방때까지, 그럼. 영어 선생, 영어 선생. (웃음)

고노 선생님, 정지용이, 본관이 무슨 씨인지, 어디 정씨인지?

조용만 그걸 알려달라고? 알려면 알 수 있는데, 정지용이가 무슨 정가인가 모르겠어. 집은 저 (충청북도) 충청북도 어딘가, 옥천.

세리카와 그 당시 이무영에 대해서 어떻게……

조용만 이무영이는 그 때 그 저 『동아일보』 학예부 객원, 그냥 사원으로 있었지.

세리카와 그때부터 뭐 농민소설 쓴다 쓴다 그런 이야기는 하고 있었습니까.

조용만　농민? 그럼, 그때 농민 썼었지. あれはあの, 日本の^{그가 저, 일본의}알아요? 加藤武雄^{가토 다케오}. あれは幸運, 幸運です^{그는 행운, 행운이에요}. (웃음) 帰って来ては^{돌아와서는} ○○○ 그런 사람이야.

시라카와　김환태씨라든가, 그런 분도 만나셨겠죠?

조용만　김환태? 잘 알아요. 박용철이 알아요? 詩人^{시인}이야. 박용철이. 그 사람이 매부지. 지금 살아있어, 奥さん^{아내분}이. 살아 있어요. 일본 구주^{九州}대학. 구주제국대학.

세리카와　그때 뭐 『조광』이 나왔었으니까. 이상의 작품 같은 건 발표가 됐을 때죠?

조용만　어디에?

세리카와　1935年……「날개」가 나온 것이 언제였던가? 그때 벌써 나왔죠? 구인회 그때에. 35년 38년 사이에.

고노　九人会を通じていた頃に「烏瞰圖」が出て, そのあと「날개^{ナルゲ}」が出るんです. 先生, 이상のことについてちょっと^{구인회에 다니고 있을 무렵 「오감도」가 나오고, 그 후에 「날개」가 나옵니다. 선생님, 이상에 대해 좀}.

조용만　예, 예. 물으세요. 물어보세요.

고노　일본 モダニスト関係……^{모더니스트 관계……}

조용만　あれは春山行夫, それから, なんかまた一人があの……^{그건 하루야마 유키오, 그리고 또 한 명이 저……}

고노　기타조노 가쓰에^{北園克衛}

조용만　가쓰에, それから, もっと^{그리고, 또}.

고노　곤도 아즈마^{近藤東}

조용만　아즈마. ああいう連中があの雑誌してるから……^{그 패들이 그 잡지를 하고 있었으니까……} 『세루팡^{セルパン}』. (『詩と詩論』.) 『세루팡』. 아주 열

심히 봤어, 열심히. 그때 그 하루야마 유키오가 그『세루팡』잡지 編集人です^{편집인입니다}. ○○○ (웃음) 잘 모르거든. 이거 뭐 구한다 그랬어.

세리카와 (고노에게)『セルパン』雜誌って何か調べました?^{『세루팡』 잡지에 대해 뭔가 조사해 보셨나요?}

조용만 『セルパン』?^{『세루팡』?}

고노 あれでしょう. いくつも当時出してたから……^{그거잖아요? 몇 권이나 당시에 내고 있었으니까요……}

조용만 『セルパン』, 自分が^{내가(직접)} 학교에 줬어, 여러 가지가.『세루팡』잡지가. 그런데 학교에다 기부해 버렸어,『세루팡』잡지. 昭和3年, 5年^{1928년, 1930년}『세루팡』잡지. 持っていない^{갖고 있지 않아}.

4. 현덕, 이근영, 김억, 박팔양에 대한 단편적인 기억

조용만 이광수 전집 봤어요? 전집? 가졌어? (네) 됐어, 그럼.

시라카와 그 당시의 문인들 중에서 만나보지 않으신 분이 거의 안 계시죠? 다 만나셨죠?

조용만 뭐, 왜요…… 뭐 그래도 많이 있죠.

시라카와 선배가 되시는 이광수라든가 뭐. 이광수, 최남선 그런 분과는 자주 만나셨어요?

조용만 그렇죠. 이광수 만나고 최남선 늘 내가 거의 매일 만나다시피 했고……

시라카와 최남선 선생을?

조용만　어.

세리카와　혹시 그때 거기 농민소설 쓴다고 해서 무슨 현덕이라는 사
람이……

조용만　현덕이? あれ左翼です^{그 사람 좌익입니다}. あの, 北…… 현덕이란 사
람은 뭐 잠깐, 얼마 동안 안 썼어. 그리고 올라가버렸어, 그 사람.

세리카와　이근영이라는 사람은 어떻게……

조용만　누구?

세리카와　이근영.

조용만　이근영이? 이근영이 올라갔지. 이근영이 그것두 농민소설 나
와 있는데 그 사람은 별루 뭐 몇 개 쓴 거 없고 北에 갔어, あれ.
이근영이.

세리카와　만나보셨습니까?

조용만　알아요, 잘 알아.

고노　선생님, 정지용의 여동생하고 만난 일은 있어요?

조용만　여동생이 있나? 잘 몰라. (그렇습니까.) あれは妹おりますか?<sup>그 사
람 여동생이 있어요?</sup> 여기 서울에 살고, 서울에 있어요?

고노　그냥 학적부에 여동생 하나 있다고 나와 있는데.

조용만　나는 아무 얘기 못 들었는데. 그 부인은 내 알지만 내가 그 妹
는 난 잘 모르겠는데. しらない. そうですか, おりますか?<sup>몰라
요. 그래요, 있어요?</sup> 아주 옥천에 그저 빈농. 貧乏の農夫の子です<sup>가난
한 농부의 아들이에요</sup> 정지용. 휘문학교 그거 학비로 온 거거든. 그 저
「고향」이라는 시 있죠? 「고향」에 나오는 그게 전부 자기 얘기
야. 아버지가 뭐 베를 비고 뭐 그거 자기 얘기야. そういう人で
す^{그런 사람이에요}. 그런 사람이야. 아주 めちゃくちゃ^{엉망진창} 시인,

빈농, 빈농이야.

고노　　酒がすごかったと……술이 셌다고……

조용만　　酒, あれも 통째 먹으면 막 그냥 막 주정허고. (웃음). 그때 일본 온 사람 김억이 알아요? 김안서, 김억이. (예. 김억) 그게 아주 그게 시는 또 왕이지.

시라카와　훨씬 전에 데뷔한 분이니까.

조용만　　데뷔?

시라카와　네. 데뷔가 좀……

조용만　　김동인이와 가장 親しい친한 친군데, 뭐 그때부터 單行本出してね단행본을 내서요.『오뇌의 무도』, 그 사람 뭐 역시.

시라카와　그럼 계속 시인 중에서는 영향력을 가장 가졌던 분에 대해서.

조용만　　영향력은 정지용이가 제일 영향력이 있었고 안서는 별로 영향력이 없었습니다. (원로급이라는……) 원로만, 시만 먼저 했지 影響は 별로, 영향은 정지용이 제일이야. 鄭芝溶てい·しよう あれはね. 近代詩の大將です근대시의 대장입니다. 우리나라에서 근대시의 아주 그 한 사람이 정지용이야. 임화도 사실 정지용이 모방했었던 사람이야. 때문에 근대시의 (시에요?) 근대시엔 정지용이야.

세리카와　박팔양에 대해서는 어떻게……

조용만　　박팔양이 그이는 좌익시를 좋아했는데 아주 真面目성실한 사람이야. (언제부터 그렇게 조익) 좌익? (좌익) 그 사람이 난 그 (처음엔 아니었던 것 같은데) 처음엔『중앙일보』기자 할 때부터인데 그 사람 뭐 真面目성실하게 해서…… (웃음). 그런데 뭐 그게 난 모르겠어 어떻게 된 건지.

5. 청계천과 카페, 박태원과 이상과 이광수

세리카와 선생님, 출신이 원래 서울 아니십니까.

조용만 난 서울이에요.

세리카와 그러면 박태원 여러가지 이렇게 『천변풍경』에다 그렇게 써가 지고 했을 때 선생님 그걸 보시고 어떻게 서울의 그런 걸 갖다 가……

조용만 뭐 똑같이, 우리 아는데 뭘. 태원 집, 다옥동, 천변 뭐. あれが 다 옥동, 今, 知ってますか그게 다옥동, 지금, 알아요? 광교. 知ってますか 알아요? 거기서 빨래하고 다 했어, 뭐. 그 집이. 개천 모퉁이야. 다 옥동 7번지라고. 다옥동. 茶屋町ちゃやまち. 다옥동 7번지가 태 원이 집이에요. 그런데 거기서 말이에요. 그 형이, 형이 누군고 허니 보쿠싱엔ぼく·しんえん이었어요. 보쿠싱엔. 보쿠朴 진원震遠 이란 사람이 형인데 あれが 짭댕이가 별명이야, 짭쟁이야, 우 리 중학교가 한해 위야, 그 사람이. 한해 위인데 朴震遠が 박태 원이 형이에요. 약방 했어요 약방. 약방을 해서 저 대문 옆에다 대문간에 약방을 하고 태원이 방은 대문 옆이고 그래. 들창 열 믄 안이 다 뵈요. 그 창문 열믄 그 개천이 다 내보여요. 그러면 인제 連中패, 무리가 이상이, 갔다가 부르고, 데리고 나와서 먹구, 하하하.

시라카와 『천변풍경』이란 게 아주 그 자기 생활 그린 거네요.

조용만 그럼. 자기가 아주 늘 보고 당한 그런 자기 집 가의 자기 대문 가 아래 있는 그 개천에 있는 거기 빨래하는 여자 그걸 전부 그 걸 그 風景풍경.

세리카와　그럼 선생님 계속 여기 서울에서 사셨죠?

조용만　나하고 나하고 한 반인데 뭐, 박태원이는.

세리카와　아……

조용만　경기중학교 나하고 한 반이에요, 한 반이에요. 한 반.

세리카와　아……

조용만　저, 이 鄭人澤てい・じんたく(정인택) 知ってますか?알아요? 鄭人澤.

시라카와　예, 정인택.

조용만　정인택이하고 모두가 한 반이에요. 경기중학교 그 학교 1학년 적에 나는 그 반 이름이 병丙반이고, 정丁반이야, 그 박태원이 반은. 정반이 鄭人澤하고 박태원이 그 갑을병정, 僕は丙へい, 丁てい반은 朴震遠나는 병반이고, 정반은 박태원. 朴泰遠と鄭人澤が박태원과 정인택이 정반인가 한반이에요. 歳も僕と同じ歳나이도 나와 동갑.

세리카와　그럼 옛날에 그런 청계천 그런 것도 뭐……

조용만　그, 작가 아십니까, 일본 작가. 知ってますか, 武田麟太郎たけだ・りんたろう. あれが, 『銀座八丁』, 知ってますか?아십니까? 다케다 린타로. 그 사람이 『긴자핫초』(를 쓴 사람), 알고 계십니까?

세리카와　ええ네.

조용만　『銀座八丁』. あれですよ『긴자핫초』. 그거예요. あれ그거. 朴泰遠の박태원의 『천병풍경』이 그거거든.

세리카와　오오.

조용만　『銀座八丁』 그거야. 그때 그게 도쿄 아사히朝日新聞에 났었어, 아사히에. 그게 그 『銀座八丁』. これを見てあれをやったですよ이걸 보고 그걸 쓴 거예요.

시라카와　『천병풍경』이요?

조용만   박태원이는 그거야 그거.

시라카와   『천병풍경』이요?

조용만   어. 그 아이디어를 얻은 게 그거거든. (웃음)

세리카와   おもしろい^{흥미롭다}.

조용만   그래 내 창피해가지고 그저 그런가부다, 그런거야 아무튼 그
게. (웃음)

세리카와   저는 뭐 요새의 청계천밖에 잘 모르기 때문에 옛날에 그런 것
이 소설 갖다가 읽고 해도 뭔가 머릿속에 잘……

시라카와   실감이 안 나죠?

세리카와   예……

조용만   바로 거기가 그 대문 열른 다 거기야. 청계천 빨래하고 맨날 그
거거든. (웃음)

세리카와   그때 그 카페 같은 것도

조용만   カフェはね, その時^{카페는 말이야, 그때}, 그 인제 그 이상이 하는 제비
가 그 다방, 다방이고 카페는 인제 그 낙원바라고. 주로 2丁目
の, 거기 있었어. 거기, 바가 たくさん^{꽤, 많이} 있었죠.

세리카와   청계천변에는

조용만   없었어.

세리카와   아, 없었습니까.

조용만   거기는 그때는 없었구 거기 저 그 有名な, 이상의 그 夫人にな
った人^{부인 된 사람}. 知ってますか^{알아요}?

고노   아, 네.

시라카와   기생.

고노   네, 기생.

조용만　아니야, 기생 아니야. 지금 그건 最後に^{마지막에} 같이 일본서……

知ってますか? あれは, あの, 변下…… 변…… あの女が, カフェ, 女給だったです^{그 여자가 카페 여급이었어요}. 女給だったです. あそこで이상と会いました, 会ったのは^{거기서 이상과 만났어요, 만난 건}.

세리카와　참 그런 것이 요즘 서울 하도 변해가지고 그런 것이, 청계천의 그런 강가의 그런 풍경 같은 것이……

조용만　많이 달라졌다 그렇지.

세리카와　네. 많이 달라졌어요.

조용만　지금 아주 뭐 딴판이지 뭐.

세리카와　너무 딴판이기 때문에 우리는 이렇게 머릿속에서 이렇게 상상하기가 참 그……

조용만　딴 세계야, 딴 세계야. 그러니 모르죠.

세리카와　딴 세계.

조용만　20前後です^{스무 살 전후요}. 『천변풍경』 그때가. 歳^{나이}.

시라카와　박태원은 실제로 뭐 시내를 헤매고 다니는 걸 좋아했습니까? 자주 헤맸다는 이야기도 나오는데요.

조용만　그 태원이가 말이에요. 그 사람이 직업이 있나 그리고 써야 벌 수 있는 것이고 늘 아마 그 사람이 서울 시내를 늘 왔다갔다허구 댕기고 단짝은 이상이 하나 만나서 둘이 막 농담하고 그랬죠.

세리카와　그때 박태원은 뭘 하고 있었죠?

조용만　놀았죠. 아무것도 없었죠. 一緒なかった^{전혀 없었어}. 직업 없어. あれはね. 第一高普を卒業してから東京行って, 法政の予科に入って, 1年か2年間通って来たんです^{제1고보를 졸업하고 나서 도쿄에 가서, 호세이(대학) 예과에 들어가서, 1년인가 2년간 다니다 왔어요}.

시라카와	그때 당시 소설이란 대개 거의 다 자기 얘기를 쓴 겁니까?

시라카와 그때 당시 소설이란 대개 거의 다 자기 얘기를 쓴 겁니까?

조용만 대부분 그거지.

시라카와 이상도 그때는 아무것도 안 했잖아요?

조용만 아니야, 이상이는 李箱リ·そうはね ^{이상은 말이지}, 도쿄는 안 갔어. 이상이는, 李箱はあれはね ^{이상은 그 사람은 말이지}. 高等工業卒業してね, あの建築の現場をやったんですよ, あれはね ^{고등공업을 졸업하고 그 건축 현장(일을) 한 거예요}.

시라카와 십장.

조용만 응, 십장. 했어, 그걸 했어. 그러고선 그…… 그런 사람이야. 일본은 안 갔어. 일본은 죽을 때 갔었지.

세키네 이광수 같은 사람들은 카페를 다녔을까요?

조용만 이광수?

세키네 네.

조용만 いいえ, 絶対, ぜんぜん…… ^{아니오, 절대, 전혀……} あの人は 아주 謹厳な人ですよ ^{근엄한 사람이에요}. 謹厳な人.

세키네 소설 속에는 카페 같은 장면도 나오는데요.

조용만 그건 누구한테 듣고 얘기지 뭐, 일체 안 갔어. 그런 데 절대 안 가. 아주 謹厳な人야. もうすぐ帰って ^{곧바로 돌아} 가야지. 어디 뭐 술 먹고 그런……

세리카와 한복 입고 이렇게 책상에 앉아가지고

조용만 늘, 카페 같은 덴 뭐…… 카페 大将は ^{대장은} 김동인 김안서 그게 아주 大将지. あれ, のんびり ^{그 사람은 태평해}. 김안서, 김억……

세키네 선생님, 그럼 이광수는 어떤 사람한테 카페 갔던 이야기를 들었을까요?

조용만　　그야 뭐 (많이 있어요?) 신문사 친구라든지 좀 많소? 친구들 많어.

고노　　　그 시절에는 몇 번 다니지 않았을까요?

조용만　　다닐지도 모르지. 신문사…… 그 양반 뭐 별로 그런 거 좋아 안 해. 술도 안 드시고.

시라카와　이광수는 원래 성격이 약한 편입니까? 강하신 분인 걸로 아는데.

조용만　　약한 편두 있지. 원래 그 사람은 일본서 톨스토이주의자야. 원래 박애주의자야. 그 사람이. 그래서 結婚も 결혼도 박애주의자라서 결혼하고 뭐 그런 사람이야. 처음부터.

고노　　　원고료라든지, 그 당시에……

조용만　　鄭芝溶 てい·しょう도 정지용 그 첫 번째 부인이 박애주의에서 ○○○ 그 아주 불쌍한 사람이야. 아무튼 無鉄砲やったです, 無鉄砲に 무모했어요, 무모하게. 그래서 이제 파탄이 났지. 그런 사람이야, 이광수란 사람. 하여튼, 박애주의자. 톨스토이. (웃음) 그런 사람이야.

세리카와　가끔가다 이렇게 잡지어다 기고해가지고 무슨 생활한다거나 그런 거는 어떻게?

조용만　　世話 돌보아주는 것? 누구 世話를 해?

세리카와　원고료 같은 거는 어떻습니까.

조용만　　原稿料はね 원고료는요. 原稿料はほとんどなかったんです 원고료는 거의 없었어요. 없었지, 아마 그 때.

2
문단 내 인간관계와 이광수, 김기림, 이상의 일화

1. 이광수와 허영숙에 대해

세키네　이광수의 부인에 관했던 얘기를 했는데 (허영숙) 선생님 직접
　　　　만난 적 있으세요?

조용만　응 누구?

세키네　이광수 부인이요.

시라카와　허영숙.

조용만　아, 영숙상. 잘 알지 잘 알지.

세키네　어떤 분이었어요?

조용만　그런데 그 부인이 지금 살아 있는데 말이야. 말할 수가 없는데.
　　　　말할 수는 없어. 그런데, 잘 알아. 잘 알아요.

시라카와　허영숙 여사 돌아가셨지 않아요?

조용만　아니야, 미국 갔어. 미국.

세키네　돌아가셨을 텐데.

시라카와　돌아갔죠 2, 3년 전에.

조용만　미국서?

세키네　따님은 지금 미국에 계시지 않아요?

조용만　따님도 미국에 있고 다 미국 갔어. 아마 살았을 게야. 허영숙이
　　　　아직 안 죽었을 게야. 모르겠어.

시라카와 전집에 나오잖아요, 그 사망했다는 게. 연보에 나오는데, 전집에.

조용만 무슨, 무슨 전집?

시라카와 이광수 전집에. 그 연보에. 요새 나온 거예요.

조용만 그렇지, 저, あれはね저건 말이에요. 생전 베스트셀러가 뭐냐면 이광수가 오쿠상奧さん(아내분)한테 준 연문, 그, 長い긴, あれが 뭐 베스트셀러. 이광수 그 서간문이 그거야. 자기가 부인에게 준 연애편지 그것이 베스트셀러.

세키네 그러세요?

조용만 응, 응. 李光洙り・こうしゅのあの長男も今北におりますよ이광수의 그 장남도 지금 북에 있어요. 奧さんも今, 北におります부인도 지금 북에 있어요. 정주. おります.

세키네 지금도 계세요?

조용만 정주, 定州ていしゅう. 지금 말하자면 아들은 나이 아마 있을 거야. あれが第一の本妻です그 사람이 첫 번째 본처예요. 第一の本妻の奧さんの子どもが첫 번째 본처인 부인의 아들이 그때 있었거든. 보면서 만나고 그랬어, 나 알아 그 얼굴.

세키네 이광수의 부인이 이광수어 대해서 영향력을 많이 가지고 있었던가요?

조용만 영향력?

세키네 그러니까 사상이나 뭐.

조용만 이광수 부인. 이광수 부인기 허영숙인데 그 양반이 땅이 부자예요. 그래서 경제적으로 많이 도움을 받았지. 이광수가 그 병원에도 있었고 그랬죠. 허영숙이라고 그 집이 부자야. 그런데 딸밖에 없고 兄형가 없고 그래서 自分が자기가 처분할 땅이 돈이 많았어. 허영숙 여사가.

고노   経済面で影響力があった……경제면에서 영향력이 있었다……

조용만   응? 뭐?

세키네   경제적으로 영향력이 많이 있었다는.

조용만   응, 처음에 영향력이 많았어요. 병원 할 적에, 많이 영향력이, 살림 그 양반 돈으로 했지 뭘 했어. 그게 다 영숙이……

시라카와   심리적인 부담은 없었을까요?

조용만   그것도 있었을지도 모르죠. 잘 모르겠어. 있을지도 모르겠지. 그런데 그 오쿠상이 그 かかあ天下주도권을 꽉 잡고 있는 것 같았어. 아주, かかあ天下 그러면, 이광수가, 아, 그래? 그러고. (웃음)

2. 이태준, 박태원, 김기림의 성격과 문학사적 위상

세리카와   30년대 후반 돼서는 이태준보다 아무래도 박태원이 좀 문인 사이에서는 평판이 어땠습니까?

조용만   그 둘이죠, 그 둘이죠. 그 둘이에요. 박태원이하고 이태준이 둘이 제일 좋았죠.

세리카와   그런데 이태준은 아무래도 약간 이렇게 뭐 소설이 무슨 소녀 취미가 있다 그래가지고 별로 그렇게.

조용만   어, 별로 그렇게 잘 쓰구. 그 사람이 제일 인기 작가가 이태준이에요.

세리카와   네, 인기는 있었는데.

시라카와   그 작품의 수준이나.

세리카와　네. 작품의 수준 그런 것에서는 어떻게……

조용만　수준은 달라 모르겠고, 그건 뭐, 잘 모르겠고…… 나중.

세리카와　예를 들면 구인회 같은 데서 서로가 합평회나 그렇게 했을 때, 어떻게 이태준 소설에 대해서……

조용만　합평회에 이태준의 소설은 우린 별로 얘기 안 했는데. 다 좋게 얘기를 했어요. 좋다고 했어요.

시라카와　이태준에 대해서는 그렇게 비판 같은 건 못했죠? 헤게모니 가지고 있는데.

조용만　그럼, 그럼, 그럼. あれは大変です그건 큰일이지요, あれは. 탕탕탕.

고노　선생님, 이태준이 너무 が다로운 성격이었나요?

조용만　응, 까다로와 그래. 하여튼 凝ってね, 飯をくっても, 朝も골똘해서 밥을 먹어도, 아침에도 뭐 보고, 차, 저렇게 허고, 먹고. 보고. 骨董趣味です골동 취미예요. だから그러니까 아예 좌익이 아니야. 좌익이 못 돼. 骨董好きで골동을 좋아하그 그 사람이 겁도 많고 해서 자기 성격적으로는 도저히 프롤레타리아 못 될 사람이야. 아주 凝り性골몰하는(열중하는) 성격 허구, 귀족취미야. 骨董好きでね, みんなあれが好きです, 陶器好き골동을 좋아해서 전부다 그런 걸 좋아해요, 도자기 좋아하고. 그러니까 그게 성격적으로 도저히 프롤레타리아가 못 돼. 되나 그게. 아주 귀족취미야.

시라카와　그럼 어느 정도 돈이 있었겠네요.

조용만　응, 돈은 지가 벌었고 돈은 모르겠어, 그런데 좌우간 그런 취미야. 그이가 잡지사 했어요, 문장사. 문장사 주인이 돈을 많이 줬죠. 댔죠.

고노　先生, 이무영李無影がその偽名を使って, その九人会同人を攻撃

したという，そういうことがある事典で出ているんですけれども 선생님, 이무영이 가명을 써서 구인회 동인을 공격했다는, 그런 것이 어떤 사전에 나와 있는데요.

조용만 난 잘 모르겠는데, 모르겠는데 그건.

고노 あ，そうですか 아, 그래요.

조용만 아 그랬나? 난 그건 모르겠어. 그 왜 그랬어요, 왜?

고노 이무영이 わざと偽名を使って，九人会同人のその矛盾を指摘したという．で，それが分裂する動機になったというのがある 文学事典に出ているんですけど 이무영이 일부러 가명을 써서 구인회 동인의 모순을 지적했다고 하는. 그래서 그것이 분열의 동기가 되었다는 것이 어느 문학사전에 나와 있습니다만.

조용만 そうですか．난 잘 모르겠는데. 그런데 그건 이무영이 그때 말이야. 存在なし 존재 없음. 이무영이를 'なんだ，バカ 뭐야, 바보' 이러고 정지용이가, 'バカやいっ!' 그래가지고. (웃음) '빠가사리다', 이무영이를 빠가사리라 그랬어. 허허허. 좀 그, 둔재야, 이무영이가. 둔했어. 정지용이가 자기 잘난 사람이 참 그 저거, バカ라고, 이무영이를, 허허허허.

고노 선생님이 이제까시 내신 책은 제가 알기에는 한 네 권 정도인데

조용만 내가 뭐 특별히 한 게 뭐 있나. 僕は新聞社 나는 신문사도 도 있었고 학교 교원도 했고, 하지 뭐. 歩き回って 돌아다니며 썼고, 그런 뭐 잘 안 돼요.

고노 선생님, 여태까지 모두 몇 권 책을 내셨는지, 좀.

조용만 책이요? 그건 뭐, 단편집은 불타 버린 게 둘. 그때 뭐 이상한 것을 했고, 그래요. 별로 없어요, 별로. (웃음) 참, 鄭芝溶のあの詩

集を 정지용의 그 시집을 하나 있는데 잠시 드릴까요? 정지용이 시집. 맨 처음 낸 시집. 맨 처음 시. 詩集. 봤어요? 맨 처음 낸 거.

세리카와 시문학사詩文學社에서 낸 거 같은데.

조용만 그래, 시문학사, 맞아. 아는구나, 어.

세리카와 갖고 있지는 않고.

조용만 그거 봤어요? 책 봤어요? 시문학사에서 낸 거.

시라카와 후에 다시 건설출판사에서 나온 거 있죠.

조용만 그건 내가 못 봤고. 그때 昭和10年に鄭芝溶が詩集を出すんで すよ 쇼와10년(1935년)에 정지용이 시집을 냈어요.

세리카와 그때, 영랑시집하고 같이 나왔죠.

조용만 누구하고?

세리카와 김영랑.

조용만 응, 김영랑. 김영랑. 김영랑. 偉いです 훌륭해요. 夏に行ったんです 여름에 갔어요. 강진とはね, あれ大きな土蔵だったか, あ, 驚いた, 驚いた 강진이라고, 큰 광이었는지, 아 놀랐어, 놀랐어. 강진. 家もとても大き かった, 家も 집이 굉장히 컸어, 집도. 큰 집이에요, 집이.

세리카와 김기림에 대해서는 어떻게……

조용만 김기림이요? あれはね 그 사람은요. 아주 뭐, はっきり 확실한 한 사람 이야. 시간표를 짜와서 말이야. 오늘 몇 시간 뭐하고 뭐 최악 있어. 매일. 오늘은 뭐 원고 집필 몇 시간 동안. 전부 다 あるん です 있어요, 저 時間表があってね 시간표가 있어서, 붙여놓고 한다고.

시라카와 과학적인 거를 좋아하는 거지.

조용만 아주 좋아해. 그리고 그 사람이 左翼 좌익 운동할 때 그 사람이 입 당을 했거든. 입당을 처음 했어요. 그리고 탈당도 제일로 했어.

제일. 자기, 김기림이야. 인민위원회 활동할 때 一番가장 먼저 잡은 것이 김기림을 잡았어. あれが 6月28日인가 그래요. 一番初めに捕まったのが가장 먼저 잡힌 이가 김기림이야, 김기림이.

시라카와   원래도 과학적인 것에 대한 관심이 많으셨는지.

조용만   아주 과학적이야. 시도 과학적 시야, 그 사람 시가.

시라카와   『과학개론』[1]인가 그런 것도.

조용만   그래, 그래. 아주 그 과학적인 사람이야. あれは 咸鏡道かんきょうどうです, 咸鏡道그이는 함경도 사람입니다, 함경도. 그런 사람이야. 아주 그 努力家であり勤勉, そういう人です노력가이고 근면, 그런 사람이에요.

3. 임화, 김팔봉, 이상, 김남천,
안회남, 최명익에 대한 단상

시라카와   8·15 전의 평론가 중에는 어떤 사람을 평가하십니까? 최재서라든가, 김기림도 포함해서 말이에요. 또 임화.

조용만   임화. 임화가 그때 제일 正しく……올바르게…… 임화허구 최재서 그랬죠. 그리고 偉い人는 김팔봉, 김기림이었지. あれが 最初で, あれが一番正しく言いました. あれは, ま, 評価していいです그이가 최초고, 그이가 가장 올바르게 말했습니다. 그건 뭐, 평가할 만합니다.

고노   선생님, 개인으로서는 박영희나 팔봉에 관한 감정은 상당히……

조용만   감정은? 나는 팔봉은 신문사 같이 오래 있어서 잘 알고. あの人

---

1   김기림이 번역한 J.A. 톰슨의 『과학개론』은 1948년 을유문화사에서 출판되었다.

が加藤, 日本での農民運動をやった加藤, 何と言うひとが……
그 사람이 가토, 일본에서 농민운동을 한 가토, 뭐라고 하는 사람이……

세리카와　加藤武雄?

조용만　いや, じゃない. いますよ. 政党, 労農党の党首だった. 加藤ってありますよ. あの人が '学校辞めて, お前朝鮮行ってやれ'と言ってた. '帰ってくれ'. で, プロレタリアやるんです아니, 아니에요. 있어요. 정당, 노농당의 당수였어. 가토라고 있어요. 그 사람이 '학교 그만두고 너 조선으로 가라' 그랬어요. '돌아가라'. 그래서 프롤케타리아 한 거예요. 加藤勘十, 今の農民運動지금의 농민운동, 노농당 당수 있었어, 그때. 1920年. 팔봉이 一番初めの가장 처음으로, 러시아 옷 있어, 러시아 옷. 루바시까? あれ着たのが그걸 입은 것이 팔봉です팔봉입니다. (웃음)

고노　선생님, 이상이 변태 성욕자였다, 그런 거에 대해선?

조용만　그건 난 잘 모르겠는데. そういうこと言いませんがね그런 건 말하지 않으니까 말이야. 잘 몰라.

고노　자기 마누라 갖다가 친구에게……

조용만　그래, 그랬어. 그런 사람이야.

고노　김소운 씨는 그게 사실이다 하는데……

조용만　사실이야, 사실이야. 홍, (네) 홍 뭐지, 뭐? 그 기생 이름, 뭐. 홍 뭐지?

고노　'にしき錦'を書いて, 'あかい紅い'……'금'자를 쓰고, '홍'……

조용만　아, 금홍이, 금홍이. あれがね. 温泉のね. 温泉の付近の온천 부근의 작부라 그래. 작부란 あれです그거예요. あれに惚れてね, 連れてきてやったです그 사람한테 빠져서 데려왔어요. 그 사람이 이상이 말이야, 원래 폐병쟁이야, 폐병. 아주 기운이 없어. 도저히, 요새 얘기로 얼마 얼마 못하거든. 그러니까 그런 거지 뭐. 너무 약해. 이상이, 女, 여자 못해. 얼마 못해. 입만 깠지 그 사람이 실제로는 못허거든. (웃음) 知ってますか^{압니까}. そういう意味^{그런 의미}. 입만, 口ばかりやってね^{입만 할 줄 알지}. 口でやって^{입으로 해서}, 저…… (아, そんな意味ですか^{그런 의미입니까}) 어, 어. 口ばかり^{입만}…… (웃음)

고노 そういうことかな^{그런 걸까요}.

조용만 あれはね^{그이는요}, 십장^{什長} 할 때 말이야. 役所出て来てね, かばん持ってね, 新町で女郎屋. あそこ行くんですよ. 出て, 朝出て来て ○○○からね, 毎日. あれです^{관청에 나와서 가방 들고, 신마치에서 사창가. 거기에 가는 거예요. 나와서, 아침에 나와서 ○○○ 매일, 그거예요}. 처음에 고등학교 나와서 십장할 때 말이야, 그때 만날 그거였어. 거기서 자고 먹고 다 거기서 신마치에서 허고 나오고 그랬거든.

고노 朝鮮総督府にいた時^{조선총독부에 있었을 때}.

조용만 원래 폐병쟁이야, 그 사람이 허하거든. 아주 약해. 才能はありますが^{재능은 있지만}, 才能はね^{재능은 말이야}, 한도가 있지 그렇게 대단한 사람 아니고 才能ちょっとあった^{재능이 조금 있었다}, 그렇지, 대단한 깊은 그건 없는 사람이야.

세리카와 이기영이나 그런 사람은 만나셨습니까?

조용만 알아요. 真面目な人^{성실한 사람}. 真面目. ○○○ 아주 真面目한 사람이야.

세리카와 김남천은?

조용만 あれは一番偉いです^{그 사람 제일 대단해요}. 一番偉い^{제일 대단해}. 그 사람 아주 아까운 사람이야. 죽었는데. 才能はありますよ^{재능은 있지요}. 그런데 죽었어, 일찍이. 좌익에서 제일 유망한 사람이 그 김남천이에요. あれは有望だったです^{그 사람은 유망했어요}. 人間もいいです, あれ, 人間も ^{사람도 좋아요, 그, 사람도}, 사람이 됐어.

세리카와 한설야는?

조용만 임화는, あれはいつも不良少年でした^{그는 항상 불량소년이었어요}, 임화. 불량소년이었어. 술 먹고, 아주 不良少年이었어. (웃음) 不良少年.

세리카와 한설야는 어떻게, 만나셨습니까?

조용만 한설야는 意志が堅固で^{의지가 견고하고} 意志が 아주 強い^{강해}. 労働者タイプ^{노동자 타입} 아주 그런 사람이야. 堅い^{견고}해가지고 그런 사람이야. 양보할 데가 없는 사람이야, 아주 의지가 굳은 사람이야, 굳어.

시라카와 안회남이라는 사람이 있는데요. 8·15 전엔 어느 정도 알려졌어요?

조용만 8·15 전에는 박태원이허그 같이 한 그룹이죠. 그래가지고 구인회에 들었으면 했었거든. 그런데 이태준이가 싫어해서 안 넣었어. 몹시 구인회 애쓴 사람이 안회남이에요. 그런데 이태준이가 'あれ, だめだ^{그는 안된다}.' 그래서 안 넣었어, 이태준이가 안 넣었어. (웃음)

시라카와 안국선의 아들이라는 게 나오는데. 그거는 다 알려진 사실이죠? 안국선 자신에 대한 거 지금까지 잘 알려진 게 없는데요. 안국선의. 언제 태어났고 그런 것도 그 당시부터 별로 알려지지 않았는지.

조용만 알려지지 않았어. 무슨 당이에요, 그 사람이, 그 저 독립운동할 때 정치운동 했죠? 무슨 회요? 그 사람이. (안국선이요?) 응.

시라카와　독립운동 했죠.

조용만　독립운동 아니야. 난 잘 모르겠어요. 그 사람은.

시라카와　아주 옛날 사람이니까요.

조용만　그게 아까 말한 이인직 때랑 같은 사람이야.

시라카와　조금 더 올라가요.

조용만　올라가나? 이인직이 때보다 그 사람이.

세리카와　최명익이란 사람은 만나보셨는지.

조용만　최명익이? 최명익이 평양서 오고 했는데 나는 잘 모르는데 아
　　　　주 유망했어, 한때.

세리카와　어떤 사람이었어요?

조용만　잘 몰라요.

세리카와　그 사람은 거의 평양에서만?

조용만　평양에 있었지, 평양에. あれ, 金史良きん・しりょう(김사량) 있지요?
　　　　あれの그 사람의 친구고 그렇지.

시라카와　최정익이라는 사람도 있어요?

조용만　최정익이? 최명익이 말하는 거지, 최명익이.

시라카와　그런데 『단층』이라는 동인잡지가 한때 있었죠.

조용만　단층, 단층. 응.

시라카와　거기 나오는 게 최정익이라고 나오는데 다른 사람인가요?

조용만　난 모르겠는데.

4. 이광수와 홍명희의 글쓰기 방식,
   1930년대 문인과 학생들의 생활 풍조

조용만　あの이광수はね, 原稿がね그 이광수는, 원고가 말이야. 쓰면 거침이 없어. 좌르륵, 고치고 그런 거 없어. 아주 그런 사람이야. 좌르륵 나가니 고치고 넣고 거의 없는 사람이야. 그런 양반이야.

세키네　대개 하루 종일 글 쓰고 있었어요?

조용만　그 양반이 신문사 『동아일보』 편집국장 했는데, 결국 나오고 그거 쓰고, 퇴근하면 방문도 안 하고 그렇게 하는 사람이야.

고노　그 당시 원고만 쓰고 먹고 살 수 있었나요?

조용만　그땐 뭐고 허니, 신문사, 스설 써가지고는 말이지 딴 덴 잡지가 어덨어. 신문소설 써야 먹지. 신문소설은 当時一回分に2円ですよ, 2円. だから60円ですよ당시 1회분에 2엔이에요, 2엔. 그러니까 60엔이지요, 한 달에. 그거 가지고 생명 사는 거지. 거의 잡지는 원고료 없고. 거의 없고.

세키네　이광수는 소설만이 아니라 논설 같은 것도 많이 썼지요?

조용만　논설 많지. あれは新聞社の大将ですよ그 사람은 신문사의 대장이에요.

세키네　정치가 같은 모습이 있었습니까?

조용만　원래 그 사람이 元あの先生の志望は원래 그 선생의 지망은 정치가 타이프인데 문장은 방법으로 한 거지 목적은 정치가. 안창호 있잖아요. 안창호 씨 꼬붕子分인데 정치가 타입인데 문장은 수단으로 쓴 거지 원래 자기 希望は政治家です, あの人は희망은 정치가입니다, 그 사람은.

고노　이광수 희망이?

조용만 이광수가 원래 그래 다 그래. 그 당시에 최남선, 홍명희 모두 정치가 지망인데 문장은 道楽취미지 자기 원 목적은 정치. 한번 해보자, 자기 理想이상 한번 해보자 그런 거지 원래 그 사람은 목표는 그거 다 아니야.

세리카와 홍명희는 만나 보셨습니까?

조용만 알아요, 잘 알아요. (어떤?) あれはね, 原稿を書いて그 사람은 원고를 써서, 전부 얘기를 척 보고 허거든. 원고 쓰고 넣고 또 고치고. 하는 얘기부터 그런 사람이야. 아주 頭が一番いいです, 頭が머리가 제일 좋은 사람이에요, 머리가. 전부 순 기억력으로. 기억으로. 그이가 말이야, 宮中の言葉から一番下の市井言葉, 知ってますよ. あの人が一番偉い궁중의 언어부터 가장 밑바닥 시정의 말(까지), 알고 있어요. 그 사람이 가장 대단해. 아주 어휘 많긴 많지. 문장, 소설의 어휘, 일본말로 뭐죠? 語彙. 語彙のある人です. 大したものですよ어휘가 있는 사람이에요. 대단한 거지요. 뭐 무당의 춤의 용어 전부 다 알아요. 그리고 아주 다양한 걸 써요.

시라카와 어학력이, 외부의 것도 많이, 홍명희 씨.

조용만 홍명희 씨가 그 양반이, 상해에도 있었고, 남양에도 있어서 원래 그 사람이 잘 했어, 영어 잘 합니다. 동경시대에 말이에요, 大正何年ですか다이쇼 몇 년입니까. 大正……1907년 6년에 말이에요. 일본에 있는데 그때 그 홍명희 씨는 그냥 대성중학교 졸업하고 놀고 있었고. 육당 선생은 도쿄 高等師範고등사범 다니다가 관두고 놀고 있었고. 춘원 이광수는 중학교 학생이에요. 歳が19が나이가 19세가 홍명희, 17が17세가 崔南善さい·なんぜん(최남선), 15가15가 李光洙り·こうしゅ(이광수). だから弟です, あれ그러니까 동생입니다, 그가. 그러니까 홍명희가 책을 사보면 자꾸 줬어. 이광수. 그래서 이광수 된 것은 홍명희 덕이야. 자꾸 너 읽어, 읽어. 자꾸. 子ども거든, 그게. 열아홉살 보기에 열다섯살 뭐 애거든. 항상 책을 사서 돈을 전부 너 읽어, 책을 줬거든. 그래서 이광수는 거의 홍명희 때문에 된 ア야. 이광수가. 돈이 있나 이광수가. 책이 있나. 전부 홍명희 씨가 읽고서 전부 책을 줬어. 너 읽으라고. 그래서 그런 거야.

세키네   그 얘기는 이광수가 한 거예요?

조용만   그 얘기? 그건 내가 잘 알지. 그때 육당 선생이랑 다. 한번은 내가 이광수하고 육당 선생님 만나면 보면 말이야, 앞에서 기어. 歳とし가 이년 아래인데도 이광수가 아주, 형님 형님 하고 기거든. 원래 아주 눌려가지고 그러거든.

세리카와   그때부터 홍명희는

조용만   あれは, 天才なんです. 天才です그 사람은 천재입니다. 천재예요. 기억이 아주 좋아, 기억이. 한번 읽으면 당초 안 잊어버려요. 초로로록 다 아 알어. 그런 사람이야. わい談も, あれ, 朝鮮人です, わい談음담패설도, 그 사람 조선인이에요, 음담패설. 아주 뭐 굉장해, 그 양반.

세리카와   서울 사람이 아닌가요?

조용만   서울. 서울이죠. 서울 사람이에요, 서울. 자기 お父さん아버님이 日韓合邦の時死んだんです한일합방 때 돌아가셨어요. あれで 자기 평생 원怨이 그거지.

세키네   경제적으로는 어려운?

조용만   어려웠어. 민이라는, 민영희라는 사람이 그를 원조했어. 그 사람 덕으로 일본 간게, 전부 원조로다가 했었어. 지금은 어렵지만.

세리카와 　일반적으로 서울 사람은……

조용만 　우리나라의 좌익 공산당 운동의 맨 처음 발원지가 홍명희 씨야. 그가 처음부터 일본서 전부 그거만 했어. 일본서 그때. 좌익 운동의 근본은 그 양반이거든. 모두 여길 나가는 것도 左翼^{좌익} 운동이나 本の^{책의} ○○○ 전부 홍명희잖아. (웃음) 그랬어, 그거 아주 그런 사람이야.

고노 　선생님, 30년대에 문인들은 대개 그날 그날을 뭘 해서 먹고 살았는지……

조용만 　그때 다 貧乏^{가난뱅이}. 貧乏거든. 그런데 박종화란 사람이 제일 부자고. 朴鍾和^{ぼく·しゅうわ} 상. 그 사람 金持ちだから^{부자니까} 맨날 짜먹고 술 맨날 얻어먹고 (웃음) 잡아먹었지. 다 貧乏지. 또 부자는 김동인. 평양은 김동인이 부자고 京城じゃ朴鍾和, あれ一番 2つの金持ち^{경성이라면 박종화, 그 제일 두 사람이 부자}. あ, みんな貧乏^{모두 가난뱅이}. 돈 있어 어디. 술 먹을 때 맨날 박종화 술 내, 술 내라고 그랬거든. 그리고 김동인이 서울 올라오면 와아, 먹고. (웃음) 빨아먹어. 그랬어.

시라카와 　선생님 시대에는 대개 일본에 유학을 안 가도, 경성제대도 생겼으니까. 선생님은 유학을 가고 싶다는 생각은 안 가지셨어요?

조용만 　그때 우린 돈이 없었고 여기서 하라고 해서 여기서 그냥 공부하지, 별로 일본 갈 생각 없었어요.

시라카와 　같은 또래의 학생들은 어떤 풍조였습니까?

조용만 　그때 박태원이 그 사람은 학교가 안 돼. 입학이 돼야지, 낙제인데, 그래서. 일본 간 거는 그래서 일본 갔지, 여기서부터 여기서 했었고. 못허면 일본 가는 거지 뭐.

시라카와	그런 조건만 잘 갖춰 있으면 어느 쪽에서 공부를 하고 싶다는 당시 그런……?

시라카와　그런 조건만 잘 갖춰 있으면 어느 쪽에서 공부를 하고 싶다는 당시 그런……?

조용만　글쎄 그건 뭐 개인 취미지 누가, 그 차이는 모르겠어.

시라카와　한때 누구나 일본에……

조용만　가고 싶긴 했지. 가고 싶어 했지. しかし, その時^{하지만 그때} 전부 다 잡지 나와 있고 책 다 있는데 가면 뭘 해. 책 전부 다 일본 책 다 나오고 잡지 다 나오는데. 다 있어, 여기 다 오거든. 책이. 여기서 다 볼 수 있는데 뭐. 영화 전부 다 오거든. ○○○ 노래 다 와요. (웃음)

고노　기생 일본 여자 그 당시에 많이……

조용만　누구?

고노　게이샤. 일본 여자 여기 많이 와 있었어요?

조용만　그럼. 메이지마치^{明治町}. 저 여기 혼마치^{本町} 가면 みんな^{전부} 일본 여자 천진데 뭐. (그래요?) 그럼 뭐, 요정 천지고 일본 똑같지 뭐. 하여튼 日本人の女の기생の方いいですよ^{일본 여자 기생 쪽이 좋아요}. 아주 丁寧하고^{예의 바르고} 서비스 いいです^{좋습니다}. (웃음) おでんや みんないっぱい^{오뎅집에 다들 한가득이야}. おでんや, 本町通りずっと おでんや 천지 これ 전부 おでんや^{오뎅집, 혼마치 도리 가면 전부 오뎅집 천지, 이거 전부 오뎅집이야}. 오뎅야 그거만 먹는데 오뎅야 아주 一番よろしい^{제일 좋아요}. (웃음)

세리카와　선생님, 옛날 책은 많이 가지고 계십니까?

조용만　옛날 책이요? 옛날 책 조금 있다 정지용 시집을 내어다 뵈지. 待ってください^{기다리세요}.

(구술자가 책을 가져오기를 기다리는 면담자들의 대화)

조용만　○○○

5. 염상섭과 일본문단 교류

시라카와   염상섭은 오래 만주지방에 10년쯤 가 있었는데……

조용만   염상섭은 말이에요, 원래 横浜おったです^{요코하마에 있었어요}. 横浜おってね^{요코하마 있었고}, 인쇄소 있었거든.

시라카와   복음.

조용만   아, 복음. 거긴가 진 先生が 진, はた^秦라고.

시라카와   진학문.

조용만   어. 진 센세가 呼び寄せて^{불러들여서} 거기 처음 나와서 한 거죠. 満州^{만주}도 秦先生が^{진 선생이} 불러서 간 거야. 응, 만슈.

시라카와   그때는 작품활동은 별로 안 했을 때인가요?

조용만   그때는 별로 안 했지. 신문소설 몇 쓰고 별로 안 했죠. 그러다 나중에 만년에 와서 했지.

시라카와   신문소설은 『만선일보』 거기에만?

조용만   『만선일보』 편집국장. (사이) あの人はね, 酒一番強い人が廉尙燮れん・そうしょうです^{술이 가장 센 사람이 염상섭이에요}. 徹夜しても, 大変なところです^{철야해도, 큰일날 지경입니다}. (웃음) 일본의 시가^{志賀} 상, 시가 나오야^{志賀直哉}. 一番すごい人が^{제일 대단한 사람이} 염상섭이 제일 숭배했어, 廉尙燮^{염상섭}. 만나보기도 했고. 奈良行って会ったです^{나라에 가서 만났어요}. 会ったし, 一番好きな人が志賀直哉^{만났고, 제일 좋아하는 사람이 시가 나오야}. 그 외 야나기 소에쓰^{야나기 무네요시(柳宗悦)의 필명} 있잖아요? 야나기 소에쓰. あの人が紹介して^{그 사람이 소개해서} 염상섭이가 만났어요, 志賀先生を^{시가 선생을}. 야나기 소에쓰가 염상섭이를 소개해서 奈良へ行ってね. 志賀直哉さんに会った

です나라에 가서, 시가 나오야 씨를 만났어요.

시라카와 언제쯤의 얘기가 될까요?

조용만 그것이, 일본서 나올 때. 나올 때 만나고 갔어요. (나올 때) 그런데 말이야, 털이 있어요, 털이 깊어. 시가 상이 털이 아주 一杯や, 毛が深い가득이야, 털이 수북해. 그리고 お茶をね차를 말이야, 자꾸만 내오더래. 과자를 자꾸 내 오더라는 거야. 그걸 먹었다 그래, 어떡해. 아주 親切하고 丁寧, 礼儀正しい. 奥さんが. そう言ってた예의바릅니다, 부인이. 그렇게 말했어.

시라카와 1926년인가 7년?

조용만 아니야, 29년 갓 넘어서. 고때. 나라에 있을 때, 나라. 나라에 있을 때 그때 만났어.

세키네 야나기 소에쓰란 사람디 야나기 무네요시. 이 사람이 일본에 있는 한국 유학생들하고 교제가 있었어요?

조용만 아주 좋아했지. 많이 갔지, 그 집에. 上野って知ってますか?우에노라는 사람을 알아요? 우에노, 알아? 뭐하는 사람이야? (우에노, 사람 이름) 우에노가 뭐 하는 사람인고 하니 말이야, 미학 선생이야, 미학. 그때 선생이 安倍能成아베 요시시게,[2] あれはみんな友達です모두 친구입니다, 友達. 上野直昭우에노 나오테루[3]라고 'ただしい'옳다(곧바로를 뜻하는 '直ち'의 일본어 훈독인 다다치(ただち)의 착오로 보임)の'直', 'しょう'は'あきら昭'. あの人が奥さんが그 사람의 부인이 피아니스트야. 그 사람이 미학으론 일본에서 그때 제일이었었거든. 미학이라는 게 미

---

2 安倍能成(1883~1966). 일본의 관료, 교육자로 경성제대 교수, 국립박물관장, 가쿠슈인(学習院) 원장 등을 역임했다.

3 上野直昭(1882~1973). 일본의 미학자로 도쿄예술대학 명예교수를 역임했다.

학 선생으론 제일이었어. 시가 나오야 전부 칭찬하는 건 그 사람들이야. 아주, 제일이라고. 아, 志賀さんはあれは一番です^{시가 씨 그 사람은 최고입니다}. 전부 모여서 그랬어, 이치방一番이라고. (웃음)

시라카와 시가 나오야를 존경했다는 게 아주 젊었을 때부터 존경했다는 겁니까?

조용만 그럼. 그런데 시가 나오야 선생 만날 때 염상섭 그때 스물 몇 서른 몇 되겠지. 얼마 안 되지 나이가.

시라카와 처음에 유학 갔을 때 벌써 시가 나오야 소설을 읽고 많은 감격을.

조용만 그럼, 감격했지. (사이) 염상섭이 시가 나오야를 ○○○ 그리고 만해 한용운도 시가 나오야 많이 만났어. 그걸 내가 알아요. 金東仁きんとうじん(김동인) あれは^{그는} 누군가 일본 작가 또 숭배가 있었는데, 있었어. 항상 그 얘기를 했어. (다니자키 준이치로?谷崎潤一郎?) 그건 훨씬 후배고 그때 (모리 오가이?森鴎外?) じゃない. (다니자키?) 谷崎潤一郎じゃない. (나가이 가후永井荷風) 나가이 가후도 염상섭은 좋아하고 그랬고. 또 있었는데 생각이 안 나네. 그랬어요.

시라카와 김동인 씨가 직접 그런 얘기를 한 건가요?

조용만 김동인이? 김동인이 무슨 일본 작가라고 그 얘기를 했는데 내가 잊었어. 누구 작가, 자기 그렇다고 얘기를 했어. 누군가? (이즈미 교카?泉鏡花?) 아, 교카. 그 あたり야^{쯤이야}.

시라카와 「배따라기」 같은 작품 보니까 이즈미 교카……

조용만 아마 이즈미 교카 좋아했어요. 그 얘기를 했어요, 나한테. 아주 좋아한다고. 이광수는 톨스토이 一点張り^{외골수}야, 톨스토이 一点張り. 전부 다 톨스토이야. 『사랑』, 전부 톨스토이 그거야. 『무정』, 전부 톨스토이 그거야. 아주 그 一点張り야. 崇拝し

て숭배하고 아주 죽어요, 톨스토이. あの人が平和主義者のトルストイの思想に詳しい그 사람이 평화주의자 톨스토이의 사상을 잘 알아. 이광수 사상이 근본이 그거예요. 톨스토이 사상이 근본이야. 그 사람은 그거야. 만날 그거야. 제일이라고 그랬어. 메이지明治 ○○○ 日本では일본에서는 톨스토이가 제일이라 그랬어. 그때의 影響을 与えてくれた영향을 준 그 사람이. 또 하나는 日本で国文始めた 人誰ですか?일본에서 (일어) 국문 시작한 사람 누구예요? 長谷川하세가와, 아니 (후타바테이 시메이二葉亭四迷) 응, 후타바테이 아주 좋아하고. 후타바테이를 이광수 항상 이야기했어. (후타바테이 시메이를, 이광수가) 그리고 저 돗포. 구니기다 돗포国木田独歩 아주 좋아했고.

고노   선생님, 정지용이 좋아한 일본 시인은?

조용만   정지용이 일본 시인은 기타하라 하쿠슈北原白秋 좋아했지 그 외엔 난 못 들었어. 또 大木惇夫おおき・あつお? (오오키大木) 아쓰오惇夫, 오오키 아쓰오, 대목순부라고, あれも好きであれは 同年輩です, 鄭芝溶と그 사람도 증아했는데 그는 동년배예요, 정지용하고. 오오키 아쓰오. 'おおき'は知ってますか'오오키'는 알아요? 'だいもく 大木'. 'あつお'はね'아쓰오'는요. 知ってますか아십니까. (立心偏に[4]) そう, そう그렇지, 그렇지. 立心偏 그래. あれが北原白秋の子分であって, 鄭芝溶の一番親しい人그가 기타하라 하쿠슈의 제자로, 정지용과 가장 친한 사람. 오오키 아쓰오. (웃음) (웃음)

고노   하기와라 사쿠타로萩原朔太郎도 조금 좋아했다는……

조용만   하기와라 사쿠타로? 난 모르겠고. 그때 모르겠어. 그 사람은 기

---

4   한자 부수의 하나, 심방(忄) 변.

타하라 하쿠슈를 제일로 치고 그랬어요.

고노　　정지용은 일본말은 어느 정도?

조용만　일본말 잘합니다. 일본말 엄청 잘했어요.

고노　　구별을 못 할 정도로?

조용만　아니야, 그건 아니야. 보통이지. 日本語야 김소운 당할 사람 없는데. 김소운…… 차 다 식어요, 들어요. 李箱り·さん(이상), この人이 사람. 李箱のね, 原稿たくさん今ありますよ이상의 원고가 지금 많이 있어요. 변卞, 변. あの女持ってますよ그 여자가 가지고 있어요. たくさんありますよ많이 있어요, 이상이. 전부 유고가 전부 거기 있어. 그런데 안 내놔.

6. 이상의 유고를 가지고 있는 변동림

고노　　가족들이 비싸게 팔려고

조용만　파는 게 아니라, 그 사람이 이제 안 내놔요. 그게 전부 이상의 저작물 거기가 가지고 있어. 변동욱이가. (변동욱) あの奥さんの名前그 부인의 이름5 あの女が持ってます, みんな그 여자가 가지고 있어요, 전부.

고노　　아직 살아 있을까요?

조용만　그럼, 아내니까.

고노　　이상 마누라도 미국에 있습니까?

조용만　그래, 미국에 있어. 몰라요? 이상은ね, 楽園カフェやったです낙

5　여기서는 이상의 아내였던 변동림을 가리키는 것으로 보인다. 변동욱은 변동림 오빠의 이름이다.

원카페 했어요, 변, 奥さん아너분, 부인이. あれはね그이는, 이상이 친구의…… 具本雄ぐぼんゆう(구본웅) 知ってますか알아요?, 구본웅. (네, 구본웅) 구본웅이라고 화가 있어요. 구본웅이 스폰서가 장문사라고 있어요. 彰文社しょうぶんしゃ, 知ってますか, 彰文社알아요? 장문사.

고노　『시와 시론』 주로 낸 그곳.

조용만　그렇지, 거기. (웃음) 구본웅이 아버지의 妾の妹が첩의 여동생이 변동욱이에요. (웃음) (웃음) 그건 다 모르지. 모를 거예요. 장문사의 주인이 구본웅이 아버지예요. 具本雄ぐ·ほんゆうのお父さん. 그 양반의 첩이, 若い妾の妹が……젊은 첩의 여동생이…… 이름이 변동(변동림?)림이야, 그래. 오빠는 변동욱이고. 그거거든.

고노　주인의 작은 마누라의?

조용만　아니, 구본웅이 아버지.

고노　구본웅이 아버지의 작은마누라.

조용만　작은마누라의 아우야, 아우. 妹. 男はね. 변동욱이라고, 변동욱이. '욱'은 変んな文字です'욱(昱)'은 이상한 글자예요. あれはね그이는요, 우리 다방 맨 처음 나온 게 뭔지 알아? 서울서 다방 맨 처음 나온 거요. 낙랑파라楽浪パーラー라고. 거기 아마도 하꼬비運び를 했다 그랬어, 運びを하꼬비[6] 변동욱이라는 변동림의 오래비가. 정인택이 친한 친구야. 詩人です, 변동욱이는시인입니다, 변동욱은. それを通じて그거를 통해서 이상이가 구본웅이한테 청해서 結婚式한다고 結婚결혼식 한다고 결혼. 申し込みです(결혼) 신청입니다. 그래서 변동림이가……

---

[6]　원래는 다방 여종업원 또는 레지 보조를 가리키는 말이었다. 변동욱은 1930년대 경성의 예술가들이 자주 모였던 카페 '낙랑파라'에서 음악을 선곡하는 일명 '플레이어'였다.

고노　　변동림이 낙원파라의?

조용만　아니. 변동림이는, 온나女는 낙원바, 낙원 카페의 여급을 했었
　　　　구 그때 댕겨서 알았었고. 申し込み, 더 만난 거는 구본웅이 아
　　　　버지, 구본웅을 통해서 더 알았거든. 그 내용을 안 거지. 자세히
　　　　물으려면 나한테 물어봐요. 35, 6年はね. 梨花専門이화 전문, 女は
　　　　みんな여자는 다, 전부 바에 나갔어. 그 하나가 변동림이에요. 오
　　　　래 카페에 있대니까. 카페 나와서 女給を여급을 했다 그랬어. 학
　　　　교 그만두고 나와서. 그때 낙원 카페 거기서 이상이를 알아가
　　　　지고 깊이 알기는 구본웅이를 통한 결혼 申し込み신청 했어. 이
　　　　상이가. 그거를 오케이했거든. 그래서 산 거야. 나중에. 그때 말
　　　　이에요. 처음 반한 건 누군고 허니 화가에 김환기金煥基라고 있
　　　　어요. 김환기. あれが元그이가 원래, 맨 처음에 변동림이를 좋아했
　　　　어요. 그런데 이상이가 새에서 채갔다. 뺏겼어. 이상이 죽은 다
　　　　음에 다시 또 온 것이 김환기야. 화가 김환기야. 그래 아메리카
　　　　에 김환기랑 있다 그랬어, 一緒に같이. (웃음) 첫 번째 애인 누군
　　　　고 허니 김환기인데 빼앗겼어. 다시 나중에 또 김환기가 다시
　　　　바에 가서 변동림이를, 살았어, 미국서 그래서 화가로, 같이. 그
　　　　런 거야, 그게. 지금 살아 있어요. 가끔 서울 오구 전람회 하면
　　　　가고 하는데 거기 이상이 죽을 때 원고가 많이 있어. 그런데 그
　　　　걸 안 내놔요, 안 내놔.

시라카와　원고까지 미국에 다 가져간 거예요?

조용만　가져갔지. 그리고 중요한 편지 모두 부인 댁에 갖다, 전부 근데
　　　　그걸 안 내놔요. (편지까지요.) 전부 다 안 내놔 그걸. (『문학사상』
　　　　이라는 잡지……) 거기 났어요? (『문학사상』이라는 잡지 그걸 아주 구

하고 싶다고요) 그렇지, 근데 안 내놔.

고노　이상의 유족이 어느 정도 갖고 있는데, 비싸게 팔려고.

조용만　파는 게 아니야. 팔면 돈인데 안 팔아.

고노　이상의 가족이 무지한 사람이기 때문에.

시라카와　그런 가치를 몰라서?

조용만　이상은 ね, 살아있을 때 그 사람이 지금 내무부 근처 을지로 2가에 있어요. 일본집에 거기에 살았어요. 몰래 살았어. 이상이하고 변동림이하고. 그리고 일본 가버렸어. 거기서 일본 갔어, 일본을.

세리카와　그런 것을 갖다가 하면 전집도 더 풍부해진다는 거죠. 작품도 혹시 그 속에 있는지 없는지 모르죠?

조용만　작품은 모르겠어. 작품은 좌우간 원고 많이 있다 그러는데, 여태 안 내놓을라 해.

고노　이상의 성격은 뭔가 일부러, 순하지 않게……

조용만　좀 허세, 虛勢を張る. あれがあります허세를 부려. 그런 게 있어요, 이상이. 허세, 그런 거 있어, 이상이. (웃음) 이상이 죽은 뒤 전집을……

3
작가들의 외국어 능력과 집필 습관

1. 상해에서 귀국한 이광수의 글을
현진건의 형이 반대함

조용만　이상이 나와 있어요.

시라카와　현진건 씨는 만나신 적이 있습니까?

조용만　잘 알아요.

시라카와　그 분도 역시 동경에 유학을 갔는데요.

조용만　저 내력은 뭐인고 허니, 그 사람이 대구인데, 대구.

시라카와　『거화炬火』라는 동인잡지를 냈다는……

조용만　응? 아니, 낳은 집 뭔지 알아요? 낳은 집의 아버지가 누구인지 모르죠?

시라카와　이조시대 높은 집에 있었다고.

조용만　높은 집은 무슨 높은 집이야. 일본 통역하는 通訳やったです^{통역(관)} 했어요. (통역관의 아들이라고 나와 있어요) 그러니까 통역관의 아들이야.

시라카와　그때는 우체국 국장으로 있었다 그랬고.

조용만　그래, 그랬어. (할아버지)(집안 사람을 부르는 목소리) 그래, 가? 가거라. 애, 머하러 일루 나가느냐. 일루 나가, 일루 나가. あの子供はね, あさ9時来て4時半なら学校行くので帰るんです^{저 애는 아침 9시에 와서 학교 4시 반부터는 학교에 가야 하니까 돌아갑니다}. からっぽ^{텅 빔}. (웃음)

고노 　後いろいろ聞きたいことを整理してから……뒤에 여러 가지 묻고 싶은 것을 정리해서……

조용만 　ああ, いいです, いいです. ゆっくりいいですから아, 괜찮아요, 괜찮아요. 천천히 해도 좋아요.

고노 　今日は聞きたいこ丄丬とをみんな聞いたんですけど. またいろいろ聞きたいことをまとめて오늘은 묻고 싶은 것 모두 물어봤습니다만. 또 여러 가지 묻고 싶은 것을 정리해서.

조용만 　十分です. いいです. 5時半までいいですから충분해요, 괜찮아요. 5시 반까지 괜찮으니까요.

시라카와 　현진건은 독일어 잘했다는데 직접……

조용만 　독일어? 독일어를 어디서 배웠어. 난 모르겠는데 그건 (웃음)

시라카와 　동경에서도 배웠고요, 상해에서도 배웠다고 하는 기록이 나오는데.

조용만 　상해…… 兄がね형이 말이야, 노조운동을 했어. (현정건<ruby>玄鼎健<rt></rt></ruby> 씨요) 현정건이. (언제쯤 건너갔는지도 모르겠어요) 그래서 마저 들어요. 이광수가 말이에요. 상해에 있다가 여기 상해서 일본인 매수당해서 온 거야. 매수. 상해에서 왔다고 했어. 종로경찰서 형사가 와서 말이에요. 붙들어 왔어요. 그래서 거기서 (손으로 비는 흉내 내는 소리) 이렇게 해서 온 거거든. 그래 왔거든. 왔다. 와서 『백조』라고 잡지사 알아요, 『백조』? 그걸 했거든. 이광수가. 그런데 현진건이 형님이 편지가 왔어, 상해서. 그 잡지에서 이광수 빼라 그랬어. 요구를 했거든, 그래서 이광수를 뺐어. 그게 처음에 첫 번째 얘기야. あれ変節の1号が李光洙<ruby>り・こうしゅ<rt></rt></ruby>です변절 1호가 이광수예요. 奥さんが. 상하이へ行ってね, 連れて来た, 日本に

やってね. あれから, 恋愛の…… 부인이 상하이에 가서 데리고 왔다, 일본에 가서요, 그리고서 연애의…… (웃음)

시라카와 　『백조』지에 이광수의 글이 나온 것을 현진건의 형이.

조용만 　응. 형이 보고선, 상해에서 막 야단치고서 '이 자식, 빼라' 그래서 뺀 거예요. 그건 사실이야.

시라카와 　그 형이 언제쯤부터 그 상해에 있었을까요?

조용만 　현진건의 형님이? 그건 모르겠어. 독립운동 때부터 아마 가서 했겠지.

시라카와 　그랬다면 언제쯤 현진건이 상해에 가 있었는지 잘 모르겠거든요.

조용만 　그건 모르겠어. 그래서 변절, 変節の1号가, 李光洙り·こうしゅです 변절 1호가 이광수입니다. 샹하이 때 あの奥さん 그 부인 허영숙이가 그런 거거든. 허영숙이하고 일본 같이 갔어. 帰ってね, 帰ってきた 돌아왔어. 그래서 미워하는 까닭이 그거거든.

세키네 　상해에서 일본 갔다가 한국에 온 거예요?

조용만 　일본 갔다가 독립운동 땐 일본에서 상해에 갔거든. 그래가지고 독립신문을 냈거든. 그런데 허영숙이가 여기 서울서 말이야, 경찰하고 같이 가서 말이야, これを連れて来た 이 사람을 데리고 왔다. (웃음)

시라카와 　현진건씨도 만나셨죠?

조용만 　현진건이? 지금 박종화 며느리가 현진건 딸이에요. 知ってますか? 알아요 (예) 박종화의 며느리가.

시라카와 　좋아하는 일본 작가 그런 얘기는 했습니까?

조용만 　현진건이요? 단편 많이 있는데, 기억 안 나는데 누굴 좋아했어, 일본 작가의. 단편을 좋아했어.

시라카와　시가 나오야 말고 다른?

조용만　누구? (시가 나오야.) 시가 나오야는 아니야. 시가 나오야는 염상
　　　　섭이지, 그이는 난 말 못 들었어.

시라카와　단편 작가는 많으니까. (웃음)

조용만　그때 巧み하다^{솜씨가 좋다} 그러는 작가 누가 있을 거예요.

2. 문인들의 일본어와 영어 능력

고노　선생님 이상 외국어 능력은 일본어……

조용만　아무것도 못했어. 영어는 나한테 묻구 (웃음)『세르팡』에 나오
　　　　는 이상한 문자 서양 문자가 나오면 "뭐지?" 자꾸 묻고 그랬어.
　　　　하나도 몰라. 그 뭐 고등공업 출신이 영어도 안 배웠고, 아나?
　　　　모르죠. 日本語だけ^{일본어만}. 日本語だけ^{일본어만}. (がっくり^{실망})(웃
　　　　음) 응? (がっかりした^{실망했다}) だからね^{그러니까}, 그래서 우리 뭐
　　　　선배 그런 사람들은, 이상이가 뭐 아무것도 모른다 그래. 그래
　　　　가지고 "저건 뭐하냐" 그래가지고 "몰라". 日本語랑 日本雜誌
　　　　다 그런데 あれだったんです^{그랬어요}. 유일한 지식이 그거예요.
　　　　일본잡지 보고 그러거든. 뭐 깊이 알긴 뭘 알아. 철학이나 뭐나
　　　　아무것도 없지 뭐, 그거야.

시라카와　선생님 세대 이후의 문인들은 아주 외국어 능력이 좋으신 건
　　　　아는데,

조용만　그럼, 그럼.

시라카와　선배 되시는 분들이 별로 못 하신 것 같아요.

조용만 그때 얘기 할라면 지금 무슨 얘기냐면 말이에요. 좌익 그런 사람들, 하나도 몰라요. 전부 日本語翻訳して日本語のあれを読んでね일본어 번역해서 일본어로 그것을 읽고요. 겨우 그거지 뭐, 원문 하나도 몰라. それでみんな発問して그리고 모두 질문하고, 発問してね, 모두 묻고 그랬지 뭐.

시라카와 김안서는 어느 정도 했어요?

조용만 김안서 그이는 영어 좀 하고 あれは慶応です그 사람은 게이오(대학)이에요. 영어로 해서 타고르 시 번역하고, 공부했어. 안서가 영어가 제일 나은 사람이야.

세리카와 김기림은 좀 했어요?

조용만 김기림은 잘해.

세리카와 박태원은 어땠어요?

조용만 박태원이는 영어 못해. あれは그이는 낙제야, 낙제. (웃음)

세리카와 효석은 물론 잘했고.

조용만 그럼, 그 영어 선생인데 優秀な우수한 선생인데. 우리 대학 때 말이에요. 제일 잘한 게 이효석이야. 제일 그랬어. ○○○ 아주 넘버 원이야. 공부 잘했어. 優等生です우등생입니다.

세리카와 정지용은 영어 이외에는 무슨 했습니까?

조용만 없어. 몰라. 영어 잘해. 정지용은.

시라카와 이광수가 아마 영어 이외에도 독일어도 한 것 같은데요.

조용만 이광수씨? 약간 허긴 했죠.

세키네 책은 대개 일본 책을?

조용만 책은? 전부 일본 책이야. 허기야 뭐 みんな日本文学の模倣모두 일본문학의 모방고 전부 힌트 거기서 얻고 그랬지 뭐. 내놓고 얘기하면 그때는 다 그래. 그건 사실이야. 안 그래요? 일본 식민지, 植民地だからしようがない식민지이니까 어쩔 수 없어. 영 거기서 그때가 그런 거지. 사실 말하지만 구인회도 일본서 13人倶楽部, この影響でみんなやったです13인 구락부, 이 영향으로 모두 한 거예요. それはもうこんなにすべてが模倣だから그건 뭐 이렇게 전부가 모방이니까. 전부 모방을 하거든. 일본 헌 거를 전부 모방을 하거든. 그런 거야, 문화란 높은 데서 내려오지, 부득이하게 내려오는 거야, 보면. 아래로 내려오지 어떻게 해. 그렇게 되는 거지 자연히. 그건 뭐, 다 그래요.

세리카와 김기림이나 최재서 이런 사람은

조용만 영어 잘했지. 최고야. 김기림은 참 優秀なものです우수한 사람입니다. 優秀です우수해요.

3. 작가들의 원고료와 출판 환경

고노 선생님은 누구를 통해서 처음에 이상하고 만나게 됐는지.

조용만 이상이요? 박태원이. (박태원) 응. 태원인 동창인데 만나고 그래서 이상하고 만났죠. 내가 그때 신문사 학예부 하고 있었거든. 나를 통해야 원고를, 原稿料もらうから원고료를 받으니까 나한테 おべっか아유 (웃음) 아, 해달라고, 원고료 한번 해달라고. 그때 원고지 한 장에 30錢ですか?30전입니까? 한 장에. だから10枚書いて3円だったから一番安い その時酒がこの一本, 1升が2円だったですよ. おでんを食えばね, 5, 6人行ったら3円なら十分で

す그러니까 10매 쓰면 3엔이니까 제일 싸지. 그때 술 한 병, 한 되가 2엔이었어요. 오뎅을 먹으면 5, 6명 가면 3엔이면 충분합니다.

세리카와　시의 고료는 한 장에…… 한 편에 얼마……?

조용만　시에는 한 편일 때 최고 시인이 5원 줬어, 그때는. (5원?) (200자?) 아니, 한 편에. 1篇に5円. 最高原稿料です, あれは 한 편에 5엔. 최고원고료예요, 그건.

세리카와　그 돈 받고 있었던 사람은 어떤 사람인가요?

조용만　그때 그 시인이 누군가…… (주요한이 그때) 주요한이 그때 안 썼고. 그때 변영로. (아, 변영로.) 변영로 씨, 김동환이. 이은상이. 그런 사람 あたり죠 정도 되죠. あれが 그게 뭐 일류시인들이었죠.

시라카와　원고는 원래 200자였습니까?

조용만　그때 200자가 한장이고 그렇고, 신문사 원고지는 75字が1枚 75자가 1매. それから 18, 9枚 그리고 18, 9매가 소설의 한회분이 그거예요. それが毎日2円, 原稿料. だから毎月60円がそれです. 僕は初めの原稿料が65円です. 編集局長が100円. 部長さんが80円 그것이 매일 2엔, 원고료. 그러니까 매달 60엔이 그겁니다. 나는 첫 원고료가 65엔이에요. 편집국장이 100엔. 부장님이 80엔. (웃음) その時米が가마니一つに5円. 服の洋服が8円か9円です. 洋服一着に 그때 쌀이 가마니 하나에 5엔. 옷은 양복이 8엔인가 9엔입니다. 양복 한 벌에.

고노　じゃ, 相当よかったんですか? 그럼 상당히 좋았습니까? 월급이 상당히 좋은 거였습니까?

조용만　나? 그때 내가 대학 나왔다 그래서 좀 낫게 준 거지. 그때 65원. 그때 관리가 65원이야. 그때 判任官の高等ってある, 高等, それが65円, 同じ65円です. 판임관에 고등이라고 있어요, 고등, 그것이 65엔, 똑같

시라카와　원고지가 200자인 습관은 어디서, 언제부터 그랬을까요?

조용만　처음부터 그거예요. 그리고 일본은 400자 아니에요? 그것을 半分切って 그것을 반 잘라서, 200자. 전부 다 200자야, 그건.

시라카와　무슨 이유가 있을까요?

조용만　400자는 너무 커서 말이야, 200자로 해야 얼른 찢고 그 다음에 쓰잖아. 안 그래요? 400자는 커서 200자래야 데번 찢고 자꾸 쓰고 그런 便宜上편의상 헌 거지 뭐.

고노　700字を書いて破り捨てるのもしんどいから 700자 쓰고 뜯어버리는 것도 힘드니까.

조용만　그래, 그래. そういう便宜上だったです 그런 편리상이었어요. (웃음) (사이) あの人はね 그 사람은요, 김동인. あれはね 그이는 말야. 晚の8時か9時に書いてね, 夜明けして200, 300字を 스르륵, 早いです, あれはえらい 저녁 8시나 9시에 써서 밤새 200, 300자를 스르륵. 빨라요. 아주 대단해. 1篇 ○○○ (고치는 게 하나도 없고요?) 없지, 그냥 쓰는 거예요. 누워가지고, 엎드려 써. 엎드려가지고 쓰는 거야. (웃음) 아주 빨라요.

4. 홍명희의 퇴고 습관,
『매일신보』 학예부장이 된 조용만

세리카와　홍명희는 이렇게 고쳐서?

조용만　홍명희는 그이는 말이야, 내가 쓰는 것을 봤는데 말이에요. 원

고지가 그냥 새까매. 고치고 또 고치고. 그리고 또 넣고…… 또 다시 얘기하다가 또 고치고. 까매. 그런데 보면 문장이 도로로로, 그렇게 나가지, 문장이. あれ天才ですよ. 推敲 그 사람 천재예요. 퇴고. 그걸 새카맣게 문장은 초로로로 올라가요.

세리카와 그때 『임꺽정』이 인기였었나요?

조용만 그 때 할 때야. (연재할 때마다?) 그럼. 그때 매일 매일 하는 걸 내가 봤어요. 우리랑 얘기헐 적마다 또 책 보고 자기가 또 쓰고 또 쓰고 또 넣고, 그거야. (웃음) 그 때 그 집어야 할 원고지 조선어 원고지 요거 갖다가 스무 장이 한 행이야. 그거에다 넣고 또 꺼내서 또 넣고 그랬거든. それさんざんです. 話をやって, 読んで, また考えて 그거 지독해요. 이야기를 쓰고, 읽고, 또 생각하고, 그렇게 했어 그 양반이.

세리카와 그때 연재가 중단된 건 무슨 이유 때문인가요?

조용만 그때 자기도 여러가지 이상이 있어서 쉬고 그랬죠. 하나, 그 방응모方應謨가 늘 생활비를, 돈을 대줬어. 그렇게 해서 やったです. 그 집이 우리 살던…… 경운동 알아요? 慶雲 けいうん(경운). 雲峴宮 うんけんきゅう(운현궁). (운현궁?) 응, 운현궁 뒤에 살았어. 거기서 그 사람 집이 우리 아래고 아래 얼마 안 됐어, 운현궁. 홍명희 집이. 그래서 늘 밤에 놀러가믄 맨날 그 양반이 아, 앉으라고 얘기 나누고. 책 보고 또 읽고 또 쓰고 그랬어. 얘기도 하고. 술은 한 잔도 못하고. 담배는 그건 늘 피우는 거구. 자기 아들 보고도, "같이 피워라." "피우자." 그럼 우리 담배 피는 거야. (웃음) (맞담배) 응. 책은 하나도 없어, 없는데 순 기억력이야. えらい. (参考資料なくて 참고자료 없이) 책이 없어. 거의 없어요. (젊었을

때 많이 읽었겠죠) 그럼. 또 한번 읽으면 절대 안 잊어버려. 그런 사람이야. 최남선 선생이 별로 남을 칭찬 안 해요. 헌데 홍명희는 아주 제일이라고 칭찬을 하지, 제일이라고. 그랬습니다.

세리카와 그렇게 오랫동안 연재돼도 사람들이 관심이 많고 그랬습니까?

조용만 그럼. 그때 많았지, 인기가. 이이가 용인군, 어디 가면 우물이 있고 산이 있고, 전부 다 알아요. 기억을 해. 길도 안내도야. 용인 가면 어디 읍에 무슨 나무가 있고 어디 길이 있고 어디 가면 전부 다 알아. 기억을 해, 쭉 그냥 고대로. 전부 지도를 봐요, 뭘 봐요. 머리로 다 알고. 그랬지.

시라카와 대조해 보면 다 정확히 나온다면서요.

조용만 정확해. (웃음) (아까운 사람이구나.) 그 때 그 우리나라 사람 그때 보면 아까운 사람이야. 일본에서 났다면 굉장히 잘 됐지, 일본에서 나지 않아서 그랬지 굉장한 그럴 거야.

고노 선생님 처음에는 신문기자로서 데뷔를 하신 거예요?

조용만 그렇지, 『매일신보』에 들어갔어, 내가. 『매일신보』 학예부장이 그때, さい崔, 최학송鶴松이 알아요? (최서해) 최서해. 최서해가 죽어서 자리가 비었어요. 그래서 그 후임으로 들어간 거지. 그것이 1933년 5월, 4월인가 그렇지.

세리카와 그러면 최서해는 만나본 일이.

조용만 최서해? 얼굴만 알지 내가 뭐 얼굴은 알어. 하지만 교제한 건 없어. 얼굴은 알아요. 작고 아주 까맣고 그렇죠. (먼 데서 보셔서?) 응, 보니까 얼굴 알아요. 키 작고 얼굴 까맣고 그렇지. 그 사람이 말이야, 늘 굶었어. 그리고 위병을 앓았어, 위병. 그래서 그 위병을 재수술을 하면서 죽었어요. 방인근이라고 알아요? 방인근. 방인근이 집에서 산 거거든. 거기서 얻어먹고 있었어. 아주 가난해. 돈이 있나, 하나도 안 되니까.

세리카와 조운曺雲이라는 시조 쓰던 사람, 조운. 그 사람이 매부였죠?

조용만 조운이. (여동생의) 그렇지 최서해의 부인이 조운이의 누이야. 조운이는 올라갔어. 그건 아주 빨갱이야.

4

『매일신보』 필화사건과 식민지문화

일시 : 1985년 2월 21일

장소 : 조용만 자택

구술 : 조용만, 부인

면담 : 시라카와 유타카, 세리카와 데쓰요

1. 『매일신보』 필화사건과 조용만의 해고

조용만   あの저, 그 저 중학교는 第一高普であの○○○り・こうくんと○○○は한 반제일고보에서 그 ○○○ 이광훈과 ○○○은 한 반. り・こうくんはあれはあの, 都合でどっか2年間会社やったです이광훈은 그 사람은 저, 사정상 어디던가 2년간 회사 다녔습니다. だからあの그래서 저 ○○○

시라카와   선생님, 혹시 그 김용제라는 분은……

조용만   金龍濟きん・りゅうさい(김용제) 아, 知っています압니다.

시라카와   요새 뭐 연락이 있으십니까?

조용만   나는 뭐 통 왕래 안 해요.

시라카와   예. 그분 역시 전화번호 없어가지고요. 편지 드렸는데……

조용만   그 양반이 어디 아마, 전화번호가 있을 겁니다.

시라카와   찾아봤는데 없어요, 그……

조용만   전화번호?

시라카와   예.

조용만   그 모리타森田[1]가 잘 압니다.

시라카와   모리타 선생님이요.

조용만   그 모리타 밑에 있었거든, 金龍濟きん・りゅうさい가.

시라카와   모리타 선생님 바로 밑이예요?

조용만   그 때 그 녹기연맹綠旗聯盟에 같이, 같이 있었던 거요…… ○○
○ あれが変なこと言ってね, (東亜)連盟と 그가 이상한 것을 말해서, (동
아)연맹과, あれが, 잘못 당한 거예요. 그 얘기 알아요? 그게 ○○
○ 잘못이야, 그게 동아연맹이 무슨 ○○○이야…… 森田は○
○○日本で有名ですよ 모리타는 ○○○ 일본에서 유명합니다.

시라카와   선생님, 요새 그『중앙일보』에 연재 계속하고 계시는데……[2]

종요만   그걸 봤어요?

시라카와   예, 가끔 좀 보는데.

조용만   あれは, 10日だったら 그건 열흘 있으면 끝나니까.

시라카와   한 200회 정도 되는 것 같은데요.

조용만   180회. (아휴) もっとありますがね 더 있지만요, ○○○親日派친일파.
○○○やりました 했어요.

시라카와   작년 여름쯤부터 시작하셨지요?

조용만   7월.

시라카와   7월달부터 하셨어요? 이야, 그 사람을 다 어떻게 그렇게 광범

---

1   모리타 요시오(森田芳夫)를 가리키는 것으로 보인다. 모리타는 녹기연맹(綠旗聯盟) 간
부이자『녹기』의 편집자로, 1964년『조선 종전의 기록(朝鮮終戰の記録)』(巖南堂書店)
을 편찬했다.
2   당시 조용만은『중앙일보』에 〈남기고 싶은 이야기들〉 제81화「30년대의 문화계」를 연
재하고 있었다. 연재는 1985년 3월 11일 180회로 끝났으며, 이는 1988년『30년대의
문화예술인들』(범양사)이라는 단행본으로 출간되었다.

위하게 아시는지?

조용만　내가 그 문화부장 했거든. 신문사. あれみんな演劇や芝居やその音楽, みんな ^{모두 연극이나 그 음악, 모두} 많이 하거든. 그래서 안 거지.

부인　드세요. (네, 감사합니다)

시라카와　그『매일신보』에 선생님 계셨지요.

조용만　네, 네.

시라카와　그때 백철白鐵 선생님 하시기 전에 문화부장 하고 계셨지요.

조용만　네. 그래 그 때 뭔가 하니, 緑旗連盟^{녹기연맹}라고 그 緑旗連盟야. 그래 저, 내가 인제 정월에 기사를 실었어요. 기사. 그 구라파에 대한 그 구라파의 그때 그 저 불란서가 망했거든, 프랑스가. 인제 그래서 그걸 대해서 그 '戦争は文化を破壊するんだ', 書いたんです^{'전쟁은 문화를 파괴한다', 쓴 거예요}. 근데 그걸 썼는데, 그때 인제 아의, '鄭'なんとか言う, あの, ありますね, あの, 鄭てい, 정, ありますよ, 朝鮮人のあの, あれが, 日本の奥さんもらって, 日本人になってね, 鄭てい……^{저, '정' 뭐라고 하는, 저, 있어요. 저, '정', 있어요. 조선인이. 일본 부인 얻어서 일본인이 된, 정……}

시라카와　총독부에 있었어요?

조용만　아니야, 군사령부에.

시라카와　군사령부에요?

조용만　어, 가만있어…… 어, 蒲^{かば} 少佐^{소좌}……[3]

시라카와　かば?

조용만　'かば'って, 'かまぼこ蒲鉾'の'かま蒲'ですよ. '蒲鉾'の'蒲', 아렇가아

---

[3] 1938년 조선군사령부 보도부장으로 임명된 정훈(鄭勳) 소좌를 가리키는 것으로 보인다. 그의 일본식 이름은 가마 이사오(蒲勳)이다.

の本当は朝鮮人の'鄭てい'です'가바'란, '가마보코'의 '가마(蒲)'예요. '가마보코'의 '가마'. 그것이 그 사실은 조선인 '정'입니다. '鄭てい'. 奥さんが'蒲', あれになったです부인이 '가마'라서, 그것이 된 거지요. あいつがこう憤慨してね, 僕を'お前さん, ○○○' (웃음)服を引っ張ってね, 図書課の○○○に送ってね, それから, 僕はあのクビです, クビ. 次があの백철이예요그 녀석이 이렇게 분개해가지고는, 나를 '너, ○○○' 하고 잡아당겨가지고, 도서과의 ○○○한테 보내게 되어가지고요. 그리고 나는 해고되었지요. 해고. 그 다음이 그 백철이예요.[4] (웃음)

시라카와   아, 문화부장을요.

조용만   그래. 그때 장본인이 누구인고 하니 玄永燮げん・えいしょう(현영섭). あれが怒ってね, むこうは, 'お前, その非国民なってる', 僕に言ったです, 非国民그가 화가 나서 말이야, 저쪽은 '너, 비국민이 된 거야'라고 나에게 말했어요, 비국민. それで, あれはあの○○○知ってね그래서, 그 사람은 저 ○○○ 알고, 하나 말도 없어. (웃음) 天野君は今ね, 東京にいますよ, 東京아마노군은 지금 도쿄에 있어요, 도쿄.[5] 日本人なってね, 日本, あの, 日本にいます일본인 되어서, 일본, 저, 일본에 있어요.

시라카와   道夫みちお.

조용만   어?

시라카와   天野道夫あまのみちお.

조용만   응, 天野道夫あまのみちお. あれ僕の그 사람이 나의 ○○○玄永燮げん・えいしょう.

---

4   1940년 1월 6일자 『매일신보』 학예란에 '구주대전과 문화의 장래'라는 주제로 실린 세 편의 글 중 김진섭의 글 일부가 문제가 되어 김진섭이 헌병사령부에 출두하고, 당시 학예부장 조용만과 부사장 이상협은 경무국 도서과에 불려가 질책받았다. 이 일로 조용만은 책임을 지고 파면당했다.

5   '아마노군'은 현영섭의 일본명인 아마노 미치오(天野道夫)를 가리킨다.

시라카와　‘에이’는 어떤 한자입니까?

조용만　‘永’. ‘섭’은 (무언가를 쓰며) 이 ‘섭’자. 현영섭. あれはもう 그건 뭐 ○○○.

세리카와　그러면 선생님 저 『매일신보』에 몇 년쯤에……

조용만　1933年から解放, あの終戦まで. だからほとんど十何年ですよ. 13年です 1933년부터 해방, 저 종전까지. 그러니까 거의 십몇년이에요. 13년이에요.

시라카와　그 백철 선생님도 뭐 문화부장 하시다가 저 북경 쪽으로 가셨다고 그러는데 그게 사실입니까?

조용만　사실이오.

시라카와　그럼 42년 전에 가셨어요?

조용만　그때 난 그 당시 난 잘 모르겠고, 그때 갔어요.

시라카와　그러니 잠깐 문화부장으로 계시다가?

조용만　그렇지요.

시라카와　그럼 해방때까지 계셨네요?

조용만　해방 때는 관뒀어. 그런데 그 사람은 그걸 알았거든. 終戦 종전 전에 敗戦 패전 을……

시라카와　아, 미리요?

조용만　그래.

시라카와　일찍도 알았네요. (웃음)

조용만　알았어.

시라카와　아, 그런데 42년 전에 벌써 알았을까요?

조용만　그때 뭐 일본은

시라카와　그 과달카날……

조용만　그럼, 그때 정치 뭐…… ○○○ あれあの, ○○○ ‘日本敗れる’,

'日本は負ける'일본이 패한다, 일본은 진다, 자꾸 그랬어. ○○○ 이런 바보같은, 그때 나한테. 그 승리가 없어요. 승리, 불, 그러니까 先生は僕の新聞社に先に来られてストーブにあたって話した. 憤慨してね. '日本負けるから'선생이 우리 신문사에 먼저 오셔서 난로를 쬐며 말하셨어. 분개해가지고. '일본이 질 테니까' ○○○

세리카와　선생님, 『매일신보』 저 영인본이……

시라카와　영인본이……

세리카와　영인본이 나오기 시작했습니다. 『매일신보』.

조용만　그랬어요?

세리카와　예. 그래서 십년대에는 이거 다 나왔어요.

시라카와　21년까지 나왔어요.

조용만　아, 그럼 거기 다 나옵니다. あれは○○○ 親日친일한 人はみんなね사람들은 모두 말이에요, 自分の行動を○○○ 出ます자신의 행동을 ○○○ 나옵니다. これはもう, 大変だな이건 뭐, 큰일인데. (웃음)

시라카와　경인문화사지요?

세리카와　네.

조용만　어?

시라카와　경인문화사에서 저……

조용만　아, 경인문화사에서.

세리카와　계속 나온다고 합니다.

조용만　어, 나와야 하지, 그럼 거기에 다 나오지. 어디 뭐뭐 그런거 다 나오지. (웃음)

시라카와　지금 30년대 것 보고 싶은데 그게 없어가지고 아주 좀 고생인데요. 20년대, 21년까지밖에 안 나왔거든요, 그게.

조용만   무엇이?

시라카와   영인이요.

조용만   영인이, 차차 다 나올 겁니다.

시라카와   그게 아주 방대한 거니까 일년에 그렇게 많이는 안 나와요. 3, 4년 걸릴 겁니다.

조용만   그 저 순수한 ○○○ 안에 일본 신문 다 있어요.

시라카와   있는데도 안 보여주거든요.

조용만   ○○○

2. 장혁주와 김사량에 대한 평가, 『매일신보』와의 관계

시라카와   그 『매일신보』에 장혁주가 좀 연재소설을 쓰고 그런 모양인데요. 『여인초상女人肖像』이라는.

조용만   장혁주가 그때 와서 한번 잘 했지요.

시라카와   아, 찾아왔습니까?

조용만   네, 장혁주. 아니야, 그건 『동아일보』 쪽이야. 내 생각엔 『동아일보』에 많이 썼는데.

시라카와   네, 『동아일보』에 많이 썼어요.

조용만   그때 내가 만났어요, 장혁주가. 그때는 저 有名な金文輯きん·ぶんしゅう, あれが先生です유명한 김문집, 그가 선생입니다. あれが日本文を直したんだ그가 일본 문장을 고쳐줬어. あの『改造』のあの金文輯が直したんです저 『가이조』의 그 김문집이 고쳐줬습니다.

시라카와   그 나이로 보면 김문집이 오히려 나이가 아래지 않아요?

조용만   아래지요 아래.

시라카와   아래인데 그 일본어 스승이에요 그럼?

조용만   그럼, 日本語うまいし, 学校があれ東大でしょう^{일본어 잘하고, 학교는 동(경)대지요}. あの장혁주があれ○○○. 그 잘 몰라, 만나봤는데 잘 몰라, 내 만나봤으니 하는 얘기지.

세리카와   그래도 한국말보다는 일어를 더 잘 했다는……

조용만   잘하긴 잘 했는데, 그때 인제 그「餓鬼道」라는 게 제일 ○○○ 그때 당시 괜찮았어.

세리카와   근데 작품 읽어보니까 좀 그 일본어 능력도 상당하고요, 내용도 좀 괜찮은데요.

조용만   그렇지요, 제일 낫지요.

시라카와   나중에 그 일어 실력이 는 것이겠지요? 그「餓鬼道」당시는 좀 가르쳐줬다는.

조용만   「餓鬼道」그때 金文輯^{きん·ぶんしゅう}가 전부 直してやったそうです^{고쳐줬다고 합니다}.

시라카와   장혁주 자신이 아주 그 반박을 하고 있거든요. 그런 소문이 나는데 그건 절대 아니다……

조용만   아니긴 뭐 아니야. 내 그 장혁주란 놈 그 저 실력을 보는데 그 정도야, 나중에……

시라카와   본인이 그렇게 그런 말을 할 수 있습니까?

조용만   누가요?

시라카와   아니, 저……

조용만   金文輯^{きん·ぶんしゅう}가, 늘 얘기했는데, 金文輯^{きん·ぶんしゅう}가. ○○○ 몇 번 그랬는데, 뭐.

시라카와	장혁주 자신은 그런 말을 안하시지……
조용만	장혁주는 말 안 하지. (웃음)
시라카와	그때 그 여러 단행본도 스무 권 넘겼는데요, 그때 많이 썼거든요……
조용만	『権という男』^{권이라는 남자}?

시라카와　　예, 그 이후에도 창작집도 많고요, 그 장편도 아주 많거든요.

조용만　　그랬어?

시라카와　　예. 제가 조사해 보니 스두 권이 넘어요.

조용만　　그랬어요?

시라카와　　예, 45년까지만 해도.

조용만　　아, 많이 썼네.

시라카와　　예, 많이 썼어요. 어떻게 그렇게 많이 썼을까요?

조용만　　あれあの改造社の社長があれがとてもひいき 그건 저 가이조샤의 사장 그가 아주 특별히 돌봐 줬지.

시라카와　　예, 山本……[6]

조용만　　山本가 ひいき 했어. 아주 ひいき야. 원래 장혁주도 山本가 그래서 당선시킨 거구. 그런 거예요. 山本あれは, ○○○

시라카와　　만났었지요?

조용만　　만났어. 아주 그런 사람이야. 『改造』○○○

시라카와　　장혁주는 뭐 한국에서 그때 당시는 어떻게 그 인기가 있었습니까?

조용만　　그때 인제 그『동아일보』에서 말이예요. 인제 그 춘원 이광수가 ○○○을 했거든. 그래 그걸 책으로 해서 인제 그 인기작가로서 일

6　당시 가이조샤(改造社) 사장 야마모토 사네히코(山本実彦)를 가리킨다.

본에서 불러 왔지요. 하여튼 평이 나빴수다. 나빴어, 평이. ○○○

시라카와 이광수가 어떻게 평을 했어요?

조용만 이광수가?

시라카와 예.

조용만 누구 장혁주를?

시라카와 예.

조용만 그건 난 못 들었어. 일반 평은 좋지 않았어.

시라카와 그 역시 뭐 일본에서 데뷔했다는 것에 대한 거부감이라든가 있었을까요?

조용만 아니야, 그거는 그건 없었어. 그때 그건 없었어.

시라카와 그럼 그 작품 자체 보고……

조용만 그럼. 「餓鬼道」도 그 현상작품 레벨 보면 그 못 쓰겠어요. 근데 그 야마모토가 시켰지. 그러니 작품의 질이 落ちる. 왜 그 저 岡田……なんとか言う作家があります. あれを貶してね오카다, 뭐라고 하는 작가가 있어요. 그를 비방해서요. あれは○○○

시라카와 한국어로 그 『삼국소년』 그 장편집이 단행본으로……

조용만 삼천?

시라카와 『삼국소년』이라는 작품이……

조용만 난 그거 못 봤어.

시라카와 예. 그게 나왔는데, 그게 유일한 한글 작품이거든요. 단행본으로 된 것……

조용만 난 못 봤어요.

시라카와 『동아일보』에는 몇 개 있어요. 거 뭐 『무지개』라든가 그런…… 평이 안 좋았군요.

조용만　　그럼.

시라카와　그리고 도일한 다음에 일본에서 계속 작품을 발표……

조용만　　노구치野口 뭐라고 해서 발표를……

시라카와　네, 요새까지 쓴 것도 많이 쓴 모양이에요.

조용만　　지금 살았어요? 지금.

시라카와　예, 지금도 그 도쿄 근교에 계시는 모양이에요.

조용만　　あれ, あばた야, あばた얽은 얼굴.

시라카와　아, 그래요? 그런데 그 사진 보니까, 수정했을까요? 아주 미남
　　　　　으로 (웃음)

조용만　　미남 아니야. 얽었어.

시라카와　키 크고 그러십니까?

조용만　　키가 나보다 컸지요. 얼굴이 길고.

시라카와　근데 그분이 대구에서 벌써 결혼 했었지요?

조용만　　그럼. 그럼

시라카와　근데 그 또 나중에……

조용만　　일본 여자, 일본 여자하고 일본 가서 있었지요.

시라카와　그럼 그때까지는 한국사람하고 결혼했는데, 이번에, 아, 죽었
　　　　　다고 그래요.

조용만　　그건 난 모르겠어요. 죽었는지 뭔지, 나중에 일본 여자하
　　　　　고…… 노구치野口라는 일본여자야.

시라카와　그래서 노구치 성이 됐군요.

세리카와　김사량하고는 어떻게 선생님.

조용만　　金史良きん·しりょう, 그건 뭐 나하고 관계 없는데 그건 동경제대
　　　　　나오고, 나 개인적으로 잘 알아요, 개인적으로. 그 형님이 내 경

기중학교 한해 위이고, 김시창[7]이요, 김시창이라고 그러는데 형이. あれは平壤であの金滿家です, あのお父さんが 그가 평양에서, 재산가예요, 그의 아버님이. 김사량의 집이 아주 부자예요. 김사량이 저 사변 때 여기 왔다가 여기서 죽었어요. 岩波かどこかの文庫で 이와나미인가 어딘가의 문고에서 金史良 きん·しりょう 났지요? 그……

시라카와　그 평전이요?

조용만　평전.

시라카와　그 안우식 선생님이.

조용만　누구요?

시라카와　안우식이라고, 일본에서 만나보았지요.

조용만　아, 만났어요?

시라카와　네.

세리카와　어떤 사람이었습니까?

조용만　누가요?

세리카와　김사량이……

조용만　김사량이가? 그 동경제대 나오고 그리고……

세리카와　독문과 나왔지요.

조용만　어?

세리카와　독문과 나왔지요.

조용만　독문과, 그랬어요.

세리카와　이쪽의 문단하고는 뭐……

조용만　문단하고는 인제 그 나중에, 전쟁 중에 인제 내가 『매일신보』

7　김시창(金時昌)은 김사량의 본명임. 형의 이름은 김시명(時明)임.

에 있을 때 그때 뭘 썼어요. *あれあの*^{그게 저} 총독부에서 와가지
고선 쓰라 그래서. 그때 그 해군 志願兵^{지원병}를 하라고 해서 해
군에게 쓰는 *海,* 바다에 관한 것을 쓴 적이 있습니다. 내가 쓰
라고 해서 써서 들고 온 적이 있습니다, 김사량이가.

세리카와　『국민문학』 같은 데서 연재한 것……

조용만　그런 것도 있었지요.

시라카와　그때 평양에 있었나요? 그러면은.

조용만　누구?

시라카와　그 김사량씨가요.

조용만　어.

시라카와　평양에 있었어요? 계속?

조용만　평양 그 전문학교 교사, 교수였어요. 그때, 그랬어요.

시라카와　해방때까지요?

조용만　네, 아니 해방후까지 일했어요. 해방후. 아니야, 그 전에 저 이
延安^{연안}의 일 있었어.

시라카와　아, 연안. 그렇지요, 그렇지요. 예, 탈출해가지고 (웃음)

조용만　*あれはもう*^{그는 뭐}, 까불고 술 잘 먹고, 아주 재주가 있는 사람이
야, 허허. 까불고 그랬어요.

시라카와　독일어는 상당히 했겠네요? 그분.

조용만　독일어? (예) 그것도 했을 겁니다. 그 재주 있는 사람이오.

3. 박태원의 번역, 호세이 대학을 졸업한 허준

시라카와   박태원의, 박태원이라는 사람 있지요.

조용만   예.

시라카와   그분은 영어는 별로 안 했어요?

조용만   태원이? (예) 영어, 영어 못해. 나하고 한반인데 경기중학교 한 반인데 그 중학교 우리 한반이다가 낙제를, 낙제를 했어요. 공 부도 안하고 맨날 댕기면서 한 삼년 빌빌 했어. 그리고 할 수 있 나, 그래서 일본 가서 法政大学^{호세이대학} 예과 다니다가 말았지 뭐. (웃음) あれは 리상, 李箱^{り・はこ}と いつも 親しく ^{이상과 언제나 친하} ^게 그랬어. 李箱^{り・はこ}と. 그래 저, 이번에 내가 쓴 이상의 얘기 보셨어요?

시라카와   이상 것은 못 보았는데요.

조용만   나한테 이상 얘기 있습니다. 이상 얘기 재미있지요.

시라카와   지난번에 선생님 뵈었을 때 그 얘기 많이 들었는데요, 같이 다 녔다는 얘기를요.

조용만   무슨 얘기?

시라카와   3년 전에 선생님 제가, 저희가 얘기를 들었지요, 좀.

조용만   이번에 그 이상의 얘기 썼는데 이상의 또 新しい^{친한} 것 해서. 이상의 갖은 일 다 했는데, 나중에 인제 그 뭐 또 썼어요 내가 인제.

시라카와   박태원이 번역도 많이 하고 했는데 그것은 그러면은 일어에서 다시 번역한 걸까요? 그럼. 뭐 톨스토이 작품 같은 것도 번역한 것 같은데.

조용만   아, 톨스토이 그것은 저 박태원이가 이광수씨의 것을 빼앗은 겁니다. (네?) 이광수. 그거 아니에요? 러시아 작가. 그래서 이광수가 하라 그래서 썼던 거지. (아, 이광수 명령으로요?) 그럼.

시라카와   한문은 좀 그래도 했겠지요?

조용만   박태원이가?

시라카와   예.

조용만   한문이야 뭐 중학교 그때 그저 그 정도지 딴 거 뭐 하긴 뭐 해.

시라카와   뭐 야담 같은 거 보니까 많이 번역도 하고 옮기고 그랬는데.

조용만   그건 그렇게 할 수 있고.

시라카와   『수호전』 같은 것도 뭐 번역……

조용만   무엇이?

시라카와   『수호전』인가요, 그……

조용만   『수호전』?『수호전』이 있나?『수호전』이야 일본측에 무수한데. (웃음) (웃음)

(사이)

세리카와   선생님 혹시 저 김소엽金沼葉이라는 사람……

조용만   누구?

세리카와   김소엽이란.

시라카와   늪, 엽 자.

세리카와   늪, 엽 자.

조용만   내 이름만 아는데 난 만난 적이 없어요.

세리카와   이근영 씨는……

조용만   이근영이? 그 사람은 올라갔는데 뭐 글쎄 난 인사는 했겠는데 잘 모르겠어.

세리카와   최인준 씨는?

조용만   몰라요.

세리카와   현경준이라는?

조용만   몰라요…… 저 허준이라고 아세요? 허준이.

세리카와   네, 허준이.

조용만   그건 내 잘 알지.

시라카와   허준 작품 요새 그 岩波文庫^{이와나미문고}에서 그 번역이 나왔어요.

조용만   短編集^{단편집}?

시라카와   단편소설하고요, 다른 작가하고 단편집이지요.

세리카와   최근에 나왔어요. 작년에 나왔어요.

시라카와   열다섯 명 정도 작품을 뽑아가지고요, 상, 하, 두 권으로 나누어 가지고 허준은 번역해가지고……

조용만   나도 상권은 본 기억이 있어요. 작년에 일본 갔을 때 그때 문고 책을 사서. 상권은 가지고 있어요.

시라카와   하권이 작년말에 나왔지요.

조용만   아, 그랬어요.

시라카와   허준이 그러면 하권에 나왔나요?

조용만   하권에. 허준이 거 해방 뒤에 나온 사람이야.

세리카와   습작집이지요?

시라카와   네, 습작집이지요.

조용만   허준이 그 참 재간이 있어요, 재주가 있어요. 法政大学^{호세이대학} 졸업했지요.

시라카와   그 당시 법정대 나온 사람 많네요.

조용만   많지요.

시라카와   많이 받아들였기 때문에 그럴까요?

조용만   그렇지요. 그 학교 그렇지요…… 그 허준이 그 사람 참 재미 있
습니다, 그 사람. 허준이 형이 허보라고 그 시인이고, 제일 큰
형이 의사예요, 허신이라고 허신이. (허보) 保たもつ. (아, 허보) 허
보라는 게 시인이예요. あれはね, 鄭芝溶の子分です그 사람 정지용
부하예요, 허보가. 鄭芝溶……

세리카와   형이 됩니까?

조용만   어?

세리카와   형이 됩니까?

조용만   정지용…… 허준이 형이예요, 형. 제일 큰 형이 허신이라고 허
신, 그 의사예요 의사. 허보가 그 다음이고 허준이가 맨 끝이고.

세리카와   허준…… 허준은 해방 후에 어떻게 됐습니까?

조용만   아마 해방 후에, 얼마 있다 올라갔지 아마, 그랬지요? 그 후에
난 잘 모르겠어요. 허준이가 평양 사람이예요. 원래, 고향이 저
평양입니다.

4. 일본문학의 영향을 받은 식민지문화,
프롤레타리아문학 언급에 대한 제약

시라카와   아까 그 박태원의 『천변풍경』, 그게 좀 일본의 다케다 린타로武
田麟太郎 작품하고 좀……

조용만   그게 그걸 影響受けてね영향 받아서, 그 「銀座八丁」[8]라는 거, 그게
그 집이 빨래터예요. 탁태원이 집이. 저 광교라고 광교에 빨래

터가 있는데 그걸 보고, 한 거지, 그겁니다.

시라카와　그 「銀座八丁」 같은 작품의 수법을 본땄다는……

조용만　그렇지, 그래서 그 영향을 받았지.

시라카와　따로 그런 작품이 있을까요? 그 같은 박태원의 작품에.

조용만　그런 거 없어요. 그런 거 없었어요.

시라카와　예, 『천변풍경』만.

조용만　그렇지, 그런 식이지. 그 다케다 린타로하고, 다케다 그 사람한
　　　　테 홀딱 반했어 박태원이가. あれはね그이는요, 이상이라는 사람
　　　　의 ○○○ 임이라고 하는 게 있는데 그건 변卜인가 그래요. 변
　　　　동림이라고 변. 변동림이가 오라버지가 있는데 변동욱인데 あ
　　　　の男は그 남자는 ○○○.

시라카와　박태원이 원래 일본 작품 많이 읽었을까요?

조용만　그럼. 그 때 말이지, 노골적으로 얘기하지만은요, 그때 한국사
　　　　람 작가들 일본 영향, 전부 일본작가들의, 일본작품의 영향을
　　　　받았어. 그때 뭐 참 식민지문화, 식민지야, 전부 작품들 그렇지
　　　　요. 딴 거 뭐 있어요. 그 영향 받았지, 뭐.

시라카와　그때 김남천이라는 사람 있지요, 그 사람 작품 보니까 아쿠타
　　　　가와 류노스케芥川龍之介의 그 「藪の中」9라는 게 있지요, 그거하
　　　　고 아주 비슷한 게 있더라구요.

조용만　그래, 그렇지. 일본작가, 일본인 빼놓으면 어디 할 수가 있어.
　　　　그 한가지예요, 일본작가가 많이예요, 구라파 영향 받아서 한

8　「긴자핫쵸(銀座八丁)」는 다케다 린타로가 1935년 발표한 중편소설이다.

9　「덤불 속(藪の中)」은 아쿠타가와 류노스케가 1922년 1월 『신쵸(新潮)』에 발표한 단편
　소설이다.

것이나 한가지예요.

시라카와   김남천 같은 사람 그래도 좀 소박한 편이라서요, 그 아쿠타가
와 영향 받았다는 게 그 후기에 나와요, 그것 보니까. 그래서
찾아보니까 사실…… 그렇지 않으면 우리는 모르죠. 모르고
지나가는 거예요.

조용만   양심 있는 사람이지. あれは그는, 프롤레타리아문학에서 제일
가는 사람이 김남천이지.

(사이)

세리카와   현덕은 어떻게……

조용만   그건 잘 몰라요. 파리에, 유네스코에 그 이북서 온 그 대표부에
거길 대표하는 걸 보니 이기영이야, 이기영. 그 아들이야. 파리
에 이북에서 온 대표부에 그 보스가 이기영 아들이야.

시라카와   몇 년 전의 얘기예요?

조용만   그게 내가 갔을 때 84년 언제인데.

시라카와   그 80년 전의 얘기 아니예요?

조용만   81년인가 2년인가 그랬어.

세리카와   작년에 돌아가셨다고 하는데……

조용만   이기영이?

세리카와   예.

조용만   죽었겠지.

시라카와   그 백철 선생님이 무슨 『한국일보』인가요 거기서 죽었다는 원
고 썼대요.

조용만   난 몰라, 그랬나요?

시라카와   작년 11월달인가요.

조용만 근데 그걸 써도 괜찮아요?

시라카와 네?

조용만 써서 괜찮아요? 그걸.

시라카와 글쎄, 그 뭐 신문사에서 써 달라서 그래서 썼다는 것 같애요.

조용만 내가 이번에 쓰는데 전부 그런 거는 못쓰게 하던데. 내가 처음에 저 프로레타리아 문학 얘기 쓰려고 그랬는데……

시라카와 안된다고 그래요?

조용만 하지 말라고 그래요. 그래 못 썼어.

세리카와 발표를 못하시더라도 어디다가 써 놓으셔야……

조용만 그래 그걸 못하니 어떻게. 그리고 또 하나는, 그때 그 최용달 알아요? (최용달崔鏞達) 그리고 박문규, 이강국, 그이가 다 선배이거든, 경대京大. 그래 썼는데 전부 삭제, 전부 다 삭제 했어. (웃음) 그래 이름도 못 쓰게 해, 이 사람들 못 쓰게 해. 그래서 이름도 못 썼어.

시라카와 지금 뭐 일단 쓰신 거는 어떻게 뭐 버리시지 않지요?

조용만 쓴 거야 어떻게 해 뭐, 난 근데 못 쓰게 해서 못 썼는데, 그것 때문에 나도 못 썼지.

시라카와 그 일단 쓴 거를 보낸 다음에 안 된다고 연락이 오는 거예요? 아예 미리 그렇게 쓰지 말라고……

조용만 그게 아마 ○○○

(중단)

5

40여 년 만의 일본 여행, 경성제국대학 시절

1. 조용만의 아내가 40여 년 만의
일본 여행담을 들려주다

조용만   그 경무국 도서과하고 싸움한 게 ○○○ 거기서 잘못 명령하면 'なんだ, この野郎뭐야, 이 자식' 이러고 막 덤볐어. 일본놈한테 항거하고 ○○○ 경무국 도서과하고 喧嘩싸움하고 ○○○ (사이) 酒は無限だ, 無限술은 무한이야, 무한. 우린 다 酔っ払って飲むので취해서 마시니까, 그때도 먹어. (웃음)

부인   あそこはもうお金がたくさんかかるあの大学なんですよ, 寄宿舎料でね. 英語が上手でしょ?あそこ出れば그곳은 돈이 아주 많은 대학이에요. 기숙사료로요. 영어 잘하지요, 거기 나오면?

조용만   あんたここで, あの二人は恋愛ですか?恋愛?당신은 여기서, 두 사람은 연애입니까? 연애?

시라카와   예, 여기서 알게 되었어요. 처음에는 몰랐어요.

부인   日本人なのに?일본인인데?

시라카와   예.

부인   오오.

조용만   あ, 僕もあんた覚え……あそこで아, 나도 당신 기억나…… 거기에서, あの마포で……마포에서……1

시라카와 예, 그때 사진 드렸나요? 그때.

조용만 그때 연애했어? 그때.

시라카와 그때는 아직까지 뭐 별로 관계는 없었지요.

조용만 연애는 안했어? (웃음)

시라카와 그냥 같이 같은 전공이니까.

부인 奥さんのおくにはどちら?^{부인 고향은 어디에요?}

시라카와 埼玉県^{사이타마현}.

조용만 그때 저, 이 댁이 무슨 댁인가 무슨무슨.

시라카와 예, 안국동 일번지.

조용만 근데, 夫婦とも韓国で長くおったからここで住むほうがいいですよ^{부부가 함께 한국에서 오래 있었으니까 여기서 사는 편이 좋을 거예요}.

부인 私なんか日本に行って見たんですけどね, とにかくもう住み心地のいいとこも私なんかよりもう45年ぐらい, 発達していてですね! あの先進国家でいいんですけど, 物価の高いこと, 食べて, やっぱりあの, 韓国よりかはね, まあ, お金もたくさんかかる国だなと思って帰って来たんですけど^{저 같은 경우는 일본에 가 보았지만요, 어쨌든 이제 살기 좋은 곳이고, 우리 같은 경우보다도 이미 45년 정도는 발달해 있어서요! 저 선진국가라서 좋긴 하지만, 물가가 비싼 것하고 먹는 것하고, 역시 그 한국보다도 돈이 많이 드는 나라라고 생각하고 돌아왔어요}. (웃음)

시라카와 작년에 어떻게 거기에 가셨어요? 그냥 여행차로……

부인 旅行です^{여행으로요}.

시라카와 예.

---

1 '마포 자택에서 1981년 방문시에'를 의미함.

부인　私なんかあの女学校時代にですね，私なんかの時は高等女学校が精一杯で，日本にあの専門学校とか行かないとだめなんでしょう? だから女の人も他国日本にあの留学させる，それはもういけないと，そういう風なあの，教育だったんだからですね，それで高校でしまったけど，で，大東亜戦争っていうんですね?私たちの当時は，第二次の大戦ですけど，あの当時で日本の内地旅行なんでした，あの，一月に３円ずつ，積みたててきたんですね，女学校の四年まで，それで，積みたてもあのそれ，日本の旅行がおじゃんになって，それで行くことができず，それで鮮内まわりしようって言うってから，鮮内まわりしたです，それで私，いつでも日本の旅行行きたいなーと思ったんですね，去年したんです，あのうちの主人と二人で

저 같은 경우는 여학교 시대에 말예요, 저 같은 때는 고등여학교까지 겨우 다녔는데, 일본에 그 전문학교라든가 가지 않으면 안 되겠죠? 그러니까 여자도 타국 일본에 유학시킨다, 그건 안 된다는 그런 식의 교육이었으니까요, 그래서 고등학교에서 끝났지만요. 그래서, 대동아전쟁이라고 하죠? 우리 당시에는. 제2차 세계대전을요. 그 당시 일본 내지 여행이었어요. 한 달에 3엔씩 모아서요. 여학교 4년까지. 그래서 모았는데 일본 여행이 무산되어서 갈 수가 없게 되고, 그래서 조선 내를 돌아보자고 해서 그렇게 돌았어요. 그래서 저는 언제라도 일본여행 가고싶다고 생각했는데, 작년에 갔다왔어요. 저 양반하고 둘이서요.

시라카와　40년 만에, (웃음)

부인　それでまあ大概もう回りましたけど，ぜひとも行って見たいと思った温泉，あの，まあ，熱海とか箱根，ね! その辺りはいいなと思ったけど，あそこは観光地でとても高いんですって，それで私二人で，韓国のお金で約300万円持って行ったんですけ

155

ど, 足りなかったですよ. 食べて, それから, あの日光の東照宮
行くのに, あのロマンスカーですね, 私たちも外国人扱いされ
て, あの上野駅のあそこで, 緑の窓口っていうところで買った
ですね. それで, 一人当たり, 韓国のお金で約8万円ぐらいかか
ります. 二人で16万円ぐらいかかるから, 日帰りコースなのに
그래서 뭐 대충 다 돌았지만, 꼭 가보고 싶다고 생각한 온천, 그 뭐, 아타미나 하코네요! 그 주변
은 좋다고 생각했지만, 그곳은 관광지라서 매우 비싸다고 해요. 그래서 저희 둘이서 한국 돈으
로 약 300만 원 가져갔는데 부족하더라고요. 먹고, 그리고, 그 닛코의 도쇼구(도치기현 닛코시
에 있는 신사)에 가는데, 그 로만스카(특급열차의 일종)이지요. 우리도 외국인이라고 해서 그
우에노역의, '녹색 창구'라는 데에서 샀어요. 그래서 한 명당 한국 돈으로 약 8만 원 정도 들었
어요. 두 명이 16만 원 정도 드니까, 당일 코스인데.

**시라카와
부인**   그거 너무하지. 뭐 관광여행사 같은 것이 있을 텐데요.

そんなに高いですよ. (근데 너무 든 것 같아요.) そんなに高いです.

外国人扱いで그렇게 비싸요. 외국인 취급으로.

**조용만
부인**   扱いです, それはもう, 汽車おおいし……취급이지요, 그건 뭐, 기차 많고

それで, あの, 汽車乗ったんですけどね, 私たちの, あの後ろの
方は日本人, 一車乗ってましたけど, そこはやっぱりあの, 国
内人だから安くて, 私たちはもう, もうあいてるですよ. それ
にあんまりもう, エアコンね, 強くてもう寒いほど, それで, セ
ーターをだして着たりしてですね, それで, ハワイから来た,
来られた人も, 台湾から来たとか, なんとか, 私たち韓国から
来たとか, こういう人ばかりですわ. 私たちのあの車はですね,
それで日光に行ったんですけど그래서 그 기차를 탔는데요. 우리 뒤쪽은 일본
인, 한 차를 타고 있었습니다만, 거기는 역시 국내인이니까 싸고, 우리는 뭐…… 비어 있었어

요. 거기에다 너무나 에어컨이 강하고, 추울 만큼. 그래서 스웨터를 꺼내 입거나 했어요. 그리고 하와이에서 온 사람도 있었고, 타이완에서 왔다든가, 뭐라든가. 우리는 한국에서 왔다라든가, 이런 사람들뿐이에요. 우리가 탄 그 차는요. 그렇게 닛코에 갔어요.

시라카와 緑の窓口는 그런 여행안내 같은 것을……

부인 予約で買っておかないと もう旅もできないですわ 예약해 두지 않으면, 뭐 여행도 못 하겠어요.

시라카와 그러니까 뭐 거, 호텔까지 다 합쳐서.

조용만 그렇지요.

부인 そうです. お昼飯つきね, 洋食でした 그렇지요. 점심 포함이고요, 양식이었어요.

시라카와 거, 닛코에서 이틀 계셨어요?

부인 いいえ, 日帰りですよ. 朝行って, 夕方帰ってくるのがそんなに高いですわ. 私なんか日本のお金, 万円を三万五千円でチャンジして行ったんです. あの **외환은행**からですね. それと近鉄も高いですね. 私なんかぜんぜん知らんからもう, また道も知らんから, すぐタクシーに乗るんですね. それで, 東京は450円でしたけど…… 아니요, 당일치기예요. 아침에 가서 저녁에 돌아오는 것이 그렇게 비싼 거예요. 저 같은 경우는 일본 돈 만 엔을 3만5천 원에 환전해 갔어요. 저 외환은행에서요. 그리고 긴테쓰도 비싸요. 나는 전혀 모르니까요, 또 길도 모르니까요, 바로 택시에 탔어요. 그래서 도쿄는 450엔이었어요……

시라카와 택시는 하여튼 비싸요 그거는……

부인 それで, それもね, ぐるぐる回る人もいるんですよ. 私なんかあの, こんな日本語がもう流暢で, 先生はそんなにめったに使わないけど, そんなにしたのに回る. まあ, '今は退勤の時間で, もうちょっと回らないとだめですけど', そういうから, まあ,

いいようにしてくださいって言ったら, ぐるぐるぐる回って
ですね, 千何百円も出るですわ. 450円で帰って来られるとこ
ろをね 그리고 그것도요, 빙빙 도는 사람도 있어요. 나는 이렇게 일본어가 유창한데, 선생은 그리 좀처럼 사용하지는 않지만요, 그런데도 돌아요. 뭐 '지금은 퇴근시간이라 좀더 돌아야 할 것 같은데요', 하길래, 뭐 좋을 대로 하세요, 라고 했더니 빙빙 돌아서요, 천맷백 엔이나 나오더라고요. 450엔으로 돌아올 것을요.

시라카와 あ, 悪いです 아, 너무하네요.

조용만 あれ, あれが노인ですよ 그게 노인이지요.

부인 それから, 観光はですね, 一日コースで, あの, 大概あの夜の, 夕
方の6時か7時ころ多いですね, それまでずっと9時から買って
ですね, それも前もって切符を, あの買っておかないとだめな
んですけど. それで, ハトバスで大概歩き回ったけど. まあ, そ
れも高いですわ. お昼付きでですね 그리고 관광은요, 당일 코스로 대개 밤, 저녁 6시나 7시까지가 많은데요. 그때까지 쭉, 9시부터 사서요, 그것도 미리 표를 사 두지 않으면 안 되는데요. 그래서 하토버스로 대개 돌아다녔어요. 그것도 비싸더라고요. 점심 포함해서요.

시라카와 그것도 아마 3만 원 정도 될 거예요, 한 사람에.

부인 それに食べるのも高いです 거기에다 먹는 것도 비싸요.

세리카와 우리는 물론 학생이니까 뭐 싸겠지만은, 우리 여기 저, 8박 9일
정도 해가지고 일본 갈 때는 비행기, 갈 때는 배로 가고 올 때
는 비행기로, 그런 식으로 해서 8박 9일로 해가지고 학생들이
44만 원인데. 원, 그러니까 얼마 싸는데.

부인 それはもうタダです 그건 공짜 같네요.

세리카와 그러니까 그런 식, 그렇게 생각해도 뭐, 두 배라고 해도 뭐.

부인 うん, 行った時, 成田の空港で降りて, 最初はですね, それであ

のなんです? また, あのバスに乗ったんですよ. なにバスだっけ?응, 갈 때 나리타의 공항에서 내려서, 처음에는 말이죠, 그리고 그 뭐예요? 또 버스에 탔거든요. 무슨 버스였지?

시라카와 あ, リムジンバス요아, 리무진 버스요.

부인 あ, リムジン. リムジンで乗ってどこ? あさおか?아, 리무진. 리무진에 타서 어디? 아사오카?

조용만 아니야, 아니야. 무슨 거 있어요, 거……

시라카와 동경 시내의 터미널요?

조용만 터미널, 그래.

부인 東京駅でなくて, どこまでこういっていうから, そこに降りたんです, 私たち도쿄역이 아니라, 어디까지 이렇게 가라고 하길래 거기에 내렸어요, 우리는.

시라카와 거, 불편해요, 거.

부인 あさおか아사오카? 何뭐였죠?

조용만 난 잊었어.

부인 'あさ'の字つくとこ, そういうとこで, 先生のまたとても親しい人で포항製鉄のですね, 支店長で, 東京に行ってるんですよ. 渋谷公園のすぐあそこね, 近いとこに, ビルのあそこにオフィスかまえてますけど, その人が自家用車で迎えにきて, それで, あれしたんだけど. それで二人で泊まるのにですね, 日本のお金で8,000円, ツインベッドで, 法華クラブに泊まったですよ'아사'자가 들어간 곳, 그곳에서, 선생의 아주 친한 사람이 포항제철, 그 지점장이고 도쿄에 가 있었어요. 시부야공원 바로 가까운 곳데 빌딩의 저기에 오피스를 갖추고 있습니다만. 그 사람이 자가용으로 마중나와서, 그렇게 했는데요. 그래서 둘이 묵는 데 말이죠, 일본 돈으로 8천 엔, 트윈베드로, 홋케클럽에서 묵었어요.

시라카와　あー, 法華クラブ, 거, 우에노……

부인　예, 上野の法華グラブ. それで, 朝もお金だして食べないとだめだし, 昼もそうだし, (웃음) 夕方もそうだし, 食べるのは全部お金だして食べないとだめでしょう?우에노의 홋케클럽. 그리고 아침도 돈을 내고 먹지 않으면 안 되고, 점심도 그렇고, (웃음) 저녁도 그렇고, 먹는 건 전부 돈을 내고 먹어야 되지요?

세리카와　식사는 그래도, 그래도 편리하지만 여러 가지 있습니다.

조용만　그래, 편리만 하고 그랬어.

세리카와　오히려 외식하는 것이 낫지요.

부인　朝はホテルで食べましたけど아침은 호텔에서 먹었지만요.

세리카와　호텔은 뭐 맛도 없고. (웃음)

부인　味噌汁と, それからお魚. 薄く, これぐらいの一つと된장국하고, 또 생선. 얇은 것, 이 정도 되는 거 하나하고.

시라카와　예, 양이 모자라지요, 한국에 비하면.

부인　まあ, 一日中バスでずっと歩くからね, そんなひもじ思いをしませんでしたけど뭐 하루종일 버스 타고 걷고 하니까요, 그다지 시장기도 느끼지 못했지만요.

시라카와　선생님 오랜만에 가신 겁니까?

조용만　그렇지요. 내 거 저, 해방 직후에 가고, 그때……

시라카와　거의 40년 만……

부인　それで, 私たちは東京と, それから奈良, それから鎌倉, 京都, 大阪, 長野, 日光の東照宮, それぐらいですね. 帰りは大阪でしたけどね. 大阪もよどばしやら, いろんなとこを. 大阪城も見たい, 女学校時代に習ったとこ全部見たかったんですけど, ま

あまあ, 一泊してその翌ヨ, 先生はお金をかかるのは大嫌いで, もう, 電話するんですよ, ホテルで. 法華クラブばかり泊まりました. 京都も法華, 大阪も法華, 全部法華で泊まったです 그래서 우리는 도쿄, 그리고 나라, 그리고 가마쿠라, 교토, 오사카, 나가노, 닛코의 도쇼구, 그 정도네요. 돌아오는 것은 오사카에서였고요. 오사카도 요도바시며 여러 곳을, 오사카성도 보고 싶고 여학교 시절에 배웠던 것을 다 보고 싶었지만, 그냥 하루 묵고 그 다음날, 선생은 돈 드는 건 질색이라 전화했어요, 호텔에서. 홋케클럽에만 묵었어요. 교토도 홋케, 오사카도 홋케, 전부 홋케에서 묵었어요.

시라카와 면세점이 많은 모양이지요?

부인 예?

시라카와 면세점이 많은 모양이지요.

부인 응, もう, 世話してもらったですよ 신세 많이 졌어요.

조용만 いっぱい, いっぱい. とても 많이 많이. 아주.

부인 それで, 11時で帰るから, 切符の往復便で買いましたからですね. あの時間を決めてほしいって言うから, 一泊もっといましょうよというわけにいかないし, それで帰って来たですわ. あたふたと 그래서 11시에 돌아가니까, 왕복항공권을 샀으니까요. 그 시간을 정해 달라고 하니까, 1박 더 하자고 말할 수도 없고, 그래서 돌아왔어요. 허겁지겁.

시라카와 예정이 조금 그래도 짧은 기간이지요.

부인 一月のビザが出たけど, 一月もいることができんかったです. 知り合いの人もいればですね, 一月ぐらいいるんですけど. で, 先生のまた知り合いの方はみんな, 日本の方ですけど, 食べて生きるのにぎゅうぎゅうして 한 달짜리 비자가 나왔지만 한 달도 있을 수가 없어요. 아는 사람이 있으면 한 달 정도 있겠지만요. 그리고 선생의 또 아시는 분들은 모두 일본

161

. (웃음) (웃음)

시라카와   거 왜 그랬을까요? (웃음)

부인   お世話になることもできない. 却って私たちがね, その人になんか 한 잔 お酒の一杯でも出さないといけないとそういうなわけで, (웃음) だから全部一から十まで私たちのお金でした. (웃음)

시라카와   거, 옛날에 그러면 한국에 와 계시던 분들이 서로 알고 계시는……

부인   そういるけど, もうきゅうきゅうですよ. せいぜいもう夕飯の一食ぐらいでも, 自分らのふところは, ぐーっと減るでしょう. それで, それから以後私たち, ここ帰って来られて, それから手紙出したけど, 返事もないですよ. (웃음)

시라카와   ○○○

2. 엄홍섭과 진종혁의 월북, 『만선일보』의 소재에 대해

조용만   뭐 물어보세요.

시라카와   예, 예.

조용만   요만 얘기하고, 물어보세요.

시라카와   많이 들었습니다, 선생님.

조용만   아니, 많이 얘기해 보세요, 뭘 뭘 물어보세요.

세리카와   엄흥섭씨에 대해서는 어떻게.

조용만   엄흥섭이가, 거, 잘 아는데 그 사람이 저기 1·4후퇴 때 평양 올라갔대.

세리카와   1·4후퇴 때이구만.

조용만   저, 진이라고 진, あの'秦はた'の진. '秦'の진. 진종혁秦宗爀이라고, 진종혁이. 진종혁이라고 있어요. 거 극작가예요. 진종혁이라고. '종'は'宗むね'. '爀かく'が'火'偏にあの, '爀かく', あれは그이는엄흥섭이와 단짝이야. 근터 두 사람이 올라가 평양으로 갔어.

시라카와   엄흥섭씨도 작품이 많은데요, 상당히 인기가 있었던 겁니까?

조용만   별로 인기 없어.

시라카와   그런데 많이 써서.

조용만   별로 인기 없어, 저, 자연주의 인기작가는 아까 말한 김남천이. 金南天きん·なんてんあれが有望で一番だね, 투쟁도 하고 すばらしい作家ですよ, すばらしい김남천 그가 유망하고 제일이야, 투쟁도 하고 훌륭한 작가예요, 훌륭해.

시라카와   이용악이라든가, 백석이란 시인들에 대해서.

조용만   몰라요, 얼굴을 잘 몰라요.

시라카와   거, ○○○ 이라든가.

조용만   몰라요. (예)

(사이)

시라카와   만주의 신문들은 한국 국내에서는 못 봤을까요? 그때 당시에는.

조용만   그때 왔지요. 근데 우리 못 봤지. 오긴 왔어요. 여기 『만선일보』 여기 서울 있는데. 그 지국장이 그 지국이 있었어요.

시라카와   그럼 일단은 신문이 들어오기는 들어왔겠네요.

조용만　　그럼. 신문이 들어왔지요. 오고말구요.

시라카와　근데 일반 독자들은 못 보았다고 하는데요?

조용만　　거, 독자가 있는데 좀 특수한 사람들이 봤지. 있긴 있었어요.

시라카와　예, 그런데 어떻게, 어떻게…… 처분했을까요? 그거.

조용만　　어디?

시라카와　그때 지국도 있었다는데요, 『만선일보』 같은 신문이 어디 보관
　　　　　도 안 되고……

조용만　　글쎄, 그게 어디 있을 겁니다. 있으나 지금 모르겠지만 어디 있
　　　　　을 겁니다.

시라카와　국립도서관도 물어보았거든요.

조용만　　그건 내가 알 수 없어요.

시라카와　『만주일일신문』이라는 것이 있어요.

조용만　　『만주일일』은 그것은 저, 대련大連에서 한 거. 그건 신경新京이
　　　　　아니야, 신경쪽이 아니야.

시라카와　『만선일보』가 가장 보고 싶은데 그게 없어서. (웃음)

조용만　　염상섭씨도 없을 테고 뭐 그거 없지, 손소희孫素熙라는 사람도
　　　　　없나? 그 사람도 거기 있었지? (예)

3. 일본 세계문학전집의 회고와
　　경성제대의 영문학 교수들

세리카와　여기에 저 『세계문학전집』이 다 있군요. 이것이 저 엔본圓本이
　　　　　아닙니까?

조용만　그렇지요. 엔본. 昭和, あれは昭和5年か, 6年^{그건 쇼와 5년인가 6년}. 그
때 나왔어. 新潮社에서 나온 거요.

세리카와　그때는 말하자면 이걸 갖다가 제일 많이……

조용만　그럼. 이게 잘 됐어. 아주 잘 됐어. 지금 봐도 뭐 썩 잘 했어요.
빼먹고 그런 거 없고 잘 했어요. 없어요? (저희는 뭐 세대가 달라가
지고) 구경해 보세요.

세리카와　지금 뭐, 별로 많이 읽혀지지 않은 작가들도 이때는 많이 보고
그랬나요?

조용만　그때 뭐 입센, ○○○ 그때 당시 번역을 곧잘 했어요, 지금 보
면. 일본이 그걸 잘했거든. 보통이 아니야, 일본 사람들.

시라카와　영어 이외에도 러시아어든가 프랑스어 같은 거를 번역한 사람
이 많았던 모양인데요.

조용만　그럼, 그때 많이 했지요. 그 사람들이. 전문가가 많거든. 보통이
아니야, 그때. 지금하고 달리 真面目하고^{성실하고} 그랬습니다.

세리카와　아쿠타가와도 있고, 구리하라 하쓰오 이 사람도 많이 읽힌 모
양이네요.

조용만　그럼. 많이 봤지. 아쿠타가와하고 많이 봤어요. 저기 저 김소운
이라는 사람 많이 만나 보셨어요?

세리카와　네, 저……

시라카와　한 번.

조용만　한 번?

시라카와　예. 그 장미아파트에 계실 때에요. 많이 뵙지도 못하고.

조용만　김소운이 참 일본 얘기 물으면 뭐 그 잡지가 환해, 그렇게 용해,
기억력이 제일이야. 김소운이 기억력이. 뭘 물으면 아, 그거 당

장 환히 알아요, (웃음) 그리고 팔봉은 그건 뭐 기억력 최고야. 그건 뭐 안 당긴 데 없어, 신문사 안 당긴 데 없고, 신문사 이동하고 그런 전부 다 알아요. 환히 알아요, 팔봉이 그 사람이.

세리카와 선생님, 저 그때 경성제대 저 영문과에는 어떤 선생들이……

조용만 시에는 佐藤清さとう·きよし先生, 그이가 유명하고. 그리고 그 다음에 데라이寺井라고, 데라이가 소설인데 거참 えらい훌륭하다야. 그런데 かわいそうに가엾게도 싸움하고선 일본에 가버렸어. 데라이 구니오寺井邦男라고, 데라이 구니오. 방남邦男이, 데라이 방남인데 참 박학하다고. 그 다음에 나카시마 후미오中島文雄.

세리카와 아, 나카지마 상.

조용만 어.

세리카와 이 분은 저 어학을 주로 하셨지요.

조용만 그렇지요. 영어학. 뭐 동대에 일본에 영어학 하는 이 있잖아, 누구야? 그의 꼬붕子分이예요. 아주 유명한 사람 있어. 그 양반의 제일 꼬붕이 나카시마야.

세리카와 아, 이치가와市河 상.[2]

조용만 어, 그 나카시마 선생의 집이 일본 저 그, 아주 큰 부자야, 나카시마 후미오가.

세리카와 슈무타 나쓰오朱牟田夏雄라는 그분은 그때……

조용만 슈무타는 관계없어요. 그인. 그 사람은 그때 대학에도 없었고 그냥, 슈무타는 해방 후에나 왔어. 그때 없었어. あの人그 사람, 그 사람이 이양하李敭河하고 한반입니다. 이양하하고 한반이에요.

---

2   市河 : 일본의 저명한 영어학자로 도쿄제대 영문과 교수 및 명예교수를 지낸 이치가와 산키(市河三喜)를 가리킨다.

(사이)

세리카와　니시카와 마사미^{西川正身}라는 그런 사람은 어떻게……

조용만　니시카와 선생이, 그 사람이, 그 사람 작품을 참 많이 읽었는데, 그때 많이 썼지요.

(사이)

시라카와　최재서씨는 사토 기요시 바로 밑에……

조용만　그럼, 그 제일……

시라카와　제일 제자예요?

조용만　제자인데 근데 나중에 일본에 또 ○○○. 그때 『국민문학』이라고, 『国民文学^{국민문학}』를 내고선 갖은 짓 다 했어. 그때 이토 겐로^{伊藤憲郎}라고 있었어, 이토 겐로란 검사가 있어. 우리가 뵀죠. 봤죠, 했는데. 이토 겐로는 볼수록 갖은 짓 다 했어. 한번은 이런 일이 있어요. 유진오씨를 갖다 최재서가, 이토 겐로 센세가 '오래간만에 왔는데 우리 저녁이나 먹자'고 그러더래, 그래 나갔대요. 나가서 이토 겐로 센세하고 이광수하고 장덕수하고 유진오하고 그랬대. ○○○ 가서 먹자고 그러더나, 그래 재서, 최재서가 말이야, '우리가 知識人^{지식인}인데 일본에 참석 왜 안하느냐'고. 야단치더라 그거야. 그래 이 장덕수가 난 먼저 간다고 그래 화가 나서 갔지. こいつが, あれが大物が^{이 녀석이, 저 대단한 녀석이} '아 재서' 이렇게 그러더라고. あれと^{그 사람하고} 유진오 박사가 나갔더니 '유진오가 あれが^{저게}' 그러더래. 아주 미친 사람이야, 최재서가. 그래 유(진오)가 펄펄 뛰며 나보고 그래 얘기해, 재서가 그렇게 했다고. 재서가 그 사람이 누군고 허니 해방하던 날, 8월 15일날, 아침에 9시에 내가 각반^{脚絆}을 풀고 나가는데 "어이, 저 なぜそのキャハン^{왜 그 각반을}!" 하고 막 그러지, 그래 속으로 '자식, 미쳤나!' 그랬지.

시라카와　최재서가요?

조용만　그래, 그랬어 그 때. 아주 일본놈하고 붙어가지고…… 해방 후에 말이예요, 이양하가 서울대학교에서 교수하다 죽었어요. 나보고 자꾸 지가 해달라, 후임을 해달라 그래요, 저 재서가. 그래 얘기를 했지. 총장 그때 윤일선^{尹日善} 씨가, 윤일선 박사는 '그래, 괜찮아. 난 과에서만 저기하면 괜찮다.' 과에서 반대한단 말이야. 지가 무슨 재서가 ○○○ 안 됐어, 그래서. 재서가 終戰以前に^{종전 이전에} 너무 했어. 정신 나간 사람이야.

시라카와　『국민문학』이라는 잡지는 역시 사토 기요시 상당히 영향이 있는 건가요?

조용만　아니, 반대인데.

시라카와　반대인가요?

조용만　그럼, 제일 미워, 재서가. 좋아하다가 몹시 미워하고 욕을 했는데. 그 좌등^{佐藤}이 그 양반은 최재서씨가 공부 잘하고 제일 한다고 제일 귀여워하고 그랬는데, 그때 『국민문학』을 하고 일본을 지지했는데 아, 되게 막 욕하고 그랬어요, 그 양반이. 그후 일본 가서 日本共産党^{일본공산당} 됐어요, 사토 센세가. 아카^赤를 하더래. 거기서. 그런 사람이야. 그 양반이 아주 정의파야.

시라카와　그 『인문평론』 때에는 그래도 사토 기요시가……

조용만　예, 그때 했지요, 했지요. 그 사람이 그 때지요.

(사이)

시라카와　『문장』 잡지는 이병기 선생님도 많이……

조용만　뭐?

시라카와　그 때 『문장』.

조용만　『문장』. 그건 저 저거야, 이병기는 선생, 그 휘문고보, 이태준의 선생이에요. 이병기가. 그래서 贔屓해서특별히 돌봐줘서 ○○○ 신문에 정지용하고 이병기 그 누구야 ○○○

(사이)

시라카와　이태준하고 최재서하고 어떤 관계가 있었어요?

조용만　이태준이가 안 좋아했지요.

시라카와　서로 논쟁했다는 그런 것도……

조용만　논쟁은 뭐 이태준이가 상대하나? 뭐 안 하지. 이태준이라는 사람이 뭐니, 이태준이 아버지가 독립운동 하던 지사예요. 그래서 자신도 그랬어요. 지사연志士然하고 아주 일본하고 친일파를 미워했어요. 이태준이가, 그런 사람이야.

시라카와　일찍 돌아가셨지요? 아버지가.

조용만　누가?

시라카와　그 이태준이……

조용만　아버지가?

시라카와　예.

조용만　그 무슨 독립운동 하다가. 원래 철원 사람이에요.

시라카와　최재서씨 집안은 어떤 집안이예요?

조용만　집이 해주인데, 그 아버지가 高利貸し^{고리대금}, 그리고 유명한 사람이야. 최재서 아버지가. 평안북도 부자였어요. 지금 저 홍익대학 그 주인이 그 사람, 이사장의 부인이 있는데 그 사람이 최재서 누이입니다. 일본 저 ○○○ 졸업하고 그랬어요. 이름이 최 뭐지, 그이에요. 그리고 재서 그 딸이 지금 홍익대학교 영어 선생이야. 재서가 참 그 잘합니다. 일본말, 썩 잘해요.

시라카와　그때 당시는 일본, 내지라고 했는데 그쪽으로 유학가는 거하고요, 경성제대 하는 거 어느 쪽이 인기 있었어요?

조용만　인기라는 게, 그 동경가서는 힘들고 학비도 많이 들고, 여기서 다니면…… 인기야 똑같지 뭐. 근데 일본 사립대학보다는 여기가 좀 나으니까. 그때는 동경제대가 최고지. 동대 출신이 어디고 뭐.

시라카와　경성제대 생기기 전에는 뭐 할 수 없이 유학을 많이 갔는데요, 그 다음에는 여기서 대학을……

조용만　그래, 하기는 여기서 많이 했지요. 그리고 또 여기 입학하기 쉬워요. 일본 고등학교 가기 어렵거든. 그런데 여기는 입학이 쉽거든.

시라카와　그때 경성제대에도 일본사람이 많이 있다고 하니까. 한국사람들이……

조용만　일본사람이 많이 왔지요. 오구, 그 때는 보통 그 ○○○割合^{비율}가 다 있어. 대개 내 반이 그때 40명인데 우리가 9명이야.

시라카와　나머지는 다 일본인이고.

조용만　그렇지. 그러니까 그들 성적이 낮거든, 성적이. 늘 우리가 우위지. 그러니까 다수가 와서 하고, 일본인 많아도 성적이 훨씬 좋잖아.

시라카와　입학시험은 똑같이 봤지요?

조용만   똑같이 봤지.

시라카와   그런데 입학하기 전에 학교의 제도라든가 다르니까 좀……

조용만   아니 그게 똑같지 뭐.

시라카와   아니, 저 중학교하고 고보하고 있잖아요.

조용만   고보인데, 국어나 일본말이나 다르지, 근데 똑같은 교과서 일본의 책 갖다 쓰고.

시라카와   고보가 좀 불리하지 않았습니까?

조용만   국어?

시라카와   아니요, 일본인 중학교보다.

조용만   불리하죠. 허나 열심히 배웠거든. 고대어 전부 그때 그거 배웠는데.

(사이)

세리카와   그때는 고전도 다 배우고……

조용만   고전도 다 배웠어요. 우리 다 배웠는데 뭘. 『万葉集』도 배우고 다 배웠거든.

시라카와   다 외우라 그랬지요?

조용만   다 외우고 지금도 많이 외우는데 뭘.

세리카와   그때 저 고전문학, 국문학사랑, 이치가와, 다카기 이치노스케高木市之助 센세, 그런 사람이……

조용만   그 좋은 이야. 난 좋아한 이야. 그이한테 배웠어요.

세리카와   도키에다時枝誠記라는 분도……

조용만   도키에다?

세리카와   도키에다.

조용만   도키에다라고 있었는데 유명한 이야. 동대생인데 그때 유명했어요.

시라카와 그 교수진을 보니까 아주 굉장한 분들이 많이 와요.

조용만 그럼, 그때 동대에서 보내.

(중단)

경성제대 출신 문인기자가 본
한국 근대문학의 단면들

조은애

1. 구술채록 개요

본 채록문은 1981년과 1985년 두 차례에 걸쳐 진행된 조용만의 구술 면담을 토대로 작성한 것이다. 5개의 음성파일을 기준으로 하여, 총 5차의 채록문을 기록하였다. 1차에서 3차까지의 채록문은 1981년 11월 25일에 한국에서 유학중인 일본의 한국 근대문학 연구자 시라카와 유타카, 세리카와 데쓰요, 고노 에이지, 세키네 하루코가 조용만의 자택을 방문하여 이루어진 구술 면담을 정리한 것이다. 4차 및 5차 채록문은 1985년 2월 21일 당시 한국에 남아 있던 시라카와 유타카와 세리카와 데쓰요가 조용만의 자택을 방문하여 이루어진 구술 면담을 정리한 것이다. 이 두 차례에 걸친 면담에는 1930년대에서 해방 전후에 이르는 시기 동안 한국 문단의 형성과 변화를 경험한 경성제대 출신의 문인기자이자 평론가인 조용만 선생의 문인들에 대한 회고와 신문사 학예부의 활동, 식민지 시기 번역문학 수용과 고등교육 제도에 이르기까지 매우 다양한 주제가 포괄되어 있다.

2. 채록문의 특징

조용만의 구술채록은 구술자 고유의 말투와 문장의 호흡, 시대적 언어 습관을 잘 보여주는 한국어와 일본어의 혼용 등의 문체적 특성을 최대한 살리는 방향으로 이루어졌다. 조용만은 문인들과 다양하게 얽힌 관계를 재구성하며, 자신이 직접 경험한 사건과 주변 인물들에 대한 구체적 묘사, 직접 들은 이야기와 풍문 등을 병치하는 방식으로 회고를 풀어나간다.

그의 회고 속에 거론되는 문인들의 이름은 그 중요도와 비중은 각기 다르지만, 이태준과 정지용 등 구인회의 중심에 위치한 인물부터 박태원, 이상, 이광수, 김기림, 홍명희, 염상섭, 현진건, 최서해, 김동인, 백철, 장혁주, 김문집, 김사량, 허준, 김남천, 엄흥섭, 진종혁, 최재서, 정인택 등의 문학자, 그리고 현진건의 형 현정건이나 허준의 형인 허보 등 잘 알려지지 않았지만 역시 문학관계에 종사했던 가족들, 이광수의 아내 허영숙이나 이상의 아내 변동림과 같은 배우자의 근황, 그리고 문인들이 직간접적으로 영향을 받은 일본의 문학자들까지 실로 광범위하고 복잡한 네트워크를 형성하고 있다. 이처럼 수많은 인물들과 당시의 문학 환경 및 문단 풍경을 회고하면서도, 조용만은 문학적 성취나 정치적 성향, 언어능력 등 나름의 기준으로 문인들에 대한 비판과 예찬, 호불호 등의 평가를 상당히 단호하게 제시한다.

다만 고령의 구술자 특성상 발음이 명확하게 들리지 않거나 간혹 생략과 반복이 혼재되는 경우도 있으며, 인명의 일본어 독음이 일정치 않거나 오류로 드러나는 부분도 종종 드러났다. 그러나 면담자들의 전문적인 지식과 철저한 자료 조사를 바탕으로 적절히 화제를 유도하고 맥락을 되짚으면서, 구술 흐름의 일관성을 유지하고자 하는 노력이 엿보였다. 또한 마지막 5차 채록문에는 조용만의 부인이 직접 면담에 참여하여 해방 후 40여 년 만에 처음 일본여행을 한 이야기를 들려주었는데, 이는 면담이 이루어지는 시공간의 특성, 즉 해방 후 한국과 일본의 지리적 구분과 경제적 격차, 많은 일본인 지인들과의 단절 같은 특징을 환기한다는 점에서 흥미로운 해석의 여지가 많다고 본다.

3. 주요 채록 내용의 요약

1차 채록에서 조용만은 1930년대 중반 구인회의 창립 및 내부 갈등에 대해, 그 자신이 참여했던 경험을 살려 상세히 전달하고 있다. 김유영과 이종명의 좌익에 대한 반발로 시작한 구인회는 이태준과 정지용 중심의 헤게모니 이동에 따라 창립 멤버인 김유영과 이종명이 탈퇴하며 이를 둘러싼 갈등 또한 적지 않았던 것이 확인된다. 조용만은 구인회의 영향력에 대해서는 고평가하지 않고 오히려 영향력이 적었던 점과 명성에 비해 실체는 그리 대단치 않았던 점을 강조하면서 비판적 입장을 보이기도 한다.

이 1차 채록의 중심인물은 단연 정지용이다. 조용만은 휘문고보의 지원으로 도시샤대로 유학을 떠난 정지용이 일본의 시잡지 『긴다이후케이 近代風景』에 시를 투고하며 기타하라 하쿠슈로부터 높은 평가를 받았던 사실을 언급한다. 이후 귀국하여 교사로 재직한 정지용의 생애와 박태원, 이상 등 당대 주요 문인들과의 일상적 교류도 상세히 언급된다.

다음으로 중요한 언급은 『천변풍경』의 실제 배경이 된 서울 청계천 일대와 박태원의 거주지에 대한 묘사이다. 이는 1930년대 문학과 도시공간의 관계를 실감나게 보여준다. 이광수, 김동인, 김억 등 근대문학 초기 문인들의 성격 및 사회적 위치에 대한 회고 역시 주목할 만하다. 특히 박애주의와 톨스토이주의의 영향을 받은 이광수가 종로경찰서 형사와 상해까지 그를 데리러 온 허영숙과 함께 일본을 거쳐 조선으로 귀국한 일화, 이와 관련해 현진건의 형 현정건이 동인지 『백조』에 이광수의 글이 실리는 것을 반대한 내용 등이 상세히 언급되고 있다. 또한 원고료나 생계 유지 등 문인들의 경제적 현실에 대한 구체적 언급은 문학이 어떻게 현실과 긴밀히 연결되는지를 상기시키며, 그간 문단 이면사를 다채롭게 보여 주었던 조용만의 저술을 보완한다.

2차 채록은 조용만이 회고하는 여러 문인들의 인간적 면모, 문학적 평가, 문단 내 관계를 중심으로 구성된다. 이광수와 그의 부인 허영숙의 경제적 기반과 강한 정치가적 면모는 문단 내 권력의 형성과도 연계된다. 조용만은 이광수가 정치가가 되기를 희망하여 문학을 수단으로 사용했다고 말한다. 또 그의 연서가 베스트셀러가 된 에피소드 또한 언급하고 있다. 이태준과 박태원은 1930년대 문단의 쌍벽을 이룬 인물로 언급되며, 이태준은 귀족적, 수집 취미가 강해 좌익 성향과는 거리가 먼 인물로 평가된다. 김기림의 철저한 과학주의적 태도가 일상에서 문학에까지 일관되었던 점도 흥미로운데, 그는 좌익운동의 참여와 탈당을 모두 가장 먼저 한 인물로 기억된다.

조용만은 이상과 그의 부인 변동림의 관계, 그의 유고 보관 문제를 상세히 회고하며, 구본웅, 김환기 등과의 개인적 관계에 대해서도 풀어내고 있다. 그는 이상이 남긴 원고와 편지들은 미국에 있는 변동림이 소장 중이며, 문학사에 있어 중요한 자료임에도 공개되지 않아 아쉽다고 말한다. 염상섭에 대한 회고에서는 일본 체류 시절과 시가 나오야, 야나기 무네요시 등 일본 문인이나 지식인들과의 교류 및 사사師事 관계를 중심으로 이루어진다. 특히 염상섭이 시가 나오야를 존경했다고 강조하며, 이어서 일본문학이 조선 문단에 미친 영향을 강조한다.

2차 채록은 작가들이 생계를 유지하기 위해 신문소설에 의존해야 했던 현실과, 일본문화의 유입게이샤, 요정, 오뎅야 등에 대한 회고로 마무리된다. 이는 1930~1940년대 조선 문단과 사회적 분위기를 입체적으로 그려내고 있어 흥미로운 지점이라 하지 않을 수 없다.

3차 채록은 1930~1940년대 문단의 중추적 인물들을 둘러싼 개인적 기억과 인간관계에 집중되어 있다. 초반에는 현진건과 이광수에 대한 회고를 중심으로 하는데, 조용만은 이광수를 '변절 1호'로 지목하며 경찰과 함께 상하이까지 찾아온 허영숙의 종용으로 귀국한 사건을 상세히 회상한다.

이상, 김기림, 이효석, 박태원 등 주요 문인들의 외국어 능력과 언어 자본은 식민지 조선 문단 내 위계 형성에 중요한 요소였으며, 대부분이 일본어를 기반으로 활동했던 사실도 새삼 언급된다. 구인회가 일본의 모더니스트 단체인 '13인 구락부'를 모방한 단체라는 지적은 식민지 문단이 일본과 맺고 있던 구조적 특성을 드러낸다. 시 한편에 5엔, 소설 한 회당 60엔 정도였던 당시 원고료 체계, 편집국장과 부장, 경성제대 졸업자 등 학력이나 직위에 따른 신문사 월급의 차이도 언급되며 1930년대 문화경제의 생생한 풍경이 그려진다.

이 3차 채록문의 백미는 홍명희에 대한 회고이다. 『임꺽정』을 연재하던 당시의 집필 습관, 한 줄의 문장을 수십 번 고치던 퇴고 습관, 엄청난 기억력, 그리고 술과 담배를 나누던 조용만 자신과의 인간적 교류 등이 생생히 그려진다. 조용만은 최남선이 칭찬을 아끼지 않은 인물이라고 하며 홍명희를 대단히 높이 평가한다. 끝으로 그는 자신이 학예부장으로 일하게 된 계기였던 최서해의 사망과, 그의 가족사에 대한 회고를 통해 당대 문인의 가난과 병, 죽음 등을 둘러싼 문학의 풍경을 보여주었다.

4차 채록문은 조용만이 매일신보사 학예부장으로 있던 시절의 기억을 중심으로 펼쳐지며 언론 환경과 문인들과의 구체적 관계가 풍부하게 제시된다. 매일신보사 학예부장 당시 일본군과 경무국 도서과의 일상적인 감시를 받았던 일, 특히 (이 채록문에는 그 이름이 구체적으로 언급되지 않는) 김진섭의 글을 둘러싼 필화 사건에 대해서도 단편적이지만 인상적인 회고가 제시된다. 또한 당시 전쟁에서 일본군의 패색을 먼저 감지했던 백철이 매일신보사에 와서 이에 관한 이야기를 했던 일화를 비롯하여, 전쟁의 격화와 해방 전후의 정세 속에서 문학자들이 보인 반응을 대단히 구체적인 일상의 행동으로 재구성해내고 있다는 점이 특히 흥미롭다.

4차 채록문은 앞선 채록문의 구술 시기로부터 약 4년이 흐른 뒤에 이루어진 구술 면담을 기록한 것인 만큼, 면담자들의 학문적 관심사와 연구의 진행 상황을 엿볼 수 있다. 특히 4차 채록문에서 면담자 중 한 사람인 시라카와 유타카는 장혁주에 대해 상당한 조사를 축적하였고, 이를 바탕으로 장혁주에 대한 집중적인 질문을 던진다. 이에 따라 조용만은 장혁주의 대표작 「아귀도」가 김문집의 일본어 교정으로 완성되었지만 장혁주는 끝까지 이에 대해서는 부인했다는 점을 언급하기도 한다. 또 장혁주의 일본 내 활동이나 가이조사改造社 야마모토 사장과의 관계, 당시 동아일보와의 인연도 회상된다.

김사량과 『매일신보』의 관계에 대해서도 언급된다. 조용만이 그를 신문사를 통해 직접 접촉했고, 이를 통해 해군 지원병 선전내용을 담은 연재소설 『바다가 보인다』이 쓰이게 되었다고 말하기도 한다. 그밖에 다양한 문인들에 대한 단편적인 기억이 제시되는데, 이를테면 박태원은 영어 실력이 부족했으나 이광수의 지시에 따라 톨스토이를 번역하였고, 다케다 린타로 등의 일본문학자를 모방했다. 허준은 정지용의 후배이며 문학적 재능을 지녔고, 구술 당시 일본에서 번역출간이 된 지 얼마 안된 시점이라 화제가 되었다.

구술 후반부에서는 식민지 시기 조선 작가들이 거의 대부분 일본문학의 영향을 받았다는 점이 다시한번 지적된다. 김남천 또한 아쿠타가와의 영향을 받았지만 그는 '양심 있는 작가'이자 재능이 있었다고 인정을 한다. 한편 해방 후 식민지 시기 문단 회고에 관한 많은 글을 써냈지만, 프롤레타리아 작가들을 다루는 데어는 여전히 제약이 가해졌던 경험에 대해서도 그는 단편적으로나마 언급하고 있으며, 특히 그러한 내용이 사전 검열로 인해 제한되었다는 점은 중요한 증언적 가치가 있다.

이에 관한 언급이 나온 대목은 이기영이 북한에서 별세했다는 소식에 관한 부분에서이다. 백철이 한국일보에 관련 내용을 썼다는 시라카와의 설명을 들은 조용만은, "그런 것을 써도 되냐"고 되묻는다. 자신은 당시 중앙일보에 연재중이던 글 「30년대의 문화인들」에 프롤레타리아문학 작가들이나 경성제대 선배인 박문규, 이강국 등에 대해 쓰고 싶었지만 (아마도 신문사로부터) 저지당했다고 말하는 것이다. 이는 조용만의 1930년대 문화계 회고 경향을 대표하는 것으로 알려진 해당 연재물을 비롯하여 단행본 『1930년의 문화예술인들』의 내용과 출판 맥락에 대한 평가에 참고할 만한 중요한 내용이라 할 것이다. 다만 채록에서 이에 대한 상세한 언급이 제시되지는 않았으며, 중간에 녹음이 중단되기도 하여 아쉬움이 남는다.

5차 채록은 구술자인 조용만과 부인이 최근 일본 여행을 다녀온 경험을 상세히 언급하며 시작된다. 그리고 문인들에 대한 회고, 식민지 고등교육에 대한 기억으로 구성되어 있다. 특히 조용만 부인의 상세한 일본관광 경험은 해외여행이 여전히 제한되어 있던 1980년대 중반, 한국인의 시선으로 본 일본의 생활 물가, 관광지 차별 요금, 여행문화에 대한 직접적이고 구체적인 체험담을 제공한다.

엄흥섭과 진종혁이 1·4후퇴 시기 평양으로 함께 넘어갔다는 회고는 해방 후 문인들의 월북 경로나 동반 월북 같은 구체적 방법과 관련해서도 시사하는 바가 많다. 한편 조용만은 이용악과 백석에 대해서는 잘 모르겠다고 하며 상대적으로 개인적 관계가 없었음을 밝히며, 김남천을 가장 훌륭한 작가로 평가해 그의 문학적 판단 기준의 일면을 엿보게 한다. 한편, 조용만은 일본 세계문학전집의 번역 수준을 높이 평가하며 그 성과를 언급한다. 이와 함께 김소운과 김기진은 기억력이 대단하고 문학사적 지식이 풍부한 인물로 언급된다. 그는 식민지 시기의 번역 문화와 언어 능력의 중요성을 강조하기도 한다.

후반부는 경성제국대학 시절 영문학을 담당했던 교수진, 그리고 교육 시스템에 대한 회고로 전개된다. 사토 기요시, 데라이 구니오, 나카시마 후미오 등 교수들의 인품, 학문적 태도 등을 회상하며, 이들과 연결하여 최재서가 유진오, 이태준 등과 가졌던 갈등 관계를 언급하기도 한다. 특히 조용만은 최재서에 대해 강한 어조로 비판하고 있다. 끝으로 자신의 세대에서 일본유학과 변별되는 경성제국대학 시스템의 특징과 장단점, 일본인 학생들에 비해 수적으로 열세했지만 성적은 우수했던 점 등을 언급하며 식민지 고등교육 제도의 현실적 측면 및 경성제대 세대의 자기인식에 대한 이해를 돕고 있다.

4. 채록문의 의의와 한계

조용만의 구술채록은 한국 근현대문학사와 문단사, 언론사, 식민지 시기 번역문학사 등을 교차하는 중요한 사료로서 가치가 높다고 할 수 있다. 문인들 간의 개인적 관계망, 공간적 배경, 당대 언론의 검열 체계, 작가들의 생계 조건 등은 기존의 문학사 서술이 포착하지 못했던 미시적 지형을 입체적으로 복원해 준다. 또한 이 구술은 단지 과거를 회고하는 데 그치지 않고, 기억의 구조와 망각의 조건을 동시에 드러냄으로써, 문학사가 어떻게 기억과 기록, 증언과 같은 역사의 다양한 서술 방식을 통해 달리 구성될 수 있는가에 대해 성찰할 수 있는 계기를 제공한다.

다만, 구술자의 고령으로 인해 특정 연도나 인명, 작품명 등 세부 사실의 정확성에는 보다 상세한 해제 작업을 통한 검증이 필요할 것으로 판단된다. 또한 구술자가 바라본 문인의 성격이나 정치적 위치는 어디까지나 구술자의 개인적 관점이나 해방 전후의 정치사회적 변화 등의 맥락이 반영된 것이라는 점을 간과해선 안될 것이다. 이를 고려하여, 후속 분석에서는 비판적 독해 및 교차 자료에 의한 보완이 필요할 것이다. 그럼에도 불구하고 이 채록문은 20세기 한국문학의 언어적, 사회적, 정치적 기반을 입체적으로 조명할 수 있는 귀중한 자료임은 분명하다. 향후 이 채록을 바탕으로 한 분석 작업은, 한국문학사의 문단 권력과 기억 정치, 그리고 문학을 둘러싼 일상적 조건들을 재구성하는 데 활용할 수 있는 점이 많을 것이다.

끝으로, 본 채록의 언어적 특성과 관련하여 채록자로서 가졌던 고민과 채록 원칙에 대해 덧붙이며 본 후기를 마치고자 한다. 2회에 걸친 조용만의 구술 면담 환경은 기본적으로 '한국어가 유창한 복수復數의 젊은 일본인 문학연구자들이 일본어에 능통한 고령의 한국인 문학자를 대상으로, 한국어를 주요 언어로 하여 인터뷰를 하는 상황'이지만, 실제 대화의 차원에서는 다양한 변수가 작용하고 있음을 고려할 필요가 있다. 채록문 본문에서 확인할 수 있듯이, 구술자는 면담자들의 한국어 질문에 대한 한국어 답변을 들려주는 가운데에도 수시로 일본어를 단어, 문장, 문단의 층위에서 다양하게 혼재하고 있다. 특히 인명의 경우, 한국인 작가들의 이름을 대부분 일본식으로 먼저 발음할 때가 많았는데, 이는 일본인 유학생들로 이루어진 면담자들을 의식한 것일 수도, 또한 다양한 환경적 요건 속에서 무의식적으로 나온 것일 수도 있다.

이 책의 〈일러두기〉에서 언급한 대로, 본 채록문에서도 이 책에 수록된 대다수의 채록문들처럼 한국어와 일본어를 혼용하는 언어적 상황 속에서 나온 것임을 고려하고, 구술자의 언어 습관을 최대한 살리는 것을 표기의 원칙으로 삼았다. 이를테면 본 채록문에서 조용만은 정지용을 많은 경우 '데이 시요우'라는 일본식 한자음독 방식으로 부르므로 이를 한자표기 옆 히라가나 발음을 병기하는 방식으로, 즉 '鄭芝溶てい·しょう'로 표기하였다. 하지만 변수는 한국어 화자의 일본어 혼용에만 있는 것이 아니라, 면담자 또한 한국어의 숙련도에 따라서나 상황과 맥락에 따라 일본어와 한국어를 혼용하고 있다는 데에서도 발생했다. 그러므로, 이를테면 한 면담자가 일본어로 조용만에게 질문을 할 때, 정지용을 한국식 한자음독 방식으로 발음한다면 이는 어떤 언어로 표기해야 하는지에 대해서도 고민해야 했다. 어떤 원칙이든 예외는 항상 발생하기 마련이지만, 본 채록문에서 유독 두드러진 구술자와 복수의 면담자들 사이의 언어적 소통의 특성에 대해 몇 가지 원칙을 추가적으로 정해야만 했다.

우선 한국어 인명의 경우, 통상적인 한국식 한자음독 방식으로 발음한다면 그것이 한국어 문장 안에서든 일본어 문장 안에서든, 혹은 그 발화자가 한국어를 제1언어로 사용하는 사람이든(즉 조용만이든) 일본어를 제1언어로 사용하는 사람이든(즉 일본인 유학생 면담자들이든) 한국어 인명으로 표기하였다. 쉽게 말해 '이태준'을 '이태준'이라고 읽고 '김소운'을 '김소운'이라 읽으면 그 인명이 어느 언어로 된 문장 속에 있든 '이태준', '김소운'으로 적었다. 이러한 통상적인 방식의 발음에서 벗어날 경우에는 앞서 말한 조용만의 정지용 호명 사례처럼 한자표기 후 그 특정한 발음을 히라가나로 병기했다.

일본의 인명에 대해서도 구술자만의 고유한 읽기 관습이 나타나는 경우가 있었는데, 이를테면 경성제대 교수들과 일본 동경제대 교수들 사이의 관계를 밝히는 대목에서, 경성제대 교수였던 아베 요시시게安部能成를 아베 노세이라 부르거나, 일본의 미학 연구자인 우에노 나오테루上野直昭를 우에노 조쿠쇼라 부르는 것과 같은 일정한 습관이 엿보였다. 이 경우에도 〈일러두기〉에서처럼 한자표기와 특정 발음을 히라가나로 병기하였다. 다만, 저명하거나 통상적인 읽기 방식으로도 수용 가능한 일본 인명 및 지명은 일본식 한자 표기를 원츠으로 삼되, 상황에 따라서는 가독성을 고려하여 이를테면 '아쿠타가와 류노스케'나 '기타하라 하쿠슈'처럼 한국어 표기로 대체하는 경우도 있었음을 밝힌다. 이처럼 포스트콜로니얼한 혼종적 언어의 개별적 발화를 담은 육성 자료의 존재, 그리고 일종의 다중 번역 작업이기도 한 그것의 재현 과정을 통해 본 구술 기록의 의미가 끊임없이 생성되기를 기대한다.

구상 具常, 1919~2004

시인, 기자. 니혼대학 종교과. 1946년 원산문학가동맹에서 펴낸 시집 『응향』이 공산당의 비판을 받게 되어 월남했다. 한국전쟁기에는 종군작가로 대북 심리전과 전쟁문학 창작에 참여했다. 전쟁의 참상을 초월적 구원과 사랑의 시학으로 승화한 연작시 『초토의 시』로 서울시문화상 등 주요 문학상을 수상했다. 사회적 부조리와 독재에 비판적 입장을 견지하며, 문인 간첩단 사건 등에서 인권 옹호 활동을 펼쳤다. 금성화랑무공훈장, 국민훈장동백장, 대한민국 문학상 등 다수의 훈장을 받았다.

1

『응향』 필화사건과 극적인 월남 과정

일시 : 1981년 12월 21일

장소 : 구상 자택

구술 : 구상

면담 : 시라카와 유타카, 고노 에이지, 세리카와 데쓰요, 세키네 하루코

1. 『응향』 필화사건

구상　　　도시죠. 원산이라는 게 도 이제 큰 도시인데 거기서 『응향凝香』, 『응향』이 なに 凝るという字ですね. それから あの…… 香り, 香りが '香'. 이렇게 まぜるという意味…… 何ですね 그러니까, '엉킨다'는 글자죠. 그 다음에, 저 향기, 향기 '향'. 이렇게 섞으면…… 의미가…… 뭐죠?. 엉킬 '응'자니까, 엉킨다, 엉킨다라는 말 알아요? 混合しちゃうとい う ~혼합해버린다라는 『응향』이라는 게 그게 동인시집이지요.

시라카와　주재하셨다고 들었는데.

구상　　　(웃음) 주재했다기 보다 거기에 이제 8·15 전부터 시를 소위 쓴 사람이 세 명이 있었어요. 그 세 명은 앞에다가 한 다섯 편씩 실 었죠. 그리고 그 다음에는 모두 한 편씩 실었죠. 그 동맹원들이.

시라카와　동인이 그 세 사람.

구상　　　강홍운康鴻運, 한 분은 여기 나와 계세요, 강홍운. '강'이라는 건 健 康という康の字と '건강'이라고 할 때 '강'이라는 글자. 康の康(강의 강). '홍'은

燕雀 아니 鴻, 大工の工, あのう, 三水邊にね, この工と小鳥の鳥^홍은 제비, 아니 홍(鴻), 대공(大工)의 공(工), 그리고 삼수변에, 이 공(工)과 작은 새 할 때 새(鳥).

시라카와, 고노, 세키네　　　아, 네네네.

구상　　そうそう^{그렇지}

세키네　　고노 씨 고

구상　　なんの語?^{어떤 글자?}

세키네　　고노 씨의 '고'가 이 한자예요.

구상　　아, 그래? (웃음) それが運ぶ^{그건 '운반하다 운'} 강홍운. 하나는 노량근^{盧良根}. '로' 葦^{あし}の'로', あしでもないんですが, 草冠^{くさかんむり}のない盧, それから善良^{ぜんりょう}の良, あのう根の, 根っこの根^{'로'는 갈대의 '로', 갈대도 아니지만, 초관(풀 초 부수)이 없는 '로', 그 다음에 선량의 '량', 그리고 뿌리의, 뿌리의 '근'}.

それから僕と三人が마. 기성의 既成の待遇で, あのう, 先の方に卷頭の方に마, 5編くらいずつそこに載せ^{그 다음에 나까지 세 명이 기성(既成)의 대우를 받아 우선 권두에 5편 정도씩을 거기에 실었어요}. これからあ……も…… 同人たちはその, あの文學同盟のね, 同人, あのう詩文化委員の同人たちは全部一編ずつ大概載せているんですがね, これがあの問題になったな^{그리고 나서, 동인들은 그 문학동맹의 동인들, 그 시문화위원회의 동인들은 모두 한 편씩 대개 실었어요. 그게 그 문제의 시가 되었죠}. やっぱあの詩. 何編書いてそんなに, あのう, 驚天動地というかね. なんか非常に驚天動地というかですね^{역시 그 시 말이에요. 몇 편 썼다고 그렇게, 뭐랄까, 경천동지랄까요? 뭐, 아주 경천동지랄까, 그런 느낌이었어요}.

세리카와　　몇 부까지 나왔습니까?

구상　　한 권이지. 완전한 시집으로 나왔으니까. 그냥 해방기념시집으로 세키네　　부수는 몇 부 정도.

구상　　글쎄, 그때 몇 부 정도 했는지 나도 모르겠어요. 기천 부 정도
　　　　인데 상당히 그 장정이랑도 잘하고 그랬어요.

고노　　이건 문학가동맹의 이름으로

구상　　예, 이거는 문학가동맹의 이름으로.

세리카와　　그럼 이건 '원산문학가동갱'입니까?

구상　　네. 근데 이제 북한 이제 그러니까 대체적으로『북풍』이나,『北
　　　　風きたかぜ』라는 거나『응향』이나 그 중에 물론 그 소련군에 대
　　　　한 환영의 노래도 있었고 또 그 프롤레타리아들의 그 말하자
　　　　면 그 앞날의 희망적인 노래를 부르는 카프계라는 그 우리의
　　　　옛날 한국의 카프계 시인들의 노래들도 있었지만 그때까지는
　　　　모두가 아무리 그 이데올로기 자체의 그 추종하는 시인이더라
　　　　도 그 상념 자체 그 생각이나 무슨 느낌 자체라는 것이 자연 발
　　　　생적이었지 이데올로기 자체도 자연 발생적이었고.

　　　　그러나 이제 그게 이제 뭐 상상 못해 想像 상상을 도저히 할 수
　　　　가 없어 일반적으로. 하루아침에 이제 북한 문학예술총동맹
　　　　에서「결정서」라는 게 있어요. 이제 그「결정서」라는 게 내려
　　　　지죠. 그렇게 하면 온 신문, 신문의 첫 면, 그러니까 일면 맨 우
　　　　에 맨 첫 번에 첫 머리에서부터 주먹 만한 활자로서 이제 사건
　　　　이 이제 터졌는데. 그리고 뭐 라디오 방송이 전부 그거죠.「결
　　　　정서」되풀이되고 일으키고 그래 뭐 바이롱바이런은 하루아침
　　　　에 일어났더니 천재가 되더라는 식으로 하루아침에 일어나니
　　　　까 시 몇 줄 쓴 게 이렇게 대단한지 뭐 자기 스스로도 모를 정도
　　　　의 그런 정말 큰 대사건이 되죠. 근데 이제 그것은 북한이 북한

의 정치 당로자로서의 공산당들이 하나의 의도적으로 일으킨 사건이죠. 그걸로 말미암아서 문학은 인민에게 복무해야 된다. 이래 '文学は人民に服務しなければならない문학은 인민에게 복무하지 않으면 안 된다'라는 이런 김일성의 테제가 나오죠. 네, 그래서 그것을 계기로서 그것을 계기로서 이제 북한의 모든 (좀 더 보라……) 그러니까 각 지방 시군이라고 그러지 시 市と郡시와 군, 시군의 거기는 모두 시군마다 문학가동맹이 있으니까 그 시군에 검열 사업이 나오죠, 검열 사업이. 그리고 이제 원산은 물론 그 검열 원들이 파견돼 가지고 전체 검토를 하게 되죠.

그런데 거기에 대한 문책이 있게 되죠. 그런데 거기에 대한 건 여러분들이…… (구술자가 책을 가져온다) 이게 뭐 잘 일반 서적에게는 없을 거예요. 이게 내 문학선이라는 건데 저 바오로 출판사라고 여러분 아세요? 명동에 캐톨릭에.

세리카와 저도 오늘 갖고 왔습니다.

구상 아, 그래요. 거기 보면 돼, 거기 거기 거기 그 시화에 대한 거기에 그 사건의 내용이 목차에 500여…… '시집 응향 필화 사건의 전말'이라는 거길 보면 알죠.[1]

차들 듭시다, 차들. 차들 드세요, 과자 들고, 뭐 나 괜찮으니까.

세키네 선생님

구상 난, 저 당뇨예요. 그래서 따로. (그릇 소리)

시라카와 飲みましょう마십시다.

세리카와 여기 놔줘.

---

1   구상, 「시집 「凝香」 筆禍事件 顚末記」, 『具常文學選』, 성바오로출판사, 1975, 396~408쪽.

2. 북한 문학과 북한의 시

구상　북한 문학에 대한 건 언제 정말로 여러분에게 한 강좌를 내가 해줘도 좋은데, 북한의 시에 대해서. 그 후에 거 아니라.

그런데 이제 그러니까 북한에 있어서 그 시의 어떤 창작을 그 정치에다 완전히 예속을 시키죠. 근데 그 『응향』 사건에 그것을 북한문학사, 북한문학사라는 것은 북조선문학, 조선문학사지. 그런데 『조선문학사』라는 것은 그들이 그 작가동맹에서 오직 이름이 없이 나온 게 여기 통일원에 가도 있어요. 근데 거기에다가 뭐라고 그러는가 하니, 북한문학사에 이렇게 돼있어. 그들의 주장을 보면, 某出版物におけるブルジョア思想の残骸어떤 출판물에서의 부르주아 사상의 잔재, 잔재를 뭐라고 하는가. 残滓ざんし, 잔재에 발호를 뭐라고 그러나? 발호, 잔재의 발호라는 건 그, あしのへんに抜ぬけるという発호……ばつ…… 발, 발, 발호, 발호다리 쪽에서 빠져나간다……라고 하는 발호……. 발…….

세리카와　先生, ばっこ跋扈……선생님, '발호'……

구상　ばっこ跋扈です발호입니다. ブルジョア思想のざんしの跋扈を摘発糾彈して我が文学を 아니, 我が文学の革命的戰鬪性をていこうし, ていこうって高く 고高, 提示し, この文献達は…… その この僕らを糾彈した文献達は1946年서울におけるアメリカ帝國主義の어…… その스파이であった박헌영と이승엽, 임화それはあの南からいったあのう, 南の共産黨の出身達を向こうで肅淸するでしょう부르주아 사상의 잔재의 발호를 적발하고 규탄하여, 우리의 문학을…… 아니, 우리 문학의 혁명적 전투성을 끌어올리고, 즉 높이고, 이를 고도로 제시하며,

이 문헌들은…… 우리를 규탄한 그 문헌들은 1946년 서울에서의 미국 제국주의의, 어…… 그 스파이였던 박헌영과 이승엽, 임화, 그러니까 남에서 올라간, 그러니까 남쪽 공산당 출신 인물들을 저쪽에서 숙청하려는 것이었겠지요.[2] それですね그겁니다. その、その人たちのその徒党たちが그 사람들의 그 도당이 あ…… 날조하는…… '날조하는'을 뭐라고 그러나? 捏造をした文化테제を決定的に、打撃をあたえ、我が文学の統制と階級性をこう退ける원수 あのう、敵達のそのきどうをちょうど、ころ、ころあいと言いましょうか날조한 문화 테제에 결정적인 타격을 가하고, 우리 문학의 통제와 계급성을 이렇게 물리친 원수, 그 적들의 책동이 마침, 딱 적절한 시점에 드러났다고나 할까요. そのちょうど、よいときに暴露、粉砕した그 시점에 폭로하고 분쇄한 것입니다. いろんなことで、その마、文学誌に現れているわけなんですね여러 가지로, 문학지에 나타나 있는 것이죠. そういう表現をしておるわけなんです그렇게 표현하고 있는 겁니다.

세리카와 북한 문학을요? 허허.

시라카와 (주제가 구술자의 책으로 전환된 듯함) 언제쯤 나왔습니까, 이게?

구상 78년 10월, 10월에 이거 내가 북한의 시를 쭉 78년까지의 그 북한의 시를 전부 그 연구한 거죠.[3] (웃음)

고노 선생님, 강홍운 씨하고 노양근 씨하고 어느 저게 어느 사람이 여기 와 있는.

2 　殘滓ざんし를 잘못 발음함. きゅうだん인데 きゅうたん으로 잘못 발음함.

3 　1978년 국토통일원에서 발행한 『북한의 문학연구』를 말하고 있다. 구상은 1978년 4월 27일 국토통일원에서 진행된 학술토론회 '북한의 문학 – 북한문단 개황'에서 '북한의 시'에 대해 발표한 바 있다. 동 학술토론회에서 이은상, 홍기삼, 김윤식, 신상웅, 선우휘, 양태진이 함께 발표했다. (장세진, 「미완의 싱크탱크 혹은 이용희의 국토통일원 시절(1976~1979)」, 『한국학연구』, 인하대학교 한국학연구소, 2022, 349쪽.)

구상　　　강홍운, 강홍운이 '남지'라는 저 경상도 마산 옆에 南という字とですね. 胸. 胸という主旨の字, 南旨, あるんですね '남'이라는 글자와, 그리고 '가슴의 품은 뜻', 그런 듯의 글자, '남지(南旨)', 그런 데가 있죠. その方がそれを『문학사상』에다가, 『믄학사상』에다가 그때 사건을 썼죠. 작년에 썼는가 재작년에 썼는가.[4]

세리카와　네네네.

구상　　　그런 일이 있죠. 노인이에요. 벌써 일흔. 나하고는 거기서 사범전문학교라는 데 같이 그 교직생활을 했는데 여자사범전문학교 얘기 지 아마 일흔 다섯도 넘었을 거예요.

(구술자 개인 전화통화)

시라카와　이게 하나 프린트가 아주 인쇄로 낸 게 하나 있는 것 같은데

구상　　　글쎄 어디서는 나왔는지 모르지만 어디에 나왔을 거예요 『한국문학』엔가 어디가 한 번 나온 게 있어요

시라카와　○○○ 제가 ○○○ 역시 국토통일원.

구상　　　네, 그럼요, 그럼요.

시라카와　북한에 그 넘어간 문인 명단이든 그런 것도 실려 있는 거 같은데.

구상　　　네, 네.

4　강홍운이 '응향' 사건에 대해 쓴 글은 「심판대 위에 서있던 시들」(『문학사상』, 1980.8)이다.

3. 월남의 과정 1 극적인 탈출

고노 선생님, 그러면 이 사건 일어난, 일어난 지 얼마 있다가 내려오신 건가요?

구상 일어나 가지고 사건이 터져서 1월, 그때가, 1월…… 사건이 터지기를 12월쯤 터졌을 거예요.

네. 그래 가지고선 1월달쯤 내가 거기를 바로 저기 그런 날 그럴 때 왔어요. 저기 북한에서 검열원들이 와가지고 평양에서 소위 중앙에서 와가지고 맨 처음에 첫, 첫 오전 중에 나갔어요. 내가, 저 그게 어떻게 되는지 모르고 나갔더니, 내가 옛날에 뭐 같이 친구들이 거기에 그 말하자면 검찰, 검찰서에 검찰에 부소장이 된 사람도 있고 농민조합, 농민조합 농민동맹의 위원장으로 있는 현지에 있는 사람들이 있거든. 그전에 같이들 뭐 친구가, 아주 어려서부터 친구가 그 날 불러내 가지고 빨리 너는 가라고 그래요. 그런데 너를 갖다가 결국 어떤 의미에서 내가 제일 그 중에서 주동적인 사람이니까 널 잡을 수밖에 없다고. 그러니까 넌 뛰라 그래. 마, 뛰라 해서 역시 그때만 해도 아직 그 해방초기고 또 아직 뭐 그들도 별거예요. 그 휴매니티가 좀 남아 있는 거죠. 그들도 아직은 초창기니까 휴매니티가 있으니까 그래서 그대로 얘기하면 그 농민동맹위원장은 나에게 그 현물세라는 게 있는데 현물세라는 건 모든 농곡 그러니까 농사 지은 값을 곡물로서 이렇게 바치거든요. 나라에다 그런 그 현물세를 잘 바치라는 그 독려하는 유세를 하기 위한 출장증명을 써줬어요, 나에게. 여기 38선까지 여행을 하기 위한

그런 수단을 써줬는데 내가 연천^{漣川}와 붙잡히게 되었어. 날 뒤따라온 보안소원들이 추궁을 해와서 붙잡히게 돼서 맨 첫 번에. 그건 아주 죽마지우인데, 어렸을 친구인데, 그런 걸 써 줬겠는데 역시 나도 그것을 저쪽에서 뒤로 총을 쏘고 돌아오니까 내가 맨 먼처에 그걸 꺼내서 논바닥에다가 이렇게 논 그 흙 안에다가 이렇게 파고서 잡아넣어서 없애 버리고 말았어. 출장증명서를. 여기서 나만 잘못됐지 그 친구, 친구가 잘못되는 게 안 돼서 그렇게 해서 해보지만. 그때 그 검열원이 나왔던 사람이 일본에도 유명한 김사량이도 나올 金史良라는 김사량. 최명익^{崔明翊}이라는 또 유명한 작가가 있어요. 최 명이라는 건 밝을 '명'자고 나래 '익'자인데 나래 익자는 설 '립' 立の字 위에다 は, 羽^{はね}の 최명익이.[5] 그 다음에 송영^{宋影}이, 송이란 송나라 송자에다 그림자 영 影という ^{그림자라는} 시나리오 작가.

세리카와 송영.

구상 송영. 그거 아주 유명한 사람이에요. 그 다음에 이제 한 사람 더. 여기 와서 죽은 김리석^{金利錫}이.

세리카와 김이석

구상 김리석, 利益の利, しゃく は錫との ^{'이익'할 때 '이', '주석'할 때 '석'},[6] 그런데 그 김이석이 죽기 전까지는 내가 그 말을 발표를 못했어. 거기서 왔다고 그러면 오해할라 내한테 검열원으로 왔다가 그 사람 일사후퇴 때 넘어왔거든. 그래 친구로 우리가 서로 잘 지냈는데 그 말을 발표를 하건은 그 사람에게 행여나 누가 될까

---

5 설 '립(立)' 자 위에다 날개 '우(羽)'. 立の字(맥락상 じ인데 발음을 ひ と 라고 하심).

6 김리석 이름의 한자를 설명하다가 다른 주제로 건너뜀.

발표를 못하다. 그 죽은 다음에 내가 그 발표를 했어. 김리석이가 그때 왔댔어, 검열원.

그래서 나는 탈출을 했죠. 뭐 그다 그래서 연천에서 또 붙잡혔으나 여러 가지 뭐 말은 다 할 수가 없고 참 우연히 살았어. 어떻게 우연히 살았는가 하니 그 仮の牢屋임시의 감옥, 유치장이 있는데, 그 옛날 그 일본시대에 저 金融組合の倉庫や금융조합의 창고나 농민 창고야 그게 이제 유치장을 이렇게 저기 借りの임시의 유치장을 만들었는데 연천서 이제 별 수 없다고 날 뭐 취조도 안 하고 연천 소장도 내가 아는 사람인데 만나주지도 않아. 어릴 때 젊었을 때 아는 군인인데. 아니 어렸을 때 아는 군인이지 그때 젊었으니까 그런데 안 만나죠.

그러더니 뭐 나도 시베리아로 가누나 그저 그렇게 생각하고 있는데 하루는 그러니까, 그 조금 만져서 종이 하나가 없나 그릴까 봐. (종이 찢는 소리) 뭐 내 얘기, 옛날 얘기 재미도 없는 거 같아가지고.

시라카와 재밌어요, 재밌어요.

구상 근데, 그러니까 이게 창고라 하면 이게 한 6갠가 5갠가 있을 거야. 이거는 이제 그 아주 창살을 맹기래가지고만들어가지고 이건 중죄인들 중죄인들을 여기다 넣고, 이건 잡범들, 잡범 잡사한 인들을 갖다 여기다가 이제, 하는데. 여기에 나는 여기 들어 앉았댔는데 여기에, 여기에 무슨 그 도박꾼들이 붙들려 왔어. 여기 뭐 또 남한 가다 붙들린 사람들이 맨 마도 쭉 있고 이러는데 크지 그거 뭐. 이 도박꾼들이 며칠 붙들려 왔는데 그게 그 뭐라 저기 저 그 호열자虎列刺, 코레리콜레라, 그래 그래 그래 伝染病

전염병 그 전염병이 난 뭐야 밤에 앓더니. 근데 그 전염병은 모두 거기서들 무서워하고 더구나 그 소련 주둔 군인들이 그걸 아주 대 아주 무서워하고 질색들을 하니까 앓고 낑낑 대더니 의사가 와보더니 아마 호혈자다 이렇게 된 모양이지? 그게 코레라 병이다 그러지. 그러니까 와서 그 다른 사람이 온 게 아니라 그 소위 로스께露助[7] 그 소련군들이 전부 왔어요. 와가지고는 소독들을 하고 단 사람들 돌아내고 몰아내고선 그걸 전부 소독을 한 거야. 그래서 여기서 웬만한 건 다 뇌주고 나는 여기로 말하면 사찰과장 그러니까 수사반장 그 옆방에다 갖다, 갖다 집어넣었어. 수사반장 옆방에. 그러니까 수사반장 방하고 이게 수사반장 방이라면 여기가 또 조그매야 되는데 잘 못 그렸네. 요만한 데에다 갖다 넣었어, 우선. 그게 사찰과장이라고 그러는 사찰과장에 사찰이라는 게 저 시소항을 다루는 사찰, 사찰과장 옆방에다 여기다 갖다 넣어 놨는데. 여기도 문이 하나 있고 여기도 문이 하나 있고 여기 그러니까 보초가 앉아 있어. 낭하廊下지 이게 낭한데. 이제 아마 여기서 한 이틀인가 3일인가 밥 갖다 주고 먹고 있고 여기 들어도 못 가고 고여 있는데 어느 때 아마 4시쯤 됐을 거야. 아마 청인 같이 근데 지금보다 조금 더 지나서지. 1월 한 하순일 텐데 여기서 오래 있다 여기 끌려 들어가는데. 딱 그때 시베리아 가는 줄 알았는데. 하루는 오후가 됐는데 오줌이 마려워, 저녁때. 그래서 어 이리 나갔지 나가서 오줌 누러 가겠다는 말을 하려고. 소변을 보고 싶다는 말을 하려고 왔

7　러시아인의 멸칭

더니 아무도 없어 여기. 근데 이 문은 난 열리는 줄 몰랐는데 이것도 한번 열어보니까 열려. 근데 여기 보초가 없어 말이야. 보초가 없어서 그대로 그대로 변소로 갔지. 오줌은 마렵고 어떡해. 그래서 변소를 갔어. 변소를 가니까 그때 생각이 나. 이게 무슨 마지막 기회다 하는 무슨 하여튼 뭐 머리에 오줌을 가서 누려고 그러다가 그 대변소로 들어갔지.

그래서 대변소로 들어갔으니까 그 대변소라는 게 옛날에도 다 그런 일본 이게 일본식 건축이니까 그 아마도 그 판자로 지은 거 아니야 그 板^{판자} 다 해 이렇게 이렇게 되는데 변소도 그 일본식 그거니까 알았는데 보니까 그 대변통 아래는 이렇게 통만 하나 있고선 그 밑에 그 퍼내는 데가 있잖아? 퍼내는 데가 그래 가만히 거기 앉아서도 떨리지만 가만히 그러니까 그게 한 5시 반쯤 될 거야. 그러면 그 껌껌하지 겨울이니까. 그래 먼처에는 대변소 앉았다가 껌껌한데 그쪽이 뭐 비치는 것 같고 그래서 그리로 나왔지 뭐 그리로 저 아래로 아래로 나와가지고, 나와가지고는 이건 뭐 전혀 기적이지, 그런. 그 뭐 어디로 철망을 찾을 길도 없고 새까매졌는데, 새까매졌는데 그 저기 앞에 정문 밖에 하고 거기 보초가 있는데 어떡해 뭐 새까맣긴 새까만데 그냥 나오면서 그 말하자면 동무하는 건 동지란 소리지. 그래 동지, 수고합니다 그랬지 뭐 그러니까 그건 뭐 전혀 정신 아니지 자기 정신 아니야 하여튼 소위 동지 수고합니다. 동무 수고합니다. 그러고서 냅다 나와서 달렸어. 어딘지 어딘지 몰라 어딘지 어딘지 모르고 그 남쪽을 향해 달리다가 어느 뭐 어쩔 수 없이 지금은 뭐 허기도 지고 도저히 어쩔 수 없

이 됐는데 어느 길 옆에서 들어간 어디에 뭐 불이 부치길래비치길래 거길 갔어. 집에 들어가서 뭐 또 잘못돼도 할 수 없다 하는 경지에서 들어갔는데 그때 내가 스물여섯 스물일곱 되는 해니까 그러니까 그 뭐라 저기 한 40된 분이야. 그런데 그때는 요새는 40이라는 건 아주 젊어 보이지만 옛날엔 아주 おじさん아저씨이거든 おじさん이야. 그래 그 아저씨야 정말 그래 저 솔직히 얘기했지. 뭐 저기 붙잡혔다는 얘기를 안 하고, 난 남쪽으로 가는 사람인데 지금 좀 쫓기고 있는데 좀 어떻게 살려줄 수 없느냐고 그러니까 가만히 보더니 아주머니랑 보고 얘기를 하더니 밥도 갖다 주고. 그러면서 돈도 없지 아무것도 다 압수당했으니까 내가 남쪽만 가믄 어떻게 갚겠다고 여기 친척도 있고 그랬더니 그 사람이 그 길 안내를 할 수 있는 사람이야. 그래서 그 밥을 먹고 그냥 밤을 샜는데 어디가 어딘지 뭐 산을 헤매고 어디가 어딘지 전혀 알지 못해. 그 뭐 저기 의식이 절반 없는 상태니까 그냥 그 양반만 따라서 왔는데 뭐 어디가 오니까 이젠 다 넘었다고 그러더구먼. 그래 한참 주저앉아서 그 추운데 그냥 떨고 있다가 미군 초소까지 갔어. 그래서 그게 그 내가 탈출 경위야. 뭐 별것도 아니고.

시라카와 운이 아주 좋으신 분.

구상 그렇지? 여러가지로.

4. 월남의 과정 2 4명의 검열관들_{김리석, 김사량, 최명익, 송영}

고노　그때 평양서 내려온 검열관하고 한 번은 만나신 겁니까?

구상　첫날, 맨 첫날 첫 번에 자아비판에 들어가기 전에 규탄할 때 처음에 만났어. 그러니까 오전 중 만났어. 오후부터 이제 자아비판의 시간인데, 自己批判のね?^{자아비판인 거죠?} 그런 시간이 이제 시작되는데 그때 연락이 와서 나를. 이제 널 잡아…… (전화벨소리) (구술자 전화통화) (예 예 조금만 계세요 네 지금 어 아 화장실에 지금 있는데 네 네 전화 하라고 그러죠. 여의도 가게에 있다고 네네네네네. (전화벨소리) (어 안 왔는데 그래 없다 없어 왔어 그냥 그대로 그 그럼) 뭐 그거보다 내 개인 얘기보다 무슨 한국문학이 그렇지.

그리고 뭐 이건 좀 들지 뭐 はぶ茶^{하부차 8} 있는데 はぶ茶 줄까?

세리카와　그러면 이때가 46년이죠?

구상　그러니까 7년 2월에 내가 여기 넘어왔으니까 7년 2월. 그러니까 12월 하순에 뛰어 가지고 한 그러니까 한 2개월 감옥으로 오락가락.

시라카와　최명익이라는 분을 아까 말씀하셨는데, 그 분하고 최정익이라는 사람을 모르시겠습니까?

구상　정익은 없는데.

시라카와　그거 『단층』이라는.

구상　그게 최명익인데, 명익.

시라카와　뭐 인터넷 보니까 몇 군데 최정익이라고 나오는데요, 같은 사

8　하부차(波布茶) : 석결명(石決明)의 씨를 볶아서 말린 차.

람인가요?

구상　그거는 내가 잘 모르겠는데, 최명익 밖에는.

세리카와　그래서 이런 네 분이 와 가지고 뭐 무슨 행위랄까.

구상　누가?

세리카와　그 검열원……

구상　그 중에 김사량, 최명익은 그건 뭐 역시 상당히 좀.

시라카와　(초인종 소리) 누가 오신 것 같은데.

구상　김리석이고. (인터폰에) 조금 계십시오 지금 변소에 들어가 여기 저기 들어오. (아내분을 향해) 누가 왔다.

세리카와　이때 이 사건에 대한.

구상　그 사람들은 별로 그 상당히 온건한 얘기들을 하고, (전화벨소리) 아니 될 수 있으면, 아니 굴론 뭐. (수화기에) (구술자 전화통화) (어 그래 그럼 저기 왔어요. 예, 뭐 되는 대로 해야지 어떻게 그래 그래서 저 이거 어떻게 연말을. 그래 하여튼. 그 뭐라 그 최선으로 해서 연말을 좀 더 좀 애를 써주세요. 아, 어. 그 글쎄, 뭐 그때부터 한 번 하기로 했으니까 해야지. 예. 1월달에. 예. 예. 예. 그렇게 합시다요. 예 그래 그러고서 또 송별회가 한 번 만나야지 아니 송년회 때 가서 뭐 그 집이 뭐 요새 밤낮 쫓기면서 그렇게 하죠. 춘풍 춘풍 대타 한 사람같이 얘기를 해 그런 게 아니 저건 조금 어떻게 책은 돼요? 아이고, 고맙다. 결국 사진 내놔도 될 수 없는 걸 가지고 글쎄, 별 수 없는 걸 가지고 나는 사람만 누구 주면 놀리게 해서 그래 그럽시다 이게 그럽시다. 예 그렇게 합시다. 예 예.) (통화 끝)

구상　그 송영이라는 사람이 제일 그렇게 아주 혹독한 사람이었어요. 그건 뭐 후에 들은 얘기지만 김사량이나 최명익이는 김리석이 나보고 그러는데, 얘기가 그러더래. 김리석이 이제 후에 술

회인데 그 述懷술회인데 김사량이나 최명익은 그 여기선 구具, '구'만이 시 쓸 사람인데 그러고 그러더라고. 그래 근데 말하자면 그 내게 좀 예술성이 있는데 그런 그런 얘기겠죠. 그런 나도 그때 스스로 생각해도 저기 본래 타고난 그 내 그 성정의 성정, 그 캐락타캐릭터에 속하는 거지만은 그 여기 그 「예명도여명도」 같은 거 보믄 그, 이게 해방 후 8·15 직후 썼는데, 모든 사람들 그 해방 찬가들을 쓰는 편인데…… 좀, 나 스스로도 이게 뭐 그런 거 안 당하게 됐어요? 이게 다 거기 나온 건데. '동이 트는 하늘에 / 가마귀 날아 // 밤과 새벽이 갈릴 무렵이면 / 〈카스파가스파〉마냥 수상한 이 거리는' 〈페페 르 모코Pépé le Moko〉[9]의 그거지? 불란서의 저…… 가스파. '카스바 마냥 수상한 이 거리는 / 기인 그림자 배회하는 무서운 골목……. // 이윽고 / 북이 울자 // 원한에 이끼 긴 성문이 뻐개지고 / 구레이구렁이 잔등같이 독이 서린 한길 위를 // 횃불을 든 〈시빌〉이' 예언자[10]란 소린데, '깨어라! / 외치며 백마를 날려 // 말굽 소리 / 말굽 소리 // 창칼 부닥치어 / 살기를 띠고 // 백성들의 아우성 / 또한 처연한데 // 떠오른 태양 함께 / 피 토하고 // 죽어가는 사나이의 미소가 고웁다.' 이런 건데, 이게 뭐, 이 한 줄만 봐도 그럴 수밖에 없는 게 거기서 이런, 그때 모두 남한이나 북한이나 다 해방 찬미들만 하고 있는데 '동이 트는 하늘에 가마귀 날아' 그러게 벌써 그런 그리고 더군다나 '밤과 새벽이 갈릴 무렵이면 카스파마냥 수상한 카스파처럼 수상한 이 거리는 긴 그림자

---

9   1930년대 프랑스 영화의 고전 중 하나.
10   '시빌'이라는 단어가 '예언자'라는 뜻이라는 설명.

배회하는 무서운 골목' 헀으니까 이게 다 무슨 소련군이 와 있
는데 거기에 대한 내 비유니까 그들이 뭐 그렇게 날 지탄할 만
허지, 지탄할 만해요.

그런 그러니까 뭐 더구나 '떠오는 태양과 함께 피 토하고 죽어
가는 사나이의 미소가 고웁다' 이런 거 같은 것도 그들로 보면
은 이것은 환상적이고 하여튼 7개의 관사가 붙었으니까 7개
무슨 반역사적, 반환상적, 악마주의적, 무슨 퇴폐적, 하여튼 7
개의 관사가 위에 붙었는 뭐 그리고 여기도 그때 거기 나왔던
것 중에 또 여기 「길」이라는 작품이 있는데, 「길」이라는 거 또
어디 있을 거예요 그런데 그런 것도 그들에게 아주, 그들로 보
면 아주 안 돼 있는 게 뭔가…… 「길」이라는 게 여기 있어.

세리카와 제가 여기에다 ○○○를 갖고 있거든요.

구상 어, 그래. 거기 있어.

세리카와 여기 있습니다.

구상 거, 많이 가지고 있는데? 그래, 그래, 그래.

'이름 모를 귀양길 위에 / 운명의 청춘이 / 눈물겨웁다. // 보행
의 산술도 / 통곡에도…… / 피곤하고 / 역우役牛의 / 줄기 찬 고
행만이 // 슬프게 / 좋다. // 찬연한 계절이 / 유혹한다손' 이게
뭐 찬연한 계절이라는 게 그런 셈이지. '이제서 / 역행의 역마
를 / 샀낼 용기는 없다. // 지혜의 열매로 / 간선揀選받은' 이게
문제지. 말하자면 그저 지혜의 열매 알죠? 저기 뭐라, 저기 선
악과 그 설인데 그걸로 선택받은 입설에다가 식기食器만을 권
하면 예양禮讓이 아니고 밥만은 말이야. 소위 밥만을 권하는 것
은 빵만을 권하는 것은 내게 빵만을 위주로 물질만을 위주로

살라는 것은 예양이 아니고 말이야. 그러니까 유물론적인 그것을 나에게 권하는 것은 그 내에게 예절이 아니다.

'로정路程이 / 변방에 이르면 // 안개를 생식하는 / 짐승이 된다.' 이랬거든. '뭇 사람이 돈을 따르듯 / 불운과 고뇌에 홀리워 // 표석도 없는 / 운명의 청춘을 가쁘게 / 가다' 그랬는데, 이건데, 저 사람들이 뭐라고 비평을 하는고 하니, 이 빵만으로 빵이 없이 안개를 생식生食한다니까 이거야 말로 얼마나 비과학적이며 비, 정말 환상적이냐 이런 거지. 그러더니 근데 그들로 보기에는 뭐 나를 그렇게 정말 결정서를 내게 해서 그렇게 하는 게 마땅한 얘기지 뭐 거기에 결정서 내용도 여기 있어요. 여기 어디.

시 세계의 외부적 자장磁場
문학적 · 지적 만남의 흔적

1. 『함흥북선매일신문』 기자 시절 교류한 문인들

구상   실린 거랑 ○○○ 실린 작품들인데

세리카와   그리고 이거를 계기로 해서 그『응향』논쟁이 일어난 (건가요?)

구상   그렇죠, 이제 남한에 오니까, 그렇지, 남한에 오니까, 여기 아직
문학가동맹이 있을 때니까 그 문학가동맹에서 그것을 실었어.
소위 레닌그라드 사건과 스위 소련에 있어서도 똑같은 이 사건
이 일어났거든, 하나의. 근데 그걸 모방을 한 사건이죠. 레닌그
라드 사건 그 자체와 그걸 합해서 둘을 실었어.[1] 그러니까 그것
이 이제 남한으로 날 따라온 셈이지. 그래서 그래가지고 내가
이제 남한에 들어가게 돼, 남한의 문단에 들어가게 되는 거지.

세리카와   바로 그 논쟁 일어났을 때 선생님도, 같이.

구상   네, 「북조선문학여담北朝鮮文學餘談」이라는 걸 썼지요, 내가 여기
서. 어디다 발표하기도 했어. 그래서『해동공론』이라는 데. 그
래서 이제 남한이라는 문단에 자동적으로 들어간 셈이지. (웃

---

1   조선문학가동맹 기관지『문학』3호(1947년 4월)에는 시집『응향』에 관한 결정서 및 비
판의 글과 이 사건과 결이 같은 소련의 잡지『별』과『레-닌그라드』에 대한 결정서 및 비
판의 글이 함께 실렸다.

음) 이거 뭐, 내 얘기 그거. (웃음) 뭐 그렇게 흥미스러운 얘기도
아니고 다 옛날 전설 같은 얘기인데.

세리카와 거기, 거기 다 괜찮아요.

시라카와 8·15 전에서는 서울 쪽으로 많이. 8·15 전에요, 서울 쪽으로
많이 올라오셨어요?

구상 아니에요. 난 그 함흥이라는 데서 졸업하고 『북선매일신문』 기
자를 했어.

거기에서 이제 그 신문이나 또 동인지들에 그냥 참가를 했죠.

시라카와 그 월북 문인 중에서 만나신 분이 계십니까?

구상 어디서?

세리카와 그때 그 신문기자 하고 있을 때

구상 신문 기자하고 있을 때는 한효韓曉라는 사람이 있었는데 한효.
이 사람이 원산의 평론가였는데 한 曉라는 효자예요. 밝을 '효'
자. 한나라, 한국이라는 '한'자. 그런 사람들 뭐 몇 사람들 있죠.
뭐 함흥북선매일사[2] 백석白石이라고. 김동명金東鳴, 작고한 여기
서, 작고한 김동명도 만나고.

시라카와 이용악이라는 분은……

구상 그분은 여기 와서 만났어요. 여기 와서 이병철이, 이용악, 여기
다 와서 만나고 오장환이 다.

시라카와 김기림이라든가 정지용.

구상 김기림도 여기 와서 만나고 정지용도 만나고. 김기림은 여기
있을 때니까 그럼. 김기림은 특히 나하고 같이 지금 중앙대학

---

2 『함흥북선매일신문사』. 1942년부터 1945년까지 함흥에서 발행되던 지역 신문사.

내가 근무하는 옛날에 서라벌예술대학의 전신인 무슨 예술학
원이 6·25 전에 있었는데 거기 같이 강의를 같은 거 시간에
나가 하기도 했어.

세리카와   백석은 그때 뭘.

구상   그저 영생 함흥에 그건 옛날 얘기라. 함흥에 영생중학교 교사
를 했어.[3] 내가 신문 기자 할 때.

(구술자가 자리를 비운 사이 면담자들 간 일본어로 상의 중) (새소리)

시라카와   선생님, 그 당시에 『단층』 잡지에 동인……

구상   나는 관련 안 했어요. 거기에 없어 그건 평양이니까 평양 원산
하고. 원산에는 『초원』이라는 게 있었어. 草原くさはら라는 草原
そうげん이라는.[4]

시라카와   역시 동인잡지

구상   예예, 그런 게 있었어요.

시라카와   그럼 최명익 씨 같은 분하고 만난 건 검열원……

구상   네, 그때 뿐이에요. 그때 뿐이에요. 오히려 그 여류 소설가 이선
희나 이런 사람들은 원산에서 만났는데 이 사람은 원산 사람
이 원산 사람에게 시집을 오고 그래서 연극하는데

세리카와   착할 선 자.

구상   착할 선 자, 빛날 희 자, 그 빛날 희 자, 선희. 최정희라고 하는
그 희 자.

---

3   백석이 근무한 곳은 함흥 영생여고보(영생여자고등보통학교)였다. 1936년 4월부터
약 2년 남짓 영어교사로 근무했다.

4   구술자가 '草原(초원)'을 일반적인 발음인 そうげん와 훈독 발음인 くさはら 둘 다 언
급함.

세리카와　그러면 이선희 씨는 뭐 이때

구상　해방 후에도 만났는데

세리카와　해방 후에는 그러니까

구상　해방 후에도 그 사람이 저기 올라와서 이렇게 월북을 해서 만났는데 뭐 아직 그때 전에 무슨 공산주의적 그런 거는 이데올로기적인 면은 없는 사람이고.

세리카와　그때 또 무슨 소식이 무슨

구상　전혀 없었지.

박영희라는 사람의 부인인데 그 사람이. 아니, 연극하는 박 누구의, 원산 사람……[5] 이름도 이제 잊어버렸어, 지금.

시라카와　같은 박씨는……

구상　아니, 이선희, 이선희의 남편이.

근데 무슨 그런 문단사가 무슨 재미나나, 문학이. (웃음)

시라카와　저거 아주 귀중한 거예요. 어디에서도 볼 수 없는.

고노　해방촌에서 가끔씩 서울로 올라오는 일은 있었(나요?)

구상　예, 있었죠. 있었지만 그거 뭐 오장환 정도 만났지만 그때는 그건 내 이중섭李仲燮이라고 내 친구가 있는데 내 그림 그리는. 오장환이하고 아주 친했어.

시라카와　김광균 시인이라든가 서정주 시인.

구상　그건 다 해방 후에.

시라카와　이름 정도로……

구상　예, 그럼요 그럼요.

5　소설가 이선희의 남편은 극작가 박영호이다.

세리카와 백석 시인은 그때도 이렇게 동인지에다가 시를 발표하고 있었
습니까?

구상 그분은 안 했어요. 그분은 아주 그 좋게 말하면 무슨 데미지즘[6] 같
은 걸 가지고 있었다고 할까. 아주 결벽가였어요. 소련 말도 잘하
고 소화를 아주 잘 하는. 아주 결벽가였어요. 좋은 시인이었는데.

세리카와 그럼 그『사슴』이라는 시집 갖다가 낸 후에는 별로 뭐…… 이
렇게 활동 안 하고.

구상 예, 활동 전혀 안 했어요.
더구나 그 영어 가르쳤으니까 그 사람이 입교인가 동지사인가 아
마 거기 나왔을 거예요. 저 내가 지금 정확히 기억을 하는데 어디
동지사 어디 그런 데 나오는데 아니 동지사, 도도시샤^{同志社大学}[7]

시라카와 도쿄면 릿교^{立教大学}. 릿교죠.[8]

구상 입교든가? 입교든가 동지사든 건 모르겠어. 나도 나도 그 정확
치 않아, 지금. 저 하여튼 영문학 뭐 가르켰어^{가르쳤어} 영어 영어
영문학이 아 영어지, 영어. (웃음)

고노 근데 정지용하고는 언제쯤에……

구상 여기 올라오자마자 그 사람이 캐솔릭^{카톨릭}이니까, 정지용이. 그
리고 교양신문사에 있고 그러니까 뭐 나도 캐솔릭이고 그래서
아주 뭐 금방으로 만났죠

시라카와 어렸을 때부터

---

6 청취불능. 들리는 소리 그대로 기록.
7 同志社大学 : 일본 최초의 사립대학 중 하나. 1875년 설립. 윤동주 시인과 정지용 시인
의 모교로 캠퍼스 안에 두 시인을 기리는 시비(詩碑)가 있음.
8 立教大学 : 1874년 미국 성공회 선교사에 의해 설립. 일본성공회에 속한 기독교계 대학.

구상　예, 나는 아주 어렸을 때부터 캐솔릭(이에요).

고노　선생님, 원산에 계셨을 때도 역시 정지용은 대단한 시인이다 그런 거 있었습니까?

구상　글쎄. 물론 뭐 훌륭한 시인으로 알았지만, 훌륭한 시인으로 알았는데……

나는 그 젊어서부터 뭐 저기 극히 공부도 종교학을 했듯이 그렇게 형이상학적인 인식의 세계 이런 데 그 취향을 가지고, 뭐 시 첫 번 출발부터가 전부 그렇지 다 출발부터가 그래서, 네, 그래서 이제 일반적인 그 사람 벌써 그때 그 쉽게 말하면 어떻게 되는가 하니 이래요. 『문장』이 벌써 창간될 때 자체부터 여러분들 시인들의 경우도 그 소설은 물론이지만 시인들도 소위 상징주의나 소설의 낭만주의 자체들도 벌써 거기서 거부당해, 이거 일본 통치하에서 그것은 벌써 금지다. 왜 그런가 하니 낭만이라든가 어떤 상징주의라는 거 뭐 구체적으로 해서 무슨 이육사니 이상화니 하는 사람들 말이야. 김광섭이니. 이 낭만이란 자체는 벌써 그 어떤 레지스턴스라는 걸 갖잖아요. 네? 저항을. 어떤 프로테스도^{프로테스트} 하는 걸 갖게 되거든. 그러니까 벌써 그것 마저도 다 이렇게 거절된 상태에서 오직 남은 게 이제 어떤 역사성을 자기안에서 완전히 배제시켰을 때 자연의 찬미 자연의 묘리. (전화벨소리) (네, 네네 조금만 계십시오. 네네. 전화, 전화.) 그러니까 정지용이 백록담에 벌써 들어간 후이지. 백록담의 세계 그러니까 완전히 그 자연 찬미나 자연의 그런 걸 그 보츠뉴^{没入}라고 그러죠? 자연에 이렇게 몰입해 이렇게 들어갔을 때 그러니까 이제 거기서 나오는 시인들도 이 박목월, 조지훈 무슨 박두진도 벌써 묘지 성인이 박두진 마저도 그때 벌써 이제 그 자연의 어떤 그 귀의라고 그럴까 이런 세계만이 남았을 때니까 나는 그때 거기 이렇게 들어갈 벌써 여지가 없을 때지 나의 어떤 시 세계 가지고서는 그들과 이렇게 거기에 들어갈 새가 없었을 때.

2. 구상 시인에게 영향을 준 시인들

고노　선생님, 제일 영향을 받은, 선생님에게 영향을 준 시인이라든가 그런.

구상　글쎄. 뭐 캐톨릭 시인으로선 그.
아마 종교적 시는 뭐 프란시스 톰슨Francis Joseph Thompson[9]이라고 영국에 있죠? 프란스 톰슨. ○○○「하늘의 사냥개천국의 사냥개」라고. 폴 클로델Paul Claucel.[10] 일본 대사로도 와 있고 그랬었는데…… 그분. 그런 게 받았죠. 그게 뭐 일반적인 의미에서 보드레르Charles Pierre Baudelaire[11] 같은 사람에게서 나는 아주 많은 영향을 받았죠. 릴케Rainer Maria Rilke[12]도. 물론 그랬고요.

세리카와　근대 시인한테는 별로……

9　프랜시스 톰슨(1859~1907) : 영국의 시인, 가톨릭 신비주의자. 대표 시 「천국의 사냥개(The Hound of Heaven)」.

10　폴 클로델(1868~1955) : 프랑스 외교관, 시인, 극작가, 수필가. 1921~1927년 주일본 프랑스대사관 대사 역임.

11　샤를 피에르 보들레르(1821~1867) : 프랑스의 비평가, 시인. 대표시집 『악의 꽃(Les fleurs du mal)』.

12　라이너 마리아 릴케(1875~1926) : 프라하 출신의 오스트리아 문학가, 시인. 한국의 유명한 시인들이 그의 영향을 받음. 대표작 소설 『말테의 수기』.

구상   요새 제일 아주 충분하게 생각하는 사람은 불란서에 자크 플

로베르Jacques Prévert,[13] 플로베르 같은 그런 사람, 아주 충분하게

생각하고.

세리카와   거기 선생님

구상   오든Wystan Hugh Auden[14] 것도 좋아해요. 나는 다른 사람보다 오든 거.

시라카와   오덴.

구상   아니 오든 오덴 말이에요.

3. 니혼대학日本大學 전문부 시절

세리카와   저 41년에 거기 일본대학에 있고 종교과로 가셨죠?

구상   전문부.[15]

세리카와   예, 졸업하셨다고 하는데 그럼 종교과를 갔다가 거기 가신 동

기라는 것도 역시 그런 종교적인……

구상   난 종교적인 분위기에서 자라났거든요. 그래서 중학 과정도 신

학교에서 했거든요. 베네딕토회 신학교[16]에서 순전히 종교적인

분위기에서 자랐죠. 그래서 어려서 우리 집이 이제 서울에서 집

은 뭐 옛날에 그 恩給(구법에서, 공무원의) 연금라고 그랬는데 연금, 연

금이 붙은 아버지가 관리가 아버지가 그 일본통치시대에 뭘 하

---

13 자크 프레베르(1900~1977) : 프랑스 시인, 시나리오 작가. 유명 상송 「고엽」의 작사가.
14 위스턴 휴 오든(1907~1973) : 영국의 시인, 비평가, 극작가
15 구상은 1941년 일본 도쿄의 니혼대학(일본대학) 전문부 종교과에 입학하여 그해에 졸
    업했다. 전문부에는 1~2년의 단기 교육과정이 있었다.
16 1938년 원산 덕원 성 베네딕토회 수도원 부설 신학교 중등과를 수료함.

셨는가 아니 지금 그 경찰관 양성소에 그러니까 이걸 순사 교
습소라고 그러는 요새 경찰 무슨 전문학교 경찰학교의 한문교
사로서.

세리카와 일본에서 거기 대학 거기 전문부 시절에는 동경에 어디에서
사셨어요?

구상 나카노中野도 있고 세타가야世田谷도 있고 그랬어요. 나카노에,
초기에는 나카노에 살았고, 쇼와도리昭和通り라는 데서. 근데 그
저 그거 있는……

시라카와 제가 아주 근처에 한 때 있었어요.

구상 그 뭐 거기 있죠, 아니 뭐 뭐 뭐 있는데, 쇼와도리 있죠, 아니 일
본 왜 그 마쯔리 동네 그거 뭐라고

시라카와 아라이야쿠시新井藥師

구상 어, 예, 거기 야쿠시藥師 (웃음) 고 옆에. 그래그래 (웃음)

세리카와 혹시 이때 일본 역시 갔던 종교과 전문부에 있다가 지금 이곳
에서 그 평론가 사코 준이치로佐古純一郎[17]라는 사람이 있는데요.

구상 그 사람은 모르죠.

세리카와 그 사람도 여기 종교과 전문부 졸업한 사람입니다.

구상 몇 년이나, 몇 년대?

세리카와 이 시대입니다, 바로 바로 이때입니다.

구상 그래요. 그 사람 무슨 저 절집 사람인가?

세리카와 아니죠. 그러니까. 아, 예예.

구상 절집 사람이 무슨 그래 대체적으로 그때 그 무슨 お寺[18]의 무

---

[17] 사코 준이치로(1919~2014) :. 문학평론가. 1941년, 일본대학 법문학부 입학.

슨 계승할 그런 걸 저 뭐라 그래요? 저 아버지를 受け継け, 受け継ぐ계승하는하는 그……[19]

시라카와 후계자

구상 예, 그 후계자인데 그걸 보수사…… 坊守師[20]라고 그랬는데, 그런 あと継ぎ후계자하는 사람들이 많이 와서 있었고.

시라카와 종교학과 하는데 대게 그러면 여러 중이 되는 사람도 있고 또 기독교 관계자도 있었죠?

구상 뭐, 그때의 그 종교학이라는 것이 가차假借된 학문이고 그래서 뭐 팔 할이 전부가 불교 그 경전의 주석, 그게 팔 할의 공부라는 건 불교 경전의 주석이지.

4. 독서 이력

세리카와 그때 역시 거기 독서가였다고 하시는데 ○○○[21]

구상 글쎄, 그 아까 얘기대로 학교에서 배우는 건 제일 중요한 게 물론 무슨 '종교학개론'이라든가 뭐 이런 것들이 종교 철학이니 종교 심리학이니 뭐 이런 게 있지만은 팔 할은 공조 종교 불교 경전의 해석 주석이고, 그 다음에는 일반적인 독서는 뭐 그때…… 그때는 뭐 학생들 다 대체적으로 여러분들도 잘 아는

---

18 お寺: 사찰 또는 절을 의미하며 일본에서는 주로 '불교 사찰'을 의미한다.

19 受け継け는 틀린 표현이며, 구술자도 바로 受け継ぐ로 바로잡았다.

20 坊守師(ぼうし)는 스님, 또는 사찰의 승려를 의미하는데, 구술자가 잘못 알고 있었던 것으로 추정된다.

21 구술자의 다음 말과 겹쳐서 안 들림.

지 모르지만 그 저 누구야 저…… 처음에 제일 빨려든 게 저 『三太郞の日記』,[22] 『めじろへ』[23] 그 다음에 『出家とその弟子출가와 그 제자』[24] (웃음) 그 다음에 뭐 우리 아들…… 뭐야 저, 『死線を越えて사선을 넘어서』 그것뿐도 아니지 무슨 '빈부 物語'[25]로 해서 그런 식으로 그건 인문의 종사자들 뭐 『書齋の窓から서재의 창에서』[26] 그런 거다. 그때 뭐 그 다음에 조금 후기지만 뭐 三木 淸미키 기요시의 『인생론 노트人生論ノート』, 『철학 노트哲学ノート』 그런 거 그때 그런 그건 자연과학, 과학에 있는 사람이나 사회과학에 종사하는 사람이나 인문과학에 종사하는 이나 전부 공통으로, 공통으로 그, 그 다음에 西田幾多郞니시다 기타로의 『善の研究선의 연구』[27] 그런 것이 뭐 그때 아주 유행하던 서적이니까 뭐 그 의례 그건 대학생이면 읽어야 되는 걸로 알고 그리고 뭐 그 저 『사상전집』하고 『문학선집』이 있어가지고 『세계문학선집』 세계사 다 됐는지 판단이 있어서 그건 뭐 모두들 다 한 번씩 모두.

시라카와　　그럼 일본문학 같은 것도 많이 읽으셨겠네요?

구상　　이제 일본문학도 읽었죠 그 뭔가에 일본 시인들 것도 그런 시인들 것도 많이 읽었죠.

22　『三太郞の日記』: 일본의 철학자이자 문학 평론가인 阿部次郞(아베 지로, 1883~1959)가 1914년에 발표한 수필집.

23　蔵原伸二郞(くらはら しんじろう)의 『目白師(めじろし)』(1939)를 잘못 발음한 것으로 추정.

24　『出家とその弟子』: 倉田百三(쿠라타 햐쿠조, 1891~1943)가 1917년에 발표한 희곡 작품.

25　『貧乏物語』(가난 이야기). 河上肇(가와카미 하지메, 1879~1946)가 1916년에 쓴 저작.

26　『書斎の窓から』(日本評論社, 1932): 河合栄治郞(카와이 에이지로, 1891~1944)가 쓴 문학에세이.

27　『善の研究』: 西田幾多郞(니시다 기타로, 1870~1945)의 철학적 사유를 집대성한 작품으로, 일본 철학의 기초를 세운 저작으로 평가됨.

시라카와　제일 인상에 남으신 게 어떤 거예요?

구상　역시 그, 그 사람이었죠 나는 제일 좋아해. 그 단가시短歌詩는 斎藤 茂吉사이토 모키치.[28] 그 사람 그래도 그 다음에 이쪽 사람은 저…… 어…… 가네코 고세이지? 아니 가네 가네코 고세?

시라카와, 고노, 세리카와　가네코 미쓰하루.[29]

구상　아, 가네코 미쓰하루지. 그 사람 있고…… 하치하라 쇼따로하기와라 사쿠타로[30] 다른 사람들 물론 뭐 저기 그 사람 것도 별로 안 좋아해요.

세리카와　무슨

구상　그…… (새소리, 차 소리) 그때 그 北川冬彦기타가와 후유히코[31]는 이지막으로 한 번 만났는데, 그 사람의 그 뉴 리얼리즘의 얘기들 같은 것을 상당히 나도 공감을 가졌댔어.

그러나 아마 그 금자광청金子光晴, 가네코 미쓰하루かねこ みつはる, 그 사람 게 제일 지금도 시에 인상이 많이 남고 있죠. ○○○에 대한 것도 좀 봤고. 그때 내가 저 그 사람의…… 역시 그 종교적인 차원이니까 나는 금방으로 좀 알아들을 수 있는 그런 그런 게 있죠.

시라카와　선생님 원래 시 쪽으로 관심 많으셨던 것 같은데 소설보다는 시 쪽으로 많이……

28　斎藤 茂吉(さいとう もきち, 1882~1953) : 일본 다이쇼시대 시인, 정신과 의사.

29　金子光晴(かねこ みつはる, 1895~1975) : 일본의 시인, 화가. 일본의 군국주의와 전쟁에 반대하는 활동을 함. 대표 시집 『상어(鮫)』, 『낙하산(落下傘)』.

30　萩原朔太郎(1886~1942) : 일본 근대시의 대표적인 시인이자 평론가. '일본 근대시의 아버지'라 불림.

31　北川冬彦(きたがわ ふゆひこ, 1900~1990) : 일본의 시인, 영화평론가.

구상　　　그렇죠 소설도 읽기…… 애들 뭐…… 우리 難読^{난독}죠.

세리카와　시는 언제쯤부터……

구상　　　내가 어디에다 썼지마는…… 어려서 그냥 우연히 그 뭐 소년 잡지 이런 데 발표한 게 그것이 활자화되기 시작했고, 학생 때도 중학교 때도 무슨 『학우구락부^{學友俱樂部}』[32]나 이런 데 투고를 하면 나고 그래서 그 재미에, 그 재미에 (웃음)

시라카와　일본에 가시기 전에 뭐 중학교 시절이나 많이 보신 것도 역시……

구상　　　그걸 뭐. 『세계문학전집』 그거 제일 봤지요, 뭐.
맨 처음에 제일 우리는 그 아주 감명은 앙드레 지드의 게 제일 우리가 알기도 쉽고 또 자기 안의 마음에 그 내란을 일으켜 심전을 일으킨다고 그럴까? 그 마음에다 내란을 일으키고 그런 이였어요. 나는 사실 뭐 도스토예프스키니 톨스토이니 하는 사람들보다 맨 처음에 앙드레 지드에게 더 많이 나의 안에…… 역시 그 사람에게 뭐 기독교적인 밑받침이 있어서 그랬는지도 모르지 그런 것이 이제 나에게 더 소재로서 가까워왔죠. (혼잣말) …… 유행하던 작가고…… 살아 있었으니까 그 사람들 다 그냥. 그 60년대까지 아마 살아 있었을 거예요. 그 사람들 같은 경우에는.

시라카와　국내 시인의 작품 같은 것도 많이 보셨겠네요, 그러면.

구상　　　그렇죠. 그때도, 그때 원체 뻔하니까. 다 본다 다 봤다고 그래도 과언이 아닌 정도지 뭐 잡지라는 거 뻔하고 작품들도 뻔하니까, 뭐. 뭐, 20개 미만일 걸요. 없지 뭐. ○○○ 20권 미만일 거예요.

---

[32] 『학우구락부』: 소화(昭和)10년(1939) 7월 1일부터 학우구락부사(學友俱樂部社)에서 중학생을 대상으로 발행한 한글 학생 잡지.

시 세계의 외부적 자장

시라카와　주요한 시인의 시를 좋아하십니까, 주요한?

구상　글쎄…… 그건 뭐 초창기의 그분 시는 어땠는지 모르지만, ○○○ ハブ茶はぶちゃ[33]니까 그렇죠.

벌써 우리가 성인이 됐을 때는 그분은 벌써 그 원로급 아니 원로급이 아니고 그 시활동도 안 하고 그랬을 때고 그래서…… ハブ茶예요, ハブ茶.

시라카와　상해 독립신문에다가 주요한 씨 역시 시를 썼다는 얘기를 안 하는데 그런 거는 물론 국외에서만 볼 수 있는 거니까.

5. 공초 오상순의 세계

구상　그렇지. 나는 그 당시의 사람으로는 공초[34] 선생을 제일 존경해요. 지금도 그렇고 지금도 공초 선생님을.

고노　선생님, 공초 선생하고는 어떻게 알게 되셨습니까?

구상　해방 후 넘어와 알았죠.

고노　너무 깊은 사이가…….

구상　네, 됐어요. 네, 근데……

고노　그 공초 선생은 불교쪽 계통이고 선생님은 카톨릭 계통인데……

33　하부차(波布茶) : 석결명(石決明)의 씨를 볶아서 말린 차.
34　오상순(吳相淳, 1894~1963) : 대한민국의 시인, 수필가. 호는 선운(禪雲), 공초(空超). 도시샤(同志社)대학 종교학과 졸업. 원래 기독교 신자로 교회전도사로 있은 적도 있으나 그 뒤 불교로 개종하여 1921년 조선중앙불교학교, 1923년 보성고등보통학교에서 교편을 잡기도 함. 『폐허』동인. 대표작으로 「방랑의 마음」, 「아시아의 마지막 밤풍경」 등이 있음.

구상   글쎄 그……

세리카와 그분도 그래도 종교학을 해가지고 동지사同志社에서.

구상   네 그 사람 사례도 그 양반은 기독교회로부터 불교로 나간 사
        람이고. 그런데 여러 가지 그분은 동방에서도 아주 큰 위대한
        정, 현자賢者 정도의 한국이 낳은 그 참 그 기준이라고 그러는데
        불교 문자로, 그…… 그 아주 대단한 분이었어요. 지금도 아직
        연구를 그분이 더 못해서 그렇지, 어떤 정도의 사람인가 하니
        공초 선생님이 여러분도 후에 한 번 그분을 연구할 기회가 있
        으면 연구를 하면은…… 소위 일본의 그 동대東京大의 비교문학
        회에서도 그런 얘기를 했다고 그러는데 누가, 그 한국의 시집
        을 번역시, 김소운의 번역시를 보니까 다른 모든 서정이나 모
        든 세계는 다 있어. 일본 사람에게 똑같이 일본 시들, 시에 다
        있어 근데 공초 선생의 세계는 없어, 없더라 이런 얘기인데 그
        래서 저…… 오히려 그쪽에서 더 큰 눈으로 보고 있는데 그분
        은 어느 정도 그…… 이 정신적인, 소위 정신주의자라고 할 수
        있는데 어느 정도의 분인가 하니 이래요. 해방 후 그분이 그 영
        어도 어느 정도 하시고 그래요 영어도 하시고 그런 분인데. 해
        방 후 한국의 모든 문학가들은 물론이고 뭐 일반인 말할 것도
        없고 문학가는 물론 종교, 종교가들까지도 전부 현실의 경사에
        이렇게 기울어져. 내가 이 갈을 하면서 이 얘기를 하나 더 해야
        되겠어.
        저에 일본의 그 두산만頭山滿이라는 분이 있어 도야마 미쓰루と
        うやま みつる[36]라는 분이, 그분이 작고를 하셨죠? 작고를 했는데
        그런데 그때 장례위원장이 뭐이 됐든간에 내가 어느 신문 귀

통이에서 읽은 내용인데 葬儀委員長장례위원장가 広田弘毅히로타 고키[36]라는 해군 출신의 수상도 지낸 그 사람이야. 장례위원이. 근데 고향이 같은가 어디 그래. 이 두산만 씨하고 두산만 선생하고 고향이 같아. 근데 그 두산만 선생이 돌아가시고 난 후에 그 장례를 지내는데 전 시가가 메워지고 그러니까 외국 기자들이 그 장례위원장인 葬儀委員長の장례위원장인 히로다ひろた 상에게 물었어, 외국 기자들이. 두산만 선생이 어디가 그렇게 훌륭한가.(웃음) 자기도 어디가 훌륭하다고 말은 못하겠는데 자기가 그런 기억이 하나 있다 이런 얘기야. 무슨 기억이 있는가 하니 고등학교를 졸업하고 이제 동경대학에 붙어서 올라오는 모양이지 히로다 상이 말이야. 아니, 그거 내가 그 고등학교를 제일 고를 붙었다나 봐, 내가 잘 기억이 없는데, 그 히로다 상이 고등학교를 붙으니까 자기 아버지가 그 히로다 상의 내 기억에 의하면 그 집이 그 양조장 집이래. 도가都家양조장 그거 하는데 내가 그 신문에서 읽은 얘기인데 자기 아버지가 두산만 선생에게 편지를 써 주더래. 이 같은 고향 사람이니까 그래 써주면서 이걸 가져가서 니가 동경하면 찾아 봬라. 그래서 이제 올라와서 그러지 않아도 정말 두산만 선생을 찾아 갔대. 히로다 상, 히로다 상이. 그랬더니 니가 장래 뭘 할려냐 그러니까 두산만 선생이 묻더래요. 그러니까 히로다 상이 나는 후에 훌륭한 외

---

35 頭山滿(1855~1944) : 대아시아주의의 입장에서 운동을 펼친 일본 제국주의 국가주의 사상가.

36 広田 弘毅(1878~1948) : 외교관이자 정치인. 일본 제32대 총리. 2차 세계대전 종전 후 도쿄재판에서 A급 전범으로 기소되어 처형당했다.

교관이 되겠습니다 그랬다든가 뭐, 뭐 군인이 되겠습니다 그랬다든가 그러니까 한참 있더니 그래 그거 다 잘 돼라 나는 아무것도 안 될란다 이렇게 (웃음) 이렇게 얘기를 하더래.

그래 그 외국인 신문 기자한테 그래 그 양반은 아무것도 안 한 그 무위의 상태지. 그 爲きず^{하지 않는}의 그 세계인데 그 무위의 상태로서 제일 위대했던 분이라고 이렇게 얘기한 걸 들었는데 그게 내가 기억이 나는데, 그러면서 얘기를 하더래. 두산만 선생이 아니 히로다 상이 뭐라고 그러는 거. 아니 이쪽은 현실이라는 피안이 있고 현실, 현실이라는. 이쪽은 리상이나 정신이라는 어떤 대안이 있다면 岸^{きし} 岸가 요 岸가 있잖아.[37] 그런데 이 배에 배 모든 사람들이 이 현실이라는 피안으로 모두 하겠다는 피안으로 전부 가면 내래도 혼자 여기 앉아 있지 않아야 되겠느냐 여기에 그래야 배가 기울지 않지 않겠느냐 말이야. 이쪽으로 앉아 있어야 되잖아. 그걸 내가 읽은 일이 있는데, 그것을, 근데. 공초 선생이 더군다나 한국 같은 일본의 어떤 지배하에서 이렇게 벗어난다는 이 상태 속에서 모든 사람들이 현실로 기울어졌을 때 이 사람 혼자서 그 이쪽 배전에 앉았던 분이야 말하자면. 해방 후 어느 정도인가 하니 그 저기 그때부터 오히려 그전에는 올백으로 머리를 기르고 계시다가 머리를 깎고 그날부터 자기 집 소위 그런 걸 무정처라고 그러는데 어떤 거처를 일정하게 갖질 않아요. 그러니까 그 출가를 그러니까 その出家を 再確認したわけ^{그 출가를 재확인한 이유} 그러니까 자기의 어떤 출가를 정

신적인 출가를 재확인해. 그리고 아무것도 안 하셨어. 아무것도 안 하시고 하시는 게 뭐인고 하니 오직 그 관혼상제에 다니면서 저 축복이지 기쁘고 고맙고 반갑다는 그런 축복의 말씀만을 노상하고 대니셨어다니셨어. 오직 하신 게 있다면 다방에 나 앉아서 '禪の'선'의' 화두話頭라고 그러지 禪선을 할 때 참선을 할 땐 그 이제 뭘 화두를 주지 않아? 문답을 하는 그 질문을 먼저 던지지 그런 걸 화두라고 그러죠.

말머리를 던지듯이 그 큰 노트북에다가 뭘 쓰시는가 하니 자기를 이거 ○○○ 담배를 잘 피니까. '연기는 스러져서 어디로 갈까' 이렇게 떡 써 놓으시고 젊은 사람들 보고 거기에 대한 자기의 답을 쓰라는 거야, 거기에 대한. 또 '나는 누구일까' 이렇게 노트북 그런 것을 195권을 남기셨어요, 이분이.

고노　　청동……

구상　　참, 그렇지, 『청동산맥』[38]이라는. 그러니까 간단히 말하면 어떤 교회를 가지신 것도 아니고 어떤 절을 가지신 것도 아니고, 어떤 교단 강단이 있는 거 아니야 대학 교수가 된 일도 없어. 말하자면 같은 그 『폐허』 때에 변수주卞樹州[39] 이런 사람은 성균관 대학 교수가 되고 염상섭 이런 사람은 신문사 편집국장이 되

38　오상순은 명동예술극장 근처에 있던 '청동(靑銅)다방'의 터줏대감이었다. (실제 운영자는 연극인 이해랑.) 그는 청동다방을 찾는 사람들에게 종이를 주며 그림을 그리거나 글을 쓰게 했고, 그것들이 모여 청동다방의 '낙서첩'이 되었는데, 이 낙서첩의 이름이 '청동산맥'이었다. 1950년대 중반부터 시작된 이 낙서첩은 10년간 195권의 『청동산맥』이 되었다. 「(권영민의 그때 그곳) 〈9〉시인 공초 오상순과 서울 명동의 청동다방」, 『동아일보』, 2013.3.4(https://www.donga.com/news/Culture/article/all/20130304/53434319/1).

39　변영로(卞榮魯, 1898~1961) 시인의 호.

고 정지용도 무슨 신문사 주필이 되고 이 양반 혼자 아무것도
안 하세요, 아무것도.

세리카와　한때 동국대학교에서……

구상　안 오셨어.

세리카와　잠시동안 가르치셨……

구상　그건 옛날 얘기지. 중앙불전 때 얘기를 하고 해방 전에 중앙불
전에서 가르치셨어. 불교 전문 중앙불교전문학원에서 가르치
셨어. 그런데 해방 후에는 아무것도 안 하셨어.

그리고선 아까 얘기대로 그런 사찰도 아니고 교회도 아니고 대
학 강단도 아니고 오직 찻집에나 하는 데서 나앉아서 소위 형
이상학적인 소위 形而上学的な問答^{형이상학적 문답} 끊임없이 끊임
없이 그렇게 형이상학적인 문답을 形而上学的な問答をさせた
人は おそらく 二十世紀に彼くらいの人が なかったろうとお
もい まちのなかで그렇게 형이상학적인 문답을 하게 한 사람은, 아마도, 20세기에서
그 정도의 사람이 그렇다면 거리 안에서 생각했을 거예요.[40] 소크라테스도 마찬가
지죠. 그런 정도의 그거를 자기의 삶의 보람으로 삼고 계셨으
니까 그러다 가신 거예요. 오늘 어디 가 잔다는 게 한 번도 없고
내가 오늘 어디 가 자느냐 내가 오늘 어디서 뭘 먹느냐 이런 것
이 한 번도 없어 그걸 떠나서 완전히 그 승려에게도 없고 종교
가들에게 더군다나 그건 전혀 없었어. 그런 정도의 정말 시를
자기 스스로 체현했다고 그럴까 자기가 体で表しながら大経^몸
을 씻는 것은 아래에서 위로 올려드리는 큰 경전[42] 산 사람이라고 이렇게 해도

---

[40]　이 문장은 철학적 질문을 던지고 논의하는 장소가 전통적인 강단이나 성스러운 장소가
아닌 일상적이고 평범한 곳에서 이루어졌다는 점을 강조.

과언이 아니죠. 아주 그 대단한 근기 불교에서 말하는 그 인간의 가지고 있는 그 근기가 대단한 분이었어. 정말, 모르겠네. 서양적인 표현을 하자면 아주 위대한 정신이고 위대한 혼의 소유자라고 이렇게 말할 수 있는. 나도 뭐 일본서도 여러 인생의 그런 지도자들을 만났는데 무슨 石丸梧平이시마루 고헤이[42]도 만나고 内村鑑三우치무라 간조[43]도 본 일이 있고 安部磯雄아베 이소오[44]가 본 일이 있고 그런데, 공초 정도의 그 근기는 없었어. 그 승려들 중에도⋯⋯

고노   선생님, 공초 시선 중에서 특히 마음에 둔 시가 보인다 하면⋯⋯

구상   글쎄, 뭐 그 역시 뭐 제일 명작이라고 하는 게 그 「아세아의 밤」이죠.

고노   네. 「해바라기」나 ○○○.

구상   예 뭐 그러나 그 분의 지금은 이제 그 단지들 감각적인 시어로서는 소위 언어의 감각적인 찰나는 없죠, 그분에겐. 그러나 그가 지니고 있는 그 표상, 표상의 그걸 실제라고 그러는데 언어의 표상의 실제는 그 뭐 굉장히 깊은 걸 가지고 있죠, 그래서. 이제 불교적인 관념 용어가 많이 나오니까 그래서 일반에게 아주 그것이 버려지고 있는데 그 시들이 관념 용어가 너무 많

---

41   몸을 씻는 행위가 겸손과 정화를 통해 큰 가르침을 따르는 것이라는 의미.

42   石丸梧平(いしまる ごへい, 1886~1969) : 일본의 소설가, 평론가, 종교사상가. 청년 계몽과 인생론, 종교문학에 큰 영향을 끼침. 잡지 『인생창조』를 통해 대중적 영향력을 발휘함.

43   内村鑑三(うちむら かんぞう, 1861~1930) : 일본의 대표적인 기독교 사상가, 문학자, 성서학자, 무교회주의의 창시자.

44   安部磯雄(あべ いそお, 1865~1949) : 일본의 경제학자, 사회주의자, 정치가, 교육자, 사회운동가. 일본 근대 사회주의와 학생 야구, 평화운동의 개척자이자 실천가로, 다양한 분야에 큰 족적을 남김.

이 나오니까 버려지고 있는데 한 번은 재 연구돼야 될 것이라고 나는 생각해요.

고노 그 공초 선생의 이름 갖고……

구상 예, 「허무혼의 선언」

고노 선생님, 그 양반의 허무는 선생님 보기에는 어떤 허무로 보셨는지.

구상 (웃음) 글쎄, 그건 뭐 그분과의 내가 그걸 해본 것은 그 이제 불교적인 의미의 불교의 어떤 관념에서 말하는 그 '무'인데 내중 나중에는 그, 그 유무 전체를 이렇게 차별을 안 두자고 드셨죠. 유무, 유무 소위 '유무상통有無相通'이라고 그러는데 相通ずる 상통하다 네, 그런 경계에 이르러 계시다고 내가 봐지고. 아주 그 역설적인 그, 그 양반의 사세辞世고 그 辞世のことば 유언가 아주 역설적인데 이건 그거는 내가 들은 건데 그 그 내가 시에만 내가 발표한 건데 그 내 시에서 1963년 6월 3일날 그분이 돌아가셨어. 1963년 6월 3일 그래서 알기가 쉬운데 6월 3일날 한 10시쯤 적십자병원에 내가 만년을 모셨는데 그 적십자병원에, 서대문에, 돌아가신 청담青潭 ㅇ라는 분이 있어요. 청담이라는 이 못 '담'자, 청 '청'자, 청담스님.[45]

세리카와 청담스님.

구상 예, 종정宗正도 지내고 총무원장도 지낸 뭐, 한국 근세의 30년……

세리카와 '담'을…… 선생님, '담'은……

구상 青いと言う字と '파랗다'는 글자와, 연못 '담潭', 三水辺にね 潭と言う……삼수변이 붙어있는 '담'이라는

---

45 청담스님(青潭, 1902~1971) : 1950~1960년대 불교정화운동을 주도해 대한불교조계종의 근간을 마련하고, 수행·교육·포교로 현대 한국 불교의 토대를 세운 선지식인.

시라카와 '서'자.

구상 응? 西서, 그래. 서녘 서 아래에. 이렇게 하고,

고노 백록담白鹿潭.

구상 그렇지, 백록담의 '담' 이렇게.

구상 청담 스님이 오셨다 가셨는데 오셨다 가시고 난 다음에 나보고 날 부르더니 뭐라고 그러는가 하니 아니 일생을 그런 말하자면 그 불교에서 말하는 그 무애無碍라는 게 こだわらずの구애 받지 않는 그 せかい세계지 無害무해라고 그러죠. 무애의 세계에 사시는 분인데 하여튼 모든 걸 다 떨치고 말하자면 뭐 무애의 세계라는 게 자유의 세계에 사시는 분 아니야? 자유를 추구하고 사셨잖아. 宗教的な意味での自由を追究して一生涯かの先生はあの, 一生涯を送ったわけですね. かの先生いわく, 僕に종교적인 의미의 자유를 추궁해 한생 그 일생은 저, 일생을 보내신 거지요. 그 선생님이 말씀하시길 나에게 자유가 나를 구속했구나 그랬어. 그게 辞世い句유언야. 자유가 나의 삶을 구속했구나 그랬어. (웃음) 그게 정말 그 참 파라독시칼paradoxical해도 그렇게 파라독시칼한 얘기가 없지. 本当に彼らしいじせいくだい정말 그 분 다운, 그분의 유언이에요.

3
문학과 삶의 일치를 향한 고투
실존, 수치, 인식

1. 삶의 내면적 분리가 강요된 시대

시라카와   (……)[1]

구상   그 나오신 다음에 만났어. 내가 나오신 다음에 이상한 관계로 만났는데 내가 그 군에서 요청으로 그때 국방부 군에서 요청으로 대북 심리전에 관여를 하고 있었거든. 심리전 요원에. 근데 거기서 모셔와서 두 번쯤 가차이 만났어요. 거기서 모셔와서 만났는데 아주 내 생각엔 아주 おとなしい^{얌전한} 그런 분이었는데 얌전한 분이었는데.

엄밀히 생각하면 나 자신도 마찬가지겠지. 나 자신도 엄밀히 생각하면은, 까뮈[2]의 『전락』에 나오는 그 변호사 이름이 뭐더라 크라망소^{클레망스}지, 크라망소 같처럼 엄밀히 자기를 따져보면은, 나도 마찬가지가 되겠지만은. 그런 분이 어떻게 그런 정도의 이런 의식 내용이 아주 단정한 사람이라고 봬지는데 만나 뵙기는 의식 내용이 아주 단정한 사람인데, 아주 기범 정신

---

1   잘 들리지 않으나 이광수에 대한 질문.
2   알베르 까뮈(Albert Camus, 1913~1960) : 프랑스 소설가, 극작가, 철학자. 대표작 『이방인』, 『페스트』, 『시지프 신화』 등.

도 당할 사람도 없고 그런데. 소위 일본의 지배 말기 시대에 가
미다나神棚, 신을 모시는 선반 앞에 꿇고 그랬다는 것을 도무지 이해
를 할 수가 없어. 그런데 그런 분을 내가 맻몇을 봤어.
최재서崔載瑞라고 또 영문학자, 그 한국에서는 뭐, 아직 뭐 크게
셰스피아셰익스피어 연구라는 것도 일본이 한 지금 坪内逍遥쓰보우
치 쇼요[3]로부터 4기가 됐다면 아직 초기 연구 단계인데 내가 보면
거기에 최재서라는 사람은 빠르지 최재서, 피천득, 이양하 ○
○○ 이게 다 셰스피아 연구자인데 아직 전집 번역도 없지 한
국에는 지금 셰스피아의. 그런데 아주 비평가고 최재서가 아
주, 아주 영리한 분이야. 내가 대구에서 같이 있었는데 피난을
근데 어떻게 그, 그 사람이 이제 황도주의皇道主義 皇道主義황도주의
문학을 제창한 사람이거든.
근데 그 어떻게 자기를 갖다가 이렇게 자기의 어떤 안에 내면
적인 자기 안에서 어떻게 그걸 내면적으로 화해시킬 수 있었는
가. 和解화해 자기 안에 말이야 内面的な和解내면적인 화해를 어떻
게 할 수 있었는지를 내가 알 수가 없어. 정말 그건 나를 보면
그건 어떤 문학의 문제가 아니라 어떤 정신분석학의 대상이 돼
야 돼요. 나로서는 도저히 그걸 어떻게 할 수 있는 지를. 그런데
뭐 엄밀히 따지면 내가 아까 크라망소 얘기까지 했지만은 그
런 걸 엄밀히 따지면 나 스스로도 그거야. 왜 그런가 하니 그 이
'북선매일기자'[4]라는 것이 내가 그 신문사 기자라는 게 그때가

---

3   坪内逍遥(つぼうち しょうよう, 1859.06.22~1935.02.28) : 일본의 유명한 소설가, 평
     론가, 번역가, 극작가.
4   북선매일신문(北鮮毎日新聞) : 일제강점기 함흥에서 발행된 신문. 해방 전후 함경도 지

전부 그게 뭐 기관지거든, 기관지니까. 그러니까 밤낮 전쟁에 말하자면, 전쟁에 대한 선동 전쟁을 あおりたてる ^{선동하는} 하는 그거 징병 그거 밤낮 그거 썼거든 이제 나도. 지금 내가 이렇게 말하면서도 나 역시 신문기사 하면서 단지 그걸 직능적인 상태에서 그걸 썼는데 그렇게 보면 뭐 나도 별로 그 100보 50보 차이지 별게 아닌 건 아니야. 자기 안에도 그게 무슨 화해되고 그런 게 아니고 그저 겉으로 그냥 ○○○ 했단 말이야.

근데 이게 우리의 말하자면 지금 자기의 삶의 내면적 분리, 이게. 이것이 일생 동안 이렇게 특히 외부적으로 강요되어 하는 어떤 우리는 시대 속에 산 사람이야. 외부적으로 자기의 삶이 분리돼서 자기가 그 자기의 어떤 삶에 대한 어떤 진실한 욕구라든가 그 또 진실한 어떤 생각이라든가 이거와 그 현실의 어떤 강요라든가 현실적인 이거가 밤낮 이율배반으로 있어온 것이 아마 우리 시대의 특징일 거야. 그것은 뭐 오늘의 사회 속에서도 있지 오늘의 현실 속에서도 그런.

2. 문학과 삶의 일치, 한국 지식인의 인식론적 결핍의 문제

구상 그런데 그것을 어느 만큼 줄이느냐 하는 것이 언제나 그……
나에게 있어서 제일 그게 가주. 그걸 그거의 일치까지는 아니

역의 언론 활동을 대표하는 신문 중 하나.

래도 그 분리를, 분리를 이렇게 최소한도로 이렇게 줄이느냐 하는 것이 하나의 말하자면 자기의 어떤 상념에 초점이 돼 있지. 그걸 분리 안 시키려는.

고노 선생님, 시 때문에 분리가 아니고, ○○○ 되어 있어야……

구상 그렇지, 일치를, 삶의.

고노 소설가나 평론가보다 좀 많이 갖고 계세요.

구상 예. 그건, 그건 뭐. 더군다나 나는 그 종교라는 게 있기 때문에 더군다나 그렇죠 종교라는 게 있기 때문에 그걸 분리시키는 것이 밤낮 죄의식을 동반시키죠. 그렇기 때문에 이제 문인으로서 나는 수난이 많죠. 또 여기 와서도 또 감옥에 또 이제 ぶち込まれたり 처넣게 되거나 여러 가지 환난을 자꾸 겪죠. 그것을 줄이려고 애를 쓰면 애를 쓸수록 이제 그 현실과의 마찰이 생기지.

시라카와 요새 예술 회원 그만두셨다고 들었는데요.

구상 그것도 별거 아니지 아까 그것도 다 그런 얘기지. 그 자기의 어떤 자기 진실과의 그 행동을 분리시킬 수가 없으니까 결국에 있어서 그것은 남에게, 남에게 그것이 누가 될까 봐 신문에다가 내가 이렇게 말할 때는 이것은 내 성정 소위 캐락타캐릭터의 소치라 그러고 말하고 말아버렸지. 근데 그렇게 밖에는 그렇지 않고 뭐니 뭐니 하면 결국 또 사회적 파문을 점점 더 일으키고 압력이 더 가해 오니까. 불쑥 나고 그랬어. 뭐 별건가.

근데 그 이게 이 한국의 지식인의 이건 문학인뿐 아니고 그 한국인 전체가 로고스적이기보다 파토스적이거든, 전체의. 그래서 그 파토스적인 데서 오는 어떤 판테이즘Pantheism 그걸 일본말로 판세이즘 그러나? 판테이즘 그런 감성적인 차원의 로고스적인 차원이 아니고 저 파토스적인 차원의 범신 세계에 모두 떨어져서 그래서 좋은 게 좋다는 소리 밤낮 들죠? 예? 그 한국 사람들. 그게 그게 그걸 말하는 거예요. 그래서 그 한국에 첫째 제일 없는 게 그 인식론이야. 그 옛날부터 그 어떤 정서로서는 나타나 있어. 말하자면 한국의 고대의 선도 그럴 때 소위 풍유도라든가 뭐 이런 유불선儒仏仙을 넘은 무슨 선도가 있었다고 그러지 않아. 근데 거기에 인식론이 없어. 어떤 실천 윤리 같은 건 있어. 뭔고 하니 '화랑도' 하는 게 이게 실천론이거든. 또 풍류 같은 것이 이런 어떤.

근데 그 소위 로고스적인 창출이 지금 아주 빈곤해. 앞으로부터 물론 아주 없는 거 아니죠. 원효에게 있어서의 여러분들도 알다시피 무슨 '화쟁의 톤'이라든가, '화쟁론'이 알죠? 和, 平和の和, '쟁'은 この〇〇〇に争う 화(和)'는 평화의 '화', '쟁'은 이 변화에 대립하라는 거지. 원효대사 화쟁의 론의 같은 것은 그런 불일부이不一不二라고 그래서 하나가 아니지만 둘도 아니라는, 그런. 또 퇴계나 율곡에 있어서 그 리기理氣의 호발互發 같은 상호발 같은 그러한 어떤 인식론이 없는 건 아닌데, 그러나 고대부터도 그 인식론이 결핍돼 있어. 그래서 아마 우리의 전체 지식인들이 지금 제일 결핍돼 있는 게 그 로고스적인 면이야. 말하자면 사물을 이성적으로 안 보고 이성적인 걸 지탱을 안 하고 금방 감성적인 데 빠져. 좋은 게 좋다는 소리가 그 소리라고 그 별거 아니야. (웃음) 그렇지 뭐 좋은 게 좋다고.

시라카와 그게 언어가 어느 정도 관련이 있는 게 아니겠습니까. 언어의 특징이라는.

구상　언어의 특질에도 물론 있겠죠. 언어의 특질도 있겠고 민족적인 어떤 특성에서도 나오고 있고

고노　그 부분은 일본 사람들도 비슷한. 그런 말 하잖아요.

구상　역시 같은 면이 있으니까 그러니까 어떻게 말하면 합리주의가 완전히 채워지지 않은 상태인지도 모르지 어떤 지도 아직. 嚴密な意味で엄밀한 의미로 그런 면이.

그건 뭐 전부 그래, 우리가 사랑, 지금 3·1 정신에 들어 모든 사상들이 있는데 뭐 있기야 무슨 종교화 된 사상들도 있는데, 그것이 엄밀한 의미의 칸트가 내세우는 순수지성비판에는 못 올라가거든.

순수 이성 속의 인식론이 그렇게 순수 이성으로서 서로 창출이 성립이 안 돼. 그게 아마 나는 큰 약점이라고 봐. 그래서 한국의 모든 문학 작품이나 이런 것도 그런 의미의 아주 감성적 차원에서 많이 다루어지지. 순수한 어떤 소위 감각적 경험 위주가 되겠지. 어떤 인식에서 추구해서 나오는 것들이 많지 않죠. 문학 자체가 어떤 인식의 사물의 인식, 실제에 대한 인식의 추구에서 이렇게 소위 존재의 추구에서 나오는 거 보다 감성적 상태에서 출발하는 게 그게 아마 나의 경우에서는 조금 다른 사람들하고 좀 이제 다른 세계라면. 그래서 어떤 사람들한테는 지금은 뭐 하도 오래 문학을 하니까 아주 문학이 아니라고까지는 안 하지만 시도 아니라고까지 그렇게 안 하지만 그러한 소외감 속에 많이 있긴 있었어. 그러나 뭐 그걸 내가……

고노　선생님, 거기 연작시를 즐기시는.

구상　그것도 이제 내가 그 사물의 어떤 실제를 이렇게 좀 이렇게 더

깊이 하기 위해서. 어떤 존재 속에는 뭐 여러 가지 다면성이 있고 그러니까 그 존재 자체는. 그러니까 실제로 이렇게 자꾸 인식을 이것저것 이것저것 하기보다는 하나를 자꾸 꿰뚫으면 조금 오래오래 이렇게 보고 또 어떤 사물 하나를 깊이 좀 보면 또 다른 사물도 그거와 이렇게 조금 같이 봐지지 않아?

3. 실존적 삶과 문학적 표현, 수치와 인간 존재의 성찰

고노   선생님, 희곡은……

구상   희곡, 요새는 쓰지 못했고 작년에 그……

시라카와   「황진이」

구상   네, 「황진이」. 이제 내가 아까 얘기대로 그런 한국의 어떤 인물 모상 중에서는 그렇게 소위 실존적인 삶을 추구하고 그것에 산 사람의 어떤 표상으로서 황진이 밖에 못 찾겠어. 단 다른 사람들은 전부 그런 실존적인 삶을 산 게 아니고 그런 걸 소위 에토스적인 삶이라고 그러죠. 자기가 선택하고 자기가 결단해서 사는 거. 그런 에토스적인 삶을 사는 것이 황진이로 봐서 나는 그래서 황진이를 작년에 쓴 거죠.

그전에 뭐 「수치」라고 쓴 것은 그건 서구의 실존주의자들에 대한, 특히 내가 까뮈의 그 「오해」라는 희곡이 있어요. 「오해」 그게 「오해」라는 희곡이 뭔가 하는 이런 거예요. 소위 까뮈가 잘 그런 상황 설정을 그렇게 하죠. 저 자기 어떤 실존의 피안을 저…… 안젤리안인가…… 저 어디 어디 열사의 바다 아주 태양이 이글거리는 그 바다에다 설정하지 않아. 거기 가기 위해서 모녀가 그런 그러니까 실존의 어떤 피안에 가기 위해서 거기 가서 사는 실존적인 삶을 영위하는 데 쓰는 소위 돈을 마련하기 위해서 조그마한 동네에다가 여관을 차리고서 이제 그래 그래 여관을 차리고서 이제 거기 오는 사람들에게 독약을 먹여서 죽게 하고서 그 돈을 빼뜰어놓고 그러면서도 아무 범죄의식이 없지 범죄의식이 없어.

근데, 근데 자기 아들 요새 여기 일본 같으면 돈 벌러 한국이나 만주 가듯이 또 영국이나 불란서 애들은 미국을 가지 않아. 그 전에 그래 이제 자기 아들이 떠났는데 돈을 많이 벌었어. 벌어가지고 이제 돌아오면서 그 자기 어머니나 자기 누이 동생에게 크게 좀 기쁨을 안겨주기 위해서 맨 먼저에 자기의 정체를 자기라는 걸 나타내지 않고 거기 투숙을 해 투숙을 하는데 결국에서 이 모녀가 그 아들마저 죽여버려, 자기 아들을. 그런데 그 일본말로 虫の知ら せ은근히 느낌랄까 어머니는 도무지 그 이상해. 아들이 죽고. 죽이면서도 다른 사람과 달라. 근데 다른 결론적으로 얘기하면 이제 그 그러니까 누이 동생하고 자기 맥내 끌고 왔지 그 돈 부자가 돼서 그 오라범 댁이지 그러니까 義理の姉妹의붓자매들끼리 만나가지고 대화인데 자기는 오래비를 죽이고도 자기는 아무런 죄책감이 없다 이런 얘기로 이제 결론이 끝나는 거지. 봤지?

그런데 내가 특히 그 불란서에 현대에서의 그 실존주의를 받아들인 소위 문예사상가들 말하자면 샤르트르라든가 까뮈를

비롯해서 그 불란서의 문예사상가들에게 보면 거기서 뭐 그들은 실존에 이르는 사다리를 불안으로 자꾸 생각을 하는데 내가 보니까 빠진 게 뭐인고 하니 '수치'야 수치. 근데 그 수치를 또 생각하니 우리가 그 창세기에도 그거 있잖아. 창세기에도 비유로 써도 물론 창세기가 하나의 비유로 써 있는 건데 그 인간이 자기의 유한성을 자각하는 거 아니야, 뭐 간단히 말하면. 창세기라는 게 별게 아니고 인간이 유한성을, 자기의 유한성을, 자기가 절대자가 아니라는 상대적인 유한성을 발견하는 게 말하자면 창세기의 비유인데, 그 아까 그 선악과 지혜의 열매를 주고 그래서 이제 깨닫게 되는 건데, 그때 처음에 뭘 했는가 하니 아직 그 소위 神様から^{신께서}라 너는 이렇게 내게 이렇게 범죄를 해서 그런 무슨 삶에 대한 죽음에 대한 고통을 가진다든가 삶에 대한 고통을 가진다든가 어린 애 낳는 산고를 가진다는 거 아직 책벌을 받기 전이거든. 책벌을 받기 전인데 그때 나올 때 어떻게 하고 나왔는가 하니 이걸 가리고 나왔어. 그렇잖아. 소위 어떤 유한성에서 부끄러움을 느꼈어. 이걸 가리고 풀로써 가리거나 풀숲으로 가리거나. 이게 말하자면 그 하나의 규범이라고 기한이라고도 할 수 있고, 이 갈린다는 거. 이게 소위 인간에게 있어서 어떤 '위의'라고 그러나 '威儀'라고 그러지 일본말로 위의, 이기? 威儀を正す^{위의를 갖추다} 위의라든가 형식성이라든가 이것이 소위 인간의 그 부끄러움 자체가 그것을 갖다 주는 거야. 그 인간의 이기라든가 이런 이런 인간은. 그래서 그런 거에 대한 나는 인간의 명제로서 쓴 것이죠. 저기도 그 「수치」라는 게 하나 있을 거예요. 저기도 보면. 저, 저 아래.

그 이런 것도. 희곡 「수치」도 여기 있고 저기. 아니, 저기 「황진이」는 여기 『구상문학선』 없어요.

구상　그거 좀 먹어요, 정말.

세키네　맛있는데, 사모님이 만드셨어요?

구상　아니라.

구상　이런 거지. 뭐 별게 아니고 창경원 알죠? 동물원. 주zoo, 주zoo. 창경원 철책과 철망 속을 기웃거리며 부끄러움을 아는 동물을 찾고 있다. 여보 원정 행여나 원숭이의 그 빨간 언덕장에 무슨 조짐이라도 없소? 네. 혹시는 곰에 연신 핥은 발바닥에나 물개의 수염에나 아니면 잉꼬 암놈 부리에나 무슨 징후라도 없소? 이 도성 시민에게서 이미 퇴화된 부끄러움을 동물에게 와서 동물원에 와서 찾고 있다 그러네.

그러니까 나에게서 이 수치라는 것이 그 인간의 명제에서 아주 크게. 여기 희곡도 여기 있는 건데. 존재론적인 명제에 있어서 나에게 큰 거예요. 그 수치라는 것이.

세리카와　그래서 바로 동물원에……

구상　(웃음)

4. 자유주의자와 문학의 현실 인식

구상　근데 난 그저 일반 문학 얘기를 하자는 줄 알았지 내나에 대한 얘기를 하자는 줄 몰랐는데 내 오믄, 내가 아까 오믄 한국문학 얘기를 하자면 할 수 없이 그거 일일이 말할 수는 없고, 저기 내가 하와이 대학에서 그런 걸 했으니까, 무슨 전승문화. 그래서 한국의 고전문학에 관한 챕타^{챕터}가 있거든. 한 50매 써놓은 거. 그거나 쭉들 읽으면서 그거 다 뗄라고 오늘 그렇게 준비를 했더니. 나 개인에 대한 걸 들고. 연구의 대상이 될 만한 사람도 아니고.

내가 그에 준비했던 건 이건데, 이지막에 내온 내 이건 뭐 심심 시선인데 그래도 그거라도 하나씩 뭐 별 게 없고. 거기 뒤에 조선 조선 주간 아니 『월간조선』에 썼던 내 무슨 회고록이 거기 뒤에 붙어 있으니까.

(면담자들 간 대화)

세키네　선생님, 여기에, 제 이름도 좀……

구상　(웃음) 이름도 써 달라고? 그럼 뭐 이름도.

고노　(웃음)

구상　그럼 저 책상에서 내가 다 써다 주지.

고노　아, 감사합니다.

구상　다 있지. 하나만 더 주면.

세리카와　그럼 여기 지면을 좀.

구상　거기도 싸인해달라고. 그저 싸인만 하지, 싸인만.

(면담자들 차를 마시며 기다리고 있음.)

구상　조금 더 많나. 모두 그저 비슷비슷할 거예요. 그렇죠. 500편 전후들 한.

시라카와　차 좀 드릴까요?

구상　그러죠.

시라카와　선생님, 거기 앉으시고 이제.

구상　　어디? *(잠시 끊김)*

같은 호텔인데 그 뭐라 이 해변에 거기다가 그 마당에 조그마한, 거 있잖아 조그마한 초당 같은 거 진 거. 그걸 뭐라고 그러나. 왜 그 離れ部屋^{별채}처럼 조그마한 거 하나 이렇게 되는. 그 연못 안에 연못 안에는. 그래 그 가와바다[5] 선생을 거기서 모셨어. 이들 거기서 근데 그분이 그 「美の存在と発見^{미의 존재와 발견}[6]」라는 걸 거기서 그때 거기서 쓰시고 계셨는데 그 하루아침 그 お茶を呼ばれる^{차 한잔 하러 오라} 했어. 내가 가서 뭐 연배도 그렇지만 내가 또 그전에 동경에 경향신문사 지국장 갔을 때 펜대회에서 초청을 해서 조그마한 스피치를 한 일 있거든. 그래서 연전에도 알던 사람이고 알던 분이고 이제 그러니까 57년에 만났거든 동경펜대회[7] 때 그러니까 그러고도 또 60년에 또 가서 62년인가 동경 경향신문사 지국장으로 가서 뵙고 테이블 스피치도 한 사람이고 그래서 서로 반갑게 거기 와서 좀 만나주시고 그랬는데 그 얘기를 정말 왕왕이 담았다만 그분 뭐 말씀도 조용히 하시는 분 아니야 뭐 ぼそぼそ^{소곤소곤} 한다고 그러나

5　가와바타 야스나리(川端康成, 1899~1972) : 『설국』, 『이즈의 무희』, 『천 마리의 종이학』 등으로 일본의 전통미와 고독을 섬세하게 그려낸 소설가. 1968년 일본인 최초로 노벨문학상 수상.

6　『美の存在と発見』 : 가와바타 야스나리(川端康成)가 노벨문학상 수상 다음해인 1969년 5월, 하와이대학에서 한 강연이며, 같은 해에 책으로도 출간되었다. (구술자는 びと そんざいと そのはき라고 발음했는데, 기억상의 착오가 있었던 듯하다.)

7　1957년 일본 도쿄에서 열린 제29차 국제펜대회(PEN International Congress). 동서 문학의 상호 영향과 번역을 주제로 한 대규모 국제 문인 교류 행사. 각국 대표 17명이 참석해 동서문화교류와 번역 활성화를 위한 결의안을 채택함. 일본 펜클럽회장 가와바타 야스나리의 역할이 두드러졌으며, 이 대회는 냉전기 아시아 문학의 세계 진출과 한국 문학 해외 번역 확대에 중요한 계기가 되었음.

뭐 하여튼 그렇게 말씀을 하시는 분인데. 일본에 무슨 그 언론이나 이런 문제를 보시더니 뭐라고 그러는가 그래 참된 의미의 진정한 의미의 자유주의자들은 전전 그러니까 戰前전쟁 전 전쟁 전에도 그 전체주의자들에게서 소위 체제주의자들 体制主義者たちに체제주의자들에게 역사적인 반동으로 몰렸대. 전전에도. 근데 이건 저 전후에도 역시 참된 의미의 자유주의자는 체제주의자들에게 역사적인 만담을 먹인다고 이렇게 술회를 하시대요. 그래 그 말씀이 그렇게 나에게 아주 감동적으로 들리고 그랬지. 그리고 그 후 나는 혼자 그런 혼자서 그분 돌아가시고 그러기 전에 그 후 그 누군가 그 경시 총감하던 사람 동경도지사 나오는 데 츄럭트럭인가 타고 거기 뭐 선거 유세도 다니셨다고 그러지 않았어요? 그래 그래서 만화같이 신문에게 이렇게 꼬집히고 그랬다고 그런 얘기를 듣고. 돌아가신 후에 나는 혼자 지금도 그때 그게 밤낮 연상이 돼서 그 어떤 의미의 자기가 그런 의미의 정말 되지 않을 현실적인 그런 프로테스트가 자기로서는 잘 안 되는 건데 문학 위에서는. 한 번 그런 의미에 무슨 브레이키브레이크를 걸어보실라고 그렇게 하지 않았나 그 얘기를 들은 게 있으니까 내가 그 사 혼자 그런 생각을 해. 이게 아주 감명 깊은.

정말 참된 의미의 자유주의자라는 게 정말 자유를 자유주의자라기보다 참된 의미의 자유를 자기가 쟁취하고 자기가 누리고 살려고 밤낮 현실에 있는 사람들한텐 빼딱하게 되지 뭐. (웃음) 그래서 플라톤도 시인은 그 이상 국가에서 쫓아내주지 않았어? 그게 뭔고 하니 이 시인이라는 건 뭐 그런 어떤 현실의 개혁의 의지가 그 무엇을 어떤, 어떤 당위적인 목표 때문이 아니고 무안하니까 그 개혁의 일 자체가. 그리고 이제 내가, 날 보고 『조선일보』에서 무슨 부탁이 와서 그러길래, 이때 정권 설 때인가 그래. 시인에게 맞는 대통령이 마음에 맞는 대통령이 어디 있느냐고 내가 그랬더니 그걸 그대로 써서, 써서 그 청와대에 있는 친구들이 내 친구라는 게 젊은 사람들이 내나에게 그 선생님 그렇게까지만 안 얘기해 주시면 어떠냐고 (웃음) 그렇게까지 말씀하실 거야 뭐 있느냐고. (웃음) 그래서 웃었네.

구상   그래 모두 저기는 지금 강의를 하고?

세리카와   네 배우면서 하고 있습니다.

구상   그러니까 사범대학 쪽이요. 조병화趙炳華 교수 있는 게?

세리카와   아니 지금은 문과대학이죠.

구상   문과대학 조병화 교수. 사범대학 쪽에 일본어과가 생기지 않았나?

세리카와   맨 처음에는 사대 쪽에 생겼다가 올해는 문과대 쪽으로 옮겼습니다.

구상   아, 그렇구나. 조병화 선생한테 노상.

8년이나 됐어요? 근데 장가를 들었나요?

세리카와   네.

구상   어디서, 여기서, 여기서?

세리카와   네.

구상   그래요? 댁내가 한국 사람으로 들었네?

세리카와   네 그렇습니다. 고노 씨도 그렇습니다.

구상   아, 그래요? 아~

세리카와 　앞으로 시라카와 선생만 (다같이 웃음)

구상 　한국문학 연구하는 거하고 맥내하는 거 하고야 다른 문제지.
　　　　 (웃음)

세리카와 　지금 거기 같은, 같은 과에 유정柳呈이라는 시 같이 쓰시는 분인
　　　　 데 같이 있어요.

구상 　누구요?

세리카와 　유정

구상 　아, 유정. 그래, 그럼그럼. 가주 서정적인 시를 쓰는 분이죠.
　　　　 그분은 해방 전에도 일본서 썼대요. 어디 어디였는지는 모르는
　　　　 데 ○○○라든가 어디든가 내가 어디 어디 ○○○이든가 그런
　　　　 데다가 썼다고 그러던데

시라카와 　가셔서……

구상 　그래요.

(이후부터 라디오 내용으로 덮여 있음.)

『응향』 사건과 예술적 자율성, 실존 인식의 문제

고자연

1. 구술채록 개요

본 채록문은 1981년에 진행된 구상의 인터뷰 녹음 파일을 총 1~3차, 세 부분으로 정리한 기록이다. 1981년 12월 21일, 당시 한국에서 한국 근대문학을 공부하고 있던 일본인 연구자 4명이 구상의 자택을 방문해 인터뷰를 진행했다. 면담자는 당시 세종대에서 조교수로 재직 중이던 세리카와 데츠요芹川哲世와 한국 각 대학원에서 유학하고 있던 시라카와 유타카白川豊, 동국대, 고노 에이지鴻農映二, 동국대, 세키네 하루코関根春子, 연세대였다.

인터뷰는 총 2시간 30분 정도 진행되었으며, 총 4개의 파일로 녹음되었다. 이 가운데 마지막 17분 분량의 파일은 전체가 손상되어 있으며, 나머지 3개 파일 역시 내용이 매끄럽게 이어지지 않는 부분이 확인된다. 이는 녹음 과정에서 일부 구간이 누락되었을 가능성을 시사한다.

인터뷰의 주요 내용은 시인이자 기자였던 구상의 생애와 문학 전반에 걸쳐 있다. 1930년대부터 1980년대까지의 수학修學 과정, 『북선매일신문』 기자 시절의 경험, 『응향』 필화사건, 한국전쟁기 종군작가 활동, 공초 오상순과의 교류, 그리고 자신의 문학적 지향과 사유의 문제 등이 폭넓게 다루어졌다.

채록은 녹음 파일을 기준으로 서 부분으로 정리되었다. 구상의 회고는 연대기적 순서에 따라 진행되지 않았으며, 주제에 따라 반복과 도약이 나타난다. 1차 채록은 『응향』 필화사건에 관한 내용으로 시작되며, 2차 채록에서는 시인에게 문학적·사상적으로 영향을 끼친 인물과 저서들이 주로 언급된다. 3차 채록에서는 시인기 평생에 걸쳐 사유해 온 문학적 지향과 존재 인식의 문제가 중심적으로 다루어진다.

본 채록문은 구술자의 발화를 가능한 한 그대로 옮기는 것을 원칙으로 하였다. 구상은 인터뷰 과정에서 한국어와 일본어를 혼용하여 발언했으며, 특히 인명이나 지명과 관련해서는 일본어로 음과 표기를 확인하는 방식이 자주 사용되었다. 이러한 언어 사용 양상은 원문에 충실히 반영하였다.

인터뷰는 시인의 자택에서 진행되었으며, 외부 소음과 잦은 중단이 발생하는 환경 속에서 이루어졌다. 이러한 조건 역시 채록 과정의 한 요소로서 고려되었다.

2. 주요 채록 내용의 요약

1차 채록은 『응향』 필화사건의 발생과 극적인 월남 과정을 중심으로 서술된다. 『응향』은 원산문학가동맹이 1946년에 발간한 해방기념시집이었는데, 구상을 포함한 세 명구상, 강홍운, 노량근이 기성既成으로 분류되어 권두에 각각 다섯 편가량의 작품을 수록하였다. 시집 발간 이후 북한 당국은 '문학예술총동맹'을 통해 '결정서'를 발표하고 비판을 개시했으며, 해당 사건은 신문 1면과 라디오 방송을 통해 연일 보도되었다. 구상의 작품에는 '반역사적', '악마주의적' 등의 표현을 포함한 비판이 가해졌다. 이후 평양 중앙에서 김사량, 최명익, 송영, 김리석 등 네 명의 검열원이 파견되어 관련자들에게 자아비판을 강요하고 사건의 전말을 조사하였다. 이 사건을 계기로 북한에서는 '문학은 인민에게 복무해야 한다'는 김일성의 테제가 공식화되었다.

이어 구상은 월남에 이르게 된 과정을 회고하였다. 당시 농민동맹위원장으로 있던 친구의 조언에 따라 그가 발급해 준 허위 출장증명서를 가지고 탈출을 시도했으나, 연천에서 체포되었다. 체포 직전 그는 해당 증명서를 없앴으며, 이후 임시 유치장에 수감되었다. 수감 중 호열자콜레라 환자가 발생하면서 혼란이 빚어졌고, 그 틈을 타 변소 아래를 통해 탈출하였다. 이후 남쪽으로 이동하는 과정에서 생면부지 한 부부의 도움을 받았으며, 1947년 2월 남한에 도착하였다.

2차 채록에서는 구상의 문학적·지적 교류 관계와 사상적 배경이 중심적으로 다루어진다. 그는 『함흥북선매일신문』 기자 시절1942년~1945년 한효, 백석, 김동명 등과 교류했으며, 월남 이후에는 정지용, 이용악, 오장환, 김기림, 서정주 등 당대 남한의 주요 문인들과 교류했다고 밝혔다.

구상은 자신의 시 세계가 형이상학적인 인식의 세계에 취향을 가졌으며, 니혼대학 전문부 종교과를 졸업할 당시 공부의 팔 할이 불교 경전의 주석이었다고 밝힌다. 그는 초기 시 세계에 프랜시스 톰슨「천국의 사냥개」, 폴 클로델, 보들레르, 릴케, 자크 프레베르, 오든 등에게 영향을 받았다고 밝혔다. 또한, 당대 지식인의 필독서였던 미키 기요시의 『인생론 노트』와 니시다 기타로의 『선의 연구』를 언급하며 지적 기반을 설명하였다.

이 채록에서는 공초 오상순에 대한 회상도 포함되어 있다. 구상은 해방 이후 오상순과의 교류를 언급하며, 그의 삶의 태도와 언행, 그리고 형이상학적 사유 방식에 대해 구체적으로 회고하였다. 특히 오상순의 유언으로 전해지는 "자유가 나를 구속했그나"라는 말을 인용하였다.

3차 채록에서는 문학과 삶의 일치를 주제로 실존과 인식의 문제가 조명되었다. 구상은 일제 말기 이광수나 최재서 같은 지식인들이 겪었던 '자기 삶의 내면적 분리' 현상을 언급하면서, 자신 또한 이 문제에서 자유로울 수 없었음을 『북선매일신문』 기자로 활동했던 경험을 통해 조심스럽게 인정했다. 그는 현실의 강요와 자기 진실 사이의 간극을 최소화하는 것이 자신의 사유에서 가장 중요한 초점이었다고 밝히며, 이러한 태도가 결국 현실과의 마찰을 일으켜 수난으로 이어졌다고 회고했다.

3차 채록에서는 문학과 삶의 관계를 둘러싼 문제와 실존 및 인식에 관한 논의가 이어졌다. 구상은 일제 말기 이광수나 최재서와 같은 지식인들의 사례를 언급하며, 당시 지식인들이 겪었던 내면적 분리의 문제를 설명하였다. 아울러 자신 역시 『북선매일신문』 기자로 활동하던 시기에 유사한 경험을 했음을 언급하며, 현실의 요구와 개인적 신념 사이에서의 갈등을 회고하였다. 그는 이러한 문제의식이 자신의 사유 전반에 지속적으로 작용해 왔음을 덧붙였다.

구상은 한국 지식인이 로고스적이기보다 파토스적이어서 인식론적 결핍을 지니고 있다고 보았으며, 감성적 차원에 머무르기 쉽다고 비판했다. 이러한 문제의식과 관련하여, 그는 실존적인 삶을 추구한 인물로 황진이를 언급하며, 이를 바탕으로 희곡 「황진이」를 창작했다고 설명하였다. 이와 같은 맥락에서 그는 알베르 카뮈의 희곡 「오해」를 비평하면서, 인간 존재에 대한 성찰에서 '수치'라는 개념을 중심에 두고 희곡 「수치」를 창작하게 되었음을 밝혔다. 또한 그는 수치를 인간이 자신의 유한성을 자각할 때 나타나는 현상으로 설명하였다. 아울러 일본 소설가 가와바타 야스나리와의 만남을 회고하며, 자유주의자에 관한 그의 발언을 인용하였다.

3. 채록문의 의의와 한계

구상 시인의 구술 채록은 한국 현대사의 격랑 속에서 한 문인이 겪은 필화와 월남이라는 역사적 사건을 증언하는 데 그치지 않고, 문학과 삶의 일치를 향해 나아가고자 했던 그의 실존적 태도를 입체적으로 드러낸다. 『응향』 필화사건 이후 북한 정권이 문학을 '인민에게 복무해야 한다'는 테제 아래 이념의 도구로 규정해 나가는 과정에서, 구상은 자신의 시에 담긴 형이상학적 사유와 현실 인식을 포기하지 않았다. 콜레라 창궐이라는 혼란 속에서 변소 아래를 통해 탈출해 남쪽으로 향했던 경험은, 단순한 생존의 서사를 넘어 외부의 이념적 강요로부터 자신의 내면적 진실과 문학적 신념을 지키려 했던 선택의 상징적 장면으로 읽힌다.

이번 구술에서 특히 주목되는 점은, 구상이 자신의 삶을 일방적인 피해 서사로 구성하지 않았다는 사실이다. 그는 『북선매일신문』 기자로 활동하던 시기의 경험을 언급하며, 자신 역시 당대 지식인들이 겪었던 '내면적 분리'의 문제에서 자유로울 수 없었음을 인정하였다. 이러한 발언은 자기변호나 합리화가 아니라, 문학과 삶 사이의 간극을 성찰하려는 태도로 이해될 수 있으며, 그의 문학적 윤리가 이념 비판에 머무르지 않고 자기 성찰을 포함하고 있음을 보여준다. 이 지점에서 구상의 실존적 태도는 당대 지식인 일반의 문제와 맞닿으면서도, 이를 정면으로 응시하려 했다는 점에서 특징적이다.

구상의 문학적·사상적 지향은 공초 오상순에 대한 반복적인 언급에서도 분명하게 드러난다. 그는 해방 이후 다수의 문학가들이 현실 참여로 기울어졌던 상황 속에서도, 형이상학적 사유를 삶의 중심에 두고 '무위의 상태'를 지키려 했던 오상순의 태도를 높이 평가하였다. 이는 감성적·파토스적 차원에 머무르기 쉬운 지식인의 사유 경향을 경계하고, 존재의 근원을 탐구하려는 로고스적 고투를 지향했던 구상의 문제의식과 깊이 연결된다.

이러한 문제의식은 구상의 희곡 창작 전반을 관통하는 기준으로 작용한다. 그는 실존적 삶의 가능성을 특정 인물과 개념에 집중시켰으며, 이를 통해 감성적 동조나 이념적 선언이 아닌, 존재의 조건을 묻는 방식으로 문학적 사유를 전개하였다. 특히 '수치'라는 개념은 인간이 자신의 유한성과 상대성을 자각하는 지점어서 발생하는 윤리적 감각으로 자리하며, 구상의 실존 인식과 문학적 윤리를 응축하는 핵심 명제로 기능한다. 이러한 사유의 태도는 체제와 이념의 압력 속에서 자유의 문제를 사유했던 동시대 지식인들과의 교차 속어서도 그 특징이 분명히 드러난다.

아울러 이번 구술에서는 구상의 인간적 태도와 윤리적 감각 역시 드러난다. 일본인 면담자들을 상대로 한 인터뷰에서 그는 자신의 발언을 일본어로 재차 구술하며 인명과 지명을 반복 확인하기도 하였는데, 이는 구술의 정확성을 기하려는 태도이자 상대에 대한 배려로 이해될 수 있다. 또한 탈출 과정에서 자신을 도운 인물을 보호하기 위해 출장증명서를 없앴던 선택, 검열원 중 한 명이었던 김리석이 훗날 월남했지만 그가 죽을 때까지 관련 사실을 외부에 알리지 않았다는 회고는, 구상이 자신의 입장을 변호하기보다 타인의 입장을 먼저 고려했음을 보여준다. 이러한 태도는 그의 과거 선택에 대한 발언이 자기 정당화보다는 신중한 거리두기 속에서 이루어졌음을 이해하게 한다.

한편 채록이 이루어진 현장은 완벽한 조건이 아니었다. 시인이 기르는 새의 울음소리가 인터뷰 내내 이어졌고, 방문객과 빈번한 전화로 인해 구술이 여러 차례 중단되었다. 이러한 물리적 조건은 구술의 집중을 방해하는 한계로 작용했으나, 동시에 인터뷰가 일상의 공간에서 이루어졌음을 보여주며 구술의 현장성과 즉흥성을 비교적 생생하게 전하는 요소로 기능했다.

결국 이 구술 기록은 한 시인이 겪은 역사적 사건의 증언을 넘어, 문학과 삶의 일치를 향해 나아가고자 했던 실존적 고투와 자기 성찰의 궤적을 보여준다. 자신의 과오 가능성까지 포함하여 삶을 성찰하고, 이념의 압력 속에서도 문학적 윤리를 지키고자 했던 구상의 태도는 이 구술 채록을 단순한 자료가 아니라, 오늘날에도 의미를 지니는 문학적·사상적 증언으로 자리매김하게 한다.

백철白鐵, 1908~1985

대한민국의 평론가. 평안도 의주 출생. 신의주고보, 일본 도쿄고등사범 졸업. 일본 나프의 맹원으로 활동. 1931년 『조선일보』에 평론 「농민문학문제」 등을 발표하며 평론가로서 활동 시작. 『개벽』 편집부장, 카프 중앙위원. 해외문학파 논쟁에 참여. 1934년 제2차 카프검거사건 때 투옥. 광복 후 동국대, 중앙대 교수 역임.

◀ 고노, 백철, 시라카와(1980.7.31)
▼ 시라카와, 백철(1985.1.24)

1
한국의 농민문학 작가와 작품 및 일본의 영향

일시 : 1985년 1월 24일

장소 : 백철 자택

구술 : 백철

면담 : 세리카와 데쓰요, 시라카와 유타카

1. 농민문학과 프롤레타리아문학에 대한
관심 및 일본 유학

세리카와   저도 지금 주로 현대문학 쪽으로 관심이 있습니다.

백철   현대문학?

세리카와   농민문학 그쪽으로 관심 가지고 있습니다.

백철   아, 농민문학?

세리카와   선생님은 뭐 30년대부터 쭉 그쪽으로 관심을 많이 가지고 계
시고.

백철   농민문학이라는 거, 그게 일본처럼 그렇게 광범위하게는 있지
않지. 여기도 농민문학이라는 그 말을 가지고 한때 많이 논의는
되었습니다. 지금 이북에, 북에 가 있는 이기영이라고 있어요.

세리카와   네.

백철   그 사람이 프롤레타리아문학을 완성하는데 그 다음에 작품으
로서 「서화鼠火」라고 하는 거, 다 알겠지, 그거. 『고향』 뭐 이런

거지. 그때 평판이 좋았고. 그때 단편은 그렇게 뭐 좋은 것이 없어서 그런데 그 사람이 좌우간 해방되면서는 여기 이쪽에서는, 여기 있질 않고 그저 그쪽에 있었거든요. 여기 안 나왔어요. 그래서 뭐 글쎄, 그 사람이, 그 사람 오는데, 그 사람 일을 무엇을 듣고 싶으세요?

세리카와 그 사람 직접적, 저 만나…….

백철 만나봤냐고요?

세리카와 네.

백철 그렇죠. 친하죠. 만났죠, 많이 가까워. 해방 때, 해방 전에는 소위 프롤레타리아라고 일본에 나프[1]같은 것이 여기 있었거든요. 카프[2]라고 그래가지고. 그래서 저도 이어서 학생 때는 프롤레타리아문학에 뛰어들어서 아마 내가 한 삼 년 따라다니고 그랬어요. 또 그땐 시를 쓰고 그랬어. 그래서 가고 그러니까 그때 프롤레타리아문학을 한다고 해도 소련에서 직접 들어온 것은 거의 없었고, 그때 구라파 쪽으로 보면 독일이 성했거든요. 독일이 프롤레타리아문학이 굉장히 성해서 독일을 통해서 그때 프롤레타리아문학이 들어가기, 히틀러 바로 직전이지, 그러니까 아니 독일이 히틀러가 정권을 잡기 전에는 프롤레타리아문학이 아주 성행했습니다. 굉장히 아주. 일본도 독일문학의, 프롤레타리아문학의 영향을 많이 받았죠. 그래서 그때 독일 프롤레타리아문학은 아니지만 그리고 레마르크Erich Maria Remarque의 뭔가, 『개선문』, 그보다도 『서부전선 이상 없다』 그것이 들어

---

1   나프(NAPF) : 전일본무산자예술연맹(全日本無産者藝術聯盟).
2   카프(KAPF) : 조선 프롤레타리아 예술가 동맹.

와서 많이 신축지^{新築地劇団, 신쓰키지극단}라고 연극단이 있지 않았어요? 야마모토 그 사람이, 여자가 야마모토 야스에[3]였던가?

시라카와 예, 야마모토 야스에요.

백철 그 사람이 한창 날리고 그런 때네. 그래 그때 독일을 통하고, 물론 소련도 직접 갔다 오고, 그런 사람도 있었지. 해서 들어와서 그러니까 제1차 세계대전 이후니까 ○○○ 내가 일본 건너간 것이, 1927년에 건너갔습니다. 소화^{昭和} 2년인가? 내가 건너가서 36년 그때까지 있었는데 1929년, 8년, 29년 뭐 이런 그때가 프롤레타리아문학이 가장 아주 성한 때죠. 그때 어떻게 됐나? 그때들 소학교들 댕겼나? 그때 거기서들, 그때 어디 그때나 소화 28년이면 학교는 어떻게 되나? 아주 어렸겠지, 뭐.

시라카와 28년이요?

백철 28년, 1928년.

세리카와 그때는 우리는 아직 태어나지도 않았지요.

백철 예, 그럴 거예요. 내가 27년에 건너갔거든. 27년에 건너가서

세리카와 한 10년 가까이 계셨겠네요. 동경에서 한 10년 가까이 계셨어요?

백철 동경서, 웬걸요, 그렇게는. 한 5~6년 있었어요. 원래 4년 아니에요, ○○○고사가? 4년 졸업하면 학교를 나가야 되는데 그때 맑시즘에도 좀 취해서 거기 따라다니느라고 취직을 안 하고서 떠돌아다니고 그랬지. 요즘은 잘 안 쓰지만 룸펜^{Lumpen}이라는 말을 쓰지 않았어요? 룸펜. 룸펜을 하는데 그 룸펜처럼 그저 돌

---

3   야마모토 야스에(1902~1993) : 일본의 신극배우.

아다니고 그리고 일본 시인들과 뭐, 혹시 저 김용제金龍濟라는

사람의 말을 들었어요?

시라카와 예, 바로 그분 찾아뵙고요, 말씀도 많이 들어보고 싶은데요. 별

기회가 없어가지고. 선생님 잘 아시죠?

백철 잘 알죠.

시라카와 친구분이라 그러시던데 혹시 뭐 전화번호는 아시겠습니까?

백철 전화번호가 어디 있는지 모르겠네. 오래 전에, 재작년 여름에

몇 번 만났는데.

시라카와 예, 그 이후에는 만나신 기회 없으세요?

백철 요즘은 아주 소식이 없네.

시라카와 『현대문학』 잡지를 보니까 그 문인들의 주소록이 다 나오는데

요. 전화번호가 적혀 있지가 않아요. 그래서 어떻게 연락 길이

없어가지고. 두 분 잘 아시죠? 동경에서도 뭐 같이 계셨죠?

백철 네, 동경에서도 같이 잡지도 하고 뭐 그랬죠. 나프에 들어간 것

이 그 사람이 어려서 조금 먼저 들어갔고 제가 들어가서 한, 한

반년 있다가 나왔나 했고요.

세리카와 그러면 선생님, 그때 27년, 8년 그때 일본에 가셨을 때 일본의

나프에서 활약하던 작가들도…….

백철 모리야마 게이森山啓.[4]

세리카와 아, 모리야마.

백철 잘 아네. 그리고 지금 그 사람 위원장을 하나? 나카노 시게하루

中野重治? 그분도 잘 알고. 그리고 도쿠나가德永.

---

4 모리야마 게이(1904~1991) : 일본의 시인, 소설가.

세리카와   혹시 저 구로시마 덴지黒島伝治라는 분, 그런 분

백철   그 사람은 아마

세리카와   나중에

백철   아예, 파가 정통이 아니지. 그때 문전파文戦派, 전기파戦旗派 이래
         갈라져 있었거든.

세리카와   예, 맞습니다.

백철   처음에는 같이 있었는데 그놈이 소화 2년 경부터 그 패거리에서
         갈라져서 아오노 시게하루[5]입니까? 그 사람이 아마 저쪽 주장이
         됐고 이쪽은 나카노 시게하루中野重治[6]가 주장이 됐고.

시라카와   김용제 선생님은 나카노 시게하루의 여동생 되시는 분하고 결
         혼하셨어요?

백철   예, 그렇죠. 여기 아마 나와 있을 겁니다. 지금도.

시라카와   지금도 같이요?

백철   예.

---

5   구술자가 아오노 스에키치(靑野季吉)의 이름을 착각하여 아오노 시게하루라고 잘못
    말한 것으로 추정됨. 아오노 스에키치(靑野季吉, 1890~1961) : 일본의 문예비평가. 프
    롤레타리아문학평론가로 문필 활동을 시작하여 1920년대 일본의 프롤레타리아문학
    운동의 지도적인 위치에 있었음. 전후 일본펜클럽 재건에 진력함.
6   나카노 시게하루(1902~1979) : 일본의 소설가, 시인, 평론가, 정치가. 1930년대 초반
    프롤레타리아문학운동에 참가.

2. 농민소설을 쓴 작가들의 거취와 활동

세리카와　선생님, 지금도 젊은, 연극하는 사람들은 꽤 농민문학에는 관심 많이 갖고,

백철　누구?

세리카와　누구라고 할까, 젊은 사람들이요. 지금 연구하는 사람들이

백철　한국 사람들?

세리카와　예, 한국 사람들이 농민문학에 꽤 많이 관심을 가지고 있거든요.

백철　으음.

세리카와　그래서 일본에서 물론 그때 농민문화라고 해가 역시 주장해 왔고 계속 여태까지 그런 소위 『농민문학사』라는 것도 쓰여지고 계속 그렇게 연구를 하고 있는 상태인데 한국에서는 일관해서 일생 동안 계속 자기는 농민문학을 하겠다고 해서 계속해온 사람은 그렇게 많지 않거든요, 사실은. 이무영이라든가 이문구 선생님 그런 분을 제외하고는 사실은 그렇게 많지 않은데 그래도 그때 선생님 쓰신 『신문학사조사』를 보면 해방 후에는 행방불명됐다고 그럴까, 그런 분이 데뷔 당시에 소위 농민을 갖다가 주제로 삼은 소설을 꽤 많이 써왔거든요. 예를 들면 저 김소엽金沼葉이라는 사람이 있지 않습니까? 김소엽이라든가 이근영李根榮.

백철　이근영?

세리카와　이근영. 북쪽에 넘어간 사람이죠.

백철　북쪽에서 어디로 넘어와?

세리카와　아니, 아니, 여기서 활약을 하고 있었다 월북한 사람이죠.

백철　　　김소염?

세리카와　김소엽

백철　　　김소엽

세리카와　네, 그리고 최인준崔仁俊이라는 사람

백철　　　누구?

세리카와　최인준.

백철　　　최인준은 넘어가질 않았고.

세리카와　최인준은 넘어가지 않았습니까?

백철　　　안 넘어갔어요. 여기 있어요, 최인준이. 미국 사람 갖다가 지금 아마, 그 사람은 문단에 나오기를 천구백, 에, 천구백오십구1959 년인가 그때 나왔는데. 최인준이. 최인준?

세리카와　최인준, 예.

백철　　　인준이, 아니야. 최인준이 그전이야. 그전에 그 사람이 오지 않고 거기 있었죠, 그렇죠. 그 사람이 본래는 극작가가 아닌데, 아닌데 그 뒤에 뭐 그걸 쓴다고 그러더군요. 여기 있다가 이제 양쪽이 갈라지니까 따라가는 중에 극작가가 함세덕咸世德이라고 그 사람이 아주 작가로서는 역량이 있고 그랬죠. 그런데 그 사람이 육이오6·25 동란 때 나오다가 저쪽이 쭉 밀고 내려오면 뒤따라서 내려오다가 종국 같은 걸로 내려오다가 국경선에서 그 수류탄을 잘못 써가지고서 자폭을 해 죽었어요. 그 사람이 아주 실력이 있는 애인데, 활동을 못 하고 그렇게 죽었죠. 김사량이도 그때 나왔었다 죽었습니다.

세리카와　그러니까 최인준이라는, 최인준이 그때 자폭을 했다 이겁니까?

백철　　　자폭이 아니라 자기가 싸우는데 서투르니까, 싸우는 게 자기가 거기에 맞아 죽었다는.

시라카와   사고사라고

백철   그럼.

세리카와   아 그렇습니까? 김소엽은 어떻게

백철   김소엽은 본래부터 뭐 나보다 훨씬 아래지만 여기서 이제 여기는 일본에서 나프라고 그러지 않았어요? 근데 여기서는 카프라고 그러는데 코리아^{Korea}니까 케이^K 이래가지고 근데 그때 그것이 원래 생긴 것이 1930 아, 저 1930년이 아니라 1925년 되네. 1925년에 카프라는 그 단체가 여기서 생겼어요. 나프, 저 쪽에 나프 뭐 이런 거나 마찬가지지. 그 생겼을 때에 그 사람이 그때는 못 들었나, 하여튼 그 무렵에 젊은 사람들 많이 들어오려고 그랬거든요. 그런 사람들 잘 자격심사 해가지고 그러는데 하여튼 그 무렵에 1930년 무렵에 카프로 들어왔죠. 젊은 사람으로서. 소설을 썼는데 그렇게 아주 좋은 소설을 쓴 것 같지는 않아요. 소설을 썼죠.

세리카와   해방 직후까지는 좀 활약하고 있었거든요. 근데 그후 소식이 없어서요.

백철   지금까지는 아니고 아마 여기 천구백, 거기 한국동란 일어날 때까지 아마 45년에서 한 4~5년 여기 있었을 겁니다. 그때 이동규^{李東珪}라는 사람도 있었고, 이동규는 소설 썼던, 그 사람 지금 넘어가 있을 텐데 어떻게 됐는지 모르겠어요.

세리카와   그러면 김소엽도 결국은 넘어가 가지고 결국 행방불명이라고 그렇게?

백철   지금 김소엽이 어떻게 됐는지 모르겠어요. 전혀 알 수가 없으니까. 그렇기 때문에 넘어간 뒤에 1950년 이후, 동난 이후의 일은 거의 모르고 전혀 통신이, 통신을 못 하고 그러니까 전혀 모르지. 근데 작가로서는 그렇게 뭐 역량이 있는 사람들은 아니에요.

세리카와 그렇죠. 그런데 초기에 나온 당시에 역시 농민을 갖다가 주제로 한 소설 몇 편 갖다가 썼고 그래서 그러잖아요?

백철 예, 프롤레타리아문학을 하는데 그 동경도 마찬가지지만 1931년경해서 농민문학과 프롤레타리아문학을 구별을 했습니다. 이건 다른 것이다. 지금까지는 프롤레타리아문학은 농민문학 합의해가지고 프롤레타리아라고 잡았거든. 근데 그때 와서는 그런 것이 아니다. 역시 프롤레타리아문학은 그건 순 노동자 측의 출신 작가 이거고 농민 작가라면 이 농민들의 빈농층의 작가가 쓴 거 그것을 거기다가. 그렇게 돼서 갈라져서 행동도 그때 같은 나프라고 하지만 행동은 서로 조직을 달리하고 했죠. 농민문학이라는 거와. 도쿠나가 초쿠德永直[7]라는 사람이 그때 농민문학을 선전하고 뭐 그런 건 아니네. 그래도 그 사람이 아마 거기 주동을 하고 그랬을 거예요. 그리고 거기 농민문학으로서는 그때 나카노 시게하루도 역시 그 방면을 주로 그때는 주도하고 그랬어요. 나카노 시게하루는 그때는 아주 평판이 제일 좋은 사람이었습니다. 아주 정중하고 아주 지적이고 그래서 대중성은 약했지마는 프롤레타리아문학이니 농민문학이니

---

7 도쿠나가 스나오(德永直, 1899~1958) : 일본의 소설가. 공동 인쇄 노동 쟁의에 참여, 도시바 쟁의를 소재로 노동자와 농민의 따뜻함을 그린 『静かなる山々』(조용한 산들)은 외국에도 번역 소개되어 1950년대 일본문학의 대표로 소련에서는 높이 평가됨. 도쿠나가 스나오가 정확한 이름인데 구술자는 도쿠나가 초쿠라고 발음함.

할 때 거물급으로 취급을 다했다고요.

세리카와 그리고 또 현경준玄卿駿, 이분은 어떻게?

백철 현경준이가 아마 지금 북에 있을 거예요. 근데 북에서도 활동하고 허는 거 겉지 않네요. 잘 보이지 않아요.

세리카와 역시. 그리고 현덕玄德 이분도

백철 현덕, 현덕은 그건 해방 돼서, 여기서 해방이라고 하는데, 해방이 돼서 천구백, 아, 천구백사십칠1947년 경에 넘어가지 않았나 생각이 되는데. 그 사람 소설이죠. 소설 아주 차분한 리얼리스틱한 그런 소설을 썼죠. 그 사람이 『문장』이라고 잡지가 나오는 거 있잖아요, 해방 말기에 있어서. 거기에 많이, 거길 통해서 나오고, 『조선일보』에서 현상모집을 하곤 했거든. 신춘문예 뭐. 『조선일보』를 통해서 등장을 하고 그런 사람이야.

세리카와 또 이분도 역시 그 후 소식이 없잖아요?

백철 극이요? 극, 연극?

세리카와 아니, 저 소식이 전혀

백철 여기 와서 소식이 없는데

시라카와 임화 같은 사람은 잘 아시죠?

백철 그럼요. 아주 친했지.

시라카와 친하게 지내셨어요? 그분 역시 일본서도 나카노 시게하루라는 분하고 많이

백철 예, 그랬지. 그 사람이 일본에 가 있었거든요. 일본 가 있었는데 1930년대, 가기는 그전에 1925년, 6년 아마 그쯤에 갔을 거예요. 거기 가 오래 있었지, 동경. 그때 사이에는 연락도 있고 하니까.

시라카와 나카노 시게하루 씨도 많이 만났겠죠?

백철 누구?

시라카와 그 임화 씨가요, 나카노 시게하루를 많이 만났겠죠?

백철 많이 만났을 거에요.

시라카와 선생님도 만나셨죠?

백철 예?

시라카와 선생님도 만나셨죠?

백철 예, 만났죠.

세리카와 예, 아까 저 말씀드린 이근영이라는 분이

백철 이귀연이?

세리카와 이근영요.

백철 누구요?

세리카와 뿌리 근根 자에다가

백철 아, 이근영. 농민문학하는 사람, 그 사람은 이기영보다는 훨씬 후배 사람인데 그 사람이 여기서 활동을 했다는 것은 1934년, 34년, 5년 그 무렵이야. 30년대에 중심해서 했죠.

세리카와 이 분도 여러 번 만나셨습니까?

백철 그럼요. 사람 근실하고 뭐라고 할까, 작가로 보면은 어떤 그 뭡니까 그거, 한국말로는 아주 파고드는, 그 사람이 재능이 유능한, 재능이 있어서 하는 사람이 아니라 뭘 하나 붙잡으면 거기라도 먼저 그런 걸 파고들려고 하는 그런 근성이 좀 있죠. 그래서 작가로서 역량이 크게 있는 사람은 아니고. 거기 넘어가서 잘못된 사람 가운데 그저 아까운 사람은 우선 임화林和가 있고, 그 다음에 김남천金南天이, 소설. 한설야韓雪野는 넘어오지도 않았는데 거기서 있으면서, 그 사람 아까운 사람. 이기영^{李箕永} 역시 뭐 그렇고 이태준^{李泰俊}이 그렇고. 그렇게 나이 든 사람은 뭐 유명한 사람이 많은데 그 다음에 내려오면 함세덕이가 좀 재주가 있었고 그 다음에 뭐 그 사람들은 그렇게 재주가 있는 사람도 아니고 또 작가로 봐도 뭐 일정한 지위를 지킬만치 활동을 하고 그런 사람이 적어요. 사람들은 이북을 많이 넘어가지만. 이북명^{李北鳴}이라는 사람이 있지? 노동자 출신. 저기로 보면, 이론으로 보면 도쿠나가 초쿠[8]와 비슷한 출신인데 여기 함흥에, 북에 가면 함흥에 질소 무슨 공장이 있잖아요. 거기였을 거예요. 그래 그 사람이 등장할 때 여기서는 그 사람 공부도 별로 안 하는 사람이고 여기 넘어가니까 도쿠나가 초쿠에 비겨서 그 사람을 대역을 하려고 그랬죠, 카프에서. 그런 사람이 있어 그렇고. 해방 뒤에 소련에선가 그 방면에 있다가 나온 사람이 두어 사람 있었는데 난 그 사람들은 잘 모르겠어요. 근데 하여튼 해방, 해방에 대해서는 뭐 그러는데. 거기 육이오사변 지나고 그 뒤 쭉 내려오면서 그쪽에서 출세해가지고서 대단히 역량이 있는 작가라든가 시인이라든가 그런 사람은 난 잘 모르겠네요. 내가 보기에는 잘 있는 것 같지 않아요. 프롤레타리아 문학이 아무리 문학, 다른 문학과 다른 기계성이 있는 문학이지만 역시 그건 문학 방법이라든가 이것을 좀 더 자유롭게 쓰고 있는 사람이 문학이 되죠. 잘 안 될 겝니다. 근데 지금 작가다운 작가가 없어요. 내가 하와이대학에 잠깐 가 있을 때 서고

8　'스나오'가 정확한데, 구술자의 발음을 그대로 표기함.

에 가니까 이북 작가들의 단편집이 있었습니다. 그거 한 20여, 그걸 내가 궁금해서 좀 내봤는데, 근데 그게 그렇게 해서는 문학이 안 되겠어요. 그저 어떤 건 단편 하나에 '김일성 수상 만세' 이런 것이 아마 대일곱 번 나옵디다. 그러니까 작품이 되지 않겠어. 그때 역시 여기서 간 유명한 사람인데 그 사람이 가서 역시 처음 활동을 했죠. 거기서 대우도 받고 했는데, 그 사람의 농민 얘기에서 시작한 것을 읽어봤는데 그래도, 그 사람은 본래 소질이, 이쪽에 소질이 있은 사람이니까 그래도 그 작품을 만들긴 만들었더군요. 그 사람이 거기, 내가 둘을 다 봤구먼. 그게 그런 거 빨치산 얘기 하나하고 그 다음에 이제 『토지』라는 걸, 장편인데

시라카와　박태원인가요?

백철　아니, 이태준이가 『토지』라는 소설, 『토지』라고 장편으로 많이 팔렸다고 그러던데.

시라카와　『땅』이 아니라 『토지』라는 제목으로요?

백철　『토지』라는 제목으로.

시라카와　한자어로 제목을 붙였을까요? 그 이북에서도요? 작품 제목이 고유어가 아니라요? 한자어의 '토지'라는 걸로 돼 있습니까?

백철　그럼. 한자어로 돼있지. 그게 장편인데 여기서 걸치긴 삼대가 걸쳤더구만. 개성을 처음에 이제 주인공이 어릴 때, 주인공의 개성을 처음에 할 때에 일제시대 말에 시작돼서 그 뒤에 노동조합에 들어가지고 이제 뭐 노동조합의 운동, 그 뒤에 평양 들어가서 활동하면서 한 얘기 같은 거 이제 그런 전통적으로 그쪽에서 활동하는 그 얘기를 많이 쓰고 그랬어요.

시라카와 한국의 프로문학 계통의 작가들에게 가장 영향을 많이 줬다는 일본 작가는 역시 그 도쿠나가 스나오라고 생각하면 되겠습니까?

백철 아 해방, 소위 1945년 이후에 얘기입니까?

시라카와 그 전에요.

백철 그 전에? 그러니까 일본 식민지시대지? 그때 이기영의 작품으로서 『고향』이라는 것이 대단히 유명해. 『고향』. 농촌소설이지. 그다음에 그 중편소설인데 『서화』라고 '쥐불'이라고 『서화』, 쥐 서鼠 자하고 불 화火 자 『서화』라는 것이 1930년인가, 그렇습니다. 『고향』도 그 무렵이고 그래서 그런 작품들이 유명했죠. 이기영의 작품. 김남천이의 작품 가운데 『소년행』, 『소년행』이라는 것이 있고

시라카와 요새 번역이 나왔어요. 일본서요.

백철 나왔어?

시라카와 예, 이와나미岩波 문고판으로 나왔어요.

백철 나왔어요? 그래서

3. 한국 작가에게 영향을 끼친 일본 프로문학 작가와 작품

시라카와 일본의 프로문학 작가 중에서는 도쿠나가 스나오가 영향력이 가장 컸을까요?

백철 누구?

시라카와 도쿠나가 초쿠直요.

세리카와 영향 갖다가 주로 일본 프로작가의 어떤 작가에서 영향을 갖
다 받았다고 그렇게 볼 수 있는지요?

백철 여기서 영향받은 거, 도쿠나가 초쿠도 영향을 받았고 그 다음
에 고바야시 다키지小林多喜二[9]

시라카와 상당히 많이 읽었을, 그때 당시 고바야시 다키지라든가 도쿠나
가 책들을 많이 읽었어요? 한국 작가들이요?

백철 많이 읽었죠.『太陽のない街태양이 없는 거리』같은 거 많이.

세리카와 책은 저 일본 예전 동경 같은 데서, 예를 들면 책이 나온 거, 거
의 동시에 여기서도 볼 수 있었습니까? 혹시 프로 작가 거 같
은 거는 판금販禁 되거나 그런 일이?

백철 이제 못 나오는 것도 있었지만 대개 잘 나왔어요. 인기는 역시
고바야시 다키지가 제일 나았었네.

시라카와 일본 국내에서요? 일본 독자들이?

백철 아니, 여기서도.

시라카와 한국에서요? 도쿠나가보다 고바야시가?

백철 그렇죠. 도쿠나간 뒤니까. 이, 도쿠나가가 1930년 전이지? 고
바야지 다키지는 28년에.

세리카와 그때 농민문학으로 선생님하고 논쟁 갖다가 한 안함광安含光.

백철 안함광. 그 사람은 여기 있지 않았고 해주로 갔지요. 그때 농민
문학이 한창 할 때입니다. 그래서 내가 그 얘기를 하나 처음에
여기 썼더니 그 해에 여기서도 농민문학 얘기를 서로 하고 있

---

9 고바야시 다키지(小林多喜二, 1903-1933) : 일본 프롤레타리아문학의 대표적인 소설
가, 공산주의자, 사회주의자, 정치운동가. 일본 프롤레타리아작가동맹 서기장, 일본공
산당 당원.

던 때거든. 그러니까 그 사람이 여기서 하던 얘기를 해서 그 견해가 너무 편협하다 하는 얘기를 가지고 한 두서너 번 아마 했을 거요. 그렇죠.

세리카와 그 분은 그 후에 또 그쪽으로 넘어가서 지금은 어떻게 또?

백철 지금은, 논문 활동을 해 처음에는 초기에는 좀 했는데 그 뒤에는 어떻게 보도 못 하고요.

세리카와 아, 그분 나이는 어떻게 선생님하고.

백철 나보다 아마 한 일, 이 년 밑일 거예요. ○○○ 서기라고 있었거든.

시라카와 그때 당시에 그 한국 작가들이 프로문학 이론적으로 배웠다면 주로 어떤, 일본에서 배운 거예요? 임화라든가 그런 사람들이요?

백철 그렇죠. 뭐 직접 일본을 간 사람은 물론 거기서 그냥 배웠고 책은 물론 일본 책을 많이 읽었죠.

시라카와 예, 거, 번역판이나……

(중단)

2
카프 검거 사건과 매일신보사에서의 활동

일시 : 1985년 1월 24일

장소 : 백철 자택

구술 : 백철

면담 : 세리카와 데쓰요, 시라카와 유타카

1. 한국 작가에게 영향을 끼친
일본 프로문학 작가와 작품

백철   그 사람 에스페란토어하고 영어도 하고 불어도 하고 좀 그랬거
든. 근데 그 사람이 그걸 많이 받아들이고 그랬어. 그 사람은 프
롤레타리아문학시대부터 그전에 투르게네프Ивáн Сергéевич Тург
éнев[1]같은 그런 산문시를 많이 번역해가지고 그랬지. 그래 불어
도 하구 해서 불어로 보들레르Charles Pierre Baudelaire[2] 같은 것도 이
제 번역을 하고 그랬거든, 그 사람이.

시라카와   프로문학 작가들이요, 일본의 프로작가들하고 직접 이야기를
통해서 그런 프로문학 이론을 수용했는지 그렇지 않으면 그
책을 많이 읽고.

백철   일본은 가기는 갔었는데 프로 계통, 그 계통의 작가들을 친한

---

1   투르게네프(1818~1883) : 러시아의 소설가.
2   보들레르(1821~1867) : 프랑스의 비평가이자 시인.

사람이 있는 것은 잘 모르네요. 자기가 에스페란토어 열심히 공부를 했으니까. 에스페란토어 같은 거 그거 알기 쉽지 않아요, 그건.

세리카와 저 함대훈이라는 작가가 그때 러시아에 갔다가

백철 함대훈이가 그때 저 일본외국어대학에 갔는데, 내가 알기에는 그렇게 러시아어를 분명히 공부한 거 같지 않아요. 하여튼 러시아어, 뭔가를 졸업했다고 해서 러시아어문의 소개하는 그 면으로 바르지요. 그 사람이 여기 나라, 본래는 일본에서 형식을 만들어 가지고 이곳 건너왔는데, 한국에 1936년에 활동하는 단체로서 해외문학파라고 있어. 해외문학, 외국의 문학, 해외문학파라는 건 거기 있었는데, 거기 영어파, 불란서어, 러시아어가 뭐 이런 게 있는데 함대훈이가 러시아 문학에 있었고 독문학에 서항석徐恒錫이라고 여기 지금 있지만 그 사람이 있고 또 불란서, 아 독일어, 독일어 관계에 김진섭金晋燮이라고 있고 조희순曹喜淳[3]이라는 사람이 있고. 그런 일파가 있었습니다. 그러니까 그 파도 역시 카프하곤 서로 싸움하고 그랬지. 그런 파가 있어서 함대훈이가 거기를 들어가지고서 연극 운동도 한다 하고 논문도 써내고 뭐 그러긴 그랬어. 그런데 신통한 것은 남긴 것이 없어.

세리카와 가끔 가다가 그때 『조선일보』나 그런 신문에 소개, 러시아문학 소개하는 그런 기사는 가끔.

3 　조희순(曹喜淳) : 독문학자, 실업가. 도쿄제국대학(東京帝國大學) 졸업 후 경성여자의학전문학교(京城女子醫學專門學校) 강교사(講敎師)를 거쳐 경성약학전문학교(京城藥學專門學校) 독일어 교수로 재직하며 해외문학파로 활동하다가 실업가로 변신.

백철   그런 건 있죠.

세리카와   네, 그런 건 있습니다.

백철   그런데 그러니까 그때 뭐 일본에서 공부한 사람에게는 일본 책들도 많이 있지 않아요? 일본에서 중역으로 한 것도 있고 번역이라고 그래도, 그런 것이 많을 거예요.

시라카와   문학 이론 같은 것은 뭐 직접 봤다는 그런 기억은 없습니까? 한국 작가들이요, 그러니까 임화라든가 그런 사람들이 거기 그때 당시에 프로문학 이론계통으로 뭐 프리체Vladimir Maksimovich Friche[4]라든가 루나차르스키Anatorly Vasilievich Lunacharsky[5]라든가 그런 사람들이 성행했다고 그러는데요. 거기서요.

백철   그건, 그건 많이 일본 사람들 통해서 거기, 거기 번역된 걸 통해서 이중으로 들어왔을 거에요. 임화는 뭐 관계있는 줄은 모르겠어요. 중학, 그러니까 그때 고등보통학교라고 그랬는데 중학교를 겨우 졸업한 사람이고 머리는 굉장히 똑똑한, 또 사회를 한 사람이야. 그래서 일본 건너가서 일본 친구도 많았겠지만 일본말을 잘 읽었을 거예요. 그쪽을 통해서 들어오지 않았나 생각해요.

시라카와   구라파 쪽의 이론을 직접 배웠는지 그렇지 않으면 그 구라하라藏原惟人[6]라든가 그 아오노 스에키치라든가 일본 쪽의 이론가들이 있거든요. 그런 사람들의.

백철   물론 이제 이쪽 일본 책도 읽었지만요. 읽었지만 일본말을 통

---

4   프리체(1870~1929) : 러시아의 문예학자 및 평론가.
5   루나차르스키(1875~1933) : 러시아의 극작가, 비평가, 정치가.
6   구라하라 고레히토(1902~1991) : 일본의 평론가.

시라카와　책은 많이 읽었겠네요?

백철　책은 많이 읽었죠. 공부들은 열심히 하는 사람들이니까.

세리카와　구라하라 하고는 어떻게, 선생님?

백철　예?

세리카와　구라하라 고레히토

백철　예, 그때 그 사람 이론계통에서야 지도자죠. 자기가 창작한 것은 없고, 그래서 그쪽 지를 번역했는데 거기에서 있어서 아주 유명한 대가이지요.

시라카와　한국 문인들이 많이 영향을 받았을까요?

백철　누구?

시라카와　한국의 문인들이요, 구라하라에게.

백철　그럼, 많이 받았죠, 많이 받았죠.

시라카와　직접 만나기도 하고요?

백철　그럼 뭐. 그 번역을 해서 얻은 것은 아……

세리카와　해방 후에 뭐 예술론은 무슨 뭐 번역된 것으로 제가 알고 있습니다만, 그 해방 후에는

백철　해방 뒤에는 그 사람들은 못 들어왔어요. 뭐 번역 안 됐어요. 그 전에 일본시대에 있던 걸 가지고 있는 사람들은 남았죠.

세리카와　네, 그래도 해방 직후에 5년 동안은 뭔가 그래도 비교적 번역은 많이 된 것 같습니다만. 그때 이론서 같은 것도.

백철　그래요. 미키 기요시三木清[7]도 대단했죠.

시라카와　선생님 가 계셨을 때는 한국에서 건너간 문인들이 많이 계셨

죠? 동경에.

백철   예, 나 건너가 있을 때도 있었고, 나는 접촉은 많이 안 했지만 임화, 안막이, 김남천 뭐 이런 사람들 다 있었죠.

시라카와   안막 씨하고 많이 만나셨겠네요? 안막 씨와.

백철   네. 안막, 그 사람은 그렇게 재능 있는 사람이 못 되고.

2. 카프 검거 사건과 동료들의 상황

시라카와   36년까지 계셨어요, 선생님?

백철   누구?

시라카와   선생님이요, 1936년까지 동경에 계셨어요?

백철   31년. 27년에서 31년까지 있었고.

시라카와   그 이후로도 가끔 동경 쪽으로 가시고 그러셨어요?

백철   예?

시라카와   귀국하신 다음에 가끔씩 일본 쪽으로 가시고 그러셨어요?

백철   일본을 갔느냐고요? 아~, 내 생각에, 여기 있다고 일본도 비슷하지만 내가 나와서 카프에서 간부가 돼 있다가서 34년에 전주경찰서에 들어가서 1년 반 거기 있었어요.

시라카와   2차 검거할 때요?

백철   예, 2차 검거, 제1차는 31년이고. 그때 가서 이쪽은 저쪽에도 그렇지만 전향파니 뭐 이런 것이 이제 감옥에 들어가니까 되

---

7   미키 기요시(1897~1945) : 일본의 철학자, 평론가

게 글을 쓰거든. 그 박영희라고 유명한 비평가가 있었는데 김기진이, 박영희 그 비평가는 내빼갔는데, 이 사람들이 나와서 이거 이러다간 아무 활동도 할 수 없으니 깃발을 내리자고 그때 한 말은 이제 깃발을 내리자 이런 얘기를 하면서 이건 좀 후퇴를 하려고 하는 경향을 보였거든. 그러니까 그때 카프 그 안이 분열이 된 셈이죠. 그러니까 우리가 운동을 지금처럼 해서는 안 된다 하니까 우리가 깃발을 내려서 좀 더 온건하게 하자 그래서 그때 이제 제1차 검거하고 나오니까 이대로는 할 수 없다 해서 임화같은 강경파는 역시 지하로 들어가자 해서 지하로 들어가자는 파하고 박영희니 이런 사람은 그러지 말고 지상으로 그대로 하면서 조금 더 우리가 하는, 말하자면 행동을 좀 의식적으로 삼가자, 뭐 이런 때가 있었는데 그때 김기진이, 박영희 같은 사람이 이론가인데 그 사람이 지상에서 그대로 하자 하는 파였거든요. 그러니까 자연히 그 사람이 소위 지상파로 이름이 되었지. 김기진이도 그러구 했는데 그 사람이 그러니까 1934년, 1934년 그러니까 천구백……

시라카와　1934년이요?

백철　일본은 어떻게 되나?

시라카와　소화 9년이요?

세리카와　소화 9년입니다.

백철　응? 소화 9년? 그때 임화가 여기 『동아일보』 신년호에 문예평론을 실었거든. 그 편지에 유명한, 그 글에 유명한 글이니깐 아실 거예요. 그때 아마 박영희 글 가운데서도 상당히 자기 안목을 내세운 걸게요. 그럼 무슨 말이 나오는 고 하니, 잃은 것은 예술이요, 잃은 것은 예술이요, 얻은 것은 이데올로기다 이런 말을.

시라카와 네, 아주 유명합니다.

백철 아주 유명하지? 그때는 벌써 확실히 나는 전향을 한다. 그때는 난 이제는 카프를 하지 않는다. 문학을 하는 사람이 문학 못 하고 이데올로기만 잡혀가지고 뭘 하느냐, 난 문학을 한다 이런 거거든요. 그게 전향이죠. 그렇게 됐는데 그때 나도 카프로 있다가서 그런 데도 뭐 영향이 없었다고는 하지만 그래도 또 내가 여기 31년에 건너올 때는 나도 자기 나름대로의 수정적인 면을 가지고 있었거든. 그건 뭐인고 하니, 역시 인문학이라는 것이 인간의 학문이 아니냐, 역시 인간을 떠나서 문학이 될 수 없지 않느냐 하는 이런 방면으로 그 의사가 달라졌어. 그래 휴머니즘humanism 같은 걸 그때부터 공부하기 시작했거든. 그래 여기 내려와서 34년에 프롤레타리아문학도 역시 인간에 더 중심을 둬야 되겠다 해서 인간주의를 주장하고 나섰거든. 근데 그것도 그 사람들로 보면 그건 전향으로 돼버렸을 거야. 하여튼 그렇게 해서 그때부터는 그 휴머니즘 얘기를 많이 썼는데 그러니까 내가 34년, 그해 박영희도 그건 잡혀 들어갔으니까, 전주에, 그때 나도 거기 끌려 들어가서 거기서 1년 반 있었는데 그래서 그 뒤에 이제 내가 전주에 내려가서 감옥에 1년 반 있다가 이제 나왔단 말이야. 31년에, 아, 36년에 나왔거든. 그래가지고서 이제 휴머니즘을 가지고서 나는 또 내려오고 그러면서 내 좋아하는 걸, 누구 좋아하는고 하니 앙드레 지드Andre Gide[8]를 좋아하고 뭐 이랬다. 그러니깐 뭐 아무래도 앙드레 지드도 처음에는 혹 해서 고리키^{Макси́м Го́рький 9}의 장례식에 서는 것이 가능하지 않았어? 갔다가 와서 그 사람도 도루 후퇴하고 말았거든. 근데 거기에 그 사람, 지드의 작품을 그때그때 좋아해서 그쪽으로 쏠리고 그랬는데 그러니까 카프로 보면 임화는 늘 그 뒤에도 가까웠는데 "아, 자네 왜 그러냐?" 하고 농담으로 이제 이러면서도 가까이 다니고 그랬어. 그랬는데 하여튼 그렇게 되자 이제 뭐 굉장히 전쟁, 대동아전쟁^{大東亜戦争}이니 일어나 가지고 뭐 말이 아니고 뭐도 없고, 없어서.

3. 매일신보사에서의 근무와 북경 체류

백철　그때 임화하고도 상의가 있지만, 그때 『매일신보』를 총독부 기관지로 가지고 있으라는 신문이 하나 있고, 그때 『동아일보』, 『조선일보』 전부 다 폐지당하고 그럴 때, 그때 그 조용만^{趙容萬}이라는 문학가가 있었거든. 그 사람이 그때 『매일신보』에 문화부장을 하고 있었거든요. 나한테 와서 말이야 "자네 그리고 혹시 이런 때는 『매일신보』에 들어가서 무슨 문화적인 그런 일이나 해보고 그러면 좀, 거기 들어가면 어떠냐?" 그러는 거야. 그래 즉답은 못하고서 말이야. 『매일신보』는 하나의 어용기관인데 거기에 들어가는 건 그러니까 못 하고 가는데, 그걸 가지고서 임화한데 얘기를 했거든. 임화한데 얘기를, 이런 지금 청

8　앙드레 지드(1869~1951) : 프랑스의 소설가.
9　막심 고리키(1868~1936) : 러시아의 소설가.

탁에 내 지금 와 있는데, 그때 나야 동경고사[10]를 졸업해서 다른 데 취직을 해나가서 뭐 뭣에는 그런 데는 없는 땐데 그때는 난 절반은 굶고 지내는 시대야. 뭐 먹을 데가 있나. 그래서 사실 뭐 한두 해지, 봐서 6~7년을 지나오니까 도저히 할 도리가 없다. 이제 이런 말들 서로 하고 그러다가, 임화라는 사람이 또 그 사람이 꾀가 있는 사람이거든. 꾀가 있는 사람인데. 그럼 그저 당분간, 당분간 거기 들어가 있게, 하나라도 들어가 있게. 그래서 그때 하는 말이 우리가 짐승들을 보면, 버러지^{벌레}에 말이야. 보호충이라는 게 있지 않느냐 말이야, 보호충. 자기 색깔 비슷한 그 당시 나무에 이제 그대로 나무빛깔을 한 대로 그대로 숨어서 살아서 그때를 넘기는 그런 버릇이 있다고. 사람도 보호색을 쓸 때는 써야지. 자네가 들어간 데서 무슨 큰 운동을 하겠냐, 뭐 기사 나고 그랬을 텐데. 그러지 말고 건너가서 이 위기를 넘기도록 해봐라 해서, 그래서 내가 40년에, 1940년에 『매일신보』를 잠깐 들어갔더랬거든.

39년이 아니라 40년이에요? 39년이 아니고 40년입니까?

내가 들어간 거는 39년이나 되고, 내가 거기 『매일신보』에는 42년인가 아마 그럴 거야. 거까지. 한 3년 동안 있었어. 거기 이렇게 있었거든. 근데 문학은 뭐 그때는 거의 안 하고 말이야. 거의 안 하고 있다가, 거기 있으니까 총독부 사람들이 또 못 견디게 하더만. 늘 저녁 먹자 해놓고서는 친일이 뭔가 한일합방이 아니라, 한일일체니 뭐 내선일체니 얘기를 하는데, 이것도

10　도쿄고등사범학교(東京高等師範学校).

굉장히 아셔야 돼. 그래서 북경지사가 그때 만들어졌다 이거야. 그래 북경지사 지사장으로 간다고 내가 신청을 했단 말이에요. 상무로, 그 김 무엇인가 그 사람이 있었는데 날 부르더니 "그거 왜 그러느냐? 문화부장, 문화부장, 가만히 있으면 안전한 건데, 왜 그러느냐?", "아니 좀 다른 데도 구경하고 좀 밖에도 나가고 싶다"고 이런 말을 했더니, 또 그 사람이 그걸 또 어떻게 해서 그랬는지 그 젊은 사람이 한 번 갈만 할 거라고 한번 내 사장한테 얘기를 해보마. 그래가지고 이제 뭐 이걸 하더니 한 달 있다가 나를 부르더니 "정말 가고 싶으냐?" 말이야. "북경을 가고 싶으냐?" 그때 사람은 북경을 낙원으로 생각했어요. 사람들은 잘 알지도 못하지만, 그러니까 "아, 정말로 가고 싶다"고. 그럼 그러지 말고 먼저 거기 출장을 한번 가보라고. 그 방면에 가서 보고, 좀 살펴보고 그러고 와서 다시 얘기를 하자. 그러니까 출장을 또 줘. 출장을 얻어가지고 한 이십일 동안 북지北支에 출장을 해서 상해까지 갔다 온 일이 있죠, 내가. 갔다 와서 한번, 북경이 참 좋단 말이야. 그럼 물론 일본군대도 들어가 있고 그때 뭐 다 된 대니까. 그래가지고 갔다 와서 난 좌우간 사람이 넓게 알기 위해서라도 갔다 와야 되겠다 그랬더니, 거기 그때 지사장이 하나 있긴 있었어. 거기 지사장이 아니고 지국장이 있었는데 이번에 지사장으로 올렸지. 그래갖고는 그 얘기를, 내가 사장하고 다시 얘기를 하겠다고 그래서 사장하고 얘기를 해서 젊은 사람이 가겠다면 괜찮은 거라고 가라 그러라고 그래 허락을 맡아가지고 지사장, 그냥 특파원으로 거기 갔더랬지. 거기 가서 3년 있었지. 그렇게 간 거이거든. 그래.

시라카와   42년부터 45년까지 계셨겠네요? 42년부터 3년간 계셨겠네요?

백철   그러니까 내가 나온 것이 8월, 아니 8월 12일인가 나왔어. 좌
우간. 다 8월 15일에 저거 되지 않았어? 천황폐하 일이 있지 않
았어? 그때 나왔어. 그러니까 3, 4년 되는 셈이지. 이제 그렇게
돼서 거길 가 있은 거인데, 그때는 여기 사람들이 문학자들, 예
술가들이 북경을 못 가서 굉장히 애쓰던 때거든. 그리고 임화
부터도 내가 가는 걸 굉장히 부러워하고, 자기는 갈 수 없으니
까 부러워하고 이제 그러고 그러는데. 그렇게 돼서 북경생활은
그렇게 돼서 들어가 있은 것이고. 그래가지고 팔일오[8·15] 직전
에 애들 데리고 가 있었으니까 애들하고 아내하고 데리고 내
다 두려고 데리고 나왔다가 난 못 들어가면서 그대로 여기서
해방 맞이하고 그렇게 된 거예요. 거기 내가 또 있었으면 굉장
히 또 몰릴 경우가 있어서 그런지 몰라. 그래가지고 그때 가 쭉
있었지. 그때 여길 날 맞이하는 사람들도 내가 가서 피신해 있
다가 오는 줄 알고 가서 뭐 친일파라 생각하지 않거든. 그래 뭐
그런 여러 가지 오해 같은 거, 그런 것은 아주 면하고 살았다고
볼 수 있죠.

세리카와   그때 저 북경에 계실 때 혹시 북경 이외에 다른.

시라카와   만주 지방?

백철   만주? 다녔죠. 많이 했어.

세리카와   가보셨습니까?

백철   가 보았죠. 내가

세리카와   간도, 간도지방

백철   간도는 못 갔는데, 몽골 가보고 그 뒤에 서주[徐州, 쉬저우] 가보고

그 다음에 개봉^{開封, 카이펑}이라는 데 있어요. 개봉이라 국경 저쪽 국경인데.

시라카와　함경도 근처에

백철　그 개봉을 넘어서 어딜 갔는고 하니, 남경^{南京, 난징}을 통해서 상해^{上海, 상하이}로 내려와서 항주^{杭州, 항저우}까지 보고서 돌아왔단 말이야. 그때 그래서 중국에 중요한 곳은 다 구경을 했죠.

시라카와　좋은 데 다 구경하셨네.

백철　예?

시라카와　좋은 데 다 구경하셨어요.

백철　그럼. 그래 그때 전쟁 중에는 북경, 항주를 일본이 쳐가지고서 항주 거기까지 말이야. 항주, 서주 거기까지 북경에서 통하는 기차가 그때 복구가 됐거든. 그래 개통하는 그 차를 신문기자단으로서 같이 타고서, 타고서 그 항주하고 아마 그 방면에 보니까 한 일주일 묵어 봤나, 묵어보고 그 다음에 양자강에서 군함을 타고서 남경 내려와서 한 4, 5일 있었고, 거기서 또 상해에 내려가서 며칠 있었고 항주도 다녀오고 그렇게 해서 중요한 곳을 구경한 셈이죠. 지금 같으면 어림없죠, 뭐.

시라카와　그때 당시에 그 신경^{新京, 신징}이라고 만주의 신경이라는, 수도인가요? 지금 거기 가보셨습니까?

백철　거기는 못 가봤는데, 거기를 통과했어.

시라카와　거기 그때 만주 지방에 『만선일보』라는 신문이 있었죠?

백철　그 사람은 많이 알죠. 내가 들려서 온 건 아니고 염상섭이라고 노대가인데 그분이 거기 편집국장을 했었거든. 편지를 내가 한 일은 있었지만 거기서 만나지 못했어요. 거기에 박영진이라고 좋은 작가가 있었는데 그 사람이 거기 문화부장인가 하고 있었는데 여기 나와 있다가서 폐병으로 일찍 죽었고.

시라카와　지금 그『만선일보』라는 잡지, 신문을 통 볼 수가 없는데요.『만선일보』라는 신문이요. 어디 갔는지 지금은 어디에도 없단 말입니다. 그 신문이요. 한국 국내에도 별로 없고요.

백철　어디 있긴 있을 거야. 여기 가진 사람이 별로 없을 거야. 그것도 어용 신문이니까, 또. 그때 다 그래서 들어갔지, 뭐 누가 우리가 들어가려고 들어갔나, 그거.

시라카와　매일신보사는 그러면 조용만 선생님 바로 뒤를 이어서 문화부장하신 거예요?

백철　누가?

시라카와　선생님이요.

백철　여기『매일신보』?『매일신보』는 여기 서울이고.

시라카와　예, 그러니까 조용만 선생님 바로 뒤에 문화부장하신 거예요?

백철　예, 아니 그전에 하다가 내가 들어가니까 내게 양보를 하고 그때 총독부에 또 말썽이 생겨서 뭐 그 시기인 거. 그래서 한 2, 3년, 내 북경 들어갈 때까지 그만두었다가 다시 했지.

세리카와　그때 역시 저『만선일보』하고 또 무슨『조선일일신문』이라고 하는 것도 있었다고 제가 들었습니다.『조선일일신문』

백철　조선? 응?

시라카와　『일일신문』.

세리카와　네,『조선일일신문』

백철　『조선일일신문』. 말은 들었는데 나는 그거 잘 보지 못했네. 내가 아마 북경 있을 때였는지.

시라카와　조용만 선생님 자주 연락이 있으십니까?

백철　없었어요. 거의 끝났어요. 뭐 거기에 북경이라는 건 참, 한번 있어 볼만 한 거예요. 난 그냥 북경 있어 보는 건 아주 좋은 경험 했다고.

시라카와　지금 조용만 선생님 반포동에 계시는 것 같은데요.

백철　반포?

시라카와　예. 저 전화번호나 혹시 아시는 게 있습니까?

백철　여기선 없어. 몰라요. 그리로 이사를 왔나? 내가 요즘 일체 나가지 않거든. 안 나가니까. 지금 내가 관계를 한다고 하는 거야 문학단체들인데, 그 중에 예술원에 뭐 원로회원인가 그걸로 나와 있거든. 해서 거기서 뭐 활약이 있다고 할 때는 그러게 한 달에 한 번 정도인가 그렇게 나가.

세리카와　선생님, 저 해방 직후에 저 문학가동맹에서 무슨 아문각이라는 데서 『토지』라는 제목으로 농민소설집 갖다가, 이렇게 모은 거 갖다가 있다고 제가 들었는데요?

백철　아문각?

세리카와　예, 아문각이라는 출판사에서

백철　그런 소설 내가 못 봤는데.

세리카와　『토지』라는 농민소설 그때 아마 나온 단편소설 갖다가 모은 단편소설집인 것 같습니다마는, 근데 그거 나왔다는 얘기 들었는데 제가 한 번도 그걸 갖다 못 봤거든요. 어디 있다는 것도 제가 못 들었는데.

백철　그것이 뭐 『무궁화꽃 필 무렵』인가 뭐 그런 책으로 책이 나온 것은 본 일이 있어. 만주에서 낸 거. 그때 자기가 낸 걸 그대로 모은 거야.

시라카와　선생님, 『매일신보』 문화부장으로 계셨을 때요. 그때 장혁주^{張赫宙}, 아까 제가 말씀드렸습니다만, 그분이 「문학 단체 통합」이라는 글을 쓰시는데요. 그거 선생님이 어떻게 장혁주 씨에게 지시를 했다 그렇게 기록에 나오는데 그거 사실입니까? 그런 것 좀 보면 '문학 단체의 통합'이라는 거요. 그러니까 문화보고회라든가, 보국회라든가 그리고 저…….

백철　그런 거, 강연한 거?

시라카와　아니요, 저 일본 국내에는 (일본)문학보국회라는 게 있었거든요.

백철　그렇지. 그건 나 북경 들어가 있었지.

시라카와　그리고 여기에는 조선문인협회 뭐 그런 게 있지 않습니까? 그런 거 다 통합을 해가지고 하나의 문학을 통해서 보국을 한다. 그때 당시에 그런…….

백철　그것이 말기라면 그때에는 그러니까 내가 39년인가 그때부터 한 3, 4년은 가 있었으니까 그 동안에 무슨 일이 있었는가 또 나는 몰라. 그때 그건.

시라카와　네. 42년경에요. 장혁주 씨가 그 글을 쓰는데 백철 선생님께서 지시를 하셨기에 그 글을 썼다 그렇게 기록이 나와요.

백철　그래? 그럼 내가 있을 땐데, 내가 있을 때 그런 거 한 일이 없는데.

시라카와　42년 5월경에 그 신문에 나왔거든요. 『매일신보』요. 선생님 떠나신 게 언제죠? 42년에?

백철　3월쯤 떠났는데.

시라카와　예, 그 전에 그러면 말씀을 하셨을까요?

백철　그건 몰라, 내가 무슨 그런 거, 나 있을 때 하고 내가 떠났는지 모르겠네.

시라카와 3월에 떠나셨네요. 북경으로.『매일신보』에다가 장혁주 씨가 많이 글을 썼습니까?

백철 예, 뭐 장편 하나 쓰고 그랬을 걸요.

시라카와 작품 이외에 무슨 평론이라든가 논설 같은 건 없나요?

백철 비슷한 걸, 내가 한두 개 쓴 거 봤나?

시라카와 많지는 않은 모양이죠?

백철 응, 많지는 않아.

시라카와 다른 잡지라든가 신문은 어떨까요?『동양지광』이라든가『경성일보』같은.

백철 예,『경성일보』도 많지 않을 걸. 아마 한둘 단문이 있을는지 모르겠어. 그때 아마『조광』에 뭘 하나 둘 쓰는 걸 봤는데.『조선일보』에서『조광』이라는 잡지가 나왔는데. 거기에 뭐 한둘 쓰는 걸 봤는데.

시라카와 『조광』이요? 그거는 뭐 작품이 아니고 다른 그거?

백철 그거는 뭐 잡문이지.

시라카와 주로 그럼 뭐 일본서 주로 작품도 쓰고 잡문도 다 일본어로 썼다는 얘기겠네요.
여기 한국 국내에서는 뭐.

백철 그렇지, 일본에서 써서 일본에서. 그 사람 일본 가 있었어요.

시라카와 예, 근데 일본서 굉장하게 많이 책을, 단행본만도 스물 몇 권 되거든요. 그때 그렇게 같이 읽혔을까요? 읽혔으니까 거기서 출판이 된 모양인데요. 여기서 반응이 어땠는지요? 그때 장혁주 씨에 대해서요.

백철   당선작 「아귀도」 그것은 괜찮게 생각했어. 그때는 또 생각도
         상당히 건전할 때고. 그때 그 「아귀도」의 내용만 해도 아주 빈
         민촌 얘기를 쓴 거거든. 비참한 얘기를 쓴 거이고. 그래서 그것
         은 괜찮게 생각하고 그때도 일본 내에서도 원래 프롤레타리아
         문학파에서도 거기에 대해서는 아마 특별히 계속 실었다 해서
         뭘 요구를 하지 않아도 상당히 호감을 가지고 읽었고 그랬을
         거야. 그 뒤에는 나빠졌지, 근데.

시라카와   「문단 페스트균」 논쟁이라는 게 있었죠?

백철   응?

시라카와   「문단 페스트균」이라는 그 논쟁. 그러니까 장혁주 씨가 자기가
         일본서 데뷔했으니까 시기심을 가지고 자기를 공격을 한다 그
         래가지고 한국 작가들에 대해서 좀 나쁘게 이야기했지 않습니
         까? 그래서 시기심이 있다, 한국 문인들이. 그런 걸 좀 논쟁한
         것 같은데, 이무영 씨하고 김문집이라는 분하고.

백철   김문집이 하고는 우리가 사나웠어. 사이가 좋지 않았어. 원래
         「아귀도」 썼을 때 김문집이한테 "이거 나 한번 봐다오" 하니까,
         김문집이 거기 가서 뭘 글 쓰느라고 돌아다니고 하니까 말이
         야. 그거 보더니 "글쎄, 나 보기에는 시원헌 거 같지 않네." 아마
         이런 대답을 한 모양이야. 근데 그때 장혁주의 그 지음을 김문
         집이가 일본 작가들한테는 했는데 장혁주 그것이 일본 작가에
         가지를 못하고 그 김문집이한테 한번 그걸 받으려고 했는데 그
         건 못 받고 아마 투고를 했던 모양이야. 의가 좋지 않았어, 둘은.

시라카와   근데 장혁주 씨의 「아귀도」 그것 자체가 김문집이 어느 정도
         써줬다 그렇게 주장을 하시는데, 김문집 씨가.

백철   누가? 아니야.

시라카와 김문집 씨가 내가 좀 도와줬다는 얘기를

백철   아니야. 그 사람은 김문집이라는 사람은 인간적으로는 그건 좋
         지 않은 사람이야. 장혁주도 사람은 인간적으로는 뭐 괜찮더구
         만. 역시

시라카와 몇 번 만나셨어요?

백철   여기 나오면 늘 찾아오고 그랬죠.

시라카와 36년 이후에는 동경에서 아주 산 것 같던데요, 그분이.

백철   응?

시라카와 35년까지는 대구에 계셨고요. 36년 이후에는 아주 일본에 가
         신 것 같은데 그럼 35년까지는 선생님 좀 만나셨겠네요? 한국
         에서요.

백철   한국에서 애들도 만났지. 오면 좌우간.

시라카와 대구에서…….

(중단)

백철이 말하는 농민문학,
프로문학의 현황 및 한일 교류

윤미란

　본 채록은 1985년 1월 24일 백철 자택에서 1시간 가량 이루어진 백철의 인터뷰를 기록한 것이다. 녹음 테이프는 30분씩 2개로 나누어져 있어 각각 제1차, 제2차 채록문으로 표기하였다. 당시 한국에서 유학하고 있었던 세리카와 데쓰요와 시라카와 유타카가 백철에게 한국의 농민문학 및 농문문학 작가와 작품에 대한 견해 그리고 일본 유학 시절과 만주시절에 관한 체험에 관하여 질문하고 대답을 듣는 형식을 취하고 있다.

　백철은 1908년 평안북도 의주에서 태어나 1985년 10월 서울 자택에서 별세하였는데 1985년 1월 인터뷰 당시 향년 77세였으며 별세하기 9개월 전의 시점이었다. 인터뷰 녹음을 들으면 인터뷰어의 질문에 세심히 귀를 기울이면서 다소 낮고 차분한 어조로 대답을 하는 백철의 목소리가 인상적인 가운데, 질문자의 질문이 잘 들리지 않아 재차 물어보는 장면이 종종 연출되곤 한다. 그리고 평안도 사투리가 거의 사라진 백철의 말투 사이에 아주 가끔 발화되는 평안도 말씨를 통해 그가 평안도 출신이라는 사실이 상기되곤 한다. 또 백철의 대답에는 '북한 / 남한'을 주로 '거기저쪽 / 여기이쪽'로 지칭하는 당대 언중의 관습이 드러나기도 한다.

　백철의 발화내용을 살펴보면 다음과 같다. 제1차 채록에서는 백철이

1930년대부터 농민문학에 지속적인 관심을 가지고 있었으며, 일본 유학 시절 프롤레타리아문학 운동에도 깊이 관여했다는 사실을 보여준다. 그는 1927년 일본에 유학하여 약 5~6년간 체류했으며 카프^{KAPF, 조선 프롤레타리아 예술가 동맹}의 일원으로 활동하였고, 일본의 프롤레타리아문학 단체인 나프^{NAPF}와도 교류했다. 한국의 프롤레타리아문학에는 독일과 일본의 프롤레타리아문학이 큰 영향을 미치고 있었으며, 구술자는 나카노 시게하루, 도쿠나가 스나오, 모리야마 케이, 아오노 스에키치 등 일본 내 대표적 작가들의 이론과 작품을 접했던 당대 한국문학계의 상황을 전하고 있다. 당시 백철은 야마모토 야스에, 신쓰키지극단 등의 연극인들과도 교류했으며, 동경에서는 김용제 등 한국 작가들과도 함께 활동한 바 있다.

그는 한국 문단에서 일생을 농민문학에 바친 작가는 많지 않다고 평가하면서도, 이무영과 이문구 정도가 그 예에 속한다고 언급했다. 농민문학과 관련된 주요 작가들에 대해서도 상세히 언급했는데, 김소엽은 1930년경 카프에 가입해 농민 관련 소설을 썼으며 해방 후 월북하였고, 현재 생사나 행적은 확인되지 않는다고 말하였다. 이근영은 1930년대 중반부터 활동한 작가로, 근성이 강하고 진지한 태도를 지녔지만 큰 작가적 재능보다는 성실한 자세가 특징이었다. 최인준은 월북하지 않고 남한에 남아 활동했으며, 주로 극작에 가까운 작업을 했고, 함세덕은 6·25전쟁 중 사고로 사망했다고 증언했다.

김사량과 현경준은 월북하였으며, 이후 활동은 미미하거나 알려지지 않았다. 현덕은 신춘문예를 통해 데뷔했으며, 1947년경 월북하여 리얼리즘 계열의 소설을 집필한 작가였다. 임화는 1925~1926년 무렵 일본 유학 중 나카노 시게하루 등과 교류했으며, 구술자와도 개인적 친분이 깊었다고 한다. 이외에도 김남천, 이기영, 이태준, 한설야 등은 월북 후 활동이

거의 없거나 생사가 불분명하다고 전했다.

그는 특히 이북명을 중요한 작가로 언급했는데, 그는 노동자 계층 출신으로, 함흥 질소공장에서 근무했던 인물이며, 도쿠나가 스나오에 비견될 만큼 유망한 작가로 평가되었다.

한편, 그는 1931년경부터 프롤레타리아문학과 농민문학을 명확히 구분했다고 설명했다. 프롤레타리아문학은 노동자 계급을 중심으로 한 문학이고, 농민문학은 빈농 계층 출신 작가들을 중심으로 한 문학으로, 양쪽은 사상적·조직적으로도 분리되어 있었다. 일본 내에서도 나카노 시게하루가 이러한 농민문학 계열을 주도했다고 증언했다.

백철은 젊은 시절부터 일본문학과 서구문학에 깊이 노출된 세대였다. 한국의 프롤레타리아문학 이론은 대부분 일본을 경유하여 들어왔으며, 한국 문인들은 구라하라 고레히토, 아오노 스에키치 등 일본의 프로문학 이론가들이 번역한 서구 이론서를 통해 지식을 축적했다. 임화를 포함한 상당수 한국 작가들이 실제로 러시아나 서구 이론을 직접 읽기보다는 일본어 번역본을 통해 접했다고 그는 회고한다. 일본 유학 경험이 있는 문인들은 일본에서 번역된 투르게네프, 보들레르 등 여러 산문과 시를 손쉽게 접할 수 있어 서양문학과 사상에 친숙했다.

제2차 채록에서 백철은 카프활동과 일본문학의 영향 그리고 『매일신보』 근무 시절에 관하여 언급했다. 1930년대 한국 문단에는 해외문학파라는 그룹이 있었는데, 함대훈·서항석·김진섭 등 각 언어권 문학을 전담한 인물들이 소속되어 있었다. 이들은 일본에서 형성된 학맥과 유학 경험을 바탕으로 활동했으며, 카프와는 사조적 대립을 이루기도 했다. 백철은 함대훈 등의 활동이 활발했음에도 남긴 성과는 많지 않다고 평가했다.

백철은 1927년부터 1931년까지 일본 도쿄에 머물렀으며, 그 시기에 임화·안막·김남천 등 많은 조선 문인들과 접촉했다. 귀국 후 그는 카프 간부로 활동했지만, 1931년 제1차 검거 사건 이후 카프 내부는 강경파와 온건파로 나뉘어 격렬한 내부 갈등을 겪었다. 임화를 중심으로 한 강경파는 지하운동을 주장했고, 박영희·김기진 등은 지상에서의 완만한 활동과 후퇴를 주장했다. 이때 박영희의 "잃은 것은 예술이요, 얻은 것은 이데올로기다"라는 글귀는 사실상 전향 선언으로 읽혔고, 당시 문단에 큰 반향을 일으켰다.

백철은 자신도 1934년 전주경찰서에 1년 반간 구금되면서 프롤레타리아문학의 경직된 이념 중심성을 고민하게 되었고, 이후 '인간 중심의 문학', 즉 휴머니즘을 중시하는 방향으로 자신의 문학적 입장을 수정했다. 그는 문학이 이념에 종속되는 것을 경계했고, 그때부터는 앙드레 지드에게 많은 영향을 받았다. 이러한 전향적 경향 때문에 임화와는 의견차가 있었지만 인간적 교류는 지속됐다고 회고한다.

1930년대 후반으로 접어들며 조선의 언론 환경은 총독부에 의해 재편되었고, 동아일보·조선일보가 폐간되자 조용만이 백철에게 총독부 기관지인 『매일신보』 문화부장 자리를 제안한다. 생계난이 심각했던 그는 임화와 상의했는데, 임화는 "보호충처럼 보호색을 쓰며 위기를 넘겨라"라며 잠시 몸을 숨기라는 의미로 들어가 보라고 조언했다. 그렇게 백철은 1939년 무렵 『매일신보』에 들어가 약 3년간 근무했다.

이 무렵 신문사는 북경지사를 설립했고, 백철은 북경에 가고자 자원했다. 사장은 처음에 만류했지만 결국 그의 뜻을 허락하여 그는 1942년 특파원으로 북경에서 3년간 근무했다. 당시 북경은 조선 문인들에게 동경의 대상이었고, 임화조차 그의 북경행을 부러워했다. 북경에 머무는 동안 백철은 중국 각지를 여행했는데, 몽골, 서주, 개봉, 남경, 상해, 항주 등 주요 도시들을 돌아보았다.

 1945년 8월, 해방 직전 그는 가족을 잠시 서울로 데려다주려 귀국했다가 일본의 패전을 맞이하게 되었다. 북경으로 다시 돌아가지 못한 채 한국에서 해방을 맞았고, 오히려 그 때문에 친일 관련 의혹을 피할 수 있었다고 말한다. 당시 주변에서는 그가 피신해 있다가 돌아온 줄로 여겼다는 것이다.

 이후 그는 문학계와의 교류를 줄이고 예술원 원로회원 등으로만 제한적 활동을 이어갔다고 한다. 인터뷰 말미에는 『만선일보』·『조광』 등 당시 여러 매체들에 대한 회상과 함께, 장혁주·김문집 등 동시대 작가들 사이의 갈등이나 평판에 대한 소소한 에피소드들도 덧붙인다. 장혁주의 초기작 「아귀도」는 긍정적으로 평가하면서도, 이후 장혁주는 방향을 잃었다고 언급한다. 백철은 김문집에 대해 인간적으로 신뢰하기 어려운 사람이었다는 평가를 남긴다.

김송金松, 1909~1988

대한민국의 소설가. 함남 함주군 출신. 1940년 희곡 〈농월〉로 데뷔. 1945년 민족의 자주적인 문화를 창조하기 위하여 잡지 『백민』 창간함. 서울특별시 종로구 누상동의 백민문화사白民文化社에서 고전·평론·수필·소설·교양 등의 읽을거리를 담은 순수문학과 민족문학적 입장을 견지하였던 이 잡지는 1948년 1월호까지 통권 21호를 발간, 경영의 어려움으로 잠시 자취를 감추었다가 1950년 6월에 세종로의 중앙문화협회中央文化協會가 제호를 『문학文學』으로 바꾸어 속간, 시인 김광섭金珖燮이 발행인이 되어 편집하여 제22호, 제23호를 발행함.

시라카와, 김송, 세리카와

1

농민문학 작가,
일본에서의 공부 및 해방 전후의 활동

일시 : 1985년 1월 27일

장소 : 뉴서울호텔

구술 : 김송

면담 : 세리카와 데쓰요, 시라카와 유타카

1. 일본 지인 안부와 인터뷰 인사말

김송　　　동광은 뭐라 하나? 히가시 ひがし?

세리카와　히가시, 동광?

시라카와　성이 어떻게 됩니까??

김송　　　네? 동광東光이라고, ひがし 히가시, 東…….

시라카와　とうこう 東光?

세리카와　아, こん とうこう 今東光[1] 선생님!

시라카와　예, 곤 도코, 알겠는데요.

김송　　　동광이가 곤 도코 こん とうこう?

세리카와　중국사람은 아닙니까?

김송　　　어? 아, 아니.

1　곤 도코(1898~1977) : 일본의 소설가.

세리카와 두 분 다 돌아가셨어요.

시라카와 네, 곤 도코 상さん은 돌아가셨고, 나카노中野重治[2] 상도…….

세리카와 네, 나카노도 돌아가셨습니다.

시라카와 네, 돌아가셨습니다.

김송 죽었죠. 그 사람들이 나브다 나이 위니까. 뭘 나한테서 물을 거 있습니까? 뭐?

세리카와 아하하. 실은 여기 와서 둘이 여기 근대문학 공부하고 있습니다. 주로 저는 지금 논문 쓰는데 일제시대에 농민문학이라고 해가지고 농민 주제로 한 작품을 쓴 사람들을 제가 지금 공부를 하고 있습니다마는, 사실 여기 문학사를 봐도 한때 잠깐 이렇게 나왔다가 뭐 전쟁이라든가 그런 것 때문에 행방불명도 되고 모욕도 하고 그런 분들 꽤 많습니다. 소위 농민작가다 라고 처음에는 알려진 사람들 중에서 그런 분들이 많은데 그런 분들을 선생님 어떻게 많이 아마 아실 것 같아서요. 그때 그런 상황을 좀 듣고 싶어서 좀 그랬습니다(인터뷰하러 왔습니다).

2. 농민문학 작가와 작품

김송 농민문학이라 하면 뭐 이광수 씨의 그 『흙』이란 작품 있죠? 그게 대표적이라고 볼 수 있지요. 그 다음에 이기영 씨의 『고향』이라는 작품이 있었는데 그건 지금 여기서 나오지 못합니다.

---

2 나카노 시게하루(1902~1979) : 일본의 소설가, 시인, 평론가, 정치가.

세리카와　선생님, 혹시 저 김소엽金沼葉이라는 분 아십니까?

김송　김소엽?

세리카와　그분도 월북을 갔다가 했다 이렇게 들었습니다마는 그 전에는 어떻게…….

김송　김, 소, 엽? 잘 모르겠는데,

세리카와　늪 소沼 자에다가 저 나뭇잎 엽葉 자죠.

김송　김소엽? 많이 듣던 이름인데.

시라카와　『갈매기』라는 거

김송　아, 『갈매기』라고? 어디서 본 것 같애. 뭐 근대문학이라고 하면 이광수의 『흙』이 아주 유명하지. 그 다음에 농민문학에서는 심훈沈熏의 그,

세리카와　『상록수』 같은

김송　『상록수』 같은 거, 그리고 이기영의 『고향』, 『쥣불』

세리카와　『서화』서화(鼠火)는 쥐불놀이를 뜻함

김송　그 다음에 한설야韓雪野의 『탑』이라는 거.

시라카와　이기영 씨라든가, 한설야 씨 같은 월북한 분들을 만나보신 적 있으세요?

김송　같이 놀았지.

시라카와　어디 뭐 서울 시내에서요?

김송　한설야는 나하고 고향이 같고. 함흥이거든요. 그러고 이기영이는, 인왕산 밑에서 내가 살았는데, 여기 와서, 그때 거기 그 사람이 살았어요. 같이 술도 마시고.

세리카와　그분들은 그러니까 일제 말기에는 거의 작품 활동 안 하다가.

김송　일제 말기에는 작품 활동 못 하다가 이기영 씨는 그 옥인동이라

는 거기서 살다 갔어요. 우리하고 같이 놀다가 그래 일제 말기에 전쟁이 심하고 그리고 서울에 자꾸 폭격당한다 이런 이야기도 자꾸 듣고, 들리고 하니까 당국에서도 시골로 먼저 소개疏開해 가라고 그랬어요. 나도 소개하려 하다 그만두고, 이기영李箕永이 는 철원에 갔어요. 그 가족들도 철원에 가서 살다가 ○○○로 갔 더니 ○○○ 그냥, 그 양반이 사는 철원이 이북이 됐거든요. 그러 니까 이북에 그냥 주저앉은 거죠. 한설야도 고향에서 그냥 살다 가 주저앉은 거죠. 나에게 나(에게) 한국문학의 주류를 묻는 거라 면, 여러분들 잘 알겠지마는, 저 이조 말기부터 우리가 나갈 수 있는데 요즘 한국에서는 전통문학이 뭐 이런 말을 많이 하고 그 러는데 나는 전통문학이라는 건 그렇게 달갑게 생각하지 않아 요. 정통이라는 거 바로 바를 정正 자예요. 전하는 전傳 자가 아니 고 바를 정 자의 정통문학이라면 나는 그거 좀 얘기거리가 된다 그거지요. 그러니까 한국의 전통문학이라는 것은 역사상으로 이제 중국의 지배를 많이 받고 침략을 많이 받았어요. 그런 관계 로 해서 『임경업전』이라든가 『병자호란』 같은 작품이 나왔거든 요. 과거에 『임경업전』, 『병자호란』 같은 게 나왔어요. 그것이 나 는 전통문학이라고 보고, 뜨 이남 쪽으로 보면 임진왜란 이후에 『임진란』이라는 소설이 나왔고 그러고 『녹두장군』이라고 알겠 는데, 그런 소설이 나왔어요. 그리고 내정 관계에 대해서는 『춘 향전』이라든가 『홍길동전』이라든가 이런 게 나왔고, 국내적으 로는. 그러니까 이제 말한 『임경업』이라든가 『병자호란』이라는 건 외세가 이렇게 들어오고 이걸 배경으로 해서 쓴 소설이란 말 이야. 그러고 『임진란』이라든가 이 『녹두장군』은 이제 또 역시 외세가 이렇게 들어올 때 거기에 대한 배경이 작품이 되고 그리고 『춘향전』이라든가 이 『홍길동전』 같은 건 국내적으로 아주 관건冠巾의 패수敗數 때문에 거기 준하는 작품들이 서로 나왔고 이 세 가지 유類가 이제 그것이 한국문학의, 난, 주류라고 생각해요. 이병도 씨는 전통문학이라는 건 몹시 말하고, 다른 작가들도 말하지만, 나는 바를 정 자의 정통문학을 말한다면 여섯 개를 난 뽑을 수 있어요. 여기서 이제 흘러 내려와서 일제 말기에 들어와서는 「낙동강」이라는 게 나왔어요. 조포석趙抱石의. 그러고 최서해 「탈출기」라는 게 나왔고. 그건 모두 여기서 살지 못하니까 어디 저 만주로, 이제 간도로 간다 그거고. 이제 국내적으로는 이광수의 『흙』이라든가, 농촌으로 돌아가자 이런 운동이죠. 『상록수』도 역시 그런 거고 농촌에 돌아가자는 거고. 그런 게 나왔지요. 그러고 이광수의 작품으로서는 난 뭐, 뭐 해도 제일 우수작이라고 하는 거는 「무명」인데 「무명」이라고 들으셨을 거예요.

네, 네.

그거라고 볼 수 있죠. 그러고 한설야의 이제 『탑』이라는 건 역시 그것도 농촌, 국내적인 거……. 그러고 해방 이후에 들어와서는 별로 난 손꼽을 만한 작품 아직 보지 못했고 본다면 이범선李範宣의 「오발탄」 같은 게 뭐 좀 우리가 떠오르는 거고, 그렇게 보고 있어요, 난. 그래 난 그런 걸 묶어서 이제 한국의 정통문학이라고, 이것을 우리가 이어서 이제 앞으로 한국문학을 발전시켜야 할 텐데, 지금은 현재로서는, 해방 이후에 현재로서는 아직 돋보이는 작품이 없고 또 평론가들도 그렇게 활발하게 평론을 못 하고 있는 것 같아요.

3. 이태준, 이동주, 박태원

시라카와　저, 이태준 같은 사람은 어떻게 생각하십니까?

김송　이태준은 뭐 그건, 순수문학을 한다구 해가지고서 했는데 그 양반 단편이 역시 순수성을 강조하는 건데 「골동품」과 같은 그런 작품을 많이 썼지. 「복덕방」이라든가 이런 거, 그러고 장편은 그 사람 연애소설을 많이 썼고 그러다가 이북에 넘어갔고.

시라카와　만나신 적 있으세요?

김송　만났지요.

시라카와　어떤 분이에요? 그 인품이라고 그럴까

김송　깔끄러운 사람이지요. 껄끄럽다고 할까요? 그런 사람이지요

시라카와　전체적인 관심이 있었던 분인가요? 그렇지 않았죠?

김송　나는 그 양반의 문학을 그렇게 관심을 두지 못했어요. 일제시대 그 시대에 이제 탄압이 이렇게 문화면이 심하게 되니까 그 양반들은 정지용이라든가 그런 사람들이 순수문학이라고 해가지고서, 서정주도 그렇지만 그 도피문학을 한 사람들이니까 정말 민족주의문학을 한 사람은 몇 사람을 꼽을 수 없어요. 이동주李東柱의, 이동주 이야기 들었는지? 이동주는 그 사람이 한동안 나하고 같이도 있었어요. 그 양반은 나하고 같이 있을 때 쓴 작품 그 후에 나왔고 그랬는데 그 사람도 민족주의문학을 하느냐, 순수문학을 하느냐 이러한 걸로 고민 몹시 한 사람이에요. 그래 그 사람 작품은 누구, 여러 가지가 있죠? 순수문학도 있고 민족주의문학도 있고.

시라카와　이동주 선생이 지금 문학사에서는 높이 평가 안 하는 경우가

많거든요. 왜 그럴까요?

김송　문학사에선 그 사람 높이 평가해야 할 거예요.

시라카와　부당하게……?

김송　그렇죠. 역시 높이 평가받을 사람이야. 그 사람은, 최근에 난 이동주 평론을 쓴다 그래서, 누가 이동주의 평론을 썼어요. 권희선權憙宣이라는 사람이 그래 날 찾아왔어요. 한국에서는 이동주를 만난 사람이 나밖에 없단 말이야. 그래 날 찾아와서 이동주에 대한 걸 말해 달라고 그래서 한참 말해주고 그랬는데 그 사람이 나중에 책이 나온 걸 나한테 보내왔어요. 그거 보니까 아주 이동주를 자세히 연구를 했더만.

시라카와　그 박태원 같은 사람은 잘 아시는 편인가?

김송　박태원은 내가 두어 번 만났는가 그래요. 그분도 월북 전에는 여기서 순수문학을 했죠.

시라카와　『천변풍경』 같은 거 많이 읽힌 거예요?

김송　응?

시라카와　『천변풍경』이라고 대표작이 있지 않습니까? 『천변풍경』.

김송　아, 『천변풍경』 읽어봤죠.

시라카와　그거 많이 읽힌 거예요? 그 당시에?

김송　그렇죠. 순수문학 이태준이, 박태준[3] 이 일제 말기에 순수문학을 한다 해서 그렇게 얘기가 많았죠. 정지용이라든가.

시라카와　박태원 씨가 아직도 살아계시는 모양이죠? 이북에서요?

김송　누구요?

3　박태원을 잘못 말한 것일 가능성이 있음.

시라카와 박태원 씨요.

김송 살아있는지 어쩐지 모트죠.

세리카와 지금 몇 년 전까지 해도 여기 신문에 나왔죠.

김송 모르겠어요.

세리카와 완전히 저 눈 있죠. 그때부터 이제 눈이 별로 좋지 않았던 모양인데.

김송 여기서 이북에 넘어가기 전에 이제 내가 관계된 신문에 이제 『임진왜란』 소설 쓰다가 그만뒀어요. 그리고 이북에 넘어갔거든요, 그 사람이. 그때도 몸이 좋지 않더군요.

시라카와 『임진왜란』이라는 작품이 그러면 중단되고 말았겠네요.

김송 중단되었지요. 예. 그때 한 두어 번 만났고.

시라카와 네, 박태원 씨가 원래 이상하고 아주 친했다고 하던데요.

김송 예?

시라카와 이상, 시인 이상 씨하고 친하게 다녔다고.

김송 아마 그럴 거예요.

시라카와 요 근처에 뭐 이상의 다방이나 뭐 그런 게 있었다고 그러는데요. 청계천하고 명동 사이.

김송 그건 난 모르겠어요. 어딘가 다방했다는 그런 이야기 들었어요.

시라카와 『천변풍경』에 나오는 그게 거의 다 원래 그 체험 그대로 옮겼다 그러는데요.

김송 여, 여기죠.

시라카와 여기에요?

김송 이 근처예요. 지금 여기 큰 길이 났지만 그 자리.

4. 일본에서의 연구와 활동

시라카와　일본서는 뭐 일본문학 같은 거 많이 읽을 수 있겠네요.

김송　일본에 있을 적에 난 원래 희곡을, 연극 희곡을 연구한다고 이렇게 일본에 가 있어서 일본대학을 다녔거든요. 그런데 그때 일본도 공산주의 색채가 심하고 그때에 소위 그『맑스-엥겔스 전집』이 나오고 또 프롤레타리아문학이 활발히 운동할 때 그때 내가 들어왔는데 그때도 일본 동경東京 유학생 가운데 두 파로 갈려 있었어요. 유치진을 중심으로 한 해외문학파라는 게 있었고 또 우리를 중심으로 한 사회성부정문학그루프グループ, 그룹 가 있었어요. 그래서 서로 이제 가끔 만나면서도 그렇게 뭐 문학적인 이런 이념이 다르기 때문에 같이 일은 못했죠. 그래 나는 연극이라는 건 그때에 소형 이동극장이 필요하다는 걸 난 느꼈어요. 연극 지금 소형극장 여기서 운동을 많이 하지요? 이동식 극장 같은 걸 했으면 좋겠다고 그래서 내 친구들하고 같이 이동극장운동을 했어요. 그러다가 일본에 그 스기나미杉並 경찰서라고 있었어요. 나가노에.[4] 거기 경찰서에도 내 들어가서 한 달가량 살다가 나왔어요. 나와 가지고 내가 처음에 작품 쓴 것이 희곡인데 「지옥」이라는 소설예요.

시라카와　그거 상연된 모양인데요?

김송　예?

시라카와　조선극장이라는 데서.

4　나카노(中野)를 잘못 발음한 것으로 보임, 구술자는 도쿄에 있는 경찰서를 말하고 있으므로 도쿄의 나카노구를 지칭하는 것으로 보는 것이 타당함.

김송   네. 조선극장에서 상연하고 각 군데 돌아다니며 상연했죠.

시라카와   조선극장은 어디 있었어요?

김송   여기 예총 본부가 있는 그 옆에, 인사동에 있었죠. 그때는 제일
          큰 극장이었죠. 소극장이.

시라카와   그러면 그 한국 국내에서만 공연이 된 거예요?

김송   그렇죠. 동경서 어느 공장이라든가 이런 데 들어가서 좀 하려
          고 그랬는데 그게 잘 안 됐어요, 여러 가지. 그래서 여기 한국에
          나와서 조선극장에서 하고 그리고 원산에 가서도 하고 목포에
          서도 하고 하면서 박해를 많이 받았죠. 그러다가 때로 재향연
          극이라고 할까, 신극이랄까 그런 운동이 탄압이 심하다 하니까
          고향에 내려가 장사를 했어요. 연극을 뭘 못하겠다고, 장사를
          하다가 그러다가 장사도 제대로 안 돼요. 고향 친구들하고 같
          이 어울려서 무슨 문예좌라는 걸 만들어서 이렇게 해봤는데 그
          것도 자꾸 내 ○○○ 이 있었지만 반공 말하자면 공산주의 반
          대하는 거 하고 공산주의, 공산주의자라, 반공 연습하지 않아
          요? 반공하고, 그 다음에 방첩이라는 건 첩자를 방지하는 이런
          연극을 자꾸 하라 그래요. 그래서 나는 "에이, 모르겠다" 하고
          서 그냥, 안 하면 자꾸 또 집어넣고 그러길래 해서 서울 올라와
          버렸어요. 그러니까 그것이 1939년에 내가 올라왔지요.

시라카와   사건에 대해서는 근데 그런 그게 반공, 방첩 연구를 하라고 그
          런 거예요?

김송   그렇죠. 자꾸 경찰서에서 그런 걸 하라고, 돈 줄 테니까 하라고.
          그래 몇몇 사람은 했어요. 그걸 그 한 사람들이 지금, 한 사람은
          서울에 올라가고 두 사람은 평양에 갔어요, 해방이 되자. 그래

가지고 그 사람들이 평양에서 『노동신문』 주관도 하고 그래요.

세리카와　일본에 계실 때는 주로 어떤 작품들을 많이 읽으셨습니까? 그때.

김송　그때 일본에서 『아카하타赤旗』라는 잡지가 나왔어요. 그것도 봤고.『문예전선文芸戦線』이라는 것도 나왔는데, 아시네요.

세리카와　예예, 『文芸戦線』.

김송　『문예전선文芸戦線』이 나왔고. 그 다음에 『프롤레타리아연구』지라는 잡지도 나왔고 그때 굉장했어요. 『프롤레타리아연구』.

세리카와　그때는 선생님 저 아까 27년에 가셨다고 하셨고, 그때 마침 소화昭和 2년이니까 소위 엔본시대円本時代라고 해가지고

김송　엔본시대, 엔본시대 아주 굉장했지. 일본에 그때의 『일본문학전집』이 나왔고 『일본세계희곡전집』이 나왔고 『세계문학전집』 이렇게 출판해 나오고 이러니까 한참 일본 출판문화가 아주 홍수를 이룰 때에요. 그러니까 그때 책이 나오는데 미처 다 읽을 수 없었어요. 엔본시대 되면서. 그래서 그 덕에 공부를 많이 했지요.

세리카와　선생님, 저 희곡 갖다가 공부하셨는데 주로 어떤 작가를 많이?

김송　나는 쓰키지소극장築地小劇場이라고 그때 있었는데

시라카와　築地小劇場쓰키지소극장, 아~.

김송　그건 학생들 그때 인테리 대학 교수들 이런 분들이 하는 건데 그때 그 쓰키지소극장에 가서 공부를 많이 하고 그 사람들이 요구하는 거 구경하니까 우린 모르지.

시라카와　오사나이 가오루小山内薫[5]가 있었는데

5　오사나이 가오루(1881~1928) : 일본의 극작가.

세리카와 그때 오사나이 가오루가 아직 살아있었죠?

시라카와 만나셨겠네.

김송 그때 쓰키지소극장에서 〈空気饅頭〉<공기만두>라 하는가, 〈공기만두〉 그런 작품도 했고 그런 오사나이 작품 많이 했어요.

시라카와 히지카타 요시土方与志[6]라는 분이 계셨죠?

김송 그렇지요. 그런 분들이 하고. 그 다음에 동경, 동경좌든가 거기서 〈DH트러스트〉라는 작품도 했고 근데 그때 일본에서도 말하자면 외국의 좌익성 그런 연극이 많이 뭘 하고 그 서적도 많이 흘러들어오고 하니까 젊은 분들이, 대학생이 전부 거기에 말려들어가고 그랬지요.

세리카와 선생님, 저 그때 희곡 작가는 어떤 작가를 많이 주로 영향을 받았다고 할까요?

김송 난 역시 아일랜드 작가, 그 다음에 오사나이, 고리끼든가 노사老舍의 희곡

시라카와 일본작가들보다도 서양 쪽으로?

김송 일본 작가들도 후나바시舟橋聖一[7]라든가 이런 작가도 있었죠. 희곡 쓰는 사람들 그런 사람도 많이 읽었고. 그때 보니까 저 여러분도 알겠지만 『유키구니雪国, 설국』를 쓴 가와바타川端康成,[8] 그 사람이 신인이었어요, 그때. 요코미쓰橫光利一[9]라든가. 요코미쓰라든가 이 가와바타 이 사람들이 이제 신감각파라고 해서 들고

---

6 히지카타 요시(1898~1959) : 일본의 연출가.

7 후나하시 세이이치(1904~1976) : 일본의 소설가. (맞는 발음은 후나하시이지만 구술자는 후나바시라고 말하고 있음).

8 가와바타 야쓰나리(1899~1972) : 일본의 소설가.

9 요코미쓰 리이치(1898~1947) : 일본의 소설가, 평론가.

나와 신인들이 신문학운동하는데 그러니까 그때 그 파하고 이제 문전파_{文戰派: 『文藝戰線』지를 중심으로 한 일파}라는 거 하고 굉장히 몹시 싸워요, 이론적으로.

시라카와 　혹시 그 무라야마 도모요시_{村山知義, 1901-1977}라는 연극 극작가 잘 아십니까?

김송 　그때는 이야기는 많이 듣고 그 양반의 작품, 말하자면 그 사람이 연출했는가 아마 그랬는데 그건 봤지. 나는 마쓰바라(松原)라는 그런 사람한테서 많이 배웠어요. 일본 마쓰바라라고.

시라카와 　(마쓰바라 무)라고 하시는 분?

김송 　네, 철학 교수죠. 그분한테 내가 많이 배웠고. 그러니까 그때는 서양 철학을 전부 배웠단 말이야. 근데 나이 먹으면서 이제 그전엔 대학에서 전부 서양 철학을 모두 배웠단 말이야. 근데 나이 들면서 이제 동양 철학을 이제 읽기 시작했지. 말하자면 우리가 말한 노자_{老子}라든가 공자_{孔子}라든가 묵자_{墨子}라든가 열자_{列子}라든가 이런 사람들 자꾸 그 철학을 내가 읽기 시작하면서 요즘에 역시 그쪽으로 내가 기울어지지 않았나 이렇게 생각하고 있지요. 중국에서도 지금 등소평_{鄧小平}이가 공자를 다시 복권시켜가지고 뭘 한다고 근데 공자는 모르겠지만 노자는 확실히 아주 깊고 말이죠.

시라카와 　그럼 아까 그 무라야마 도모요시 씨가요. 「춘향전」을 연출한 적이 있거든요.

김송 　그랬을 거예요.

시라카와 　38년에 그 부민관_{府民館}에서, 장혁주가 각본을 쓰고요. 그거 좀 보셨는지 모르겠어요. 38년인데.

김송　　　난 여기 39년에 올라왔거든.

시라카와　그때 그래서 고향에 계셨어요?

김송　　　여기서 한다는 말 내가 들었어요.

시라카와　〈춘향전〉 지방에서도 순회공연을 했다고 그러는데요.

김송　　　그 양반이 여기 건너 왔었죠, 아마. 아주. 지금도 살아 있고만.

시라카와　예. 혹시 장혁주에 대해서 좀 아시겠습니까?

김송　　　장혁주가, 일본에 내가 있을 때, 그 사람이 개조사改造社인가 거기 당선이 됐어요. 「아귀도餓鬼道」라는 걸 가지고.

시라카와　아, 계셨을 때요, 선생님?

김송　　　일본에 있을 적에 아마 「아귀도」가 당선됐어. 내 읽어봤는데 잘 썼어요.

시라카와　그때 그러면 『개조』지에 게재가 됐으니까 많이 일본사람들도 읽고?

김송　　　근데 아주 잘 썼어요. 근데 그 후에 그 양반이 여러 가지 뭐 말이 오고 가고 하고 쏙 들어간 거 같애.

시라카와　그러면 그때 당시 한국 유학생들이 거기 가 계시는 분들이 거의 다 「아귀도」 같은 작품 읽었겠네요. 화제가 된 거죠.

김송　　　화제 됐죠. 그래서 앞으로 굉장히 문학활동을 하리라고 난 생각했는데 그 양반이 그때 그걸로 이제 끝난 것 같아요.

시라카와　조사를 해보니까 단행본이 아주 많아요, 그 분이. 그 스물 몇 권이나 되는데 그렇게 일본 국내에서 그렇게 많이 읽혔는지 모르겠습니다.

김송　　　읽혔겠죠, 일본에서.

시라카와 동경에 新協劇団신협극단[10]이라고 있죠. 신협극단新協劇團.

김송 예, 있었죠.

시라카와 거기에다가 무라야마 도모요시가 거기 이끌고 계신 것 같은데 그게

김송 근데 그 양반이 일본 연극계에 있어서는 대단히 공헌을 많이 한 사람이라고 난 생각해요.

시라카와 39년에 선생님이 올라오실 때까지 그러면 함흥에 계셨어요?

김송 그렇죠, 함흥에 있었죠. 그 내가 스물여섯 살에 고향에 가서 서른 살에 서울에 올라왔으니까 아마 한 5~6년 고향에 박혀 있었죠. 그러다 올라왔어.

시라카와 아주 기억이 정확하신데요. 몇 년도에 어디 계셨다는 것까지. 임화 같은 분에 대해서 좀 아시는 점이 있으신지?

김송 동경에서도 만나고 여기서도 만나고.

시라카와 32년에 가 있었죠. 그분이?

김송 동경에서도 만났고 여기서도 만났고. 그 사람의 시도「요코하마横濱」[11]란 시가 있었지.

시라카와 그거 나카노 시게하루中野重治의 유명한 시[12]하고 관련 있는 겁니까? 흔히들 그렇게들 아는데.

김송 그건 모르겠어요. 어떻게 된 건지.

시라카와 무슨 시나가와品川 부두에서 비, 우산 받으면서.

김송 임방웅林房雄이라고 있습니까? 있지요? 지금 살아있어요? 하야

---

10 무라야마 도모요시가 이끈 연극단. 1934~1940.
11 정확히는「우산 받은 橫濱부두」
12 「雨の降る品川駅(비오는 시나가와역)」

시 후사오林房雄[13]라고?

| 시라카와 | 아마 돌아가셨을 거예요. |

시라카와 아마 돌아가셨을 거예요.

김송 이웃에 살았어요.

세리카와 아마 몇 년 전에 돌아가셨을 거예요.

김송 아, 그래요. 우리 이웃에 살았어요. 어떤 여자하고 같이 아주 문화주택처럼 지어논 데서 살더구만. 일본은 지금 어떻습니까? 난 일본, 이십대 이후에, 여기 나온 이후엔 일본문학에 대해서는 전혀 모르는 게. 어때요, 거긴?

시라카와 70년대 이후는 아쿠타가와상芥川賞이라고 있죠. 그것도 선거위원들이 작품들의 경향에 대해서 잘 모르겠다고 그래가지고 위원 측에서는 그만두는 사람도 있고 그래요. 풍속적인 걸 좀 많이…….

세리카와 세대에 좀 많이 단절 같은 거 있는 것 같습니다.

김송 그렇지. 아쿠타가와상, 전에 내가 거기 있을 때, 아쿠타가와상만 타면 그 사람 생활이 됐던데. 그 사람 작품이나 모든 걸 잘 가고 했는데 요즘 어떤지 모르겠어.

시라카와 요새도 물론 그런 경향이 있겠는데요. 너무 상업적이라 그럴까, 매스컴을 타거든요. 한 번 그거 탔다 그러면. 장사하려고 그래요. 임화 같은 사람은 거기서 뭐 일본의 그 이론이라든가 그런 걸 많이 배웠을까요? 어디서 배웠는지 모르겠어요.

김송 그 사람 여기 서울서 그 사람이 공부를 했죠. 일본에 가 있은 건 잠깐 있었죠. 우리처럼 오래는 못 있었어.

---

13 하야시 후사오(1903~1975) : 일본의 소설가, 문예평론가,

시라카와   공부했다면 한국 국내에서 했겠네요.

김송   그렇지. 여기서 했을 거예요.

시라카와   문학이론 같은 것도 좀 한 것 같은데, 그러면 한국 국내에서 공
부한 거예요?

김송   그렇죠. 여기서.

시라카와   그분이 어때요? 뭐 정치적인 야심이 있었다 뭐 그렇게 볼 수
있습니까?

김송   그건 뭐 야심은 없고 내가 알기로는 그 사람 공산, 프롤레타리
아문학을 한다지만 프롤레타리아문학은, 아주 모던한 사람이
지. 말도 그렇고, 소설 작품도 그렇고, 행동도 그렇고. 좀 세련
된 사람이지. 그 판에서도.

시라카와   기질이 오히려 낭만적인 기질을 가진 것 같은데요.

김송   그렇죠.「요코하마」같은 거.

시라카와   근데 어떻게 전체적으로 그게 넘어갔는지.

김송   그 사람 재주 있는 사람이지. 뭐든가 하는 사람이죠. 여기서 지
금 유치진 씨 그분들이 연극운동 쭉 계속 했거든요. 일제 탄압
하에서도. 말하자면 베트남이라든가 이렇게 일제하고 협력하
는 이런, 그 다음에 (복지만)이라던가 이런 걸 해서 그 사람 협
력하는데 소위 과거에 이제 좌익했던 사람들은 그저 모두 침
묵 지키고 들어앉아 있었죠. 나 같은 사람은 해방되기까지 역
사소설 출판했어요.『김유신』이라든가『을지문덕』이라든가
『장희빈』이라든가 이런 걸 출판해가지고 그래 살았어요. 그게
또 역사소설이니까 잘 팔렸고 해서.

5. 일제 강점기 역사소설과
   잡지 『백민』, 『자유문학』 발간

시라카와 그때 당시 역사소설이 어느 정도, 다른 작가들도 많이 쓰시고 그러는데 그 어떤 동기라고 할까? 그런.

김송 그러니까 일제 말 적에 할 일도 없고 소설도 쓸 수 없고 희곡도 쓸 수 없고 하니까 난 그래 출판에 손을 댔죠. 역사소설을 세 가지를 출판했더니 굉장히 팔려요. 그 부자가 됐어요, 내가. 한 6년 동안에. 그래가지고 그 번 돈으로 그 해방이 되자 『백민白民』이라는 잡지 했어요. 거기에 죄다 없었죠.

시라카와 그 잡지가 21호부터 중앙문화협회에서 나오게 되는데요. 그때 까지는 백민사에서 나왔지 않습니까?

김송 그전에는 내가 이제 백민문화사라고 그래가지고 냈는데 그 이 후에 이제 중앙문화협회에 김광섭金珖燮 씨하고 나하고 친한 사 이고, 그 양반이 했지. 내가 돈 못 대니까. 그 양반이 집 팔아가 지고 돈 냈어요. 한 두어서너 권 내다…….

시라카와 중앙문화협회라는 게 어떤 협회예요? 『해방기념시집解放記念詩集』 같은 것도 내고 그런 거 같은데.

김송 근데 그게 중앙문화협회라고 이름 붙였을 거예요. ○○○협회 라고 『백민』이 그저 내가 못하니까 그걸 뒤를 이어서 김광섭이 라는 사람이, 시인이지, 김광섭이, 그분이 집 팔아가지고 하다 가 육이오6·25, 한국전쟁를 만나서 그만뒀지.

시라카와 중앙문화협회는 그 『백민』 잡지하고 그리고 그 『해방기념시집解放記念詩集』 내고 그런 거?

김송 　그렇지. 중앙문화협회에서는 별로 한 일이 없어요. 그렇게 해서 『백민』을 한 두어 서너 권 내니까 육이오사변이 이제 전쟁이 터지고 하니까 죄다 뿔뿔이 깨졌죠.

시라카와 　『백민』 잡지가 마지막에 가가지고 『문학』이라는 이름으로.

김송 　『문학』이라는 칭호를 갖다가 바꾸면서 나는 거기하고 손을 완전히 뗐지. 『백민 33인집』까지 내가 냈고, 그래 『백민 33인집』 가운데는 이북에 넘어간 사람들도 한 사오 명 있었죠. 거기 작품 실린 가운데.

시라카와 　거기에 "현역 작가 33인집" 그렇게 나오죠.

세리카와 　네, 특집도 하시고.

시라카와 　그러면은 그 작품 선택은 선생님이 하신 거예요.?

김송 　내가 못 했지.

세리카와 　예. 전에는 뭐 상당히 그거 좀 읽기가 힘들고 체크하기도 힘들었는데 지금 몇 년 전에 영인본이 다 나와가지고요.

김송 　영인본이 나왔어요?

세리카와 　네, 『백민』이 나왔어요. 그래서

김송 　그래요? 난 아직 못 봤는데, 그렇습니까?

세리카와 　네, 참 그거 문제인데. 그래서 우리는 아직 참 그거를…….

김송 　영인본이 나오면 나한테 연락이 있어야 할 텐데.

세리카와 　글쎄 말이죠.

김송 　나한테 지금 가진 것이 없어. 그래 『백민』 창간호는 삼만 부를 찍어서 만오천 부는 이남에서 팔고 만오천 부는 평양에 보냈어요, 배로. 마포로 해서 배로 만오천 부 보냈어요. 그래 평양에도 만오천 부 갔습니다.

시라카와 네, 매진되는 경우는?

김송 그러니까 평양 가지고 간 것도 그렇고 이남에도 죄다 없어지고 제2호도 이북에 보냈는데 그때에 평양에 가지고 갔던 사람이 ○○○ 몹쓸 짓 당하고 ○○○ 하다가 왔어요, 붙잡혀서.

시라카와 2호까지는 보냈다는 얘기?

김송 2호까지 내 보냈어요. 근데 나는 『백민』이라는 건 백의민족이라는 걸 갖다 줄여서 한 건데 공산주의고 민족주의고 없다 그거지. 백의민족을 상대로 해서 난 잡지를 한다 이런 생각을 내가 한 건데 근데 이북에서 그건 아주 안 되겠다 하고서는.

시라카와 이거 삼만 부하면 상당히 그 숫자가 큰데요. 많이 팔렸다는 얘기죠?

김송 많이 팔렸죠. 해방이 되자 그 『백민』이 나오니까 굉장히 인기가 있었어요. 삽시간에. 이북에서도 갔다 온 사람이 말하는데 대동문 앞에다 펼쳐놓으니까 삽시간에 죄다 없어졌대요. 그러니까 군부대에 있었거든요.

시라카와 그 ○○○도 하고 그랬겠네요. 매진이 돼가지고 또 뭐 찍어…….

김송 근데 매진은 되는데 그것이 모두 외상이고, 공짜로 모두 가져가는 거라. 그 혼란 시기니까 책 대금을 준다든가 이런 생각을 하든 못했어요. 오늘 서점 간판 걸었다가 내일은 또 다른 간판 걸고 이러는 바람에 전부 죄다 기부를 하는 거죠. 그래도 돈, 재산 좀 역사소설을 해서 고았던 걸 죄다 없앴지. 하하.

시라카와 선생님 그다음 『자유문학』 주간에 계셨죠?

김송 『자유문학』 때도 그거 김광섭 씨가 그 발행인인데, 『백민』을 내가 고생할 때 그 양반이 맡아서 했으니까. 『자유문학』도 그때 고생해요, 그래 좀 맡아달라고. 그런 관계로 해서 한 3년 맡아 했죠.

시라카와　그게 폐간이 된 게 아마 무슨 이유가 있었을까요? 63년에.

김송　아마 재정난이겠지. 내 나온 다음에 그냥 폐간되고 그랬어요. 내 나오고도 한 1년 하다가 아마 없어졌지. 내가 한 3년 동안 부지런히 했지.

시라카와　58년부터 61년까지예요, 그러면 지금 선생님 계셨을 때?

김송　내가 58년부터 3년이니까 61년인가? 58, 59, 60년까지 했구만.

시라카와　네, 그러니까 4·19까지.

김송　4·19 직후에 내가 그만뒀으니까.

시라카와　『현대문학』 잡지와 경쟁 관계에 있었습니까?

구술자　그렇죠, 그때 『현대문학』도 나왔고, 또 『자유문학』도 나왔고 이렇게 해서

시라카와　라이벌이죠.

김송　라이벌이라는 것보다도 그저 경쟁적으로 했지.

시라카와　서로가 아끼고 그랬습니까?

김송　『현대문학』 한 사람은 오영수吳永壽라는 사람인데 그건 내 제자예요. 오영수라는 사람은 내가 「머루」라는 작품을 추천함으로써 그 사람이 문단에 데뷔했지. 제자니까 무슨 라이벌 그런 건 없죠. 내가 김광섭 씨가 하다가 곤란하니까 나보고 도와달라니까 그때 난 도와줬을 뿐이죠.

세리카와　선생님, 저 김남천金南天하고는 어떻게?

김송　김남천이도 잘 만났지. 자주 만났죠. 그 사람도 자주 있는 사람인데. 나는 이 삼팔선이라는 게 없었다면 한국문학이 좀더 이

제 정당한 길을 갖고 발전했을 텐데 삼팔선이 생겨가지고는 이북에도 넘어가고 이남에도 남고 이래가지고서 잘 안 된 거지.

세리카와 우리 공부하는 사람들의 입장으로서는 정말 그때 그렇게 갈라진 것이 지금도 여기서는 아무래도 한국에서는 그런 작품들을 갖다가 내지도 못하고 사실은 좀 읽기도 좀 힘들지 않습니까?

김송 그렇지.

세리카와 아무래도 그때 그냥 그렇게 내버린 것보다도 정당한 그런 평가가 다 지금 해야 되는 게 않을까?

김송 지금 정당한 평가를 못 하고 있습니다. 이북에 간 사람들도 많고 또 그 사람들 작품은 지금 현재 이남에서 발표를, 해방 전에는 했는데 지금은 못하니까 한국문학을 정당하게 이제 평가할 도리가 없어요.

세리카와 근데 그렇다고 해도 그걸 갖다가 그 작품 자체는 아무 그런 이데올로기에 무슨 물들었다거나 그런 거는 없는데도 불구하고 그런 식으로 내버리는…….

김송 이태준이라든가 이런 사람들이야 순수문학을 한 사람인데 오히려 이북에 적합치 못 한 사람들이 이북에 가서 갔으니까 이상한 거지.

세리카와 현덕이라는 사람도 만났습니까?

김송 현덕이라는 사람 만나진 못했는데 작품은 읽어봤는데 그 사람도 자주 있다 이북 같죠, 아마. 안회남이라든가.

세리카와 희곡에서 함세덕이라 사람은 만나셨습니까?

김송 함세덕이 희곡 한다 하지만 여기서 발표한 게 아마 전부일 거야. 그 사람들 해외문학이니 순수문학 해가지고 뭐 그런 거지.

세리카와 현경준玄卿俊이라는 사람 만나셨어요?

김송 현경준 그 사람도 꽤 활약하다가 갔지. 석인해石仁海라는 사람
도 아주 유능한 사람인데 그 사람도 이북에서 못 나왔고 현경
준도 함경도에서 못 나왔고.

세리카와 석인해라는 분은 원래는 어디 분이시죠?

김송 함경도라고 나 생각하는데 어딘지 모르겠어요. 석인해? 그 사
람 의주지. 신의주인가, 아마. 해방이 되면서 석인해 작품도
『백민』에 실렸어요. 마침 여기 해방 직전에 날 찾아왔다가 작
품 하나 나한테.

(중단)

2
해방 전후 문인들과의 교류

1. 해방 전후 문인들과의 교류

세리카와   백철 선생님 얘기로는 육이오6·25 때 사고사했다, 사고당했다 하는데, 모르세요?

김송   이근영李根榮이라고 있어요. 이근영이는 나하고 해방 이후에도 내가 만나서 뭐하고 또 그 양반이 여기서 이북에 간 것이 아니고 일본에 갔어요. 일본어 두 번인가 나한테 편지 왔는데 신주쿠新宿라고만 쓰고 그냥 주소 안 쓰고 그냥 편지 왔어요. 그 농민소설 했죠.

세리카와   그러면 일본에 갔다가 그냥 어떻게 이쪽에 돌아오지 않고 그냥 거기서?

김송   그냥 거기서 뭘 했는지 모르겠어요. 자기소개는 안 하고 내가 한번 『현대문학』에 「세월」인가 뭐인가 이런 작품을 하나 발표했는데 그때 동경에서 그 작품 읽었노라고, 감명 깊었노라고 편지가 왔어요, 한 번. 그러서 그랬는데 주소가 없지요. 그냥 신주쿠라고만 쓰고 있는데 알 수 있어야지요.

세리카와   그것이 언제쯤?

김송   그것이 말하자면 60년 될 거에요. 60년, 60년도 이후일 거예요. 그러니까 그 사람 이상한 사람이에요. 그 주소를 안 쓰고 그냥 편지만 보내고.

세리카와 근데 그 시대는 이미 어떻게, 어떻게 해서 그렇게 일본에서 살았죠?

김송 일본에서 뭘 한단 말도 없고, 하여튼 작품 읽었다는 그 얘기만.

세리카와 하여튼 제가 알기로는 그분도 해방 후부터 계속 그쪽에서 이북에서 작품 활동을 하고요.

김송 그랬어요?

세리카와 네, 그렇습니다. 최근까지도 몇 년 전에 『한국문학』에 월북작가들의 특집을 갖다가 하고 있었습니다. 지금 어떻게 뭘 하느냐. 근데 그때 아직도 건전하다라기보다도 그냥 작품 활동 계속하고 있는 작가 중에 이근영 씨가 있었습니다.

김송 그래요? 그런데 동경에서 왜 편지 보냈을까요?

세리카와 글쎄 그거 참, 그래서 지금, 그래서 왔다갔다 하시나요?

김송 이상한데. 주소도 안 되고 그 사람 참 친한 사람인데 그냥……

세리카와 아 그렇습니까?

시라카와 일본, 이북하고 왕복하고 계실지도 모르죠.

세리카와 저, 저, 해방 직후에 대하소설로 해가지고 농민문학의 그런 것도 좀 쓰고요. 계속 작품 활동하고 있죠.

김송 근데 그 양반하고 난 또 친한 게 내가 여기 서울에 올라왔단 말이야. 이사를 올라왔는데 내가 한동안 생활이 곤란했어요. 그런데 그 사람이 『춘추』란 잡지를 그 사람이 편집했어요. 근데 거기에 작품 달라 그래서 작품 하나 줬더니 그 발표를 하고 이제 원고를 갖다줘요. 그래서 그때 참 쌀이 없어 아주 내가 고생할 때인데 그런 걸 줘서 그래서 그냥 그랬는데, 그 후에도 한 두어 번 만났는데 우리 집에도 오고 그랬는데 간다 온단 말 없이 어디 가버리고 그냥 편지는 또 동경에서 두 번 와서.

시라카와 그때 당시에 한국에서 일본 쪽으로 건너가는 게 어려웠을 텐데 어떻게 갔는지 모르겠어요, ○○○ 때문에.

김송 아, 그래도 할 건 하는구만. 난 동경 어디서 뭘 하나하고.

시라카와 살아 계시겠네요.

세리카와 아마, 아마 아직도 살아 계실 겁니다. 아마 그분이 나이는 어떻게, 선생님?

김송 이 분이? 나하고 비슷할 거예요.

세리카와 그분도 하여튼 해방 전에

김송 이용악李庸岳이라고 또 나하고 친한 사람이 있었는데 그 사람도 우리 집에 자주 놀러오고 근데 그 사람도 이북에 그냥 넘어갔어요.

시라카와 그분은 上智大学조치대학 다니셨죠? 이용악 시인이.

세리카와 상지대학上智大学에 다녔다고.

시라카와 일본서는 만나신 적이 없어요?

김송 일본서는 만나지 않았고 내가 고향에 있을 때 고향에 두 번인가 놀러 왔어요. 근영이가. 내가 이제 여기 이사를 오니 또 내 집을 또 두 번 놀러 왔고 그러다가 행방불명이 됐어요.

시라카와 이용악 씨가 어렸을 때는 어디 계셨어요?

김송 함경도지.

시라카와 시를 보니까 어디 뭐 블라디보스토크나 뭐 소련 쪽으로 좀 왔다 갔다 하는 것도 있는데 그게 사실인가요?

김송 그렇게 됐을 거예요. 국경 쪽이니까, 함경북도.

시라카와 사실 왕래할 수 있었는지 모르겠어요. 그때 당시에 함경도에서 러시아 쪽으로. 어렸을 때의 이야기는 안 하셨어요?

김송 그러니까 함경북도니까 국경이 맞대는 그쪽으로 연해주에 많이 다닐 수 있죠. 배 타고 왔다 갔다 하고.

시라카와 어렸을 때 이용악 씨 집안이 좀 형편이 좀 어려우셨던 모양이죠.

김송 그런가요? 가정사야 뭐. 그 사람 시가, 그때 일제시대 시를 몇 편 봤는데 참 좋아요. 그리고 자기들도 날 좋아하고 그래가지고 여기서 마지막으로 떠날 때, 그 사람이 『인문평론』 편집을 했습니다. 『인문평론』은 내가 작품 발표도 하고 이래서.

시라카와 『인문평론』 편집을 했어요? 이용악 씨가요? 최재서 선생님하고?

김송 네, 그렇죠. 편집하고 나한테 작품 의뢰도 하고 우리 집에서 두 번 시골에 내려왔고 또 여기 이 사람 놀러 오다가 마지막에 『인문평론』 이제 못 하게 했다고 그러고서 지나간 거 몇 권, 다섯 권인가 이렇게 우리집에 갖다놓고 난 이제 『인문평론』도 못 하니까 고향 내려간다고 그러고서 떠났어요.

시라카와 8·15 후에 자주 서울에 올라오고?

김송 8·15 이후에도 왔다고요. 그래가지고는 명동 다방에서 하루 만났어요. 만나서 그날에는 다방에 문인들이 많았어요. 근데 거기서 술을 몹시 먹고 주정했어요. 그러고서 사라지고 없어요.

시라카와 47년경에 고향에 내려갔다 그래가지고, 그 이후에 서울에 돌아오지 않으신 모양이에요?

김송 아마 고향에 갔다 와서 그러니까 42년경에 고향에 갔다가 이제 해방이 되면서 다시 올라왔다가 어떻게 다시 간 모양이죠.

시라카와 그분은 시집에 나올 때 실제로는 그분은 이북에 가 계셨는데

서울에서 출판이 됐거든요, 시집이.

김송　시집이 나왔죠? 개나린가 뭔가,『오랑캐꽃』인가 뭐인가.

세리카와　『오랑캐꽃』입니다.

시라카와　원고를 남기고 맡기고 가신 모양이에요. 여기서 출판이 됐을
때는 서울에 안 계셨어요. 이북에 계셨어요.

세리카와　그분도 얼마 전까지 그쪽에서 좀 시도 쓰고 그렇게 하고 있었
다고.

김송　그래요?

시라카와　성격이라고 할까, 인품이라고 그럴까, 어떤 분인가요?

김송　아주 소탈한 사람이죠. 소탈한 사람.

시라카와　시는 좀 감상적인, 낭만적인 게 많은데 기질에 그런 점이 있었
습니까?

김송　그렇지. 임화란 사람은 짜임새 있는 사람이고 이용악이는 소탈
한 사람이고 그렇지. 좀 상반된 성격이지.

세리카와　이근영 씨는 어떤 성격을?

김송　이근영 씨는 틀림없는 사람이지.

세리카와　스스로 어떤 평가에서는 농민소설을 쓸 만큼 농민같이 이렇게
무슨 소박한 사람이다, 그런 식으로…….

김송　소박, 소박하기도 하고, 틀림없는 사람이지. 우리 이웃에 안회
남이가 살았어요. 안회남이도 우리 집에 자주 놀러 왔고 나도
안회남이 집을 갔고 그랬는데 그 사람도 술 처먹고 주정하더
니 그러고서 이북으로 사라졌어요.

시라카와　그 사람 댁이 서울에 있으셨대요? 서울에 있으셨을 때 놀러 오
셨어요? 안회남 씨가?

김송   무상동에 내가 살았거든. 안회남이도 무상동에 살았다고.

시라카와   무슨 동이요?

김송   무상동이요.

시라카와   무상동이요?

김송   네, 무상동에 살았지요. 그 사람도 재주있는 사람인데 없어졌
어요. 무슨 공산주의문학을 할 사람이 못 됐는데 그냥 이북을
갔어요.

세리카와   그 사람은 그 이후에 무슨 소식이 없죠? 네. 전혀 어떻게 됐는
지 그 사람은.

시라카와   그 아버님에 대한 이야기는 안 하셨던가요? 안회남 씨, 안국선
씨 아드님인데.

김송   전혀 모르겠어요.

시라카와   평소에 그럼 뭐 아버님에 대한 말씀 안 하신 것 같아요?

김송   안회남이?

시라카와   예, 안국선 씨의 아드님이잖아요?

김송   예? 잘 모르겠어요.

세리카와   신소설을 쓴 사람이죠. 안국선이.

김송   그건 몰라요.

시라카와   얘기를 별로 안 하셨나 보네요. 그리고 최명익崔明翊이라는 분은?

김송   잘 몰라요, 나는.

세리카와   엄흥섭嚴興燮 씨는?

김송   육이오사변 이후에 내가 여기 환도 이후에 여기 들어오니까
한 번 만났어요.

시라카와   서울에서요?

김송	근데 또 온다 그랬는데 그러고는 아주 없어졌어요. 그랬더니 한 번 라디오 틀어놓으니까 이북 방송이, 라디오 틀어보니까 이북에서 그 사람이 무슨 연속 무슨 소설 낭독 그런 걸 쓴다든가, 그런 걸 내가 들었어요.
시라카와	미군 방송이요?
김송	이북에서.
시라카와	이북에서 방송이 들렸어요?
김송	방송이 들렸나 어쨌나 좌우간 연속 방송 소설 낭독 그런 거 쓰고 있었어요.
시라카와	박영희朴英熙라는 분은 그 끌려간 겁니까?
김송	누구요?
시라카와	박영희라는 그 시인이시고 저 프롤레타리아문학도 좀 하시고.
세리카와	평론 쓰신 박영희 작가.
김송	박영희 씨. 아, 동경에서 내가 맨 처음에 여기 공부하고 나왔을 적에 박영희, 윤기정尹基鼎이 이런 사람들을 내가 처음 만났거든요. 근데 그 양반이 깊이는 모르지만 평론 쓴다고 그랬어요.
시라카와	육이오 때 끌려간 거겠죠?
김송	어떻게 된지 모르겠어요. 통 소식이 없어서.
시라카와	권환權煥 씨는 만난 적이 있습니까?
김송	권환이는 동경 있을 적에 같이 있었어요. 같이 있다가 같이 스기나미杉並에, 그 사람은 경시청에 가서 경시청 유치장에 갇히고, 나는 스기나미 유치장에, 유치장에 갇히고 그랬어요. 같이.
시라카와	하숙집에 계셨어요, 그때는?
김송	아니, 우리 집을 하나 얻어 가지고 같이 공부를 했죠. 그 사람은

그때 동대東大, 東京大学에 댕겼고 나는 일대日大, 日本大学에 댕겼고.

시라카와 자취를 하셨나요, 그때는?

김송 거, 허허, 자취도 한다 하죠. 자취도 난 하기 싫어서 그냥 사 먹기도 하고, 굶기도 하고. 유치장에 그 사람은 그 사람대로 다른 데 갔고, 나는 스기나미에 들어갔고 그 후에 연락이 없어요.

시라카와 동경대에 다녔습니까, 권환 씨가? 무슨 과였어요?

김송 예, 이학理學관가?

시라카와 김사량인가 동경대 독일어과, 그 후배죠?

김송 김사량이 아마 선배일는지도 모르지.

세리카와 권환 씨는 그 후 서울에서는 안 만났셨습니까?

김송 예?

세리카와 서울에서는 안 만나셨습니까, 권환?

김송 권환이 그게 유치장에 들어가서 고생하다 나와가지고 그 사람 폐가 약해요. 그래서 마산 요양소에 들어갔다는 내 이야기 듣고는 그냥 그 후에는 소식 없어요. 내가 또 원래 생활에 머물지 못하니까 요양소에 한 번 찾아가야 했는데 뭐 갈 수도 없고. 죽었다는 말을 들었어요. 그 사람 시를 썼지.

시라카와 오장환吳章煥이라는 시인이 있지요?

김송 그건 모르지. 그 내가 시골에 주로 백혀 있을 적에 서울에 문단에서 활약한 사람이니까.

시라카와 그때 당시는 서울에 올라가야 좀 문학 활동도 제대로 하고 그런 시대였습니까?

김송 그때 서울에서 해봐야 순수문학을 해야지, 할 일이 없지. 나도 39년에 서울에 올라가고 싶지 않았는데 거기서 살 수 없고 자꾸 박해를 받고 그러니까 다 올라왔는데 여기 올라와서 할 일이 없었어요. 그래 할 수 없이 출판업으로 간 거지. 출판 손대고, 살기 위해서.

시라카와　김팔봉金八峰 선생님 역시 출판업 하셨죠?

김송　김팔봉 씨 지금 앓는다더구만. 그 양반도 근대문학 초창기에는 아주 ○○○ 많이 했는데.

시라카와　김팔봉 선생님도 출판업, 그 인쇄소인가요?

김송　인쇄소 하다가 그만뒀지.

시라카와　그것 때문에 아마 인민재판인가 걸렸다고. 좀 왕래가 있으셨습니까, 김팔봉 선생님하고요?

김송　피난 적에 좀 만났고, 그 다음에 여기 무슨 중앙청 앞에 뭣인가 무슨 재건국민운동 무슨 본부인가 거기 본부장을 했지요. 그때 한번 만났어요. 그러고는 못 만났죠. 나도 그 양반 좋아했고 그 양반도 나도 무척 좋아했어요. 그런데 만날 기회도 없고 그 양반 자꾸 감투 쓰고 하니까.

세리카와　홍명희洪命熹 씨는 어떻게 그때?

김송　홍명희 씨는 만난 적은 없고, 그 양반 『임꺽정』을 내가 애독했지. 잘 썼지요. 한국문학에 공헌한 분이지. 엄청 잘 썼어.

시라카와　그 소설 이후에 작품이 있습니까?

김송　그건 모르겠고 난 시골에 틀어박혀서 그 양반이 『임꺽정』이라는 전집이 나왔어요. 소설. 그래 그걸 열독 했지. 근데 그 양반이 소설을 잘 썼어. 그 당시에는 우리 젊어선 그때 조선이란 말이야. 이광수, 홍영희, 최남선이 삼자라고 하거든. 그래서 그 양반이 청년 시절이고 하니까 몹시 숭배했어요. 그래 그 양반들

글이라면 많이 읽었지.

시라카와 이광수 역시 으뜸가는 그 인기를 계속 가졌나요?

김송 그 양반 소설 잘 써요. 『무명』 같은 작품은 참 잘 썼어요. 그리고 또 박학이고 동양적인 인물이죠. 세계적인지 그건 몰라도. 불교도 도통한 사람이고 기독교도 그렇고 학문에도 아주 뭐 해박하고. 그 양반이 이제 동양적인 사상에 좀 깊이 들어갔다면 좋았을 건데 그게 없었어요.

담자2 김동인 씨를 만나셨어요? 김동인?

김송 김동인 씨는 내가 고향 있을 적에 한 번 왔고 나하고 같이 하룻밤 잤는데, 내가 여기 이사 온 후에도 한 번인가 두 번 찾아온 적이 있어요. 그런데 그 양반하고는 참 친할 수 있으면서도 문학적으로 친해 안 져요. 그래서 그저 그렇게 한 거예요.

시라카와 그분도 역사소설이라고 그래가지고 많이 쓰셨는데요.

김송 역사소설도 많이 썼지.

세리카와 역사소설 중에서는 선생님 어떤 작품을 평가하십니까?

김송 역사소설…….

시라카와 박종화朴鍾和 선생님이나, 스스로도 많이들 하시는데요.

김송 많이 있어. 여기 이광수의 『세조대왕』인가 일반적으로 인기는 없는데, 그 참 잘 썼어요. 그냥 어느 불가의 대승이 쓴 것 같아요. 큰스님이. 그렇게 아주 잘 썼어요. 『세조대왕』.

시라카와 현진건 같은 사람도 역사소설에 나갔거든요.

김송 현진건이. 난 별로 읽지 않았어.

세리카와 우리가 지금 저 『임꺽정』 같은 거 이렇게 읽으면 저 조금 문장이 어렵거든요. 우리로서는 좀 어휘가 어려운 어휘가 많아가지고.

김송　　『임꺽정』이라든가 그것도 역시 역사문화권인데 이 『세조대왕』
　　　　이라든가 이거 잘 썼어오. 그건 지금도.

시라카와　염상섭 씨에 대해서는 좀 아쉬운 점이 있으신데?

김송　　염상섭 씨는 우리 집에도 한 두어 번 왔고 나도 염상섭 씨 집에
　　　　도 두 번인가 갔는데.

시라카와　그 1940년대 만주에 다 계셨잖아요? 그때 활동에 대해서 혹시
　　　　좀 아시는 점이 있으십니까?

김송　　그건 모르겠고 그 양반

시라카와　『만선일보』라는 신문사의 문화부장이신데, 그 편집장인가요?

김송　　편집국장을 했지. 그러다 여기 나와서 『경향신문』 편집국장을 했
　　　　지. 이 사람이 『만선일보』 염상섭이가 편집국장 했을 때 ○○○
　　　　이라든가 손소희孫素熙라든가 이런 젊은 사람들이 기자로 있었지.

시라카와　안수길 선생님도

김송　　예?

시라카와　안수길 선생님도 거기 계셨죠?

김송　　어, 안수길이도 거기 있었고.

세리카와　송영, 송영 씨는 어떻게 만나셨어요?

김송　　송영이도 해방되자 이제 우리 집에 한 두어 번 왔어요. 해방 전
　　　　에도 내가 그 사람 자주 만나왔던 사람이고 해방 이후에도 만
　　　　났고. 그 사람도 이북을 건너 갔어. 그때는 제법 잘 썼는데. 살
　　　　아있는지 어떤지 모르겠어. 송영이, 이기영이, 엄흥섭이 그거
　　　　다 우리 같이 일제 말엽에 철력铁力(톄리)도 댕겨오고 구락단俱楽
　　　　団(클럽)도 한 친구들이지. 거기 박성현이라고 또 아동작가가 있
　　　　는데 그 사람도 또 이북으로 넘어갔고. 다 이북에 가지 않으면

여기서 꽤 활약할 사람들인데.

시라카와 초창기 문인들에 대해서 너무 많이 아십니다. 거의 다 물어봤는데.

세리카와 조명희는 만나보셨습니까?

김송 못 만났어.「낙동강」이라는 작품 하나 딱 이러고는 그냥 마는. 그 사람은 만주에 어디 갔다든가, 시베리아 갔다든가 그런 말 들었어요.

세리카와 이북명은?

김송 이북명은 고향이 같은 고향이지.

세리카와 아, 그렇습니까? 그분도 결국은 뭐 이쪽에, 서울에 온 일이 있습니까?

김송 이북명이 서울에 온 일 없지. 이북에 그냥.

세리카와 전부터 오려는 마음이 없었는지, 아니면 사정이 있어서 못 왔는지?

김송 그 양반이? 그 양반이 노구치野口라는 사람[1]이 지은 흥남질소공장 거기 사원으로 있었으니까 거기서 아마 월급 받고 사느라고.

세리카와 아, 그렇군요.

김송 한설야라고 그 사람이 이북에 살아 있는지 죽었는지 모르겠어.

시라카와 한설야라고요?

김송 죽었을거야.

세리카와 역시 숙청됐죠. 숙청돼가지고요.

김송 예? 숙청이 됐지? 그건 들었는데.

---

1   1926년에 조선질소비료사를 창설한 노구치 시다가우(野口遵).

세리카와　그 후 어떻게 김남천하고 같이 그때 임화하고 같이 다.

김송　아니 한설야는 숙청이 된 거보다도 늙어서 이제 변두리에 아주 은퇴를 하고 있지 않나 난 그렇게 생각하고 있는데.

세리카와　근데 듣기에는 숙청돼가지고 어디 뭐 지방에다가 막 쫓겨났다가 어떻게 됐는지 그 후는

김송　그건 모르겠고, 내 생각엔 나이 먹어서 아마 은퇴하고 산속에 들어가 묻혀 있는가 그렇게 생각하는데.

시라카와　이기영 씨가 작년 말에 돌아가셨대요.

김송　그래요?

시라카와　백철 선생님이 말씀하셨어요.

김송　그 사람 그럴 거야. 나보다도 나이 세 살인가 네 살 위니까 죽었을 거야. 이분 같은 경우는 문학 활동도 못한 것 같아. 이기영이라든가 이 사람들.

세리카와　네, 60년대 중반쯤까지는 그래도 그쪽에서 소위 대하소설처럼 소설 계속해서 썼다가 그 후는 잘 모르겠습니다. 하여튼 거기서도 60년대 중반까지는 그저 작품 활동을 갖다가 하는 작가들도 많았는데 그 후는 꿔 완전히 뭐.

김송　여기는 뭐, 여기 사정도 캄캄하고 거기 사정도 캄캄하니 뭐 알 수 없지.

2. 한국말과 일본말의 학습

김송　아니, 우리 한국말은 어떻게 배웠어요?

세리카와   여기서 그냥 학교에서 배웠죠.

김송   학교에서 배웠습니까? 한국말 잘합니다. 난 지금 일본말 거의
다 잊었어요. 쓴 일이 없으니까. 아주 잊어요. 말이라는 건 사용
하지 않으면 자꾸 잊어.

시라카와   엊그저께 전화로 말씀 들어보니까 그래도 아주 유창하시던데요.

김송   아주 다 잊었어요.

김송이 말하는 농민문학 작가의 문학활동

윤미란

본 채록은 1985년 1월 27일 뉴서울호텔에서 진행된 김송의 인터뷰를 기록한 것으로 총 70분 분량, 2개의 녹음 테이프를 옮긴 것이다. 당시 한국에 유학 중이었던 세리카와 데쓰요와 시라카와 유타카가 주로 질문을 하고 이에 대해 김송이 대답하는 형식으로 진행되었다.

제1차 채록에서 김송은 자신의 문학 활동과 주변 작가들, 그리고 일제 강점기와 해방 전후의 문학 환경에 대해 이야기하였다. 그는 일본에 있던 지인들의 근황을 묻는 인사말로 대화를 시작한 뒤, 면담자들이 연구 중이던 일제시기 농민문학과 관련한 질문에 답했다.

김송은 농민문학의 대표작으로 이광수의 『흙』, 이기영의 『고향』 등을 언급했으며, 심훈의 『상록수』, 한설야의 『탑』도 그 범주에 포함된다고 보았다. 김소엽이라는 작가에 대해선 이름은 들었으나 자세히 알지 못한다고 했다. 그는 이기영·한설야 등 월북 문인들과 개인적으로 교류한 경험이 있다고 설명했다. 일제 말기 그들은 폭격과 전시 상황 속에서 지방으로 소개되었고, 이기영은 철원에 갔다가 그 지역이 북측 영역이 되면서 그곳에 남게 되었다고 했다.

그는 한국문학의 큰 흐름에 대해 자신이 생각하는 '정통문학'을 설명하며, 『임경업전』, 『병자호란』, 『임진란』, 『녹두장군』, 『춘향전』, 『홍길동전』

등을 역사적·사회적 배경에 따라 세 유형으로 구분했다. 이어 일제 말기에는 조명희의 「낙동강」, 최서해의 「탈출기」, 이광수의 『흙』, 『상록수』 등이 등장했다고 하였다. 해방 이후에는 이범선의 「오발탄」 정도를 언급하며 두드러진 작품은 아직 많지 않다고 보았다.

이태준에 대해서는 순수문학을 지향한 작가로 평가하며, 「골동품」 등 단편을 언급했다. 인품은 깔끔하고 까다로운 성향이라고 말했다. 이동주와는 가까이 지낸 시기가 있었으며, 이동주가 순수문학과 민족주의문학 사이에서 고민했다고 설명했다. 이동주가 문학사에서 정당히 평가받지 못하는 점을 아쉬워하며, 자신이 그의 생전 모습을 알고 있어 연구자가 찾아온 일도 언급했다. 박태원은 몇 차례 만난 적이 있고 『천변풍경』도 읽어봤다고 하며, 그가 월북 전 신문에 『임진왜란』 소설을 연재하려다 중단했다고 말했다.

일본 유학 시절에 대해서는, 일본대학에서 희곡 연구를 했으며 당시 도쿄 유학생 사회가 해외문학파와 사회성부정문학 그룹으로 나뉘어 있었다고 설명했다. 그는 이동극장운동에 참여했으나 일본 경찰에 검거되어 한 달가량 구금되기도 했다고 말했다. 그 시기 희곡 「지옥」을 쓰고 일본·한국에서 공연을 시도했으나 일본에서는 여건상 성사가 잘 되지 않았고, 한국에서는 조선극장 등에서 공연되었다. 이후 연극 활동 탄압으로 고향에 내려가 장사를 했으나, 경찰이 반공·방첩 연극을 요구하자 이를 피하려고 1939년 서울로 올라왔다고 회고했다.

일본에서 읽은 문학과 관련해 『아카하타』, 『문예전선』, 『프롤레타리아 연구』 등을 접했으며, 엔본시대의 다양한 문학전집 출판으로 많은 독서를 할 수 있었다고 말했다. 쓰키지소극장에서 공연을 보며 공부했고, 오사나이 가오루, 히지카타 요시 등 당시 연극계 인물들에 대해 언급했다.

희곡 영향으로 아일랜드 작가, 오사나이, 고리키, 노사 등을 들었고, 일본의 신감각파와 문전파의 논쟁도 기억하고 있었다. 장혁주의 「아귀도」 당선 당시 일본 유학생들 사이에서 화제가 되었고 잘 쓰인 작품이었다고 말했다.

귀국 후 해방 전까지는 역사소설 출판에 전념하여 『김유신』, 『을지문덕』, 『장희빈』 등을 통해 경제적 기반을 마련했다. 해방 후 그 수익으로 잡지 『백민』을 창간했으며, 초판 3만 부 중 절반을 평양으로 보냈다고 말했다. 잡지는 큰 인기를 얻었으나 혼란기라 판매 수금이 제대로 이루어지지 않아 재정적으로 어려움을 겪었다고 한다. 이후 중앙문화협회에서 『백민』을 이어받았고, 『문학』으로 제호가 바뀌면서 그는 편집에서 손을 뗐다. 『백민 33인집』에는 월북 문인도 일부 포함되었다고 한다.

이어 그는 『자유문학』에도 3년간 참여했는데, 이는 김광섭의 요청 때문이었다고 설명했다. 잡지는 재정난으로 폐간되었다. 당시 『현대문학』과는 경쟁 관계였으나 잡지 창간자인 오영수와 개인적으로는 스승과 제자 관계로 갈등은 없었다고 했다.

그리고 김남천, 현덕, 함세덕, 현경준, 석인해 등 여러 문인들과의 교류 혹은 인식에 대해 언급했다. 그는 분단으로 인해 한국문학의 정당한 평가가 어려워졌으며, 월북 작가들의 작품이 남한에서 다루어지지 못해 문학사가 온전히 정리되지 못한다고 보았다.

제2차 채록에서는 김송은 이근영과의 교류를 언급하는데 이근영은 일본에 간 뒤 신주쿠라는 표기만 남긴 채 주소 없이 편지를 보내곤 했으며, 『현대문학』에 발표된 그의 작품을 일본에서 읽고 감명을 받았다고 적은 편지를 보내기도 했다. 1960년 이후 시기의 일로 기억했으며, 일본에서 어떻게 생활했는지는 알지 못한다고 했다. 이근영은 해방 직후 서울에서

『춘추』라는 잡지를 편집했고, 생활이 어려웠던 시기 김송에게 원고 청탁을 하여 발표하고 원고료를 건네기도 했다. 두세 차례 집을 오가며 교류했으나, 이후 일본에서 온 편지를 마지막으로 행방을 알 수 없었다고 말했다. 연구자들은 그가 해방 후에도 북측에서 활동한 작가였다고 설명했으며, 김송은 일본에서 편지를 보낸 이유를 알 수 없다고 답했다.

김송은 이용악과도 가까웠다고 회상했다. 일본에서는 만나지 않았으나, 고향에 있을 때와 서울로 이사한 뒤에도 이용악이 두세 차례 집을 방문했다고 했다. 그가 『인문평론』을 편집할 때 김송에게 작품을 청탁한 적이 있으며, 잡지 발간이 어려워졌을 때 몇 권을 건네며 고향으로 내려간다고 말한 뒤 행방이 끊겼다고 회상했다. 해방 후에도 서울에서 만나 명동 다방에서 술을 많이 마신 일이 있었지만, 그 뒤 사라졌다고 설명했다. 이용악의 시집 『오랑캐꽃』 출판 당시 그는 이미 북측에 있었고, 원고를 남기고 간 것으로 보인다는 면담자의 말을 듣고 사실을 확인했다. 이용악의 성격은 소탈한 편이었다고 회상했고, 임화와는 다른 기질을 지녔다고 말했다.

안회남에 대해서도 언급했는데, 서울 무상동에 이웃해 살며 서로 집을 오가던 사이였다고 회상했다. 술을 마시고 주정을 하곤 했고, 어느 날 별다른 말 없이 북으로 갔다고 설명했다. 그의 아버지가 안국선이라는 사실은 잘 알지 못한다고 말했다.

최명익은 잘 알지 못한다고 했으며, 엄흥섭은 6·25 이후 서울에서 한 번 만나고 다시 오겠다는 말을 들었으나 이후에는 이북 방송에서 그의 소설 낭독 방송을 했다는 소식을 듣는 것 외에는 알 수 없었다고 말했다. 박영희에 대해서는 일본 유학 초기 박영희와 윤기정을 처음 만났으며, 평론을 쓴다고 했던 기억만 남아 있다고 설명했다. 그의 전후 행적은 알지 못했다.

　권환과는 일본 도쿄에서 가까이 지냈으며, 둘이 같은 집을 얻어 함께 지냈다고 한다. 당시 권환은 도쿄대, 김송은 일본대학에 다녔다. 함께 검거되어 서로 다른 유치장에 수감된 일이 있었고, 출소 후 권환은 폐가 좋지 않아 마산의 요양소로 갔다는 이야기를 들었다. 이후에는 소식이 없었으며, 생전에 시를 쓴 사람이었다고 회상했다.

　오장환은 잘 알지 못한다고 했으며, 당시 서울에서 문학 활동을 하던 사람들이 많아 서울에 있어야 문단 활동을 이어갈 수 있었다고 덧붙였다. 김송 자신도 1939년 서울로 올라왔으나 생계를 위해 출판업에 종사했다고 말했다.

　김팔봉과는 피난 시절과 중앙청 앞 재건 관련 기관에서 만난 일이 있으며, 서로 호감을 갖고 있었다고 회상했다. 김팔봉이 인쇄소를 하다 그만두었고, 인민재판 문제로 어려움을 겪었다는 이야기를 들은 적이 있다고 했다.

　홍명희와는 직접 만난 적은 없지만 『임꺽정』을 애독했다고 말했고, 청년 시절부터 이광수, 홍명희, 최남선을 높이 평가했던 기억을 이야기했다. 이광수의 소설 『무명』 등이 문학적으로 뛰어나다고 보았고, 박학하며 동양적 인물이었다고 설명했다. 다만 특정 사상적 심화가 부족하다고 느꼈다고만 덧붙였다.

　김동인은 고향에 있을 때 한 번, 그리고 서울로 이사 후 한두 차례 찾아왔다고 하며, 친해질 수도 있었지만 문학적으로 가까운 관계는 되지 못했다고 말했다. 역사소설도 많이 쓴 작가로 기억했다. 역사소설 관련해 이광수의 『세조대왕』을 특히 잘 쓴 작품으로 평가했고, 현진건의 작품은 많이 읽지 않았다고 했다.

염상섭은 두세 차례 만났으며, 그가 식민지 시기 『만선일보』 편집국장을 지냈고, 해방 후 『경향신문』 편집국장을 맡았다는 사실을 알고 있었다. 그 시절 젊은 기자들로는 손소희와 안수길 등이 있었다고 말했다.

송영은 해방 전부터 알고 지낸 사이로, 해방 후에도 몇 차례 집을 방문했으나 이후 북으로 넘어갔다고 설명했다. 송영, 이기영, 엄흥섭 등은 식민지 시기 말기에 함께 중국의 철력铁力을 다녀오고 클럽 활동도 했던 사이였다고 회상했다. 박성현이라는 아동작가도 이북으로 갔다고 덧붙였다.

조명희는 만나지 못했으며, 「낙동강」 한 작품 정도만 알고 있다고 말했다. 이북명은 같은 고향 사람이었으며, 흥남질소공장의 직원으로 지내 북으로 가지 못하고 머문 것으로 보인다고 했다. 한설야는 생사 여부를 정확히 알지 못했으나 은퇴해 지내고 있을 것이라 추측했다.

마지막으로 김송은 이기영이 전년도에 사망했다는 소식을 면담자에게 듣고 나이가 자신보다 많았으니 그럴 것이라고 답했다. 그는 남쪽과 북쪽의 사정을 모두 정확히 알기 어려운 상황이라 작가들의 생애나 말년 활동을 확인하기 어렵다는 말을 덧붙였다.

유정^{柳呈, 1922~1999}

시인, 기자, 번역가, 일본문학 연구자. 함경북도 경성 출생. 일본에 유학하여 조치대학^{上智大学} 문학부를 중퇴하고 1945년 니혼대학^{日本大学} 예술학부를 졸업했다. 잡지, 신문 기자를 거쳐 대학에서 일본문학을 가르쳤다. 유유정이라는 필명으로 무라카미 하루키의 『상실의 시대』, 『무라카미 하루키 걸작선』 등을 번역했다. 저술로는 『春信』^{京都臼井書房, 1941}, 「호한고독^{好漢孤獨} 김종한」 ^{『현대문학』, 1963.2}, 「옛날과 오늘의 학창^{學窓}」 ^{『동서춘추』, 1967.8} 등이 있다.

시라카와, 유정, 세리카와

1
이용악의 삶과 문학, 식민지 조선의 창작 환경

일시 : 1985년 2월 2일

구술 : 유정

면담 : 시라카와 유타카, 세리카와 데쓰요

1. 이용악과의 인연,
이용악의 일본 고학 시절과 시집 『분수령』

시라카와   이용악李庸岳 시인에 대해서는.

유정   그런 얘기를 하라면 잘 하지. (웃음) 나하고 아주 친하니까. 그
런 얘기부터 먼저 합시다. 이용악씨한테 대해서는 시라카와 선
생도 다소 짐작을 할 겁니다. 고향이 같아요. 고향이 같고, 집이
한 여나무 집 건너에서 이용악의 집이 있었어요.

시라카와   아, 그렇게 가까운 데 계셨어요.

유정   응. 그리고 나보다 육년 선배니깐 나이로. 그러니까 결국 말하
자면 학교를 보드래도 그 양반이 대개 졸업한 다음에 내가 들
어가고, 그런 식으로 된 거예요.

시라카와   그럼 뭐 어렸을 때부터 서로……

유정   어렸을 땐 모르고.

시라카와   예, 학교 때부터요?

유정   응, 모르고. 나중에 그게 알은 거지. 나중에 알았지. 내가 이제

용악의 존재를 안 것은 중학 2학년 때예요. 그 용악의 동생이
나하고 중학의 동창이었거든. (예) 어느 날 집에 가니까 그 용
악의 시집이 있고.

시라카와   아, 벌써 그때 시집이 나와있었나요?

유정   그렇죠. 용악은 저 『분수령分水嶺』이라고 처녀시집을 갖다가.

시라카와   예, 그게 37년인데.

유정   37년입니까? 아마 그때 냈을 거예요. 용악이 아마 한 스무살인
가 열아홉 살 적에 용악이 냈거든. 용악이 아마 일본에 건너가
서 첫 해인가 둘째 해에 그걸 냈을 겁니다. 삼문사인가에서 냈
을 거예요. 삼문사三文社.

시라카와   자기 출판사에서 낸 겁니까?

유정   그렇죠. 삼문사란 게 그때 유일한 동경東京에서 인제 한글을 가
지고 있는 활판소였다고 갓판活版 : 활판. 지금은 인쇄소라고 안
하고 활판소라고 했거든.

세리카와   그래서 여기서 좀 몇 가지 다른 사람의 시집도 나와 있죠?

유정   그렇죠, 많죠. 대개 동경 유학한 그때 그 시절에 한국 시집을
낸 사람들의 대개 그 삼문사에서 나왔습니다. 아마 삼문사 틀
림없을 거예요.

시라카와   그『창조』잡지의 복음인쇄소란 데가 요코하마横浜에 있었다는
데 그것도 한글 활자인가요?

유정   응응, 그런게 있었어, 있었어요. 그건 기독교 관계 사람들 대개.
기독교 아닌 사람도 거기서 뭘 냈죠. 요코하마 동경서 가까우
니깐.

시라카와   그럼 선생님께서 그『분수령』먼저 보시고

유정　　응, 먼저 봤어요. 몰라, 다소 이 기억이 착오가 있을는지 모르지만 그 한두 해 차이일거요.『분수령』내 거기서 봤다고.

세리카와　육년 선배시라면 그럼 이제 뭐 일흔 살 가깝네요.

유정　　예순아홉이나 일흔살이겠죠. 내가 예순세 살이거든. 내가 만으로 예순세 살이에요. 그러니까 예순아홉일 거예요.

시라카와　이용악 시인이 1914년생으로 돼 있어요.

유정　　14년?

시라카와　네, 그러니까 지금 71세가 되네요.

유정　　그런가? 나는 그게 나이가 잘못된 거다. 나이가 잘못된 거야. 나보다 여섯 살. (사전에는 그렇게 돼 있거든요) 왜 그러냐면 김종한金鍾漢이라고 있어요. 김종한하고 동갑이에요. 그 양반이. 그리고 김종한이가 여섯 살 위예요. 나보다. 그래서 난 그렇게 기억하고 있는데. 그래서 그건 모르겠어. 나는 그렇게 기억하고 있는데, 어떻게 됐는가는.

시라카와　사전도 모르지요, 그게 정확한가는.

유정　　응, 응.

시라카와　1916년생일까요?

유정　　서정주徐廷柱 씨가 아마 한살인가 두살 위일 거야. 이용악보다. 그렇게 내 기억하고 있는데. 내가 가니까『분수령』이라는 시집이 있어요.

세리카와　아직 돌아가셨다는 이야기가 없지요?

유정　　없어요. 돌아갈 리가 없어. 그 사람 얼마나 건강한 사람이고. 그 사람이 시바우라芝浦에서 東京의도쿄의, 고 앞의 시바우라에서 노동일까지 하면서 그러면서 고학을 한 사람이요.

시라카와	시바우라의 공장 같은 겁니까?
유정	응. 니아게荷揚, 뱃짐을 부림……港で항구에서, 그 하역, 하역 작업.
시라카와	그 아르바이트 비슷하게.
유정	그렇지요. 그때는 아르바이트란 게 그거 아니면은 조금 고급한 것은 잡지 기자 駆け出し記者신출내기 기자 그건데 그건 좀체 有りつけないんだ얻을 수 없거든.
시라카와	오키나카시沖仲仕.[1]
유정	そんなもの. しかし, 沖仲仕というのは그런 거지. 하지만 오키나카시라는 건 조금 괜찮은 두목격에 속하는 거 아니오? 나카시仲仕쯤 되면 류간키치劉寒吉든지 히노 아시헤이火野葦平든지 그런 사람 아니오.
시라카와	십장 정도 되는 사람.
유정	그렇지. 십장 정도, 십장을 해야 나카시란 그거 아니요. 이건 그 下っ端신분이나 지위가 낮은 사람이지. 言うならばニコヨン말하자면 일용 노동자[2] 그날그날 그저 날품팔이 하는 거지. 그런 조직이 물론 있긴 있지. 미리 가서 나좀 하고 싶은데 좀 시켜 주슈, 해서 그런 조직이 있긴 있었어요, 그때. 그래야 며칠 전에 그래 놔야 割り当て할당, 배당. 너 어느 날 나와라, 어느 날 나와라, 이래가지고 그날 나가서 인제. 그런 걸 하던 시절이었어요. '시바우라에서……' 하는 시가 있어요. 용악이. '시바우라에서', 제목이. 한글로 '시바우라에서', 하는 게 있어요. 내가 잊어버렸다. 그게 「오랑캐꽃」일 거다. '나는 왜 흙을 자꾸 씹고 싶습니까.' 제목이. 아니, 첫줄이. '나는 왜 자꾸만 흙을 씹고 싶습니까.' のどが

---

1   沖仲仕 : 항구에서 짐 나르는 시중을 드는 사람

2   니코욘은 일급이 240엔밖에 못 받았던 노동자를 가리킴.

이용악의 삶과 문학, 식민지 조선의 창작 환경

渴いて **목이 말라서** 그 중노동을 하니깐.[3] 첫줄이 아마 그런 게 나와요. 그런 게 있어요.

2. 이용악의 니혼대학, 조치대학 유학 시기

시라카와 이용악 시인은 그러면 일본서 오랫동안 있었던 모양이죠?

유정 이용악씨가 한 5년 있었어요.

시라카와 예. 처음에는 그 하역관계를 하고 그 다음에 대학 들어간 거예요?

유정 아니, 아니, 대학 다니면서.

시라카와 다니면서요?

유정 다니면서.

시라카와 아주 처음부터 그럼 대학교 다니면서

유정 처음에 그 양반 때문에 나도 대학을 갖다 옮겨다녔지만도, 그 양반하고 나 같이 다닌 건 아니지. 그 양반이 학교 거진 나올 적에 난 그 양반 시사를 받아가지고서. 그 양반 처음에 니혼다이가쿠 **日本大学**에 들어갔다가 그만두고 조치다이 **上智大** 들어갔어. 조치다이 들어가서.

시라카와 아, 니혼대학 들어갔구나. 그래서 육년 걸린 거네요.

유정 그렇지 그렇지.

시라카와 그 일본대학에서는 1년 정도.

---

3 이용악의 세 번째 시집 『오랑캐꽃』에 수록된 「다시 항구에 와서」의 3연은 "시바우라 같은 데서 혹은 메구로 같은 데서"라는 행으로 시작하며, 마지막 5연은 "차라리 누구의 아들도 아닌 나는 어찌하여 / 검붉은 흙이 자꾸만 씹고 싶습니까"라는 2행으로 끝난다.

유정   한 1년 있다가 그 다음에 조치다이로 옮겼어요. 上智大の新聞科조치대 신문과.

시라카와   네. 신문학과하고 신문과하고 따로 있으니까. 본과하고 선과하고요.

유정   그렇지요.

시라카와   이게 제가 상지대학上智大學에 가가지고요. 이게 그 동창회 명부인데요. 이게 소화昭和 14년 졸업으로 돼 있어요. 이용악 시인이. 신문과라고 나오거든요. 신문과 명부 보니까 선과예요.

유정   센카選科.

시라카와   예. 따로 있었는지 모르겠어요.

유정   따로 있어요, 따로 있어요. 본과하고 센카 따로 있어요. 選科というのは, 専門部みたいなものじゃないかな선과라는 건 전문부 같은 게 아닐까.

시라카와   센카가 있는가 모르겠어요.

유정   그것까진 난 몰라. 그런데 아무튼.

시라카와   이게 동창회 명부인데 그 왼쪽 윗단에다가 '선選'이라고 나오거든요. 그러니까 센카일 거예요.

유정   どれ?어디?

시라카와   여기 그 노란 색깔.

유정   아아.

시라카와   기타조센北朝鮮

세리카와   아, 그렇게. 사이, 기타조센

시라카와   그때 당시에 보니까 한국 사람들 굉장히 많죠?

유정   꽤 있었습니다, 꽤 있었습니다. 요 전후 해가지고서. 조치다이에서 외국인 갖다 잘 받아들였어요.

시라카와   아 예.

유정   더군다나 한국 사람을 구별을 잘 하지 않았습니다. 그래서 여기 몰려들어간 이유가 있습니다. 조금 머리가 좋은 사람들 대개 이 조치다이에 몰렸습니다. 구별하지 않았거든.

시라카와   백과사전 같은 거 보니까 이용악씨가 이거하고 삼년 차이가 나요. 이거는 소화 14년 졸업이니까 39년이거든요. 그러나 문학사전 같은 거 보면 36년에 졸업을 했다고 그렇게 나와요.

유정   삼십몇 년?

시라카와   36년입니다.

유정   36에.

시라카와   예. 3년 차이가 납니다.

유정   이건 39으로 되어 있는데. 가만 계세요. 昭和14年. こんなに早い卒業じゃあるまいがね이렇게 빠른 졸업은 아닐 텐데. 이게 잘못된 것 같다. 센규햐쿠 산쥬1930, 이 양반이 졸업하자마자 어디로 왔느냐면 서울에 왔어요. 서울에 와서. 최재서가 하던 『인문평론』에, 『국민문학』, 나중에 『국민문학』이 되었거든. 『国民文学』 됐거든. 거기 편집원이 됐거든. 졸업하자마자. 그것이 언제냐 하면 昭和14年じゃないんですよ, ずっと後なんです쇼와 14년이 아니에요, 한참 후입니다. 아…… 해방되기 전 해에 김종한이가 죽었고 김종한이가 한 2년 『국민문학』에 근무하다가 그만두고 その後釜後釜, 그 후임를 이용악이가 맡았거든.

시라카와   어느 분 뒤에요?

유정   김종한.

시라카와   아, 김종한.

유정   김종한도 시인이죠.

시라카와   예, 예. 그 바로 뒤에?

유정   그렇죠. 그러고 바로 내가 이용악 밑에서 내가 駆け出し ^{막 시작한}
           기자를 했는데. それがね^{그것이요}. 昭和20年に^{쇼와 20년(1945년)에} 해
           방되고, 昭和19年, 昭和18, 昭和17. 昭和17, 昭和18 이용악이
           가 『국민문학』에 있은 결로 내가 알고 있는데.

시라카와   편집위원으로요?

유정   そうです^{그렇습니다}. 昭和17, 昭和18.

시라카와   그럼 42년 3년인데.

유정   응, 그런데 これあまり투いじゃないか^{이건 너무 빠르지 않나}. 그러니
           까 이거 조금 잘못됐어. 選科出て^{선과를 나와서}, 그러면 다른 데 또
           인제 편입을 했나? 본과에?

시라카와   그럴 가능성도 있겠네요.

유정   응, 본과에 편입을 한 모양이다.

시라카와   예. 그렇게 되면 사전에 나온 것과 더욱더 차이가 나요.

유정   사전엔 어떻게 돼 있는데?

시라카와   사전엔 36년에 졸업했다고 나와요. 그 신문학과를.

유정   그렇게 될 수가 없어. 그렇게 될 수가 없어.

시라카와   이거는 동창회 명부니까 일단 선과를 나왔다는 건 확실하죠.
           이건.

유정   그렇죠.

시라카와   그런데 그 다음엔 아마 편입을 한 모양……

유정   응, 응.

시라카와   그럴 수도 있죠.

유정　　　응, 응.

시라카와　　본과도 좀 찾아봐야겠네.

유정　　　응.

시라카와　　데뷔하실 때까지의 경력을 전혀 알 수 없거든요. 제가 아직은.

유정　　　응, 그럼 그럼. 에, 그 다음에 그러니까 분수령이 나오고, 이 양반이 열아홉 살인가 스무 살에 『분수령』이 나왔어요. 그래가지고서 그 다음에 나온 게 『낡은 집』이에요. 그게 아마 이 동경 이 조치다이 재학중일 겁니다. 『낡은 집』.

시라카와　　동경서 나왔다 그러니까.

유정　　　『낡은 집』. 응. 그 『낡은 집』에, 아니 아니다. 『분수령』에서 대표작은 어떤 거였냐 하면은 이런 게 있습니다. 유종호柳宗鎬도, 평론 쓴 유종호, 지금 이대 교수. 그 사람도 언젠가 인용했는데. ‘북쪽은 고향 그 북쪽은 여인이 팔려간 나라. 먼 산맥에 눈이 내릴 때 무슨 눈이 녹을 때’, 무슨 뭐 어쩌고 하는 게 있어요. 그 유명한 거죠. 『분수령』의 대표작.

시라카와　　그 북쪽 하는 거는 뭐 러시아, 북쪽입니까.

유정　　　함경도를 말하는 거죠.

시라카와　　함경도를 말하는 거예요?

유정　　　응. 이용악은 여기 아마 중동중학을 나왔을 거예요, 서울의. 북경성에서는 우리 고향 북경성北鏡城. ‘鏡かがみ, 城しろ’. 거기 경성중학이라고 있어요. 그 전에는 경성고보인데 그게 이제 그 관동지방, 거기를 관동지방이라고 하지요. 함북을 갖다 관동지방이라 그래요. 関東. 거기서는 가장 하나밖에 없고 가장 우수하던 학교였죠. 대개 그 학교를 갔었는데, 용악은 보통학교를 나

와가지고서 서울에 올라왔어요. 와가지고 중동중학을 다녔어
요. 중동중학.

시라카와 　그거는 확실한 거겠고, 그렇죠?

유정 　확실한 거예요. 가만, 몰라요. 중동중학이랑 비슷한 게 또 있죠.
휘문중학인가.

시라카와 　예. 예.

유정 　그 어느 쪽인가를 다녔어요. 그래가지고 나와가지고서 일본 건
너간 거예요.

시라카와 　예. 보통학교는 뭐 경성에서.

유정 　경성에서.

시라카와 　그러니까 국민학교……

유정 　응, 응. 그건 내가 잘 기억한 걸거예요. 우리 둘째 형이 같은 동
창이라고 그러더구만. 용악이하고. 보통학교가.

3. 이용악의 고향과 가족관계

시라카와 　이용악씨 가족관계 혹시 아시는지요?

유정 　알죠. 잘 알죠.

시라카와 　부모님, 뭐. 계시고요. 그런데 시 보니까 아버님이 밀수 비슷하
게 다닌 것처럼 돼 있는데. 그게 사실입니까?

유정 　그럴 거예요. 나도 잘 몰라. 왜 그러냐면 우리 그때에는 벌써
그 아버님 없었어요. 없고. 어머니밖에 안 계셨거든.

시라카와 　곧 돌아가신 거겠죠.

유정   그때 돌아가셨지. 그러니까 대개 이 함경도 사람들은 지도를 보면 아시겠지만두, 조금 가면 두만강이 있지요. 두만강이 있고. 지금과는 달라서 옛날에는 그 두만강이 얼면은 얼면 그냥 그걸 갖다가 그 얼음 위로 건너가고 건너오고 그랬어요. 그 다음에 중국하고 왔다갔다 했고. 그래서 간도란 게 한국 사람들 많이 갔거든. 간도 바로 저쪽이 뭐냐면 러시아의 시베리아의 동쪽이 아닙니까. 그러니까. 중국의 간도, 그 다음에 러시아의 동쪽을 갖다가 마음대로 왔다갔다 옛날엔 그랬던 모양이야. 그래, 우리가 어릴 적에도 우리 아버지 대, 특히 우리 할아버지 대에는 그냥 그리로 왔다갔다 했다 그래요.

시라카와   국경 같은 것도 별로 없고.

유정   그렇지. 그러니까 그 김동환金東煥이의 「국경의 밤」을 보면은, 뭐 이제 왔다갔다 했던 게 있는데. 그런 식이었어요. 그건 「국경의 밤」 고대로예요. 그러니까 그때 주로 한국사람도 소금을 갖다가, 소금. 天日製塩てんぴせいえん[4]한 그 소금을 가지고 갔다고 그래요. 싣고 가지고 가서, 그 다음엔 그쪽에서, 무슨 저 귀한 물자들을 갖다가 바꿔가지고, 무슨무슨 交換で교환으로, 귀한 물자를 갖다가 가지고 오고 그랬대요. 그러니까 이용악의 아버님도 그랬겠지. 그래 내 소년시절에 이용악의 집엘 가니까, 그때는 아버지는 안 계셨어요. 홀어머니가, 홀어머니가 뭐 달걀 장수도 하고, 몰라. 집에 잘 계시지 않아. 그런데 어쩌다가 들르는데 나중에 얘기 들어보니까 뭐 달걀장수도 하고 뭐도 하고.

한국 여인네들이 머리에 이고 다니죠. 머리에 이고. 응? 그래가지고서 저 장사를 했다 그래요. 그래가지고 아이들을 모두 다 학교 보내고 그랬다고. 해방 후에는 일로 나왔어요. 나와서 청량리 근처에서 살았어요.

시라카와   네, 가족 같이……

유정   그 어머니까지도. 누이 동생 다 뭐 나와서 그랬어요. 그랬는데 6·25 직후까지도 내가 알았어요. 알고서 왔다갔다 했는데 그 후에 어떻게 됐는지 모르겠습니다. 나두 바쁘구서 연락이 두절되고 했는데 두절되고 그 다음엔 고만이더구만. 어디서 찾을 길이 없어.

시라카와   이용악 시인이 그럼 뭐 러시아 쪽으로도 아버님 따라 갔었다는 그런 것도 있겠네요.

유정   없어요, 그건 없어요. 없는 것이.

시라카와   방금 말했다시피……

유정   아, 시에는 그런 게 나오지. 가령, 뭐 시에 베로니카, 어쩌고 러시아 여자 이름 나오고, あれはちょっとはったりでね 그건 좀 과장해서(허세로).

시라카와   아, 그런 거죠.

유정   응, 시 작품에 그런 게 있을 수 있어요. 소설은 더군다나 픽션이 있지만도. 시는 대개 픽션을 안 하는 거지만도.

(구술자의 부인이 면담자들과 인사를 나눔)

유정   자꾸 다른 얘기를 해서는 시간만 가지.

시라카와   그, 여동생 있었습니까?

유정   용악이?

시라카와   예. 이용악의.

유정   용악, 있습니다. 여동생이 하나 있고 용악의 여동생이 하나 있고 누님이 하나 있는 걸로 내가 알고 있어요.

시라카와   형님은요.

유정   없어요. 아, 있다, 있다, 있었어요. 형이 한국전력회사라고. 해방 전에 그 뭐라고 했나, 역시 한국전기주식회산가 그랬는데, 거기에 무슨 간부 직원, 관리직을 했어요.[5] 그 양반도 시를 썼습니다. 이억李億이라고 했어요. 이억. 김억 말고. 이억.

시라카와   똑 같은 한잡니까?

유정   '1億, 2億いちおく, におく' 하는 것. 그게 펜네임이고. 이름은 송산이었어. 마쓰야마松山라고, 이송산.

시라카와   그게 필명이 아니고 본명입니까?

유정   그게 본명이지.

시라카와   아, 멋진 이름입니다.

유정   허허, 본명이 이송산이고.

시라카와   이용악이라는 것도 좀 멋지죠.

유정   그건 본명.

시라카와   아버님이 산을 좋아하셨는가 보죠. 용악, 송산.

유정   어, 그랬던 것 같아요. 용악은 정말 필명 같은 좋은 이름.

시라카와   아버님이 조금 그 경향이 있었던 분인가요?

유정   아버님은 전혀 몰라요. 알려지지 않았어요. 그런데 아버님은

---

5   1898년 설립된 한성전기회사는 1909년 일한와사주식회사, 1915년 경성전기주식회사로 개칭하였으며, 1961년에는 남선전기주식회사, 조선전업주식회사, 경성전기주식회사가 통합되어 한국전력주식회사가 되었다.

글쎄 뭐…… 農夫じゃなかったかな^{농부가 아니었을까}. 농군이었을

거예요. 아버님은

시라카와   그 함경도 분이예요? 원래.

유정   함경도. 두 양반 다 함경드.

시라카와   예.

유정   그 저, 부모가 다 함경도.

시라카와   예. 여동생은 시 보니까 죽었다는 걸로 돼 있는데, 그건 뭐 창

작일까요?

유정   어, 그래, 그래, 그런 시가 있지. 뭐 '바퀴가 돈다', 어째가지고서

그 다음은 '눈물 흘리고' 어쩌고 하는 거. 그런 동생 있었어. 죽

은 동생도 있었어. なにしろ^{하여간, 어쨌든}, 그 땐 子だくさんでね^아

^{이가 많아서 말이오}. 그 시절에는 그러니까 아마.

시라카와   그러니까 살아계시는 분이.

유정   내가 인제 말한 것은 살아계신 분으로서 여동생 하나 있고 누님

하나 있었을 거예요. 지금은 몰라, 지금은. 그 당시의 얘깁니다.

지금은 그들이 다 살아 있구 하드래도 모두 칠십대 아니겠어요?

시라카와   말기, 8·15 직전에요, 43년에 모종의 사건으로 원고를 다 잃

어버렸다고 그러던데.

유정   그랬어요.

시라카와   모종의 사건이라는 게 어떤 사건인가요?

유정   그러니까 사실은 용악에 대해서 관심 가지는 분이 내가 처음

이라고 생각하는데. 내 여기만 듣지 말고, なるべくは^{되도록} 이

용악 자신을 만나면 참 좋다. 북에 살아 있을지 누가 알아요.

안 그래요?

시라카와　그렇죠, 그렇죠.

유정　언젠가 그렇게 되리라고 봐. 요즘 사태를 가만 보면 요즘 사태를 가만 보면 그게 불가능하지도 않아요. 몇 해 후에는 어떻게 만날 수 있을런지도 몰라. 그럼 좋은데. 그리고 이용악은 오래 남을 시인이라고 내가 봐요. 한국이 공산통, 공산통일 될 수가 없지…… (웃음) (사이) 오분샤欧文社. 英文ができるんですから, 英語がね영문이 되니까요, 영어가요. 그래서 오분샤에 옛날에는 '날 일' 변에 '임금 왕'이 아니고, '西欧'の'欧'だったんですよ세이오('서구'의 일본어 음독)'의 '오'였어요. その, 西欧그, 세이오. '西欧の欧'で'欧文社'だった'세이오의 오'라서 '오분샤'였어. 그러니까 日本の軍部がね, 'あなた欧文だから, ヨーロッパだから, これ改めろ'일본의 군부가 '너희 欧文이니까, 유럽이니까 이거 고쳐라'. 그래서 인제 '日本の王'라고 그래서 旺文社가. 그래, 전시중엔 그런 거예요. 고 무렵에 欧文社が旺文社に変わる欧文社가 旺文社로 바뀔 그 무렵에 백석이 일본 오분샤에서 아마 英文学習書영문 학습서 같은 것을 아마 편집을 했을 겁니다. 그 무렵이었을 거예요. ○○○선생, 그 양반은, 인하대학의 ○○○ 선생은 시를 썼어요, 옛날에. 그 양반은 닛빠이에 있었어요. 닛빠이라는 말은, 日本書籍配給会社일본서적배급회사. 그래서 '니치하'인가 '닛빠이'인가 그래 略して줄여서 그렇게 말했어요. 백석은 그냥 해방 후에 쭉 저 평양에 있었어요.

4. 재일조선인 문학,
   일본어문학 환경과 식민지 조선의 언어적 상황

시라카와 그런 시들은 당시에 많이 읽힌 겁니까? 임화 시인이라든가 백석 같은 시인들

유정 많이 읽혔죠. 많이 읽혔죠. 많이 읽혔다는 게 그때만 하더라도 正直に言って 솔직히 말해서 반반이었습니다. 나 같은 사람, 우리가 그때 소년시절이거든. 1940년대면 우리가 소년에서 청년으로 옮기는 시절이었습니다. 그러면 그 문학, 한글로 된 문학서적을 읽는 층이라는 게 우리였거든. 少年から靑年 소년부터 청년이니까. 우리였는데 우리를 갖다 구분하는 두 가지가 있었습니다. 나처럼 일본말 위주의 문학서적을 읽은 것하고, 그런 사람이 대부분이었지요. 극히 일부분이 그래도 한글, 한국문학을 갖다가 그 아마 열 사람이 있으면 한 사람쯤 정도였겠지요. 그렇게 밖에 안 됐어요. 그때는 벌써 그만큼 일본 어문이 한반도를 갖다가 뒤덮고 있었으니까. 내가 한글을 갖다가 배우고 한국 글을 갖다가 알게 된 것은 해방 전후 해서입니다. 특히 해방 전은 수 년밖에 몇 해밖에 안 돼요. 전혀 그 전에는 뭐, 모른 건 아니죠, 알긴 알지만도 아주 완전히 내 글로서 알고 있지는 못했지요. 부끄럽다고 하는 이야기는 둘째로 해놓고 사실을 말하면 그래요. 고게 이용악 세대하고 또 우리하고 다릅니다. 불과 5년 차이지만도. 이용악 그까진 그래도 우리말을 갖다가 읽고 알려고 했고, 고 후부터는 우리 같은 세대는 그 의식적으로 우리말을 갖다가 배워보려고 하지 않았어요. 그렇게 돼 버렸어

요. 아주 고 때 아주 이상하게 돼 버렸어요.

시라카와 장혁주 같은 사람은 나이로 봐서는 뭐 1905년생인데요. 그런데 어떻게 일어 아주 잘했는지 모르겠어요.

유정 아아, 그때부턴 잘하지. 1905년이면 내가 22년생이거든. 그럼 나보다도, 어떻게 되나? 열 일곱여덟 살?

시라카와 예, 열 일곱살 정도 차이 나신 것 같아요.

유정 그러니까 빨리 배운 거지요. 왜 그러냐 하면 그때만 하더라도 일본말이 그렇게 보급되진 않았거든.

시라카와 그럼 국민학교 때부터 아주 잘했다고 볼 수 있겠네요?

유정 잘했다고 볼 수 있지요, 그렇지요.

시라카와 그럼 특별히 그 사람만 그렇게 재능이 있었는지? 그때 당시 벌써 일어 보급이 별로 안 됐었죠.

유정 아니 그런데 고때 그 통계 숫자를 보면 알겠지만도, 내 짐작에는 이래요. 나보다 15, 6년 앞선 사람이면은 우리때는 우리때는 거진 백퍼센트 보급됐습니다. 거진 백퍼센트. 구십오, 륙 퍼센트부터 백 퍼센트. 그러면 15, 6년 전에는 적어도 50프로까진 보급됐을 거라 생각돼요. 그럼 그중에서 재능있는 분은 그만큼 할 수 있다, 그거예요. 왜 그러냐 하면 고 당시에 장혁주뿐만 아니라, 또 재능이 있는 사람이 있었습니다. 선데이마이니치サンデー毎日에서 당선된 사람, 누구 있었어요.

시라카와 선데이마이니치?

유정 선데이마이니치. 아, サンデー毎日だとね, あれは선데이마이니치라고 하면, 그건. 차라리 순문학에서 장혁주가 당선된 것은 日本語がちょっと下手でも일본어가 조금 서툴러도, 순문학에서는 ちょっと下手

でもいいんですよ^{조금 서틀러도 괜찮아요}. 그건 차라리 タッチが荒々しい^{터치가 거칠다}, 라든지 ちょっと変な日本語だけどおもしろいんですよ^{조금 이상한 일본어이지만 흥미로워요}. 순문학에서는. 例えば李恢成り・かいせい^{예를 들면 이회성}, 李恢成も日本語があまり日本語じゃありませんよ^{이회성도 일본거가 별로 일본어가 아니에요}. 처음에 나왔을 적에는. 그렇기 때문에 저 누가 말했나, 오에 겐자부로^{大江健三郎}가 그랬잖아. 李恢成の文章は^{이회성의 문장은} 말이지, 좀 특이하다. 특이하다. 그래서 그 특이하다는 건 뭐냐면 나쁘게 말하면 일본말로서 生硬허다. 그런 뜻이야. 생경하다, 그런 뜻이에요. 그러나 순문학에서는 그게 용서되지만 대중문학에서는 それで^{그걸로} 안 돼. 말이 참. 재미 위주기 때문에 말이 술술 나가고 滑らかで^{매끄럽고}, 그리고 言葉のあやが達者でなくちゃね^{말의 뉘앙스가 잘 그려져 있지 않으면 안 돼}. ちょっと悪ぶりをしても文章じゃなくちゃだめなんですよ, 大衆文学はね^{좀 나쁘더라도 문장이 안 되면 안 돼요, 대중문학은}. 아, 김성민^{金聖珉}.

시라카와 김성민. 네.

유정 김성민.

시라카와 한자를 어떻게 씁니까?

유정 '세이^聖', 'ひじり^聖'. 그 다음에 '王偏'에, 임금 왕 변에 'たみ^民'의 字. 그 선데이마이니치에서 당선했다구.[6]

---

6 김성민의 일본어 장편소설 『반도의 예술가들(半島の藝術家たち)』은 오사카마이니치 신문사가 주최하는 지바 가메오 상 장편대중문예 부문에 1등으로 당선되어 『선데이마이니치(サンデー毎日)』에 연재되었다. 이 소설은 1941년 이병일 감독에 의해 〈반도의 봄(半島の春)〉이라는 제목으로 영화화되었다.

시라카와　　네, 몇 년도쯤 될까요?

유정　　그게 언제쯤? 이노우에 야스시井上靖가 아마 무슨 당선될 그 무렵이었을 거예요.

시라카와　　그럼 35년, 6년, 그 정도가.

유정　　그렇지, 그렇지. 30년대입니다. 40년대도 아니야. 그러면 장혁주하고 비슷한 때입니다. 그 이런 사람이 그 저 대중문학의 선데 이마이니치, 거기에 당선됐다는 것은 일본말 잘했다는 거거든.

시라카와　　소설을 갖다가 당선……?

유정　　소설, 소설.

시라카와　　그 다음에는 뭐 이 사람이 김성민 씨가 활약했던……

유정　　몇 편 발표하고선 그러고 그만…… 그 다음에는. 그 才人早老재인조로라고 할까. 너무 빨리 늙어버려가지고선 그 다음에는 잘 쓰질 않았어요. 재능이 있는 사람인데 그랬어요.

시라카와　　장혁주씨는 아주 단행본도 많고 그런데 그렇게 많이 읽힌 건지 모르겠어요.

유정　　장혁주는 많이 읽히지 않았습니다.

시라카와　　아, 스물몇 권 있거든요, 조사해보니까. 단행본만 그렇고요.

유정　　단행본 한 대여섯 되지요?

시라카와　　네, 아주 많아요.

유정　　왜 그러냐면 내가 생각하기에는 그 사람의 그 당선작이 뭡니까.

시라카와　　「餓鬼道아귀도」.

유정　　응, 「餓鬼道」지. 「餓鬼道」가 특히 많이 읽혔습니다. 많이 읽혔어요. 일본에서 많이 읽혔을 뿐만 아니라 한국에서도 많이 읽혔습니다. 왜 그러냐면 이놈이 도대체 일본말로 써서 한국사람

으로서 처음으로 그렇게 유명한 상을 탔거든. 그래서 '이놈이 친일파 아니야?' 또는 문장을 얼마나 썼길래 일본인들이 이걸 갖다가 당선시켰느냐. 좋았습니다. 「餓鬼道」, 좋았어요. 그 다음에 「權という男」권이라는 남자? 그건 조금 좀 뭐 어차피……

일본어 창작과 번역, 해방 후의 문인들

1. 장혁주의 문학과 친일 문제

유정　　아무튼간에 처음 세 작품? 그렇게 나가면 일본 문단에서도 새로운 문학이 되고 줄거리가 굵직하고 일본문학에 어떤 플러스라는 것을 남겼을 겁니다. 그런데 그냥 친일파, 이른바 친일파가 돼 버렸어요. それじゃ그런 거라면, 그건 일본을 위해서도 좋은 게 아니고 한국사람에게도 좋은 게 아니야, 그거는. 응? 그거는, 한 인간으로서는 자기 사는 방법으로는 편리했는지 몰라도, 문학자로서는 자기 자신을 죽였고, 일본문학에도 플러스를 해주지 못했고, 물론 한국문학에도 플러스시키지 못했지. 그리고 일본에 귀화했지요. 뭐 귀화한 건 상관없어요. 귀화는 그 저, 야마노우에노 오쿠라山上憶良,[1] 귀화인이라 그러는데, それはどうでもいい그건 어찌됐든 상관없어. 라프카디오 헌 있지요? 고이즈미 야쿠모小泉八雲. 그거 귀화했다구 그 문학에 플러스 하거나 귀화 안했다고 그러는 게 아니에요. 그런 건 둘째 문제입니다. 그런데 요거는 귀화한 것이 정신적으로까지 다 귀화해 버렸다, 그거예요.

1　야마노우에노 오쿠라 : 8세기초의 시인. 백제출신설이 있음

시라카와 8·15 후에도 작품활동 계속하지 않습니까?

유정 해요, 『嗚呼·朝鮮^{아, 조선}』.

시라카와 『嗚呼·朝鮮』 같은 거 보면은 역시 그렇게 좀 역시 마음 속에 뭐 있는 모양인데요. 보니까. 그래서 작품 보니까 재미있게 봤는데요. 그런 것 보니까 단순하게 친일파 그런 식으로 볼 수 없는 거 같아요, 그거는.

유정 그렇게 할 수는 없지요. 그런데 요는 뭐냐면 처음에 「餓鬼道」는요, 「追われる人々^{쫓기= 사람들}」라든지. 그런 데서 어떤 군국주의, 어떤 중앙집권적인 세력이 약한 사람들을 갖다가 누르고 지배한다, 하는 데 대한 저항정신. 문학이 어떤 정신을 가진다면 그런 걸 가져야 하지 않아요? 반드시 문학이 꼭 그 정신을 가져야 한다는 건 아니지만도, 아무튼간에 어떤 사회나 인간으로서의 문학에서 주장하자면, 그런 편에 서야 하지 않아요? 약자 편에 서야 하지 않아요? 아무튼 문학이. 그래야 하는 건데 그 편에 서지 않고 강자 편에 서 버렸다는 거. 그게 안 된다 그 거지요. 물론 『아아 조선』 같은 데서는 뭐 그게 노골적으로 나온 것은 아니지만도, 처음에 눌리는 약자 편에 섰던 그 강렬한 긴장된 문학정신이 그게 그냥 다 뭉그러져 버렸다, 그거야. 다 뭉그러져가지고 나중에는 휴머니티가 그냥 유야무야^{有耶無耶, 흐지부지}가 되어 버렸다는 거지요. 그래서 이제 그 후에 비판을 받는 거지. 그건 문학으로서도 살지 못하는 거지요. 아까워요, 장혁주 같은 사람. 내가 보기에 참 아까워요. 좋은 소질을 갖고 있고 그런 사람이었는데. 그것은 객관적인 정세가 그 사람을 그렇게 만들었다고 보지 않습니다. 물론 그것도 있지. 하지만

그 사람 자신의 정신이 너무 물렀어요. 자기가 왜 「餓鬼道」 같은 걸 발표할 수 있었고 아무리 일본 군국주의가 누른다 하더라도 그 정도는 발표할 수 있었거든? 그렇게도 했잖아요. 그럼 그걸 쭉 지속하면 될 수 있었는데 왜 저절로 뭉그러졌느냐 그거야. 그러니까 현실에 너무 빨리 타협을 해 버렸다는 거야. 생활하는 데 너무 쉽게 타협했다는 거야.

시라카와 그럼 일본에 가 계셨을 때는 뭐 장혁주 작품 같은 것도 좀 보셨습니까? 일본서요. 장혁주의, 그 작품활동 하고 있을 때 가 계셨죠?

유정 내, 그땐 그 사람 별로 한 것 같지 않아요.

시라카와 아.

유정 응, 왜냐면 내가 간 것이 昭和16年.

시라카와 1941년에.

유정 응. 昭和15年부터 昭和18年쇼와 15년(1940년)부터 쇼와 18년(1943년).

시라카와 아주, 말기니까.

유정 응, 그렇게 가 있었는데.

시라카와 작품은 아주 그때 더 많이 냈었는데……

유정 그때, 난 그때 장혁주 작품은 별로 기억이 안 나요.

시라카와 네, 칠년의, 『七年の嵐7년의 태풍』, 『曠野の乙女광야의 처녀』, 『白日の路한낮의 길』, 뭐 이런 식으로 많이 나와요.

유정 무슨?

시라카와 『白日の路』라든가 『孤独なる魂고독한 혼』, 『和戦何れも辞せず화목이나 전쟁, 어느 것도 불사하다』, 『わが風土記우리 풍토기』 이건 수필집이고요, 『幸福の民행복한 백성』, 『開墾』, 『浮き沈み부침(浮沈), 흥망성쇠』, 『岩本志願兵』, 이렇게 많이 나와요.

유정　　　　많이 냈지만 모두 ぱっとしない作品でしょう, それ^{신통치 않은 작품}

이지요, 그거.

시라카와　　『わが風土記』는 뭐 수필이니까.

유정　　　　음. (웃음)

2. 해방 전후의 문인들 임화, 오장환, 김기림, 정지용

시라카와　　선생님, 뭐 『춘향전』을 갖다가 상영했다는 이야기 없었습니까?

유정　　　　응, 응, 그런 말 뭐 들은 것 같아요.

시라카와　　여기 서울의 부민관 이런 데서.

유정　　　　음, 府民館이라는 게 뭐냐면 지금 『조선일보』. 그 자리예요. 한

국에선 제일 今の国立劇場みたいなやつ^{지금의 국립극장 같은 것}.

시라카와　　세종문화회관 별관하고는 다릅니까, 거기? 지금 코리아나호텔

옆 거기에 『조선일보』가 있지요.

유정　　　　그렇지요.

시라카와　　그거 옆에 옛날에 국회, 거깁니까?

유정　　　　그렇지요, 그렇지요, 거깁니다.

시라카와　　거기가 부민관이에요?

유정　　　　그렇지요.

시라카와　　세종문화회관 별관 하는 거. 그 이찬^{李燦}, 백석^{白石} 이야기 나왔

는데요. 오장환^{呉章煥}이라든가……

유정　　　　오장환 좋은 시인이에요.

시라카와　　네, 만나셨어요?

유정 　아, 봤어요. 아, 天才の詩人, これはあの人でしょうね천재 시인, 이것
이 그 사람이지요. 잘생겼고.

시라카와 　임화林和 씨도 잘생겼다는 이야기가.

유정 　임화 씨도 잘생겼어.

시라카와 　오장환 씨도……

유정 　임화 씨는 아마 시라카와 선생 모양으로 작달막해요, 작달막한
데 얼굴도 참 그냥 인텔리겐차 얼굴이야. 얼굴도 창백한 편이고,
하얀 편이고. 아주 미남이었어요. 영화배우도 했을 거예요. (예)

시라카와 　오장환 씨도 하얀 얼굴이고.

유정 　오장환도 잘생겼고. 오장환은 눈이 부리부리하고.

시라카와 　키는 크고요?

유정 　키는 아마 나만 해. 나만 하면 그때는 큰 편이었지. 지금이야 平
均…… 그래가지고 오장환 같은 사람은 무슨 회의에, 내가 문
학가동맹이라는 회의에 처음인가 두 번짼가 나갔었는데 그때
는 더 인상이 강했는데. 처음에는 ‘不真面目なやつだな’불성실한 녀
석이구나. 그렇게 생각했어. 왜그러냐면 입구 가까이에 말이지 좌
석이 좌악 있는데 거기에 모두 앉아 있고 단상에서 연설하는 놈
있고 연설하는 뒤에 좌석에 이른바 그때의 대가들이 주르륵 앉
아 있고. 그 다음에 또 방청석에서는 벤치가 주르륵 있고 거기
모두 앉아 있잖아요. 그 다음에 뒤나 옆에는 모두 서 있거나 그
래요. 그런데 혼자서 착 바닥에 들어앉아 있어 바닥에. 이렇게
앉아서 담배 피우고 앉아 있어. 이렇게 하면서. これは赤いんで
すよ. とても赤い이건 빨개요, 아주 빨개. 그래 ‘なんで’왜 그런고 하고 보
니까 오장환인데.

시라카와	그렇게 오만한 분은 아닌데요……
유정	오만하진 않고 자유로운 태도야. 난 내가 그런 태도를 취한다는 거야. 오만한 거는 아니고, 거 자유로운 태도였어요.
시라카와	김기림이라든가 정지용 같은 사람도 만나보셨어요?
유정	그렇지요, 그러니까 인자 말한 바로 그 대회에 김기림이 나오고 지용은 처음엔 좌파엔 안 나왔어. 지용은 정지용은 좌파엔 안 나왔어. 기림도 처음에 거기 나오다가 너무 이 좌가 너무 격렬했지니까 그 다음에는 기림도 안 나왔어요. 안 나오다가 나중에 또 도로 이상하게 되고 그랬는데. 처음엔 임화. 임화가 주동이 되고, 소설에서는 여러분이 기억할 수 없는지 몰라도 김영석이라고 있었어요. 金永錫きん・えいしゃく라고. (아, 예. 「부르주아의 인간상」) 많이 소설 썼어요. 해방 직후에. 그런데 지금은 이름이 없어졌지. 작품이 좋지 못하기 때문에. 김영, '永い', '永遠'の'永'에, 'すず錫'. (예) 김영석. 소설 많이 썼어요. ('부르주아……'의 김동석인 줄 알았어요) 많이 썼어요. 김영석이 감옥에 잡혀 들어갔을 적에 내가 김영석 집을 지켜주기도 했지. (웃음) 그 대문에 있었는데. 그 대문 지금 어디냐 하면 로터리 바로 옆에 있었는데. 일정시대에는 竹添町たけぞえちょう2라고 했어요. 그래서 해방 직후에는 다케조에초를 죽첨정이라고 그랬어요. 이제 그런 사람들이 주동이 돼 가지고, 임화가 제일 주동이었지.
시라카와	그 사람은 정치적인 야심이 있었던 분이에요?
유정	아니, 정치적인 야심이라기보다도 그 사람은 신념이야. (신념이

---

2   죽첨정(竹添町)은 현재의 서울 서대문구 충정로 일대를 이르는 식민지 시기의 지명이었다.

라고요?) 왜 그러냐면 그 사람 시를 읽어보면 알 거요. 그 사람은 가짜라고 할 수 없어. 난 그런 건 진짜이기 때문에 나는 존경합니다. (웃음) 공산당이라도. 나는 이데올로기는 존경하지 않지만도 자기 신념을 굽히지 않고 처음부터 나간 사람은 나는 존경합니다. 임화는 워낙 그 사람은 프롤레타리아트입니다. 그리고 시도 처음부터 「현해탄」이라는 게 이른바 사회주의 낭만주의라는 거 아닙니까. 그런 거죠. 그렇기 때문에 그 사람은 가짜가 아닙니다. 김일성한테 잘못 돼가지고 죽었잖아요. 그 마쓰모토 세이초松本清張가 쓴 『北の詩人』의 주인공이 아닙니까. 아직 내『北の詩人』은 읽어보진 못했는데. 제대로 썼는지 어떤지는 모르겠습니다만은. 대개 비슷하게 썼겠지요. 마쓰모토 세이초는 거짓말을 쓰는 사람이 아니니까.

시라카와 그것도 뭐 거짓말이라는 이야기도 있고. (웃음) 픽션이니까.

유정 그거는 픽션이니까, 사실에서 食い違い어긋나는 점는 좀 있을 거예요. 그러나 전체 줄거리는 별다른 틀림이 없겠지요.

3. 김소운의 조선 근대시 번역에 대한 평가

시라카와 선생님, 김소운 선생은 만나신 적 있으십니까.

유정 아, 있어요. 김소운 사실은 오래 전부터 알아요. 해방 전부터. 그런데 친하지는 못했어요. 어떻게 이상하게, 친해야 하는데, 그 사람 간 길하고 내가 간 길이 거진 비슷하기 때문에 친해야 하는데, 간단하게 말해서 서로가 어떤 질시를 했지. 그리고 김소운은 자기는 대선배다, 했고 나는 그런 대선배로 모시고 싶지 않다, 말하자면 그거야. 그래갖고 가까워지지 못한 거지. 지금 생각해보면 잘못했다 하는 생각이 내가 들어요. 선배는 선배대로 모셔야 하는 건데.

시라카와 김소운 관계로 뭐, 좀 들을 쓰신 거 있습니까.

유정 별로 없어요. 별로 없고, 언젠가 『문학사상』에 내가 썼는데, 아까 내 그래서 들춰 보니까 이런 거 있는데.

시라카와 아, 『문학사상』에요.

유정 보셨는지 어쨌는지 몰라. 김소운 씨가 돌아가신 다음에 그걸 쓰라고 해서 최근에 『문학사상』에다 뭘 썼어요.

시라카와 예, 봤습니다.

유정 뭐 대단한 게 아니에요. 나중에 내가 저 김소운의 경력 거기에 대해서 내가 쓰면 좀 더 쓸 게 있다, 하고서, 죽은 사람은 욕을 할 수가 없어서 좀 칭찬 비슷하게 했어요.

시라카와 81년이었죠?

유정 나는 몰라요.

시라카와 100호인가요? 몇 호죠? 110호요.

유정 110호.

시라카와 네. 82년. 네, 이거 같습니다, 이거.

유정 읽어보셨어요? (예, 예) 응. 그 대단한 거 안 썼어요. 번역시가 참 잘 됐다, 하는 그 얘기야.

시라카와 일본어 섞이니까, 좀 활자가 틀리네요.

유정 그러니까, 아무튼, 한국이나 일본의 문단을 위해서 이런 분이 좀 더 있었더면 하는 생각이에요.

시라카와 나이 드신 다음에는 뭐 서로 만나시고 그러시진 않으셨어요?

유정 아, 만났지요. 만났어요. 서로 인사할 정도고. 나중에 일본의 그 冬樹社^{도주샤}라고, 'ふゆ冬のき樹'. 거기서 한국문학 뭘 했지요.

시라카와 예. 다섯 권짜리 그거.

유정 예, 고때가 서로가 이제 뭔가 뭐라고 할까, 뭔가 아주 갈라져버린 때입니다. 뭐냐 하니깐 거기서 이제 처음에 교수가 왔던 모양이야. 백철 선생이 처음에 엮여가지고서 유정과 김소운을 소개한 모양이지. 동수사에다가. 그런데 이 이야기는 쓰지 말아요, 어디다가. 문인들 그 지저분한 얘기니까. 그저 참고로 들어주세요. 김소운이 혼자 하겠다 이랬던 모양이지.

시라카와 아, 백철 선생 보고요?

유정 응, 혼자 하겠다 이랬던 모양이지. 그래가지고 유정을 갖다가 끼어들게 한다면은 유정은 자기 밑에서 한 양으로 하고 김소운의 이름을 갖다가 내세우고 유정은 그 밑에서 인제……

시라카와 스탭, 스탭이……

유정 응, 응. 그냥 도운 걸로 하자. 이랬던 모양이야. 난 또 그건 싫어. 나도 싫어. 내가 이제 초년도 아니고. 그리고 나는 또 나대로 프라이드가 있거든. 뭐냐면 당신은 창작시 같은 건 전혀 쓴 적이 없지 않느냐. 쓰긴 썼어요, 젊어서. 下手くそな^{몹시 서투른} 시를 썼지. 詩でも何でもないんだよ, 散文でもない^{시도 아무것도 아니에요, 산문도 아니야}. 그런데 그래도 나는 프라이드가 있거든. 난 일본어로 써도 창작을 했고 또 해방 후에는 우리말로도 창작을 했거든. 난 시인이다. 그러면서 내가 일본말 한다. 넌 그게 아니지 않느냐. 그럼 내가 왜 당신 밑에 들어가서 下役^{부하}가 되느냐.

이름을 같이 나란히 내든지 아니면 자기가 번역한 파트별로 이름을 갖다가 내든지. 그게 다섯 권 나왔죠. 그러니까. 처음엔 몇 권 될지 몰랐지. 한 열 권쯤으로 생각했는데. 자기가 맡은 파트별로 이름을 내든지. 그래가지고 광고에는 '유정, 김소운'. '김소운, 유정' 공역이든지 어떡하든지 이런 식으로 낸다 이렇게. 그게 김소운은 싫었던 거야. なに, 青二才^{뭐야, 풋내기}. 그렇게 날 본 거구나. なに…… 그래가지고 그때 그렇게 됐지. 나중에 보니까 뭐 監訳^{감역} 했대요. 監訳. 감독 번역이란 뜻이겠지요. 監訳. 감역. 그래서 그 시집에도 내 시가, 난 시를 안 줬어요. (웃음) 그 양반이 그래서 이렇게 했어요. 팜플렛을 돌렸어요. 자선 시를 갖다가 3편 내지 5편씩 보내달라, 그러면 이제 그 중에서 자기가 번역하기 좋은 걸 갖다가 번역하겠다. 난 보내지도 않았지. 그래서 나중에 번역했다 해가지고 자필번역한 게 김소운 시 그게 있습니다, 어딘가에 있어. 찾으면 돼요. 그걸 보고 나는 '何だ, これ. こんな変な訳して^{뭐야, 이게. 이런 이상한 번역을 해서}, 원시를 갖다가 망쳐버렸잖느냐, 그런 생각 했는데. 貶すわけになったので^{헐뜯는 꼴이 되고 말아서}. 그리고 아무튼 소운 같은 사람이 조금 앞으로 없을 거예요. 인제부터 있으리라고는 생각해. 인제부터는. 가령 윤동주의 시를 갖다가, 그거 저 일본 사람이 했더구만.

<table>
<tr><td>시라카와</td><td>네, 伊吹鄕^{いぶき ごう}.</td></tr>
<tr><td>유정</td><td>네, 그 다음에 저기, 뭔가. 누구라고 했지요?</td></tr>
<tr><td>시라카와</td><td>伊吹鄕라는.</td></tr>
<tr><td>유정</td><td>아, 伊吹. 伊吹. 나는……</td></tr>
<tr><td>시라카와</td><td>'고'는 아마 '향^鄕'.</td></tr>
</table>

유정   아, 아. 그래, 그래, 그래. 무슨 그 '鄕さと', '故鄕ふるさと'の'さと'. '鄕ごう'でしょうかね'고'일까요. 이부키 '고'겠지. 그런 사람 있고. 그 다음에 뭐요. 여류시인에 이바라기……

시라카와   이바라기 노리코茨木のり子

유정   응, 그 양반도 한다는 말을 내가 들었어요. 그럼 잘 할 겁니다. 내 생각엔 앞으론 일본사람이 하든지 한국사람이 하든지 더 좋은 번역이 나오리라고 생각해요. 그래가지고 진짜 한국시의 고대부터 현대에 이르기까지 김소운 씨가 한 것은 이른바 近代詩근대시. 한국 近代詩. 現代詩じゃなくて현대시가 아니고. 벌써 해방 전 시만 해도 近代詩가 되지 않습니까. 한국의 近代詩로서는 김소운 번역을 갖다가 따라갈 게 더 없고, 또 그 이상 더 번역할 필요도. 그만하면 됐어요. 다만 그중에서도 한용운韓龍雲이든지 정지용이든지 이런 사람의 시는 좀 더 양을 많이 했으면 좋겠어요. 김소운 씨가 한 것은 어떻습니까. 김소운 씨가 한 것은 정지용 시만 하더라도 한 열 편 정도밖에 안 됐죠. 열 편 정도밖에 안 돼.

시라카와   네, 그것도 판에 따라 많이 다르죠.

유정   네. 그 다음에 저기 누굽니까, 저 한용운의 시도 7, 8편밖에 안 되지요. 그런데 그건 좀 더 거진 전 시를 다 번역해도 좋다고 생각합니다. 특히 정지용 같은 분, 이 사람 시는 나는 전부 번역해도 좋다고 생각해요. 한용운은 그게 시가 한 50편 넘는 시지만도 あれ, 千篇一律でね그건 천편일률이라서요. どの詩を読んでみてもみんな同じですよ어떤 시를 읽어봐도 다 비슷해요. 비슷해. 그러니까 그건 뭐 다할 필요도 없고, 그렇다고 시가 무슨 불교사상을

갖다가 선전하는 것도 아니고 하니까. 그렇지만 지용 시는 그건 참 편편이 다 조금씩 다르고.

세리카와 전편 해도 많지 않잖아요.

유정 그렇지, 전편은. 전편 해도 백 몇 편밖에 안 됐잖어. 그러고 그때 北原白秋がね기타하라 하쿠슈가요, 지용 시를 굉장히 칭찬했습니다. 그게 알려지지 않고 있어요. 기타하라 하쿠슈가 말이지, 그때 『ザンボア朱欒』주란큐인가 뭔가 그런 시지를 했잖아요? 굉장히 칭찬했습니다. 그래가지고 정지용의 시를 갖다가 지용이 자기 자필로 일어 번역을 두 편인가 세 편 했습니다. 그렇게 실은 적이 있어요. 기타라하 하쿠슈가 굉장히 칭찬했습니다.

시라카와 『近代風景』라는 걸.

유정 『近代風景』인가 뭔가 아마, 아무튼. 지용이 京都の同志社교토의 도시샤(대학) 재학 중에 그랬어요. 그게 알려지지 않고 있어요.

시라카와 「가모가와에서」.

유정 그렇지. 압천鴨川, 뭐가 흘러, 저녁노을이, 어쩌고 하는. 좋은 시지요. 그런 데서 이 소운의 번역 사업을 갖다가 이어져야 한다고 생각해요. 소운 요걸로 끝나면 의미가 없다고 생각해.

시라카와 정지용 시인 일어 상당히 잘했습니까?

유정 잘했습니다. 그 양반이.

시라카와 영어도 잘했고.

유정 영어도 잘했고. 영어 선생 오래 했잖습니까. 지용은 그리고 반드시 반일적인 사상 갖고 있지 않았습니다. 일본 반대 그런 게 아니었어요. 다만 한국말의 재미난 점을 갖다가, 자기로서는 한국말의 재미난 것을 갖다가 개발하겠다 한 게 지용의 생각이

었지요. 일본말로 썼다면 일본 시단에서도 꽤 평이 좋았을 겁니다. 차라리 김소운 같은 사람이 『朝鮮詩集』 이런 안토로지アンソロジー, 작품집를 하면서 한편에 이런 우수한 시인의 것을 갖다가 그냥 몽땅 번역을 했더면 참 시대적인 의의가 있으리라 봐요. 참 惜しむらくは안타깝게도, 애석하게도 지금 생각해보면 그래요.

시라카와   그때 번역했을 때 자료가 별로 없었던 모양이에요.

유정   그게 아니지. 『朝鮮詩集』 읽어보면 뒤에 무슨, 잘 응하지 않았다 그거지.

시라카와   아, 그 회답을요?

유정   그렇지. 생각해 보세요. 지금도 나한테 원고 청탁이 옵니다. 그런데 난 웬만한 건 묵살해 버리거든. 더군다나 안토로지에서 말이에요, 무슨 한국의 명시, 무슨 영원한 사랑의 명시, 가 보면 굉장히 그런 게 있어요. 일제 응하지 않거든. 응하지 않아도 어디선가 베껴서 모두 하고 있어요. 原稿料なんか원고료 따위 물론 없지. 알지도 못하는데 자기들 막 해 먹는데. 그런데 그때만 하더라도 일본말로써 번역하겠다 하면 잘 응하겠습니까? 안 응합니다. 그때 쓴 사람들은. 그러니까 그냥 묵살해버리는 거지. 그럼 그때는 자기가 그냥 막 이것저것 자기가 선택해서 하는 거예요. 하면 또 싫지 않거든. 내 시를 갖다가 뽑아서 해 줬구나. 일본 시단에서 인정을 받았구나. 나쁜 건 아니거든요. 그때 그걸 안한 게 잘못이야. 그때 그걸 했더면 참 좋았을 걸. 앞으로도 그걸 많이 했으면 좋겠어요. 세리카와 선생, 시라카와 선생 말이지, 이왕 문학에 뜻을 뒀으면 말이야. 양쪽 말을 다 공부했잖소? 그러면 그걸 갖다가 잘 하면 참 좋겠어. 지용의 시든지 한용운, 윤동주. 윤동주 시를 갖다가 누가 했다고 해도 그냥 두면…… 그걸 낫게 하면 되잖소? (웃음) 번역이란 건 언제나 낫게 하면 돼. 가령 坪内逍遥のシェイクスピア, あの翻訳はあれは明治時代のね^{쓰보우치 쇼요의 셰익스피어, 그 번역은 메이지시대의 것이고}. 지금은 후쿠다 쓰네아리福田恆存가 했잖습니까. 새 시대엔 새걸로서 자꾸 이제 나오면 된다고. 번역 이야기가 나왔지만 서정주 시를 갖다가 こうの鴻農って, こうの…… 何と言いますか^{고노라고, 고노…… 뭐라고 합니까?}

4. 한국문학의 일본어 번역에 대한 생각

시라카와   고노 에이지鴻農映二예요.

유정   あの人그 사람, 日本語나 제대로 합니까? (웃음) 일본말 제대로 해요?

시라카와   일본어 하지요. (웃음)

유정   下手の横好き서투른 주제에 그것을 몹시 좋아함라는 말이 있지. 下手の横好き. (웃음) (웃음)

시라카와   지금은 동경 가 있어요. 한국에 한 5, 6년 있었거든요. 작년에 아주 갔어요.

유정   갔어요? 여기 성신대학인가 어딘가 있다 그러던데.

시라카와   상명여대에 있었죠. 부인하고 같이 갔어요. 아기 데리고요. 한국분하고 결혼하셨거든요, 그분.

유정   아, 그래요? 한국말도 下手だね서툴러. 왜 내가 아느냐 하면, 왜 관심을 됐느냐 하면 나한테 한번 전화가 왔어요. (예, 예) 몇 해

전에 벌써 그렇게 됐나? 두 번 전화가 왔어요. 그래서 이상에 대해서 묻고, (예, 예, 이상에 대해서) 뭣에 대해서 물어요. 이상하고 일본의 하루야마 유키오 春山行夫하고 관련이 있다고 생각하느냐 어떻느냐 나한테 그래. 글쎄, 있는지 없는지 모르겠지만 그때 같은 시절이고 한데 나는 우선 없다고 보지만도 모르겠다, 그래서 제가 찾아보면 있을지도 모른다. 그거 재미난 관점이다. 나도 그런 걸 언제 생각해본 적은 있다. 그러나 조사해본 적은 없다. 그래가지고 한 시간 가량 전화로써 얘기를 했어요. (웃음) 이렇게 긴 이야기를, 한번 오시오. 내가 아는 데로 가르쳐 줄 테니. 그런데 굳이 한국말로 하는데 ぜんぜん下手くそな 통 서투른 한국말이야. (웃음) 그 열성에는 내가 감동했어요. 왜 그러냐면 그 서투른 한국말 가지고 끝까지 한국말로 하려고 하는 거. 그 열성에는. 그러나 文学は熱性じゃない 문학은 열성이 아니다. 문학은 열성이 아니에요. 소질이 있고 재능이 있고, 뭔가 그 센스가 있어야 되는 거 아닙니까.

시라카와 제 생각으로는 문학적인 센스는 있는 것 같은데.

유정 센스는 있어요? 글쎄요, 말만 가지고는 모르겠던데.

시라카와 말은 좀 센스가 없는데요, 사실.

유정 그런데 문학이라는 건 말 이코르 센스고 이코르 문학작품입니다. 말. 그림 그리는 사람이 色の使い分けができなきゃあれは絵描きじゃない 색을 쓸 줄 모르면 그건 화가가 아니야. 음악을 하는 사람이 音のドレミファの区別, その音感 음의 도레미파의 구별, 그 음감, 그것이 없으면 그건 음악 못 하거든. 우리는 말 자체가 오브제가 될 수 있습니다. 그렇기 때문에 다른 게 아니라, 서점에 가 보니까

『서정주 시선』[3] 일본말르 된 게 있어요. (웃음) 보니까 '鴻農……誰の訳'と'고노…… 누군가의 번역'이라고. 이렇게 돼 있어요. 그래서 몇 편 이렇게 들여다보고. (웃음) 三篇ぐらい세 편 정도 내가 읽었어요. 그 이상은 읽을 필요 없거든. (웃음)

시라카와　그게 사실은 저도 좀 번역 했고요, 김소운 선생 이름 쓰고 그렇게 나갔습니다. 혹시 제 거 보신 게 아니에요? (웃음)

유정　그래요? 아, 난 기억 못 했어. 아, 시라카와 선생도 했어요? 그러면 내가 유심히 봤을 텐데 나는 鴻農 하는 것만 봤구만.

시라카와　다행인데요. (웃음) 저하그 고노 씨하고 반반 나눠가지고요. 그리고 김소운 선생님은 원래 하신 게 있으니까 붙여서 했어요.

유정　워낙 그 서정주 시라는 기 번역하기가……

시라카와　예, 저희 실력으로는 도저히 모르는 점 많아가지고요. 서정주 선생이 일어 좀 하시거든요. '어떤 뜻으로 쓰였습니까?' 이걸 자꾸 물어보면서 했어요.

유정　그런 면에서, 한국문학을 일본에 옮긴다. 이걸 잘 옮기면은, 김소운 씨의 뜻이 그냥 이어질 수 있어요. 그런 얘기를 하겠습니다. 그 다음 또 하나는 한국문학이 일본문학이 가지고 있지 않은 면에서 한국문학이 가지고 있는 그런 면이 있을 수 있거든요. 그런 점. 소설보다는 난 시가 그런 점에서는 더 그 특징을 나타낼 수 있다고 난 생각해요. 왜냐면 소설은 あれはストーリーでしょ그건 스토리이지요. ですから日本語で書こうが英語で書こ

3　서정주, 김소운·시라카와 유타카·고노 에이지 옮김, 『미당 서정주 시선—조선 민들레 꽃의 노래』(徐廷柱, 金素雲·白川豊·鴻農映二 訳, 『未堂·徐廷柱詩選—朝鮮タンポポの 歌』), 冬樹社, 1982.

うが韓国語で書こうがストーリーを主にする. そういう小説, 戯曲, 評論, 随筆までもそうですね. それは何語で書かれても 러니까 일본어로 쓰려 해도, 영어로 쓰려 해도, 한국어로 쓰려 해도, 스토리를 위주로 해요. 그런 소설, 희곡, 평론, 수필까지도 그렇지요. 그것들은 어떤 언어로 쓰여져도 대개 뜻이 제대로 거진 통한다고 봐요. 그러나 언어의 특수성을 가지고 쓰여지는 시. 이런 것은 시 아니고선 그 나라 특유의 감정, 정감, 감각, 그 다음에 사고방식이라고 할까, 조금 전달되기 힘들다고 생각해. 그럴 적에는 힘든 면이 있기는 있지요. 가령 세계성을 띤 작가.

(중단)

동향 시인 이용악에 대한 추억과
한국문학 번역에 대한 소망

조은애

본 채록문은 한국의 시인이자 번역가인 유정과 한국 근대문학 연구자인 시라카와 유타카, 세리카와 데쓰요가 1985년 2월 2일에 나눈 면담 내용을 기록한 것이다. 약 2시간의 대화가 이루어진 것으로 추정되지만 현존하는 녹음본은 약 60분 분량이며, 녹음의 중단 지점을 기준으로 1차 및 2차 채록문으로 나누어 작성하였다. 본 채록문에는 한국 근현대문학, 특히 식민지 시기와 해방 전후의 문학적 상황과 작가들에 대한 풍부한 기억과 이야기가 담겨 있다. 면담 과정에서는 시라카와 유타카, 세리카와 데쓰요 두 분의 면담자가 적극적으로 질문하며 논의를 이끌었고, 유정 선생은 당시의 생생한 기억을 기반으로 상세한 회상을 들려주었다. 구술자와 면담자는 해당 구술을 통해 구술자의 함경북도 경성중학 동창인 이용악 시인의 식민지 시기 일본유학 경험과 시 창작 사이의 관계, 장혁주와 김성민 같은 일본 문단 데뷔 작가들의 일본어 창작 문제, 임화, 정지용, 김소운 등 해방 전후 문인들의 삶과 작품 세계, 번역 사업 등을 심도 있게 다루었다.

특히 1차 채록문에서는 시인 이용악에 대한 이야기를 중심으로 면담이 전개되었다. 이용악과의 개인적 친분과 문학적 교류를 바탕으로 그의 초기 작품 활동부터 일본 유학 시절의 생활상, 작품 발표 과정,『국민문학』잡지 편집 활동에 이르기까지 폭넓은 주제를 다루었다. 유정의 회상에서 이용악이 일본 유학 당시 시바우라에서 하역 노동을 하면서도 학업을 지속했던 경험이 그의 시 창작에 큰 영향을 주었음이 강조되었다. 또한 면담 과정을 통해서 이용악의 조치대학 선과選科 입학 및 학적에 관한 사항이 상세히 밝혀진 것도 하나의 수확이라고 할 수 있을 것이다.

또한 구술자는 당대 문학적 환경과 관련해 일본에서 한글 출판을 담당했던 삼문사의 역할, 당시 출판 환경의 특성, 그리고 이용악의 시집『분수령』과『낡은 집』의 출간 경위 등을 구체적으로 설명하였다. 이 과정에서 일본 유학 시기 조선인 유학생들의 생활상과 학습 환경에 대한 세부 정보도 확인할 수 있었다. 한편, 이용악의 고향인 함경북도 경성 지역의 지리적 특성상 간도 지역이나 러시아인들과의 교류 및 접촉 가능성을 시사하면서도, 실제 작품에 나타나는 러시아 관련 시어들은 실제 체험보다는 창작적인 상상력의 결과일 것이라는 유정의 평가도 흥미로운 부분이라고 할 수 있다.

아울러 1차 채록문 후반부에서는 다수의 일본어 소설을 남긴 장혁주와 김성민에 대한 언급을 통해 식민지 시기 조선인 작가들의 일본어 글쓰기의 조건과 수준에 대한 동시대 문인의 인식과 평가에 관해서도 이해를 심화할 수 있었다. 순문학과 대중문학의 차이, 일본 문단에서의 평가 기준과 같은 구체적인 설명은 당대 문학적 지형을 파악하는 데도 중요한 참고가 될 것으로 보인다. 채록 과정에서 유정은 식민지 조선 사회의 언어 환경 변화와 한국문학의 일본어 수용 문제를 솔직히 언급하면서, 식민지 시기 언어와 정체성의 복합적 문제를 다층적으로 이해할 수 있는 계기를 제공하였다. 특히 이용악과 자신이 비슷한 세대에 속하면서도, 몇 년 후배 세대인 자신의 세대는 조선어로 된 문학보다 일본어문학을 보다 익숙하게 접했다는 언급은 식민지 조선 문학자들의 일본어문학 수용의 조건을 고려할 때 세대적 조건을 보다 세밀하고 다층적으로 살펴야 할 필요성을 제기한다.

2차 채록문은 장혁주의 문학적 행보와 친일 논쟁을 중심으로 이야기가 시작된다. 유정은 장혁주의 초기작 「아귀도」에 나타난 저항정신이 점차 약화되고 친일적 성향으로 변질되었던 점에 대해 비판하면서도, 저항정신과 일본 귀화라는 국적 간의 상관관계에 대해서는 평가를 유보하며 객관적인 시각을 유지하고자 하였다. 이 과정에서 유정은 문학이 약자와 정의의 편에서 긴장된 정신을 유지해야 한다고 강조했다.

이어 해방 전후 시기의 주요 문인들 중에서 임화, 오장환, 김기림, 정지용 등의 시인에 대한 회상을 통해 그들의 문학적 성향과 개인적 특성에 대한 세부적인 평가를 남기기도 했다. 유정은 임화를 정치적 신념과 문학적 진정성을 겸비한 인물로, 오장환은 자유로운 정신의 소유자로 묘사했다. 또한 정지용은 뛰어난 언어적 재능을 가졌으며 일본어와 영어 모두 능숙하면서도 한국어의 미학적 가능성을 탐구한 인물로 평가하였다. 이에 유정은 정지용의 시는 전편을 일본어로 번역하여 전집을 출판할 필요가 있다고 강조하기도 했다. 김소운의 『조선시집』 번역 사업에 관한 일화를 전하기도 하며, 그의 번역이 가지는 문학사적 의의와 한계에 대해서도 비판적으로 언급했다.

끝으로 유정은 윤동주와 서정주의 일본어 번역 사례를 통해, 한국 근현대문학 번역의 중요성을 강조했다. 특히 문학에서 언어 자체가 가지는 특수성과 번역의 문화적 역할을 언급하며, 앞으로 한국문학의 번역 작업이 가지는 가능성과 과제를 제시하였다. 해방 이후 일본문학의 한국어 번역에 왕성하게 종사해온 현역 번역가의 입장에서, 그는 번역이 문화적 소통과 가치 전달의 핵심적 역할을 한다는 점을 강조하며 한국문학의 일본어 번역 문제를 지속적으로 언급했다. 한국문학이 세계문학과 교류하기 위한 번역작업의 중요성과 앞으로의 과제는 현재에도 시사하는 바가 적지 않다.

이 구술 작업에서 유정은 한국문학과 일본문학의 문화적 교류와 번역 문제를 심도 있게 논의하면서, 식민지 시기와 해방 직후의 문학사 연구에 참조가 될 만한 중요한 자료를 제공했다. 구술자의 상세한 기억과 풍부한 경험은 역사적 문헌 자료만으로는 접근하기 어려운 생생한 시대상과 인물의 내면을 드러내는 데 중요한 자료로 활용될 수 있을 것이다. 앞으로의 후속 연구를 통해 이와 같은 문학사의 공백을 메우고 당대 작가와 문학 활동의 다층적 의미를 더욱 깊이 이해할 수 있을 것으로 기대한다.

이병도 李丙燾, 1896~1989

역사학자, 대학교수, 저술가, 정치가. 실증사학을 정립하여 한국 근대사학의 성립에 크게 기여했다. 1934년 일본인을 배제한 민간학술단체인 '진단학회'를 창설하여 한국인 주도의 역사 연구와 학술지 『진단학보』 간행을 이끌었으며, 이를 통해 일제 식민사학에 맞서 한국사 연구의 독자적 기반을 마련했다. 『국사대관』[1948], 『한국고대사연구』[1976] 등 방대한 저술과 논문을 남겼으며, 서울대학교 교수로 재직하며 많은 제자를 길러냈다. 해방 후에도 학술·교육·문화계에서 활발히 활동했으며, 실증사학의 엄밀한 문헌 고증과 학문적 태도로 한국사 연구의 체계화와 학문적 발전에 결정적 역할을 했다는 평가를 받는다.

1
일본 유학 시절의 학문적 경험과 유학생 교류 회고

일시 : 1985년 3월 2일

장소 : 이병도 자택

구술 : 이병도

면담 : 시라카와 유타카, 세리카와 데쓰요

1. 와세다 대학 유학 시절에 만난 조선유학생들

시라카와　와세다는 19년 때에는 대학이 됐었죠.

이병도　대학이 됐었지.

이병도　일천구백십구 년에 이해에 졸업을 했고.

시라카와　예에.

시라카와　녹음 좀 해도 되겠습니까?

이병도　그럼. (웃음)

시라카와　이광수 선생이 그러니까 국문과라고 할까 그 문학과철학과라고 졸업 때 그렇게 나왔거든요.

이병도　졸업은 못했지. 졸업은 못하고 그때 3·1운동을 해서 상해로 왔지. 그 사람 바빴어, 그때. 소설을 썼거든.『무정』이란 소설 있잖아.『무정』이란 소설을 매일 쓰고, 매일 신문에 보내고. 또 연애하느라고 바쁘고. 또 학교 다니느라 바쁘고 학교에는 그래 일주일이면 한 세 번인가 그렇게 나가고. 그 사람 아주 재주가 많은 천재, 천재에 가까운.

시라카와　지금 학과는 철학과는 철학과라고 하는데요, 문학과철학과 그런 식으로 돼 있었습니다.

이병도　그때 이제 영문학과, 철학과, 사학급사회학과史學及社會學科, 또 이제 문학 계통.

시라카와　이광수의 그거 보니까 문학과철학과라고 이렇게 길다랗게 나오거든요.

이병도　아니, 영문학과 따로 있고, 철학과 따로 있고, 사학급사회학과, 난 사학급사회학과.

시라카와　史学および社会学科사학 및 사회학과.

세리카와　그럼 손진태孫晋泰[1] 선생님.

이병도　그분들이 우리보다 훨씬 아래

세리카와　훨씬 아래……

이병도　이상백李相佰[2]도 우리보다 아래에.

세리카와　이은상李殷相[3] 선생도 그때

이병도　응?

시라카와　이은상

이병도　이은상이는 없고

시라카와　선생님보다 선배분은 안 계시죠?

이병도　왜. 인제 최두선崔斗善.

시라카와　예, 최남선 선생의 그 남동생

1　손진태(孫晋泰) : 일제강점기와 해방 이후 활동한 대표적인 민속학자이자 역사학자.
2　이상백(李相佰) : 일제강점기와 해방 이후를 아우르는 대표적인 사학자, 사회학자.
3　이은상(李殷相) : 일제시대에 활동한 대표적인 시조시인이자 사학자.

이병도　　아우. 2年先輩2년 선배니까 같은 하숙, 下宿하숙에 있었지.

이병도　　또 현상윤玄相允[4]이라고, 이제 있어. 납치당했지.

시라카와　　같은 하숙에 계셨어요?

이병도　　같은 하숙에. ○○○.[5] (다과를 권하며) 들으세요.

시라카와　　예예. 혹시 홍명희 씨라든가 그런 분 같이 동경에

이병도　　홍명희? 홍명희는 우리보다 조금 먼저 있었지.

시라카와　　대성중학교인가요? 거기 홍명희 선생이 대성중학교 나왔다, 그렇게 나오는데요.

이병도　　잘 모르겠어.

시라카와　　大成中学校대성중학교.

이병도　　이광수가 명치학원, 명치중학. 明治……

시라카와　　明治学校명치학원.

이병도　　예, 있죠. 그거 마치고 일단 귀국했다가 오산학교五山學校라고 있거든. 거기서 선생 노릇하다가 또 와세다에 간 거 같아. 이때는 그 실력이 아주 많은.

시라카와　　홍명희洪命憙[6] 선생님 같은 분은 만나신 적이 있습니까?

이병도　　홍명희는…… 나는 만난 적이……

시라카와　　최남선崔南善 선생님은 잘 만나셨어요?

이병도　　그럼 그럼.

4　현상윤(玄相允) : 일제강점기와 해방 후를 대표하는 교육자, 사학자, 국학자, 독립운동가.

5　시라카와 선생의 기록에 의하면 해당 하숙의 주소는 '와카마츠초 147'이며 주인의 이름은 코미네(小峰)이다.

6　홍명희(洪命憙) : 일제강점기와 해방 후를 대표하는 소설가, 언론인, 독립운동가, 정치인. 분단 이후에는 북한에 남았으며, 북한에서는 내각 부수상, 최고인민회의 상임위원회 부위원장 등을 역임하는 정치인으로도 활동했다.

시라카와   그럼 동경서 벌써

이병도   동경서는 최남선 씨가 와세다에 산, 高等師範^{고등사범}에 다니다
가 졸업 못하고 스트라이크 하고 와. (웃음)

시라카와   모의국회사건^{模擬国会事件}[7] 하는 겁니까.

이병도   예. (웃음)

2. 3·1운동 그리고 학문 전환의 인연

세리카와   바로 저 3·1절 때는 선생님 어디에 계셨어요?

이병도   3·1절 때. 학교 쉬었지 뭐. 할 수 없이. 3·1절 때 쉬어 가지고
학생들이 죄다 스트라이크 해서. 그랬다가 이제 동기생이, 나
하고 같이 다니는 동기생이 20명 정도 있어 20명. 그냥 공부하
라고 노트를 줘. 그냥 뭐 독립운동을 해도 역시 공부는 해야 될
거 아니야. 그러니 노트 가지고 와서 조용히 시골 같은 데 가서
엎드려 공부하라고 그래서 이제 노트 주고 해. 나중에 추^秋시험
봤지 뭐. 가을에. 거기 워낙 학년이 가을이거든. 7월. 7月에 시
험을 봐요. 입학은 9월. 9月.

시라카와   졸업이 8월달이겠네요. 그때 당시에는. 졸업하신 게 8월달이
었어요? 그때 당시에는?

---

7   「早稲田大学模擬国会事件」(わせだだいがく　もぎこっかいじけん)：1907년 일본 와세
다 대학에서 일본인 학생들이 조선 황제를 일본 황족으로 편입하자는 안건을 상정해,
모의국회를 개최한 사건. 이에 분노한 조선인 유학생들이 집단 항의와 자퇴 운동을 벌
였고, 결국 학교 측의 사과와 관련 학생의 퇴학을 이끌어냄. 조선인 유학생들의 민족의
식 고취와 이후 독립운동에 중요한 영향을 준 사건.

이병도   7월이지.

시라카와   7월달에 시험 보고.

이병도   나는 추, 추시험을 봤으니까 9월달에 봤다 그랬어.

시라카와   예예.

시라카와   1919년에 고국으로 돌아오셨겠네요.

이병도   그럼. 그때 연산煙山 선생이라고 그랬지, 우리 주임 선생이 연
          산. 우린 게미야마 센세라 그랬는데 자기는 게미야마가 아니
          래. 게무야마라고 이 명함에다 백여 놨어.

시라카와   아주 희성稀姓인데요.

이병도   예?

시라카와   희성이에요.

이병도   희성이지. 煙山專太郎게무야마 센타로 [8] 專門学校전문학교 [9] 그런 센타
          로. 그 선생이 서양사 전공이에요. 근데 이제 영어 거기에다 불
          란서말 3국어를 하기 때문에 이제 3학년 때 『불란서 혁명사』
          를 배우는데 그 불문으로 된 원서가 있거든. 불문으로 된. フラ
          ンス書くんですね. [10] 그걸 가지고 이제 번역해서 이렇게 필기.

시라카와   예, 구술 필기.

이병도   그래 그분이 졸업하고 나한테 일본서 취직하지 않을라냐고 그

---

8   煙山專太郎(けむやま せんたろう, 1877~1954) : 어학(영·독·불·러)에 능통하고 박
     식한 서양사학자. 1902년부터 와세다 대학에서 교편을 잡기 시작했으며, 와세다 대학
     사학, 특히 서양사 연구를 발전시킨 인물. 이병도가 대학에 입학한 초기에 서양사를 전
     공하고 싶게 만든 인물.

9   專門学校(せんもんがっこう) : 전문학교. 일제시대 일본에서 제국대학 아래 단계의 고
     등교육기관. 실무적·기술적 전문인력을 양성하기 위해 설립된 학교.

10   문법적 오류가 있는 문장으로, "フランス語で書いたんです(프랑스어로 쓴 거예요)"를
     의미한 것으로 추정됨.

래 나더러.

일본 중학교에 내가 소개해 줄 테니 우리더러 선생노릇하래. 아, 고맙습니다. 생각해 보겠다. 그랬더니, 여기 중앙학교 지금 중앙고등, 고등학교. 중앙학교에 교장이 최두선이거든. 우리보다 2년 先輩 최두선 씨가 마침 편지를 하고 중앙학교에 선생으로 올라오라고.

시라카와　예.

이병도　담배 안 잡수세요? 나도 잘 안 먹는데, 객초客草라고 손님 위해서 내놓은 객초라고. 가끔 먹지.

세리카와　그때 저 한 클라스클래스 저 몇 명쯤이었습니까?

이병도　사학과는 작은 편이에요. 한 20명. 난 여기서 법률 공부를 했거든. 일본 가기 전에 보성전문학교 지금 고려대학 전신 거기서 법률을 3년을 했어요.

그 법률이라는 게 뭐 재미가 없어요. 무미건조해서 리쿠쓰理屈, 도리, 이치만 빼고 그래 정서의 맛이 없단 말이야. 정서의 맛이 없어요. 그래서 일본에 와서 사학을 한다. 그때는 한국서 사학을 한다는 것은 아주 금지니까, 일제시대이니. 그래서 와세다에서 고등예과 치르고 그리고 이제 사학급사회학과.

시라카와　예.

세리카와　그때 한국사에 관한 그런 책들이 나와 있었습니까?

이병도　없어요. 한국사 자기 혼자 독학이지. 역사과라도 일본사, 동양사, 서양사 각 시대사, 이제 일본고대사라든지 현대사라든지 동양은 또 동양현대사, 동양근대사, 고대사. 이제 서양사로. 그리고 연습이라는 게 있어 演習연습 (대학과목)라고. 이제 서양사, 서양사에 저 유명한 책들. 전용 그 텍스트……

시라카와 네.

시라카와 선생님께서는 원래는 서양사 하셨다는 얘기를 들었는데요, 지도교수님이 원래 서양사 하시는……

이병도 예, 그 게무야마 선생님. 서양사 전공이신.

시라카와 1학년 때부터 지도교수가 그렇게 되는 겁니까?

이병도 그렇죠. 1학년 때부터 그이가 주임선생이었죠, 학과, 학과의.

시라카와 한국사의 관계 공부는 혼자서 하셨겠네요. 처음에는.

이병도 그렇지. 처음에 저 1학년, 1학년 때는, 학교 1학년 때는 요시다 토고吉田東伍[11] 선생이라고 하고 일본의 국보지. 굉장히 최고. 이 라인이 좀…… ○○○ 또 우리 교과서 교재는 『도서일본사倒叙日本史』라고 倒叙도서. 사史가 이렇게 거꾸로 올라가는 거지. 倒叙도서 ……. 그게 12권이에요. 그래서 첫째 권이 年代연대…… 저…… 에휴…… 헌장인데, 렌세이.[12] 겐꼬. 헌장편 무슨 편 해서. 아주 책 한 권이 매 거기에 대조大條가 있죠, 중조中條가 있죠, 소조小條가 있지. 아주 많아요, 책이.

거기에 한국 관계 기사가 많거든. 그래서 그분이 또 젊어서 저 서로 『日韓古史斷』이라 이런 거 『日韓古史斷』 그것을 아이고 이거 일본 사람이 이렇게 일본 양반이 한국 그러는데 내가 한국을 안 해서 되겠느냐 나도 그사이 난 처음에 서양사 하려고

---

11 吉田東伍(よしだとうご, 1864~1918) : 일본 근대지리학자, 역사학자로 이병도에게 학문적으로 깊은 영향을 미쳤다. 이병도가 조선사를 전공하기로 결정한 데에는 그의 영향이 컸다.

12 렌세이로 발음하고 있으나, 문맥상 憲制(けんせい)로 추정됨.

그러다가 아이고 난 국사를 해야겠다고. 그러니 뭐 국사 지도 선생은 없었지 과장은 없으니까 왜 동대에는 있어요 東京大 거기는 이케우치 센세, 池內宏이케우치 히로시[13] 그이가 강좌를 가지고 있었거든. 으레히으레 국립대학에서는 조선사 강좌를 했는데 사립대학은 없었어.

그래서 쓰다 소키치津田左右吉 씨라고 그가 3학년 때 강사였어, 그때. 교수가 아니고. 강사였는데 그 분하고 이렇게 向かい屋건너편 집, 집이 저택이 이렇게 서 마주 보고. 서로 아주 좋아요. 서로 사이가 좋아 池內宏…… 그렇지 아주 센타센터 첨단을 걷는 학자들이. 그래서 이제 쓰다소키치 소개로다가 이케우치…… 그래 내가 이케우치 선생의 영향을 많이 받았지. ○○○ 자꾸 보내줘. 그의 성격이 아주 퍽 까다로웠지, 이케우치 센세. (웃음) 자기 눈에 든 사람은 어디까지나 사랑하지만 처음에 눈에 난 사람은 아주.

시라카와 이케우치 선생님께서 선생님을 사랑하셨겠네요, 그럼.

이병도 (웃음) 가만히 말하면. 그것도 실록朝鮮王朝實錄을 내가 거기서 처음 봤어, 실제로. 그분이, 여기 실록 한 벌이 갔었거든, 동경에. 지진 때 다 없어졌지만. 그분 따라 이제 실록원들이 치들어보라고 그래서 처음 지쓰로쿠實錄 봤지.

시라카와 대지진關東大地震 때 다 태워버렸어요?

이병도 태웠지. 그거 다 태워버렸지.

---

13 池內宏(いけうち ひろし, 1878~1952) : 일본의 대표적인 동양사학자. 동경제국대학 사학과 졸업 후, 동 대학 교수로 재직하며 동북아시아와 일본 고대사 연구에 큰 업적을 남김.

이병도　　그게 ○○○ 기억이 잘 안 나네.

시라카와　　그럼 졸업을 하셨을 때는 졸업논문이 서양사 쪽으로.

이병도　　아니.

시라카와　　동양사예요?

이병도　　꼭 잘해야 하는데, 지금 생각하면 아주 우습지 뭐. 「고구려 대 수당對隋唐 전쟁」

시라카와　　학부 때부터 벌써 국사 관계로 많이 하셨네요.

3. 동경 유학생 사회의 문인·지식인 교류

시라카와　　요새 좀 안확安廓[14]이라는 분이……

이병도　　어, 안자산. 안자산하고 나하고 퍽 친했어. 안자산이 날마다 우리집엘 왔어. 이 집은 아니지. 저기 성북동, 그때는. 그분이 나보다 나이가 열다섯 데나문 위예요.[15] ○○○ 그렇지만 날 좋아하기 때문에, 또 그분이 책이 별로 없거든. 그래 우리집에 와서 책도. 재주가 많아요. 근데 정서가 너무. 체계가 좀 덜 서고 자서自細하지 못하단 말이야.

시라카와　　요새 좀 다시 주목을 받고 있는 거 같습니다.

이병도　　그러게. 그때는 뭐 삼각자라고 했어.

시라카와　　네. 사진 같은 거 남아있는 게 별로 없죠? 그 옛날에.

14　안확(1886~1946) : 일제강점기 조선의 대표적인 국학자이자 국어학자, 역사학자, 문학가, 독립운동가. 호는 자산(自山).

15　실제로는 10년 차이.

| 이병도 | 같이 백인^{박은} 사진이 있는지. 뭐, 없어요. |

이병도　같이 백인^{박은} 사진이 있는지. 뭐, 없어요.

시라카와　어저께도 『동아일보』 브니까 안자산에 대한 기사[16]가 나왔는데요. 그 사진인지 뭔지 좀, 좀 특수한 사진이.

이병도　그래요? 아, 여기.

시라카와　예예. 망건 같은, 예.

이병도　그게 있었지. 그거 아주 괴짜야.

시라카와　그분의 이력에 대해서는 경력에 대해서 별로 많이 알려져 있지 않죠 아직까지.

이병도　별로 알려져 있지 않지. 그분이 동경 가서도 있었지만, 뭐 학교 같은 거 댕기지 않고, 그저 도서만, 책만 보셨지. 학교는 안 다녔지.

시라카와　동경 가기 전에 여기서는 좀 뭐.

이병도　여기서는 진주인가 어디……

시라카와　아주 옛날이니까 학교 공부도 제대로

이병도　그렇지, 제대로 ○○○(심사 받아가지고?) 못 했어.

시라카와　진주 출신이에요? 그분이? 진주 출신입니까?

이병도　아니요, 서울.

시라카와　서울 분이에요?

이병도　서울에 위대 아래대가 있거든. 위대라는 건 지금 저 필운동 옆에 있지 아마. 그러고 위대 사람이야. 위대 사람은 천하장, 천하장안千河張安.[17] '천치'하고 천하, '하치'하고 물 하 자. '장치', 베풀

383

장 자. 장안, '안치'하고 안확 씨도 거기.

아래대라는 건 여기 저기 훈련 온 저치인데 그건 이제 군교들.

군인의 하급……

시라카와　　그 확이라는 건 그 호인가요? 그게 좀 필명……

이병도　　　원 이름이지.

시라카와　　원 이름인가요?

이병도　　　자산은 호이고.

시라카와　　예. 그분 집안이 좀 확이라는 어려운 이름을 지었는데 좀 한문
　　　　　　에 대해서 관심 있는 집안이었어요?

이병도　　　뭐 그렇지는 않지만, 그 집안 내력은 잘 몰라요. 웃대 사람이
　　　　　　돼서.

세리카와　　대학교는 주로 어떤 책을 많이 뭐 수양, 사셨다든지.

이병도　　　나? 대학 때는 뭐. 책을 못 샀어요 별로. 그 내 같은 학과 학우
　　　　　　에 이시무라 가쯔오石村一男인가 石村^{이시무라}, 석촌. 석촌에 일一
　　　　　　을 내느라고 한일 자하고, 사내 남. 그 뭐라고 해요? 가쯔오인
　　　　　　가? 석촌, 이시무라.

시라카와　　예, 이름이 한자가 어떻게 됩니까?

이병도　　　이시무라, 석촌.

시라카와　　예, 그……

이병도　　　일남一男. 한일一자고 男子^{남자} 남.

시라카와　　카즈오죠.

이병도　　　가쯔오지.

<hr>

나, 흥선대원군의 심복으로서 시정에서 실질적인 권력을 행사하며 '천하장안'이라 불림.

시라카와   카즈오……

이병도   그 사람이 아주 책을 많이 샀어요. 놀러 가면 아주 집이 다 병
풍 같아. 병풍처럼 그라 나도 이제 자극을 받아가지고 좀 책도
사고 그랬지. 그 사람이 지금 살았는지 돌아갔는지. 그때는 늘
편지 왕래가 있었는데.

시라카와   학교 때 친구분이에요?

이병도   같은 동기. 공부 잘해요.

시라카와   와세다에 동창회 모임 같은 게 많이 있죠?

이병도   그땐 아주 영웅들이 많이 있었어. 저…… 해공 신익희海公 申翼熙.
신익희라고. 거기가…… 2年先輩2년 선배[18] 그건 정치경제과야. 政
治経済정치경제.

시라카와   네.

이병도   또 최두선. 그만이야. 현상윤이라고. 玄相允현상윤, 玄相允[19]이 그
사람은 역시 나하고 과가 같애요. 1年 先輩구만. 그 사람도 사
학급사회학. 그 다음에는 김여제金輿濟[20]라고. 쇠 금 자이고.

---

18   신익희는 1913년 4월 와세다대학 고등예과에 입학(정치경제학과), 이병도는 1915년
에 와세다대학 시스템에 들어가 학부 준비를 시작했다. 이병도의 사학 및 사회학과 정
식 입학은 1916년 4월이지만, 대학 시스템 입문 시점(1915년)을 기준으로 신익희가 2
년 선배가 된다.

19   玄相允(げんそういん, 1893~1950) : 철학자, 교육자. 6·25 때 납북 당함.

20   김여제(1900.05.29~1968.10.31) : 1909년 오산중학교에 입학하여 1912년에 졸업하
였다. 같은 해 서울 경성상업학교에 진학하여 여러 학회 및 처연회 활동에 적극 참여하
였다. 『소년』과 『붉은 져고리』의 편집인으로 활동하였다. 1913년 일본 유학길에 올라
일본 도쿄 세이소쿠영어학교에 1년 다닌 후 1915년 와세다대학 문학부 영문과에 입학
하였다. 조선유학생학우회에서 활동하며 『학지광』에 시를 발표하였다. 1919~1921년
임시정부 임시사료편찬회 위원, 외무부 선전위원, 국무원 비서, 『독립신문』 기자 겸 편
집위원, 1920년 흥사단 원동위원부 단원을 역임했다.

시라카와 시 좀 쓰시고 그러신 분입니까?

이병도 '여' 자는 여지승람이라고. 輿地勝覽^{여지승람}이라는. 여제, '제'는 그 승리, 건널 제 자.

시라카와 그 사람은 영문과야.

시라카와 번역도 좀 하시는 것 같던데요. 번역도 함께.

이병도 김여제? 글쎄, 번역을 했나 일찍 독일 가서 돌아갔지.

시라카와 같은 학년에 계셨어요?

이병도 아니. 나보다 1年 先輩야. 그 사람이 어떻게 공부하기 지독한지 선생 선생님이 얘기한 거 쭉 내리 외워요. 하나 빠지지 않고 지도. 근데 그 학자가 곤란해서 나하고 한 방에서 내 밥 같이는 나눠 먹고 그렇게 좀 고학^{苦學} 했지.

시라카와 이광수 선생하고도 거기서 많이 어울려 지내셨어요?

이병도 그럼. 졸업은 못했지만 일본에서는. 아주 바빴죠. 아까도 얘기한 것 같이 소설 쓰랴, 또 데이트 하랴, 학교 댕기랴, 학교에 일 주일에 한 세 번이나 나오나? 그래도 원 실력 있고 그 사람이 천재예요. 천재. 된 사람.

시라카와 영어도 상당히 잘하셨죠.

이병도 영어도. 그분이 명치학원 졸업하고 말이야. 중학교는 메이지 중학인가. 거기 졸업하고 귀국해서 오산, 정주 오산학교에 가서 선생 노릇 하고 왔으니께 그 실력이라는 게 상당하지.

시라카와 동경 유학 시절에 벌써 뭐 이름이 높았죠. 『무정』 같은 것도 발표하고.

이병도 그럼, 그럼. 소설도 쓰고.

시라카와 유학생회 모임 같은 데에 나오셨어요?

이병도   그럼, ○○○ 동창. 한달에 한 번씩. '애동화'라고. 저 무슨 소바야. 거기서들 한 달에 한 번씩 동창회.

그 수제들이야. 최두선도 첫째 아주 첫째였어. 또 이광수 선배, 또 누구…… 정치국…… 장덕수張德秀[21]라고 있었죠. 그 사람은 장덕수는 우리보다 3년 센빠이先輩인데. 니고까에[22]라는 게 있었거든. 의국회擬国会. 여기선 모의국회지만, 일본에서는 의국회예요. 거기에 이제 당수로 党首. 당수로 나와서 하까마袴 입고 그래 그래서 나름 유명한 웅변을 토했지. 그러면 그것도 야지野次:야유가 굉장하거든. 조센따리 조센따리라고 야지들을 하면 뭐 ずうずうしい뻔뻔스럽다하게 니리네. ○○○

시라카와   명치학원에는 뭐 다른 문인들도 많이 유학을 하신 것 같아요. 보니까.

이병도   그럴 걸요.

시라카와   주요한朱耀翰같은 분.

이병도   주요한. 응. 주요한은 그때 우리보다는 조금 아래.

시라카와   김동인 씨도 역시 거기서 배웠다 그러는데요.

이병도   그러나?

시라카와   예.

세리카와   이능화[23] 선생님은 그때는.

---

21   장덕수(張德秀, 1894~1947) : 일제강점기 정치인, 언론인, 교수, 『동아일보』 초대 주필, 한국민주당 창당. 와세다대학에서 유학했으며 유학시절 신익희, 김성수, 송진우 등과 교류했으며, 재일본동경조선유학생학우회 등에서 활동. 일제말기 친일반민족행위에 가담, 해방 후 우파 정치이론가로 활동 중 암살됨.

22   擬国会(ぎこっかい)를 잘못 발음한 것으로 추정됨. 정확히는 模擬国会.

23   이능화 (李能和, 1869~1943) : 일제강점기 『조선불교통사』, 『조선해어화사』, 『조선무속고』 등을 저술한 학자.

이병도   이능화 선생님은 노인이야. 우리보다 나이가 많지. 그분은 일
         본유학 안 했어.

세리카와   아, 안 하셨구나. 근데 일어가 상당히 잘 하신 것 같아요.

시라카와   일어요?

세리카와   일본어요 상당히.

이병도   이능화 씨는 학교를 공부를 못하니까 재료만 많이 봤지. 『불교
         통사』라고 있어요. ○○○

세리카와   염상섭 씨는 그때 무슨 게이오慶応……

이병도   응, 게이오. 그때. 그때 졸업 못하고. 재주가 많은 사람이야.

시라카와   전영택田榮澤 선생도 역시 그때

이병도   아마, 그럴 거야.

시라카와   青山学院아오야마가쿠인대학 . [24]

이병도   잘 아시네.

시라카와   제가 석사 논문 때 바로 그런 것 좀 했거든요. 그래서 좀 아직
         까지 모르는 점이 많아서.

이병도   그래? 그래.

시라카와   현진건玄鎭健[25]이라는 소설가가 있죠. 현진건

---

24 아오야마가쿠인대학(あおやま がくいん) : 감리회 선교사 소퍼가 1878년에 설립한 경
    교학사(도쿄영학원)과 맥클레이가 1879년에 설립한 미회신학교가 1883년에 합병하
    고 1894년에 아오야마가쿠인으로 교명을 변경한 미션스쿨. 1927년 아오야마여학원
    과 통합하였으며, 1949년에 대학으로 승격됨.
25 현진건(1900.8.9~1943.4.25) : 일제강점기 조선의 소설가. '일장기 말소 사건'을 주도
    한 언론인. 1915년 11월 보성고등보통학교에 들어갔다가 다음 해 자퇴하고, 일본으로
    유학해 도쿄 세이소쿠영어학교와 세이조중학에 입학하였다. 세이조중학을 중퇴하고,
    1918년 중국 상하이로 건너가 후장대학에 입학하였다. 귀국한 이후 1920년 『개벽』에
    단편소설 「희생화」를 발표하면서 등단하였다.

이병도   현진건. 있지.

시라카와   근데 그분이 역시 동경에서 독일어 학교 다녔다 그렇게 나오는
           데요. 사실 그게 뭐 학적부도 없고 그래서 확인할 길이 없는데.
           그분이 상해도 갔다 왔다 그랬거든요. 일본에 갔다 왔다는 것
           도 있는데 그 언제쯤 몇 년도에 갔다 왔다는 게 확실치 않아요.
           아직까지. 1915년부터 19년까지 어디 계셨는데 확실하지 않
           습니다. 아직까진.

이병도   글쎄. 그러면 우리가 알 텐데.

시라카와   세이조 중학교라는 거기 성성중학교成城中学校 [26] 인가요? 거기 다
           녔다는 이야기는 좀 나오죠. 그 이후에 어떻게 어디서 뭘 하시
           는데. 만나신 적은 없으세요?

이병도   우리는 별로 만난 적이 없는데.

시라카와   김태준金台俊 [27] 이라는 분은.

이병도   김태준이? 여기 경성제대.

시라카와   동경 쪽으로는 안 가신 건가요?

이병도   글쎄. 기억은 없는데. 소설 잘 썼지. 소설. [28]

시라카와   그리고 안국선安國善 [29] 이라는 분이

---

26 성성중학교(せいじょう ちゅうがっこう) : 1885년에 창립되어 초기에는 육군사관학
    교 진학을 목표로 한 전일제 예비학교로 운영되었음. 현재는 일반 교육기관으로, '지
    (知), 인(仁), 용(勇)'의 가치를 중요시함.

27 김태준(金台俊, 1905~1949) : 일제강점기의 한문학자이자 국문학자. 호는 천태산인
    (天台山人). 1930년부터 1939년까지 한국 고전문학사의 기념비적인 저작『조선한문
    학사』,『조선소설사』,『조선가요집성』을 집필함.

28 현재까지는 김태준이 쓴 소설이 발견된 바 없음. 소설사를 의미하는 것으로 추정.

29 안국선(安國善, 1878~1926) : 일제강점기 대한협회 평의원, 청도군수 등을 역임한 관
    료, 소설가. 1895년 관비유학생으로 선발되어 8월 게이오 의숙 보통과에 입학, 1896년
    7월 졸업. 졸업 후 8월 와세다대학의 전신인 도쿄전문학교 정치과에 입학, 1899년 7월

이병도　　안국선? 있어. 우리 선배 있어. 그가 아마 오래돼 그가 어디 졸업이지? 와세다……

시라카와　동경 전차학교 나왔다는 그런 기록이 나오죠. 근데 그거 확실치 않아서.

세리카와　그때 동경전차학교라는 것이 어디를 말하는지 잘.

이병도　　글쎄. 그 우리보다……

시라카와　안국선 선생님의 아드님이 안회남安懷南[30] 씨라고. 그분이 역시 문인으로 작가로 계셨는데요.

이병도　　그래요?

시라카와　지금 이북에 계신 것 같은데.

이병도　　이북으로 간 사람 많지.

에 졸업. 1908년『금수회의록』발표.
30　안회남(安懷南, 1909~몰년 미상) : 해방 이후 북에서 소설가로 활약한 평론가이자 정치인. 문학평론가 겸 정치인인 안막(安漠)의 재종형.

일본 유학과 문인 교류, 귀국 후 유학사 연구

1. 북으로 올라간 지식인들

이병도   미야꼬みやこ라는 ○○○ 있잖아요.[1]

이분은 저 갓머리 밑에 있을 유, 有ゆるす한다는. 갓머리 밑에 있

을 유.

시라카와   예예.

이병도   이게 ゆるす라고 그러지? ゆるす.

시라카와   예, ゆるす.

이병도   도유호.[2] 호浩는 こう[3]지. 삼수변에. さんずいへん. 그 사람이 재

주가 아주 많은 사람이야. 오스트리아. 오지리. 오스트리아 빈,

빈 대학 출신인데.

시라카와   역시 역사학 하시는 분이에요?

이병도   예. 그 사람은 특히 ○○○

시라카와   이북으로 가신 겁니까?

이병도   그냥 여기 있으라고 그래 내가 서울에 가서 있으라고 그랬는

데 막 뭐라고 했는데 가버렸어. 그 사람 아주 그 빨갱이…… 재

---

1   '도유호'의 '도(都)'를 설명하는 내용으로 추정.(都의 훈독이 みやこ.)
2   도유호(都有浩, 1905~1982) : 북한의 고고학자. 김일성종합대학 교수를 지냄.
3   浩의 음독.

주 있는 사람인데.『진단학보』에도 내가 올렸지. 내가. 내가. 『진단학보』라고 있죠?

시라카와 네. 김기림이라든가 이북에 간 분들이 많은데요, 혹시 어떤 분들이 기억에 남습니까?

이병도 도유호가 첫째고. 또 역사한 사람은…… 왜 정신이 자꾸 이제……. 기억도

시라카와 국문학 관계로 김삼불金三不[4]이라는 분도 계시다고.

이병도 박지행이, 박지행이 역사. 박지행이가 있고.[5] 김석형金錫亨[6]이. 김석형이라고 있어.

시라카와 지금도 활약하고 계신 모양인데.

이병도 아마 그 다음. 우리가 더 나이가 좀 많으니까.

시라카와 일본서 아마 번역도 나왔죠?

세리카와 번역도 나오고

이병도 오, 그래요?

시라카와 그 일본 우라니혼裏日本 즉 일본열도의 동해측 쪽으로 좀 한국민족들이 먼저 건너갔다 하는 그런 얘기를 하신 것 같아요.[7]

---

4   김삼불(金三不, 1920~?) : 해방 후 한국 고전문학 분야의 개척자로서, 고전시가와 판소리, 판소리계 소설 분야에 두각을 나타냄. 연희전문학교와 서울대학교를 졸업함. 월북 후 북한에서도 국문학 연구를 지속하였지만, 1958년 대규모 숙청 이후 행적이 알려지지 않고 있음.

5   박시형(朴始亨, 1910~)으로 추정. 일제강점기 경성제국대학에서 역사학을 공부한 후, 해방 이후 북한에서 마르크스주의 사학자로 활동한 학자.

6   김석형(金錫亨, 1915~1996) : 해방 이후 「리조병제사」, 「조선통사」, 「초기 조일관계 연구」 등을 저술한 역사학자. 경성제국대학 조선사학과 졸업. 조선어학회 사건으로 수감되었다가 석방됨. 1946년 월북하여 김일성종합대학 역사학부 교수로 취임. 북한에서 한국고대사 연구에 전념하며 북한 역사학 정립에 기여함.

7   일본의 '임나일본부설'(한반도 남부의 일본 통치설)에 반박하는 김석형의 '분국설'(한

이병도　　　내가 일본말로 쓴 거 보여줬어요?

시라카와　　김석형이라는 분은 어디 출신이세요?

이병도　　　여기 경성제국대.

시라카와　　임화林和[8]라든가 박영희朴英熙라든가 그런 분들은 좀.

이병도　　　박영희?

시라카와　　박영희라고 시인인데요.

이병도　　　아, 박영희. 우리는 그 시인 문인들과는…… 뭐 그렇게……

시라카와　　그런 분들에 대해서도 뭐 경력에 대해서도 별로 알 길이 없고
　　　　　　요 그래서 여러 원로 선생님들을 찾아 뵙고 말씀 듣고 있는데

2. 『폐허』 그리고 함께 교류한 문인들

이병도　　　문인잡지를 우리가 『폐허』란 잡지를 창간했어. 황석우黃錫禹[9]
　　　　　　라고……

시라카와　　네. 그럼 염상섭廉想涉 선생은 잘 아시죠? 술을 아주 잘하시는.

이병도　　　(웃음) 그 사람은 술을 먹어야 글을 써요.

세리카와　　학생 때부터 그렇게 술을 많이 하셨어요?

이병도　　　학생 때는 모르겠는데. 나중엔 술을 잘 먹었어. 다른 분은 문일

민족이 일본열도 내 일부 지역으로 이주해 독자적인 정치체계를 만들었다는 주장)에
대한 내용으로 보임.

8　　임화(林和, 1908~1953) : 카프(KAPF)의 주요 인물이자 프로 시인, 평론가, 문학운동
　　가. 월북 후 북에서 조·소문화협회 중앙위 부위원장을 역임하였으나 1953년 8월 남로
　　당 중심 인물들과 함께 '미제간첩' 혐의로 처형당함.
9　　황석우(黃錫禹, 1895~1959) : 일제 강점기 시인. 일본 와세다대학 정경학부에서 수학
　　함. 『폐허』, 『장미촌』의 창단동인으로 활동하였으며, 『조선시단』을 주재, 발행하기도 함.

평^{文一平}[10]이라고 있었는데.

시라카와　네, 호암^{湖巖}.

이병도　호암.

시라카와　그분도 역시 와세다.

이병도　아니야. 근데 그분이 처음에 명치학원인가 어디 졸업했지. 또 나와서 상해 뭐 이렇게 거기가 부자, 그 집이 부자였어요. 부자였는데 의주, 義州. 그 집이 큰 부자였었는데 그만 했더니 파산이 됐어. 뱅크럽^{bankruptcy}이 돼 가지고 상해, 중국으로 돌아다니다가『조선일보사』에 이제 기자를 했었는데, 일본에서 또 좀 공부를 해야겠다 그래서 나더러 소개장 한번 써달라고 그랬어. 근데 이제 동대^{동경제국대학}에는 이케우치 히로시^{池內宏} 박사에게 써주고, 조대^{와세다}에는 쓰다 소키치^{津田左右吉} 두 분에게 추천해 줬어요.

청강생이지 뭐 본과생이 돼요? 청강생으로 가서 동대에 가서는 이케우치 강연 듣고 조대에 와서는 쓰다 소키치 강연을 듣고.

시라카와　좀 후배가 되십니까?

이병도　나이가? 우리보다 10년이 위예요.

10　문일평(文一平, 1888.5.15~1939.4.3) : 대한제국기와 일제강점기에 활동한 학자, 언론인, 교육가, 독립운동가. 1905년 일본 도쿄로 유학하여 아오야마학원(靑山學院)을 중퇴하고 태극학교(태극학회 일어강습소)에 입학하여 일본어를 공부함. 1906년 신학기에 도쿄 세이소쿠(正則) 학교에 입학하였고, 1907년 9월 메이지학원 중학부 보통과 3학년에 편입하여 1910년에 졸업. 1911년 봄 와세다대학 고등예과에 입학함. 와세다대학 유학 시절 안재홍·김성수·장덕수·윤홍섭 등과 교육함. 중국 상하이에서 독립운동 단체인 동제사(同濟社)에 가입하고 동제사에서 청년 유학생과 독립운동가 육성을 위해 박달학원을 설립하자 그곳에서 박은식·신채호·홍명희·조소앙 등과 함께 지도교수로 활동함. 1925년 8월 세 번째 일본 유학을 가서 도쿄제국대학 문학부 사학과 동양사부 청강생으로 입학하여 역사 서술에 대한 관심을 고조하고, 1926년 7월 귀국함.

시라카와 그런데 왜요?

이병도 만학으로.

시라카와 문일평 선생님하고 저 다까 홍명희 선생님하고 같은 중학교를 일본서 다녔다는 그런 게 나와요.

이병도 글쎄, 그건 나도 몰라요.

시라카와 아까 대성 大成중학교인가요. 거기서.

세리카와 『폐허』 동료 선생님 저 『폐허』 가신 것은 어느 분의 권유라기보다 어떻게 『폐허』에는 어떻게 들어가시게 됐습니까?

이병도 내 배후에?

시라카와 동인이 되신 동기라고 하실까요.

이병도 (웃음) 여기서 보성전문학교普成專門學校 이제 법률 배우다가 법률이 너무 건조하고 리쿠츠理屈, 억지 논리만 키우고 그러기 때문에 정서, 정서 그건 좀 해야 할 거 같아서. 그럼 여기선 역사를 배우지도 못하게 해요. 조선에선 역사를 안 가르쳐.

시라카와 염상섭 선생님 역시 일본에 유학을 가실 때 그런 걸 가졌다고 그렇게 들었습니다. 너무 법률관계 딱딱 하니까 정서면에 뭔가 그래서 일본에 가가지고 문학을 하게 됐다 그렇게 술회를 하신 바 있는 것 같은데요.

3. 와세다 동창회와 『학지광』

시라카와 동창회 이외에 유학생 모임이 있었죠? 동경서요.

이병도 그럼.

시라카와　　그런 데는 좀 참석을 하시고 그러셨습니까?

이병도　　　그럼. 와세다 동창회.

시라카와　　『학지광』이라는 잡지라든가 뭐 그런 거.

이병도　　　『학지광』은 우리 동창들이 많이 편집했지. 현상윤이라고 아까
　　　　　　했지? 그분도 편집도 하고 그랬지.

세리카와　　선생님도 그때 창작을 좀 하셨습니까?

이병도　　　뭐라고 그렇게 좀 쓴 게 있어. 지금은 잊어버렸지. 일본의 여류
　　　　　　시인이 누군가? 난 기억도…… 일본에 옛날에 여류 시인이 있
　　　　　　었는데 한, 살지…… 그거 하고 우리나라 여류 시인의 허난설
　　　　　　헌許蘭雪軒이라고 그러죠. 허난설…… 허엽許曄 씨 딸인데 허난
　　　　　　설헌하고 비교해서 썼는데 그거『학지광』에다 썼지. 일본 시
　　　　　　인의 이름도 여시인의 이름도 잊었는데 그도 여자예요.[11]

시라카와　　한시를요? 드물죠.

세리카와　　일본 시인도 다 한시가 다.

시라카와　　에도시대江戶時代에.

이병도　　　어렸을 때이니. 지금 뭐 이름도 잊어버리고.

시라카와　　평안平安시대 때는 좀 입수할 건데 에도시대는 뭐.

이병도　　　에도시대. 그리고 우리나라 허난설헌을 비교해서『학지광』에
　　　　　　다 냈었는데 그게 어디로 갔는지.

세리카와　　『학지광』은 요새 몇 년 전에 영인본이 나왔습니다.

이병도　　　그래요?

세리카와　　거기에 보면 아마 나와있을 거예요.

11　이병도, 「규방문학」, 『학지광』 제12호, 1917. 4. 19. 이 글에서 이병도가 허난설헌과 비
　　교했다는 일본 여류 한시인은 江馬細香(えま さいこう : 1787~1861)이다.

이병도   그걸 누가 일을 했어요?

세리카와   몇 년 전에 여기 태학사라는 출판사에서.

이병도   그건 난 또 모르는데.

시라카와   지금도 쉽게 구할 수 있죠.

세리카와   세 권인가 나왔죠. 다 나왔습니다.

이병도   여러 권.

세리카와   두꺼운 책입니다.

이병도   거기 좀 조사해보세요.

세리카와   네.

이병도   내가 쓴 거. 일본 여시인하고 우리나라는 허난설헌.

4. 한국 최초 시 낭독회와 문인들

세리카와   그 선생님, 저 돌아오셔서 20년에 2월달에 시 낭독회[12]에 갔다
         가 이렇게 하셨다고

이병도   그건 어떻게 알았어요. 황석우.

세리카와   네, YMCA에서 하셨다고 했거든요.

이병도   요 부분을 조사를 했네.

세리카와   선생님 그때 사회 봤다 가셨다고.

이병도   난 사회만 했어.

---

12 1920년 2월 종로 YMCA에서 한국 최초의 시 낭독회가 열림. 폐허파 동인들의 주도로
    열린 본 낭독회는 이병도의 사회로 진행되었으며 장안의 지식인들이 모여 큰 관심을
    받은 바 있음.

세리카와   그때 오상순吳相淳[13] 선생님과 하셨습니까? 오상순 선생님.

이병도   오상순. 오상순. 시인이 된 사람. 그 사람이 담배를 아주 그렇게. 공초라고, 호는 공초空超.

세리카와   그 저 여러 번 하셨습니까, 낭독회는?

이병도   아니에요. 그때 한 번인가 두 번인가. 여시인도 있었지. 이종숙 씨인가. 여시인.

세리카와   나혜석, 나혜석 같은 분은 없죠?

이병도   나혜석이 아니고 이종숙李鍾淑 씨라고 있어요.

시라카와   이종숙이에요?

이병도   오얏 리 자하고, 쇠북 종 자, 숙자는 많이 붙였죠. 삼수 변에 아재비 숙.

이병도   또 여시인에 김, 우리집이 우리 마누라하고 동창이기 때문에 그냥 돌아다니기만. 아이고. 우리 집에서도 먹고. 김…… 아이고, 이름도 잊어버렸네.

세리카와   소설 쓰셨습니까?

이병도   아니, 시.

세리카와   김일엽金一葉[14]도 그때 시 썼고

이병도   김일엽? 김일엽은 아니고 ○○○그 사람 말고 방랑시인 됐어. 나중에. 시집도 내고 그랬잖아.

---

13   오상순(吳相淳, 1894~1963) : 대한민국의 시인, 수필가. 호는 선운(禪雲), 공초(空超). 도시샤대학 종교학과 졸업. 원래 기독교 신자로 교회전도사로 있은 적도 있으나 그 뒤 불교로 개종하여 1921년 조선중앙불교학교, 1923년 보성고등보통학교에서 교편을 잡기도 함.『폐허』동인. 대표작으로「방랑의 마음」,「아시아의 마지막 밤풍경」등이 있음.

14   김일엽(金一葉, 1896~1971) : 일제강점기의 여성운동가, 언론인, 시인. 대한민국 불교 승려, 시인 겸 수필가.

시라카와	시집도 있습니까?
이병도	○○○ 있어. 아니. 어떡하지?
시라카와	여류시인이죠?
이병도	여류시인.
시라카와	김정월.
이병도	김정월? 김정월은 나혜석이야.[15]
시라카와	그 당시에는 별로 많지 않은데.
세리카와	그때 여기 뭐 첫 번째 뭐 그런 분들 있죠?
이병도	그럼.
세리카와	문인도. 여류시인도 그때는 없어서.
시라카와	김명순.
이병도	김명순, 김명순金明淳.[16] 시인. 거 다 잘 아시네.
세리카와	그분도 유학생이었습니다.
이병도	맞아요.
세리카와	어디였죠? 어디 다녔죠? 아오야마……
시라카와	아, 그럴까요?
세리카와	아오야마……
시라카와	사모님하고는 어디 동창생이셨어요?
이병도	진명인가?

---

15 나혜석의 아호가 '정월(晶月)'이기는 하나, '김정월'이 나혜석인지는 확인이 필요하다.

16 김명순(金明淳, 1896~1951) : 본명 김탄실(金彈實). 필명 탄실. 한국 최초 여성 근대 소설가. 작가, 시인, 언론인, 영화배우. 1917년 문단에 데뷔, 1925년 한국 최초 여성 시인으로 시집 간행, 여성 해방과 내면 심리 묘사에서 중요한 역할을 함. 그러나 개인적인 고난과 사회적 공격, 사랑의 실패로 불우한 삶을 살다 1951년 일본에서 사망. 김동인의 소설 「김연실전」의 모델.

시라카와　　아, 진명.[17]

이병도　　　그래서 있을 데가 없어서 우리집에 와서 몇 해 있었어.

　　　　　　내가 이제 그때 빨리 ○○○ 장난해서 같이 배웠죠.

시라카와　　그럼 일찍 결혼하셨네요?

이병도　　　나? 아니, 일찍 하고 말고야 그때야.

시라카와　　조혼.

이병도　　　열다섯 살인가. 애들 소꿉장난.

　　　　　　김명순이 호가?

시라카와　　탄실.

이병도　　　네, 김탄실! 잘들 아시네.

시라카와　　김동인 씨의 「김연실전」이라는 소설의 모델이 그분이에요.

5. 동인지와 동인들

시라카와　　선생님 혹시 장혁주張赫宙 같은 작가에 대해서 좀 아십니까?

이병도　　　잘 모르는데.

시라카와　　일어 창작을 많이 했어요. 30년대 이후에요.

이병도　　　김소운이 있지, 김소운金素雲.[18]

시라카와　　네네, 예.

이병도　　　그때 문인들이 많았었나.

17　진명여학교(進明女學校) : 기존의 사립 여학교들이 외국인 선교사가 세운 학교임에 반하여
　　한국인에 의하여 설립된 최초의 여학교. 순헌황귀비(純獻皇貴妃)의 교지에 의해 설립됨.

18　김소운(金素雲, 1907~1981) : 대한민국 시인, 수필가, 번역문학가.

세리카와   「만세전」 같은 거 어디다 팔게 되죠?

이병도   글쎄……

세리카와   그때 「만세전」 원제가 '묘지'랍니다.

시라카와   네, 묘지.

세리카와   『폐허』 갖다가 자금, 저 인쇄하는데 그런 자금을 어떻게 하셨습니까?

이병도   뭐 『폐허』 잡지 때? 『폐허』도 동인인데, 동인인데 그때 누가 좀 댔어요. 고씨인가?

그 회동서관匯東書館 하는, 회동서관하는 그 책점하는 이가 있었어. 고경상高敬相인가 ○○○

그거 가지고. 고히? ○○○

시라카와   『창조』 같은 것은 김동인 씨가 좀 부잣집이라고 그래가지고 많이 댄 모양인데

이병도   저 월탄月灘.

시라카와   예.『백조』

세리카와   때 맺어져 20년에 7월에 저 첫호가 나왔는데 그 100부 인쇄했다고 그렇게 나와 있었습니다.

이병도   그러면 최초일 거예요.

세리카와   그러면 그거 배포라고 하면 어떻게 무슨 서점에다가 돌리셨습니까?

이병도   글쎄, 잘.

시라카와   동인끼리 전부.

이병도   박종화 씨, 월탄月灘.[19]

시라카와   그분도 한 2~3년 전에, 돌아가시기 전에 좀 만난 적이 있어요.

이병도   그래요? 아, 월탄 만나셨어?

시라카와   81년에요.

이병도   나하고 그분은 이제 예술원 원장으로 예술 회장인데 그 한 20년 난 또 학술원 회장으로 20년 하고. 그래서 그 월탄이 돌아가기 직전이지 "우리, 형님, 20년 동안 회장 맡았으니까 그만둡시다." 하니까 좋은 말씀이 없는데. 그이는 그때만 해도 돌아갔단 말야. 나는 살아가지고 괜히 분단 말이야.

그는 그 계속을 잘해 그 『세종대왕』이라는 소설 있잖아? 그걸 하루도 빠지지 않고 앓는 중에도 말이야. 병원에 가서도 미리 다 써 놔요. 하루도 거르지 않고. 내용은 좋은지 모르지만 좌우간 계속 써.

시라카와   김팔봉 선생님도

이병도   김팔봉金八峰은 지금도 챙기고 있어. 그이 몸이 좀 좋지 못해.

이병도   현대문학사 하죠?

시라카와   문학사라고 하지만 여기저기 좀 들여다보는 정도인데요. 제가 석사 때가 동국대학에서 좀 했거든요. 그래서 조연현 선생님.

이병도   조연현趙演鉉 돌아갔지.

시라카와   예. 그래서 돌아가시기 전에 좀 치료받고 바로 석사 논문 할 때 돌아가셨어요.

이병도   그래?

시라카와   이런 논문도 이름은 성함이 그렇게 조연현 선생님으로 돼 있어요.

6. 『자료한국유학사초고』 및 호號

시라카와   선생님께서 중앙불교전문학교 강사

이병도   응, 유학사儒學史가 있지

시라카와   예. 유학사예요.

세리카와   요새도 선생님 유학사를 좀

이병도   유학사를 한문으로 하는 건 있지 하는 거 있는데 그걸 번역을……
그거 보셨나?[20]

시라카와   아직 못 봤는데요.

이병도   장재용이라고 있어요. 장재용 씨라고. 그가 이제 버클리대학에
'아사미 문고'라 하는 터 있었거든. 그런데 거기서 그이가 한
번 왔단 말이야, 우리 집에. 그래 이제 그 책을 줬었지 순 한문
을 썼어. "당신 이거 내 푸어 차이니즈poor Chinese인데 알겠소?"
그러니까 아 좋다고 이거 한권 달라고 그래요. 글쎄 이거 나도
한 권 밖에 없는데, 가만히 있으라고 내 서울대 대학원에 내 조
수가 있으니까. 그 사람들은 "아, 그때 100부 해가지고 다 노나
줘서 한 권도 없습니다." "그래? 외국 손님이 와서 지금 찾으니
어떻게든지 수소문해서 하나 가져 오더라고." 이틀 후에 한 권
을 얻어 왔어요. 그래서 그 일을 쭉 사인을 내가 해줬지. 그래

---

20   이병도가 보았는지 질문하고 있는 책은 『자료한국유학사초고』(1959)이다. 이병도는
1937년에 한문으로 된 '조선유학사' 초고를 엮었는데, 이것을 이후 약 20여 년 동안 공
개하지 않고 지니고 있다가 1959년에 서울대학교 국사연구실에서 이 초고를 등사하고
전통방식으로 제본하여 학계에 제공하였다. 이 책은 1987년에 번역과 수정 보완을 거
쳐 『한국유학사』로 다시 발표되었다. 최영성, 「이병도, 『자료한국유학사초고』」 – 한국
유학사의 근대적 출발」, 『한국사상사학』 제61집, 2019.

그후로 여러 해보지. 우리 지금 성균관대 심포지움에. 그 중국 여대, 캐나다 대학 토론토대 강사로 있는데, 그 책을 가져왔더라고. ○○○

세리카와   그때 백부 밖에.

이병도   그때 100부가 쉽게 나오지 않았어요. 그런데 이제 그 후에 또 그것을 제롯쯔[21]로 해가지고 흐릿하게 나왔어요. 흐릿하게 나와서.

세리카와   그래서 책방에도 안 나오고 그랬군요.

이병도   책방에 안 나오지.

세리카와   저 그게 자신이 있거든요. 책방에서 한 번 좀 어떤 책인지 해서. 그런데 한 번도 본 적이 없으니까. 그랬었구나.

이병도   민족문화추진회.[22] 한 400페이지가 400페이지. 냈다는 그냥 좀 국제성, 国際性. 국제성을 띠기 위해서 한문으로 하면 이제 중국 사람들도 보고 일본 사람들도 그러고 서양 사람들도 보고.

시라카와   호는 뭐 두계斗溪 하는 거, 옛날부터 거기서 따신 겁니까?

이병도   아니, 그게 내가 삼청동 우거한 일이, 잠깐 산 적이 있어. 그런데 처음에는 막을 두 자 계수나무 계자를 썼어요. 막을, 막을 '두'자고 내가 계동 살았거든 중앙학교 올라가는 데가 계동이에요. 그래서 계동桂洞에 숨어 있다고 '두문불출하고 있다'杜居고 그래서 두계杜桂라고 했더니, 그리고 이제 삼청동에서 산 일이 있거든. 그랬더니 거기 뭐 있냐 이웃에 노인이 한 명이 살았어요. 안씨라고 편안한 안씨. 그 분이 이게 두계라는 게 좀 기

상이 좋지 못하다. 왜 먹혀있는 막을 두 자를 쓰냐고. 자기가 삼청동은 북두北斗니까. 그 북쪽이 이 거기 시내가 있으니까 두계斗溪라고 하라 그래서. 그래서 두계라고. 그랬더니 어느 친구가 그 두계를 좀 풀이를 해서, 해석을 해서, ○○○북두는 높고 시내는 길다.[23] 해서 우리 형님이 글을 냈어요. 「우리 동생 천이」라고 이병희라고 우리 셋째 형님인데 병자는 마찬가지, 희자는 이 밝을 희자. 호가 '농천'이야. 농사 농 자하고, 샘 천 자.

시라카와 호는 그러면 그 해방 후에, 해방 후에 쓰게 된 겁니까?

이병도 아니, 그전이지. 그전부터.

시라카와 여기 그 다음에 『국사대관』 갖고 왔는데. 1959년에 나온 거 신수판입니다.

이병도 그래요?

시라카와 이거 한 번 좀 사인 좀 해주세요.

이병도 이거 내가 사드려야 할 텐데. 지금 이게 죄 없었지. 그때 한국 고대 한국사 대관이라는 데 한문자가 너무 많다고 그래서 그래 조금. 가만있자. (면담자에게 사인을 해주기 위해, 이름을 물어봄)

시라카와 백천白川입니다.

(녹음 끝)

---

23 "선생의 아호 두계(斗溪)는 처음에 杜桂(桂洞에서 杜居하는 學人)에서 출발하여 삼청동으로 이사한 후 그곳(三淸洞·서울 북쪽, 北은 北斗와 通)에 두거(杜居)한다는 뜻에서 동음이의의 斗溪로 정하셨다 한다. 그러나 우리 후학들은 모두가 이를 '두고계장(斗高溪長)', 즉 북두(北斗)와 같이 높고 장강(長江)과 같이 길다는 뜻에서 그 의의를 찾고 있다."(이병도의 제자 허선도 교수가 '추념문집'에서 밝힘).

역사와 문예의 교차점
근대 한국사학과 지식인 교류

고자연

1. 구술채록 개요

본 채록문은 1985년에 진행된 역사학자 이병도의 인터뷰 녹음 파일을 총 1~2차, 두 부분으로 정리한 기록이다. 1985년 3월 2일, 당시 세종대에서 조교수로 재직 중이던 세리카와 데쓰요芹川哲世와 동국대 대학원에서 한국 근대문학을 연구하고 있던 시라카와 유타카白川豊 두 사람이 이병도의 자택을 방문해 인터뷰를 진행했다. 인터뷰 시간은 2시간 조금 안 되게 진행되었으나 현재 남아있는 녹음 파일은 약 1시간 정도이다. 내용의 전개상 1차 채록문과 2차 채록문 사이의 녹음 파일이 분실된 것으로 보인다.

인터뷰는 역사학자 이병도의 일본 유학 시절과 근대 문인들과의 교류를 주요 내용으로 삼는다. 1차 채록에서는 와세다 대학 시절 주요 인물들과의 교류 및 전공 전환의 배경이 서술되고, 2차 채록에서는 『폐허』의 창간과 시 낭독회 경험, 월북 지식인에 대한 기억, 저술과 호號의 유래가 다루어진다.

본 채록문은 구술자의 발화를 가능한 한 그대로 살리는 것을 원칙으로 하였다. 이병도는 한국어와 일본어를 혼용하여 발언하였으나, 전반적으로는 한국어를 사용하고 일부 단어에 한해 일본어를 구사하였다. 인터뷰 당시 89세의 고령으로 청력은 다소 약화되어 있었으나, 기억력은 매우 정확하였다.

2. 주요 채록 내용의 요약

1차 채록은 이병도의 와세다 대학 유학 시절의 학문적 성장 과정과 도쿄 유학생 사회에서의 인적 교류를 핵심적으로 다루고 있다. 특히 본래 서양사를 전공하려던 그가 한국사 연구로 학문적 방향을 전환하게 된 내면적 동기와 3·1운동 전후 유학생들의 긴박했던 활동상을 상세히 회고한다. 이병도는 보성전문학교 시절 법률 공부가 '무미건조하고 정서의 맛이 없다'는 이유로 와세다 대학 사학급사회학과에 진학하여 역사를 전공하게 되었다. 초기에는 서양사학자 게무야마 센타로煙山專太郎의 영향으로 서양사를 공부하려 했으나, 일본학자 요시다 도고吉田東伍의 저작들『도서일본사』,『일한고사단』등을 접하고 "일본 사람도 한국을 논하는데 내가 안 해서 되겠느냐"는 생각에 국사를 연구하기로 결심했다. 당시 사립대학에는 조선사 강좌가 없었기 때문에 독학으로 연구를 이어갔으며, 도쿄제국대학의 이케우치 히로시池內宏를 통해 『조선왕조실록』을 처음 목격하고 「고구려 대수당對隋唐 전쟁」이라는 졸업논문으로 사학자로서의 기틀을 닦았다.

그는 도쿄 유학생 사회에서 주요 문인·지식인들과 교류하며 학문적 네트워크를 형성하였다. 2년 선배인 최두선崔斗善과 같은 하숙집에서 지내며, 이광수를 '천재에 가까운 재주꾼'으로 평가하고 그가 소설 『무정』 집필과 연애로 분주했던 유학 시절의 일화를 회고하였다. 또한 국학자 안확(安廓, 안자산)에게 자주 책을 빌려주었다고 밝히는 등 두 사람의 관계가 각별했음을 전하였다. 이 밖에도 신익희, 장덕수 등과 함께 의국회(모의국회) 활동에 참여하였으며, 현상윤, 김여제 등과의 교류에 대해서도 회고하였다.

특히 3·1운동 전후의 긴박한 상황은 그의 회고를 통해 구체적으로 드러나는데, 운동의 여파로 학교가 휴교하고 학생들이 동맹휴학에 들어가자 이광수는 졸업을 포기하고 급히 상해로 망명했다. 이러한 혼란 속에서도 이병도는 "독립운동을 해도 공부는 계속해야 한다"는 신념으로 동기생 20명에게 직접 노트를 챙겨주어 시골에서 학업을 이어가도록 독려하였다. 그러나 그 자신 역시 운동의 여파로 7월 졸업시험을 치르지 못했고, 9월에야 별도의 '추시험'을 통해 무사히 졸업할 수 있었다.

2차 채록에서 그는 유학 시절 이후 문인들과의 교류, 동인지 활동, 귀국 후의 유학사 연구, 그리고 자신의 호(號)의 유래를 중심으로 회고했다. 먼저 해방 후 북으로 간 지식인들에 대한 기억을 전하며, 고고학자 도유호와 사학자 김석형 등을 언급했다. 그는 특히 도유호를 재능 있는 인물로 평가하며 서울에 남을 것을 권유했으나, 결국 그가 월북한 일을 아쉬운 기억으로 회상했다.

문학 활동과 관련해서는, 당시 법률 공부의 경직된 분위기에서 벗어나 정서적 함양을 위해 문학에 관심을 갖게 되었다고 밝혔다. 그는 황석우 등과 함께 동인지 『폐허』를 창간했으며, 1920년 YMCA에서 열린 한국 최초의 시 낭독회에서 사회를 맡았던 일도 언급했다. 이 과정에서 오상순, 김명순 등 당대 주요 문인들과 교류했으며, 특히 아내와 친분이 있던 김명순이 그의 집에서 수년간 머물렀던 일화도 함께 전했다.

또한 유학 시절부터 재일본조선유학생학우회 기관지 『학지광』에 글을 기고하며 활동했던 사실을 회고했다. 그중 일본의 여류 시인 에마 사이코와 조선의 허난설헌을 비교한 「규방문학」이라는 글을 발표했던 일을 대표적인 사례로 들었다. 귀국 후에는 불교전문학교 등에서 강의하며 한국 유학사 연구에 매진했으며, 1937년에 한문으로 『자료한국유학사초고』를 편찬했다. 그는 한문으로 집필한 이유에 대해 외국 학자들도 읽을 수 있도록 국제성을 염두에 둔 선택이었다고 설명했다.

마지막으로 자신의 호인 '두계斗溪'의 유래에 대해서도 상세히 밝혔다. 처음에는 계동桂洞에 은거한다는 뜻에서 '막을 두杜' 자를 써 '두계杜桂'라 했으나, 이웃에 살던 노인이 "막혀 있는 글자는 기상이 좋지 않다"고 권하며 삼청동이 북두北斗에 해당하고 북쪽에 시내溪가 있으니 '두계斗溪'가 더 적절하다고 조언해 이를 따르게 되었다는 경위를 전했다.

3. 구술 채록의 의의와 한계

이 채록문은 한국 근대 지식인 사회의 형성과 전개 과정을 이해하는 데에 유의미한 사료적 가치를 지닌다. 문헌 자료만으로는 포착하기 어려운 학문 환경과 인간관계를 개인의 기억을 통해 구체화한다는 점에서 의미가 있다.

1910년대 도쿄 유학생 사회를 중심으로 한 지식인 네트워크의 실제 모습을 비교적 생생하게 전하고 있으며, 이광수, 신익희, 현상윤, 장덕수 등과의 교류를 개인적인 경험의 차원에서 서술하고 있어 흥미롭다. 특히 안확을 '괴짜'로 회상하는 대목은 다른 자료에서는 확인하기 어려운 부분이다.

주목되는 점은 구술자가 역사학자였음에도 불구하고 문인들과의 교류가 매우 활발했다는 사실이다. 단순한 교류에 그치는 것이 아니라 함께 동인지를 창간하고 한국 최초 시 낭독회에서 사회를 보는 등 문학 분야에 깊이 관여하고 있었다는 점이 인상적이다. 이는 당시 학문과 문학의 경계가 오늘날처럼 엄격하게 분리되지 않았음을 보여주며, 근대 지식인 사회에서는 분과를 넘나들며 긴밀히 교류했음을 시사한다.

또한 이 채록문은 한국사 연구가 본격화되기 이전의 학문 환경을 증언한다. 사립대학에 조선사 강좌가 없어 독학할 수밖에 없었던 상황이나 조선사를 연구해야겠다는 결심을 하게 된 계기가 일본 학자의 저술이었다는 점, 『조선왕조실록』을 처음 접하게 된 것 역시 일본 학자를 통해서였다는 점 등은 근대 사학 형성기의 구체적인 조건과 문제의식을 잘 보여준다.

한편 채록 과정에서의 한계도 존재한다. 인터뷰 당시 구술자는 89세의 고령으로 청력이 상당히 약화된 상태였고, 목소리 또한 크지 않아 잘 들리지 않는 부분이 있었다. 도저히 청취가 불가능한 부분은 불가피하게 ○○○으로 처리하였다. 그럼에도 불구하고 기억이 비교적 정확했고, 사소한 부분까지 정정하려는 태도를 보이는 등 사실 확인에 신중한 모습을 보여 인터뷰 내용의 신뢰성을 어느 정도 확보할 수 있었다. 다만 1차 채록과 2차 채록 사이의 파일이 분실된 점은 매우 아쉽다. 현존하는 채록문만 보더라도 구술자가 기억하고 있는 문인 및 지식인의 수가 상당한데, 이를 고려하면 분실된 파일에도 적지 않은 지식인 네트워크 관련 회고가 포함되어 있었을 가능성이 크기 때문이다.

이 채록문은 한국 지식인사를 연구하는 데 있어 중요한 참고 자료로서의 가치를 지닌다. 다만 개인적 기억에 의존하는 자료라는 한계와 채록 과정에서 발생한 공백을 감안하여, 활용 시에는 문헌 사료와의 교차 검증을 전제로 신중을 기할 필요가 있다.

이희승 李熙昇, 1896~1989

국어학자, 독립운동가, 수필가. 일본 도쿄대학 대학원에서 언어학을 연구하였으며, 광복 후 서울대학교 문리과대학 교수에 취임하였다. 일제강점기 조선어학회에서 활동하며 '한글맞춤법통일안' 제정과 우리말 사전 편찬에 깊이 관여했고, 조선어학회 사건으로 투옥된 바 있다. 해방 후 『한글맞춤법강의』, 『국어학개설』, 『새고등문법』, 『국어대사전』 등 국어학 연구와 저술에 힘써 한국어 문법 체계와 어휘 연구의 초석을 놓았다.

1
일제강점기, 혼돈의 교육 체제와 주체적 학문의 길

일시 : 1985년 3월 8일

장소 : 이희승 자택

구술 : 이희승

면담 : 시라카와 유타카, 세리카와 데쓰요

1. 경성제국대학 학제

시라카와　처음에 그 법학 공부를 좀 하셨다 그러는데요.

이희승　　예?

시라카와　법과대학이라고 할까 법학

이희승　　예.

시라카와　법학 공부하셨죠?

이희승　　나요?

시라카와　예예.

이희승　　아니, 법학이 아닙니다. 그때 학교, 이 제도가 말이에요, 경성제
국대학京城帝國大學이라고 하는 데가 법문학부라고 있어요. 법문
학부. 그리고 처음에 출발할 때는 또 의학부 이렇게 둘만 처음
에 시작했시다. 근데 이제 법문학부 속에 법학과라는 게 있고
그 다음에는 이제 일반 인문계통에 여러 전공과가 있었어요.
가령 그때 일본 그 어문학과라고 그때도 그랬었어.

일본 어문학과를 그때 국어국문학과라고. 이 한국말은 그 조선어 조선문학과 또 중국 것도 있고 또 영문도 있고 그때 독일문학이나 불문학 전공과는 없시다. 강좌는 있었지만은. 그런데 제도가 이렇게 됐어요. 이제 그 원래가 그때 일본의 학제에 의한 대학이니까는 고등학교를 졸업을 해야 대학에 입학할 자격이 있는데 여기다 대학을 신설해 놓고서 고등학교 졸업자만 입학을 시키려면 전부 일본에 있는 고등학교 졸업생밖에는 시험을 볼 자격이 없단 말이에요.

시라카와 예, 학제상으로요.

이희승 그랬기 때문에 여기서 예과라는 걸 그때 부설로 그 했어요. 지금 그때 경성제국대학이라는 바로 요 아래 이 자리예요. 그러고선 예과는 청량리에 여기 있죠? 철도역. 그 건너쪽에. 지금 그 아주 무슨 한지로 아파트인가. 아파트가 잔뜩 들어진, 그 자리에 경성제국대학 예과라는 게 있어요. 근데 이 예과가 이제 제도가 2개년인데 2년 그래가지고 문과, 이과 이렇게 됐시다. 두 과가 있고. 문과에는 말이에요, 문과 A클래스 문과 B클래스 이렇게 두 클래스 그래가지고선 그때 이제 일본 학제의 중학은 5년제 아니었어요? 5년제지만 고등학교 입학하는 건 중학 4년만 수료하면 고등학교 입학할 자격이 있었는데, 여기서는 중학 졸업 자격이 있는 사람만 예과에 뽑았어. 그러니까 전체 횟수로 치면 연수로 치면 마찬가지입니다. 일본에서 중학교 4년을 마치고서 고등학교 3년 하고 대학으로 학부로 진학을 하는 게나, 그때 여기서는 중학 5년을 꼭 졸업해야 대학 예과에 입학할 자격이 있어. 그래 가지고 예과는 2년 만에 했거든.

이희승　그래가지고 이제 그 다음에 그거 마치면 학부로 올라가는데, 그 문과에는 A반 B반에는, 이과를 수료한 사람들은 그저 무시험으로 의학부로 진학을 했고, 문과는 A반을 수료한 사람은 법문학부에 법과로 진학을 하고 문과 B반을 수료한 사람은 인제 그 문리과 대학의 일반 인문과 거기에는 전공과가 내 기억에 말하자면 일본문학과, 우리 조선문학과, 영문학과, 중국문학과, 그리고 사학과가 역사, 일본사학과, 조선사학과 또 그때 아마 서양사학을 하는 것도 있죠.

그리고 철학과가 있고 교육학과가 있고 어……. 그 외에 한 좌우간 10여 개의 전공과가 있었어요. 그러니까는 예과 A반을 졸업하는 건 법과로 진학을, 예과 B반을 졸업한 사람은 거기 자기 지망에 따라서 각 전공과로 진학을 하고 이렇게 그때 제도가 됐어. 그러니까 내가 인제 경성제국대학교 법문학부를 졸업했어도 법학은 전연 반대네요. 분리가 되니까.

2. 양정의숙養正義塾

시라카와　근데 그 저, 양정의숙 계셨죠?

이희승　예?

시라카와　양정의숙이라는.

이희승　나요? (웃음)

시라카와　그때 법학 좀 공부하셨다고 들었는데.

이희승　글쎄, 그걸 어디서 그 기록을 보셨는지 모르지만. 나는 교육받은 순서가 아주 무질서하게 받았어. 그래 가지고선 중단이 또 중간에 블랭크가 아주 내가 너무 많아요.

그래서 양정의숙養正義塾[1]이라고 하는 게 그때 있어요. 그거는 이제 전문학교인데 거기 이제 그 법과가 있어서 거기 댕겼는데 한 1년가량밖에 못 댕겼어. 그 왜 그런고 하니…… 그때는 그 학교 이름을 양정의숙이라고 그랬어요. 義塾, 의숙[2]이라고 해서 전공과를 했는데 그것이 야간이에요. 야간전문학교. 그랬다가 이 그때 총독부 학무국이라는 게 일본으로 치면 문부성과 같은 건데 거기서 양정의숙은 전문교육을 할 게 아니라 지금의 양정 중고등학교 있잖아요. 일제시대에는 그 양정 고등보통학교라고 고등보통학교 그걸 해라 그러고 이제 전문학교 폐지하는 바람에 나는 또 거기 댕기다 중단이 됐는데 내가 아주 교육받은 게 여간 무질서하고 중간에 중단이 된 때가 많고 그럴 때 그래서 경성제국대학의 예과 들어간 게 말이죠. 내가 동양 나이로 数え年우리 나이, 달력(세는) 나이로 서른 살에 입학을 해가지고 그런 나이에 서른다섯 살에 대학이라는 걸 졸업을 했어요.

그렇게 뭐라고 만학이랄까 그리고 아주 질서정연한 교육을 받은 게 아니야, 아주 무질서한 뭘 좀 하다가 그만 뒀다 그만뒀다. 그건 저 내가 좋아서 그러는 건 아니고 그런 사정이 부득이해서 그렇게 돼서 그렇게 된 거지.

---

1 양정의숙(養正義塾) : 1905년 4월 군부협판(軍部協辦) 엄주익(嚴柱益::1872~1931)
   외 7인에 의해서 설립된 대한제국 최츠의 민족사학. 우리나라 최초로 서구식 법학을
   도입해 헌법, 형법총론, 민법총론, 형사소송법, 민사소송법, 국제법 등 20여 개의 교과
   목을 가르침.
2 義塾(ぎじゅく) : 의숙, 공익을 위해 의연금으로 설치한 교육 기관.

3. 한성 외국어학교 시절

세리카와   선생님, 저 관립 한성 외국학교 다니셨죠? 한성 외국학교요 관립 한성 외국학교.

이희승   그거는 한성. 한성이라고 하는 게 한강이라는 거 '한'자 하고 성은 城성[3] 경성이라는 '성'자. 옛날에는 이 서울시를 한성부라고 그랬어요.

그때 그러니까 그거는 이제 대한제국 시절 내가 대한제국시대에 처음에는 그 우리나라에 이제 교육이라는 건 한문 교육만 하지 않았어요? 시골에서 그 사숙에서 한문을 공부하다가 내가 이제 12살에 서울에 와서 13살 되던 해 이것이 数え年로 그렇게 됐는데 그거는 이제 관립인데 관리 한성, 지금으로 말하면 국립이라는. 관립 한성외국어학교 외국어학교에는 지금 저기 이문동에 있는 외국어 대학과 마찬가지로 영어부에 내가 들어갔어요. 영어부에 들어갔는데 그때 외국어 학교는 어부語部가 다섯이 있었어요. 영어부英語部 외에 일어부日語部, 또 이 중국어 가르키는 걸 한어부漢語部라고 그랬어요. 한문이라는. 한강이라는 '한'자지 그걸 한어부. 또 불란서부가 있는데 그걸 법어부法語部라고 그래 법률이라는 그 '법'자 그런 건 아마 중국의 영향을 받아 법국이라고 그랬거든요 불란서를. 또 독일어부가 있어 그건 이제 덕어부德語部라고 큰 '덕'자. 이 다섯 어부가 있는데 나는 그때 영어부를 댕겼어.

---

3   구술자는 훈독으로 읽음

근데 그게 전문학교이지 말하자면. 시골에서 그걸 사숙私塾이라고 그랬는데 글방이라고 하는. 글방에서 한문만 배우다가 전연 일반 현대교육은 받지 못 하고서는 외국어학교 가서 영어부에 당겼어요. 그 3년제인데, 이제 3학년이 돼서 그때는 학년 초가 4월부터네요. 학년 초가 4월부터 해서 3월에 끝이 났단 말이야.

내가 3학년 되던 해가 말이지 1910년인데, 1910년 뭐 다 아시다시피 8월 29일에 한일합병이라는 게 있어 3학년 재학해가지고 그래 가지고선 그때는 또 학기는 1학년에 말이죠, 1학기 2학기 3학기 이렇게 1년에 3학기 제도였어요.

그냥 2학기가 오는 거니 9월부텀 12월인데, 2학기가 시작되기 전에 한일 합방이라는 게 되지 않았어요? 그때는 저 그때는 또 이게 내가 들어 내가 ㅈ기에 들어간 게 13살이니까 아주 어린 꼬마나 마찬가지였는데 아 이 수염이 이렇게 난 일본 학생도 있고 나이 연령의 차가 굉장히 많았어요.

그때 그래서 나이 많은 사람들은 말이에요. 나라가 망했다고 비분강개해가지고서 학교도 그만두고 이러는 사람인데, 어린 사람은 이거 뭐 철도 모르고 하니까 이 학교에 그대로 당기는 거야. 그래서 이제 그 다음 해 1911년 3월에야 이제 졸업인데 1910년 10월 중순에 가서 중간에 가서 학교를 폐지한단 말이야. 학교를 폐지해서 졸업을 일찍 줬어요. 반년을 다 거저 줬어. 아주 불안전한 졸업을 했지. 이렇게 이제 내 교육의 코스가 아주 기구하게 파란이 많았어요.

세리카와   그때 선생님 그럼.

이희승　　그때가 내 나이가 15살이에요. 동양 나이로

세리카와　외국 학교에 혹시 저 이능화[4] 선생님 거기 그러면 계셨어요?

이희승　　그럼. 이능화 선생이 그 학교에 학감이라고 학감이라면 지금 교감이 되는가 그러지. 그 양반한테는 우리가 수신修身, 그전에 수신 과목이 있지 않았어요? '닦을 수'자. 身を修める 몸을 닦는다 라고 하는. 이능화 선생한테는 수신을 배웠어요.

그때 외국어학교 들어가니까 말이에요. 수신 과목하고 또 한문이라는 게 있어요. 한문도 그때 좀 가르쳤시다. 그 외에는 죄 영어로 배웠어요. 이제 시골 글방에서 이 수학 그때 말로 산술이라든지 뭐 이런 거 모르는데 그걸 영어로 배웠어요, 우리는.

시라카와　산술, 수학을요?

이희승　　산술 그렇지, 지리 같은 거, 뭐 그거. 들어가면서부터.

시라카와　가르치는 사람은 그 서양 사람입니까?

이희승　　거기 그 일어부에는 그때 일본 양반이 아주 많았지만 영어부 법어부 독어부 한어부에는 그 나라 사람 한 분씩 있었어. 그래서 영어부에는 말이야 프램톤Frampton[5]이라고 하는 분이 회화 이걸 지도하고 가르쳤죠.

4　이능화(李能和, 1869~1943) : 한국의 역사학자, 민속학자. 1925년 7월 조선사편수회 위원이 되어 1943년 사망할 때까지 종사함. 『조선사』 편찬을 비롯한 한국 민족문화 관련 책들을 집필하였음. 대표 학술 저서 『조선불교통사』.

5　프램턴. 관립한성영어학교 외국인 교관. 프램톤은 1900년말에 관립영어학교 교장으로 초빙되어 서울로 온 사람이며, 흔히 '부암돈' 또는 '불암돈'이라는 이름으로도 널리 알려졌다. (https://dh.aks.ac.kr/hanyang2/wiki/index.php/%ED%94%84%EB%9E%A8%ED%84%B4?utm_source=chatgpt.com)

4. 경성고등보통학교_{관립 한성고등학교} 시절

시라카와	그러면 어학을 전공하시게 된 것은,
이희승	예?
시라카와	국어학으로 말이죠. 언제쯤부터 하시고 싶어서.
이희승	아, 수학.
시라카와	아, 아니 저, 어학입니다. 한국 국어학을 전공하게 된.
이희승	아, 내가 국어학을.
시라카와	언제쯤부터였어요?
이희승	(웃음) 참 그게. 그런 얘기를 하자면 (웃음) 너무도 내가 이 전반생이 걸어온 인생의 코스가 아주 파란이 너무도 많아서.

그래서 거기서 말이죠. 불완전한 졸업이라고 졸업장 하나 주니까 받아 가져오지 않았어요. 이제 그 당시에 어떻게 되는 거니. 어, 저, 지금 그전에 경기중고등학교 있던 자리를 아시는지 모르겠어요. 지금 정독도서관인가 뭐 그거 있는 자리가 거기 경기 중학교, 경기고등학교인데, 이제 나 외국어학교 다니던 대한제국시대에 거기가 말이죠. 역시 그때 관립은 한성이라고 한성고등학교라는 게 있었어요. 한성고등학교인데 일본에 있는 고등학교와는 다르고서 뭐 중학교 정도죠.

그 한일 합방이 되면서쿠터 이제 학제를 변경해서 한성고등학교하고 이 외국어학교에 일어부만 이 대등한 조건으로 합병을 했어요. 이제 영어부나 뭐 한어부나 법어부나 덕어부 같은 건 죄 폐지해 없애 버리고서 일어부하고 그러니까 외국어학교 일어부와 한성고등학교와를 대등한 조건으로 합병했어요. 대등

한 조건이라는 것은 외국어학교 일어부 1학년은 한성고등학교 1학년이 되고 외국어학교 일어부 2학년은 한성고등학교 2학년이 되고 3학년은 또 그렇게 되고. 그렇게 해서 그만 합병을 해가지고서 경성고등보통학교京城高等普通学校라는 거 이걸 만들었어요.

그런데 그러면 이제 일어부에 있는 학생들은 전부 구제를 받았시다. 졸업할 사람은 졸업하고 졸업하지 못하는 그 아래 학년들은 그냥 경성고등보통학교로 이렇게 편입이 됐으니까. 근데 이제 영어부나 법어부나 독어부나 한어부 학생은 그해 벌써 1910년에 1학년을 뽑지 않았어요. 1학년을 뽑지 않고 2학년이 남았거든. 2학년이 남았는데 2학년을 졸업 줄 수 없다 이런 말이야. 근데 그 일어부나 영어부는 학생이 많았지만 그런 법어부라든지 뭐 중국어부라든지 또 이 독일어부, 덕어부 같은 데는 학생이 많지 않았시다. 졸업 못한 사람을 그대로 이제 두 학교 합병해서 새로 지은 경성고등보통학교 2학년으로 편입을 해 주었어요. 줄 때 어떻게 되는 거니, 이런 학교에서 발표를 해. 그 후엔 3학년들은 좌우간 불완전하나마 저 졸업장은 주지 않았어요? 너희들이 졸업은 했지만 앞으로 말이지 일어를 알아야 너희들이 활동할 수가 있다. 그래 가지고선 2학년으로 거기다 편입을 해줄 테니 들어가겠느냐. 또 졸업한 사람 중에도, 졸업한 사람 중에도 일어부 외에 다른 어부 네 군데 어부 2학년생이 경성고등보통학교 2학년이 될 텐데 졸업한 사람도 1년 쳐줘서 거기 편입을 지원하면 여기 편입시켜 주겠다. 근데 이제 나이 많고 대가리 큰 사람들은 공부 안 한다고 이러는데 우리와 같이 어린 사람들 15살. 이런 몇 사람은 졸업을 했어도 자기 아랫반 2학년과 함께 경성고등보통학교 2학년으로 편입을 받았시다.

그럼 이제 새로 개편된 경성고등보통학교는 어떻게 되는 거니, 본래의 한성고등학교 학생으로 있던 애들은 그 2학년 A반이 갑반이 되고 외국어학교 일어부 2학년이 거기 편입된 것은 그대로 2학년 B반이 되고 그걸 이제 A B 그러지 않고 그때 갑을 병해서 을반이 되고 아주 잡동사니 어구 모은 거 말이에요. 이것은 병반이라고 그랬어요. 그래서 2학년 병반으로 편입을 시켜줘서 어린 사람이 뭐 놀아도 소용이 없으니까 어떻게든지 공부는 해야겠으니까 거기 따라가서는 나도 말이야 명색이 졸업이라는 걸 하고 다시 경성고등보통학교 2학년 병반에 편입을 받아가지고 다녔시다.

근데 그때 아주 걸작이 우스운 일이 많아요. 그것이 이제 학교가 합병되기 전에 한성고등학교에서도 일어를 많이 배웠어요. 학생들은 일어를 다 알고 또 외국어학교 일어부 학생들은 전문인 이러니까 잘들 하고 하는데 아이, 병반 학생들은 이걸 조금도 몰라요. 아, 이런 사람으로서 말이야. 저 중학교 2학년 교과 과목을 가르키더니. 그때 말이에요. 선생님들은 전부 일본 선생님이야. 한국 사람이 있지만 아주 한 극히 적었어요. 모두 합해도 한 3~4명밖에 안 됐는데 그때 이제 한성고등학교에 있던 선생이지. 이 병반 학생들은 일본 선생님들이 와서 가르쳤는데 뭐 아무것도 못 알아주니까 통역을 세워서. 한국인 선생인데 通訳통역. 저긴 중등교육에서 말이지 통역을 세우고 교육

했다는 건 아마 이 인류 교육사상에 별로 그런 유례가 없는 그런 일일 거지.

그래서 말이죠. 같은 교과서를 배우는데도 진도가 반 밖에 안 나가. 왜 그런고 허니 일본 선생님이 뭐라고 가르쳐주면 한국 선생님이 그걸 또 우리말로 번역을 해서 가르키니까 진도가 반 밖에 안 나가요. 그러니까 이게 이제 어떻게 되는 거냐. 학교 선생님이나 또 학교 같이 공부하는 동료들이나 이 병반 애들은 말이여, 병신 취급을 한단 말이에요. 이제 거기에 병반에 있는 애들이 대단히 분개도 하고 했어요. 그러니까 그 이듬해 1911년 3월이니까는 시험이라고 해서 그래서 진급을 시켜줍디다요. 그러니까 3학년이 됐죠. 3학년이 됐지만 일본 말의 지식의 상태는 뭐 큰 차이가 없단 말이에요. 그 한 두어 달 서너 달 말해야 달 넉 달밖에는 배우지 못했으니까. 그래서 3학년 병반 학생들은 불평이 많았어.

내가 이제 그래서 3학년 2학기까지는 마치고 우리가 이제 병반의 일어부 이후에서 넘어가는 각종 어부의 학생들이 전부는 아니라도, 또 무슨 그 스트라익Strike, 동맹파업은 아니라도, 웬만한 사람 똑똑한 애들은 저 퇴학을 하고 말았어. 그때 나도 거기서 퇴학을 하고 그만뒀어. 그리고 이제 방황을 하고 돌아다니다가 그 양정의숙을 댕겼시다. 그것도 또 학교가 없어지니까 말이지. 양정고등보통학교를 그때는 고등보통학교라고 그랬어. 지금 양정 중고등학교를 만드니까 그 없앤다고 하니까 거기서 또 중단이 돼.

그리고 내가 이제 우리 아버지는 대한제국시대에 요새 말로

공무원, 관리를 했어요. 그러니까 한일합병이 되니까 실직이
됐단 말이야. 실직이 된 후에도 그게 몇 해를 서울서 버티고 살
다가, 아, 수입이 있어야 살죠. 그러니까 할 수 없이 고향으로
시골로 가야겠다. 고향에는 저 집도 있고 논도 조금 밭도 조금
있었어요. 그래서 나도 그 끌려갔죠. 시골로 끌려. 그래놓고 보
니까는 시골에 가서 이 공부를 계속하고 싶은 생각이 여간 아
주 젊은, 그러니까 그때는 벌써 내가 18살인가 아주 시골서 못
견디겠어요. 19살 되던 해 봄에 그냥 내가 가출을 했어요. 하
하, 집에서 뛰어나와서 서울로 올라와서, 서울로 올라와서 어
떻게 좀 공부를 계속하, 공부를 계속하려면 학교를 좀 들어가
야겠다 하는데 도무지 뭐 기회를 찾을 수가 없어요. 그래서 서
울 시골에서 뭐 돈도.

2
주경야독으로 이어낸 국어학 연구의 길

1. 다시 학업을 시작하기까지

이희승   그렇다고 해서 내가 집으로 또 기어들어갈 수도 없고 대단히 난처한 경우에 (웃음) 그 하숙에서 같이 묵던 사람이 그 여러 날을 이제 같이 지내면서 얘기 얘기하는데 그 사람이 곧 어디냐 여기 포, 김포공항이 있죠? 그 근처에 사는 사람이에요. 그러니까 그걸 이제 여러 날을 두고 내가 이제 초조하게 돌아다니며 고생하는 걸 보고 그 사람이, 그 사람도 좀 서울에서 정착해 사는 사람은 아니고, 그 사람이 서울 와서 조금 뭐 일본말로 하면 浮気변덕, 마음이 들떠 잘 변함[1]가 있는 사람이야. 그러더니 내 고생하는 걸 보더니 이군 그 뭐 서로 얘기도 하고 이래서 잘 알게 된 김포군에 새로 생긴 사립 그때는 소학교를 보통학교라고 그랬어요. 보통학교가 있어서 선생님이 부족하니 거기 가설랑은 좀 선생 노릇을 하는 게 어떻겠냐. 아, 내가 뭐 공부도 별로 못한 사람이 그걸 어떻게 선생 노릇 하겠냐니까 "아니, 처음 들어와서 1학년 2학년 아무것도 모르는 애들이야 그거 못 가르치겠냐" 그건 아닌 게 아니라 경성고등보통학교에서 배운 일본말

---

1   정착하지 않고 떠돌아다니는 성향을 의미한 것으로 보임.

밑천이라든지 이런 거 가지고서 거길 가설랑은 내가 1년을 지냈시다. 1년을 지내는 중에 이걸 봤어요. 이 조도전 대학의 와세다 대학의 『중학강의록中学講義録, 중학강연록』이라는 게 있어요. 강의록. 지금도 아마 그거 계속하겠죠? 거기, 와세다 대학에서. 중학, 講義録강의록. 매월 보내는 거 그걸 내가 받아서 공부하며 가르치며 이래서 1년을 있다가 또다시 서울로 뛰더라고.

시라카와　국어학 공부는 뭐 어렸을 때부터 하신 겁니까? 국어학 지금 선생님 하시는데요. 언제쯤부터 하시게 됐어요?

이희승　이제 그걸 얘기를 하려면 참 자연 얘기가 많아지겠어요.

이제 저 김포의 사립 소학교에서 내가 1년을 있다가 또 공부를 하고 싶은 생각으로 서울로 다시 또 왔는데 정상적으로 어느 학교도, 학비도 없지 물론 댕길 수 없고 그때 이제 조선총독부에서 이런 일을 했어요. 토지 조사국이라는, 임시토지조사국이에요. 그럼 뭘 하는고 허니 이 반도 전체를 측량을 했습니다. 측량은 그때 이제 두 가지인데 말이죠. 삼각측량이라는 三角삼각 트라이앵글. 그러니 이게 면적을 알기 위한 거죠. 세부 측량이라고 細かい部分の 측량세부 측량. 그는 이 토지의 논이면 논, 밭이면 밭, 임야 뭐 이렇거 잡종지雜種地 해가지고서 그걸 필지筆地마다에 이제 전부 측량을 했어요.

임시토지조사국을 설치해가지고 조선총독부에서 이제 거기 측량하는 기술자를 한쪽으로 양성하면서 이제 훈련을 받은 사람을 보내서 이 반도 전 국토를 죄 고렇게 해서. 이제 그래가지고 거기에서 말하자면 토지에 대한 세금, 그 측량을 해가지고 또 그 토지에도 등급을 매겼시다. 1등, 2등, 몇 등이 되죠. 거기

따라서 이제 세금을 매겨서. 그걸 하기 위해서 임시토지조사국을 설립해가지고. 그럼 이제 기술자는 시골로 댕기면서 그걸 조사해 가지고 저 또 측량해가지고 도면 그리고 토지대장土地臺帳이라는 거 만들고 지적도라는 거 만들어서 이제 중앙으로 보내면 여기서는 그걸 정리하는 정리과라는 게 있었어요. 整理課정리과, 정리. 거기서 이제 서울 거리를 돌아다니는 거 보니까 고원雇員, 고원. 야도이-인やといいん[2] 임시토지조사국 정리과, 세이리과 고원을 모집한다는 광고가 붙었어요.

내 어쨌든 서울 늘어 붙어 있어야 공부를 할 텐데 그러려면 여기라도 좀 들어가설랑은 직장이라고 가지고서 내가 있어야 돼. 거기 시험을 봤더니 다행히 합격이 됐어요. 그래서 정리과에서 내가 1년을 있었시다.

아주 거시기는 일은 상당히 고됐어요. 왜 그런고 허니, 이제 서류 토지 뭐 대장이라는 거 인제 그 초고한 거를 이제 보내면 그걸 정리과에서 정리해서 똑똑한 글씨로 인제 다시 이렇게 쓰는 건데 좌우간 그때 뭐 이런 펜이나 이런 볼펜이 아니라 모필로 다 쓰는 건데 그걸 죙일 하는 거예요.

그래서 나는 그 고원, 야도이인은 말이에요 일급제日給制예요, 일급. 그냥 빠지면 그날은 없는 거야. 하루 그때 돈으로 36전이요. (웃음)

그래서 이제 그걸 한 달이면 그래도 말이에요. 그때는 이제 아주 밥값도 싸고 그랬어요.

---

2   雇い人 : 실제 이렇게 사용되지는 않는다. 구술자가 雇い(やとい)와 雇員(こいん)을 혼동한 것으로 추정됨.

그때 시절에 학교까지. 그 먹고는 이제 지낼 수가 있고. 그래 낮에 그걸 하고서는 야간을 내가 또 다녔어요. 지금 저 중동학교라고 있지 않았어요? 저 수송동에 있다가 저 또 변두리로 요새 나갔죠. 그 중동학교에 그때 중동학교 출발은 야간으로 그걸 시작했시다. 거기 야간부를 다녔어요. 내가. 그리고 낮에는 토지조사국 정리과에 가서 그 일을 하면서 밤에는 야학을 했단 말이야. 그러니까 그게 상당히 고된 거죠.

1년 동안은 야학을 해보고 보니까는 내가 어떻게든지 공부는 해야겠는데 말이지 그 직업을 가지고서 야학을 하면 공부는 이 부업 모양으로 돼, 돈단 말이야. 공부라는 건 전업을 해야지 부업을 해가지고선 도저히 공부는 할 수 없다 이런 것을 가져가지고. 그 중등학교 다니는 동안에 최규동崔奎東선생이라고 최규동 선생. 나중에 서울대 총장까지도 지낸 분입니다. 중동학교 설립자죠. 그한테 직접 배움을 받고 일요일 같은 때는 그 선생 집이 그 학교 안에서 그 선생이 가족을 데리고서 살림을 하고 있는데 찾아 봬 가지고서 내 신상에 대한 얘기, 앞으로 공부할 얘기 이런 걸 쭉 해왔더니 그래 내가 그 선생님한테 내가 1년 경험을 해보니 공부라는 건 전업을 해야지 부업으로 안 되겠습니다. 그러면 그건 무슨 말이냐 그 주학晝學을 하겠단 말이냐 야학이 아니고 주학을 해야죠. 그래, 그 선생이 중앙학교 지금 중앙중고등학교 있잖아요. 거기에 낮에 근무하면서 밤에 와설랑은 그 중등학교에 이 학생을 모집해 가지고 가르쳤어요. 그 양반도 그때 과로를 했지. 그 선생이 대단히 인격자예요, 또 실력도 있고.

2. 국어학을 선택하게 된 계기

이희승　그래서 임시토지조사국은 내가 1년을 댕기고서 좌우간 그때는 그, 그 뭐라고 그럴까 젊은 청년의 객기라고 할까, 에라, 그건 그만두고서 내 주간을 하게 되지. 그래설랑 중앙학교라는 데가 내가 3학년에 편입시험을 봐 가지고 입학을 해서 그래서 거기 댕겼지. 거기 댕길 때 주시경周時經 선생이라고 있잖아요. 이 한글에 대해서 그 선생한테 내가 직접 배워보지는 못하고 그 양반 저서가 있어요. 그걸 읽어보고서, 아, 나도 이런 공부를 좀 해봐야겠다 하는, 그러니까는 말하자면 주시경 선생한테 직접 배우지는 못했지만 그 양반의 감화로 내가 국어학을, 말이야 그 방면에 뜻을 세웠시다. 그런데 이제 좀 나는 중앙학교를 다니면서 중앙학교 그때는 4년제입니다. 그러니까 3년에 편입학을 했으니까 거기서 2년을 공부하고 졸업을 했죠. 거기 다니는 동안에 인제 그 지금 서울에 을지로 있잖아요? 그 이남은 그 당시에 전부 일본 사람이 살았습니다. 그리고 그 충무로라고 하는 데 그때 서울의 본정本町이라고 그랬는데 전부 그랬어.

그래서 내가 그때 인제 학교를 다니면서 마음속으로는 내가 우리 국어를 좀 전공을 해봐야겠다 이런 건데 가만히 생각을 해보니 여기도 무슨 새로운 방법을 터득해야지, 옛날 훈민정음이나 이런 것만 자꾸 천착을 파고들어도 소용이 없겠어요. 그래서 본정에 또 그때 신간서점도 있고 고서점도 있는데 이걸 내리 훑어서 일본 학자들은 일본어를 연구하는 걸 무슨 방법으로 하나, 그걸 알기에 있어서 일본어 연구에 관한 서적을 전부 사설랑은 읽어봤어요.

중학교 이제 학교 공부하면서. 그러던 끝에 이제 일본어에 관한 동경대학東京大學, 도쿄대 교수라든지 경도대학京都大學, 교토대 교수 이런 분의 저서도 읽어보고 언어학이라는 게 이제 필요하다는 걸 알았어요. 그래서 언어학의 관계도는, 그때는 언어학이라는 게 본래 동경제국대학에서 동경대학에서 처음엔 박언학과博言學科3라는 게 있었시다. 박사라고 하는데 박사, 박언학과라고 해서 가나자와 쇼사부로金澤庄三郎 그런 분은 박언학과 출신이지 거기에. 언어학에 관한 지식이 있어야겠다 해가지고 그런 서적을 읽어보니 주시경 선생이 우리 국어에 개척자이시지만은 그 양반 방법을 그대로 답습을 해서는 안 되겠다 해가지고 그래가지고 이제 나는 새로운 방법으로 좀 그걸 연구해보고 그러더니 말이죠. 중앙학교를 마친 다음에는 이 언어학을 공부해야겠다 했는데 아니 중학교 2년 동안 아주 참 고학을 하다시피 해가지고 겨우 졸업했는데 여기 그때 전문학교가 몇 군데 있었시다. 의학 전문학교 또 고등공업이라고 해서 공업에 관한 것을 또 고등상업학교라고 지금 고려대학 부속병원 자리가 거기 고등상업에 있고 또 이 수원의 고등농림화학교 서울대학 농과대학의 전신이죠.

이런 건 있었는데. 우리 은사 선생님이라든지 선배들은 중앙학교를 마치면 "너 졸업한 후에 그래도 생활이라도 제대로 하려면 의학전문학교 들어가라 그러면 의학을 하면 그래도 밥은 안 굶는다" 이런 권고를 받았지만 나는 그게 또 뭐지 하고. 뭐 언어학을 어떻게든 전공을 해야 할 텐데 했는데 언어학을 하려면 일본으로 유학을 가야 할 텐데 여기서도 공부를 못하는 형편인데 거기 갈 수가 있어요? 그래 가지고서는 중앙학교를 졸업하고 그 해 실업 회사에 내가 사원으로 있으면서 중학을 늦게 졸업했거든. 그래가지고도 중간에 일곱 해 블랭크가 있었시다. 그래서 이 그런데 이제 관한 책은 가령 일본의 어학 연구하는 그런 책이라든지 언어학에 관한 건 내가 입수할 수 있는 데까정 구해서라도 보고서 그래가지고 이제 총독부에서 여기 대학을 둔다. 그때 이제 학제 발표하는 거 보니까는 법문 학부 안에 일본어학급문학과 조선어학급문학과 뭐 이런 게 나온단 말이야. 그런데 언어학에 이제 전공과는 없지만 강의 제목 속에 언어학이라는 것도 있어요. 하여튼 그래서 내가 중학을 마치고 블랭크가 일곱 해예요. 그래가지고 이 경성제국대학 예과에 내가 입학을 해가지고서 그래서 학부에 와서 조선어학급문학과 이걸 졸업을 했시다.
내 교육의 참 그 코스라는 건 엉망진창이지. (웃음)

3. 경성제국대학 졸업 후 동경제국대학에 가기까지

시라카와　나중에 동경에 가가지고요. 동경제국대학에서도 좀 공부하셨죠?

이희승　또 그랬어. 경성제국대학을 1930년에 내 졸업을. 졸업하고서는 이제 직장을 가져야 할 즈음에, 경성사범학교라는 게 있어서 그래 을지로 6가에 있었는데, 그것이 그때 이제 관립이에요. 일본 사람은 한국 사람 공학인데 한국 사람은 뭐 얼마 안 되고 했는데 거기 가서 내가 우리 조선어학급及문학과 인제 졸업을 하니까 그 다카하시高橋 교수 그 선생이 거기다 취직을 시켜주세요. 그래서 거기 이태를 댕기다가 에이 거, 중학교 선생 노릇하다가는 연구도 할 수가 없고 공부하다가 그래서 내가 이화전문학교로 자리를 옮겼어. 지금 이화여자대학의 전신이 그때는 이화여자전문학교예요. 그래 1932년 4월에 거기 가서 거기서 이제 주욱 계속을 해. 1940년대까지 했는데 이런 일이 있었어요. 여러분이 다 알지만 이제 일본서 태평양전 그때는 뭐 대동아공영권이라고 이래가지고서 이제 전쟁을 일으켜서 1941년인가 12월 8일에 진주만 폭격한 게 41년이죠? 1942년인가 1년인가. 1년 12월 8일 그렇게 해놓고선 이제 각급 학교에 여기서 조선어라는 건 못 가리키게가르치게 했어. 그래가지고서 모든 전문학교에서도 강의를 일본말로 해라.

근데 그때 저기 이화여자전문학교라든지 또 그 자매관계가 있다고 할 수, 지금은 연세대학 말이야. 그때는 연희전문학교예요. 이런 데는 교수들이 미국 유학생들이 많았어요. 그때 또 미국 사람들도 있고. 저 이러니 일본말 조금도 모른단 말이야. 그러나 강의는 꼭 일본말로 해야 한다고. 그래서 이제 우리는 말이에요. 일본말로 아이 뭐 그만 조선어니 뭐니 이런 과목은 전부 폐지하고 그때 이화여자전문학교에도 한문 과목은 있는데 이걸 일본말로 한문을 가르쳐라 다른 선생이 가르쳐라, 그걸 또 내가 맡게 됐어.

그래가지고서 일본말 모르는 선생을 학교에서 전부 면직을 시킬 수는 없으니까 말이야. 일본으로 보내설랑은 1년 동안을 가서 일본말 배워라 그 선생들. 그래서 학교에서 월급을 주면서 그리 파견을 해서 보낸 일이 있어요. 이거를 이제 한 이태 계속하다가. 그러니 일본에 가서도 1년 동안 그 말만 공부해가지고 와서 일본어로 강의하기는 그렇게 수월하지 않죠. 하지만 이제 그렇게 했는데. 그러고 나니까 말이죠. 우리네는 그렇게 필요가 없지만 학교 당국이 대단히 미안한 모양이에요, 우리네 대해서. 내가 이화전문학교에 취직한 지 아홉 해 만에, 아홉 해 후에 이 선생도 한 1년 쉬라고. 꼭 일본으로 가라는 건 아니에요. 다른 선생님도 휴가 주고 휴가 때 월급까지도 주고 하는데 우리는 꼭 내리 근무를 하니까 미안했는지 1년 동안 쉬어라 그런단 말이야. 그래서 1년 쉴 바에 말이지 나도 일본 가서 쉬겠어. 일본 제국대학에서 대학원에 말이죠. 어느 학과 대학원을 내가 갔시다.

그때는 이제 오구라 신페이 박사가 여기 경성제국대학에서 우리 지도 교수, 그 양반이 지도 교수인데, 그 양반이 한동안은 동경대학하고 여기 대학을 왔다갔다 하셨어요. 그래가지고 나중에 그 당시에는 아주 동경대학으로 가서 그때 그 어느 학과 주임교수 노릇을 했지. 그래서 동경으로 가설랑은 오구라 박사 만나서 내가 또 공부를 좀 하려고 왔시다, 여기 어느 학교에 좀 댕겨야겠시다. 그랬더니 오구라 박사가 원래 대학원은 시험을 보아설랑은 입학을 시키는데 이군는 내가 가르쳐줬으니 실력을 뻔히 아는데 무슨 시험을 또 보겠느냐 하고 댕기라고 그래서 거기 1년 동안 댕기다가 내가 나왔시다. 그래서 동경제국대학의 인연이 댛어졌어요. 대학원 언어학과에 1년 간.[4]

시라카와 그때 동경대 유학생들이 많이 있었습니까?

이희승 예?

시라카와 한국에서 건너간 유학생들이요. 거기 뭐 그때 한국에서 유학생들이 동경대학 쪽으로 많이 있었습니까?

이희승 그때요? 많진 않았어도, 내가, 우리가 이제 대학원에 있을 적에 말이지, 대학원에 한국 학생이 네 사람 있었어요. 나는 어느 학과 대학원에 있고, 하나는 또 우리 동창인데 여기서 철학을 한 사람이 거기 가서 철학과 대학원생이야. 다나베 박사 있죠?[5] 그분의 지도를 받으면 하는 사람이 있고 팀에. 또 어느 학과에 우리 후배가 거기 가서 댕겼던. 그리고 하나는 법학과.

우리가 이제 대학원에는 그때 이 너이넷 있었는데, 학부에는 말이에요. 한 7~8명 됐어요. 7~8명 됐는데 그때 이제 우리 대학원 학생으로 학부 학생들도 많았는데, 지금 고려대학 총장으로 있던 국무총리 김상협金相浹이, 김상협이 있죠? 김상협이. 그도 학생이고. 지금 동국대학에 총장하는 황수영黃壽永. 그때 다 학생이었죠. 또 지금은 미국 가 있습니다만 서울대학 총장도 할 만하지. 유기천劉基天이라고 하는 그 사람. 그 외에 지금은 아무것도 안 해요. 정치 방면은 신도성愼道晟이라고 하는 신이라

---

4   1940년부터 1941년까지 일본 동경제국대학 대학원 언어학과에서 수학한 바 있다.

5   다나베 하지메(田邊元, 1885~1962)로 추정됨. 그렇지만 다나베 선생은 교토제국대학 문학부 철학과 교수였다.

주경야독으로 이어낸 국어학 연구의 길

는 건 삼갈 신, 慎라고 하는 신. 신도성이라고 하는 그 사람이 있었고, 황수영이, 김상협이, 유기천이, 신도성이, 고 우에도 한두 사람이 더 있는데 그건 학부 학생들이었는데 생각이 얼핏 안 나는군요.

시라카와 김사량이라는 사람이 독문과에 없었습니까?

이희승 누구요?

시라카와 김사량

이희승 김사요?

시라카와 김사량, 그러니까 독문과

이희승 김사량. 김사량이라고 있었는데 그는 저 이 경성제국대학과는 관계가 없는 이예요.

시라카와 동경제국대학 하고요?

이희승 예?

시라카와 동경제학 동경제국대학 독문과에. 그때 그 지금 김상협 선생님이라든가요, 황수영 선생님 그 이외에 몇 분 학생으로 계셨다는데요. 그때 계셨어요, 같이.

이희승 내가 잘 못 알아들었시다.

시라카와 김상협 총장이라든가요, 황수영 총장이라든가 그때 당시에 그 학부에 계셨다 그랬죠.

이희승 학부학생들이었어요, 그들은 다 그때.

시라카와 그때 김사량, 김사량이라는.

이희승 김사량이라는 사람을 만나긴 만났는데 그는 그렇게 우리가 자주 만나지 못했어요. 김사량이. 그 외에 또, 또 있어요. 그런 분이 또 있어요. 장철수라고 하는 뭐 그도 있었고.

시라카와   김문집金文輯이라는 사람이 없습니까?

이희승   신문기자, 신문기자하던 사람 누구니? 김양하라고 하는 애가 있었는데, 김양하는 거기 농과대학 출신으로 무슨 벼에 대해서 연구하고 이랬던 이가 있었죠. 그는 졸업을 하고 있었어요. 동경제대 농과. 김사량도 그때 졸업을 해? (녹음 끊어짐)

주체적 지식 형성의 기록
이희승, 식민지기 국어학자의 탄생

고자연

1. 구술채록 개요

본 채록문은 1985년에 진행된 국어학자 이희승의 인터뷰 녹음 파일을 총 1~2차, 두 부분으로 정리한 기록이다. 1985년 3월 8일, 당시 세종대에서 조교수로 재직 중이던 세리카와 데쓰요芹川哲世와 동국대 대학원에서 한국 근대문학을 연구하고 있던 시라카와 유타카白川豊 두 사람이 이희승의 자택을 방문해 인터뷰를 진행했다. 인터뷰 시간은 2시간 정도였으나 현재 남아있는 녹음 파일은 1시간 남짓이다. 31분 남짓의 파일이 2개 남아있으며, 전체 인터뷰 시간이 2시간 정도였음을 감안하면 최초 녹음 파일은 4개였으리라 추정된다. 편의상 각 파일에 번호를 붙인다면, 1·4번 파일이 소실된 것으로 보인다.

이 채록문은 국어학자 이희승의 구술을 토대로, 일제강점기 식민지 교육 체제의 혼란 속에서 이루어진 그의 학문적 형성과 국어학자로서의 성장을 조명한다. 그의 삶은 단순한 개인사의 회고를 넘어 식민지기 주체적 지식 형성의 가능성을 보여주는 귀중한 사례로 읽힌다. 1·2차 구술을 근거로 그가 혼란의 시대에 만학晩學과 독학獨學으로 학문적 정체성을 확립

하고 한국어 연구의 기틀을 다져나간 과정을 정리하였다.

2. 주요 채록 내용의 요약

　1차 채록은 이희승이 일제강점기의 혼란한 교육 환경 속에서 학교를 옮기고 학업이 중단되는 경험을 거치며 학문의 길에 이르게 되는 과정을 다룬다. 이러한 과정은 그의 초기 학업 경로에서 구체적으로 확인된다.

　이희승은 일찍이 대한제국 시기 관립 한성외국어학교 영어부에 입학하며 현대 교육에 입문하였다. 그는 당시 학교의 학감이었던 이능화 선생에게 수신修身 과목을 배웠으며, 1910년 한일합병8월29일 직후 학교가 폐지됨에 따라 3학년 재학 중 '불완전한 졸업'을 해야만 했다.

　이후 경성고등보통학교가 일본어 중심 학제로 개편되자, 이희승을 비롯한 일어부 외 학생들은 2학년 병반丙班으로 편입되었다. 병반 학생 대다수는 일본어를 거의 알지 못했지만 학교는 일본인 교사와 통역을 세워 수업을 강행했고, 그 결과 진도는 다른 반의 절반밖에 나가지 못했다. 이 같은 사정 속에서 병반 학생들은 지속적으로 차별적 대우를 받았고, 구술자는 자신 또한 동료와 교사들로부터 '병신 취급'을 당해 이에 분개했다고 회고했다. 결국 그는 3학년 2학기까지 수료한 후 이에 자퇴退學를 결심했다.

　퇴학 후 방황 끝에 양정의숙 법과에 진학하여 약 1년간 야간 전문교육을 받았으나, 조선총독부 학무국의 조치로 양정의숙이 전문학교가 아닌 양정 고등보통학교로 전환되면서 다시 학업이 중단되었다. 아버지가 한일합병으로 실직하면서 생계난에 시달리자, 그는 시골 고향으로 내려가기도 했다.

하지만 학문에 대한 열망을 버리지 못하고 19세^{달력 나이}가 되던 해 봄에 가출하여 서울로 올라왔고, 이후 김포의 사립 보통학교에서 1년간 교사로 일하며 와세다 대학의 『중학 강의록』을 구해 독학을 병행하였다. 이어서 생계를 위해 조선총독부 임시토지조사국 정리과에서 고원^{雇員}으로 일하며^{일급 36전}, 동시에 중동학교 야간부에 다녔다. 특히 중동학교 설립자였던 최규동 교장과의 만남은 전환점이 되었다. 이희승은 최규동 선생에게 공부는 부업이 아닌 전업으로 해야 함을 피력했고, 그의 조언과 배려로 중앙학교에 주간반으로 편입하여 본격적인 학문 수업을 받게 된다.

2차 채록은 이희승이 국어학 연구에 본격적으로 나아가게 되는 과정을 다룬다. 이러한 변화는 중앙학교 재학 시기부터 나타난다. 중앙학교 3학년에 편입하여 2년간 학업을 이어가는 동안, 그는 주시경 선생의 저술에 깊이 감화되어 국어학에 눈을 뜨게 되었다. 단순한 기존 문법 연구를 넘어 학문적 방법론을 체계화하기 위해 일본 학자들의 언어학 서적을 탐독하였으며, 언어학 일반의 이론적 기틀을 국어 연구에 접목하려는 시도를 했다.

그는 중학교 졸업 후 의학 등 다양한 전문학교 진학 제안을 거절하고, 언어학 연구를 지속할 수 있는 길을 모색했다. 중등교육 이후 직업 활동과 독학으로 보낸 무려 7년의 공백기^{블랭크}를 극복하고, 경성제국대학 예과에 동양 나이로 서른 살에 입학하여 서른다섯 살에 대학을 졸업했다. 그는 학부에서^{법문학부} 조선어학 및 문학과를 전공했다. 구술자는 경성제국대학의 학제^{예과A반은 법과, B반은 일반인문과로 진학}를 상세히 설명하며 자신이 법학 전공이 아님을 명확히 밝혔다.

1930년 경성제국대학 졸업 후, 지도교수였던 다카하시^{高橋} 교수의 추천으로 경성사범학교 교유^{敎諭}로 취직하였고, 2년 뒤 이화여자전문학교 교수로 자리를 옮겨 후학 양성과 학문 활동을 지속하였다.

일제 말기, 조선어 강의가 금지되는 어려운 상황이 닥치자, 이화여자전문학교 측의 배려로 연구 휴가를 받아 1년 동안 일본에서 수학하게 되었다. 그는 동경제국대학으로 가 당시 지도교수였던 오구라 신페이小倉進平 박사를 만났고, 오구라 박사의 추천으로 시험 없이 동경제국대학 대학원에 입학하여 1년간 수학하는 인연을 맺었다. 당시 동경제대 대학원에는 이희승을 포함하여 한국 유학생 네 명이 있었으며, 학부 학생으로는 훗날 한국 학계와 정계에 큰 영향을 미친 김상협, 황수영, 유기천, 신도성 등이 함께 수학했다.

3. 구술채록의 의의와 한계
만학과 독학을 통한 주체적 지성의 완성

이희승의 구술 채록은 일제강점기 제도적 교육의 파행과 식민 통치하에서 지식인이 겪어야 했던 곤란을 생생히 전한다. 그의 학문 여정은 학교 폐지, 생계 노동, 만학, 그리고 말기의 조선어국어 사용·교육 제한 등으로 끊임없이 단절과 재개가 교차했다. 그럼에도 김포에서의 교사 근무와 임시토지조사국 고원 시기에도 와세다 대학 중학 강의록으로 독학을 이어갔고, 국내 전통주시경의 저술과 해외 방법론일본 언어학을 결합해 주체적 연구 기틀을 모색했다.

특히 만 30세에 예과 입학, 만 35세에 학부 졸업이라는 경로는 중등 이후 약 7년의 공백기와 생계난을 관통해 독학과 실천을 병행한 결과였다. 이는 동시대 지식인들이 밟던 비교적 정형화된 학업 코스와 뚜렷이 대비

되며, 그의 개척적 학문 태도를 뒷받침한다.

이 기록은 단순한 개인사 회고를 넘어, 식민지 교육 체제 속에서 지식이 어떻게 형성되는가를 보여주는 사례로 읽힌다. 그는 제도 밖 공부와세다 강의록로 학문의 공백을 메우고 주시경의 전통에서 방향을 잡은 뒤, 일본 언어학의 방법을 접목해 자신의 연구 체계를 세웠다.

구술의 현장성 또한 인상적이다. 구술 당시 만 89세였음에도 발음은 놀라울 만큼 정확했고, 인터뷰어의 발음까지 교정할 정도였다. 글자 하나하나를 차근차근 짚어 설명하는 태도에서는 그의 학문적 태도가 여실히 비쳤다. 또한, 10대 후반의 체험을 세밀하게 복원하는 기억력에서 그의 학문적 자의식과 자기 훈련이 깊게 배어 있음을 읽을 수 있었다.

주시경의 저술을 접하고 '국어학을 해봐야겠다'는 결심을 한 대목에서도 학문적 자기 확신이 강하게 느껴졌다. 기존의 방식을 답습하기보다 새로운 방법론을 모색했고, 일본의 언어학 서적을 폭넓게 독파했다는 회고는 그의 학자로서의 천성을 보여주었다.

한편, 구술에는 연희전문학교1924 입학·1925 자퇴 경험이 생략되어 '7년의 공백'으로만 요약된 지점이 있다. 이는 기억의 선택, 서술 관행, 인터뷰 맥락 등 여러 요인에 기인할 수 있으며, 학적부·동문 기록·당대 기사 등 보조 사료를 통한 교차 검증이 요구된다. 더불어 이번 녹음은 중도에 단절되었고, 인터뷰를 했던 시라카와 선생의 기록에 따르면 이후 홍명희에 관한 언급이 이어졌을 가능성이 있다. 해당 구간이 보존되었다면 당대 지식인 네트워크에 대한 이해가 한층 더 풍부해졌을 것이다.

제2부

원로 문인 탐방기

원로 문인 방문기 (상)[1]

시라카와 유타카白川豊

정창훈 역

내가 서울에서 유학 생활을 시작한 것은 재작년1979 봄이다. 무심코 지내는 사이에 벌써 1980년대에 접어들었음을 깨닫게 되었다. 그 사이 현대 문학을 전공하는 일본인 유학생이 증가하여, 대선배로서 이미 세종대 조교수인 세리카와 데쓰요芹川哲世 선생을 필두로, 동국대의 고노 에이지鴻農映二, 서울대의 미즈노 겐水野健, 연세대의 세키네 하루코関根春子, 동국대 소속인 나를 포함하여 현재 서로 알고 있는 인원만도 5명에 이르게 되었다.

우리가 원로 문인 방문 계획을 수립한 것은 작년 여름1980으로, 처음에는 고노 씨와 둘이서 월탄 박종화 씨의 자택을 방문하였다. 그러나 월탄 선생은 이듬해 1월 13일에 갑작스럽게 서거하셨다. 세리카와 선생은 좀 더 일찍 이러한 계획을 세웠더라면 안수길, 오영수, 주요한과 같은 원로들을 만날 수 있었으리라 아쉬움을 표했다.

그렇지 않더라도 이미 은퇴 생활에 들어간 분들이 적잖이 계시므로, 다시는 찾아뵐 수 없을지도 모를 원로들의 1945년 이전 이야기나 월북 문인들에 대한 인상 등, 귀중한 이야기를 청해 듣고자, 우리의 문인 방문은 가을에 접어들며 박차를 가하게 되었다.

1　『トッケビだより』第27号, トッケビの会同人誌, 1982.5.

카메라를 지참하고 때로는 저서에 사인을 받는 등, 유람객과 같은 태도의 다소 불손한 방문도 있었으나, 원로 문인들은 기꺼이, 혹은 마지못해(?) 거의 전원이 면담을 승낙해 주었다. 녹음을 하자는 의견도 있었으나, 자유로운 대화가 나오지 않을 수도 있고, 몰래 녹음하는 것은 적절하지 않았기에, 메모만을 남기기로 했다. 그런 연유로 면담 시에 적은 메모만을 바탕으로 방문기를 작성해 보고자 한다.

원로 문인들은 우리가 일본인이라는 사실을 의식해서인지, 거의 모두가 약속이나 한 듯이 민족 의상한복을 갖춰 입고 등장했다. 그리고 그분들은 우리에게 '왜 한국문학을 연구하게 되었는가', 하고 먼저 질문하는 것이 일반적이었다. 이 점은 현재 한일 양국이 처한 입장을 의도치 않게 보여주는 것처럼 느껴진다.

이하에서는 개별적인 인상기 형태로 기록했으나, 발언의 분위기를 전달하기 위해 가능한 한 발언을 그대로 전달하고자 노력했기에, 이 점에 대해 오해가 없기를 바란다.

이 글을 작성하는 시점에 이미 13회에 걸쳐 14명의 문인을 인터뷰했으며, 여기서는 상편으로서 전반부의 6명에 대해 기록하기로 했다. 후반부 문인들에 대해서는 다른 기회에 작성할 계획이다. 방문 순서에 따른 명단은 다음과 같다.

No.	방문일자	성명	연령	주요 장르
①	1980.7.24.	박종화	79세	소설가
②	1980.7.31.	백철	72세	평론가
③	1980.8.23.	김소운	73세	시인·수필가
④	1980.9.1.	박화성	76세	소설가
⑤	1980.9.7.	최정희	68세	소설가
⑥	1980.9.28.	김기진	77세	평론가·작가

　사실 ⑤와 ⑥ 사이에 시인이자 동국대 교수였던 서정주 선생[65세]을 1980년 9월 21일에 방문하였으나, 당시 현역으로 교단에 서 계셨던 분이기에, 일선에서 거의 은퇴한 '원로 문인'으로 취급할 수 없다고 판단하여 제외하였다. 추후 보고할 기회가 있을 것으로 생각한다. 아울러 김기진 선생 방문에 앞서 서정주 선생께서 미리 전화를 걸어 양해를 구해 주신 데 대하여, 감사의 뜻을 담아 부기해 두고자 한다.[이하 편의상 경칭은 생략함]

1. 박종화朴鍾和, 1901~1981

방문일자   1980.7.24.

방문자   고노, 시라카와

약력   서울 출생의 소설가. 호는 월탄^{月灘}. 1920년 휘문의숙을 졸업
하고 이듬해부터 시를 쓰기 시작했다. 1922년『백조』의 동인
으로 활동하며 시「흑방비곡」[1922]을 발표하며 본격적으로 등
단했다. 1925년경부터 소설가로 전향하였으며, 특히 1935년
경부터는 역사 소설에 집중하여 장편『금삼의 피』[1936],『다정
불심』[1940],『임진왜란』[1954] 등으로 이름을 알렸다. 해방 후에도
『세종대왕』[1969~1977] 등 장대한 작품들을 발표했다. 민족주의
진영의 중심인물 가운데 일원으로서 한국문인협회 이사장 및
예술원 종신회원을 역임하였고, 제1회 예술원상도 수상했다.

인터뷰

무더위가 한창이었다. 고노 씨와 나는 길을 헤매다가 약속 시간에 30
분이나 늦어 마포구 서교동 댁에 도착했다. 이 댁은 사실 아드님의 자택
이었다. 덧붙여 이 아드님의 부인이 작가 현진건의 외동딸이라는 것은 주
지의 사실인 듯하다.

염치없이 빈손으로 찾아간 우리를 선생께서는 시원한 미^麻 바지와 저고
리 차림으로 조용히 응대하셨다. 80세 가까운 고령에도 불구하고 아주 오
래전의 일들을 상세하고 정확하게 기억하고 계신 것에 놀랐다. 젊은 우리
에게 "당신들은 외국인이니 우리나라 역사에 대해 잘 모를 텐데, 고려라는
시대 다음에 이씨 조선이라는 시대가 있었고……"라는 투로, 문학사 강연

을 무려 1시간 동안 계속하여 우리의 간담을 서늘케 했다. 우리는 현대문학 관련 이야기를 듣고 싶었으므로 다소 난처해하면서도 경청하는 사이에, 겨우 이야기가 일단락되었다. 선생은 그제야 처음으로 담배에 불을 붙이며 본론이 끝났다는 듯이 한숨을 내쉬었다. "일본의 고향은 어디인가?"와 같은 사적인 이야기가 시작되려 하자, 우리는 서둘러 우리가 하려던 질문으로 필사적으로 전환하였다. 그중 인상 깊었던 몇 가지를 기록한다.

첫째, 월탄 박종화 선생은 작품을 통해 민족주의 작가로 알려져 있으나, 자기 작품에는 계몽적 혹은 공리적인 요소가 절대적으로 부재하다고 단언했다. 다만, 1910년대에 선생 등이 문학의 길로 들어선 것은 "정치 이야기를 할 수 없었으므로, 머리가 있는 자들은 문학으로……" 이어졌다고 언급했다.

둘째, 일본 작가 중 좋다고 생각한 이는 아리시마 다케오有島武郎, 도쿠토미 로카德富蘆花, 다카야마 조규高山樗牛이며, 시인으로는 미키 로후三木露風, 시마자키 도손島崎藤村 등이었다고 밝혔다. 한때 후대의 많은 문인들처럼 일본 유학을 원했으나 이루지 못했다고 한다.

그 셋째, 인물평. 이광수는 인격적으로 교활했으며 「민족개조론」1922에서 '조선은 야만적'이라고 단언했기에, 식민지 해방 후의 변명은 인정할 수 없다.

박영희는 순수하긴 했으나……. 임화의 인격은 믿을 수 없으며, 사상 또한 대단치 않았다. 다이쇼 12년1923 박영희가 출옥했을 때, 내가 그의 오랜 친구였으므로 서울로 돌아온 그를 마중 나갔으나, 당시 그들의 동료, 이른바 프롤레타리아문학 계열 인사들은 아무도 와 있지 않았다고 한다필자 주 : 탄압을 두려워했을 수도 있을 것이다.

앞으로의 한국문학은 민족주의문학이 아닌 민족문학이어야 한다. 민족은 이데올로기 이전의 생활 양식이므로 민족을 벗어난 문학은 존재할 수 없다고 역설했다.

이것을 대화의 결론으로 삼으신 선생은 굳이 일어나서 현관까지 나와 문에 설치된 자동문 버튼을 눌러주며 '다음에 또 오라'고 말씀하셨으나, 이것이 처음이자 마지막 만남이 되었다.

덧붙여 우리는 그해 연말에도 다시 찾아뵙고자 여러 차례 연락을 드렸으나, 선생께서는 그때 본가에서 요양 중이셨던 듯하여 재방문은 이뤄지지 못했다. 나는 다소 늦었지만 연하장을 보내는 김에 여름에 찍은 기념사진을 보냈는데, 근엄한 선생께서는 '예술원 원장'이라고 영문으로 기재된 인사 카드에 '사진 고맙다'는 짧은 글귀^{아마 대필일 것이다}를 적어 보내주셨다. 이 카드를 받고 불과 1주일 후에 선생의 서거 소식을 접했다. 삼가 명복을 빈다.

2. 백철白鐵, 1908~1985

방문일자   1980.7.31.

방문자   고노, 시라카와, 미즈노

약력   평안북도 의주 출생. 본명은 백세철. 1931년 도쿄 고등사범학
           교 영문과를 졸업했다. 귀국 후 개벽사 기자가 되었다. KAPF
           조선프롤레타리아예술가동맹 중앙위원이 되어 해외문학파와 논쟁하
           며 명성을 얻었다. 1934년 KAPF 사건에 연루되어 1년 반 동
           안 수감되었다. 1939년 『매일신보』 문화부장을 지냈고, 해방
           후에는 『조선신문학사조사』1947~1948를 저술했다. 1955년 중
           앙대 문리대학장이 되었으며, 1963년 국제 펜클럽 한국본부
           위원장을 역임하였다. R. 웰렉의 신비평 이론 소개 및 국내 작
           품에 대한 왕성한 비평 활동으로 알려져 있다.

인터뷰

7월의 마지막 날, 고노 씨, 미즈노 씨와 세 명이서 한강 남안, 중앙대학교 근처 흑석동 산山 83번지라는 주소를 찾아 땀을 닦으며 걸었다. 동사무소에 문의하니 역시 저명인사답게 단번에 알려주었다. 지명에 걸맞게 약간 산기슭에 이르자, 하얗고 새로 지은 한옥 2층짜리 건물이 눈에 들어왔다.

선생은 몸 상태가 좋지 않다며 누워 계시다가, 굳이 일어나 맞이해 주셨다. 대학 강의에도 익숙한 선생답게 막힘없이 명쾌한 태도로 우리의 질문에 즉각 자신만의 일가견을 제시해 주셨다. 역시 평론가라는 느낌이었다.

먼저 춘원 이광수에 관해 묻자, 그는 꼼꼼했지만 병약하고 성격이 약하여 지조가 없었다고 평했다. 그에 대한 인상이 좋지 않은 듯했다. '일제 말

기에 작가 정비석 씨가 면회했을 때, 춘원은 눈물을 흘리며 일본의 실패를 걱정했다고 한다', '이러한 점으로 미루어 볼 때, 그는 일본을 존경했고 진심으로 협력했다고 생각한다'고 밝혔다. 또한, '최남선도 도중에 이상해졌지만, 홍명희는 친일행위를 하지 않았다'는 등, 문인들의 정치적 태도에 대한 비판이 쏟아져 나왔다.

김동인에 대해서는 여러 사조의 작품을 썼으나, 사조에 봉사하지 않은 사람이었다고 평했다. 후에 이광수의 『단종애사』에 대항하여 『수양대군』을 썼는데, 영웅 숭배의 관점에서 수양대군을 옹호하는 등 자신만의 역사관을 가지고 있었다고 평가했다.

카프KAPF 계열 문인들에 대한 인상으로는, 임화는 미남이고 인간미가 있으며, 우정을 잊지 않는 사람이라고 하였다. 박영희가 가장 과격했지만, 탄압을 몹시 두려워하여 변절했다는 것이었다. 그와 논쟁을 벌였던 팔봉 김기진은 과격하지도 않고, 재능도 대단치 않았으며, 잔꾀가 많았다고 혹평했는데, 그것이 무슨 뜻인지는 더 캐묻지 못했다.

이어서 우리는 2층에 있는 선생의 서재로 안내되었는데, 천장까지 쌓여 있는 잡지와 책더미에 압도되었다(선생은 문인 가운데서도 현대문학 관련 장서가로 알려져 있다). 백철 선생 정도의 큰 문호가 되면 신간 대부분이 '백철 선생님 혜존惠存'이라고 쓰인 증정본임을 보고, 우리도 괜스레 부러운 마음이 들었다. 책 냄새를 잔뜩 맡은 뒤 우리는 자리를 떴다. 강렬한 서쪽 햇살이 우리의 등 뒤로 덮쳐왔다.

3. 김소운金素雲, 1907~1981

방문일자   1980.8.23.

방문자   고노, 시라카와, 서리카와

약력   부산 출생의 시인, 수필가. 본명은 김교중. 1923년 도쿄 카이
세이開成 중학을 중퇴했다. 식민지 말기 창씨개명에 저항하여
철심평鉄甚平, '돈을 잃어도 심히 평온함'의 의미을 사용하기도 했다. 일본
에 오랫동안 머물렀으며 『조선민요선』, 『조선동요선』모두 1933
년, 이와나미 문고을 출간했고, 모국의 시를 번역하여 시집 『젖빛
구름乳色の雲』1940 으로 간행했다. 해방 후에는 일본인의 조선인
차별에 항의하는 수필 「목근통신」1951을 비롯하여, 일본어로
된 수필을 많이 발표했다. 만년의 대표 저작으로는 『마음의
벽』1981 등이 유명하다.

인터뷰

우리에게는 너무도 친숙한 김소운 선생님의 댁으로, 이번에는 세리카
와 선생이 함께하여 고노 씨와 더불어 셋이서 강남구 잠실동의 장미아파
트로 향했다. 16층의 고층에 자리한 데다 발을 두르고 있는 집은 선선한
기운으로 가득했다. 선생님은 평상복 차림으로 소탈하게 우리를 맞이해
주셨다.

우리의 조선어 실력이 서툴렀기에, 때때로 유창한 일본어를 섞어가며
'소운 스타일'이라 할 수 있는 특유의 담담한 어조로 이야기해 주셨다. 선
생의 관심사는 일관되게 한일 관계에 있는 듯했고, 마침 임현일 군 사건필
자 주 : 1979년 9월, 아버지가 재일조선인인 중학교 1학년생 임군이 괴롭힘으로 자살한 사건이 크게 부

각되던 시기였기에, 이야기가 정치적인 방향으로 흘러가곤 했다. 이하는 인상에 남은 몇 가지 이야기이다.

하나, 최근, 일본어인 줄 모르고 '오시보리물수건', '사라접시' 등을 말하는 젊은이들이 많다. '좀 와리코미하자끼어듭시다', '반카이했다만회했다' 등도 사용된다. 이것들은 언어 문제가 아니라 감각의 문제다.

둘, 한국인들도 일본인에 대한 편견이 많다. 그래서 5년 전에 '일본의 좋은 면만 이야기하겠다'고 선언한 적도 있으나, 그렇다고 해서 결코 친일파인 것은 아니다. 나는 한국외대에서 '일본문학을 하고 싶다면 일본에 반해야 한다'고 말했다. 지식만으로는 안 된다.

셋, 나는 1919년 3·1운동 직후 일본으로 건너갔으며, 당시 12세였다. 따라서 그 이후인 『창조』파 문인들과는 만나지 못했다. 그들은 부르주아 도련님들이었기에 계층이 달랐다. 그 무렵 료고쿠両国에서 행상을 하기도 했다.

넷, 이상을 길에서 한번 만났는데 인부 감독을 하고 있었다. 그는 양말을 신은 채 잠을 자는 버릇이 있었다. 그는 본래 내가 아는 부산 경찰서 경부에게 소개장을 받아 일본으로 건너갔다. 이상이 간다 니시키초神田錦町 경찰에 체포되었을 때 내가 면회를 갔더니, 그는 쿠페빵コッペパン이 먹고 싶다고 했다. 간다에는 그런 것이 없어 내가 일부러 긴자銀座의 후지야不二家까지 가서 사 왔는데 '이 빵이 아니다'라고 거절당했다. 이상은 그런 남자였다. 그가 도쿄에서 세상을 떠났을 때, 나는 이리저리 뛰어다니며 겨우 화장을 마쳤고, 그의 유골은 내 방에서 하룻밤을 묵고 갔다. 그러나 그는 '아내에게 바람을 피우게 하고 그것을 구멍으로 들여다보며 은근히 웃는' 그런 남자였기에, 좋아할 수는 없었다. 내가 보수적인 사람일지도 모르지만, 아무리 예술적으로 뛰어나다고 해도 인간적으로 문제가 있는 사람은 싫었다. 지금도 그렇다.

김소운 선생은 그런 연유로 인간 이광수를 전후 최초로 다룬 수필 속에서 변호했다고 말했다. 그만큼의 영향력을 지닌 문인은 일본에도 없었다고 하면서.

덧붙여, 나는 소운 선생께 우리 『도깨비 소식<ruby>トッケビだより</ruby>』 창간호를 드렸는데, 뒤에 고노 씨가 전화로 들은 바에 따르면, 선생께서는 '조선문학' 등, '조선'이라는 말에 집착하는 것이 과연 옳은 일일까, 하고 말씀하셨다고 한다. 일본인은 현실에 맞지 않는 원리원칙에 지나치게 매달린다는 의미인 듯했다. 우리는 이것을 어떻게 받아들여야 할까.

4. 박화성朴花城, 1904~1988

방문일자   1980.9.1.

방문자   고노, 시라카와, 세리카와

약력   전라남도 목포 출생의 소설가. 「추석전야」[1925]가 이광수 주재의 『조선문단』에 추천되어 등단하였다. 1926년 일본에 유학하여 니혼조시日本女子대학 영문과를 중퇴했다. 「하수도 공사」[1932], 「홍수전후」[1934] 등, 특히 농민의 빈곤과 고난을 묘사하는 작풍으로 알려져 있으나, 계급문학파에 속하지는 않았다. 해방 후에는 사회 문제를 사실적으로 그린 단편뿐만 아니라, 1955년 이후부터 장편 소설로도 알려졌다. 여성 작가의 선구자적인 위치에 있으며, 한국여류문인회의 초대 회장 및 예술원 회원을 역임했다.

인터뷰

세리카와 선생, 고노 씨와 세 명이 버스를 타고 신흥주택지인 영동지구 일각에 있는 대치동 종점에서 내렸다. 우리는 울퉁불퉁한 길을 먼지투성이가 되며 걸어가 박 여사가 사는 동원아파트에 도착했다.

박 여사는 셋째 아들이자 영문학자인 천승걸 씨 부부와 바로 이웃한 방에 살고 있었다. 말 그대로 엎어지면 코 닿을 거리였다. 위장의 일부를 절제하여 음식을 조금밖에 드시지 못한다고 말씀하시면서도, 며느리가 가져온 커피를 다 드신 뒤, 자신은 주스는 필요 없다고 하며 우리가 송구스러워하는데도 억지로(?) 자기 몫을 우리 잔에 따라 주셨다.

여사께서는 젊은 시절 메지로目白에 있는 니혼조시대학 영문과에 다닌

적이 있었다. 영문과를 선택한 것은 문학 쪽으로는 다른 학과가 없었기 때문이기도 하고, 또 일본문학은 애국심 때문에 하고 싶지 않았다고, 언뜻 따끔한 말을 흘렸다.

1925년, 이광수의 추천으로 『즈선문단』을 통해 데뷔했지만, 그 당시에는 소설가가 될 생각은 없었고, 「추석전야」도 춘원 이광수가 '멋대로' 실은 것이라고 한다. 춘원은 당시 계룡산에서 병을 앓고 있었는데, 여사의 작품을 크게 칭찬해 주었다고 한다. 그 후에도 여사가 작품을 한 편 발표할 때마다 반드시 엽서로 격려를 보내주었다고 한다. 그것을 최서해가 질투한 적도 있었다고 한다(세리카오 선생에 따르면, 최서해가 박 여사를 짝사랑한 시절이 있었다고 한다).

박 여사는 자신의 추천자라서 하는 말이 아니라, 이광수는 다른 작가들과 비교되지 않을 만큼 위대한 문호였다고 말했다. 그러나 그는 사람이 너무 착하여 정신적으로 약했다. 게다가 사상적인 주관이 없는 듯했다. 하지만 작가는 사상적 영향력보다 인간적인 계몽력이 더 중요한 것이 아닐까, 마음을 따뜻하게 하는 작가야말로 좋은 것이기에, 춘원의 작품 자체의 문학성을 높이 평가하고 싶다고 말했다이 부분은 다소 애매한 발언일 수 있음.

춘원의 부인허영숙 여사께서는 내가 춘원의 「사랑」과 같은 제목의 소설을 발표했을 때, 화를 내며 찾아왔다. 하지만 내 소설은 연애를 다룬 것이 아니라 원수를 사랑한다는 내용이었다. 이광수의 「사랑」이 먼저 출간되었는데도, 오히려 이쪽만 잘 팔리고 있다며 분하다는 듯이 말했다.

김동인은 한 번도 만나본 적이 없지만, 춘원에 대한 반감 때문인지 나에게까지 트집을 잡아, 인상이 좋지 않다. 예를 들어, 내 연재소설을 3회분만 보고 끝난 것으로 오해하고 혹평한다거나, '생긋'하고 웃는 여성어인 '방그레'가 오식으로 남성어인 '빙그레'로 잘못 표기된 것을 지적하는 등, 그런 일들로 공격받았던 기억이 있다.

여사께서는 우리 여성은 꽤 손해를 보았지만, 지금은 '그럭저럭'이라고 말하셨다.

후배 여성 작가 박완서에 대해 묻자, '서툴고 문장이 너무 길지만, 그래도 양심은 있다'고 하셨다. 원로로서의 위엄 혹은 여유라고 할까, 지금 작가들은 '잘 쓰기는 하지만' 문법이 엉망이라고 평했다. 박 여사는 상당한 자신감과 반골 정신을 지닌 분으로 보였지만, 결코 냉정한 분은 아니었다.

방문한 날인 9월 1일은 대통령 취임식으로 임시 공휴일이었고, 모든 집에는 태극기가 걸려 있었으나, 돌아오는 길에 보니 박 여사 댁의 창문만은 고요히 아무것도 없었다.

덧붙여, 여사께서는 올해 새해부터 「원로 여류 회고록」 나의 이력서을 『동아일보』에 연재 중이며, 점점 더 왕성한 활동을 보이고 계신다.

5. 최정희崔貞熙, 1912~1990

방문일자	1980.9.7.
방문자	고노, 시라카와, 세리카와, 세키네
약력	함경북도 성진 출생, 어린 시절 함남 단천으로 이주했다. 서울 중앙보육학교 졸업. 한때 일본에서 보모로 일했으나 귀국 후 1931년 삼천리사에 입사하였다. 초기에는 프롤레타리아문학적인 작품을 썼으나, 검거 이후에는 여성의 제반 문제나 애정 관계를 다루는 작품이 주를 이룬다. 「흉가」[1937]를 시작으로 삼부작 「지맥」[1939], 「인맥」[1940], 「천맥」[1941]으로 알려져 있다. 해방 후에도 「정적일순」[1955]과 장편 『인간사』[1960, 1963, 1964] 등을 잇달아 집필했다. 박화성에 이어 여성 작가 원로급 위치에 있으며, 한국소설가협회 대표위원을 역임했다.

인터뷰

여류 작가 방문이 2주 연속으로 이어지게 되었다. 문인 방문에도 익숙해져서, 비로소 하나의 패턴이 만들어지려 하고 있었다. 좋든 나쁘든 인터뷰 요령을 터득했다고 할까. 이번에는 세리카와 선생, 고노 씨와 함께 세키네 양이 합류하여 네 명이 되었고, 이름마저 시원한 느낌의 서울 교외 청수장 종점에서 내려 산장 아파트 9층으로 올라갔다. 여기로 막 이사 온 참이라고 하셨다. 창문 아래에서는 졸졸 흐르는 시냇물 소리도 들려왔다.

박화성 여사에 비해 아직 젊으신 탓인지, 일종의 독특한 매력이 있는 분이었고, 우리가 기념으로 사진을 찍고 싶다고 요청하자, '늙어서 요즘은 신문사 사람들이 와도 사진을 찍지 않는다'고 부끄러워하시면서도 응하셨다. 그러나 실제로는 최 여사만큼 남자 문인과 단둘이 많은 스냅사진을 찍은 분도 드물다. 시험 삼아 수중에 있는 문학 전집 가운데 최 여사 관련 페이지를 펼쳐보면, 아마 그 속에서 눈을 내리간 미인을 발견하게 될 것이다. 그래서 우리도 흥이 나서 네 사람이 저마다 여사 곁에 나란히 서서 사진을 찍었다.

여사의 부군은 말할 것도 없이, 그 「국경의 밤」의 시인, 파인巴人 김동환 씨로, 북한으로 납북된 이후 전혀 소식이 없지만, 살아 있다면 박종화 씨와 같은 79세일 것이라고 했다필자 주 : 기억이 정확하며, 연보와도 일치함. 8·15해방 후, 민족주의와 공산주의 양 진영 모두 서로 그 이념 자체를 잘 이해하지 못한 채 다투었던 것이 비극이라고 말씀했다.

여사께서는 돈이 없어 유학도 못하고 보모가 되었다고 하셨다. 그 후 삼천리사의 기자가 되어 문인들을 자주 인터뷰하러 다녔지만, 그때 만난 문인들 가운데 이광수는 문인 같다는 느낌이 들지 않았다고 했다. 크게 깊이 관여하는 인상은 아니었지만, 부군께서는 좋아했던 것 같다고 다소 냉담하게 평하셨다박화성과는 정반대.

김동인은 작품도 좋고 인상도 좋았다고 했다. 최서해에게는 문인다운 분위기가 있었다고 한다. 여사께서는 일본 여류 작가를 흉내 내며 작품을 쓰다 보니, 비교적 수월하게 소설가가 되었다고 전한다. 아, 그리고 김동인은 박태원을 '내 뒤를 이을 녀석'이라고 말하기도 했다고 한다.

현진건은 여사가 이사해 온 곳 근처에 살았다. 데뷔작 「흉가」는 바로 이곳에서 있었던 일을 쓴 것이라고 한다덧붙여, 최 여사의 딸도 소설가로, 최근 『한국문예』에 번역작 하나가 실렸는데, 이 작품은 묘하게도 어머니의 「흉가」와 비슷한 느낌이다. 현진건은 줄곧 술을 마셨고, 사람들의 출입도 잦았다고 한다. 가장 친하게 교류하던 사람들 가운데에는 이태준, 오장환, 정지용, 임화와 그 부인 지하련 등이 있었다고 한다. 이들 월북 문인들은 모두 실력도 있고 좋은 사람들이었지만, 이데올로기 때문에 변해버렸다는 것이 최 여사의 감상이었다.

이상은 작품은 재미있지만, 실제로 만나보면 너무 '지저분하다'고 말했다. '나는 순수문학, 그래, 유미, 낭만주의 같은 것을 좋아한다'라고 말하며, 소녀 같은 부끄러움과 장난기가 섞인 눈빛으로 웃으셨다. 여사의 책장 곳곳에는 모차르트라든가 슈바이처 같은, 서구 문화인의 소박하고 작은 초상화들이 장식되어 있었다.

6. 김기진金基鎭, 1903~1985

방문 연월일　1980.9.28.

방문자　고노, 시라카와, 세리카와, 미즈노, 세키네

약력　충청북도 청원군 출생. 호는 팔봉八峰. 릿쿄대학 영문과를 중퇴하고 귀국하여 신문 기자가 되었다. 1923년 배재고보 동창생 박영희와 프롤레타리아문학 계열 단체를 조직하고, 2년 후 KAPF가 성립되자 간부로 활약했다. 단편 「붉은 쥐」[1924] 등 소설도 썼으나 프롤레타리아문학 측 비평가로서의 측면이 강하다. 한국 전쟁 시 '인민재판'에 회부되어 중상을 입었으나 살아남았고, 만년에는 역사 소설 및 전기도 집필했다. 한국문인협회 고문도 역임하고 있다.

인터뷰

고노 씨가 꽤 애를 써서 미리 자택의 위치를 확인해 두었다. 우리 다섯 명은 피서지 별장과도 같은 팔봉 김기진 선생의 수유리 댁까지 시가지를 벗어나 잠시 산길을 올라야 했다. 9월 하순, 이제 좋은 계절이었으나, 역시 땀이 흘렀다.

앞서 백철 선생을 방문할 때 팔봉 선생에 대해 여쭤보았더니, 백철 선생조차 '8년 전에 만난 것이 마지막이었을까?'라고 하실 정도로, 최근에는 완전히 은둔 생활을 하셔서 근황을 아는 사람이 없다고 한다. 그래서 일설에는 6·25동란 당시 린치로 얻은 타박상 때문에 정신이 이상해졌다는 소문까지 있었다. 실제로 만나보니, 그 린치로 전신 복합골절이 있어 지금도 스스로 얼굴을 씻지 못한다고 하시면서도, 소파에 앉아 2시간 이상 그야말로 입에서 거품을 튀기며 엄청난 기세로 이야기를 이어가셨다. 최근 몇 년간 아무도 만나지 않았다고 하셨기에, 한 번 옛 기억의 불꽃이 붙으면 멈출 수 없다는 느낌이었다. 특히 숫자에 대해서는 고집스러울 정도로 관심이 깊어, 그 섬세함에 혀를 내둘렀다.

김기진 선생의 경우, 근래에 인터뷰도 없었던 것으로 보이기에, 들은 이야기를 조금 자세히 소개하고자 한다.

하나, 회월 박영희에 대하여. 그는 미남이었고, 배재중 2~4학년 때 동급생이었다. 도쿄 시절에도 같은 집에서 살면서 각자 영어학교에 다녔다. 유물사관에 대해 자주 토론했지만, 소위 회월·팔봉 논쟁에서 내가 이론적으로 패배한 것은 아니다. 나는 문학인으로서 처음으로 무산계급 의식에 대해 글을 썼다. 『조선지광』 주간이 '시기가 나쁘니 여기서 항복하는 것이 좋겠다'고 말했고, 공산당 간부였던 형에게서도 그렇게 충고를 받았기 때문이다.

둘, (세리카와 선생의 질문에 대해) 이기영의 장편 『고향』 후반부는 흔히 말하는 것처럼, 이씨가 투옥되어 원고료가 없으니 부인과 자식이 곤란하다 하여, 신문사를 속여서 대신 써 준 것뿐이다. 그전까지 연재분을 읽어본 적이 없어서, 급히 스크랩북을 만들어 읽었다. 아마 50~60회분 정도 썼다고 생각되지만, 어느 부분부터인지……(라고 하시며 세리카와 선생이 가져온 원본을 잠시 넘겨보셨지만, 역시 알 수 없다고 했다).

셋, 임화는 박영희의 의뢰로, 나 역시 금액을 지원해 도쿄로 보내주었다. 임화에 대해 '머리가 아주 비상한 남자였다'고 말씀했다. 그 때문에 이용당해 '(공산주의의) 붉은 물에 물들어간 것'이라고 했다.

넷, 나는 진주만 공격 때까지는 일본을 미워했지만, 그래도 가능하다면 일본이 멸망하지 않고 화해하여 조선과 함께 공영할 수 있지 않을까 하는 생각을 하게 되었다. 그때 연희전문학교 신임 교장 가라시마 다케시辛島驍와 쓰다 쓰요시津田剛가 '조선문인보국회를 맡아 달라'고 했다. 나는 충무로의 '보아그람' ― 프랑스어로 된 양식당 ― 에서 그들과 만났다이처럼 세부적인 것까지 유달리 잘 기억하고 계셨다. 선생은 박영희와 주요한을 추천했으나, 이미 다른 직책을 맡고 있어 안 된다고 했다. 결국 숙고 끝에, '모든 것을 맡기겠다'는 조건으로 받아들였다. 그 조건은, ① 총독부에서 나오는 1만 엔의 보조금은 받지 않는다. ② 그 대신 간섭하지 말아 달라애초에 불가능한 조건이긴 했다는 것이었다. 1944년 8월, 총독부에서 난징에서 열리는 제3회 아시아 문학자 대회필자 주 : 대동아 문학자 대회에 참석해 달라고 요청했다. '가고 싶다'고 답했다. 이광수에게 편지를 쓰라고 했다. 나는 이 기회에 독립을 목표로 자금 마련을 하려는 속셈이었다. 조선 13도를 돌며 100만 엔을 모으는 것보다 훨씬 빠르다고 생각했기 때문이다. 난징에서는 이틀만 참가하고 춘원 이광수와 함께 상하이로 갔다. 당시 대일 환율이 베이징에서는 1대1이었는데, 난징에서는 18대1이어서 1,800만 엔이라는 큰돈을 모아야 했지만, 일단 달성했다. 그러나 조선은행에서 300엔밖에 송금할 수 없다고 하여 낙담했다. 그래도 어떻게든 22~23만 엔 정도를 송금했다. 해방 후, 은행의 예금증서와 송금수표증를 가지고 귀국했으나, 그것을 넣어 두었던 지갑을 도둑맞아 받을 수 없게 되었다! (등등, 희비극이 뒤섞인 이야기는 이 시점부터 점점 세부적인 이야기로 들어가고, 또한 선생의 말 그대로 입에서 거품을 튀기며 이야기하는 기세에 놀라, 간신히 화제를 바꾸어 6·25 사건 당시 린치 타박의 경위를 여쭤보았다. 이렇게 열정적으로 말씀하시는 것은 역시 지금도 그만큼 강렬한 의식이 남아 있다는 증거이며, 웃어넘길 수만은 없는 부분이 있다는 느낌을 받았다).

다섯, '인민재판' 전후에 대해. 한 달 전에 이미 체포 명령이 내려져 있었다고 한다. 선생은 해방 후 아무 일도 하지 않았기에 안심하고 있었는데, 자택까지 체포하러 왔다고 한다. 죄목은 변절하여 경찰 스파이를 했고, 많은 동지들을 투옥시키고 노동자를 착취했다는 것이었다. 선생은 발전기까지 두고 인쇄소를 운영했다고 한다. "우리 공장 직원들이 가장 급진적이라, 시위 같은 걸 하다 잡히면 오히려 내가 가서 받아주곤 했는데……"라며 투덜거렸다.

7월 1일 밤, 문선 과장과 선생은 총을 겨누며 연행되었지만, 심문 때에는 '선생'이라는 존칭을 붙여 '우리가 듣던 이야기나 인상과 다릅니다', '잠시 상부에 올라가 건의하겠습니다'라고 말했다고 한다. 그러나 이 남자는 돌아오지 않았다.

다음날 아침, 손이 묶인 채 '인민재판소'라는 큰 플래카드를 들고 동아일보사 앞까지 왔다. 처음에는 안심했지만, '아, 죽겠구나'라고 생각하기 시작했고, '깨끗하게 죽어야겠다'고 마음먹었다고 한다(이 부분의 이야기는 선생의 수필에도 여러 차례 나오므로 생략. 이후 김기진 선생은 사형 선고를 받고, 두들겨 맞아서 의식을 잃었지만, 수일 후 기적적으로 살아났다).

한곳에 오래 앉아 있을 수 없는 선생이었지만, 예정 시간을 훨씬 넘겨 인터뷰는 2시간 반에 이르렀다. 옆방에는 이불을 깔아 둔 채로, 우리를 위해 일부러 일어나 한복으로 갈아입고 기다리고 계셨던 것 같았다.

음울한 산골짜기에 있는 저택이라 노파심에 몇 마리의 셰퍼드 개를 기르고 계신 듯했다. 그리고 선생의 이야기는 우리를 지치게 했다. 조선 문학(자)의 정치와의 불행한 관계가 선생의 이야기를 통해 그대로 드러나는 느낌이었다. 이 방문 때 찍은 사진 속 모두의 얼굴은 창백하고 공허했다.

맺음말

이 외에도 각 선생님들의 흥미로운 에피소드는 끝이 없지만, 모두 다 전할 수 없는 것이 아쉽다. 이번에 다루지 못한 서정주 선생의 춘원 이광수 관련 이야기 가운데, 고이소小磯國昭 총독이 이광수를 불러 시베리아 총독으로 해주겠다고 말했다든지, 그의 눈이 '여진족 혹은 북방계'의 매력적인 푸른빛이었다는 이야기 등은 매우 흥미롭다. 춘원의 눈에 관해서는 다른 증언자들 역시 검은색이 아니었다고 증언하는 경우가 많으며, 당시의 어떤 잡지 기사에도 '그 유명한 노란 눈동자'이라고 언급된 것이 있기도 하다. 고노 씨 등은 춘원에게 백인 혈통이 섞여 있는 것이 아니냐, 그것이 이광수의 콤플렉스가 되어 문학 창작에 영향을 주지 않았을까 추측하기도 한다.

아무튼 이번 문인 방문을 통해 이광수에 대한 평가를 비롯하여, 가지각색의 시각이 존재한다는 것을 실감할 수 있었다. 그러나 그중에서도 월북 문인들에 대한 그리움과 연민이라는 점에서는 모두 공통적인 듯하여 인상적이었다. 이 역시 현재까지 생존해 계신 문인 분들이 8·15해방, 6·25전쟁 등 공통된 강렬한 체험을 겪으며 강인하게 살아온 데에서 비롯된 것일 것이다.

인터뷰는 대부분 일요일 오후에 이루어졌고, 2~3시간에 걸치는 경우가 많았지만, 문인들은 대체로 나이를 실감하기 어려운 활기찬 어조로 술술 이야기하거나, 담담하게 말이 저절로 흘러나오는 느낌이었다. 젊은 시절이나 장년 시절의 기억이 이야기를 나누는 동안 점점 선명해지고, 그에 따라 본인이 흥분하게 되어, 우리가 이야기를 정리하는 데 애를 먹는 경우가 자주 있었다. 이러한 형식의 인터뷰가 의외로 그동안 없었던 탓일지도 모른다. 외국인의 인터뷰였기 때문에 오히려 편하게 에피소드를 털어놓을 수 있었던 면도 있었을 것이다.

　나는 항상 공부가 부족하여, 방문할 때가 되어서야 급히 연보나 작품을 훑어보는 식이었지만, 늘 예상치 못한 수확을 안고 돌아올 수 있었다. 혹 무례했을지도 모를 나(혹은 우리?)의 방문에 응해주신 원로 문인 선생님들께, 이 글을 빌어 재차 사과와 감사의 마음을 전하고자 한다. (미완) 1981년 1월 27일 씀.

　※이 글은 필자가 동료들과 함께 발간하던 동인지 『도깨비 소식 トッケビだより』 제2호1982.5에 게재되었던 것임을 밝힌다. 이번에는 표현 등을 미세하게 조정했지만 내용은 그대로 두었다. 자료상으로는 부정확한 부분도 섞여 있지만, 문인들이 당시 어떻게 생각했는지도 귀중하므로, 발언을 있는 그대로 기록했다. 군데군데 필자의 주석이나 감상을 적은 부분도 있으나, 완전하지는 않다.

내가 만난 한국의 원로 문인들
잘 알려져 있지 않은 재미있는 이야기들 많아[1]

시라카와 유타카

필자는 1979년 3월부터 1985년 3월까지 서울에 유학 가서 동국대 대학원 국문과에서 공부했었다. 한국 현대문학을 전공한 만큼 당대의 원로급 문인들을 직접 만나 뵙고 말씀을 듣는 기회를 가지는 일이 매우 유익하다고 생각한 끝에, 그 당시 유학중이던 현대문학 전공 일본인들이미 대학의 일문과 등에서 교편을 잡고 있던 전(前) 유학생도 끼어 있었지만과 함께 1980년부터 1981년에 걸쳐 제법 정력적으로 원로 문인 방문을 계속했던 기억이 난다.

그때의 주요 멤버들은 세리카와 데쓰요芹川哲世, 현 二松學舍大 교수, 고노 에이지鴻豊映二, 현 문학평론가, 미즈노 겐水野健, 현 컴퓨터전문가, 세키네 하루코關根春子(현재 성은 白川), 현 下關市立大 전임강사, 그리고 필자였다. 그 밖에 한두 번 동행하게 된 사람도 두엇 있지만, 모두 다 참가한 사람은 고노 씨와 필자 뿐이다. 다음에 방문한 순서로 찾아 뵌 분들의 명단을 적어 둔다.

1. 박종화 : 1980.7.24

2. 백철 : 1980.7.31

3. 김소운 : 1980.8.23

1　『문학사상』 제327호, 2000.1.

4. 박화성 : 1980.9.1

5. 최정희 : 1980.9.7

6. 서정주 : 1980.9.21

7. 김팔봉 : 1980.9.28

8. 유진오 : 1980.10.5

9. 김광균 : 1980.10.18

10. 이헌구 : 1980.10.26

11. 황순원 : 1980.11.2

12. 김동리 / 손소희 : 1980.12.8

13. 박두진 : 1981.1.14

14. 정비석 : 1981.5.7

15. 이은상 : 1981.11.18 · 11.20

16. 조용만 : 1981.11.25

17. 구상 : 1981.12.21

이 무렵에는 (지금도 그렇지만) 워낙 공부가 부족해 한국문학에 대한 지식도 별로였기 때문에, 찾아 뵙고 마구 단순한 질문을 되풀이하거나 기념사진을 찍고 혹은 사인이나 받고 돌아오기 일쑤였다. 그래도 지금 생각하면 그런대로 재미있는 이야기들도 많이 들었으며, 더군다나 그후 돌아가신 분들도 많아, 방문기를 써볼 만하다고 생각하게 되었다.

실은 이 방문기의 전반 부분으로, 필자가 1980년 당시 동경에서 한국문학을 읽는 독서회의 동인들과 같이 하던 『도깨비 통신』이라는 자그마한 잡지의 제2호^{1982. 초여름}에 「원로문인방문기·上」이라는 제목으로 박종화, 백철, 김소운, 박화성, 최정희, 김팔봉 선생 등 여섯 분에 대한 부분만 써본 적이 있는데, 그후 이 잡지가 폐간이 되어서 그만 흐지부지하고 말았었다. 한편 고노 씨도 그후『코리아나』라는 일본어 잡지에 이 문인 방문기를 실은 일이 있으나1988년 겨울호, 이것도 전부는 아니어서, 조금 겹칠지도 모르지만, 이번 기회에 쓰지 못했던 분들 중에서 유진오, 이헌구, 김동리, 이은상, 조용만 선생 등에 대한 방문기를 적어 볼까 한다.

1. 유진오 선생

현민玄民 유진오 선생을 만나 뵙고 가진 첫인상은 그때까지 방문한 어느 분보다 가장 지성적이고 점잖은 양반 중의 양반이라는 것이었다. 한복을 차려 입고 나왔는데, 일본사람에 대한 경계심이라든가 대항의식 같은 것을 초월한 듯한 여유 있는 태도로 담담하게 말했다. 선생은 중학생경성고등보통학교 시절부터 이미 문학어 대한 관심을 가졌다는데, 그 당시에는 한국의 신문학에서 영향을 받은 것은 별로 없고, 오히려 일본의 메이지기明治期 문학, 특히 나쓰메 소세키夏目漱石, 구니키다 돗포國本田獨步, 도쿠토미 로카德富蘆花 등의 작품을 즐겨 읽었다고 했다. 한편, 당시 신문에 연재중이던 이광수의 『무정』은 젊은이 사이에 대단한 인기였기에 선생의 나이 아직 11세 때여서 뭐가 뭔지 모르면서도 덮어놓고 읽었다는 데는 놀라움을 금치 못했다.

선생은 후일에 법학 전문가가 되었지만, 학창 시절에는 사회과학 전반에 막연한 관심을 가지고 있었을 뿐이라고 했다. 경성제대 진학시에도 아베 요시시게阿倍能成 선생에게서 철학과에 오라는 권유를 받았지만, 아무 깊은 생각 없이 법학과를 선택했다는 것이다. 그후 그 당시 풍조에 따라 자연히 좌익사상에 가까워져, 문학에도 영향을 받게 되었지만, 문학은 문학이다 하는 생각을 늘 가지고 있었기 때문에 노골적으로 문학의 실제적 효용을 강조하는 카프KAPF에는 가입하지 않았다고 한다. 한편 경제연구회만은 계속하고 있었는데 이것도 1926년의 6·10만세사건 때 해산당하고 말았다고 한다. 하여튼 이데올로기에 사로잡혀서는 안 된다는 생각에서 현민 선생은 결국 구인회九人會에도 가입하지 않았다는 것이다. 그후 동경에 갔을 때에는 신감각파新感覺派의 거장이던 요코미쓰 리이치橫光利一

를 자주 만났다고 한다. 경성제대 때의 동문인 이효석과는 의외로 별로 친하지 않았는데, 이효석 역시 신감각파의 거물인 가와바타 야스나리川瑞康成에게는 지극히 동감을 느끼고 있었던 모양이라는 말씀은 제법 흥미로운 이야기였다.

다음에 소위 월북작가에 대해 물어 보니, 뭐니뭐니 해도 이태준이 으뜸이었는데 공산주의가 어떤 것인지도 모르면서 조선문학가동맹의 위원장으로 추대되고 만 것이라 한다당초에는 이기영이 위원장이 될 예정으로 있었다 한다. 이용당한 것은 리버럴리스트인 여운형도 마찬가지였다고 했다.

그런데, 현민 선생 자신은 해방 후에도 "무게 있는 걸 써야 하는데" 하는 생각을 늘 하면서도, 시간이 없어 결국 소설을 쓰지 못하고 말았다고 했다. 이 시기에 선생은 대한민국 헌법을 기초하느라 부산한 나날을 보내고 있었는데, 해방 직후에는 법률 전문가가 적어, 더구나 헌법, 행정법 관계의 인재가 없었다 한다. 이는 식민지기에 국가 통치에 직결되는 공법公法 전문가의 육성이 허술했기 때문으로 한국 학생들은 거의 모두가 민법, 상법 쪽으로 갔다는 이야기를 들었을 때에는 숙연하지 않을 수 없었다.

선생은 해방 직후의 한국 땅에서는 민주주의에 대한 이해도가 아직 낮았기 때문에, 그런 마당에서 북한에 대항하는 의미로도 민주주의를 강조하는 헌법을 만들어내는 데 힘썼다고 했다. 좌익계 인사들도 기실은 공산주의가 뭔지 모르면서 "고무신을 줄 테니 나와라" 해서 동원된 사람도 있었다는 이야기다.

현민 선생이 문학과 법학 그리고 정계에까지 걸쳐 활약을 한 분인만큼 이야기는 광범위한 것이었으나, 문학연구라는 입장에서는 「김 강사와 T 교수」의 개작 문제나 일본어판과의 관계 등 좀더 자세한 문학 관계의 일을 물었더라면 하는 아쉬움이 있다.

2. 이헌구 선생

선생은 목은牧隱 이색李穡의 20대손으로, 와세다早稻田대학 불문과를 나
와 '외국문학연구회'의 중심 멤버로 활약한 분인만큼, 온후한 가운데 해
박한 지식을 가진 양반이었다. 특히 그 기억력에는 놀랄 수밖에 없었다.

선생이 프랑스문학에 관심을 가지게 된 동기는 프랑스혁명에 있었다
한다. 좌익사상이 유행하던 시절이라, 사상을 문학으로 어떻게 표현할 수
있을까 하는 것이 관심사였다는 것이다. 그런 가운데 위고에 끌렸고, 또
그후에는 지드의 『좁은 문』을 가지고 금강산에 가, 거기서 아주 번역까지
했는데, 출판을 못하고 있는 동안에 원고를 잃어버렸다고 한다. 이른바
행동주의 계열의 작가를 마음에 들어하는 것 같았다. 그런데 '자유'나 '민
주' 자체는 괜찮은데, '자유주의'라든가 '주의'는 곤란하다고 했다. 좌익으
로 넘어가면 안 되지만, 순수냐 참여냐 하면 언제나 참여파에 속하겠다는
것이 선생의 신념인가 보았다.

선생은 임화와의 인연에 대한 재미있는 이야기를 들려주었다. 선생
은 임화한테 필명으로 '小부르'니 '책상도련님'이니 하는 공격을 받아, 서
너 달이나 논쟁을 벌였지만, 6, 7년 후에야 그때 일을 사과받았다 한다.
8·15해방 때에는 9월 6일에 상경하여 9월 20일경에 임화를 만났는데,
문학가동맹에서는 선생들이 하는 문학마저 전부 다 없애 버린다고 하기
에 결국 화해도 못하고 헤어지고 말았다고 한다. 같은 좌익계 인사 중에
도 이기영은 그나마 인간미가 있어 이야기가 통했지만, 좌익소아병자요
독재자적인 임화와는 도저히 이야기가 통하지 않았다고 선생은 강조했
다. 임화에 대해서는 중학생 시절부터 알고 지냈는데, 그 무렵에 벌써 불
량배 같았다. 좌익을 결정적으로 싫어하게 된 것도 임화가 좌익계 대표자

471

가 되었기 때문이라고 임화를 철저히 욕한 것이 인상에 남아 있다. 이에 반해 이태준, 박태원, 이용악, 최명익, 이원조 등 월북한 많은 문인에 대해서는 희생당한 것이라고 하며 매우 동정적이었다.

다음에 와세다 대학의 선배가 되는 이광수에 대해 물어 보았더니, 원래는 친하게 지냈는데 어느 날 춘원春園이 일복日服을 입고 나타난 일이 있은 다음에 멀어졌다고 한다. 그후 6·26전쟁 때에 춘원이 유치진의 연극 구경을 하는 자리에서 우연히 마주쳐, "너무 냉정했구나. 반갑다"라는 인사를 받은 적도 있고 그때 춘원의 까맣지 않고 서양사람 같은 눈동자도 아직 기억하고 있다고 했다.

이상李箱에 대해서는 재주도 있었고 일본작가 중에서 요코미쓰 리이치의 영향을 받고 있었다는 것이 선생의 평가다. 이상은 일본어를 썩 잘 했고, 김기림, 김소운과 제일 친했다고 한다.

소천宵泉 선생 자신에 관한 것으로 빠뜨릴 수 없는 이야기는 「조선문학은 어디로」라는 글이 『신동아』의 신년호에서 검열 때문에 전문 삭제당했다는 사실과, 그후 용기가 없어 친일적인 글은 못 썼다고 한 점 등이다. 이러한 발언에서는 선생의 강한 자존심을 엿볼 수 있었다. 결국 선생은 넓은 의미에 있어서의 당신의 정치적 입장에 상당히 민감하게 살아온 문인이었다는 느낌을 가졌다.

3. 김동리 선생

동리 선생댁을 찾아 뵈었을 때의 일로 가장 뚜렷이 인상에 남아 있는 것은 선생이 평상복 차림, 그것도 팔꿈치 부분에 작은 구멍이 난 다색털 스웨터 바람으로 우리들 앞에 나타난 것이었다. 다른 대부분의 문인의 경우, 특히 일본인들이 온다는 것을 의식해, 한복을 차려 입고 조금 긴장한 모습으로 맞이하는 것과는 딴판이었다. 태세를 갖춰 우리를 맞이한 문인의 대표 격은 박두진 선생이었다. 민족파 시인으로 통한 선생은 일본사람 앞에서는 미소를 짓는 것도 꺼리는 모양으로 시종 딱딱한 표정이었지만, 동리 선생은 감정을 숨기는 일이 없어 보였다. 그리고 양반다운 위엄을 지키려 애쓰는 것이 아니라, 오히려 그 반대로 서민파를 내세운 분이었다. 학력이 거의 없는 것고등보통학교 중퇴을 말하는 것에서 실력으로 지금 위치에까지 올라왔다는 자신감을 거꾸로 우리는 느낄 수가 있었다. 학력이 별로 없는 것에 대해 초연한 태도를 견지함으로써 숭고한 위치를 유지하려 한 분이 아니었나 싶다.

그런데, 동리 선생은 라면 대접을 해주면서, 당신이 학문적인 공부를 한 적이 없다면서도 고전문학과 근대문학 사이의 희박한 접맥 관계 등 오히려 제법 학문적인 이야기부터 전개하는 것이었다. 말하는 동안 손여사는 그저 묵묵히 옆에 앉아 있었고, 음식을 나르는 일하는 아주머니가 자꾸 이야기에 끼여들려고 하는 것이 우스웠다.

선생이 말하기를, 선배 작가 중에 이광수, 김동인, 염상섭 등이 실력 있는 분들이고 기타 작가들은 별로라고 했다. 다만 조금 선배 격인 이태준, 박태원, 정지용 등에 대해서는 그다지 나쁘게 말하지 않았다. 선생의 문학관계 독서 경력은 일본어로 번역된 도스토예프스키전집, 괴테 등으로 시작이 되어, 세익스피어는 원문으로 읽었다고 했다. 그 다음에 한국 작품을 접하게 되는 것이 그 당시의 실정이었던 모양이다.

동리 선생 하면 문학논쟁으로 잘 알려진 분인데, 우리는 우선 1937~1938년 무렵에 있었던 유진오 선생과의 순수문학 논쟁에 대해 물어 봤다. 일곱 살이나 손위가 되는 현민 선생에 대한 대항의식은 대단한 것이어서, 상대방은 이미 보성전문대학 교수요 자기는 무명작가였지만, 논쟁 자체는 자기가 이겼다고 말했다. 그 다음에 유명한 김동석과의 논쟁에서도 '순수문학'이 아니라 '본격문학'의 입장에서 좌익소아병을 논파했다고 하며, 그후에도 몇 년마다 백철, 김우종 씨 등과 잇달아 논쟁한 것을 훈장처럼 자랑하는 것이었다.

동리 선생은 휴머니즘의 입장에서, 마르크스주의자들이 왜 노동자와 농민만을 옹호하는 것일까 하고, 좌익 이야기가 나오면 왠지 열변을 토했다. 그러나 마르크스주의에 대해서는 기실 그다지 많은 공부를 못했다고 솔직하게 실토하기도 했다. 일제기에 소위 '마르엔^{마르크스·엥겔스}전집'을 모두 5권 보따리로 받은 것이 있었으나, 너무 위험하니까 항아리 속에 넣어 묻었었는데 해방 후에 상경했을 때 팔아먹었다고 한다. 재미나는 이야기다. 그리고 선생은 이렇게 말했다. 사회주의 자체가 인류를 불행하게 만드는 것은 아니라고 생각하며, 다만 문학에 정치를 개입시키는 것이 싫은 것이라고, 김동석 씨하고도 이데올로기 논쟁을 한 것이 아니라, 그에게 '당신의 문학은 독毒이 있는 손톱문학'이라고 말했을 뿐이라는 것이었다. 도스토예프스키도 읽어 본 적이 없다는 그의 말에 선생이 위와 같이 말하자 우물쭈물하다가, 또 선생이 '고리키 정도는 읽어 보는 거야 예를 들 수도 없잖아' 했더니, 얼굴이 뻘개지더라고 득의양양 말했다. 선생은 여간 기분이 좋은지, 가가대소하는 것이었다. 직정괴행直情怪行의 사람인 김

동리 선생이 침사묵행沈思默行의 사람 유진오 선생과 논쟁을 벌이게 된 것
도 의외로 이러한 성격상의 차이어서 온 것일지도 모를 일이다.

4. 이은상 선생

노산鷺山 선생의 저택은 지금은 헐어져 없어진 남산 중턱에 위치한 외국인아파트촌의 일각에 자리잡고 있었다. 우리가 찾아 뵈었을 때는 마침 선생의 생신날 직후인 모양으로, 넓은 응접실 한가운데의 테이블 위에 전두환 대통령이 보내온 화분이 놓여 있는 것이 우선 눈에 띄었다.

우리는 먼저 염상섭, 나도향, 양주동, 손진태 선생 등과 동경에서 같이 지내던 무렵의 이야기부터 물어 보았다. 나도향은 그 당시 일본여자 대학에 다니던, 약혼자가 있는 최이승이라는 여성을 짝사랑했는데, 아주 거절당하고는 겨울의 도쿄 신주쿠 벌판에 자빠져 울었다 한다. 그때 걸린 감기가 악화되어 마침내 폐병을 앓게 되었다는 것이다. 같은 하숙집日暮里에 있던 염상섭은 이 집에서 열심히 원고를 쓰고는 서울로 부치고 있었고, 맨날 술만 먹고 지냈다고 한다. 한 달에 돈 20엔円만 있으면 살 수 있었던 시절, 가난했던 양주동 선생은 노산 선생과 한 이불을 덮고 잤는데, 이름난 술고래인 양주동 선생이 길가에서 자버리면 노산 선생이 하숙집까지 업고 오곤 했으며, 방에서 오줌을 싸는 일이 있어 난처했다고 한다. 이웃 방에 일본인 순사가 사는데, 가끔은 선생들의 방에 와서 같이 잔 일도 있었다고 한다.

양주동 선생은 원래 한문학을 많이 했고 그 무렵에는 영문학에 빠져 있었는데, 노산 선생이 한국학을, 오구라 신페이小倉進平 같은 연구를 하라고 충고하면서 당신이 가지고 있던 이두 관계 문헌을 주었더니, 후일에 향가 연구로 대성한 것이라 했다.

노산 선생의 말에는 자신에 관한 이야기가 거의 없고, 모든 것을 객관적으로 또는 역사적으로 말하려는 경향이 보였는데, 이야기 자체는 재미나는 것들이 많았다.

다음은 선생이 일본 유학을 마치고 귀국한 후,『조선일보』출판국 주간으로 있었을 무렵의 이야기다. 1938년 정초 신문지상에 천황의 사진을 실어라, 일본군이라는 말 대신에 황군皇軍이라고 하라, 일본인이 아니라 내지인內地人이라 하라는 등 총독부의 청수淸水 도서과장이 강력히 주장해 이에 노산 선생은 즉각 반대를 했는데, 이광수, 최남선 등이 모두 찬성하는 바람에 결국 그 사진이 게재되고 말았다. 그래서 선생은 사표를 냈다. 이광수는 그 수년 전부터 이미 일콘에 "넘어가 가지고" 노산 선생을 조선 문인협회에 집어넣으려 했다. 그러서 선생은 "그럼 난 문학은 안 하겠다. 장사나 할 생각이야" 해놓고서는 붓을 꺾고 지리산에서 은거생활을 했던 것이라고 한다.

그 다음에는 1942년의 조선어학회 사건에 관한 이야기다. 총독부에서는 당초 사건 성립에 반대하는 입장이었으나, 함경도 경찰부가 입건하는 바람에, 체면상 방침을 돌린 것이라 한다. 선생과 제일 친했던 이윤재는 결코 임시정부와 관계한 사람이 아니었고, 다만 1930년 무렵에 단 한 번 김두봉과 만난 일이 있었는데, 그 일로 해서 함흥감옥에 들어가기 전에 집요하게 추궁을 받았다 한다. 그 다음 기억은 1945년 광주에서 경찰부장이 노산 선생을 초대하겠다고 한 일이 있었는데, 여수, 순천의 어업 이권을 줄 테니, 그 대신에 연설을 하달라는 것이었다. 선생은 몇 번 거절했지만 결국 만옥万屋 여관에 끌려가게 되었다. 그런데 옆방에서 연설하고 노래 부르며 떠들던 사람이 바로 춘원이 아닌가. 대단히 놀랐다고 한다. 노산 선생은 그후 결국 또 옥살이를 하게 되었는데 예방검속豫防檢束 차원에서 이뤄진 것이었다. 이때에는 쳬조도 금지되고 음식 차입도 안 되었으니, 징역보다도 과혹해서 백리白痢를 앓아 허연 대변이 나왔다 한다.

노산 선생은 우리들 앞에서 일부러 옷을 벗어, 등에 남아 있는 고문때 생긴 흉터까지 보여 주었다. 일본 청년들이 와서인지, 식민지 시기에 누구보다도 투철한 민족주의 정신을 관철했다는 점을 강조한 셈이지만, 노산 선생 혼자만이 그러했다는 듯이 너무 역설하는 느낌이 없지 않았다. 반권력의 투사 모습과 대통령한테 받은 화분, 투철한 민족주의 시인의 모습과 외국인 아파트촌, 조금 이해가 안 가는 인상이 지금도 머리에 남아 있다.

5. 조용만 선생

조용만 선생과는 몇 번 뵐 기회를 가졌는데, 여기서는 선생이 구舊 반포 아파트에 살았을 때의 기록이다. 어깨에 구멍이 난 점퍼 바람으로 나타난 선생은 이야기에 너무 열중한 나머지 얼굴이 빨개지곤 했다. 이런 점은 김동리 선생과 비슷한 소박한 인품을 나타내는 것 같아 호감을 갖게 되었다.

조 선생 하면 아무래도 구인회 때 이야기를 물어야 마땅할 것이었다. 선생은 「구인회 만들 무렵」이라는 글『문예중앙』 1981년 가을호을 썼는데, 이것은 우리들의 방문과 거의 같은 시기였다고 기억한다. 먼저, 발기인이던 김유영, 이종명 등 두 명이 탈퇴한 이유에 대해 물었다. 그들은 카프에 대항하기 위해 구인회를 만들었는데, 결성해 보니까 휘문고보의 선·후배인 정지용, 이태준 등이 헤게모니를 잡고 행세하기 때문에 재미가 적어 그만둔 것이라는 대답이었다. 이효석은 원래 소극적이어서 자연 그만두게 된 것이고, 그들이 탈퇴한 후에는 조 선생도 모임에 별로 나가지 않았다 한다. 구인회에서는 한 달에 한 번씩 독서회 비슷한 것을 무교동의 모 식당에서 가졌는데, 이상이 경영하던 다방 '제비'에서도 두 번 했다 한다.

정지용은 원래 충북 옥천의 빈농의 아들이어서, 휘문고보에서 유학을 보낼 때에 돌아오면 모교에서 영어선생을 한다는 약속으로 자금 지원을 해준 덕택으로 교토京都의 도시샤同志社 대학에 다닐 수 있게 되었다 한다. 술고래였지만, 거짓을 싫어하는 성실한 사람이었다는 것이 선생의 추억이다.

박태원, 정인택과는 경성제일고보 때의 한 반 동창생이며, 다방골다옥동 7번지에서 박태원의 형님이 약방을 하고 있어 이상이 이 동네를 늘 싸다녔는데, 이 동네를 그린 것이 박태원의 『천변풍경』이라는 것은 잘 알려진 사실이다.

한편, 이태준은 소녀 취미적인 것을 좋아하는 기미가 있었다 한다. 무엇이든 자기 혼자서 해결하려 하고 영웅적이어서 합평회에서도 딴 사람들은 함부로 비판도 못했다고 한다. 성격이나 식성 또한 까다로웠고, 하여튼 귀족주의였으니 원래 좌익에는 되려고 해도 될 수 없는 사람이었다고 단언하는 것이었다.

이상은 역시 변태성욕을 가진 사람이 아니더냐고 말하기도 했다. 총독부 기수 시절에는 신마치^{현 충무로 5가 부근}에 있던 유곽에 매일처럼 다녔지만 고자였을 것이라고도 했다. 하여간에 이상은 허세를 부리는 작자여서 루바시카를 입고 다니기도 했는데, 영어 실력도 형편이 없었고, 모르는 점을 조 선생에게 묻고는 했다고 한다. 부인이던 변동림씨가 그후 미국에 가서 사는데, 이상의 편지랑 유고들을 가지고 있을 터인데도 내놓지 않는다고 안타까워하기도 했다.

다음에는 김기림인데, 이 사람은 늘 시간을 정해서 꼬박꼬박 일하는 사람이었다고 한다. 임화 : 불량소년. 한설야 : 노동자형의 건강한 사람. 의지가 강했다. 안회남 : 노력했는데, 박태원과 이태준이 반대해서 글을 실어주지 않았다. 최명익 : 한때 유망한 사람이었는데……. 김사량의 친구다.

이런 식으로 조용만 선생은 우리가 질문한 사람에 대한 인상과 특징 등을 즉각 말해 주었다. 신문사에서 일한 경력이 있는 분인만큼 이 재빠른 반응에는 감탄했다. 그러나 그 반대로 우리가 질문하지 않으면 아무 말도 안 해 침묵이 계속되는 경우도 있었다. 그런 가운데서 우리는 조금 더 물어 보았다.

홍명희는 술을 전혀 못했다. 기억력이 대단했다. 참고자료가 하나도 없어도 글을 쓸 수 있는 사람이었고, 한 번 들은 이야기는 결코 잊어버리지 않는 사람이라고. 음담패설로도 한국에서 으뜸이라고 할 수 있을 것이요,

영어까지 잘했다고 한다. 가장 머리가 좋은 그야말로 천재라고.

염상섭은 처음 일본에 유학했을 때부터 시가 나오야志賀直哉를 존경하고 있었다. 1930년경, 시가가 나라奈良 현에 있었을 무렵에 유종열의 소개로 만났을 것이라고.

김동인은 일본 작가 중에서는 이즈미 교카泉鏡花를 제일 존경하고 있었다. 속필로 이름난 사람이요, 한 번 쓰면 고치는 일이 없었다고…….

이 모양으로 가다가는 한이 없을 것 같아 우리는 이 정도로 마무리를 하게 되었다. 마지막으로 1930년대의 원고료에 대해 물어 보았다. 한 되들이 술正宗이 2원이던 시절에 보통 원고료는 한 장에 0.3원이었고, 시 1편이 5원 이하였으며, 월급은 조 선생이 매일신보사에 입사했을 때가 65원, 부장이 80원, 편집국장이 100원이었다고, 이것도 외다시피 족족 말하는 것이었다.

지금 돌이켜보면, 이 문인 방문이 아무래도 필자의 유학생활 중에서 가장 뜻깊은 귀중한 체험이었다고 할 수 있을 것 같다. 원로문인 여러분을 소개해 준 필자의 석사과정 때 지도교수 조연현 선생님은 이미 세상을 떠나셨다. 그리고 몇 번 찾아 뵈었는지 헤아릴 수도 없는 정도로 많이 뵙고 지도를 받은 미당 서정주 선생은 이 문인 방문 때에도 각별한 배려를 아끼지 않아, 다시 한 번 이 자리를 빌어 감사의 말씀을 드리고 싶다. 그리고 이번에도 소개를 못하고 만 나머지 분들에 관한 이야기도 언젠가 기회를 봐서 써볼 생각이다.

한국 문인 방문 인터뷰에 관한 사적 기록[1]

시라카와 유타카(白川豊)

정창훈 역

들어가며

필자는 1979년 3월부터 1985년 3월까지 약 6년간 한국에서 유학한 경험이 있는데, 그 시기에 원로 문인들의 방문 인터뷰를 수행한 바 있다. 이 글은 당시에 남긴 메모 등을 바탕으로 인터뷰 내용을 활자화한 것으로, 향후 문인 연구에 다소나마 참고 자료로서 활용되기를 소망한다.

당초 경위를 간략하게 설명하자면, 필자보다 먼저 한국에서 유학중이던 고노 에이지鴻農映二 씨를 같은 대학동국대, 같은 전공근현대문학이라는 인연으로 알게 되었고, 고노 씨의 제안으로 이전에 거의 시도된 적 없던 원로 문인 방문 인터뷰를 진행하게 되었다. 고령의 문인들에게 이야기를 직접 전해 듣는 것이 흔치 않고 값진 일임에는 두말할 나위가 없었다. 다만 그저 일본에서 온 외국인 학생에 지나지 않았던 우리를 문인들이 쉽게 만나줄 것이라 기대하긴 어려웠다. 그래서 저명한 평론가이자 대학원 지도교수였던 조연현 선생님에게 밀져야 본전이라는 심정으로 부탁드렸는데, 의외로 흔쾌히 응해주시며 문인들에게 전화를 걸거나 소개장을 작성해주셨다. 그 후 마찬가지로 대학원에서 강의를 듣고 있던 유명 시인 서

<hr>

1 『韓国研究センター年報』第23号, 九州大学韓国研究センター, 2023.3.

"

정주 선생님에게도 소개를 부탁하였다. 이미 고인이 된 두 선생님의 깊은 배려에 다시 한번 경의를 표하고자 한다.

인터뷰 참가자로는, 당시 서울대 석사과정을 마치고 세종대 조교수로 재직 중이던 필자들의 선배 세리카와 데쓰요芹川哲世 씨에게 연락한 것을 계기로, 조선 근현대문학을 전공하는 일본인 유학생 수명이 중심을 이루게 되었고, 그 외 몇 명이 때때로 합류하는 형태가 되었다. 1980년부터 1985년까지 문인 25명을 대상으로 재방문을 포함하여 총 30회 정도 인터뷰를 진행하였고이 글 말미의 ※문인 인터뷰 일람표 참조, 2회 방문한 경우는 방문 참가자가 다르거나, 훗날 사인본이나 서화書畫를 받기 위해 찾아간 경우 등이었다.

방문 전에는 각자 해당 문인의 경력이나 작품 등을 최대한 조사하고 질문을 준비하였으나, 피상적인 수준에 머물렀다는 점은 부인할 수 없다. 극단적인 경우에는 해당 문인의 단행본 등을 지참하여 사인을 받거나 사진을 촬영한 것에 그치기도 했다. 메모만으로는 인터뷰 내용이 망각될 우려가 있어 녹음을 고려하기도 했으나, 이로 인해 문인이 긴장하여 무난하고 형식적인 발언만을 할지도 모른다는 우려 때문에 단념했다. 반면, 일람표상의 No. 20 이후 문인들의 경우는 사전에 양해를 구한 뒤 거의 녹음을 했기에, 이들에 대한 분석 및 소개가 향후 과제이다.

방문 시기는 크게 '전기 : No. 1~21^{1980.7.~1981.12}'와 '후기 : No. 22~28 1985.1.~3'의 두 시기로 구분된다. 전기만으로 목표했던 주요 문인소설가, 시인, 평론가 등은 거의 망라하였으나 그 후 보충이 이루어졌으며, 필자의 귀국 1985. 3을 앞두고 급하게 몇 명을 더 방문하게 되었다. 세리카와 씨의 의견에 따라 문학가 외의 인문학자도 포함하기로 하여, 저명한 사학자 이병도 씨와 국어학자 이희승 씨의 인터뷰가 추가되었다.이하, 원칙적으로 경칭 생략이 방문 인터뷰와 관련하여 필자는 두 차례에 걸쳐 11명에 대한 간략한 기록을 남긴 바 있다.

① 「원로 문인 방문기 (상)」 (元老文人訪問記(上))

서지사항 : 『トッケビだより』トッケビの会·同人誌 第2号, 1982.5.

대상 : 박종화, 백철, 김소운, 박화성, 최정희, 김기진

② 「내가 만난 한국의 원로 문인들」

서지사항 : 『문학사상』 327호, 2000.1.

대상 : 유진오, 이헌구, 김동리, 이은상, 조용만

이 외에 고노 씨가 다음의 글을 작성하였다.

③ 「원로 문인 방문—듣고 쓴 한국 근대문학」 (元老文人訪問—聞き書·韓国近代文学)

서지사항 : 『コリアナ』 第4号, 1988. 冬季号.

대상 : 박종화, 백철, 김소운, 박화성, 최정희, 김기진, 김광균, 조용만

따라서 이번에는 아직 한 번도 활자화되지 않은 다음 11명을 다루기로 한다.

모윤숙시인, 서정주시인, 윤일주시인 윤동주의 동생, 황순원소설가, 박두진시인, 정비석소설가, 구상시인, 김송소설가, 유정시인·번역가, 이병도사학자, 이희승국어학자

이로써 일단 일람표의 거의 모든 문인이 망라된 셈이다. 한 번도 다루어지지 않은 인물은 No. 3 윤흥길, No. 25 임헌영뿐이지만, 이 두 분은 당시 젊은 편에 속하는 중견 문인이었으므로, 본래 목적인 원로급 문인의 기록에서는 제외한다.

이하에서는 방문 일자가 빠른 순서로 기술하기로 한다. 서술 방식은 필자 측의 질문에 응답한 내용과 문인 본인이 자유롭게 말한 내용이 혼재되어 있으나, 발언한 순서를 원칙으로 하였고, 사실 여부와 관계없이 대체로 말한 그대로의 내용을 기록하였다. 필자의 일부 주기는 괄호 안에 표시했다.

1. 모윤숙毛允淑, 1910~1990

방문일자	1980.8.21.
방문자	고노, 시라카와
약력	함경남도 출신 시인. 1931년 이화여자전문학교 졸업. 여고 교사 및 기자로 활동. 1948년 유엔에 한국 대표로 참가. 1949년 문예 잡지『문예』창간을 주도. 1954년 국제 펜클럽 한국본부 창립에 관여했으며펜클럽 부회장을 거쳐 제4대 회장 역임, 이후 국회의원, 한국현대시협회 회장 등을 역임하였다. 제1시집『빛나는 지역』1933 이후 시 창작을 지속하였고, 연애 산문집의 성격이 짙은『렌의 애가』1937가 장기간 베스트셀러가 되어 유명하다.

인터뷰

한국 펜클럽의 중진으로서 오랫동안 군림했던 모윤숙 여사답게, 당당한 응대 태도가 첫인상이었다. 사전에 연락하고 우리가 펜클럽 사무실을 방문했을 때, 8월 하순의 더운 날씨였기에 가벼운 옷차림으로 편안히 계시다가, 급히 겉옷을 걸치고 40분가량의 인터뷰에 응해 주셨다.

- '나는 이광수李光洙의 마지막 제자다'(실제로 이광수가 모 여사의 제1시집을 칭찬했다). 이광수는 미남이었고 휴머니스트였다(한때 연애 감정이 있었던 듯하다).
- 일본 작가 중에서는 1970년 도쿄 펜대회에서 가와바타 야스나리川端康成를 만나 감격했다. 시인으로는 이시카와 다쿠보쿠石川啄木에게 매료되었다.

- '일제시대'^{식민지 시기}에도 인상적인 '좋은 일본인'들이 많았다. 예를 들어 종로경찰서 서장은 '일본어로 시를 쓰는 것은 무리다'라고 미나미 지로^{南次郎} 총독에게 교섭해 주었다.
- 이화여전 재학 당시에 배웠던 일본인 국문학 선생은 실력이 뛰어나, 『겐지모노가타리^{源氏物語}』 등을 흥미롭게 청강하였다.
- 지금도 시 창작을 하고 있으며, 주로 서사시이다.
- 나카가미 겐지^{中上健次}와 윤흥길^{尹興吉}과의 대담 이야기는 전해 들었다 (마침 이 인터뷰 2개월 전에 필자드 통역으로 참여한 두 사람의 대담집 『동양에 위치하다^{東洋に位置する}』^{作品社, 1981}의 대담이 서울 시내에서 진행되었다).

필자의 소감

여성 문인이 흔치 않던 상황에서 장기간 문단의 중진으로 머무를 수 있었던 이유를 좀 더 듣고 싶었으나, 짧은 시간 동안, 그것도 펜클럽 사무실 내에서는 무리였다. 최근^{1950. 11. 7.~9.} 모 여사를 실사화한 10여 분 남짓의 영상^{다른 인물이라는 지적도 있으나}을 보았는데, 촬영을 의식한 '배우' 같은 인상을 받았다. 이 역시 그녀의 성격 등을 추측하는 데 참고가 될 수 있을 것이다.

2. 서정주徐廷柱, 1915~2000

방문일자	1980.9.21.
방문자	고노, 시라카와, 세리카와, 세키네, 나가토모 에이코^{서울대}

앞줄 왼쪽부터 필자, 서정주 시인, 세키네. 뒷줄 왼쪽부터 세리카와, 고노

약력 전라남도 고창 출신 시인. 1935년 중앙불교전문학교^{후의 동국대} 입학. 1936년『동아일보』신춘문예에 시가 당선. 1941년 제1시집『화사』간행. 1949년 한국문학가협회 창립시 시부 위원장 역임. 1959년 동국대 교수^{~1979년}. 1960년 제4시집『신라초』, 1972년『서정주 전집』^{전 5권} 간행. 1977년 한국문인협회 이사장^{1978년까지} 역임. 한때 노벨문학상 후보로 기대되었으나, 식민지 시기에 친일적인 시를 남겼고 1980년대 전두환 정권에 친화적이었기에 비판을 받기도 했다. 그러나 사후 금관문화훈장이 추서되었다.

2시간 반에 걸쳐 진행되어 상당히 다방면으로 이야기가 확대되었다. 우선 본인의 사적인 사항이나 신앙 등에 관한 내용이다.

- 시집의 외국어 번역은 영어 번역 60편, 불어 번역 100편^{1982년 예정}, 스페인어 번역도 계획 중으로, 1983년까지 6개 국어가 될 것이다(노벨상을 상당히 의식한 것으로 보인다).
- 아버지는 조선 제일의 대지주였던 김성수의 집에서 농감農監을 맡았었다.
- 서 선생의 조상 중에는 '신선神仙'이 많았던 듯하다. 주周나라 목왕穆王 때 서언왕徐偃王이 서徐라는 나라를 세웠고, 주몽朱蒙이 조공을 바쳤다.
- 선운사禪雲寺는 원래 신선이 있던 곳으로, 선운사仙雲寺였으나, 불교식으로 개칭되었다.
- 불전 중에서는 황홀한 감각이 강한 『관무량수경觀無量壽經』에서 가장 큰 영향을 받았다. 영원을 가르치는 것은 역시 『법화경法華經』이다. 시간을 의식하지 않는 영원은 기독교보다는 역시 불교이다. 네팔과 인도 여행에서 이를 절감했다. 걸식乞食을 하면서도 도인으로 살아가는 모습.
- 중앙불전을 3년 만에 중퇴했고, 해방 후 문교부에 「신라 연구」라는 논문을 제출하여 부교수 자격을 얻었다. 정교수의 월급은 천 달러^{70~80만 원}였으며, 명예교수가 되면 45만 원이었다.
- 원고료는 신인의 경우 200자당 1,000~1,500원이며, 시는 산문의 글자 수의 10배로 계산한다.

다음으로 문인들에 관한 이야기이다.

- 이광수 : 성격은 강한 편이다. 정치력은 없으나 '어른'이었다. 어쨌든 영향력이 매우 컸다. '친일'은 굴복한 것이라기보다 자각에 의한 행동이다. 일본이 패망할 것을 알았다면 그런 행동을 하지 않았을 것이다. 고이소小磯國昭 총독이 춘원을 불러 시베리아 총독으로 만들어 주겠다고 했다고 한다. 여진족 또는 북방계의 매력적인 푸른 눈을 가지고 있었다.
- 임화 : 3년 정도 연상의 친구(실제로는 7세 연장이다). 머리가 좋고 감이 예리하다. 도쿄에 간 이후 나카노 시게하루中野重治의 제자가 되어 사회주의자가 되었다. 1934년 KAPF 탄압 후 1939년경에 만났다. 그의 아내 지하련과도 아는 사이로, 회기동 집에도 자주 갔다. 해방 후에는 만나도 모르는 척했다. 임화는 설정식미 군정청 홍보국장 등으로 인해 휘말린 것으로 보인다.
- 당시 인기 시인은 오장환, 본인, 김광균, 이용악이었고, 임화는 막 부상하던 시기였다.
- 해방 후 사회주의자가 된 문인들은 길에서 만나도 인사조차 하지 않았다.
- 박종화 : 중인 출신. 대지주2천석의 아들. 해방 후 조선청년문학가협회에는 이미 청년이 아니었으므로 불참했다. 이 단체는 당시 몇 안 되던 우파 작가들의 모임이었다. 1949년 한국문학가협회에서 처음으로 초대 회장에 취임.
- 이기영 : 막걸리도 함께 자주 마셨다. 한설야보다도 시시하고 매력이 없는 작품이다.

- 최재서 : 역시 나와 친했던 선배. 술을 좋아했고, 마시면 자주 울었다. 임화 등보다 훨씬 뛰어났다. 임화는 최재서가 『인문평론』에서 발표할 기회를 제공해 주었다. 『국민문학』에서 엄청난 친일파가 되었다. 춘원 이광수와 마찬가지로 지금은 동조할 수밖에 없다는 일종의 신념 하에서 비롯된 행동이었을 것이다. 춘원과 마찬가지로 국제 정치에 대해 무지했던 것으로 보인다. 유진오도 마찬가지이다.
- 김동인 : 큰 부잣집 아들로 자존심이 강한 묘한 인물이었다. '川端龍子'의 사립학교에 다녔다^{가와바타 교쿠쇼(川端玉章)의 가와바타 화학교(川端画学校)에 대한 기억 착오로 추측됨}. 플로베르의 영향을 크게 받았다. 구니키다 돗포^{国木田独歩}의 「운명론자」와도 유사하다. 훗날 북지위문단에 차출되었을 때도 오만하여, '당신은 누구입니까?'라는 질문에 '나는 문인단장이다'라고 말했다고 한다.

필자의 소감

필자는 대학에서 매주 강의를 청강하고 있었고, 그 강의 역시 이 자택에서 진행되었기 때문에, 상당히 많은 것을 여쭤보았다고 생각했지만, 여전히 흥미로운 이야기가 많았다. 그것을 시인답게 리듬감 있는 말투로 거침없이 이야기하는 것이 매력이었다.

3. 윤일주尹一柱, 1927~1985

방문일자	1980.10.3.
방문자	고노, 시라카와, 송우혜

왼쪽부터 필자, 윤일주 선생, 송우혜 작가

약력 　　　　윤동주보다 10세 아래 동생. 건축학자이자 시인이기도 하다. 성균관대학교 교수를 역임했다.

※ 윤동주1917~1945 : 중국 북간도 지방현 연변조선족자치주 출신 시인. 1941년 서울 연희전문학교 졸업 후 일본 유학. 릿쿄대학을 거쳐 도시샤대학 영문과로 전학. 1943년 독립운동 혐의로 체포되어 징역 2년을 선고받고 후쿠오카 감옥으로 이송되었으며, 의문의 옥사獄死를 하였다. 생전에는 시집 출판이 없었으나, 유학 출발 직전 친구에게 증정한 자필 시집이 사후 윤일주 편『하늘과 바람과 별과 시』1948로 간행되어 베스트셀러가 되었다.

인터뷰

이번 방문에는 윤동주의 친척^{사촌 송몽규의 남동생의 맏딸}에 해당하는 소설가 송우혜 씨도 동행하였다. 우선, 윤일주 씨가 윤동주와 얼굴 생김새가 매우 닮았다는 점에 놀랐다^{사진 참조}. 2시간 반 가까이 이어진 인터뷰에서 윤동주에 대해 친절하게 이야기해 주었다. 먼저 후쿠오카 감옥에서 옥사했을 때의 이야기로 시작되었다.

· 감옥에서는 한 달에 한 번 엽서가 허용되었으나, 1945년에는 중순이 되어도 연락이 없었다. 그러던 중 2월 16일 사망했다는 전보^{'동주 사망 시신 찾으러 오라'는 내용}가 이틀 뒤인 일요일에 도착했다. 가족들은 교회에 가 있어서 본인이 전보를 받았다. 아버지^{윤영석}가 사촌 윤영춘^{시인, 후에 영문학 및 중문학자}과 함께 후쿠오카로 갔다.

· 윤 시인을 처음으로 높게 평가한 사람은 당시 『경향신문』 주필이었던 정지용이었다. 1947년 2월 16일에 추도회를 열어주었다.

· 일본 유학을 하게 된 동기 : 조선에는 전문학교밖에 없었고, 경성제대는 어려우나, 학업을 더 이어가고 싶었고 아버지도 이를 인정해 주었다. 26세가 되어서도 유학하는 것에 대해 미안한 마음이 있었던 듯하다.

· 학병 모집은 1944년부터였는데, 간신히 피할 수 있었다.

· 공산주의 사상에 대해 어느 정도 알고 있었는지는 불분명하지만, 기독교 집안에서 성장했기 때문에 많이 알지는 못했을 것이다. 다만 당시 북간도에서는 좌우익의 다툼이 심했고, 이 모든 것을 보았을 것이다. 사회주의 계통의 사상을 가질 성격은 아니었으며, 특고^{特高} 기록에도 없다.

· '동주^{東柱}'가 아닌 '동주^{童舟}'라는 필명을 중학교 시절부터 사용했다.

- 북간도 용정에 있는 중학교에 다녔는데, 이 지역 인구의 30% 정도가 중국인이었고 그들도 조선어를 사용했다. 반대로 초등학교 3학년부터 중학교 3학년까지 주 1~2회의 중국어 수업도 있었다. 윤동주는 중국어도 할 수 있었기에, 후에 「詩란? 不知道」 등의 낙서도 남겼다.
- 전후 일본 신문에서 그의 저항시나 유고의 행방불명, 사인의 미스터리 등에 대해 여러 차례 보도되었다. 『西日本新聞』, 1970.8.16; 『京都新聞』, 1971.1.26; 『西日本新聞』, 1978.2.16 (윤일주 씨는 한때 일본에 체류했기에 신문을 면밀하게 확인했다)
- 김소운의 일본어 번역에도 빠진 부분이 있다.

필자의 소감

본인은 건축학 전문가이나, 시도 쓰고 있는 조용한 분이었다. 이처럼 다정한 동생이 없었다면 형의 업적을 정리하는 작업은 적잖이 어려웠을 것이라 생각된다.

4. 황순원黃順元, 1915~2000

방문일자   1980.11.2.

방문자   고노, 시라카와, 세리카와, 미즈노, 세키네

왼쪽부터 세키네, 황순원 작가, 고노, 세리카와, 미즈노

약력   평양 근교 출신 작가. 15세경부터 시 창작. 1934년 평양 숭실 중학교를 졸업하고 일본으로 건너갔다. 1939년 와세다대학 영문과를 졸업하고 귀국하였다. 1946년 월남하여 서울 중고 등학교에서 국어 교사로 근무했다. 그 후 단편 100여 편과 장편 7편을 발표했으며, 단편 「학」[1953] 등이 고등학교 국어 교과서에도 실렸다. 1957년 예술원 회원이 되었고, 1961년 장편 『나무들 비탈에 서다』[1960]로 예술원상 수상. 1966년 장편 『일월』[1962~1963]로 삼일문화상 수상. 1957년부터 1980년까지 경희대 교수 역임. 사후 금관문화훈장이 추서되었다.

5명이 자택을 방문했을 때, 두루마기를 깔끔하게 차려입고 나타난 황
작가는, 1시간 반가량 시종일관 진지하고 단정한 표정으로 응대해 주었
다.^{사진 참조}

- 일본 유학의 동기 : 이미 경성제대가 있었으나 법학과 중심이었다.
  문과 계열 출신으로 훗날 소설가가 된 사람은 이효석 씨 정도였다.
  문학에는 어린 시절부터 흥미가 있었으나, '한국문학' 관련 학과가
  특별히 대학에 개설되어 있지 않았으므로 일본으로 건너갔다. 일본
  에 가면 여러모로 번역서가 잘 나와 있기에 무엇이든 읽을 수 있으리
  라 생각했다.
- 고향인 평안남도는 기독교가 일찍부터 들어와 계몽되어 있었다.『동
  아일보』판매 부수가 서울보다 많았을 정도이다. 김소월, 김동인, 이
  광수 등이 모두 평안도 지방 출신이다. 그러나 본인은 중앙 문단과
  교류가 없었고, 교섭에 서툰 편이라 문인들을 잘 알지 못한다.
- 이효석은 자주 만나지는 못했지만, 지적인 사람이라고 느꼈다. 그러
  나 농촌을 다룬 소설의 경우는 그가 낭만주의자였기 때문에, 수사학
  적으로는 아름다울지 몰라도, 내용까지 아름답다고는 할 수 없다. 오
  히려 김유정의 소설이 훨씬 낫다.
- 해방 후 몇 달 동안은 자유롭게 문학 활동을 할 수 있었다. 그러나 서
  서히 성정에 맞지 않게 되어 1946년 5월에 월남하였다. 공산당으로
  부터 '주제 소설'을 쓰라는 명령을 받은 적은 없다.
- 와세다대학 영문과에는 조선에서 온 유학생이 5명 있었다. 김영랑의
  동생이나 백낙청의 친척 등이다.

· 이상 : 도쿄에서 여러 번 만났고 술도 마셨다. 히가시나카노東中野에 아파트가 있었다. 매우 수다스러운 사람이었다. 김문집에 대해서도 재미있는 이야기를 했다. 김소운이 그와 친했다는 것은 잘 모르겠다.

· 내가 좋아하는 서양문학은 프랑스문학플로베르이나 러시아문학톨스토이, 체호프이다. 영문학이나 독문학은 체질에 맞지 않는다.

· 일본문학에서는 시가志賀直哉, 가와바타川端康成, 다자이太宰治, 전집을 소유하고 있음 등을 좋아한다. 오에 겐자부로大江健三郎도 좋아한다. 다니자키谷崎潤一郎는 서양 소설에 가장 가까웠지만 친숙함을 느끼지 못한다. 아쿠타가와芥川는 너무 건조하고 여유가 없다. 지금도『분게이슌슈文藝春秋』는 자주 읽는다.

· 한국 소설은 서양 소설과 직접적으로 충돌했기 때문에 일본문학보다 서양 소설에 가까운 면이 있다. 따라서 번역을 해도 서양인들은 일본 소설보다 한국 소설을 선호하는 듯하다(황 작가 자신도 노벨문학상 후보로 거론된 적이 있다).

· 다나카 히데미쓰田中英光나 다자이는 자살했지만, 독자들에게 감동을 주었으므로 나쁜 영향을 미친 것은 아니다. 이상은 생전에 유명하지 않았기 때문에 문제가 되지 않는다.

· 김사량황순원보다 1세 연상, 평양 출신은 평양에서 만난 적이 있다(그러나 1992년 3월 19일에 전화로 문의했을 시에는 "이름은 알고 있었으나 만난 적도 없고, 타인의 일은 별로 신경 쓰지 않는다"라고 의외로 무뚝뚝하게 대답했다).

· 근대 한국 소설 작가로는 김유정 등이 좋다. 염상섭은 우리에게 별다른 감동을 주지 못한 작가이다. 최근 작가 중에서는 황석영, 이청준, 조해일, 조세희 등이 좋다.

· 어렸을 때「흥부전」이나「춘향전」등은 장터에서 사서 읽었다. 신소

설은 읽지 않았다. 이후 교단에 서게 되면서 이인직 등을 읽었으나, 그 외의 신소설은 별것 아니다.

필자의 소감

단정한 표정으로 처음에는 긴장했으나, 점차 마음을 터놓고 이야기해 주었다. 부정한 것을 싫어하는 인상이었다. 도쿄 시절을 그리워하는 듯한 모습이었고, 문단 인물에 관해서는 '모른다'고 강조했다. 고향인 북한에 대해서는 아무것도 이야기하고 싶어 하지 않았다. 책장에 『아나키즘의 철학』과 『장자』가 꽂혀 있는 것이 보였다.

5. 박두진朴斗鎭, 1916~1998

방문일자   1981.1.14.

방문자   고노, 시라카와, 서리카와, 미즈노, 세키네

앞줄 왼쪽부터 박두진 시인, 세키네, 필자. 뒷줄 왼쪽부터 고노, 세리카와

약력   경기도 안성 출생 시인. 1939년 시가 정지용의 추천으로 『문장』에 실려 등단하였다. 해방 직후인 1946년에 간행된 박목월, 조지훈과의 3인 시집 『청록집』으로 유명하다. 1946년 당시 주류였던 좌익계 문단에 대항한 조선청년문학가협회 창립에 참여하였다. 그의 시는 자연을 소재로 하면서도 민족의식을 담고 있는 특징을 지닌 것으로 평가된다. 시집은 『수석열전』[1973] 등 10권 이상 있으며, 1984년에 『박두진 전집』이 출간되었다. 1972년부터 1981년까지 연세대학교 교수를 역임하였고, 1970년 삼일문화상, 1976년 예술원상을 수상하였다.

연세대 근처 국제우체국 뒤편에 있는 누추할 정도로 질박한 자택에서, 한복을 입고 팔짱을 낀 채, 한 시간 반가량 조용히 이야기해 주었다. 일본인에게 경계심을 품고 있는 듯 시선을 맞추지 않았으나, 내용은 사실을 성실하게 이야기한다는 인상이었다 (사진 참조).

- 최남선 : 일본의 영향은 그다지 크지 않다. 시조를 하다가 신체시를 쓴 것이다.
- 이태준 : 선비^{고결한 지사}답고 냉정하며 운치 있는 사람이었다. 일제 말기에 일본어가 아니면 잡지를 낼 수 없게 되자,『인문평론』의 최재서는 절반이 일본어라도 발행하겠다고 했지만, 그는 '그렇다면 하지 않겠다'고 말했다(이태준 주재의『문장』에 대한 이야기이다).
- 이육사 : 무서운 사람.
- 정지용 : 박 시인을 추천한 선배이지만, 등단 당시에는 만난 적이 없고 나중에 인사했다. 기타하라 하쿠슈北原白秋 등의 영향이 있었을 것이다. 성실한 사람이었기에 해방 후에는 사상적인 문제로 작품을 쓸 수 없었을 것이다.
- 『청록집』에 수록된 작품들은 그 직전 수년간 조선어가 사라질 것이라는 위기감 속에서 써 모았던 것들이다. 1939년 전후에 등단한 사람은 5명이었는데, 박남수, 김종한, 이한직은 서울에 없었기 때문에 박목월, 조지훈과의 3인 시집이 되었다. '청록파'로 불리지만 문학적 유파는 아니다.
- 일제 말기에 주요한의 사회로 시 낭독회가 있었다. 일본어로 쓴 사람이 많았으나, 우리는 그다지 알려져 있지 않았기에 그렇게 하지 않아

도 되었다. 본인은 1942년부터 1945년 사이에 한국어로도 발표가 없었다. 그 직후 『청록집』이 호평을 받았다. 새로우면서도 전통적이었기에 운이 따랐다고 생각한다.

· 모더니즘 계열 시인이상, 김기림, 길광균 등은 나의 성향에 맞지 않는다.

· 월북한 시인 : 대체로 시 자체는 매우 훌륭했다. 8·15해방 이후 갑자기 좌익 시가 늘었다. 오장환은 소학교 시절 동창생이다. 미남이었고 매우 감상적인 시를 썼다. 이용악은 친구였고, 해방 후에도 자주 만났지만, 시는 나의 성향에 맞지 않는다. 백석은 만난 적이 없다.

· 서사시는 어렵고 재미가 없다. 현대인의 감각에 맞지 않을 것이다. 소설이 더 낫다.

· 본격적인 문학에는 사회성, 윤리성, 예술성이 있어야 한다. 이 예술성이라는 것은 인생, 사회, 인간 전체를 위한 것이어야 한다.

필자의 소감

박 시인은 고지식하다는 인상이 강했다. 여기에는 학력을 포함하여 어떤 콤플렉스 같은 것이 있어, 무의식중에 완고한 자세를 취하는 것이 아닌가 생각되었다. 그러나 질문에는 성실하게 답해 주었다.

6. 정비석鄭飛石, 1911~1991

방문일자	1981.5.7.
방문자	고노, 시라카와, 세리카와, 미즈노, 세키네

왼쪽부터 미즈노, 고노, 세키네, 정비석 작가, 필자, 세리카와

약력 평안북도 의주 출신 소설가. 1932년 니혼대학 문과를 중퇴하고 귀국하였다. 1936년『동아일보』신춘문예에 단편「졸곡제」가 입선하였고, 이듬해인 1937년에는『조선일보』에「성황당」이 1등으로 당선되어 등단하였다. 이후 신문기자 및 해방 직후 잡지『대조』편집 주간 등을 역임하였다. 1950년대부터 전업작가로 활동했다. 최대 베스트셀러는 서울신문에 연재한 장편『자유부인』[1954]으로 영화화되기도 했다. 이는 대학 교수 부인의 자유분방한 삶을 그려, 한국전쟁 직후 신시대의 동경을 대변하는 작품이 되었다. 대중 인기작가였던 그는 역사물이나 중국 고전에서 소재를 취한 작품 등 다채로운 창작 활동을 하

"

였다. 1961년 국제 펜클럽 한국본부 부위원장을 역임했다.

인터뷰

2시간 반 동안 다양한 이야기를 들려주었다. 사진에서 짐작할 수 있듯이, 평상복 차림의 작가라는 인상이었다.

- 문학의 길을 택한 동기 : 서당에서 「삼국지」를 암기하는 노인이 있었는데, 자신도 이야기꾼이 될 수 있다면 좋겠다고 생각했다. 또한 당시에는 길거리에서 신소설을 팔았기 때문에 언제든지 구할 수 있었다.
- 압록강 건너편 안동에 만철중학^{일본인학교}이 있었는데, 조선인도 1~2명 양념처럼 넣어주었기에 입학했으나, 고향 근처에 신의주중학^{일본인학교}이 생겨서 전학했다.
- 2학년 때 작문으로 극찬을 받아 작가가 되어야겠다고 생각했다. 또한 당시에는 다른 일을 해도 조선인은 성공할 수 없었다(판검사와 의사 정도만 가능했다).
- 쇼와 4~5년^{1929~1930년} 일본문학 전집이 출간되어 닥치는 대로 읽었다. 대중·세계문학도 읽었다.
- 신의주고등보통학교^{조선인학교}로 옮겼다. 백철이 4년 선배였다. 좌익계 독서회에서 검거되었으나 집행유예 5년으로 풀려나 일본으로 갔다.
- 히로시마의 고료^{広陸} 중학을 목표로 했으나 입시가 끝난 상태였다. 다른 지방 학교도 생각했으나, 도쿄가 경찰의 감시가 덜하다는 이유로 니혼대학에 입학했다. 본가는 지주였기에 고생한 적은 없었지만, 의학·법학 이외의 학교는 안 된다는 말을 들었다. 몰래 문과에 입학

했으나 들통나 2년 만에 중퇴했다.

- 도쿠나가 스나오^{徳永直} 등이 편집하는 『분가쿠신분^{文学新聞}』 현상 모집에 「조선의 아이로부터 일본의 아이에게^{朝鮮の子供から日本の子供へ}」를 응모하여 당선되었고, 자신감을 얻었다. 당시에는 조선어가 서툴렀기에 일본어로 썼는데, 이것이 옳은 것인가 하고 반성했다. 일본에서 오히려 조선어 실력을 연마하고자 했다. 홍명희의 『임꺽정』이 어휘가 풍부하여 공부에 도움이 되었다.
- 최남선 : 기억력이 뛰어났다.
- 이광수 : 이야기하기를 좋아했다.
- 외국 작품으로는 톨스토이의 『부활』, 이시카와 다쓰조^{石川達三}의 『결혼의 생태』¹⁹³⁸를 좋아했다.
- 1936년 『동아일보』 신춘문예에서는 김동리가 당선되었고, 본인은 2등 입선이었다. 이를 계기로 서울로 갔고, 문학 동인지 계획도 있었으나 결실을 보지 못했다.
- 징용을 피하고자 1940년 매일신보사에 입사, 조용만, 백철 등과 함께 일했다.
- 금강산을 좋아하여 자주 찾았다. 박식한 일본인 길 안내자가 있었다. 승려는 징용되지 않았기에, 진심으로 금강산 입산 준비를 하던 중 8·15해방을 맞이했다.
- 해방 후에는 이북의 재산도 사라져, 생계를 위해 신문 소설을 썼다. 그리고 점차 대중적인 작품에 손을 대기 시작했다.

필자의 소감

방문한 문인의 절반 이상이 민족복^{한복} 차림으로 나왔는데, 자택임에도 불구하고 일본인 방문자를 의식하여 긴장했던 사람이 많았던 것일까. 전기_{1980~1981년}에 인터뷰한 문인 중에서 평상복으로 맞아준 사람은 이 정비석 작가와 김동리 작가, 그리고 평론가 백철 씨, 이헌구 씨 정도였다.

7. 구상具常, 1919~2004

방문일자	1981.12.21.
방문자	고노, 시라카와, 세리카와, 세키네
약력	함경남도 원산 출신 시인. 1941년 일본대학 종교과전문부를 졸업한 가톨릭 신자이다. 1942년부터 1945년까지 함흥의 북선매일사에서 기자 생활을 했다. 1946년 원산문학가동맹에서 간행한 시집『응향』에 실린 시「여명도」등이 이듬해 북한의 문학예술총동맹으로부터 퇴폐적, 반동적이라고 비판을 받았다. 이것이 계기가 되어 남한으로 탈출하였다. 1951년 제1시집『구상 시집』간행. 1952년『영남일보』주필 겸 편집국장 역임. 제2시집『초토의 시』1956. 1962년『경향신문』논설위원 겸 도쿄지국장1965년까지 역임. 인생의 중대한 전환점이 '응향 사건'이었음은 분명하다.

인터뷰

본명은 구상준具常浚. 2시간 반에 걸쳐 상당히 광범위한 이야기를 들을 수 있었다. 사진도 촬영했지만 부주의로 인해 분실된 것이 아쉽다. 거실의 큰 새장에 작은 새가 있었다. 면담 중에 반상회 안내 방송이 있었다.

· 본인은 가톨릭 신자이지만, 니혼대학 종교학과 학생의 80%는 불교 관계였다.
· 『응향』은 해방 기념 시집으로, 평양에서는 『북풍』이라는 시집이 간행되었을 것이다. 기성 시인 3명구상, 강홍운, 노양근이 중심이 되어 5편을

실었다. 소련 환영사나 프롤레타리아트의 노래도 있었음에도 불구하고, 의도적으로 조작된 사건이었다. 검열원으로 김사량, 최명익, 송영, 김이석이 평양에서 원산으로 왔다.

· 1946년 12월 하순, 38선 근처로 출장 명령을 내려준 것을 기회로 즉시 출발했다. 그러나 '출장명령서'를 분실하여 체포되었다. 1947년 2월, 마침 러시아인 보초가 없는 수용소 화장실의 대변 구멍을 통해 탈출했다. 운 좋게 남조선으로 길을 안내하는 중년 남성을 만나 미군 초소에 도착할 수 있었다.

· 시 「여명도」의 예술성에는 자신이 있었다. 해방 찬가 일색인 시대에 소련군에 대한 '비유'의 의도도 썼다.

· 서울에 와서 김기림과 정지용을 만났다. 정 시인은 가톨릭 신자였기에 바로 만났다.

· 해방 전에 오장환을 만난 적이 있다. 그는 화가 이중섭과 친했다(구상 역시 이중섭의 친우였을 것이다).

· 이태준의 『문장』은 상징주의나 낭만주의를 내세워 저항하려 했을 것이나, 결국 남은 것은 박두진 등의 '자연의 오묘한 이치'를 그린 작품들뿐이 아닌가.

· 니혼대학 시절 독서는 당시 대학생 일반이 읽던 것과 같았다. 아베 지로阿部次郎의 『산타로의 일기三太郎の日記』, 가가와 도요히코賀川豊彦의 『사선을 넘어서死線を超えて』, 가와카미 하지메河上肇의 『가난 이야기貧乏物語』, 니시다 기타로西田幾多郎의 『선의 연구善の研究』 등이다. 세계문학 전집도 마찬가지였다. 단가는 사이토 모키치斎藤茂吉, 시는 가네코 미쓰하루金子光晴, 하기와라 사쿠타로萩原朔太郎를 읽었다. 기타가와 후유히코北川冬彦는 한 번 만났다.

- 시인 중에서는 본인과 친했던 공초 오상순이 훌륭하다. 동양에서 가장 뛰어난 불교 현자가 아닐까 한다. 감각적인 화려함은 없지만, 허무가 무엇인지를 보여주었다. '유무상통有無相通'이 그의 유언이었다.
- 이광수 : 2번 만났다. 단정하고 기본 정신도 강해 보였는데, '신단神棚 앞에 엎드려' 등이라고 말했다는 것이 믿기지 않는다. 그러나 우리는 외부적으로 강제된 시대를 살았던 인간이다. 외부와 내부의 분리를 최소한으로 줄이는 것이 내 사상의 초점이며, 예술원 회원을 그만둔 것도 이 때문이다.
- 한국 지식인 전체가 로고스적이기보다 파토스적으로 되어가고 있다. 이래서는 범신汎神 세계에 빠져버릴 것이다. 한국에는 예부터 인식론이 없고 실천윤리만 있었다. 실천적, 에토스적인 삶을 영위한 이는 황진이밖에 없다. 예외적인 인물은 원효, 이퇴계, 이율곡 정도이다. 3·1 정신이라고 하지만, 종교나 사상은 있되, 엄밀히는 칸트의 순수이성비판에는 미치지 못한다. 문학작품 또한 그 영향으로 감성적 차원에서 다루어지고 있다. 본인의 경우는 약간 다르다.

필자의 소감

시인의 이미지치고는 다소 논설적인 이야기가 많아 놀랐다. 또한 그의 교양의 원점에는 일본에서 일본어로 접한 인문 서적이 큰 비중을 차지하고 있는 듯 보였다. 유일하게 가장 열을 올리며 이야기해 준 것은 월남 당시의 탈출극이었다. 수용되어 있던 건물의 평면도까지 그려주었다. 그것이 인생 최대의 기로였음을 알 수 있다.

8. 김송金松, 1909~1988

방문 연월일　　1985.1.27.

방문자　　　　세리카와, 시라카와

왼쪽부터 필자, 김송 작가, 세리카와

약력　　　본명 김현송金玄松. 함경남도 함주군 출신 극작가이자 소설가. 함남고등보통학교를 거쳐 1927년 일본으로 건너가 니혼대학 예술과를 중퇴하였다. 1932년 귀국했으나 1934년부터 1939년까지 다시 일본으로 건너갔다. 1935년경부터 희곡 집필이 많아졌고, 1939년에는 희곡집 『호반의 비가』까지 출간했으나, 1943년 이후에는 소설가로 전향했다. 대표작으로 「남사당」[1948] 등이 있다. 한편 1945년 말 종합지 『백민』[이후에 문예 중심 잡지로 재편]을 창간하고 편집 겸 발행인을 맡았다. 『서울신문』 문화부장, 『자유문학』 주간 외에도, 1973년 전국소설가협회 회장이 되는 등 다채로운 활동으로 알려져 있다.

인터뷰

자택이 아닌 호텔로 찾아가서 1시간 반가량 이야기를 들었다.

- 1930년경 서울 조선극장당시 인사동에 있던 가장 큰 극장이었다고 함에서 희곡 「지옥」을 상연했으나, 당국의 명령으로 2일 만에 중단되었다(김송 씨는 당시 일본에 체류 중이었으므로, 일시 귀국한 것인지는 불분명하며 1932년일 가능성도 있다). 이 극장은 소실되었고, 후의 예총 본부 자리이다.
- 1945년 12월부터 1950년 5월 사이에 발행했던 『백민』은 3만 부를 인쇄하여, 그중 1.5만 부는 2호까지 마포에서 평양으로 보냈다. 총 23호 중 21호까지는 본인이 편집 겸 발행인이었다. 22·23호는 중앙문화협회의 기관지가 되었다. 친했던 김광섭이 집을 팔아 자금을 마련했었다. 내가 1959년부터 주간을 맡았던 자유문인협회의 기관지 『자유문학』의 판권을 양도받아 김광섭이 주간이 되었다. 재정난이라고 하여 도와주었으나, 1963년에 폐간되었다.
- 『탑』을 쓴 한설야는 함흥 출신이라 자주 어울렸다. 해방 후에는 대단한 작품이 없다.
- 임화1930~1931년 일본 체류 중를 자주 만났다. 요코하마의 하야시 후사오林房雄의 문화주택 바로 근처에 있었다. 임화는 재능 있는 인물이었으나, 야심은 없었던 것 같다. 세밀하게 깊이 생각하는 성격이었다.
- 장혁주의 「아귀도」1932는 내가 일본에 체류 중일 때 나왔는데, 잘 썼다고 생각했다. 그러나 그 후의 작품은 좋지 않다.

- 『현대문학』^{1955~} 편집장이었던 오영수는 내 제자이다. 라이벌 관계는 아니다.
- 이광수 : 박학다식하고 동양적인 인물이었다. 동양 사상에 더 깊이 들어갔더라면 좋았을 것이다.
- 김동인 : 고향에 한 번 왔었다. 친해질 수도 있었겠지만, 문학적으로 입장이 달랐다.
- 이용악 : 고향에도 놀러 와서 친했다. 시원시원한 성격이었다. 임화와는 반대되는 성격이다.
- 최서해 : 1932년에 요절했는데 미아리 공동묘지 이장 때 망우리로 이장한 것이 본인이다^{함경북도 출신이기 때문에}. 두 아들은 이북에 있을 것이다.
- 권환 : 도쿄대 미학과^{독문과일 가능성도 있음}에 있었기에 도쿄에서 자주 함께 지냈다. 김사량의 선배이다. 내가 한때 경찰에 체포되었을 때, 나는 스기나미^{杉並} 유치장에 있었는데, 그는 경시청 유치장에 있었다(1929년 유학생 잡지 『학조^{学潮}』 필화 사건이었다).
- 기억에 남는 일본 작가 : 나카노 시게하루, 도쿠나가 스나오, 하야시 후사오, 히라바야시 다이코^{平林たい子}.
- 서양문학으로는 모리스 마테를링크나 아우구스트 스트린드베리, 러시아 작가도 자주 읽었다.

필자의 소감

다채로운 활동을 한 인물이기에, 화제 또한 연극부터 잡지 등에 이르기까지 다방면에 걸쳤다. 인터뷰 시점에는 이미 76세였으나, 과거 데이터 등에 대한 기억력이 매우 뛰어났다.

9. 유정柳呈, 1922~1999

방문일자	1985.2.2.
방문자	세리카와, 시라카와

왼쪽부터 필자, 유정 시인, 세리카와

약력   함경북도 경성 출신 시인, 번역가. 일본에 유학하여 1945년 조치대학上智大学 철학과를 중퇴하였다. 17세에 호리구치 다이가쿠堀口大学의 추천으로 문예지 『와카쿠사若草』에 일본어 시가 실렸다. 마찬가지로 일본 유학 중이던 몇 년 선배 이용악, 김종한에게서도 영향을 받았다. 귀국 후 곧바로 1946년에 월남하였다. 1956년 『중앙일보』 문화부장, 1970년 일본어 신문 『태양신문』 편집위원, 한국 펜클럽 중앙위원을 역임하였다. 시 창작을 지속하면서, 1960년대부터는 한국문학의 일본어 번역이나 일본문학의 한국어 번역도 잇달아 수행하였다. 『가와바타 야스나리 전집』[1969]이나 편저 『현대 일본 시집』[1984] 등이 유명하다.

1985년 봄의 방문은 아직 한국어 남아있던 세리카와 씨와 필자 두 사람만 참여했다. 평상복 차림으로 2시간 반 동안 격의 없이 이야기해 주었다.

- 이용악 : 같은 경성 출신으로 8세 연상의 선배이며, 1932년경부터 1940년경까지 도쿄에 있었다. 조치대학 신문학과에 있었기에 학교 선배이기도 하다. 제1시집 『분수령』1937은 자비 출판이었다(삼문사 간행으로 되어 있는 것은 이곳에 한글 활자가 있었기 때문이라고 한다). 시바우라芝浦에서 부두 노동자 일도 했었다. 학교는 처음 1년은 니혼대학이었으나, 조치대학 선과로 옮겨 본과에 편입되었다. 조치대학은 외국인을 잘 받아주었고, 한국인 차별도 없었다. 머리 좋은 사람들이 많이 다녔다. 귀국 후 1943년에 '모종의 사건'으로 모든 원고가 함경북도 경찰부에 압수되고, 청진 형무소에 수감되었을 것이다. 해방 후 1949년에는 '현대시인전집'동지사 제1권으로 『이용악집』이 출간되어 출판 기념회를 했으나, 한국전쟁이 발발했고, 인민군 후퇴 시점에 북으로 가버렸다.
- 나의 시 선배는 이용악 외에 이찬, 백석, 김기림, 정지용, 오장환이다. 오장환은 천성의 시인이며 키도 컸다. 젊은데 담배를 물고 있어 처음에는 오만한 사람이라 생각했지만, 그렇지 않았다.
- 박노춘 : 10세 연상의 시인으로, 1940년 10월 호세이대학法政大 고사부일어·한문과에 입학했으나, 전시 단축 졸업으로 1943년 9월에 졸업했다. 그 후 일본 출판 배급(주)에서 45년 3월까지 근무하다 귀국했다.

- 나 자신은 8·15해방 전까지 한글도 거의 할 줄 몰랐다. 그래서 나뿐만 아니라 90%의 사람들이 일본어 작품을 읽었을 것이다. 조선어 시를 읽은 사람은 10% 정도가 아니었을까.
- 장혁주 : 「아귀도」는 한일 양국에서 모두 반응이 좋았다. 「권이라는 남자」는 「아Q정전」과 비슷하다는 비판이 많았다. 「쫓기는 사람들」은 도스토예프스키 모방작이다.
- 김소운 : 8·15해방 전부터 알고는 있었지만, 존경하는 마음은 들지 않았다. 질투 때문일 수도 있다.

필자의 소감

방문자가 일본인이었기 때문인지 일본에 관한 이야기가 많았다. 그리움 때문일 수도 있을 것이다. 이용악에 대한 애정이 특히 깊은 듯했다. 또한 본인이 시 창작만을 고수하지 못한 것에 대한 아쉬움이 있는 듯한 느낌을 받았다.

10. 이병도李丙燾, 1896~1989

방문일자　　　1985.3.2.

방문자　　　　세리카와, 시라카와

약력　　　　　경기도 용인군 출생. 1910년 만 14세에 조혼하였고^{당시 흔한 일이었다}, 이후 9명의 자녀를 두었다. 1916년 와세다대학에 입학하여 사학 및 사회학과를 수학하고, 1919년 7월에 졸업하였다. 중앙학교 등에서 역사와 영어를 가르쳤다. 1920년 문예 동인지 『폐허』의 동인이 되었다. 1925년부터 1927년까지 조선사편수회 수사관보르 근무. 1934년 조선인만으로 구성된 진단학회를 창립하였다. 1946년 서울대에 사학과가 창설되면서 교수가 되었다. 1955년부터 1982년까지 국사편찬위원회 위원. 1960년 한때 문교부 장관 역임. 1960년부터 1980년까지 학술원 회장을 지냈다. 『한국사대관』¹⁹⁴⁸ 이래 고려사 등 고대사 연구의 대가이다.

인터뷰

이미 89세였으나 건강하셨고 담배도 끊지 않았다고 한다. 담담한 말투로 2시간 가까이 이야기해 주었다.

- 와세다 시절에는 최두선^{최남선의 동생}, 현상윤과 같은 하숙집에 있었다 (와카마쓰초^{若松町} 147, 고미네^{小峰} 댁일 가능성이 있다. 일시적으로 동거했을 수 있으나, 현상윤은 쓰루마키초^{鶴巻町} 472, 나카니시^{中西} 댁에서도 거주했었다).
- 당시 와세다에는 2년 선배로 신익희^{정치경제과}, 1년 선배로 현상윤^{사학과},

김여제^{영문과}가 있었다.

- 이광수는 철학과였으나 바빴는지, 일주일에 3회 정도밖에 등교하지 않았다. 그러나 한 달에 한 번 정도는 소바집 에도가와에서 '동창회'를 했다.

- 본인의 지도 교수는 서양사학의 게무야마 센타로^{煙山專太郎} 교수였으나, 3학년 때 강사였던 쓰다 소키치^{津田左右吉} 선생의 소개로 이케우치 히로시^{池内宏} 선생을 만나 영향을 받았다.

- 그때 처음으로 『이조실록』을 보았다. 『대일본지명사서^{大日本地名辞書}』로 유명한 요시다 도고^{吉田東伍} 선생도 계셨다. 이것이 서양사에서 동양사로 전공을 바꾼 계기이다.

- 영향을 받은 한국인으로는 최남선과 안확^{호 : 자산}이 있다. 안확 씨는 15세 정도 연상이었다(실제로는 10세 연장이다). 1916년경 도쿄에 있었으나 학교^{대학}에는 다니지 않고 도서관에만 다녔다. 체계적이지는 않았으나 머리가 좋은 사람이었다. 항상 집에 놀러 왔다.

- 문예지 『폐허』의 동인이 된 것은 학업 생활이 경직되어 있어 정서적인 면에 끌렸기 때문이다. 이 잡지의 창간호^{1920. 7.}는 100부를 인쇄했다. 인쇄비는 편집인이었던 고경상이 모두 지불했다. 동인으로는 염상섭 외에 문일평, 황석우 등이 있었다. 황석우 등과는 1920년 2월 YMCA에서 시 낭독회를 했고, 본인이 사회를 맡았다.

- 본인은 오랫동안 학술원장이었는데, 20년간 예술원장을 지낸 이는 박종화이다. 그는 역사 소설을 줄곧 썼다. 『세종대왕』¹⁹⁶⁹을 집필할 당시에는 입원 중이었는데도, 하루도 쉬지 않고 계속 썼다.

필자의 소감

우리를 배려해서인지 문학 관련 인맥 등에 대한 이야기가 많았다. 와세다 시절의 인상이 상당히 강했던 것으로 보인다. 외국인인 우리 젊은이들이 어차피 잘 모를 테니 처음부터 일러주겠다는 식으로, 편안한 느낌으로 비하인드 스토리를 솔직히 이야기해 주었다.

11. 이희승李熙昇, 1896~1989

방문 연월일   1985.3.8.

방문자   세리카와, 시라카와

약력   경기도 광주군 출생 조선어학자. 1908년 만 12세에 조혼. 서
울 한성외국어학교에서 영어를 배웠다. 사립 중앙학교에도
다녀 1918년에 졸업하였다. 경성방직에 취직했으나 학업을
계속하고 싶어, 연희전문학교 수물과를 1925년에 졸업한 후,
갓 개교한 경성제대 예과를 거쳐, 법문학부 조선어학·조선문
학 강좌를 1930년에 졸업하였다. 조선어학회 간부를 맡았으
며, 「한글 맞춤법 통일안」[1933] 발표에도 관여하였다. 1939년
부터 1940년까지 도쿄제국대학에서도 연구하였다. 1942년
조선어학회 사건으로 3년간 투옥되었다. 해방 후 서울대 교
수가 되었고, 1968년 학술원 부회장을 역임하였다. 『조선어
학논고』[1947]를 비롯하여 저서와 논문이 다수 있다.

인터뷰

이미 89세였으나 매우 정정하셨으며, 젊은 시절부터 커피를 좋아했다
고 한다. 참고로, 6일 전에 방문했던 이병도 씨와 생몰년이 같다는 사실
은 놀랍다. 어린 시절부터 다양한 공부를 해왔던 이야기부터 시작하여 2
시간 가까이 충분히 이야기해 주었다.

· 어학을 지망하게 된 것은 서당에서 한문을 공부하고 양정의숙에서
법률을 공부했으나[1912~1913년], 정서적인 것을 원했기 때문이다(이희승

씨에게는 시집과 수필집도 있다). 긔병도 씨도 법률을 공부했었을 것이다.

· 한성외국어학교는 관립이었다. 1911년 3월 졸업 예정이었으나, 1910년 한일병합으로 인해 폐지 예정이 되어 조기 졸업을 하게 되었다. 학생들 간 연령 차이가 컸으며, 나이 많은 학생들은 비분강개하고 있었다. 이 학교는 일어부, 한어부, 법어부, 독어부, 영어부의 5개 부서가 있었으며, 본인이 속했던 영어부에서는 지리나 '산수'까지 영어로 배웠다. 그 후 모교 등이 합병하여 발족한 경성고등보통학교에 본인은 다시 2학년으로 편입했으나, 교사는 모두 일본인이었고 학생들의 불만이 컸다. 그리하여 1911년 대부분의 편입생은 3학년 1학기만을 마치고 퇴학했고, 본인도 마찬가지였다.

· 아버지는 관료였기에 병합으로 실직했고, 서울에서 몇 년 버티다가 낙향했다. 본인은 공부를 계속하고 싶어 18세에 가출하여 와세다의 『중학 강의록中学講義録』으로 공부했다. 총독부 임시토지조사국 정리과 고원모집에 응시하여 합격했다. 붓글씨로 깨끗하게 베껴 쓰는 일이었고 일당은 36전이었다. 야간 중동학교에 1년간 다녔다1915년. 후에 초대 서울대 총장이 된 인격자 최규동 선생에게 배웠으며, 일요일에는 댁에까지 찾아가 여러 가지 상담을 받았다.

· 그 후 4년제 주간 중앙학교에 3학년으로 편입하여 2년간 수학했다. 주시경의 저서를 보고 어학 공부를 하고 싶어졌다. 조선어의 새로운 연구 방법을 획득해야겠다고 생각했다. 그러나 돈이 없어 실업 회사에 취직했다가, 이화여전 강사직을 얻었다. 강의는 일본어로 하라는 지시를 받았고, 한문도 일본식으로 가르치라는 지시로 인해 고생했다. 다른 한국인 교사들도 일본어 능력 부족으로 곤란을 겪었다. 그러자 몇몇 교사는 학교로부터 유급 상태로 2년간 일본에 가서 배우

고 오라는 지시를 받았다. 본인은 일본어를 사용할 수 있었으므로 휴직하지 않고 계속 근무하였다. 그러던 중 9년 후 1년 동안 쉬어도 좋다는 허가를 받아, 도쿄제국대학 대학원에 유학하였다. 지도교수는 경성제대에서도 지도를 받았던 오구라 신페이小倉進平 박사였다. 당시 인문계에는 한국인 학생이 4명 있었다. 김수경언어학과, 김계숙철학과, 장후영법학과 등이었다. 학부에는 김상협, 황수영, 유기천, 이미 졸업한 김사량 등 7~8명이 있었다.

· 주시경의 방법을 답습해서는 안 된다고 생각했다. 일본어에 대한 일본인 학자들의 연구 방법을 조사해 보았다.

· 홍명희는 재능도 있었고, 무엇보다 책을 많이 읽었다. 1만 권을 읽었다고도 한다. 한문 고전에 대한 기억력도 대단했다.

필자의 소감

이처럼 여러 학교에서 수학한 학자는 처음이어서 놀라웠다. 동시에 소년기에 일본 유학을 하지 않은 지식인이기도 하다. 청년기에 경험한 일을 세세한 부분까지 정확하게 기억하는 것은 대단한 일이다. 이 선생님은 귀가 어두운듯하여, 우리의 질문을 청취하는 데 어려움을 겪는 모습에 송구했다.

맺음말

 '들어가며'에서 언급했듯이, 이번에 다룬 11명은 이전에 공표한 적 없는 문인을 선정했다는 의미일 뿐, 체계성이 있는 것은 아니다. 또한 작가나 시인이 많음에도 불구하고, 작품 내용이나 당시 문단 상황 등에 관한 깊이 있는 이야기가 부족하다는 점은 부인할 수 없다. 이는 전적으로 인터뷰어인 우리의 공부 부족으로, 질문 자체가 피상적이었음을 보여줄 뿐이다.

 그럼에도 불구하고 대부분의 문인들이 솔직하게, 혹은 즐거운 듯이 당시를 회고하며 '비하인드 스토리'까지 들려준 것은 참으로 값진 경험이었다. 인터뷰로부터 40년 전후의 시간이 흐르고, 당사자들 또한 세상을 떠난 현재, 이를 공표하는 것은 향후 문학 연구 등을 위해 나름대로 유의미한 일이라고 생각한다.

 본고에서는 당시 메모 등을 참조하여, 원칙적으로 말한 그대로를 기록하였다. 사실과 다른 경우에는 괄호 안에 필자가 사실에 대한 일부 보충 설명을 덧붙였으나, 내용이 너무 복잡해지는 것을 피하고자 완전하게 반영하지는 못했다. 다른 한편으로, 문인 본인이 착각한 내용이라 할지라도, 그 자체로 귀중한 증언이 될 수 있는 측면도 있을 것이다.

 사실 일부 문인[일람표 20번 이후]은 사전 양해를 얻은 형태로 녹음이 진행되었다. 메모 등과 대조하면서 보다 자세한 인터뷰 내용을 재현하는 것 역시 향후 과제이다.

 또한 '들어가며'에서 필자는 이미 2차례에 걸쳐 11명분의 내용을 공표했다고 밝혔지만, 그중 한 편은 등사판으로 인쇄된 동인지에 기고한 것이어서 거의 알려지지 않았을 것이며, 다른 한 편은 한국어로 기고한 것이었으나, 모두 짧은 수필체의 글이었으므로, 일부 수정하여 다시 작성하는 것도 고려하고 있다. 본고는 이러한 과제들을 고려한 작업의 일부로서 작성되었다.

〈문인 인터뷰 일람표(방문일자 순)〉

No.	문인명	방문연월일	인터뷰장소	참가자명
1	박종화	1980. 7. 24.	문인자택	고노, 시라카와
2	백철	1980. 7. 31.	문인자택	고노, 시라카와, 미즈노
3	윤흥길	1980. 8. 3.	문인자택	고노, 시라카와, 세리카와
④	모윤숙	1980. 8. 21.	한국 펜클럽	고노, 시라카와
5	김소운	1980. 8. 23.	문인자택	고노, 시라카와, 세리카와
6	박화성	1980. 9. 1.	문인자택	고노, 시라카와, 세리카와
7	최정희	1980. 9. 7.	문인자택	고노, 시라카와, 세리카와, 세키네
⑧	서정주	1980. 9. 21.	문인자택	고노, 시라카와, 세리카와, 세키네, 나가토모 에이코
9	김기진	1980. 9. 28.	문인자택	고노, 시라카와, 세리카와, 미즈노, 세키네
⑩	윤일주	1980. 10. 3.	문인자택	고노, 시라카와, 송우혜
11	유진오	1980. 10. 5.	문인자택	고노, 시라카와, 세리카와, 세키네, 나가토모 에이코
12	김광균	1980. 10. 18.	문인자택	고노, 시라카와, 세리카와, 세키네
13	이헌구	1980. 10. 26.	문인자택	고노, 시라카와, 세리카와, 미즈노, 세키네
⑭	황순원	1980. 11. 2.	문인자택	고노, 시라카와, 세리카와, 미즈노, 세키네
15	김동리 손소희	1980. 12. 8.	문인자택	고노, 시라카와, 세리카와, 미즈노
⑯	박두진	1981. 1. 14.	문인자택	고노, 시라카와, 세리카와, 미즈노, 세키네
⑰	정비석	1981. 5. 7.	문인자택	고노, 시라카와, 세리카와, 미즈노, 세키네
18*1	박화성	1981. 9. 18.	문인자택	시라카와, 마키세 아키코, 차영자 (No. 6의 재방문)
19*2	이은상	1981. 10. 28.	문인자택	고노, 시라카와, 세리카와, 세키네
20	조용만	1981. 11. 25	문인자택	고노, 시라카와, 세리카와, 세키네
㉑	구상	1981. 12. 21.	문인자택	고노, 시라카와, 세리카와, 세키네
22	백철	1985. 1. 24.	문인자택	시라카와, 세리카와(No.2의 재방문)
㉓	김송	1985. 1. 27.	뉴서울호텔	시라카와, 세리카와
㉔	유정	1985. 2. 2.	문인자택	시라카와, 세리카와
25	임헌영	1985. 2. 12.	문인자택	시라카와, 세리카와

가교

No.	문인명	방문연월일	인터뷰장소	참가자명
26	조용만	1985. 2. 21.	문인자택	시라카와, 세리카와(No. 20의 재방문)
㉗	이병도	1985. 3. 2.	문인자택	시라카와, 세리카와
㉘	이희승	1985. 3. 8.	문인자택	시라카와, 세리카와

- 이하 참가자 이름은 모두 방문 시점을 기준으로 하였으며, 상시 참가자는 성만 표기하였다(경칭 생략).
  No. 란에 원기호로 표시된 숫자는 이 글에서 다룬 문인에 해당함.
- 고노 에이지(동국대), 시라카와 유타카(동국대), 세리카와 데쓰요(서울대), 미즈노 겐(서울대),
  세키네 하루코(연세대) : 괄호 안은 당시의 유학처 대학 등을 나타냄.

*1 : 10월 7일 재방문 (미즈노, 세키네, 야에가시 아이 코)
*2 : 11월 20일 재방문 (시라카와, 세키네)

한국 원로 문인 방문기 (증보편[1])

시라카와 유타카(白川豊)

정창훈 역

들어가며

필자는 1979년부터 한국에서 유학동국대 대학원하였는데, 1980~1981년 당시 서울에서 유학 중이던 다른 일본인 동료들과 함께 21회 정도에 걸쳐 저명 원로 문인들의 방문 인터뷰를 한 적이 있다. 1985년에도 추가로 7회 정도 방문 인터뷰를 했다. 두 번 방문한 문인도 있어서 총 20여 명을 상대로 인터뷰를 한 것이다.

이 기록들은 완전하지는 않지만 세 번 정도 활자화된 바가 있다. 그 중 대표적인 것이 큐슈대학 한국연구센터의 『연보年報』 23호2023.3에 게재된 「한국 문인 방문 인터뷰에 관한 사적 기록」이다해당 글 말미에 방문 인터뷰를 진행한 문인 인터뷰 일람표가 수록되어 있음.

필자는 1985년에 유학을 마치고 귀국한 후에도, 인터뷰 목적으로 두 번 정도 서울에 갔었는데, 이때 인터뷰한 것 중에 아직 활자화된 적 없는 면담 내용이 있어서, 그 가운데 이 글에서는 1. 김용제 씨1909~1994와 2. 조용만 씨1909~1995에 관한 기록을 남겨두기로 했다.

김용제이하, 원칙적으로 인명의 경칭 생략에 관해서는 임종국의 『친일문학론』平和

1　『年報朝鮮学』第27号, 九州大学朝鮮学研究会, 2024.12.

出版社, 1966, 大村益夫訳：高麗書林, 1976과 오무라 마스오의『사랑하는 대륙이여-시인 김용제 연구』大和書房, 1992에서 상세히 다루고 있으므로, 그것과 중복되지 않는 이야기를 중심으로 기술하고자 한다.

한편 조용만의 경우, 1981년 11월 25일에 최초의 인터뷰를 진행했는데, 이때의 기록은 동행했던 고노 에이지鴻農映二 씨가『코리아나』제4호, 1988년 겨울호에서 소개했으며, 필자 또한『문학사상』제327호, 2000.1을 통해 다룬 바 있다. 재차 1985년에 세리카와 데쓰요芹川哲世 씨와 두 번째의 방문 인터뷰를 했고, 1992년에도 추가 면담이 있었다. 따라서 이 글에서는 이 두 번째와 세 번째 면담을 다룰 것이며, 첫 번째 인터뷰와 가능한 한 중복되지 않는 내용을 중심으로 소개하고자 한다.

이번에 다루게 될 김용제, 조용관 두 인물은 일본어를 상당히 유창하게 구사할 줄 아는 인물이었다. 질문은 필자 등이 한국어로 진행했으나, 미묘한 뉘앙스를 지닌 단어는 일본어로 그 대답이나 설명을 전해 듣기도 했다.역자 주 : 해당 부분은 일본어 발음을 그대로 표기하고 보충 설명을 달았다.

이 글에서는 원칙적으로 이야기된 순서에 따라 주요 화제를 기록했다. 내용상 사실과 다른 부분이 포함되어 있을 수도 있으나, 이는 발언한 두 인물의 생각을 엿볼 수 있게 하므로, 그대로 기재하였다. 아울러 ( )는 필자의 주註이다. 또한 이 글은 주로 전문 지식을 갖춘 독자들이 읽을 것이라고 예상되기에, 단체명 등 주요 고유 명사에 대한 설명은 대체로 생략했다.

1. 김용제 관련

약력

김용제는 1909년 충청북도 음성군에서 소지주의 장남으로 태어난 시인으로, 다수의 일본어 시를 집필한 인물이다. 부친의 사업 실패 등으로, 그는 청주중학을 중퇴했고 1927년 1월에 일본으로 건너가 고학의 길을 택했다. 1929년에는 중앙대학 전문부 법과에 입학했으나 곧 퇴학했고, 아르바이트를 하면서 문학에 매진하게 된다. 1931년 8월에는 당시 기세를 높이던 일본 프롤레타리아 작가 동맹NALP에 가입했고, 일본어 시「사랑하는 대륙이여愛する大陸よ」를『나프ナップ』1931.10에 발표했다. 이듬해인 1932년 6월에 검거되어 1936년 3월까지 옥중에서 비전향을 관철했으나, 1937년 조선으로 강제 송환되었고, 1938년에 마침내 '전향'했다. 이후 동양지광사에 들어가 1940년 5월부터 잡지『동양지광』의 편집 주간을 맡았다. 1942년 9월부터는 조선문인협회의 상무가 되었다. 이 시기 동안 집필한 친일시집『아세아시집』1942으로 이듬해에 제1회 국어문예총독상을 수상했다. 1945년 8월 1일에 조선문인보국회의 상무이사가 된 직후 전쟁이 종결되어, 잔무 정리에 시달렸다. 1948년 반민족행위처벌법이 성립되자, 자수하여 수감되었으나 1주일 만에 석방되었다. 1950년 4월에는 흥사단의 기관지『동광東光』의 편집장이 된다. 흥사단에서는 1954년부터 30년 이상 이사를 역임했다. 그 사이에 조선어 시집『산무정』1954을 출판하였고, 그 외에도 평론이나 일본문학 번역 등 만년까지 다채로운 활동을 펼쳤다. 즉, 그는 일본어로 된 프롤레타리아 시집과 친일시집, 그리고 조선어로 된 시집이라는, 시기에 따라 완전히 다른 시집을 남긴 대단히 드문 사례의 시인이다.

인터뷰 데이터

① 제1회 인터뷰

일시 및 장소　1986년 8월 13일 (14 : 00~15 : 00)

　　　　　　　서울 YMCA 호텔 식당에서 진행됨.

면담자　　　　시라카와 유타카, 세리카와 데쓰요, 노자키 미쓰히코, 박재삼[시인]

일시 및 장소　1986년 8월 18일 (14 : 10~17 : 10)

　　　　　　　서울 YMCA 호텔 객실에서 진행됨.

면담자　　　　시라카와 유타카, 세리카와 데쓰요, 노자키 미쓰히코

② 제2회 인터뷰

일시 및 장소　1992년 3월 22일 (14:30~18:15)

서울 YMCA 호텔 객실에서 진행됨.

이후 근처 식당한일관으로 이동함.

면담자　　　시라카와 유타카, 호테이 도시히로, 후지이시 다카요

제1회 인터뷰의 기록

8월 13일에는 박재삼 시인도 동석했지만, 질문을 한 것은 일본인 세 명 뿐이었다. 참고로 세리카와 씨現 니쇼가쿠샤 대학 명예교수는 서울대 대학원을 수료했고, 당시에는 세종대 조교수였다. 또한 노자키 씨現 오사카시립대 명예교수는 동국대 대학원의 석사 과정을 수료한 직후였다.

· NALP이른바 '작동作同'에 가입하려 했으나, 심사에서 '동반자적일 뿐이다'라는 이유로 보류되었지만, 노력하여 가입할 수 있었다. (명부가 있을 것이다.)

· 1936년 3월에 석방되어 나왔더니, 2·26사건으로 계엄령이 선포되어 있었다. 그럼에도 불구하고 선배들 30명 정도가 출옥 환영회신주쿠 세이부 2층 홀에서를 열어주었다. 나카노 스즈코中野鈴子(나카노 시게하루(中野重治)의 여동생이자 시인)가 안경을 벗고 울고 있어서 연애 감정이 급속도로 싹텄다.

· 녹기연맹 : 화신백화점 앞 한청빌딩4층 건물 안에 있었다.조선문인보국회 사무실도 이 빌딩에 있었으며, 김 씨는 녹기연맹의 모리타 요시오森田芳夫와도 책상을 나란히 했다고 한다

· 김사량과는 출옥 후인 36년에 한 번, 서울에서도 또 한 차례 만났지만, 만난 것은 이 두 번뿐이다.이상, 8월 13일 인터뷰 내용. 이하는 8월 18일 인터뷰

· 이태준 : 사상성은 없다. 민족주의도 아니다. 임화의 협박으로 노선을 전환했을 것이다.

· 무라야마 도모요시村山知義 : '구세모노クセ者'다역자 주 : 'クセ者'는 수상쩍거나

방심하기 어려운 인물, 괴짜 등의 의미를 지닌다. 가미오치아이上落合에 있던 2층자리 사무소에 있었다. 프롤레타리아 문인 중에서 가장 부자였다. 조선 연극협회의 상임고문이었는데, 총독부에서는 그를 이용한 것이 아닌가.

· 황군 위문단원은 조선 문인 보국회에서 선발했는데, 당시에는 모두 가고 싶어 했다.

· 김소운 : '구세모노クセ者'다. 시국에 협력하여 전향했고, 만주에 갔다. 가마쿠라 산기슭에 집이 있었다.

· 『아세아 시집亜細亜詩集』은 총독상을 받았기 때문에 곧바로 단행본으로 출판되었고, 초판은 2천 부였다. 두 달 만에 재판되었고 네 달 만에 4천 부가 팔렸다. 당시에는 김소월의 시집조차도 2천 부가 팔리지 못했다.

· 노구치 미노루野口稔, 장혁주의 『이와모토 지원병岩本志願兵』1944이 종이 배급시대에 1만 부나 발행될 수 있었던 것은 녹기연맹의 후원으로

조선에서 출판했기 때문이다.

· 고바야시 다키지小林多喜二 : 스기나미杉並의 집에는 책이 몇 권밖에 없었다. 그가 작동NALP : 1929~1934의 서기장일 때 내가 서기였다한국인으로서는 처음이었다.

· 홍종우青木洪, 아오키 히로시 : 도쿄에서 미장이 노릇을 했다. 젊었기 때문에 징용되어 겸이포제철소에 있었다. 한 번 위문하러 갔었는데, 해방 후에는 행방불명이다.

· 백철 : 내가 19세에 도쿄에 갔을 때의 첫 친구였다. 그가 일본 유학을 할 수 있었던 것은 형이 천도교의 간부였기 때문이다. 게다가 도쿄고등사범은 무료였다. 둘이서 숨어서 프롤레타리아 시인회를 했다.

· 이광수 : 친한 사이였다. 친일의 대표처럼 이야기되지만, 나는 어디까지나 그를 변호한다! 그는 진정한 친일 작가는 아닌 것이다. '내선일체'를 일단 받아들여 보통 선거권이 주어진다면 국회의원 3분의 1은 조선인이 되지 않겠느냐고 1944년 시점에 나에게 직접 말했다. 또 이광수는 엔도遠藤 정무총감에게 불려 가서 그와 비밀리에 만난 적이 있다. 본심을 이야기했기 때문에 가짜 전향자 취급을 받아 사복 경찰이 늘 감시하게 된 것이다.

· 최남선 : 이광수와 같은 태도로, 학병을 보내기 위한 강연에 동원되었다. 이광수가 '훼예포폄毁譽褒貶, 남을 헐뜯음과 칭찬함'에는 더 능숙했지만, 두 사람 모두 '어차피 피할 수 없다면 다녀오라. 한국군의 간부를 만들 필요가 있으니, 황군의 전략을 배워야 한다'는 식으로 연설했던 것 같다. 그는 만주 건국대학 교수로 어렵게 부임했음에도 담당 강의가 주어지진 않았다. 하는 수 없이 그는 자택에서 조선인 학생들을 공부시켰다.

제2회 인터뷰의 기록

이전 인터뷰로부터 6년이 지나, 김용제 씨는 83세가 되셨지만, 여전히 건강했고 기억력도 쇠퇴하지 않았다. 이번 인터뷰에는 필자 외에도 서울대에 유학했던 젊은 연구자 두 사람 호테이 도시히로布袋敏博, 現 와세다대 명예교수 씨와 후지이시 다카요藤石貴代, 現 니가타대 준교수 씨가 참가하여 격의 없는 이야기를 전해 들을 수 있었던 것 같다. 3시간에 걸친 긴 인터뷰 후, 근처의 한일관으로 이동했고 전골 요리를 먹으며 1시간 동안 더 대화했다. 덧붙여, 김용제 씨는 단것을 좋아하고 술은 하지 않는다고 한다. 당시 자녀는 아들 셋, 딸 셋으로 총 여섯이 있었으며, 차녀의 집에서 동거하고 있다고 했다.

- 金村龍済'金村'는 '가네무라'라고 읽는다고 함로 창씨創氏한 것은 부친이 멋대로 후환이 두려워서 한 것이다.
- 정인택(1909~1952)과는 동갑으로 친하게 지냈다.제3회 국어문예 총독상을 수상함 '내지'의 반도출신 징용자 위문을 위해 둘이서 일본에 갔었다.1945.3.12~30 돌아오는 길에 미군 잠수함 때문에 위험하여 시모노세키를 피해서 기타큐슈北九州의 모 항구에서 출항했는데 죽음을 각오했었다.
- 이광수 : 친일문학자에 관한 증언자는 이제 나 혼자밖에 없다.1986년 제1차 인터뷰에서도 이 점을 역설함 이광수는 조선 민족을 팔아넘긴 친일문학자가 아니라, 방편적으로 내선일체 운동을 이용한다는 실리주의를 행한 것이다! "나는 증거를 가지고 있다" 고이소 구니아키小磯国昭 총독1942.5~1944.7이 이광수에게 비밀 면담을 신청해 온 적이 있다. (옆에는 스파이가 있긴 했지만)경찰 출신인 다나카 다케오田中武雄 정무총감을 가리키는 것일까.

  고이소 : "내선일체에 충심으로 협력해 줄 방책을 가르쳐 주시오."

이 : "그것은 간단하오! 일체의 차별을 없애시오."

고이소 : "시간을 주시오. 기다려 주시오."

이 : "전쟁에는 기다림이 없습니다."

이후에는 잡담이 되었다. 그날 밤부터 형사 몇 명이 집 주변을 배회하기 시작했다. 감시당하는 것도 싫고 서울도 폭격당할지 모른다는 생각에, 양주군 사릉으로 이사했던 것이다집은 두 채. 이곳에서도 주재소의 일본인 주임이 거의 매일 찾아왔다고 한다. 김용제는 박영희와 둘이서 사릉으로 첫 번째 위문을 갔고, 두 번째 방문 때는 그 혼자서 비밀 이야기를 하러 여름밤에 찾아갔다. 이광수는 "김 선생! 우리 앞으로 '내선일체죄'로 감옥에 가게 될지도 모르겠군!"이라고 말했다 한다.

• 동아연맹 : 이 일만은 한 번 더 역설하고 싶다.

사무실은 동양지광사, 명동의 중국 대사관 앞에 있었다. 일본식 2층 연립 주택이었고, 사장 이하 전원이 전향자였다. 매일 아침부터 저녁까지 사무실 옆 책상에서 헌병대의 사상 하사관伍長이 감시하고 있었다.

이시와라 간지石原莞爾는 군사령관이면서도 지하의 동아연맹에 대해 잘 알고 있었다. 그는 이렇게 말했다. "조선 민족이 들고일어나면 진압은 하겠으나, 조선군 사령관 이타가키 세이시로板垣征四郎가 있는 한, 총독부는 무혈점령할 것이다."

동아연맹은 조선인들의 독립적인 은신처였는데, 일본인도 두 명이 있었다. 후지타 겐타로藤田健太郎, 녹기연맹의 맹원이었으며, 동아연맹 자금의 대부분을 대주었다와 나카지마 메이토中島命門, 톨스토이에 심취해 있었으나, 당시 경기도 경찰국의 사상 경부였다. 그 후, 함경북도 경찰부장으로 영전했다.

- 국민총력조선연맹^{1940~1945} : 이 단체의 주최로 김용제 씨가 함경북도에서 강연을 하게 되었을 때, 위에서 언급한 나카지마를 은밀히 만났다.

- 녹기연맹:나는 녹기연맹과 직접 관계하고 있지는 않았지만, 위에서 언급한 후지타와는 친했다. 시집 『아름다운 조선美しき朝鮮』도 녹기연맹을 통해 출판할 예정이었는데, 1945년 8월 10일에 견본이 완성되어 두 권만 가지고 돌아왔더니, 8월 15일이 되었다. 제본된 분량은 재단되었고, 견본도 소각해 버렸다.

- 정인택의 『청량리 일대清涼里界隈』가 국어문예 총독상을 수상할 수 있도록 움직여 준 것이 바로 나다.

- 무라야마 도모요시村山知義 : '구세모노'다.1986년 제1차 인터뷰에서도 이렇게 말했는데, 또 같은 발언이다 총독부에서 국민 연극 운동을 장려했을 때 그를 지도자로 삼았다. 총독부 내에서 가장 좋은 방을 제공받고 고액의 급여를 받고 있었는데도, 일본에서는 그 사실을 숨기고 있었다. 해방이 되자 무라야마는 다시 기운을 차리고, 김 씨가 지키고 있던 조선문인보국회 사무실에 8월 17일, 심복인 조택원무용가과 함께 찾아왔다. 조택원이 벽에 걸려 있던 후지산 액자를 내리치자, 무라야마는 허둥지둥 도망갔다.

- 홍사익 중장이 히로시마에서 피폭 사망했으며, 그 장례식을 8월 16일에 거행했다!조선군 사령부 주최, 총독부 후원 문인보국회에는 김용제와 모윤숙에게 장례 통지가 왔다. 나는 혼자 개인 자격으로 참례했다. 장소는 서울 운동장의 야구장이었다. 참례자는 많았지만, 조선인은 극히 적었다!

- 이광수 : 이광수는 가장 기억에 남는 문인이다. 그는 친일문학자라고 알려져 있으나, 조선 문인 보국회의 회장이면서도 모임에는 한 번도

얼굴을 내밀지 않았다! 이후 한국전쟁 시에 북한 정치보위부로부터도 친일 작가에 대한 조사가 있었다. '친일'과 '민족주의운동'을 한 것에 대해 사죄문을 쓰고 공산주의로 전향하라는 요구를 받았다. 그는 이를 거부했기 때문에 서대문 형무소에 수감되었고, 폐가 절반밖에 남아있지 않은 상태였음에도 평양으로 연행되었다. 다만, 북한은 그를 단죄하기보다는 이용하려고 했기 때문에 우대했던 것 같다.

2. 조용만 관련

약력

조용만은 1909년 서울 종로구 출생이다. 그의 부친은 대한제국의 외국어 교육 기관인 사역원의 판관이었으나, 이듬해 한일병합으로 실직했다. 또한 외가 쪽 4대 조부 역시 중국어 역관이었다. 조용만은 경성제일고등보통학교를 거쳐 경성제국대학 영문과를 1932년에 졸업한 엘리트 코스를 밟은 영문학자이다. 그는 소설가, 평론가 등으로도 알려진 다채로운 문인이다. 1933년에는 당시 이른바 '순수문학파' 문인들의 모임인 '구인회'에도 참여했다. 또한 1938년에는 『매일신보毎日申報』에서 『매일신보毎日新報』로 제호를 변경하여 발족한 신문의 학예부장을 역임했다. 한편 그는 「선중船の中」1942.7, 「모리군 부부와 나森君夫妻と僕と」1942.12 등 일본어 소설도 발표한 바가 있다. 해방 후에는 서울대 강사나 동국대 강사 등을 거쳐, 1954년 이후에는 고려대학교 문리과대학 영문과 교수가 되었으며, 도서관장 등을 역임하면서 정년1975년까지 재직했다. 그 이외에도 평론, 수필 등 다수의 저작을 집필했으며, 특히 전기인 『육당 최남선』1960이나 『구

인회 만들 무렵』¹⁹⁸⁴ 등은 자료적으로도 귀중한 가치를 지닌다. 나아가 1951년에는 『문학개론』을 출판했으며^{1972년에 개정판 발행}, 『포 단편선집』, 『타르고 시선』 등 영문학 관련 번역 작업도 있다. 2009년에 간행된 『친일인명사전』^{민족문제연구소}에는 김용제보다 분량은 적지만, '조용만' 항목도 몇 페이지에 걸쳐 수록되어 있다. 의외로 '친일' 문제 측면에서는 용케도 김용제만큼 추궁당하지 않은 인물이라고 볼 수 있다.

인터뷰 데이터

정확히 말하자면 첫 회는 1981년 11월 25일이었으나, 그에 관한 기록은 이미 발표되었기에, 이 글에는 그 이후의 두 차례 면담을 제1회, 제2회로 명명하였다.

① 제1회 인터뷰

일시 및 장소   1985년 2월 21일 (14 : 10~16 : 50)
자택^{서울시 수유동의 맨션}

면담자   시라카와 유타카, 세리카와 데쓰요^{일부 녹음 기록 있음}

② 제2회 인터뷰

일시 및 장소   1992년 3월 20일 (10 : 15~11 : 10)
서울 관광 호텔 커피숍에서 진행됨.

면담자   시라카와 유타카

제1회 인터뷰의 기록

조용만은 말이 빨랐고 속사포처럼 쏟아내는 편이어서 내용을 파악하는 데 어려움이 있었다. 반면, 유창한 일본어로 발언한 내용도 상당히 많았다.^{도중에 조씨의 부인께서도 10여분 정도 일본어로 대화에 참여했다} 필자가 당시 연구 중이던 장혁주 관련 질문도 많았기 때문에, 이와 관련된 이야기는 이번 기록에서는 최소한으로 줄였다. 또한, 문학 관계 이외의 식민지시대 정치 정세 등의 이야기도 원칙적으로 생략했다.

- 장혁주의 단편 「아귀도餓鬼道」 등의 일본어는 그보다 나이는 어렸으나 김문집이 상당히 많이 고쳐 주었다.
- 김용제 : 동아연맹의 이념을 착각해서 받아들이고 있었다.
- 백철조씨의 후임 『매일신보』 학예부장은 1942년에는 이미 일본의 패전을 직감하고 베이징으로 갔다.
- 이광수 : 일반적으로 평이 좋지 않았다. 거부감은 없었으나, 작품이 별로 대단하지 않았기 때문이다.
- 허준1910~? 삼 형제는 다음과 같다.

  장남허신 : 경성의전을 졸업하고 큰 병원을 열었다. 차남허보 : 가톨릭 청년으로 시인이었다. 정지용이 칭찬하고 제자로 삼았다. 삼남허준
- 박태원 : 일본문학을 많이 읽었다.
- 박태원의 동생박지원은 도호쿠東北 대학 미학과를 졸업한 좌익이었고, 평양 국립 박물관장이었다.
- 월북했던 안회남은 1950년 6·25전쟁 때 서울로 파견되어 왔다. 서울이 탈환된 9·28 직전에 파나마 모자를 쓰고 북으로 돌아가는 그를 미아리에서 우연히 마주쳤다.

- 김팔봉은 아소 히사시^{麻生久, 1891~1940, 노동운동가}로부터 '조선에서 프롤레타리아 운동을 하라'는 말을 들은 듯하다. 이 김팔봉은 기억력이 아주 뛰어났다.
- 엄흥섭 : 인기가 없었다.
- 경성제대 영문과 사토 기요시^{佐藤清} 교수는 아나키스트였던 듯하다. '친일'에도 반대했다. 그의 제자가 최재서이다.
- 최재서는 해주의 부자집^{고리대금업자} 아들이었으며, 그의 부친은 철원의 독립지사였던 이태준과 대립했다. 최재서는 1945년 8월 15일에도 여전히 각반을 감고 있어서 야유를 받았다고 한다.
- 경성제대 영문과 학생 40명 중 31명이 일본인이었다. 하지만 조선인 9명이 성적은 더 좋았다.
- 오구라 신페이^{小倉進平}는 대학자이다. 그와는 반대로 다카하시 도루^{高橋亨}는 조선 불교를 잘 모르며, 엉터리이다.

제2회 인터뷰의 기록

이전 인터뷰로부터 7년이 지났고, 조용만은 83세가 되어 있었다. 하지만 이전과 거의 변함없이 건강한 도습으로 호텔에 나타났다.^{지난번은 자택이었다} 이번에는 필자 혼자만의 면담으로 약 1시간 정도의 시간이었지만, 이전에 들어보지 못한 일화 등도 상당히 많이 들려주었다.

- (일본어로 소설을 쓴 작가 중에서) 정인택은 조금 나은 편이지만, 이석훈은 '구즈^{クズ}'다^{역자 주 : 'クズ'는 일반적으로 쓰레기, 혹은 불필요하거나 몹쓸 것 따위를 의미함}. 또한 이 두 사람은 서로 잘 모르는 사이였을 것이다.
- 정인택은 나와 경기중학부터 경성제대 예과까지 동기였지만, 그는 2

년 만에 중퇴하고 도일했다. 그의 부친 정운복이 조선 왕실의 시종이었다는 일설은 거짓이다. 친모는 첩이었다. 본처와의 아들[그의 형]인 민택은 의사였고, 관훈동에서 큰 의원을 운영했다. 동생인 인택을 무시하고 만나지 않았다. 정인택의 일본어는 억양까지 정확했다.

· 이석훈은 모두에게 상대 받지 못했고, 분노에 못 이겨 일본어 작품을 썼다. 일본 이름은 '牧洋'였는데 '마키·요[まき·よう]'라고 불렀다.

· 박태원 : 경성고등보통학교에서 학생 2백 명이 갑, 을, 병, 정 네 반으로 나뉘었는데, 박태원[정], 조용만[병], 정인택[정]이었다. 박태원은 3학년 때 신경쇠약으로 낙제했고, 3, 4년 늦게 졸업하여 도일했다. 호세이[法政] 대학에 입학했지만 적만 걸어두었을 뿐이었다. 그 후 이광수의 문하에 들어가 수련했다.

· 최남선은 양주동, 최재서는 우수하다고 평가했다.

· 최남선은 만주 건국대학에서 '만몽[滿蒙] 문화사'를 강의했다.[이는 김용제가 '최남선이 강의를 담당하지 못했다'고 발언한 것과 서로 배치된다] 이때 학생 중에 강영훈 前총리가 있었고, 그가 1990년 육당 탄생 백주년 행사에서 기념 강연을 했다.

· 나는 고려대 도서관장 시절 4년 동안 최남선의 육당 문고를 정리했는데, 이 책들은 양반이었던 이시영이 양서를 모두 최남선에게 준 것이었다.

· 허준 : 마르고 키가 컸다. 얌전하지만 실력자였다.

· 허준이나 김남천은 훌륭한 작가이다. 이런 작가들을 연구해야 한다.

맺음말

이번 글에서 다룬 김용제와 조용만 두 인물은 공교롭게도 같은 1909년생이다. 이는 한일병합 직전 해로, 성장기 이후 겪은 여러 체험이 식민지시대, 해방기, 한국 전쟁기 등, 격동하는 고국과 일본의 움직임에 직결된 삶을 살았다고 볼 수 있다.

사실 이 글에서 언급된 다른 문인들도 이 둘과 거의 동시기에 태어난 인물들이다. 안회남, 정인택이 1909년생, 이석훈이 1908년, 박태원과 허준이 1910년생이다. 또한, 여기서는 다루지 않았지만, 1950~1960년대를 이끈 양대 평론가였던 백철과 조연현은 각기 1908년, 1910년생으로, 평론 활동도 많았던 조용만과 거의 동년배라는 점이 놀랍다. 즉, 왕성한 활동 시기에 접어드는 30세 전후가 식민지 말기인 1940년 전후와 겹친다는 이야기이다. 이러한 고충은 그 둘에게도 공통적이었을 터이다. 당시에는 조용히 문학을 할 수 있는 환경이 아니었기 때문이다.

다만 이 두 사람이 자란 환경에는 대조적인 면이 있다. 김용제는 가세가 어려워져 도일하여 고학을 했던 반면, 조용만은 유복한 가문의 출신으로 갓 설립된 경성제국대학에 다녔으며 유학할 필요도 없었다. 이것이 영향을 미쳤는지, 1930년대 중반 김용제는 프롤레타리아문학에 경도되었지만, 한편 조용만은 '순수문학파'에 가담했다. 그러나 이 두 사람 모두 1930년대 말에는 '친일적인' 활동을 피할 수 없는 궁지에 몰리게 된다. 그리고 해방 후 두 사람을 보면, 김용제는 나름 활동을 했다고는 하나 본래의 능력을 생각하면 다소 빛을 잃은 듯한 느낌이 드는 반면, 조용만은 대학교수를 마치고 일정한 영향력을 계속 유지한 것으로 보인다.

마지막으로 이 글의 내용과는 직접적인 관계는 없지만, 임화1908~1953를 다룬 소설 『북의 시인』으로도 알려진 마쓰모토 세이초松本清張, 1909~1992가 이 두 인물과 생년이 같다는 것을 이번에 알게 되었다. 그는 군에 동원되어 1944~1945년에 조선에 파견된 적이 있다. 전후에 작가가 된 세이초와 이 두 인물을 굳이 비교할 필요는 없겠지만, 조선과 일본, 어디에서 태어났느냐에 따라서도 문인의 삶이 이토록 달라질 수 있었다는 사실에 놀라지 않을 수 없다.

이 글에서는 지금껏 활자화하지 못했던 두 인물에 대해 다루었는데, 같은 조선 태생의 문인임에도 불구하고 이처럼 대조적인 경력을 가질 수 있다는 점이 흥미롭다. 이를 전제로 해서 그들이 들려준 '본심'에 근거한 내용을 다시 한번 깊이 검토할 필요가 있지 않을까 생각한다.

1992. 3. 22. 서울 한일관 식당에서.
오른쪽부터 김용제, 호테이 도시히로, 필자

1986. 8. 16. 서울 YMCA 호텔 로비에서
※이번 면담과는 다른 일자에 촬영된 사진임.
오른쪽부터 필자, 조용만, 다다 유키오, 조용만 씨 부인

원로 문인 방문
구술 기록 · 한국 근대문학[1]

고노 에이지

정창훈 역

들어가며

그날 나는 학형인 시라카와 유타카 씨와 함께 문인협회 사무실에서 전화로 통화하는 조연현 선생의 모습을 말없이 지켜보고 있었다.

"아, 월탄 선생님이십니까?"

손윗사람을 호號로 부르는 일을 직접 목격한 것은 이때가 처음이었다.

"일본에서 우리나라 문학을 배우러 온 유학생이 선생님을 뵙고 싶어 해서요……"

우리 둘은 지도교수인 조연현 선생께 소개를 부탁드리고 있던 참이었다.

"아니요, 우리말을 알아듣습니다."

선생의 대답만으로도 어떤 이야기가 오가는지 짐작할 수 있었다.

"네, 그럼 잘 부탁드립니다."

조연현 선생은 주어진 일을 마친 듯한 표정으로 전화를 끊고 우리를 향해 말했다.

"백철 선생에게 보낼 소개장은 지금 쓰겠네. 연락은 자네들이 하게."

우리가 원로 문인들을 방문하기로 마음먹은 동기는 두 가지였다. 하나

는 이미 작고한 문학자들에 관한 이야기를 듣기 위해서였고, 다른 하나는 월북한 이들의 인품과 에피소드 등을 듣기 위해서였다. 남북의 사정이나 입장상 전부를 밝힐 수 없는 것도 있을 터이고, 한 세대가 지나면 영영 사라져버릴 비화秘話도 분명 있을 것이다. 그런 것들을 근·현대문학사의 창조자들에게서 직접 듣고 기록으로 남겨 두고 싶었다.

사실 우리가 찾아뵌 분들 가운데, 1988년 7월 현재 유명을 달리하신 분이 많다. 김기진, 박화성, 김소운, 이헌구, 백철, 손소희, 이은상, 박종화 등등. 그리고 조연현 선생도 해외에 나갔다가 일본의 한 호텔에서 심장마비로 급서하셨다.

이렇게 돌이켜보면, 당시 실행해 둔 것이 정말 다행이었다는 생각이 든다. 운 좋게도 어느 분이든 이미 일선에서 물러나신 까닭으로 시간을 넉넉히 내어주셨다. 평소에 적적하셨던 탓인지, '초대받지 않은 손님'인 우리를 오히려 후하게 맞아 주셨다.

방문 초기부터 카메라를 지참해서 갔고, 중간부터는 녹음기를 사용하기도 했다. 이하의 기록은 성과라고 하기엔 거창하고, 후대 연구자를 위해 조금이라도 재현해 두고자 한 것이다.

(이야기가 두서없이 뒤섞여 있는 관계로, 독자의 편의를 위해 괄호와 보충 설명을 더했다.)

1. 박종화

"초기에는 (나는) 시만 썼습니다. 1924년의 일이지요. 그런데 쓰다 보니 그 경향이 바뀌었습니다. 처음엔 상징주의였습니다. 보들레르와 베를렌의 영향을 그대로 받았지요. 그 외에는 쓸 수가 없었습니다."

"『금색야차』라든가 미키 로후三木露風의 작품을 많이 읽었습니다. 정치는 참여할 수 없고 상학商學도 못 하겠고, 그래서 좀 머리가 좋다는 이들이 문학을 했지요. 영국에 갈 수 없었으니까 자연주의나 상징주의 같은 것을 배웠습니다."

"한국적인 것이 모두 사라졌기에 민족의 역사를 쓰기 시작했습니다. 독자에게 알리기 쉬우니까요. 그래서 계몽주의는 아닙니다. 자신의 감정을 그대로 썼습니다. 해방 후에는 『임진왜란』을 썼습니다. 일제시대에는 쓸 수가 없었으니까요."

"이광수는 인격적으로 싫습니다. 독립선언서를 써 놓고 도망쳤지요. 연애관계도 많았고, 양심상 좋지 않습니다. 그의 『민족개조론』에서 '조선인은 야만이다'라고 쓴 것을 보고 더더욱 싫어졌습니다. 김동인이 가장 괜찮습니다. 내가 좋아하는 쪽에 듭니다. 낭만주의지요. 현진건과 염상섭은 자연주의. 일본에 간 유학생들은 작품 방식은 영향을 받았어도 사고 방식은 반일사상 쪽이 되었습니다."

"박영희는 인격적으로 믿을 만한 인물입니다. 그런데 그가 2년의 옥고를 마치고 서울역에 내려도 카프KAPF 동료들은 한 사람도 맞으러 오지 않았습니다. 나 혼자였지요. 이것만 봐도 그들이 어떤 사람들인지 알 수 있습니다."

"나카니시 이노스케中西猪之助의 소설『너희들의 배후로부터汝等の背後より』가 나왔을 때는 깜짝 놀랐습니다. 조선인을 동정적으로 쓰고 있어서……."

박종화는 그야말로 '민족주의자'였다. 우리에게 고대문학부터 설명을 풀어 가며, 안중근, 3·1운동 이야기까지 끌어와 역사까지 가르쳐 주었다(우리의 수준을 고려해 '양반은 무관·문관 두 갈래라서 양반이라 한다'는 식의 설명까지 더해 가며). 그렇다고 해도 고지식한 성미만은 아니어서, 시조 설명 도중,

"술 마시는 리듬으로 부르는 것이지요. '고랴고랴コリャコリャ'역자 주 : 일본어에서 노래 중간이나 끝에 가락을 맞추기 위해서 넣는 조흥구의 일종하는 장단으로."

하며, 의성어 부분은 일본어로 애드리브까지 넣어주었다. 끝까지 공손한 말씨로 이야기해 주어서 우리도 꽤 송구스러웠다.

2. 백철

역시 평론가였기에, 그의 이야기는『신문학사조사』그 자체와도 같은 내용이었다.

"그이광수에 대한 인상은 좋지 않다. 인격적으로도 그렇고. 성격이 유약하고, 생명에 대한 열등감 같은 것이랄까. 자신이 살기 위해 총독부에 협력했다. 마음에서 우러나 그랬는지는 알 수 없다. 춘원이 애초에 문학 공부를 할 때는 민족을 위해 써야 한다는 마음은 없었다. 오히려 정치나 종교를 위해 써서는 안 된다는 쪽이었다. 그랬던 것이『무정』을 쓴 이후로 다른 방향으로 나아갔다. 영어·러시아어·중국어 같은 어학력이 있었다. 게다가 시야가 넓었다. 세계성을 지닌 야심이 있었다. 「사랑」에는 기독교

와 불교 같은 것이 다 나온다. 다른 작가는 그것이 어렵다. 그는 머리가 좋았다. 톨스토이를 일본어 번역을 통해 흡수했다. 그 무렵부터 문학은 문학 자체의 가치를 위한 것이 아니라, 민족을 위한 것이라는 식이 되었다. 역사소설은 전통적이면서도 윤리적으로 썼다.”

“이에 비해 김동인은 영웅을 잘 그렸다. 그는 유미주의자이고, 창작가는 자연의 모사가 아니라 자연 이상의 것을 만들어내는 데 가치가 있다고 본 오스카 와일드의 예술지상주의 신봉자였다. 처음에는 돈이 있어 20년 동안 방탕한 생활을 했다. 사적인 일로도 2등 객차를 타고 다닐 정도로. 나중에 살림이 어려워지자 야담을 썼다. 『김연실전』은 개화기의 모던걸에 흥미를 느껴 쓴 것이다. 새로운 인간상을 그렸으나 예술적이지는 않다.”

“임화는 인간성이 좋았다. 미남이었으며 몸은 약했지만, 우정을 저버리지 않았다. 이무영은 초기엔 아나키즘적 성격이 있었다. 1927년에 카프와 아나키스트의 논쟁이 있었다. 양측의 논자는 김화산과 시인 권구현이었다. 졸저에 그에 관한 상세한 내용이 있다. 김유정과 이효석은 작품 성격이 다르다. 서로 영향을 주었다는 건 작품을 통해서일 뿐, 교류는 없었던 것으로 보인다. 역시 다르지 않은가? 김유정의 언어 구성은 한국 전통의 유머를 활용한다. 그는 순박한 농민이었다. 이효석은 지식인이어서 그런 눈으로 농민을 보았다. 풍경에 낭만적인 것을 곧잘 사용했다. 최재서는 실력 있는 사람.”

“해방 이후 카프 시절부터 해 오던 사람들은 공산주의에 대해 잘 알고 있었다. 조연현 같은 이들은 잘 몰랐다. 북한의 그것은 공산주의 가운데서도 가장 후진적이었다. 중국이나 소련은 그나마 나았고, 북의 공산주의는 거기에 미치지 못했다. 민족주의자가 공산주의에 반대했던 것은 감정적인 면이 많았다. 잘 알아서 그랬던 것이 아니다. 해방기의 그것은 문학이 아니라 정치적 투쟁이었다."

백철은 마침 병을 앓고 난 뒤라. 질문에 일단 답을 하고는, 2층에 서재가 있으니 구경하고 가라고 하며 소파에 누웠다. 서재에는 두 벽면을 가득 채운 책장에 책이 빽빽했다. 스탠드 조명이 놓인 책상에 앉으니, 힘을 북돋는 듯한 기운이 솟아나는 것만 같았다. 아래층으로 내려가니, 다시 소파에서 일어나 "또 오시게" 하고 배웅해 주었다.

3. 김기진

"관동대지진 때는 마침 방학이라 서울에 있어 화를 면했다. 박영희는 키가 나보다 컸고 미남이었다. 왼쪽 볼에 흉터가 있었다. 중학교 1년에서 4년까지 같은 반이었고, 방학 중에는 그리워 편지를 쓰기도 했다. 도쿄에 가서 공부하게 된 것은 내가 먼저였고, 한 봄 늦게 그가 왔다. 함께 한 집에 있었다. 그런데 박영희 집에서 '부친 사망' 전보가 오는 바람에 그는 짐을 싸서 돌아갔고, 그 뒤로는 유학을 계속하지 못했다."

"카프 1차 검거 때, 이기영이 찾아와서 신문에 연재 중인 『고향』을 완결하고 싶은데, 아무래도 잡혀갈 것만 같은 기분이 든다고 했다. 지금 그것이 중단되면 가족이 먹고살 수가 없다. 아내 하나, 아이 하나, 거기에 딸린 식구가 하나가 더 있다. 어떻게든 내가 갇혀 있는 동안 대필해 줄 수 없겠느냐고 부탁해왔다. 처음부터 읽지를 않았으니 어떻게 써야 할지 몰라 어렵다고 하니, '지금까지의 분을 가져 왔다'고 하며 오려 붙인 노트를 내놓았다. 200회 분량쯤 되었는데 하룻밤 사이에 읽고, 그 뒤 60회분쯤을 썼다. 부인을 위해 하루라도 더 길게 늘이고 싶은 마음으로.”

“임화는 나보다 네 살 아래였다. 제법인 인물이었다. 서울에서 놀며 남에게 돈을 얻어 살 생각이었다. 시를 좋아하는 문학 소년으로 박영희에게 붙어 다녔다. 어느 날 도쿄에 가고 싶다고 해서 여비 50엔을 마련하려고 모두가 돈을 냈다. 나는 6~7엔을 냈고, 박영희는 50엔을 주었다.”

“유물사관은 당시의 정세에서는 가장 적중한 것이었다. 사회를 파악하는 방법으로 잘 들어맞는 것이었다. 우에노 미술학교를 졸업하고 소학교 미술 선생을 하던 형이 그쪽에 심취해서 밤 11시, 12시까지 토론을 했다. 방을 열면 담배 연기, 마르크스, 엥겔스, 레닌 이야기. 질색이었지만 그걸 이겨 먹으려면 이쪽도 공부할 필요가 있었다. 그래서 이튿날부터 책을 사다 읽었다. 플레하노프, 부하린 등, 몇 달 사이에 10권을 읽었다.”

“6·25 때 인민재판에 회부된 것은 미국군 스파이를 내 공장에서 고용했다는 이유였다. 그때 곤봉으로 뒤통수를 얻어맞고 서울 시내를 끌려다녔다. 이때 뼈를 다쳐 지금도 손은 씻을 수 있어도 혼자서는 얼굴을 씻지 못한다.”

김기진은 숨 돌릴 틈도 없이, 그야말로 쉴 새 없이 쏟아냈다. 특히 돈과 관련해 그 액수를 기묘할 정도로 또렷이 기억하고 있는 점이 인상적이었다. 너무 흥분해서 이야기한 탓인지 우리를 배웅할 때는 지친 기색이었다.

4. 박화성

박화성의 집은 문 하나를 사이에 두고 아들 부부의 거처와 이웃하고 있었다. 그래서 차는 며느님이 그쪽에서 날라다 주었다.

“내가 춘원에게 발탁되었기 때문에 하는 말은 아니지만, 그분은 위대했지요. 남과 비교할 수 없을 만큼 위대한 인물이었어요. 그렇지만 커다란 ‘줄기’는 없었습니다. 사상의 줄기가. 게다가 정신적으로 유약했지요. 민족적이고 계몽적이기는 했습니다만. 그렇기에 내가 감동했던 것은 인간적인 심연에 있는 무엇이었습니다.”

“처음에는 시를 썼어요. 지금도 한시는 좋아하고요. 연대 학생회를 통해 잡지에 발표했습니다. 내가 다닌 사립중학의 선생님들은 모두 문인이어서, 학생이 써 온 것을 심사도 안 하고 게시판에 붙여 1등, 2등 하고 순위를 매겼습니다. 매주, 월요일마다요. 나도 수필로 입선했는데 학교 교장이 소설을 쓰라고 하더군요. 그리고 내가 쓴 두 번째 작품을 나도 모르는 사이에 춘원에게 가져갔고, 춘원이 멋대로 『조선문단』에 실어버렸지요. 그게 추천의 형식이 되어, 나중에 내가 그를 찾아갔습니다. 가는 기차 안에서 선배가 부러워했지요.”

“내 테마는 ‘사랑’입니다. 춘원의 사랑은 연애의 사랑이지만, 나의 경우는 ‘적을 사랑하는’ 데까지 나아가는 것입니다. 그렇다고는 해도 기독교와는 별개입니다만. 작품 『사랑』을 냈을 때 춘원 부인이 날 불러 왜 이런 제목을 붙였느냐고 호되게 나무랐습니다. 이미 같은 제목의 남편 작품이 있었거든요. 하지만 왜 내가 붙이는 것은 안되는가 생각했지요. 그런데 춘원 부인은 서점을 돌며 ‘사랑’을 달라고 하는 손님에게 춘원의 책을 내주도록 하게 했습니다.”

“김동인과는 만난 적이 없습니다. 연재가 세 번밖에 되지 않았는데, 내 험담을 했거든요. 춘원이 추천해 주었다는 이유로 내 욕을 아주 많이 했지요. 그래서 내 인상으로는 동인의 인상은 좋지 않습니다. 선배 자격이 없지요. 어떤 자리에서는 그가 돈을 내라고 해서 거절할까 했지만……

뭐, 내주긴 했습니다만.”

“박영희와는 백철에게 이끌려 만난 적이 있습니다. 그의 작품이 좋다고 여러 차례 들은 바 있었는데 머리가 좋아 보였습니다. 나를 보고 생각보다 젊다고 하더군요. 그리고 작품이 발표될 때마다 어디에서든 축하 엽서를 보내주었습니다.”

“젊은 세대 가운데서는 박완서가 좋습니다. 나이든 사람이 모르는 것까지도 세세히 알고 있어요. 40년간 모으고 견뎌온 것을 한꺼번에 쏟아내고 있지요. 놀랄 만한 면이 있습니다. 남성도 그건 뛰어넘지 못합니다.”

“나도 1년에 두 편 정도는 소설을 씁니다. 수필은 네 번에 한 번 정도는 받아들이고 있습니다.”

박화성은 아가씨인 채로 나이 든 인상이라 해야 할까. 정정한 할머님의 모습이었다.

5. 김광균

김광균은 건설회사의 회장이었고, 집도 저택이라기보다 성이라고 해야 할 느낌이었다. 잔디를 깔아놓은 정원을 배경으로 이야기를 들었는데, 모든 답을 일부러 능숙한 일본어로 해 주었다. 서툰 한국어로 묻는 것보다 뜻이 더 잘 통하니 우리도 그에 편승했는데, 인명만은 일본식 독음으로는 알기 어려워 중간중간 되물어야 했다.

“김기림 씨와는 1937년 무렵 만났습니다. 『조선일보』의 학예부장을 하고 있었고 서른아홉 살쯤이었지요. 고향은 함경북도고, 니혼대학 영문과를 나왔습니다. 일 처리가 우수해서 사장에게 인정받아 신문사 돈으로 도

호쿠대학에 들어갔지요. 대단한 공부 벌레였고 술도 안 마시고 담배도 안 피웠습니다. 초현실주의는 아니었고 니시와키 준자부로西脇順三郎를 좋아했습니다. 오든, 에즈라 파운드, 엘리엇, 흄의 이론을 소개했지요. 당시 한국의 시는 자연발생적이었어요. 기껏해야 상징주의 말기의 영향이 있었는데, 거기에 김기림이 모더니즘을 들여왔던 겁니다. 본인도 「태양의 풍속」, 「기상도」 같은 시를 썼습니다. 평론집은 10권쯤 됩니다. 평론이 더 낫지요. 시는 서툽니다. 기림이 나를 『을해乙亥시선』에 추천해 주었습니다.”

“오장환은 큰 하숙집을 했습니다. 그때 서정주가 거지와 같은 생활을 하고 있어서 그 집 빈방에서 먹고 자고 했지요. 아내는 고향에 남겨 둔 채로. 서정주의 아내는 문장을 잘 써서 남편이 보기 전에 제가 먼저 보곤 했습니다. 오장환은 오구마 히데오小熊秀雄를 좋아했습니다. 해방 이후에도 오장환과는 술을 자주 마셨지요. 그때는 좌파 쪽이 작품을 발표하기에 편했습니다. 6할 정도는 그쪽이 쥐고 있었어요. 그가 좌익이 된 건 그게 계기였지요. 술자리에서 자네 같은 사람이 공산당이 될 리가 있나, 슬슬 예전으로 돌아와도 좋지 않겠냐고 했더니, 예스도 노도 밝히지 않은 채 그냥 지켜봐 달라고 하더니 질질 끌려 들어갔지요. 좌익은 조직과 선전이 강하니까요.”

“동인 ‘시인부락’ 멤버가 시집을 낸 ‘남만서고南蠻書庫’는 헌책방이었는데, 일본의 호화판이나 한정판 시집을 들여와 팔았습니다. 모두 저녁이면 거기에 모여서, 그날 매상을 마셔버리니 1년도 못 가서 문을 닫았지요. 시집은 100부를 찍어 나눠 주었습니다. 팔 생각은 아니었지요. 4엔의 값을 매기기는 했지만. 『성벽』이나 『화사집』을 헌책방 이름으로 냈습니다. 그런 의미에서는 문학사에 남을 일을 했다고 할 수 있지요.”

“윤곤강은 서툰 시를 쓰는 사람이었습니다. 창가에서 귀를 후비니 파도 소리가 났다는 표현이 있어요. 귀를 후비지 않아도 파도 소리는 들릴 터인데. 그는 옛 신라시대의 말을 시에 넣어 사물을 표현했지만 독자에게 와 닿지 않았습니다. 두세 권 냈는데 정신이 이상해져 죽었습니다. 이용악은 함경북도 사람으로 「분수령」은 매우 좋은 시였어요. 문학자동맹에 비판적이었지만 질질 끌려 들어갔지요. 좌익이 되고 나서는 시가 시시해졌습니다. 좌익이 아니면 인간이 아니다, 인간이라 해도 진보적이지 않다 같은 말을 하게 되었지요.”

“서정주는 보들레르 광이었습니다. 보들레르와 베를렌밖에 모릅니다. 나는 특히 영향을 받은 서양 시인은 없습니다. 일본 시인이라면 곤도 아즈마近藤東를 좋아했고 어느 정도 영향도 받았습니다. 그리고 하기와라 사쿠타로萩原朔太郎, 무로우 사이세이室生犀星, 다케나카 이쿠竹中郁 정도. 이상은 오장환이 소개해 주었습니다. 다방을 하고 있어서 거기로 찾아갔더니 말수가 적고 별나더군요. 무언가 틀리기라도 하면 사람을 바보 취급하는 듯한 표정이었지요.”

김광균의 말투는 끈기 있으면서도 예의 바르고, 동시에 솔직담백한 인상이었다. 역시 실업계 사람이라는 생각이 들었다. 새 시집이 출간되었으나 지금은 수중에 없으니 나중에 회사 쪽으로 받으러 오라 했다. 시라카와 씨가 받으러 갔더니 내가 월북문학자에 관해 질문했던 걸 기억하고, 기사화된 월북문학자 관련 자료를 오려 모아 두었다. 나는 그것을 시라카와 씨에게서 건네받고 역시 프로구나, 하고 생각했다.

6. 김소운

김소운에게 연락했더니 바로 오늘이 좋다는 답을 받았는데, 괜찮겠냐는 전화가 걸려왔다. 함께 방문할 멤버는 전화를 걸어온 시라카와와 세종대학교에 근무하는 대선배 세리카와 데쓰요芹川哲世 씨 그리고 나, 이렇게 셋이었다. 부랴부랴 약속 장소로 달려갔다.

현관을 들어서자, 김소운은 작은 방에서 일부러 방을 어둡게 하고 스탠드 전동의 불빛만 켠 채 일을 하고 있었다. '안녕하십니까' 하고 인사를 한 뒤 한동안 한국어로 질문을 하고 있자니 "제군들, 한국말 잘하네"라고 했다. 나는 주로 그가 집필한 『한일사전』에 신세를 지고 있었기에 "선생님 덕분입니다"라고 인사하니 기쁜 표정이었다.

"이상이라고 하면, 나는 다자이 오사무太宰治를 떠올리게 돼. 인간적으로 도무지 어쩔 수 없는, 정신적으로 가엾다고 할까, 비틀린…… 쓰가루의 부농 집 아들인데도 비틀렸지. 사토 하루오佐藤春夫의 『아쿠타가와상』이라는 소설을 읽어 보면 다자이의 기분 나쁨을 알 수 있어. 인간이 되기 이전에 예술이 있어도 괜찮은가? 물론 각자 의견은 있겠지만, 나는 다자이와는 사귈 수가 없어. 이상도 그런 상대였지. 자기 아내와 남이 무엇을 하는지를 친구와 함께 엿보는 일. 이 신경을 이해할 수 없어. 그의 문장은 좋았지. 일본어로 편지를 보내온 적이 있는데 산문시 같은 내용이었어. 나는 그것을 일곱 부분으로 해체해서 시로 만들었지. 번역시집 『젖빛 구름』에도 들어 있지. 그런데 아까 말한 예술과 인간 문제로 돌아가자면, 라파엘로는 다빈치의 제자고 나이도 스승보다 서너 살 아래지. 그런데 스승 다빈치가 비어 젖어 물감이 망가져 망연자실하고 있는데, 진창을 걸어가는 다빈치를 라파엘로는 뒤에서 사두마차로 앞질러 가면서 꼴좋다고 했

어. 나는 라파엘로가 아무리 거장이든, 거장의 유령이든 용서할 수가 없어. 나는 거기서 예술과 인간을 딱 잘라 나눌 수 없거든. 그런데 이상의 경우도 심했지. 그가 죽기 직전의 일인데, 와타초綿町 경찰서에서 나온 뒤 진보초의 햇빛 한 점 들지 않는 다다미 3장 방에 있었지. 콧페빵コッペパン 이 먹고 싶다고 해서 긴자의 후지야不二屋까지 택시를 타고 가서 사 왔더니 '이게 아니야'라고 하더군. 이상이 죽었다는 건 전보로 알았어. 오모리大森의 집에서 신을 신으려던 때였지. '이상 사死'라고. 나는 그가 꽤나 거짓말쟁이라서 진짜라고는 생각하지 않았어. 그런데 길진섭이 데스마스크를 뜨려고 수염을 깎는데 '아야!아프다'라고 소리치지 않더군. 그제야 정말로 죽었구나, 라는 생각이 들었어. 그와는 내가 아동 잡지를 내던 무렵에 알게 되었는데, 수염이 덥수룩했고 이화여전의 인부 감독을 하고 있었지. 이미 폐결핵이 심했기에 사무실로 불러 편집 일을 도와달라 했어. 이불을 머리끝까지 뒤집어쓰고, 양말도 신은 채로 자곤 했지. 일본에 가게 된 것도, 내가 부산 경찰서 지인에게 소개장을 써 주었기 때문이었지."

"이광수는 백 년에 한 번 나올까 말까 한 인물이라고 생각해. 한 개인이 민족에 끼친 영향에 있어서는 이광수에 견줄 수 있는 사람이 일본에도 없지. 그 밀도에 있어서는. 나는 전쟁 직후 가장 먼저 이광수를 변호하는 글을 썼지. 그땐 그이를 헐뜯으면 애국자로 받아들여지던 때였지만."

"요즘 젊은이들은 일본어를 외국어로서 제대로 배워야 해. 금붕어 배설물처럼 붙어 다니는 생활어, 이를테면 오시보리, 사라, 와리코미, 반카이 같은 일본어가 그대로 생활어로 눌러앉아 버렸거든. 외국어로서 배우면 고전 번역도 제대로 할 수 있고, 후배도 양성될 텐데 그 점에서는 아직 완전히 해방되지 않은 것이지."

김소운을 만난 건 단 한 번뿐이지만, 그 뒤 전화로는 가깝게 이야기했고 편지를 한 번 받기도 했다. 편지 전문은『한국문학』추모 특집에 소개한 바 있는데, 그나저나 한국문학의 연구와 소개 작업에 매달리면 매달릴수록 그의 위업이 피부로 느껴지는 요즘이다.

7. 최정희

최정희를 만나러 갈 때는 릿쿄대^{立教大}를 졸업하고 연세대 대학원 국문과에 들어간 세키네 하루코^{関根春子} 양도 함께했다. 그녀는 훗날 시라카와 씨의 아내가 되지만, 이 무렵엔 우리 사이에서는 아이돌 같은 존재였다. 지금은 육아로 여유가 없지만, 때가 되면 박사과정까지 마친 이력이 있는 만큼 좋은 작업을 해낼 거라 믿는다. 최정희를 찾아갔을 때 남자는 셋이었기에, 그녀가 함께 있어 준 덕에 상대도 한결 안심하지 않았을까? 최정희는 박화성과는 달리 서민적이지만 귀염성을 잃지 않는 여성 같은 인상을 주었다. 그리고 문학만 아는 사람이 아니라, 더 넓은 영역에서 생활하는 분위기가 있었다.

"저는 상급 학교까지는 못 갔어요. 숙명여고를 2년 만에 졸업할 수 있고, 곧 돈을 벌 수 있는 유치원 교사 양성 학교에 다녔지요. 첫 직장은 기독교계 유치원이었는데 싫어서 석 달만에 그만두었어요. 저는 노래하고 춤추는 걸 좋아하는데, 그런 분위기가 아니었거든요. 그 뒤 일본으로 건너가 교포가 만든 유치원에 들어갔습니다. 문학과는 인연이 멀었지요. 오히려 연극을 더 좋아해서 두 번쯤 극단을 찾아갔더니, 김진수라는 극작가가 여기서 연극을 하라고 하더군요. 글을 쓰기 시작한 계기는 삼천리사에 들어가면서부터인데, 당시에는 원고 청탁도 전화가 없으니 편지로 했어요. 제 편지가 상대의 쓰고 싶은 마음을 돋우는 편이었는지, 당신도 뭐든 써 보라고들 했지요. 저도 제 스스로 문인이 아니란 게 슬펐기에, 춘원이나 김동인 같은 사람들의 인상기를 썼습니다. 김동인 이야기를 좋게 썼더니 부인이 찾아와 어떻게 우리 남편 성격을 그렇게 잘 아느냐고 하더군요. 김동인은 그가 문인인 걸 의식하지 않아도 만나면 즐거운 사람이었기에, 그걸 그대로 솔직하게 썼을 뿐이에요. 춘원은 얼굴이 컸지요. 삼천리사 주간이 춘원을 좋아했었지요. 춘원 부인도 여성 기자였습니다. 현진건은 우리 집 앞에 살았는데, 밤늦게까지 술 마시며 소란을 떨곤 했어요."

"처녀작 「흉가」는 일본 여류 작가의 것을 흉내 내어 쓴 것이었어요. 그러다 좌담회에 나가 보라고 권유받으면서, 문학자 예우를 받게 되었지요. 그러는 사이 김동인이 처음엔 서툴렀는데 요즘은 잘 쓴다고 칭찬해 주었습니다."

"저, 감옥에 있었던 적 있어요. 1935년 카프KAPF 시대에. 제겐 전혀 기억이 없는 일이었지만, 검사에게 대답하는 방식이 나빴던 거죠. 아리시마 다케오有島武郎를 좋아한다 했더니 그럼 옥에 들어가라더군요. 아리시마의 아나키스트적 면모에 공명한다고 본 걸까요? 동료들이 끌려갔기에 제게도 체포영장이 떨어졌습니다. 서울이 아니라 전주에서였고, 일본인 형사 두 사람이 왔지요. 조직 활동하는 인간이 아니란 건 보면 알 텐데 말이에요."

"해방 전에는 좌도 우도 없이 모두 함께였어요. 항일이라는 대의 아래서요. 그런데 해방 이후에는 눈에 띄게 달라졌습니다. 다방에 들어가도 두 패로 갈라지는 형국이었지요. 이태준도 나를 피하려고 했습니다. 그래도 임화는 변함이 없었어요. 그 후에도 부인과 함께 우리 집에 와 묵기도 했습니다."

“6·25 때는 종군 위문단에 들어가 연극을 했습니다. 소녀 역으로 출연했더니, 군인들이 단원에게 그 처녀 몇 살이야? 미인이네, 라고 했다더군요. 제가 마흔이었는데도.”

담담한 말투 속에 때때로 드러나는 놀람과 수줍음 덕에, 최정희는 우리로 하여금 새삼 ‘여성’이라는 사실을 느끼게 해 주었다.

8. 조용만

조용만과의 연락은 내가 맡았다. 그때까지 문인 방문의 연락은 거의 시라카와 씨가 담당했는데, 슬슬 바꿔 보자는 목소리가 나오고 있었다. 그렇다고 세리카와 선생께 부탁드리기도 조심스러웠다. 실제로 맡아 보니, 수고만 많고 마음고생이 큰 역할임을 실감했다. 시라카와 씨는 역시 도쿄대 출신이구나, 새삼 그렇게 생각했다. ‘공격의 와세다, 수비의 도쿄대’라고 흔히 평하는데, 그 사이를 매끄럽게 넘어올 수 있었던 것도 뒤에서 그가 받쳐 주었기 때문이다. 우리는 그 덕을 본 셈이다. 그때그때 참여한 멤버는 나고 들었으나, 시라카와 씨와 나만은 늘 함께했다. 우리가 한국문학 연구자로서는 제3세대인데 — 가지이 노보루梶井陟 씨 등이 1세대, 오무라 마스오大村益夫, 다나카 아키라田中明, 조 쇼키치長璋吉 등이 2세대 —, 카메라를 들고 여기저기 찍고 다닌다고 해서 ‘사진파’라 부르자고 농담하기도 했다. 그렇지만 이 문학 필드 워크도 다소 매너리즘적 양상을 띠기 시작했다.

“박태원의 「천변풍경」은 다케다 린타로武田麟太郎의 「긴자핫초銀座八丁」에서 아이디어를 얻은 거야. 내용은 그가 자기 창문에서 늘 보던 풍경이지만. 그의 집은 약국을 했고, 본인은 평생 직업을 갖지 않았지. 홍명희는 무당의 말부터 궁중의 말까지 모조리 알았어. 어휘가 풍부했고 영어도 잘해서, 이광수도 그의 앞에선 주눅이 들었지. 일종의 천재였어. 외설스러운 농담도 서슴지 않고.

그는 서울 태생이고, 아버지는 합병 때 돌아가셨지. 그의 원고는 늘 시커멓게 얼룩졌어. 고치고 또 고치니까. 이야기하는 중에도 옷 속, 허리춤 아래에 끼워 두었다가 이따금 꺼내 고치곤 했지. 그런데 문장은 술술 흘러. 그만큼 퇴고의 귀신이었지. 또 젊어서 읽은 건 잊지 않는 살아 있는 사전이었어."

"이상은 말재주가 좋아 여자를 꾀어내는 데 능했지. 하지만 폐병으로 기력이 없었어. 신마치新町에서 게이샤 놀이를 연달아 한 뒤로는 불능이 되었지. 채털리 부인의 남편처럼. 그는 일본어밖에 모르는 것 같았어. 영어로 쓰인 걸 몰라서 누군가에게 자꾸 묻는 걸 본 적이 있어.

허세를 부리는 타입이었지. 아내였던 변동림은 화가 김환기와 결혼해서 지금 미국에 있어. 원래 첫 연인이 김환기였는데, 이를 이상이 가로챘지. 그리고 그가 죽은 뒤 다시 김환기와 합쳤어. 이상의 유고는 부인이 가지고 있지 않을까? 이상이 죽고 전집 인세가 들어왔을 때 어머니가 '아들이 죽고서야 비로소 효도를 하는구나!'라고 했다지."

"김기림은 과학적인 것에 대한 관심이 컸어. 원고를 쓸 때도 시간표를 만들어 그에 따라 행동했지. 근면하고 노력파야. 염상섭은 요코하마 인쇄소에 있다가 부르는 이가 있어 만주로 갔어.

작품을 많이 쓰진 못했고, 술이 세서 밤새도록 마셔도 멀쩡했지. 시가 나오아志賀直哉를 좋아했어. 야나기 무네요시柳宗悅의 소개로 실제로 나라奈良에서 만났다더군. 이태준은 처음부터 끝까지 영웅주의. 정치에 관한 관심이 대단했지. 작품에도 정치적 이야기가 나오고.

취미는 골동이었고, 문장사 사장이 무척 아꼈어.”

조용만은 일문일답형이어서, 우리가 묻지 않으면 스스로 술술 말하는 사람은 아니었다. 그래서 답변도 판에 박힌 듯 표면을 스치는 데 그쳤다. 그래도 무엇을 물어도 답해 주는 건 고마운 일이었다.

맺음말

이 글에서 다루지는 못했으나, 이 밖에도 이헌구, 황순원, 유진오, 김동리, 박두진, 서정주, 구상, 정비석, 이은상, 손소희 등 여러 문인을 방문했다.

기간은 대략 1년 반이 걸렸다. 그동안 우리의 지식도 늘어, 처음엔 영문도 몰랐던 이야기들이 차차 맥락을 갖추어 갔다. 우리의 공부 부족은 상대가 과묵한 분일 때 두드러졌고, 그 성과는 참담하기까지 했다. 그저 책에 사인만 받으러 온 것 같단 느낌이 들 때도 있었다.

그렇지만 실제로 만났다는 사실은 역시 강렬한 것이어서, 그의 저서를 읽지 않았더라도 그가 무엇을 말할지를 얼추 짐작할 수 있을 것 같은 기분이 들게 한다. 물론 이런 생각은 대단히 위험하지만, 저서를 아무리 읽어도 얻기 어려운 체험을 얻는 것단은 분명하다.

게다가 여러 사람이 모여 함께 찾아가면, 상대 안에 있는 것을 다방면으로 끌어낼 수 있다. 이런 기회는 이제 더 없겠지만, 이 방문을 통해 각자가 한국문학에 대한 이해의 폭을 넓혔음은 의심할 여지가 없다.

『북의 시인』을 둘러싼 사람들
원로 문인 방문 기록에서[1]

고노 에이지

정창훈 역

한국에서 곧잘 쓰이는 "설마가 사람 잡는다"라는 속담이 있습니다. "'설마'에 방심하지 마라", "인생에서는 예상 밖의 일을 겪게 된다" 정도의 의미를 담고 있지요. 저 역시 그 '설마'에 붙잡히고 만 것입니다.

제가 마쓰모토 세이초松本清張의 작품 가운데 처음 접한 것은, 만화 잡지를 빌리러 자주 드나들던 근처 대여점 책장에 꽂혀 있던 『그림자의 차影の車』였습니다. 거기에 실린 단편 가운데에는, 아내의 불륜을 밝히기 위해 남편이 먼저 거리의 매춘부를 사서 성병에 걸린 뒤, 그 병균을 다시 아내에게 옮긴다는 이야기가 있었는데, 당시 중학생이었던 저도 어렵지 않게 이해할 수 있는 내용이었습니다.

나중에 발자크의 장편에서도 비슷한 이야기를 발견했지만, 그것이 세이초의 독창인지, 발자크에게서 빌려온 것인지는 알 수 없습니다. 세이초라면 두 가능성 모두 충분히 있을 것입니다.

저는 자라나며 사회적으로 큰 일을 앞두고 있던 시기마다 세이초의 작품을 집중적으로 읽었습니다. 마치 사회의 엄혹함을 버틸 마음가짐을 다잡듯이 그랬습니다. 그 시기는 이를테면 중학교 3학년, 고등학교 3학년,

---

1 『松本清張研究』 25, 2024. 3.

대학교 4학년 때였습니다. 고등학교에 입학하면 중3 때의 걱정이 사라졌고, 대학 합격으로 고3 때의 고민도 유예되었습니다. 아직 이런 점을 지적한 글을 본 적은 없으나, 세이초 작품이 읽히는 이유 가운데는 저처럼 '사회적 엄혹함을 견딜 마음가짐을 기르는 데 도움이 된다'는 요소도 있지 않을까 생각합니다.

아무튼 처음의 "'설마'에 방심하지 마십시오"라는 말로 돌아가면, 저는 세이초의 책을 펼치면 늘 한 번에 읽어치우는 편이었습니다. 그러나 단 두 권만은 중도에 포기한 책이 있습니다. 『북의 시인北の詩人』과 『고대사의 의혹古代史疑』입니다. 『고대사의 의혹』은 접어두더라도, 『북의 시인』은 "국어를 뺏기고, 일본어로 교육되고"[2]라는 대목이 나오는 부근에서 실증이 나서 읽을 기력을 상실해버렸습니다. 중도에 던져버린 이 시점에는 이 책이 제 생애의 숙제가 되리라고는 꿈에도 생각하지 못했습니다.

이윽고, 정말로 그 '설마'라고밖에 할 수 없는 일이 제게 일어난 것입니다. 저는 임화와 실제로 가까이 지냈던 문학자들과 만나, 그들의 증언을 직접 듣는 경험을 하게 된 것입니다. 그 계기는 제가 서울 동국대학교 대학원 국문과[3]에 유학했을 당시에 시라카와 유타카 선생과 함께 지냈던 것에서 비롯되었습니다. 그는 유학 전부터 한국문학에 상당한 조예가 있었고, 저는 그와 함께 돌아다니며 다음과 같은 지식을 얻게 되었습니다.

① 옛 잡지를 개인적으로 대량 수집해 일본의 오야 소이치 문고[4] 같은

---

2   역자 주 : 마쓰모토 세이초, 정수연 역, 『북으로 간 시인』, 빛남, 1992, 43쪽.

3   일본에는 잘 알려지진 않았으나, 동국대는 한국 내에서 가장 많은 작가를 배출한 대학, 즉 일본의 와세다에 비할 만한 대학으로 한국 문단과 문예지는 그 출신들이 오래도록 주도해왔다.

4   역자 주 : 오야 소이치 문고(大宅壯一文庫) : 평론가 오야 소이치가 수집한 잡지 자료를 계

연구기관을 중앙대학교에 만들도록 한 사람이 있었다는 것, 그곳에 가면 옛 잡지를 열람할 수 있다는 것.

② 한국전쟁이 시작되기 전에 북한에 간 문학자나, 전쟁 중 북한군에게 납치된 문학자들의 작품은 모두 '월북 작가'로 묶여 한국에서 출판과 언급이 금지되어 있지만, 실제로는 해적판을 찍어내는 곳이 있었다는 것.

동국대 근처 해적판을 파는책 가게에서 군침이 돌 정도로 귀한 작품들을 구입할 수 있었는데, 현지 학생들은 그런 사실을 전혀 모르고 있었습니다. 제가 수업 전 거기서 산 책을 읽고 있으니 "뭘 읽고 있는 거예요?"라고 묻곤 했습니다. 제가 책을 건네자 "『지용시선芝溶詩選』 아니에요? 이걸 어떻게 구한 거예요?"라며 놀라 소리쳤고, "샀다"고 답하자 "그걸 판다고요?"라며 거의 비명을 지르기도 했습니다.

③ 인사동 고서점 주인 가운데 일부 조력자들이 있어, 월북 작가의 작품 현물이 시장에 나오면 맡아주곤 했다. 오래된 누런 표지의 책들을 이곳을 통해 구할 수 있었다.

그러던 중에 시라카와 선생이 "원로 문인이 생존해 계실 때 방문해 기록을 남겨두지 않겠습니까?" 라는 제안을 해왔습니다. 그 주된 취지는 원로 문인들에게 이미 세상을 떠난 문인들의 추억을 들려달라는 것, 그리고 북으로 간 문인들과 예전에 교류한 내용을 이야기해달라는 것, 이렇게 두

승해 메이지시대부터 현재까지 이르는 방대한 분량의 잡지를 소장한 잡지 전문 도서관.

가지였습니다.

　저는 그 의의를 잘 이해하지 못한 채 따라다녔습니다만, 나중에 '설마!'라고 감탄한 것은 『북의 시인』에 등장하는 김광균 시인을 실제로 만나게 된 일이었습니다.

　　혈색이 좋은 김광균이 서서 "의장 5명, 서기 5명을 사회자가 추천하여 만장의 이의가 없으면 결정한다는 선거방법을 동의합니다"라고 했다.[5]

　과거에 그는 조선문학가동맹 결성식을 주체적으로 추진했던 인물로, 우리가 그를 방문한 것은 그로부터 37년 뒤인 1980년 10월 18일이었습니다. 제가 만났을 당시에 김광균은 큰 건설회사의 회장이 되어 있었고, 일본 대사관저 뒤편의 성 같은 웅장한 저택에 살고 있었습니다.

　그날의 이야기를 하기 전에, 시라카와 선생이 2023년 규슈대 한국연구센터 『연보』에 발표한 원로 문인 방문 기록 전체를 소개해 이해를 돕고자 합니다.

문인 인터뷰 일람표 (방문일자 순)

No.	문인명	방문연월일	인터뷰장소	참가자명
1	박종화	1980.7.24.	문인자택	고노, 시라카와
2	백철	1980.7.31.	문인자택	고노, 시라카와, 미즈노
3	윤흥길	1980.8.3.	문인자택	고노, 시라카와, 세리카와
4	모윤숙	1980.8.21.	한국 펜클럽	고노, 시라카와
5	김소운	1980.8.23.	문인자택	고노, 시라카와, 세리카와
6	박화성	1980.9.1.	문인자택	고노, 시라카와, 세리카와
7	최정희	1980.9.7.	문인자택	고노, 시라카와, 세리카와, 세키네
8	서정주	1980.9.21.	문인자택	고노, 시라카와, 세리카와, 세키네, 나가토모 에이코

5　역자 주 : 마쓰모토 세이초, 정수연 역, 앞의 책, 152쪽.

No.	문인명	방문연월일	인터뷰장소	참가자명
9	김기진	1980.9.28.	문인자택	고노, 시라카와, 세리카와, 미즈노, 세키네
10	윤일주	1980.10.3.	문인자택	고노, 시라카와, 송우혜
11	유진오	1980.10.5.	문인자택	고노, 시라카와, 세리카와, 세키네, 나가토모 에이코
12	김광균	1980.10.18.	문인자택	고노, 시라카와, 세리카와, 세키네
13	이헌구	1980.10.26.	문인자택	고노, 시라카와, 세리카와, 미즈노, 세키네
14	황순원	1980.11.2.	문인자택	고노, 시라카와, 세리카와, 미즈노, 세키네
15	김동리 손소희	1980.12.8.	문인자택	고노, 시라카와, 세리카와, 미즈노
16	박두진	1981.1.14.	문인자택	고노, 시라카와, 세리카와, 미즈노, 세키네
17	정비석	1981.5.7.	문인자택	고노, 시라카와, 세리카와, 미즈노, 세키네
18[*1]	박화성	1981.9.18.	문인자택	시라카와, 마키세 아키코, 차영자 (No. 6의 재방문)
19[*2]	이은상	1981.10.28.	문인자택	고노, 시라카와, 세리카와, 세키네
20	조용만	1981.11.25	문인자택	고노, 시라카와, 세리카와, 세키네
21	구상	1981.12.21.	문인자택	고노, 시라카와, 세리카와, 세키네
22	백철	1985.1.24.	문인자택	시라카와, 세리카와 (No. 2의 재방문)
23	김송	1985.1.27.	뉴서울호텔	시라카와, 세리카와
24	유정	1985.2.2.	문인자택	시라카와, 세리카와
25	임헌영	1985.2.12.	문인자택	시라카와, 세리카와
26	조용만	1985.2.21.	문인자택	시라카와, 세리카와 (No. 20의 재방문)
27	이병도	1985.3.2.	문인자택	시라카와, 세리카와
28	이희승	1985.3.8.	문인자택	시라카와, 세리카와

-이하 참가자 이름은 모두 방문 시점을 기준으로 하였으며, 상시 참가자는 성만 표기하였다(경칭 생략).
- 고노 에이지(동국대), 시라카와 유타카(동국대), 세리카와 데쓰요(서울대), 미즈노 겐(서울대), 세키네 하루코(연세대). 괄호 안은 당시의 유학처 대학 등을 나타냄.

*1 : 10월 7일 재방문 (미즈노, 세키네, 야에가시 아이코)
*2 : 11월 20일 재방문 (시라카와, 세키네)

이 가운데 일부 내용은 저와 시라카와 선생이 여러 매체를 통해 소개한 바 있습니다.

① 시라카와 유타카, 「원로 문인 방문기 (상)」(元老文人訪問記(上))

　서지사항 : 『トッケビだより』第2号, 1982.5.

　대상 : 박종화, 백철, 김소운, 박화성, 최정희, 김기진

② 고노 에이지, 「원로 문인 방문 : 구술 기록·한국 근대문학」(元老文

　　人訪問 聞き書 韓国近代文学)

　서지사항 : 『コリアナ』第4号, 1988 겨울.

　대상 : 박종화, 백철, 김소운, 박화성, 최정희, 김기진, 김광균, 조용만

③ 시라카와 유타카, 「내가 만난 한국의 원로 문인들」

　서지사항 : 『문학사상』327호, 2000.1.

　대상: 유진오, 이헌구, 김동리, 이은상, 조용만

　그리고 시라카와 선생은 이제까지 다루지 못했던 열한 명에 관해 이번 『연보』에 실린 글을 통해 정리해서 소개하고 있습니다(시라카와 유타카, 「한국 문인 방문 인터뷰에 관한 사적 기록」, 『韓国研究センター年報』235, 2023. 모윤숙, 서정주, 윤일주, 황순원, 박두진, 정비석, 구상, 김송, 유정, 이병도, 이희승).

　이 문인들이 들려준 임화에 대한 여러 증언은 마치 건넛방에 있던 사람을 우리 방으로 데려온 듯한 생생한 느낌을 주었습니다.

　임화의 후배였던 프롤레타리아 평론가 백철은 다음과 같이 말했습니다.

　"임화는 미남이고 인간성이 좋으며 우정을 잊지 않는 사람이었다"라고 말했습니다.^{시라카와 기록}

　"임화는 인간성이 좋았다. 미남이었고 몸이 허약했으나 우정을 저버리

지 않았다."

한편 프로문학의 선배였던 김기진은 다음과 같이 증언해주었습니다.

"박영희의 의뢰로, 나도 돈을 보태서 임화를 도쿄로 보내준 적이 있다. 그는 똑똑하게 날카롭게 생겼다. 그래서 이용당해서 빨간물에 들어갔다." 시라카와 기록

"임화는 나보다 네 살 아래였다. 꽤 괜찮은 사람이었다. 서울에서 유유자적하며 남에게 돈을 받아 살아가려는 심산이었다. 시를 좋아하는 문학 소년으로 박영희를 따랐다. 어느 날 도쿄에 가고 싶다고 해서 여비 50엔을 모으기 위해 모두가 기금을 했다. 나는 6~7엔을 내고 박영희는 50엔을 냈다." 고노 기록

임화와 가족처럼 지냈던 최정희는 다음과 같이 말했다.

"가장 친하게 지낸 인물들을 손꼽아 보자면, 이태준, 오장환, 정지용, 임화, 그리고 임화의 아내 지하련이 있었다. 이 월북 문인들은 모두 능력 있고 좋은 사람들이었지만, 이데올로기로 인해 변해 버렸다는 것이 최 여사의 감상이었다." 시라카와 기록

"해방 전에는 좌도 우도 없이 모두 함께였습니다. 항일이라는 공통의 목적이 있었기 때문이죠. 그러나 해방 후에는 순식간에 달라졌습니다. 다방에 앉아도 두 무리로 나뉘는 모양새였습니다. 이태준도 저를 피하려 했습니다. 그러나 임화는 변하지 않았습니다. 그 후에도 아내와 함께 우리 집에 와 묵어가곤 했습니다." 고노 기록

이헌구를 방문했을 때, 저는 어째서인지 기록을 남기지 않았습니다.

"이헌구는 임화와의 인연에 관한 흥미로운 이야기를 들려주었다. 임화에게 '프티부르', '공부벌레 도련님' 같은 비난을 받아 3~4개월 논쟁을 한바 있으나, 6~7년 뒤 그가 그 일을 사과했다는 것. 해방 후 9월 6일에 상경하여 9월 20일 즈음에 임화와 만났지만, 문학가동맹 측이 이 씨 등이 하던 문학까지 모두 부정하려 했기에 결국 화해하지 못했다고 한다. 같은 좌익계 가운데서도 이기영은 나름대로 인간미가 있어 이야기 통했는데, 좌익 소아병적이고 독재자적인 임화는 말이 통하지 않았다고 강조했다. 임화를 중학생 때부터 알고 있었는데 그때부터 이미 불량스러운 면이 있었다고 했다. 좌익을 결정적으로 싫어하게 된 것도 임화가 좌익계의 대표자가 되었기 때문이라고 했다. 철저히 부정적인 시각으로 임화에 대해 말한 이 씨의 이야기는 인상적이었다. 반면 이태준, 박태원, 이용악, 최명익, 이원조 등 많은 월북 문인에게는 희생되었다며 동정적이었다." ^{시라카와 기록}

제가 '설마'라고 놀랐던 김광균은, 임화에 관해 언급하지는 않았지만, 당시 한국 문단을 폭넓게 이해하고 있었고 설명도 매우 정중했습니다.

여기에 그때의 기록도 일부분 소개해보겠습니다. 그는 건설회사의 회장이었고, 그의 집은 저택이라기보다 성에 가까운 인상이었습니다. 잔디가 깔린 정원을 배경으로 이야기를 들었는데, 그는 모두 유창한 일본어로 답해주었습니다. 서투른 한국어로 묻는 것보다 의사소통이 잘 되어 저도 그대로 의지하게 되었지만, 사람의 이름만큼은 일본식 발음으로는 알아듣기 어려워 이따금 다시 묻곤 했습니다.

"김기림 씨와는 1937년 무렵 만났습니다. 『조선일보』의 학예부장을 하고 있었고 서른아홉 살쯤이었지요. 고향은 함경북도고, 니혼대학 영문과를 나왔습니다. 일 처리가 우수해서 사장에게 인정받아 신문사 돈으로 도

호쿠대학에 들어갔지요. 대단한 공부벌레였고 술도 안 마시고 담배도 안 피웠습니다. 초현실주의는 아니었고 니시와키 준자부로西脇順三郎를 좋아했습니다. 오든, 에즈라 파운드, 엘리엇, 흄의 이론을 소개했지요. 당시 한국의 시는 자연발생적이었어요. 기껏해야 상징주의 말기의 영향이 있었는데, 거기에 김기림이 모더니즘을 들여왔던 겁니다. 본인도 「태양의 풍속」, 「기상도」 같은 시를 썼습니다. 평론집은 10권쯤 됩니다. 평론이 더 낫지요. 시는 서툽니다. 기림이 나를 『을해乙亥 시선』에 추천해 주었습니다.”

“오장환은 큰 하숙집을 했습니다. 그때 서정주가 거지와 같은 생활을 하고 있어서 그 집 빈방에서 먹고 자고 했지요. 아내는 고향에 남겨 둔 채로. 서정주의 아내는 문장을 잘 써서 남편이 보기 전에 제가 먼저 보곤 했습니다. 오장환은 오구마 히데오小熊秀雄를 좋아했습니다. 해방 이후에도 오장환과는 술을 자주 마셨지요. 그때는 좌파 쪽이 작품을 발표하기에 편했습니다. 6할 정도는 그쪽이 쥐고 있었어요. 그가 좌익이 된 건 그게 계기였지요. 술자리에서 자네 같은 사람이 공산당이 될 리가 있나, 슬슬 예전으로 돌아와도 좋지 않겠냐고 했더니, 예스도 노도 밝히지 않은 채 그냥 지켜봐 달라고 하더니 질질 끌려 들어갔지요. 좌익은 조직과 선전이 강하니까요.”

“동인 ‘시인부락’ 멤버가 시집을 낸 ‘남만서고南蠻書庫’는 헌책방이었는데, 일본의 호화판이나 한정판 시집을 들여와 팔았습니다. 모두 저녁이면 거기에 모여서, 그날 매상을 마셔버리니 1년도 못 가서 문을 닫았지요. 시집은 100부를 찍어 나눠 주었습니다. 팔 생각은 아니었지요. 4엔의 값을 매기기는 했지만. 『성벽』이나 『화사집』을 헌책방 이름으로 냈습니다. 그런 의미에서는 문학사에 남을 일을 했다고 할 수 있지요.”

이렇듯 방문이 거듭되면서, 완독에 실패했던 『북의 시인』이 제 생애의 숙제가 된 것입니다. 『북의 시인』에서는 임화와 같은 재판에서 처형된 설정식이 이중성을 지닌 인물로 등장합니다.[6] 앞서 말한 해적판 책 가게에는 그의 시집도 두 권이 나와 있었고, 저는 『시와 사상詩と思想』 1988년 8월호에 '북으로 사라진 시인들'이라는 제목으로 임화, 오장환, 설정식에 대한 평론을 쓴 적이 있습니다.

물론, 그 사이에 『북의 시인』을 여러 번 다시 읽었는데, 읽으면 읽을수록 세이초의 한국문학에 대한 조예의 깊이에 놀랄 따름입니다. 세이초는 어떻게 이 작품을 만들어냈을까요. 저는 이 수수께끼를 풀 자료가 나오기만을 기다리고 있습니다.

---

6   직접 세어보니 『북의 시인』에서 설정식의 이름은 무려 119회나 나온다.

생각나는 것들[1]

고노 에이지

정창훈 역

제1회

저는 시라카와 씨로부터 '원로 문인 방문을 함께 하자'는 권유를 받았을 때, 사실 그 의의를 전혀 이해하지 못하고 있었습니다.

시라카와 씨는 '박목월이 죽었다. 이무영이 죽었을 때는 큰일이구나, 하고 말았지만, 이제는 정말 시작하지 않으면 늦는다'라고 말했습니다. 본래 저는 취재기자 출신이기도 했기에, 사람을 찾아가 이야기를 듣는 일을 꺼리는 편은 아니었습니다. 그래서 제가 이 제안에 응하게 된 것은 강한 동기가 있어서가 아니라, 동아리 활동에 참가하는 정도의 감각이었습니다.

원로 문인 방문의 첫걸음은 그들의 주소를 얻기 위해 당시 안국동에 있던 한국 펜클럽의 사무실을 찾아간 것이었습니다. 당시에는 여류 시인 모윤숙 씨가 회장이었는데, 여름이라 양쪽 어깨가 드러난 상의만을 입고 있다가, 우리와 마주하기 전에 얇은 소재의 카디건을 재빨리 걸치는 매너가 인상적이었습니다.

훗날 이분도 원로 문인이라는 것을 깨닫고 방문의 필요성을 새삼 느끼고 있었는데, 그즈음에 그녀는 이미 병석에 누웠다가 세상을 떠나버렸기

---

1   미발표 원고.

에 그 뜻을 이루진 못했습니다. 한 번뿐인 만남이었지만, 여하튼 간에 만난 것은 분명했고, 가장 먼저 대면한 '문단촌의 주민'으로서는 그녀가 첫 번째입니다.

백철 씨는 재빠르고 빈틈없는 인상이었습니다. 질문에 대한 답을 미리 준비해 두기라도 한 것처럼, 척척 대답했습니다. 중앙대에서 교수직을 맡고 있었기에, 늘 이야기하던 내용이었을지도 모르지만 말입니다. 2층으로 올라가서 자신의 장서를 둘러봐도 좋다고 배려해주었는데, 그 서비스 정신에 크게 감격했습니다. 우리는 수업이 끝난 학생의 해방감 같은 기분으로 2층에 올라가, 그곳에 먼지가 쌓인 책들을 집어 들었습니다.

'일본인은 좌익을 좋아하지만, 진짜 공산주의는 훨씬 더 냉혹하다, 마음에 새겨 두는 편이 좋다'라는 충그가 지금에 와서야 뼈저리게 와닿았습니다.

김동리 씨는 라면을 접대해 주셨습니다. 인원수만큼 만들어 준 가정부가 "좀 더 그럴듯한 것을 대접하면 좋을 텐데"라며, 주인 부부^{부인은 소설가 손소희}에게 거리낌 없이 말하자, 김동리가 난처한 표정을 짓고 있는 것이 웃음을 자아냈습니다.

김동리는 좌익 비평가와 논쟁을 벌이던 중 자신이 『죄와 벌』 속 등장 인물인 라스콜리니코프의 이름을 꺼냈는데, 상대가 그것을 읽지 않은 것을 알아챈 순간에 자신의 승리가 결정되었다고 자랑스럽게 떠들었지만, 저는 참으로 한심한 자랑이군, 하고 속으로 옅은 웃음을 지었습니다. 밖으로 나왔을 때 시라카와 씨가 저와 같은 감상을 입에 올리기도 했습니다.

전부 타인에게서 기증받은 책일텐데, 가운데 통로만을 남기고 양쪽으로 켜켜이 쌓아 올린 책이 천장까지 닿아 있는 방의 모습은 그야말로 장관이었습니다. 한 사람씩 차례로 안으로 맞이해주었는데, 마치 출판사의 창고와도 같았습니다.

책등^{제목}을 읽을 수 없는 모양으로 쌓여 있던 것으로 보아, 거의 보지 않는 책들이었겠지요. 이렇게 손님을 놀라게 하는 역할만 했던 모양입니다.

고서점에 처분한다고 하더라도, 대형 트럭이 여러 대 필요했을 것입니다. 연구실의 책을 처분하신 경험이 있는 시라카와 씨라면, 몇 권^{몇만 권?}이 있었는지 계산할 수 있을지도 모릅니다.

팔봉 김기진의 자택은 우리 집에서 버스 정류장으로 서너 정거장 떨어진 곳이었기 때문에, 방문 전에 제가 확인하러 갔습니다. 도중에 구멍가게가 있었고, 그곳의 주인에게 "김기진 선생님 댁, 이 앞이지요?"라고 묻자 "그 사람은 훨씬 전에 죽었어야 할 사람이다"라고, 제법 아는 체하는 대답을 해왔습니다. 나중에 김기진이 한국전쟁 때 사슬에 묶여 이리저리 끌려 다녔다는 사실을 알게 되어, 그 말의 뜻을 겨우 납득하게 되었습니다.

정문과 건물 사이로 넉넉한 정원이 있었고, 벨을 누르자 젊은 여자아이가 나왔는데, "이 집, 김기진 씨 댁이지요?"라고 물었더니, 그렇다는 표정이었습니다. 거기서 일단 돌아갔습니다.

그 후 여러 명이 함께 방문했을 때, 그 여자아이가 "아, 그때 그 사람……"이라는 표정을 지었습니다.

그러고 보니, 돌아오는 길에 우리 집에 들러서, 제가 아내에게 급히 부탁한 저녁 식사를 여럿이서 들고 돌아갔지요. 메뉴는 간단한 비빔밥이었습니다. 그런 일까지도 떠오르네요.

김기진 씨는 이 방문으로 생존이 확인되었고, 오무라 마스오^{大村益夫} 씨가 찾아가 인터뷰를 하고 이를 정리해서 발표하셨지요. 그런 기대 이상의 성과를 낳았습니다.

김소운은 부인과 함께 잠실에 있는 맨션 고층에 살고 있었습니다.

"이렇게 많은 한국문학 연구자들이 배출되었는가"라고 하기에, 저는 "선생님 덕분입니다"라고 대답했습니다. 그러자 김소운은, 어라? 알아주고 있군, 이라는 얼굴을 했습니다.

저는 그가 만든 사전에 의지해서 번역 작업을 하고 있었기 때문에, 그에 대한 감사의 말은 어떻게든 전하고 싶었습니다.

이쪽이 끼어들 틈을 주지 않는 그 달변의 현란함이나 길이란 참 대단한 것이었지요.

저는 잠깐 김소운의 말이 끊어진 순간, 이 기회를 놓치지 않고자 거두절미하고 "이상에 대해 들려주십시오"라고 끼어들었습니다.

그러자 "리소, 리소" 하고, 들어본 적 없는 이름을 자꾸 말하길래 "리소가 누구예요?"라고 되묻자, 세리카와 씨가 "이상"이라고 알려주었지요.

그 이후에 저는 이상이 일본어로 쓴 편지문 가운데 일부를 김소운이 발췌해서 『조선시집』에 수록한 것과 관련해서, 이상이 쓴 그 편지 원본을 지금도 소장하고 있는지를 서면으로 물었습니다.

그러자 일본어로 된 답장이 돌아왔습니다. 수시로 이동하는 나날이었기에, 도저히 그런 여유 같은 것은 없었다는 것입니다.

하지만 그는 자신의 글이 실린 잡지나 책을 보존하기 위해, 그런 것이 나오는 대로 제자인 한 여성에게 보내고 있었습니다. 『하늘 끝에 살아도』에 수록된 김소운의 연표를 만든 여성입니다. 저는 귀국 후 이분을 만나 이야기를 들은 적 있습니다.

김소운의 편지는 한글로 번역해서 월간 『한국문학』에 실었습니다.

또 방문 인터뷰 때, 김소운이 '학생 수는 3명인데, 담당하는 교수는 5, 6명. 학문이란 것은 간척間尺 역자 주 : '수지타산'을 의미함이 맞지 않는다고 생각했다'라고 발언한 것이 잊히지 않습니다. '간척이 맞지 않다間尺に合わぬ'라는

말을 귀로 들은 것은 이때가 태어나서 처음이었고, 그 이후로도 한 번도 없습니다. 김소운의 표현력이 풍부했다는 증거이겠지요.

최정희 씨는 상당한 고령이었지만, 여전히 매력적인 분이었지요. 한 사람씩, 투 샷 사진을 찍어 주셨습니다.

그녀는, 임화에게는 지하련 이전에 전처가 있었고, 이귀례라는 그 여성과의 생활상을 자신이 장편소설로 썼다면서, 그 문고판을 주었습니다. 몇 차례 읽어보려고 시도했지만, 통속소설 같은 느낌이어서, 결국 책장을 덮어버렸습니다.

전처 이야기를 강조했기 때문에, 지하련을 싫어했던 것이 아닐까 하고 지레짐작했는데, 나중에 『지하련 전집』을 읽고, 그렇지도 않았다는 것을 알게 되었습니다.

그뿐 아니라, 지하련에게 바람피는 남편과 그 상대를 혼내주는 소설을 써 달라는 부탁받을 정도로 가까운 관계였던 것 같습니다.

그런데 최정희는 불륜을 저지르는 여성 쪽에 서는 소설을 썼습니다. 이에 분노한 지하련이 직접 글을 쓰게 되는데, 이 점에 관해서는 제가 「지하련 소설고 池河連小説攷 」『松本清張研究』29, 2019에서 자세히 다뤘습니다.

최정희가 불륜 상대 편에 섰던 것은, 이 무렵의 연대를 정확히 확인해 보진 못했습니다만, 그녀 자신도 다른 사람 남편의 애인이었기 때문이라고 합니다. 이 당시 실제로 그랬는지는 모르겠으나, 그녀가 낳은 김지원, 김채원 두 자매는 모두 훗날 여류 소설가가 되었습니다.

서정주 씨는 우리 대학원의 지도교수로, 자주 얼굴을 마주하는 사이였는데, 다른 멤버들을 위해 따로 만날 자리를 마련해 주셨지요.

그의 대학원 강의는 자택에서 월 1회, 술자리 형식으로 이루어졌습니다.

원생들의 질문에 답하고, 질문이 없으면 자신이 마음이 내키는 이야기를 했습니다.

그래서 우리는 여러 번 들은 이야기가 있었습니다.

'노벨문학상을 받으려면, 세계문학의 표현 흐름을 알아야 한다'

'가와바타 야스나리가 받을 수 있었던 것은, 그 흐름을 알고 있었기 때문이다'

'나는 노벨문학상을 받게 되면, 수상 연설은 영어로 하고 싶다. 그 준비를 위해 매일 영어 신약성서를 한 페이지씩 읽고 있다'

'나는 원고료를 원고지 한 장에 1만 5천 원을 받고 있다. 원고료를 높게 책정한 것은, 뒤에 오는 사람들을 위해서다. 교섭권을 가진 사람에게는 그런 역할이 필요하다'

정상에 올라 그 위치를 계속 유지하는 사람과 가깝게 지낼 수 있었던 것은 귀중한 경험이었습니다.

우리가 번역한 서정주 씨의 일본어 번역 시집은, 그 서평을 이시무레 미치코石牟礼道子, 고토 메이세이後藤明生, 요시노 히로시吉野弘, 시노다 하지메篠田一士, 이렇게 네 분이 써 주셨지요.

구상 씨는 카뮈의 작품에 대해 언급하셨지요. 저는 곧 그것이 카뮈의 「오해」라는 것을 알아차리고 "여관"이라고 말하며 끼어들자, "그래, 그래" 하고 맞장구를 쳐 주었습니다.

「오해」의 내용은 고향을 떠나 성공한 아들이 돌아와 어머니와 누이가 경영하는 여관에 묵게 됩니다. 아들은 두 사람을 놀라게 해 주려고 가명을 사용합니다. 그러나 어머니와 누이는 숙박객을 살해하고 그 짐을 훔치는 것으로 생계를 유지하고 있었습니다. 두 사람은 아들을 죽입니다. 그리고 짐을 조사하던 중 여권이 나와, 아들이었다는 사실이 밝혀집니다. 어머니와 누이는 후회할 줄 알았지만, "속인 쪽은 그쪽이야. 우리는 잘못 없어”라며 매듭지어 버립니다.

이 부분이 대단히 “희극적”인데, 구상 씨가 말하고자 했던 것은, 문학이란 이런 희극성을 즐기는 것이지, “심각한 고민”만을 하는 것은 아니라는 의견이지 않았을까 싶습니다. 그리고 “응향凝香 사건”의 멤버 이름을 설명하고 있을 때, 시라카와 씨가 “고노鴻農 씨의 ‘홍鴻’ 자가 아니네!”라고 말한 것이 기억에 남아 있습니다. 그것은 정답이었습니다.

제2회

윤일주 씨를 만났을 때는, 나를 찾아온 송우혜 여사가 함께였기에, 우리의 신뢰도를 높일 수 있었지요. 홍익대 근처의 집에서 윤동주의 육필 원고와 장서백석과 정지용의 시집를 보여 주셨지요.

저는 이 당시, 내가 살아 있는 동안에는 일본에서 윤동주가 화제가 될 일은 없을 것이라고 생각하고 있었지만, 그 후 NHK가 윤동주 특집을 편성하여 붐이 일어났습니다.

박두진 씨 댁을 나선 뒤, 시라카와 씨가 나에게 “아무 질문도 하지 않으셨네요?”라고 물었지만, 나는 이광수와 청록파 세 사람을 싫어했고, 특히 박두진을 싫어했기 때문에 아무것도 묻지 않았습니다.

그러나 이후 정지용론을 쓰는 과정에서, 혼자 다시 방문하게 되었습니다. 그때 물은 것은, 『문장』지에 추천해 준 정지용과 직접 만난 적이 있는가’였습니다. ‘없다’는 것이 그의 대답이었습니다. 당시 박두진이 지방에서 근무하고 있었던 까닭도 있었겠지만, 추천자를 반드시 만나야 한다는 강제적인 분위기는 없었다는 것이었습니다.

김기진은 너무나도 돈의 액수에 집착했기 때문에, 나는 웃음을 터뜨릴 뻔해 자리를 피했고, 정원으로 도망쳐 나갔습니다. 그래서 정작 중요한 내용은 듣지 못했습니다. 그 부분, 보완해 주십시오.

박화성은 딸 부부와 이웃한 맨션에서 살고 있었지요. 예쁜 책장^{상자형}이 있었고, 제가 책 두 권을 빌렸습니다. 그 후 빨리 돌려받고 싶어 한다는 이야길 들었고, 시라카와 씨가 갈 일이 있다고 해서, 시라카와 씨에게 그 책을 맡겼습니다. 그녀에 대해 떠오르는 기억은 지금으로서는 그것뿐입니다.

원로 문인 방문이 나에게 미친 영향 가운데 하나는 "이러니저러니 해도, 결국 그 영감님^{혹은 할머니}이잖아"라고 정리할 수 있게 되었다는 점입니다.

아무리 뛰어난 작품을 써 왔든, 문학사적으로 얼마나 큰 의의가 있든, 이미 본인을 직접 만나고 난 뒤였기에, 그 이상의 설득은 받아들이지 않게 되었습니다. 만나지 않는 편이 나았을 측면도 있다고 생각합니다. 말하자면, 악영향의 부분입니다.

반면 김동리를 만나서 좋았던 점은, 그때까지 품고 있던 나 자신의 편견을 바로잡게 되었다는 것입니다. 이는 그의 인간미에서 비롯된 것이겠지요. 직접 만나기 전까지는 김동리를 꽉 막힌 보수계 우파라는 이미지로 굳혀 놓고 바라보고 있었습니다.

그런데 막상 만나 보니, 의외로 유연한 인물이었습니다. 이 점이 훗날, 저로 하여금 김동리에 대해 호의적인 평론^{『동아東亜』에 발표}을 쓰게 만들었습니다.

구상 역시 멋을 부리고 재는 듯한 인상이 있었습니다. 일본으로 치자면, 요시유키 준노스케^{吉行淳之介}같은 타입. 그런데 실제로 만나 보니, 훨씬 솔직한 사람이라고 느꼈습니다. 물론, 의외의 일면이 있었을지 모르지만, 우리가 만났을 적에는 그런 모습을 보이지는 않았습니다.

조용만도 정지용론을 쓰는 과정에서 훗날 혼자 찾아간 적이 있습니다. 그때 그가 "정지용의 아들이 남쪽에 남아 있다고 하더군" 하고 귓속말로 알려주었습니다. 그 한마디가 장남 정구관 씨를 찾게 되는 계기가 되었습니다. 정구관 씨를 만났을 때는 서강대의 김학동 선생과 그 동료, 그리고 저, 이렇게 세 사람이 함께였습니다.그때 정구관 씨가 "위식주"라고 말하자, 내가 "위식주가 뭐예요?"라고 물었더니, 동료가 일본어로 "의식주"라고 알려주었지요.

그 이후에 저 혼자 정구관 씨를 찾아가서 가계도 등을 취재했습니다.

지금에 와서 말해도 소용없지만, 방문 전에 우리는 너무나도 예습이 부족했습니다. 저는 본래 기자 출신인데, 기자 시절에는 이전까지 몰랐던 내용을 취재해 기사를 만드는 것만으로도 충분했지만, 방문 인터뷰 전에 마음먹고 예습을 하려 했다면 연표 정도는 충분히 복사해 둘 수도 있었습니다. 그런 것조차 하지 않고 뻔뻔하게 본인 앞에 잘도 앉아 있었구나, 하며 쓴웃음을 짓게 됩니다.

가장 큰 피해자는 아마도 첫 번째였던 박종화였겠지요. 그가 당황해하던 얼굴은 지금도 선명하게 떠오릅니다.

"우리는 돈 없는 유학생이니, 선물은 가져가지 말자"라고, 나와 시라카와 씨가 합의하여 시작한 이 문인 방문의 첫 번째 희생자였습니다. 김광균은 건설회사 회장이었고, 성처럼 넓은 부지를 지닌 저택에 살고 있었지요. 주한 일본 대사 공관 근처였던 것으로 기억합니다. 우리 쪽의 서투른 한국어 질문에, 그는 유창한 일본어로 답했기 때문에, 내가 "이제 일본어로 합시다"라고 말했지만, 시라카와 씨는 끝까지 예의를 지키며 한국어를 고수했지요.

시라카와 씨는 황순원 『나무들 비탈에 서다』의 해설에서 "미화된 것이 아닌, 거칠고도 강렬한 현장감에 압도되었던 기억이 있다"고 말하고 있지만, 내가 한글 원문을 모국어로 읽는 것과 거의 다르지 않게 감각했던 것은 유진오의 「마차」였습니다.

아내와 친구가 놀며 내기를 하다가 지면 손목에 딱밤을 맞는다. 아내가 지고 맞는 순간 "아얏!" 하고 비명을 지릅니다. 전개는 이해하기 쉬웠지만, 마치 내 몸에 닿는 것 같은 현장감이 있었습니다.

그러나 그런 체험은 단 한 번뿐이었고, 이후 무엇을 번역해도 둔하게 느껴질 뿐이었습니다. 유진오를 만나기 전, 나는 「마차」를 번역하려 하고 있었고, 막상 본인을 눈앞에서 마주하자, 이 사람이 바로 그 작가인가 하는 감회가 강했습니다. 이때 사교술에 능한 나가토모 에이코長友英子 여사가 함께 있었지요.

이은상을 방문했을 때는 아마도 후처인 중년 여성이 노려보는 듯한 눈으로 우리를 감시하고 있었지요. 나는 플래시를 터뜨리는 카메라를 들고, 이리저리 위치와 각도를 바꾸며, 대여섯 장을 촬영했습니다. 그 여성에게 반항하고 싶은 마음이 있었던 것인지도 모르겠습니다.

'박종화와 닮은 점을 느꼈다.' 시라카와 씨가 그렇게 말했던 것이 기억납니다. 항일적인 발언이 두 사람에게 공통적으로 있었지요.

 김소운 씨가 우리에게 들려준 내용은, 자신의 저서『하늘 끝에 살아도』新潮社, 1983에 훨씬 더 자세하게 기술되어 있습니다. 나는 그의 전체상이라고 할까, 그 업적에 대한 평가가 거의 이루어지지 않고 있는 것에 대해 분노를 느낍니다. 이는 무용가 최승희에 대해서도 마찬가지입니다. 한때 어쩔 수 없이 친일적 태도를 취할 수밖에 없었던, 비슷한 입장이던 서정주 씨가 다음과 같이 토로한 적이 있습니다.

 '나를 공격하는 자들은, 그들이 당시 살아 있었다면, 나보다 더 친일 행위에 열중했을 것이다'라는 의견이 가장 정곡을 찌르고 있다고 생각합니다. 서정주 씨는 정말로 리얼리스트였고, 부인이 '이 사람은 정말로 겁쟁이라니까' 하고 웃으며 말해도, 반박하지 않았습니다.

 이야기가 그쪽으로 튄 김에, 본론인 김소운론에서 벗어나 서정주 리얼리스트론의 이야기를 이어가자면, '어느 메리야스 회사에서 사가社歌의 작사를 의뢰받았다. 써 주었더니 얼마 얼마의 사례금을 가져왔다'고 털어놓은 적이 있습니다. 그 금액은 지금의 감각으로 말하면 천만 원 정도였습니다.

 그리고 '나는 지금 시 한 편의 원고료가 1만 5천 원으로, 한국에서는 최고액이다. 당신들이 내 시를 일본어로 번역해 주는 것에 대해서도, 같은 금액을 주겠다'고 말했습니다.

 나는 이 돈으로 대학원 등록금을 충당할 수 있었습니다. 우리의 돌아가는 택시비까지도 부담해 준 적도 있었지요.

 또, 도오쥬샤冬樹社에서 첫 번역시집이 나왔을 때, 그리고 카도카와서점角川書店에서 두 번째 책이 나왔을 적에도 번역료를 이미 본인의 사비로 줬음에도 불구하고, 출판사 부담의 번역료도 그대로 우리에게 건네주었습니다. 즉, 돈에 더럽혀지지 않은 인물이었다는 증거입니다.

물론 여러 직책을 겸임하며, 자릿수가 다른 돈이 들어오고 있었기 때문일 수도 있겠지만 말입니다(예를 들면 방공위원회의 위원이라고 스스로 고백해준 적도 있습니다. 오늘 밤 그 모임이 잡혀 있다든가 말하는 식으로).

김소운의 연표는 무라카미 후사코村上芙佐子 씨가 만들었는데, 둘의 만남은 학생 시절에 스승으로부터 '이 사람을 한번 만나보는 게 어떻겠느냐'라는 추천을 받은 것이 계기였다고 합니다.

그 후 김소운의 아들이 보석상을 살해하는 사건이 있었고, 그녀는 나에게 "그 자식!"이라며 아들을 저주하는 목소리를 터뜨렸습니다. 평생을 걸쳐 김소운의 비서와 같은 일을 해왔는데, 얼마나 분했을까요.

김소운의 번역시에 대해서는 시라카와 씨도 저도 글을 썼지만, 시라카와 씨의 것은 항목별로 통계적으로 처리한 것이었지요.

제 글은 김소운은 초현실주의를 이해하지 못했고, 시마자키 도손島崎藤村 풍의 시에서 머물렀다는 내용이었습니다. 이상의 시 「조감도」조차 원문에는 손을 대지 않고, 그에게서 받은 편지를 부분적으로 이어 붙여 두 편의 시로 만들었습니다. 오늘날에는 일본어로 『이상시집』도 나와 있고, 산문 역시 『이상작품집성』이 나와 있기 때문에, 그런 어처구니 없는 일면도 누구나 확인할 수 있는 시대가 되었습니다.

열성적인 독자라면 『조선 시집』의 이상 부분이 엉터리라는 것을 쉬이 알아차릴 것이라고 생각합니다.

어쩌다보니 김소운의 공적을 말하려다가 전혀 반대 방향으로 엇나가게 되었으나, '친일파'라는 딱지가 아니라, 그의 공과 과를 있는 그대로 검토해야 한다고 생각합니다. 곤란한 시대에 조선 민족의 가치를 실증하려고 온 힘을 다해 싸운 인생이었습니다.

1980년대 한국 문인 방문기[1]

세리카와 데쓰요(芹川哲世)

1. 박종화朴鍾和, 1901~1981

내가 문인 방문을 시작한 것은 시라카와 유타카 씨의 글에서 소개된 대로 당시 동국대학교 대학원에 유학 중이었던 시라카와 씨와 고노 에이지 씨의 권유를 따른 것이었다. 시라카와 씨가 열거한 28회의 기록 중에서 제일 아쉬웠던 것은 첫 번째 방문자였던 박종화 선생님^{이하 방문한 작가의 명칭은 모두 선생님으로 한다}을 만나지 못한 것이었다. 그분의 역사소설에는 "확고한 현실 인식을 기반으로 과거를 투영하지 못하였으므로 공유共有의 역사를 사유화하였다는" 평가를 내린 사람도 있었으나, 1925년 『백조』에 발표한 단편 「목 매이는 여자」부터 시작해서, 1935년 장편 『금삼의 피』, 『대춘부』, 1979년 완결한 『세종대왕』까지, 발표된 숱한 역사소설은 야사적인 성격이 거의 없다. 그리고 사건 전개 도중에 실록이나 실증적인 자료를 소개하고, 그로부터 다시 사건을 전개시켜서, 작가가 사실에 충실함을 기본으로 삼아, 거기에 작자의 사상적인 세계를 마음껏 구축해 나갔다는 것을 알 수 있다. 또 선생님의 소설기법은 대화와 지문이 거의 서울 중심의 용어들이며, 방언을 거의 사용하지 않았고, 궁중어를 많이 발굴했

---

1   미발표 원고.

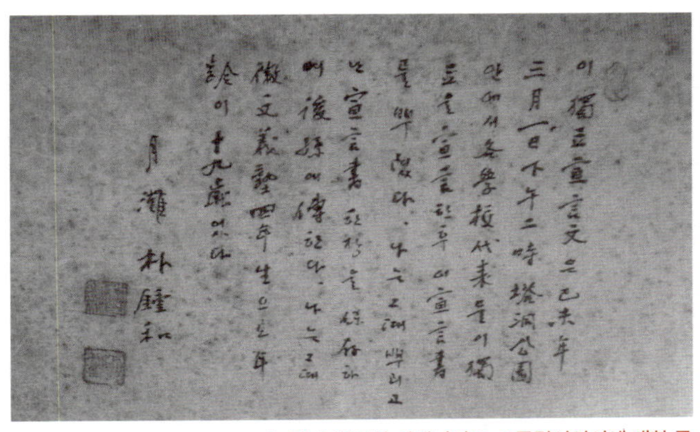

<그림 1> 박종화 선생님의 3·1 독립선언서에 대한 글

다. 궁궐이라는 특수한 사회의 풍속을 표현하는 장면에서는 특유한 문물 제도의 용어가 늘 풍부하게 등장했다. 염상섭의 소설이 서울 중심의 중류 이상 사람들이 사용하는 언어를 발굴해서 풍부히 사용했고, 박종화 선생님의 역사소설은 서울 중심의 상류 계급의 언어, 특히 궁중어를 발굴하여 풍부하게 살려나간 것이라고 하겠다. 두 작가 모두 한국문학에 끼친 공적이 크다고 할 수 있다.

나는 1979년에 마침 『박종화대표작전집』전 13권, 별권 월탄 회고록 『역사는 흐르는데 청산은 말이 없네』를 읽고 있었는데, 한국역사를 이해하는데 있어서 실록을 찾아서 읽는 것보다 훨씬 재미있고 도움을 받았다. 1980년대에 만났더라면, 소년 시절 사숙에서 12년간 한학을 수업한 시절에 대해서 많은 질문을 던졌을 것이다.

나는 친한 친구로부터 박종화 선생님이 삼일운동 때부터 간직하고 있었던 〈독립선언서〉 액자를 선물로 받았는데, 거기에는 선생님의 글이 쓰여 있었고 낙관도 찍혀 있었다. 선생님의 글은 다음과 같은 내용이었다.

이 독립선언문은 기미년 3월 1일 하오 2시 탑동공원 안에서 각 학교 대표들이 독립을 선언한 후 이 선언서를 뿌렸다. 나는 그때 뿌리고난 선언서 한 장을 보존하여 후손에 전한다. 나는 그때 휘문의숙徽文義塾 사학년으로 연령이 19세였다.

월탄 박종화

2. 김소운金素雲, 1907~1981

1980년 8월 23일에 고노 씨, 시라카와 씨와 함께 김소운 선생님 자택을 방문했다. 잠실에 있는 장미아파트였다. 내가 김소운 선생님에게 질문한 것은 김소운 선생님에 관한 글 중에서 제일 감명을 받은 것이었다. 저명한 철학자이자 미학자였던 전 동경대학 교수 이마미치 도모노부今道友信, 1922~2012 씨의 「38년 애독하여 마지않았다」『김소운대역시집』, 전 3권 중 제1권 권말 게재, 1978라는 글이었다. 이 글은 내가 한국에 살고 있을 때, 이마미치 씨가 한국에 와서 한 공연에서 들은 이야기였다. 1945년 태평양전쟁 때 그는 구제 제일고등학교 학생이었는데, 전쟁으로 동경의 집이 불탔고, 겨우 반출한 책 중의 하나가 김소운의 『조선시집 전기』와 『조선시집 후기』1943였다고 한다. 그때부터 몸에서 떼지 않고 소중히 지녔던 책이었다고 한다. 특히 정지용, 백석, 유치환, 한용운 등을 애독했다고 하고, 그것들을 인용하면서 적절한 해설을 한 강연이었다. 『김소운대역시집』 상·중·하 중에서 이마미치가 쓴 글은 상권 뒷부분에 실려 있다. 나는 거기에 사인을 받고 기쁜 마음으로 집에 돌아온 기억이 있다. 그러나 우리가 방문한 다음해 11월에 선생님이 돌아가셨다. 우리가 방문했을 때, 봄에 서울대 부속병원에서 위 절제수술을 했다는 이야기는 들었었다. 경과는 양호하며, 여생을 한일사전 개정판을 만드는데 바치겠다고 하셨는데……

3. 박화성朴花城, 1904~1989

박화성 선생님은 당시 저명한 아들 천승준평론가, 천승세소설가, 극작가, 천승걸영문학자 중 세째 아들 천승걸 부부부인은 상명여대 교수와 같이 살고 있었다. 내가 박사논문으로 농민문학을 쓰려고 했기 때문에, 동반자 작가로 알려져 있던 선생님에게 질문을 했다. 고향인 목포에서 유복한 생활을 하고 계시던 선생님이 이웃 농민들과 어떤 접촉을 하셨는지 물어 보았다. 선생님은 1926년 숙명여고를 졸업하기 전에 이광수의 추천으로 「추석전후」『조선문단』, 1925.1를 발표하셨다. 1930년대에 발표한 「하수도공사」1932, 「홍수전후」1934, 「논갈 때」1934, 「한귀」1935, 「고향 없는 사람들」1936 등 작품은, 1930년대 궁핍한 농촌사회의 현실을 배경으로 자연재해를 소재로 하여, 가난과 재난을 유발시키는 사회 현실과 모순을 각성하는 주인공들을 등장시켰다는 점에서 내가 농촌사회를 인식하는데 많은 도움을 주었기 때문이다. 선생님은 그에 대해 다음과 같이 대답하셨다. 재해가 있을 때는 직접 이웃 농민들을 찾아가서 눈으로 확인하고 질문을 했고, 느낀 것을 소설로 썼다고 하셨다.

4. 최정희崔貞熙, 1912~1990

1980년 9월 7일, 최정희 선생님 댁을 방문해서 내가 던진 질문은 해방 전 같은 시기에 선생님과 같이 활약하다 월북한, 원래 고향이 원산이었던 이선희1911~? 씨와의 관계에 대해서였다. 선생님의 해방 전 대표적 단편소설인 「흉가」1937.4와 이선희 씨의 대표적 단편인 「계산서」1937.4는 같은 『조광』에 발표된 작품이었기 때문이다. 말하자면 두 분은 같은 시기에 같은 잡지에 등단한 작가였기 때문이다. 이선희 씨의 「계산서」는 주인공이 대단히 헤프고 미욱한 가정주부인데, 사고로 인해 다리를 절단하게 되어 남편의 사랑이 사라지자, 〈모조가정〉을 떠나 자기학대의 유랑 길에 들어선다는 이야기로, 「인형의 집」의 노라를 연상시키는 작품이다. 또 단편 「매소부」1938는 남성중심주의에 대한 강한 도전의식을 드러냄으로서, 여성 해방의 의지를 보여주고 있는 작품이다. 선생님의 작품과는 다른 경향을 보여주고 있었다. 그런 관계로 내가 질문을 했지만, 선생님은 옛날 일이라 기억하지 못하시는지 대답은 안 하시고, "이선희가" 하고 친구가 그립다는 표정을 지으셨을 뿐이었다.

5. 김기진金基鎭, 1903~1985

김기진 선생님에 대해서는, 6·25전쟁 때 좌익에서 전향한 〈악질반동분자〉로 낙인 찍혀 몰매를 맞고, 국회의사당에서 종로로 질질 끌려 다녀 정신을 잃자 죽은 줄 알고 방치되었는데, 나중에 기적적으로 생명을 되찾았다는 이야기를 들었기 때문에, 혹시 그 상처가 아직 남아 있지 않는가 하는 걱정을 했다. 나는 그때 마침 이기영에 대해 관심이 많아서, 작품 「고향」에 대해서 질문을 했다. 이기영이 『조선일보』에 「고향」을 연재하던 중 카프 검거사건으로 구속될 것이 명확해지자, 병원에 입원중인 김기진 선생님에게 만일의 사태를 부탁했다. 예상대로 구속되자 선생님은 30여 회를 대신 써서 「고향」을 마무리해 주셨는데, 이기영이 이 대작본을 그대로 살려 단행본을 낼 때도 수정하지 않았다는 이야기가 있다. 이에 대

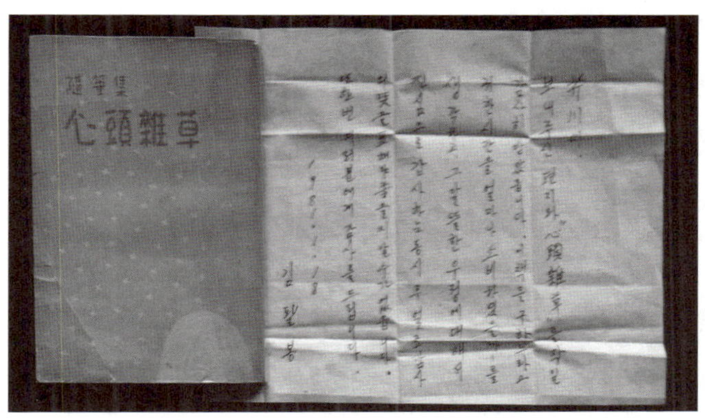

〈그림 2〉 김기진 선생님의 저서와 편지

해 작품의 어느 부분인가를 알고 싶어서 책을 가지고 갔다. 내가 『고향』 하권을 눈앞에 펼쳐 보였다. 선생님은 한참 동안 이리저리 뒤져 보셨는데 알 수 없다고 대답하셨다. 김기진 선생님의 회고록인 「한국문단측면사」[41]회,『사상계』 1956.12를 보면, 신문 회수로 35, 6회 분량이라고 분명히 있다. 고노 씨는 50~60회로 적고 있다. 당시 신문에 실렸던 글에서 35, 6회분을 세어 보면 알 수 있는데, 나는 아직 확인하지 못했다. 그때 내가 김기진 선생님의 수필집 『심두잡초』[1954]를 코여드렸더니, 안 가지고 있다 하셔서, 며칠 후에 헌책방에서 구해 보내드렸더니, 고맙다는 답장을 받았다. 편지의 내용은 다음과 같다.

芹川씨.

보내주신 편지와 "心頭雜草"를 작일 감사히 받았습니다. 이 책을 구하느라고 귀한 시간을 얼마나 소비하였을까 ─ 를 생각하고, 그 알뜰한 우정에 대해서 진심으로 감사하는 동시 무얼로 감사의 뜻을 표해야 좋을지 알 수가 없습니다. 또 한 번 여러분에게 감사를 드립니다

1981.1.18 김팔봉

「고향」은 이미 상·하 두 권으로 일본어로 번역되었다.^{이은직 역, 조선문화사,} ¹⁹⁶⁰ 그리고 오무라 마스오^{大村益夫} 선생님이 신문에 실었던 원문을 자료로 재번역한 것이 2017년에 출판^{평범사}되었다.

6. 김광균^{金光均, 1914~1993}

1980년 가을에 방문한 김광균 선생님의 집은 잔디밭을 뜰 전면에 깐 으리으리한 호화주택이었다. 우리는 편한 소파에 앉아서 이야기를 들을 수 있었다. 선생님도 모더니즘 시의 도입자의 한 사람이라서, 이야기는 역시 김기림으로부터 시작되었다. 일본의 시인 중에서는 곤도 아즈마^{近藤} ^東를 좋아했고, 영향을 받았다고 하셨다. 또 하기하라 사쿠타로^{萩原朔太郎}, 무로 사이세^{室生犀星}, 다케나카 이쿠^{竹中郁} 등의 이름을 열거하셨다. 나는 김 광균 선생님의 시 중에서 유명한 「설야」와 「추일 서정」에 대해서 질문했 다. 선생님의 시는 거의 이지적인 이미지를 자유롭게 구사하는데 특징이 있는데, 이 「설야」만은 예외라 할 정도로 다정다감하고 정감이 물씬 풍겨 난다고 느꼈다고 말씀드리고, 선생님은 어떻게 생각하시느냐고 물었다. 그랬더니, 아 그 시는 1938년 1월 신춘문예 당선작인데, 그 후 크게 태동 하는 모더니즘의 신호탄과 같은 작품으로 모두가 평가해 주었다네, 라고 말씀해 주셨다. 「설야」^{『조선일보』1938.1}의 시를 인용해 보겠다.

어느 머언 곳의 그리운 소식이기에

이 한밤 소리없이 흩날리느뇨.

처마 끝에 호롱불 여위어가며

서글픈 옛 자취인양 흰 눈이 내려

하이얀 입김 절로 가슴이 메어

마음 허공에 등불을 켜고

내 홀로 밤 깊어 뜰에 내리면

머언 곳의 여인의 옷 벗는 소리.

희미한 눈발

이는 어느 잃어진 추억의 조각이기에

싸늘한 추회追悔 이리 가쁘게 설레이느뇨.

한 줄기 빛도 향기도 없이

호올로 차단한 의상衣裳을 하고

흰 눈은 나려서 쌓여

내 슬픔 그 위에 고이 서리다.

　　이 시의 1연에서 '그리운 소식'으로 은유화隱喩化되었던 눈발은 2연에서 '서글픈 옛 자취'로, 다시 4연에서 '여인의 옷 벗는 소리'로 은유화된 것인데, 이처럼 관능적인 표현이 저속한 느낌을 줄 것 같은데, 그렇지 않고 그 차원을 벗어나 체험의 참신함을 살려 주며, 시적인 승화를 획득하고 있다는 평이 있는데, 이에 대해서는 본인이 어떻게 생각하시는지 물어 보았다. 선생님은 "내가 쇼와昭和 2년 2월 경 메이지明治 대학의 하키부의 메이저로

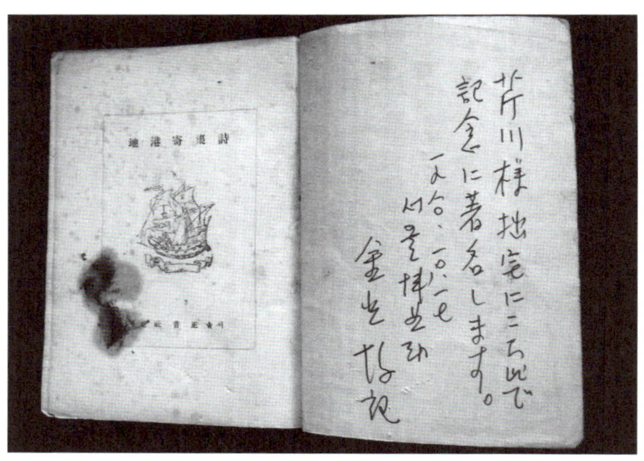

〈그림 3〉김광균 선생님의 시집 기항지와 그의 서명

서 상해上海로 원정을 간 적이 있는데, 그때 견문한 상해의 식민지적인 풍경을 노래했더니, 평론가들은 내 시가 공산적인 국제도시를 배경으로 하고 엑조티시즘과 에로티시즘을 풍기는 독특한 시풍이라고 말한 적이 있어요. 아주 관능적인 표현임에도 불구하고 저속한 취미를 벗어나 체험의 참신함을 살려 주는 경우도 있어요. 폴 발레리의 어떤 작품이 그 좋은 보기가 될 거예요"라고 대답하셨다. 그래서 내가 「추일서정秋日抒情」1940이라는 시도 그 자체의 독특한 이미지 제시에 기여하고, 한국 모더니즘 시의 본보기로 보았다고 했더니, 선생님이 납득한 듯이 고개를 끄덕이셨다.

7. 이헌구李軒求, 1905~1993

1980년 10월 26일에 방문했을 때, 이헌구 선생님은 처음부터 끝까지 온화한 표정으로 말씀해 주셨다. 나는 선생님과 임화와의 논쟁에 대해서 질문했다. 내가 해외문학파가 벌린 논쟁 중에서 제일 흥미롭다고 느낀 것이 선생님과 임화의 논쟁이었기 때문이다. 특히 이헌구 씨가 『조선일보』 1932.1.1~11에 「해외문학과 조선에 있어서 해외문학인의 임무와 장래」를 발표하여 외국문학 연구의 필요성을 주장하자, 선생님의 보성중학교 동기 동창인 임화가 김철이란 별명으로 부르조아문학이라고 비난했고, 선생님이 다시 「문학유산에 대한 마르크스주의자의견해」『동아일보』, 1932.3.10~13 등으로 마르크스가 그리스 고전을 연구했음을 상기시키면서, 서양 고전의 연구가 모조리 비현실적이며 진보적이 아니라는 것은 마르크시즘 자체에서도 맞지 않는다고 공격하셨다 한다. 그래서 임화가 결정적으로 싫어진 동기가 무엇이냐고 물었더니, 임화를 결정적으로 싫어하게 된 것은 임화가 좌익계 대표자가 되었기 때문이고, 내 신념인 문화와 자유라는 의식과 개념에 맞지 않기 때문이라고 하셨다. 그리고 일제 말기에는 붓을 꺾고, 종로 네거리에서 꽃장사를 하셨다는데 사실이냐고 물었더니, 문학다운 문학을 못했으니, 차라리 향기라도 어울릴 수 있는 꽃장사로 변했던 것이라고 대답하셨다.

8. 김동리金東里, 1913~1995와 손소희孫素熙, 1917~1986

김동리 선생님은 아주 싹싹한 분이셨고, 우리를 친숙하게 맞아 주셨다. 광복 직후의 좌우익투쟁과 6·25동란을 통해서 실질적으로 문단을 지키시며, 육성하고 관리하신 공적은 지대했다. 해방 후에는 잇따라 문학논쟁을 벌인 분인데 내 기억에 남는 것만 해도, 「세대론과 순수론」유진오, 1969~1970, 「해방과 순수문학논쟁」김동석·김병규 외, 1947~1948, 「김동리·이어령·김우종 논쟁」1959, 「문학의 현실 응수와 자율성 논쟁」1978, 구중서·홍기삼·

 등이 있다. 이 방문에서는 유진오 씨와의 「세대론과 순수론」, 김동석 씨와의 「해방과 순수문학논쟁」에 대해서만 이야기해 주셨다. 8·15해방을 계기로 좌익계 문인들의 신랄한 공격적인 문학이론이 한국 문단을 석권하는 것 같은 적이 있었다. 그러한 가운데 〈문학동맹〉에 속해 있던 좌익계의 소위 당의 문학에 대하여 몇몇 문인들이 과감히 논쟁을 폈던 적이 있었다. 그때 김동리 선생님이 민족진영문학계의 전위부대적인 역할로 선두에 서서 순수문학을 지키려고 했던 사실은 실로 통쾌한 일이었다. 내가 질문을 한 것은 기독교인의 입장에서였다. 선생님은 유명한 「무녀도」1936·1947 개작를 몇 번 개작한 끝에 후기의 역작인 「을화」1978로까지 나아가는 궤적을 그리시면서, 또 한편으로는 복음서와 관련된 소재들을 직접 가져다가 소설화하는 작업을 지속적으로 시도하셨다. 그러한 작품을 순서대로 적어 보면, 「마리아의 회태」1955.9.2, 「사반의 십자가」1955.11~1957.4, 「목공요셉」1957.7, 「부활」1962.11 등인데, 앞으로 「을화」와 같이 성경에 나오는 이야기를 개작해서 완결판을 만들 계획이 있느냐고 물어보았다. 선생님은 앞으로 장편 형태로 성경에서 자료를 얻어 자기의 생각에 맞는 작품을 쓰고 싶다고 말씀하셨다. 그때는 1980년이었는데, 과연 1982년에 25년 만에 「사반의 십자가」를 개작해서 본인이 만족할만한 작품을 쓰신 것이다. 나는 김 선생님의 성공적인 시도에 감탄하지 않을 수 없었다. 김 선생님은 그때 붓글씨를 쓰고 계셨는데, 우리에게 하나씩 써놓을 테니 나중에 가지고 가라고 하셨다. 나한테 써 주신 것은 「人事有憂樂山光無 古今」이라는 『자치통감』의 사마광이 쓴 글의 일절이었고, 나는 액자 속에 넣어서 방에 걸어두었다. 지금도 우리 집의 가보로 되어 있다.

쭉 아무 말씀 없이 옆에서 듣고만 계셨던 손소희 선생님의 『한국문단인간사』1980.12는 우리가 댁을 방문한 월말에 나왔다. 선생님이 해방 때 만

주 신경新京을 떠나 서울에 도착했을 때부터 1960년대 말까지의 문단사
와 여러 가지 문인들 에피소드가 선생님의 컬러 그림과 함께 수록되어
있어서 많은 참고가 되었다.

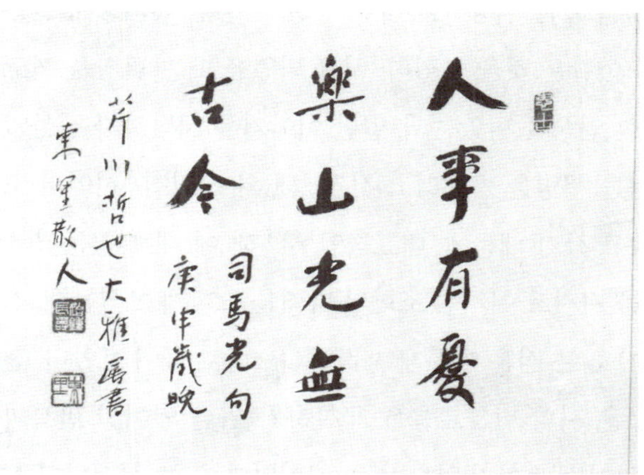

〈그림 4〉 김동리 선생님이 필자에게 써 주신 글

〈그림 5〉 손소희 선생님 저서

9. 박두진朴斗鎭, 1916~1998

박두진 선생님은 연세대학교 근처에 사신다고 했다. 나는 1976년경에 연세대학교 어학당에서 일본어 강사를 하면서 일 년 동안 연희동에 살았기 때문에 무언가 인연 같은 것을 느꼈다. 처음 뵈었을 때는 팔짱을 끼고 계셨기 때문에 딱딱한 인상을 받았는데, 일단 이야기를 시작하자 허물없이 말씀해 주셨다. 나는 서명을 받으려고 시집『해』와 수필집『시인의 고향』이라는 책을 가지고 갔기 때문에, 대표적인 시「해」에 대해 질문했다. 어렵고도 쉬운 소재를 가지고 이처럼 조화와 박력을 느끼게 쓰셨는데, 전체적으로 약간 사설이 많은 점은 어떻게 생각하시느냐고 물어 보았다. 선생님의 대답은 "그것은 시의 단조로움을 극복하기 위한 언어의 반복과 진술이란 점에서 오히려 돋보이지 않느냐"는 것이었다. 나는 선생님의 섬세하고도 끈질긴 기질과 재능이 나타난 것이라는 생각이 들었다. 선생님은「해」는 언젠가는 반드시 한 번 주제화하려는 야심을 불태워 왔던 모티브였는데, 마침 해방의 감격이라는 출구를 만나, 긴장 속에서 민족과 인류애를 형상화시키게 된 작품이라고 말씀하셨다.

10. 황순원黃順元, 1915~2000

황순원 선생님은 편한 한복차림으로 우리를 맞으셨다. 처음에는 분위기가 약간 까다로웠지만, 점차 마음을 터놓고 말씀해 주셨다. 그 당시 선생님은 경희대학교에서 많은 접촉이 있어서인지 젊은이를 대하는 태도가 부드러우셨다. 나는 3·1운동에 관심이 많았기 때문에 선생님이 쓰신

「아버지」라는 소설에 대해서 물어 보았다. 3·1운동 때 평양 숭덕고등학교 교사이셨던 아버님이 태극기와 독립선언서 배포 책임자의 한 사람으로 일경에게 체포되어 일년 반 동안 서대문형무소에 계셨다는데, 아직 살아 계신지 궁금하다고 말했다. 그랬더니 8년 전인 1972년에 돌아가셨다는 것이었다. 그리고 선생님이 1934년 와세다早稲田 제2고등학원에 입학하시고, 동경에서 이해랑, 김동원 등과 더불어 극예술 단체인 학생예술좌를 창립했을 때, 제1시집 『방가』동경예술좌 문화부, 1934를 간행했는데, 그것이 여기에 있다고 보여드렸다. 마침 그 책이 선생님이 김억 씨에게 보낸 사인본이라, 놀란 표정으로 나도 갖고 있지 않은데 어디서 구했느냐고 물어보셨다. 몇 년 전에 청계천 6가에 있는 헌책방에서 구했다고 대답했다. 나중에 내가 『움직이는 성』을 일본어로 번역해서, 그 번역본을 황순원문학관에 헌납하러 아들 황동규 시인의 안내로 갔을 때, 문학관에 『방가』가 없었다.

내가 그때 관심 있게 읽었던 책이 선생님의 『움직이는 성』이었는데, 이 소설에서 핵심어 즉 키워드처럼 쓰인 말이 〈유랑민 근성〉이라는 말이었다. 이 말은 그 전에 써진 장편소설 「일월」에서도 핵심어로 나온다. 나는 한국의 샤머니즘과 외래 종교와의 갈등이나 수용 과정에서 일어나는 드라마를 통하여, 한국민족 자체가 뿌리를 박지 못한 채 항상 흔들리는 모습을 보여주었기 때문이라고 생각했다. 나는 이 유랑민 근성이라는 말이 구체적으로 어떤 것을 말하고 있는지 궁금해서, 예를 들어서 설명을 듣고 싶었다. 선생님은 이렇게 대답하셨다.

"정착하지 못했다는 이야기인데 비근한 예를 들면, 안정된 사회나 국가의 사람들은 음식점을 가더라도, 일본처럼 십대를 이어받은 곳을 찾아가기 마련인데, 한국 사람들은 신장개업만 찾아다니는 것 같아요. 주체 없

<그림 6>『움직이는 성』의 일본어 번역본

이 받아들이는 외국사조나 유행에 대해서, 사이비 지식의 허용에 대해서, 전통의 문제나 윤리에 대해서 유랑인 근성을 버려야 해. 각자가 자기 하는 일에 대해 보람을 느끼고 그것을 끝까지 끌고 나가야 되는데 말이지. 모든 분야에 있어 십 년 후를 생각하고 사과 씨를 뿌리는 풍토가 아쉽지. 십년 후에 누가 먹든 사과 씨 하나를 심는 정신이 필요하지"라고 하셨다. (이와 똑같은 말을 이미 황 선생님은 8년 전에 문예지 기자와의 인터뷰를 통해서 하신 적이 있었다.)『문학사상』, 1972.11

나는 그로부터 10년 후 '대산문화재단'의 도움으로『움직이는 성』을 일본어로 번역해서 출판했다. 번역하기 전에 황순원 선생님께 허락을 받기 위해 편지를 써서 보냈다. 그랬더니 선생님이 허락한다는 답장을 다음과 같이 써서 보내 주셨다.

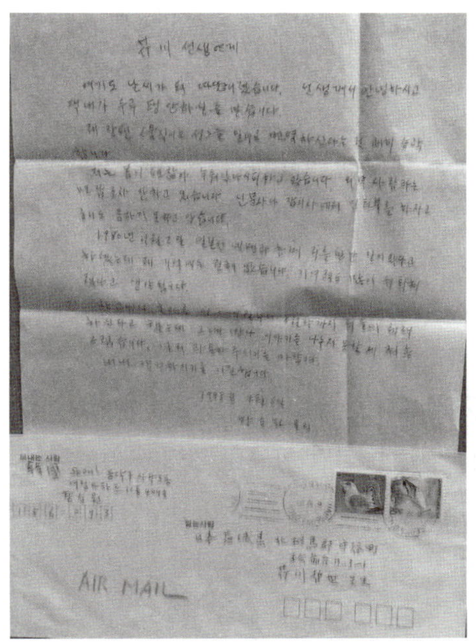

<그림 7> 황순원 선생님이 보내 주신 편지와 편지봉투

芹川 선생에게

여기도 날씨가 더 따뜻해졌습니다. 선생께서 안녕하시고 댁내가 두루 평안하실 줄 믿습니다.

제 장편 『움직이는 성』을 일어로 번역하신다는 것 쾌히 승낙합니다.

저는 몸이 편찮아 누워있다시피 하고 있습니다. 외부 사람과는 면담조차 안 하고 있습니다. 신문사나 잡지사에서 인터뷰를 하자고 해도 응하지 못하고 있습니다.

1980년 11월 2일 일본인 네 명과 함께 저를 만난 일이 있다고 하셨는데 제 기억에는 전혀 없습니다. 기억력도 많이 쇠퇴해졌다고 생각됩니다.

학교에서 휴가를 얻어 4월부터 8월 말까지 서울에 체재하신다고 했는데 그때 만나 이야기를 나누지 못할게 죄송스럽습니다. 널리 관용해 주시기를 바랍니다.

내내 강건하시기를 기원합니다.

1998년 4월 6일

황순원 올림

번역을 끝내고 책을 출판했을 때는 선생님께서 서거하신 후였다. 그 기금의 일부를 저작권료로 장남 황동규 씨에게 전했더니, 황동규 씨는 어머니에게 드린다고 하셨다. 그때 황순원 선생님의 부인 양정길 씨는 아직 살아계셨다. 그리고 내가 번역한 일본어판 『움직이는 성動く城』은 고맙게도 '소나기마을'의 '황순원문학관'에 전시되어 있다.

11. 정비석鄭飛石, 1911~1991

1981년 5월 7일 자택으로 정비석 선생님을 방문했을 때, 나는 즐겨 읽는 선생님의 저서를 가지고 갔다. 그것은 선생님이 해방 직후에 내신 『소설작법』1946.8, 신대한도서주식회사이라는 책이다. 이 책 말미에 부록으로 나온 「현대작가총람」이라는 글이 있다. 이것은 신문학 초창기로부터 해방 때까지의 90여 작가를 망라한 일종의 '작가인명사전'이다. 이 사전에는 거의 모든 월북 작가의 약력과 작품이름과 작품의 특성까지 나와 있어서, 많은 참고가 되었다. 나는 1972년에 유학생으로 왔지만, 1988년 7월 19일 문공부가 공식적으로 월북 작가들의 해금 조치를 내리기 전에는 약력조차 알기 어려웠다. 나는 우선 그런 이야기를 꺼내 감사의 뜻을 전했다.

　나의 궁금증은 『자유부인』 논쟁에 있었다. 1954년 1월 1일부터 그해 8월 9일까지, 『서울신문』에 연재되었던 장편소설이다. 국어학을 전공하는 '장태연' 교수의 부인 '오선영' 여사가 가정생활에 권태를 느끼고, 양품점에 나가면서 남편의 제자로부터 댄스를 배우고, 한편 장 교수는 미군부대의 타이피스트인 '박은이' 양에게 야릇한 감정을 느낀다는 스토리전개는 그 무렵의 세태 속에서 곧 인기를 모았다. 가정주부의 댄스바람, 계바람, 치맛바람 등이 한참 말썽을 빚고, 성도덕의 퇴폐와 이혼문제가 부쩍 늘어나는 등, 이른바 전후풍조가 휩쓸고 있던 때였기 때문이다. 「자유부인」은 바람난 여성의 대명사가 되었고, "마담, 마담……" 하는 대학생의 보챔과 오 여사의 환심을 사려고 "최고급품으로 주십시오"라는 사기꾼 '백광진' 사장의 허풍이 새 유행어가 되었다 한다. 그런 『자유부인』의 인기를 더욱 부채질한 것이 이 논쟁이었다. 발단은 서울대학교 법대 교수 황산덕 씨가 『대학신문』에 『자유부인』이 대학교수를 모욕하는 소설이라고 비판한 데 있었다. 그 무렵 서울대학교 법대에는 소설 속의 '장태연張泰淵' 교수와 이름이 같은 '한태연韓泰淵' 교수도 재직하고 있었다. 정 선생님은 『서울신문』에 황 씨의 글이 문학자를 모욕한 것이라는 뜻의 반박문을 썼고, 이에 대해 황 씨는 처음보다 더욱 격렬한 내용의 반박문을 『서울신문』에 발표했다. 그러자 변호사 홍준엽 씨가 작가를 보호하는 글을 『서울신문』에 기고했는데, 이글은 변호라기 보다 두 사람의 논쟁에 대한 판정과 같은 것이었다. 한편 『대학신문』에는 문학작품의 대중성과 예술성을 따지는 백철 선생님의 글이 실렸다. 이 논쟁에 대해 흥미를 가졌던 나는 "그 후에 황 선생님과 화해하셨는지 궁금해요, 어떻게 되었지요?"라고 물어 보았다. 정 선생님은 이렇게 답하셨다. "그해 4월 1일자 『산업경제신문』이 사회면 톱기사로 황 씨와 내가 어떤 다방에서 만나 격투를 벌이고, 정 씨는 세브란스병원에 입원했다고 보도했어요. 표제 위에 작은 활자로 「만우절 특집」이라고 표시했지만 크게 비난을 받았어요. 논쟁까지는 일면식도 없던 황 씨하고는 그 뒤 무난한 사이가 됐지요. 자유부인이 남편의 제자와 불륜의 관계를 맺는 것만은 회피할 수가 있었기 때문에 『자유부인』 파동에 대한 사회의 여론이야 어떻든 대학교수들은 파동의 결과에 만족한 것 같아. 그렇지만 우리 사회는 내가 예측했던 것보다 더 빨리 부패하고 말았지요. 닭 쫓던 개 모양으로 황 씨와 나는 아연실색했지. 지금도 나는 때때로 황 씨를 만나면 반가이 술잔을 나누고 있지만, 마음에 조그마한 파동도 일지 않고, 허심탄회한 기분으로 서로 대할 수 있는 것은, 황 씨와 내가 모두 우리 사회가 되어가는 꼴에 대하여 일종의 허탈감을 가지고 바라보고 있기 때문이야"라고 말씀하셨다. "단행본으로 몇 달 사이 4만 부가 팔리는 베스트셀러가 되었고, 1956년에 영화가 되었을 때는 60만의 관객을 끌어들였다고 들었지"라고 답하셨다.

12. 이은상李殷相, 1903~1982

1981년 10월 28일에 방문했는데, 이은상 선생님의 자택은 남산 중턱에 위치하는 고급주택가의 일각에 있었다. 나의 선생님에 대한 기억은 두 가지다. 하나는 임진왜란에 대해 관심을 가지고 이것저것 독서한 적이 있었는데, 그때 선생님이 쓰신 『이충무공일대기』[1946]와 『성웅이순신』[1969]이라는 책과, 번역된 『난중일기』가 수록된 『이충무공전서』를 읽었다는 것이다. 다른 하나는 선생님이 쓰신 시조로 만든 가곡 테이프를 여러 개 가지고 있었다는 것이다. 그것은 「가고파」를 비롯하여, 「봄 처녀」, 「그리움」, 「금강에 살으리랐다」, 「고향생각」 「성불사의 밤」, 「그 집 앞」, 「사랑」, 「사우」 등이 있다. 내가 한 질문은 시조 「가고파」에 관한 것이었다. 질문 내용은 「가고파」를 노래로 부를 때와 시조로 읽을 때의 차이는 어떠한지 라는 것이었다. 선생님의 대답은 다음과 같았다.

"「가고파」는 내 시조 중에서 가장 사랑받고 있다고 할 수 있지. 그 이유가 전적으로 가사 덕택이라고 말할 수 없다 하더라도, 많은 사람이 가지고 있는 고향에 대한 그리움이라는 보편적 주제를 그려내고 있다는 것이겠지. 하지만 시와 가곡은 다를 수밖에 없지요. 이 시는 현대시조의 하나로서 정형률을 토대로 하고 있지만, 가곡은 10연 중에서 4연까지만 가사로 담고 있어요. 이건 물론 가곡의 특성과 악곡 구성상의 편의에 따른 것이고, 결국 시조 「가고파」와 가곡 「가고파」는 서로 다른 작품이라 해도 과언이 아닐 것이지. 왜냐하면 이 연시조는 비록 분명한 구분은 없지만, 내용상 고향의 풍경과 어린 시절에 대한 그리움을 5연까지 썼고, 6연부터는 현재 자신이 처한 상황을 그려내고 있는데 비해, 가곡은 이를 4연까지만 가사로 담고 있기 때문이지요. 가곡은 4연에서 곡조를 갑자기 바꿔서 끝내고 있어요. 그래서 긴장과 변화를 느끼게 해요. 그러니까 시조를 그대로 불러야 한다는 것도 아니에요."

나는 가곡 「가고파」가 보여준 시도가 점차 사라져가는 시조에 대한 사랑을 다시 되살릴 수 있는 방법이 아닌가 생각했다.

13. 구상具常, 1919~2004

1981년 12월 21일에 방문한 구상 선생님 댁은 동부 이촌동의 한강맨션에 있었다. 우리가 의도해서가 아닌데도, 시집 『응향』 사건 때문에 선생님의 월남 탈출극 이야기가 화제로 되었다. 그것이 선생님의 일생 최대의 기로였다는 것이다. 북한 측에서 선생님의 시가 현실에 대해서, 회의적, 공상적, 퇴폐적, 현실 도피적, 절망적인 경향을 띠고 있다고 지적하며, 집필자들의 창작의 자유를 억압했다고 하셨다. 선생님은 구체적으로 말씀은 하지 않으셨지만, 여행을 허가하는 서류를 분실하여 한 번 체포된 적이 있었다고 하셨다. 그러다가 1946년 12월 하순에 남쪽으로 출발했다고 하셨다. 1947년 2월에 마침 남쪽으로 가는 길을 안내하는 중년 남성을 만나 미군 초소에 도착했다고 하셨다.

내가 한 질문은 다음과 같다.

"선생님의 시집 중에서 『초토의 시』[1956]를 좋아하는데, 이 시에서 선생님은 전쟁의 비극적 상황을 '초토'라는 상징적인 말로 나타내고 있어요. 특히 「초토의 시·8 — 적군 묘지 앞에서」는 적군의 무덤 앞에서 비로소 남과 북의 이데올로기 차이를 뛰어넘어, 그들을 한민족의 입장에서 받아들이고 있습니다. 적군의 죽음이 각자에게 사랑과 미움의 감정을 넘어 화해와 관용의 마음을 갖게 해 주었습니다. 그리고 그 죽음을 통해 시인은 자신의 바램을 확인하게 됩니다. 통일을 기원하는 민족의 염원이 잘 배어 있는 작품이라고 생각합니다. 그런데 이와 같은 시인의 의도를 생각하면, 단편적인 서정시로는 민족적인 염원이나 전쟁에 대한 비판을 제대로 표현하기 힘들다고 생각합니다. 선생님의 후기의 시는 갈수록 이론적이고 서사적인 시가 많아지는 것 같습니다. 선생님이 연작시나 장시를 많이 쓰시는 이유가 무엇인지 알고 싶습니다."

선생님의 대답은 다음과 같았다.

"집약적이고 함축적인 표현을 통해 그 효과를 더욱 높이고자 한다면 소설보다 시가 적격이라고 생각하는데, 이때 서사시의 성격을 띤 장시나 연작시를 쓰게 되죠. 하나의 주제를 다양하게 취급하는 데는 연작시가 가장 적합한 형태의 시라고 할 수 있어요. 이 경우에는 어휘의 선택이나 시의 형식에는 그렇게 신경 쓰지 않아요. 내 시가 서술적이어서 쉽게 읽히고, 시어의 세련미에 별 관심을 보이지 않은 이유도 여기에 있지요."

선생님의 대답을 듣고 나는 고개를 끄떡였다. 선생님의 연작시 「초토의 시」는 전쟁의 비참함과 허구적인 이데올로기를 비판하고, 인간의 존엄성을 강조하는 사상을 나타내고 있다고 하겠다.

14. 백철白鐵, 1908~1985

나는 첫 번째 방문 때는 다른 약속이 있어서 참가하지 못했으나, 1985년 1월 24일 두 번째 방문은 할 수 있었다. 시라카와 씨와 함께 흑석동에 있는 자택으로 찾아갔더니, 선생님께서는 몸이 편치 않은데도 반갑게 맞아 주셨다. 선생님을 뵈었을 때 원활한 질문을 하기 위해 나름대로 사전에 공부를 해 두었다. 그 중에서 두 권의 『조선문학사조사』1947~1948의 도움이 제일 컸다고 생각한다. 나중에 백철전집 중의 한 권으로 나온 것이나, 각 대학 교과서로 많이 읽혔다는 이병기 씨와의 공저 『국문학전사』1957에 쓴 「신문학사」도 참고가 많이 되었다. 기타 『생리와 현실—백철의 생애와 문학, 그 반성의 기록』이라는 자서전도 읽었는데, 그 중에서도

1927년 3월부터 1931년 10월까지의 4년 10개월 동안을 그린 「동경시대」를 재미있게 읽은 기억이 있다.

시라카와 씨가 여러 가지 질문을 했고, 나는 춘원의 일본 협력에 대해서 물어보았다. 백철 선생님이 이병기 씨와 함께 저술하신 신구문화사에서 출판한 『국문학전사』449~450쪽, 1972 속의 「암흑 속의 문학」에서 학도병과 창씨개명에 관한 서술이 있기 때문이었다. 여러 사람의 회고록을 보면, 조선인 학생에게 학병을 권유할 때, 춘원은 진심으로 권유했으며, 그것이 조선을 위한 것이라고 생각하고 있었던 것 같았다고 한다. 실제로 이광수는 창씨개명도 했다. 한편 최남선은 나중에 조선이 독립할 때를 생각해서 무기 쓰는 법을 배워두면 어떻겠느냐는 투로 말했다고 한다. 이것은 1942년 12월에 조선총독부 당국의 강권으로 조선인 학생의 학병 권유로 동경을 다녀왔을 때의 이야기로 알려져 있다. 선생님이 "아, 그런 일이 있었네"라고만 대답하셨다. 그때의 서글픈 표정이 기억에 남아 있다.

15. 김송金松, 1909~1988

1985년 1월 27일에 김송 선생님을 자택이 아닌 호텔에서 만났다. 선생님이 하신 일 중에서, 내가 제일 먼저 기억할 수 있는 것이, 1945년 12월부터 1950년 5월까지 22호를 뺀 『백민』의 발간이다. 결국 6·25동란 때문에 종간한 셈이다. 선생님은 6·25동란 때도 피난수도 부산에서 51년 3월 『신조新潮』를 창간하여 두 달에 한 번씩 3호까지 내고 폐간하셨다. 그리고 선생님은 1958년 3월부터 1960년 3월까지 『자유문학』1956.5~1963.8, 71호 종간의 주간을 맡으셨다.

내가 선생님께 『백민』에 실린 선생님의 작품 「남사당」^{1948.5, 14호, 1949년 3}월에 두 번째 단편집 『남사당』에 수록을 즐겁게 읽었다고 했다. 「남사당」의 줄거리는 다음과 같다.

어릴 적부터 어머니와 함께 타향으로 떠돌아다니던 옥희는 어머니의 유언을 따라 고향마을을 찾아온다. 그곳에서 노래를 잘 부르고 춤도 잘 추는 청년 석이를 만나 사랑하게 되나, 석이에게는 이미 아내와 자식이 있어서 가정불화가 일어난다. 마침 남사당패들이 들어와서 마을에서 공연을 벌인다. 일행 중 늙은 남사당은 석이와 옥희의 아버지로 그들은 이복남매인 것이 밝혀졌다. 석이의 아내는 질투와 실망으로 투신자살을 한다. 그리고 남사당을 따라 옥희는 마을을 떠난다. 근친상간을 통해 남사당들의 비극적 숙명을 그린 작품이다.

선생님은 나에게 『백민』 중에서 어떤 작품이 좋았나고 물으셨다. 나는 선생님의 작품 외에, 김동리의 「역마」^{1948.1}, 채만식의 「민족의 죄인」^{1948.4}, 「민족의 죄인(속)」^{1949.1}, 전영택의 「소」^{1950.2} 등이 기억에 남고, 또 20호^{1950.2}의 소설 「33인집」은 잡지 특집으르 3판까지 나왔다고 하는데, 여러 작가의 다채로운 작품 경향을 보는데 도움이 많았다고 대답했다. 그랬더니 김 선생님이 좋은 작품을 많이 읽었다고 칭찬해 주셔서 부끄러웠다.

16. 유정柳呈, 1922~1999

유정 선생님 댁에는 1985년 2월 2일에 시라카와 씨와 함께 방문했다.

유정 선생님은 나에게는 은인이라 할 수 있는 분이시다. 국제대학의 교수의 소개로 1976년 봄부터 수도여자사범대학^{현 세종대학} 일어일문학과에

〈그림 8〉 유정 선생님의 저서

강사로 취직할 수 있었다. 그때 나를 채용해 주신 분이 일어일문학과 교수로 계시던 유정 선생님이셨다. 면접을 할 때, 같이 식사를 하면서 여러가지 이야기를 나누었다. 그때부터 1980년 봄까지 같이 근무했었고, 그 후 내가 인하대학교 문과대학 일어일문학과로 옮겼을 때도, 선생님이 강사로 나오셔서 같이 일할 수 있었다. 내가 1989년 일본으로 귀국한 후에도, 선생님이 서거하실 때까지 여전히 가족 단위로 교제가 계속되었다. 그리고 2024년 아드님인 유민 교수의 도움으로, 유정시전집 『램프의 시』^{만민사}를 탄생 100주년 기념으로 낼 수가 있었다. 따라서 그 책을 보면 선생님의 업적을 대충 알 수 있는데, 내가 선생님과 한 대화 중에서 기억에 남는 것은 다음과 같다.

① 시인이 함경북도 경성 출신인데, 경성이나 가까운 지역 출신의 시인들, 김기림, 김종한, 이용악, 함윤수, 함형수, 이봉래, 김규동 등의 시인들과 교류했고, 특히 김종한과 이용악하고 깊은 교류를 했다. 해방 후에는 박인환과 김수영과 친밀하게 지냈다.

② 번역으로는 일본의 『겐지이야기』^{한국 최초의 완역본}와 『현대일본시집』^{I ~IV}의 번역에 관한 이야기. 이 번역시집은 김소운의 번역하고는 또 다른 의미로 정확하고 아름다운 번역이 아닌가 생각한다.

끝으로 우리 아내가 아주 좋아하는 시 「램프의 시」를 소개하겠다. 「램

프의 시」는 여러 편이 있지만, 아내는 맨 처음 쓴 시를 제일 좋아했다. 그
에 대해서 아내가 유정 선생님에게 말했더니, 선생님이 다음과 같이 말씀
하셨다. "인간은 슬픔이 가장 가슴을 자극하고, 가장 오래 기억에 남는 법
이지요. 그리고 이루지 못한 것이 가장 아쉬운 거랍니다. 맨 처음 쓴 램프
의 시는 상실의 슬픔을 노래한 것이니까, 가장 마음에 닿는 것이라고 할
수 있지요."

    램프의 시

    날마다 켜지던 窓에
    오늘도
    램프와 네 얼굴은 켜지지 않고
    어둑한 黃昏이 제집인양 들어와 닸았다
    피라도 보고 온듯 선득선득한 느낌
    램프를
    그 따뜻한 것을 켜자
    얼어서 찬 등피여 호오 입김이 愁心되어 갈앉으면
    석윳내 서린 골짜구니
    뽀얀 안개 속
    홀로 울고 가는
    가냘픈 네 뒷모습이 어른거린다
    戰爭이 너를 데리고 갔다 한다
    내가 갈 수 없는 그 가물가물한 길은 어디냐
    안개와 같이

끝내 뒷모습인채 사라지는 내 그리운 것아

싸늘하게 타는 램프

싸늘하게 흔들리는 내 그림자만 또 남는다

어느새 다시 오는 밤 검은 窓안에

『사랑과 미움의 시』^{1957.11}

17. 이병도, 이희승李丙燾, 李熙昇, 1896~1989

1985년 3월 2일에 이병도 선생님 댁, 6일 후인 3월 8일에 이희승 선생님 댁을 방문했다. 두분 다 동숭동의 옛 서울대학교 근처에 살고 계셨다. 두 분은 태어나신 해와 돌아가신 해가 같다. 이희승 선생님은 1908년 만 12세에 조혼, 이병도 선생님은 1910년 만 14세에 조혼하셨다. 두 분 다 금실이 좋고 금혼식을 맞이하셨다고 한다. 이희승 선생님은 시조시인으로도 유명하시고, 이병도 선생님도『폐허』동인이 되어「조선의 고대 예술과 픔人의 문학적 사명」이라는 논문을 발표하셨다.『폐허』동인들은 1920년 2월 종로 YMCA에서 이병도 선생님의 사회로 조선에서 최초의 시낭독회를 열었는데, 지식인들의 호기심어린 시선이 몰리는 가운데 장발의 시인들은 자작의 시편들을 열기 있게 읽어 내려가서, 힘찬 박수를 받았다고 한다. 이희승 선생님은 시조시인으로서도 유명하신 분인데 제1시집『박꽃』¹⁹⁴⁷에는 모두 55편의 시가 실려 있다.

나는 서울대학교 석사과정에 재학하고 있을 때, 이희승 선생님에게 한 학기를 배운 적이 있다. 강의 제목은 〈국어학개론〉이었다. 원래 내 전공은 문학이었기 때문에, 강의 내용은 생각나지 않지만, 선생님의 인상은 뇌리에 남아 있다. 키가 작은데도 불구하고, 교단에 똑바로 서서, 출석을 부르실 때, 낭랑한 목소리로 학생 한 명 한 명의 이름을 부르셨던 기억이 생생하다. 그때 식민지 교육을 받으셔서 그런지, 내 이름을 아주 정확한 발음으로 부르셔서 감탄했다.

가교

박종화　112, 124, 320, 401, 443, 446,
　　447, 458, 466, 467, 484, 490, 516,
　　543~545, 565, 578, 579, 582~584
박지원　536
박태원　77, 81, 82, 92~95, 100, 107,
　　112, 126, 127, 146, 147, 149, 150,
　　174~178, 260, 293~295, 326, 458,
　　472, 473, 479, 480, 536, 538, 539,
　　557, 567
박팔양　78, 89, 91
박헌영　79, 80, 189
박화성　10, 454, 457, 458, 467, 484,
　　543, 548, 550, 555, 565, 577, 585
발자크　560
백낙청　496
백석　163, 180, 204, 205, 207, 242, 346,
　　347, 355, 501, 513, 576, 584
백철　10, 12, 135~137, 151, 174, 178,
　　179, 247~258, 260~272, 274~286,
　　311, 323, 360, 449~460, 466, 467,
　　474, 484, 503~505, 530, 536, 539,
　　542, 543, 545, 547, 550, 565, 571,
　　599, 603, 604
베를렌　544, 552
변동림　118~121, 150, 174, 176, 480,
　　558
변동욱　118, 119, 150
변수주(변영로)　128, 220
보드레르(샤를 피에르 보들레르)　209,
　　242, 264, 284, 544, 552
부하린　548